Szpital Przemienienia/ Prowokacja

Stanisław Lem

主の変容病院・挑発

スタニスワフ・レム

関口時正 訳

Lem
Dzieła wybrane Stanisława Lem

国書刊行会

主の変容病院・挑発＊目次

＊

主の変容病院・挑発

主の変容病院

Szpital Przemienienia

父に捧ぐ

葬儀

Pogrzeb

ニェチャーヴィ駅での停車時間は短かった。ステファンはすし詰めの乗客を必死に掻き分けながら乗降口に進んだ。かろうじてホームに降りたと思う間もなく、機関車の荒い鼻息とともに、背後でガタゴトと車輪は回りだしていた。降りられないかもしれない――一時間も前からそう心配していた彼の頭からは、旅行の目的も何もかも消えうせていた。車内が息苦しかっただけに痛いほど新鮮な空気を吸い込み、ステファンは、まるで重苦しい眠りを突然中断されて解放感と心許なさを同時に味わう者のように、陽光に目をしばたかせ、おぼつかない足どりで歩きはじめた。

二月も終わりに近づいたその日、空には、白熱した雲がびっしりと浮かんでいた。暖かな陽気にひたひたと溶けだしながらも、ずっしりと重くなった雪は谷あいや窪地の底に身を沈め、代わってここかしこに刈り株や草むら、黒々とした泥濘の道、粘土質の丘の斜面が露われ出ていた。これまで白一色だった風景に、変化の前触れが――カオスが侵入してきているのだった。

そんな感慨に足を取られたのか、ステファンはうかつにも水溜りで靴の中まで濡らしてしまった。そして忌々しさに身震いした。次第にかすかになってゆく蒸気機関車の音が、ビェジーニェツの丘陵地帯のかなたに消えた——とこの時はじめて、周囲からよせくる、まるで虫の音《ね》のような、均一で、あるかなしかの雪どけの音が耳に入った。毛足の長いラグラン袖の外套に柔らかいフェルトの帽子、都会的な短靴を履いたステファンの姿は、広闊な山間の風景にはひどく似つかわしくなかった。それは自分でもよくわかっていた。村に向かう登り坂の路面を、水がきらきらと眩しく慄《おのの》きながら流れていた。石から石へと飛び跳ねながら、ようやく十字路にたどり着くと、彼は時計を見た。一時になろうとしていた。葬儀の時刻をはっきりと伝えられていたわけではなかったが、急ぐべきではあった。遺骸を納めた棺がキェルツェ*の町を出発したのは昨日のことである。ということは、棺はもう父方の叔父クサヴェリの家に着いているか、あるいは教会か——。電文中御ミサについて書かれた箇所がよくわからなかった。もしかすると埋葬式を意味する言葉か——。思い出せなかった。そんな風に宗教儀式の次第で自分が頭を悩ませていること自体、腹立たしかった。道のりは叔父の家まで十分、墓地までも同じ距離だ、だがもし葬列が教会に寄るために遠回りするとすれば……。ステファンの逡巡は募った。車道の曲がり角に向かって歩き出しては立ちどまり、数歩引き返したかと思うと、直ぐにまた立ちどまった。畑の真っただ中を畝《うね》伝いに行く年老いた農夫の姿が遠くに見えた。埋葬の前に持って回るのが習わしの十字架を肩に担いでいた。ステファンは大声で呼びかけようと思ったが、結局そうする勇気はなかった。彼は歯ぎしりしながら墓地に向かって大股で歩き出した。農夫は墓地の塀に着いたかと思うと、消えた。そこからさらに村の方角へ歩いて行った様子はない。自棄《やけ》になったステファンは外套の前身頃を掻き合わせて女のように持ち上げ、歩きにくくなる一方の水溜りの中を、まるで餌を漁《あさ》る鷺《さぎ》か何かのような足取りで進んだ。墓地にいたる道路は、榛《はしばみ》の木にびっしりと覆われた小さな丘を迂回していたが、ステファンはその道を行かず、まっすぐ、ずぶずぶとぬかる雪も顔に打ちつける小枝ももののともせずに駆けて行った。

藪はあっという間に終わり、墓地の直ぐ前の路上に彼は下り立った。あたりはひっそりとして誰もいない。さっきの農夫の影も形もない。ステファンの焦りはすうっと退《ひ》いていった。やれやれとばかりにまだ熱い息を深々と吐き出し、踝《くるぶし》まで泥にまみれた足を眺め、木戸ごしに墓地の中を覗いた。人っ子一人いなかった。押してみると、木戸は鳥の声のような耳障りな音を立てて回転し、やがてわびしく呻《うめ》きながら、おし黙った。薄汚れ、表面の固くなった雪が、並んだ土饅頭に波状に被さり、それぞれ十字架の根元のところだけ漏斗状の窪みを作っていた。木製の十字架の列は接骨木《にわとこ》の繁みのあたりで終わり、その先には代々ニェチャーヴィで司祭を務めた者たちの石の墓標が立ち並び、さらにその向こうにはそれら司祭たちの墓石より大きい、チシニェツキ家の立派な墓がひとり離れて位置していた。金文字で日付や名前を刻んだ黒い墓で、御影石の衝立は三本の白樺を従えていた。他の墓とその墓とを隔てる、まるで中立地帯といった風情のぽっかり空いた場所には、掘られたばかりの墓穴が大きな口を開け、周囲の白い雪の上を黒い土がまだらに汚していた。ステファンはびっくりして立ちつくした。本来の墓の中にはもはや空間がなく、かといって墓を拡張する時間あるいは金銭的余裕もないために、チシニェツキといえども、名もない行き倒れ同然の仕方で土に還るしかないということのようだった。伯父のアンゼルムがどんな気持ちで遺体の運搬を指揮したか、察するに余りあった。きっとこうする外に手立てはなかったのだろう。ニェチャーヴィ村はかつて全体がチシニェツキ家の所領だったので、一族で死んだ者は皆ここに葬られた。今ではクサヴェリ叔父の家しか残っていないとは言え、ポーランド中どこであろうと、一族の誰かが死ぬたび、遺体はここに送られ、埋葬される習わしだけは連綿と続いているのだ。

林立する十字架の腕木や接骨木の枝からガラスのような氷柱《つらら》が下がり、その先端からぽたぽたと落ちる水が雪を穿《うが》っていた。しばらくの間ステファンはぽっかりと開いた墓穴のほとりに佇んでいた。叔父

＊——キェルツェ（Kielce）は実在する比較的大きな町だが、ニェチャーヴィもビェジーニェツも架空の地名。

の家に行かねばならない。だがあまりにも気が進まない。彼は十字架の林の中をぶらつき出した。熱した鉄棒の先で板切れを焦がしながら書いた名前。それらはただの黒いしみに変わったり、多くはすっかり消えて、ただの滑らかな板に戻っている。ステファンはかじかむ足をざくっざくっと雪に沈めながら、墓地の中を回った。そして、やがてブリキの板一枚を打ちつけただけの大きな白樺の十字架にゆきあたると、足を停めた。ブリキ板には、くねくねとした装飾的な文字でこう書かれていた——

　通りすがりの人よ　行きて伝えよ　母なるポーランドに。
　息子たちはここに伏すと　最期の時まで母に背かずと。*

　碑文の下には数人の氏名とその階級とが並んでいた。列の最後には無名戦士とあった。日付は三九年九月**。その九月からまだ半年もたってはいないが、もし誰かしらの手が執念深く書き直しつづけていなかったら、秋霖と寒波の中、墓碑銘はとうの昔に消え去っていただろう。数人の男がそこに眠っているとはとても信じられない、妙に小さすぎる墓塚の上を蔽う樅《もみ》の葉も、その執念の存在を証していた。ステファンは心動かされながらも、帽子を傾け会釈すべきかどうかわからず、迷いながらしばらく立っていた。そして結局そうはできずに立ち去った。雪の冷たさが体にこたえた。靴に靴を打ちつけながら、彼はまた腕の時計を見た。一時二〇分。出棺に間に合うように行くなら、急がなければならない。だが、もしここで葬列を待てば、どのみち形式的な自分の参列がそれだけ楽になる。そう思い直したステファンは引き返し、叔父レシェクの体を受け入れるべく掘られた穴の縁に再び立ちつくした。空っぽの底を覗きこむと、思ったより深い。死者を埋葬する技術にまんざら疎《うと》いわけでもないステファンは、そこに将来もう一体の棺を——レシェク叔父の妻、アニェラ叔母さんを納められるよう、意図的に深く掘ってあることを見てとった。うっかり忌まわしいものでも見てしまったかのように、思わず穴から後ずさりしたステファンの目に、どれもこれも斜めに傾《かし》いだ十字架の林が映った。孤独が彼を感じやすくしているようだった。人が生前有していた社会的地位の差異がそのまま死者の集団に入っても保たれているということが、不条理で恥ずべきことのように感じられた。彼はしばし深呼吸をした。物音一つしなかった。そう遠くない村からは何の音も聞こえてこず、道中つきまとっていた鳥の鳴き声もぴたりと止んでいた。立ち並ぶ十字架の短い影は雪の上で動かず、足元の冷えは全身を伝って心臓に達した。彼は身を丸め、ポケットに手を突っ込んだ。すると右のポケットに小さな紙包みの感触があった。家を出る前に母親がそこへ押し込んだパンだった。急に空腹を感じたステファンはそれを取り出し、薄い紙を剝いだ。二枚重ねたパンの間からほんのわずか、ピンク色のハムが覗いていた。それを口元にまで運んだものの、開いた墓穴の前で食べることはできない。ばかばかしい、迷信だ、ただの地面の穴じゃないか──そうは思っても、結局食べられなかった。彼はパンを手にしたまま、木戸に向かってずぶずぶと雪上行進を続けた。名もない十字架たちの前を通りながら、その不格好な形の中に、それらの主《ぬし》について何事か物語ってくれるような個別の特徴がありはしないかと探したが、無駄だった。地上になにがしかの識別可能な標《しるし》が立っている限り、死者たちは──宗教の教義にはお構いなく、腐敗という現実にも拘わらず、人間の五感にも逆らって──地中でも何らかの生を、たとえ不便で、おぞましいものであっても、それでも生と呼べるものを送っているのだという、太古の昔から続く信心。墓の永続を気遣うのもそうした

*──古代ギリシアの詩人ケオスのシモニデスが、レオニダスになり代わってペルシア戦争の戦没者を悼んだ、有名な碑銘「旅人よ、行きて伝えよ、ラケダイモンの人々に。われら彼の言葉に従いてここに伏すと」を模したこの種の墓碑がポーランドで実際によく見られた。

**──一九三九年九月一日にドイツ第三帝国軍が、九月一七日にソ連赤軍がポーランドに侵攻し、同月中に両軍はポーランド全土をほぼ制圧した。一七頁の「九月戦役」も参照。

信心の表れだろう、とステファンは考えた。

木戸にたどりついたステファンは、今一度、雪に埋もれた十字架の林や掘られたばかりの墓穴のあたりの黄色っぽい雪の汚れの方向を見やった。そして泥道に出た。最前からの考察をつきつめてみれば、埋葬にまつわる儀式が馬鹿げていることは自明の理だった。自分が今日の葬儀に参加しようとしていること自体が恥ずかしかった。こんな珍道中に自分を送り出した両親を恨む気にさえ一瞬なった。しかも自分はあくまで病気の父の名代なのだから余計始末に悪い。

ステファンはパンを少しずつ、唾液で湿らせながら食べた。乾いた喉にはそれでも通りが悪かった。頭の中では議論が続いていた。そう、間違いない——彼は考えた。人はその本性の、常識的な論理がもっとも通じないある部分で、彼がまさに発見したばかりの「死者の存続」を信じているのだ。墓を守り、維持することが、故人に対する愛情、哀惜の念の表現に過ぎないのだとしたら、目に見える地上の墓の状態さえ管理、維持すればそれで充分なはずだ。ところが、人々が墓地を維持する活動をそうした感情だけに帰するとすれば、死者に衣装を着せたり、頭の下に枕をあてがったり、極力風化しにくい材料で作った器に閉じ込めたりすることで、遺骸の安楽、居心地を確保しようとするような営みがなぜなされるのか、説明できない。人々がそうするのは、将来にわたる死者の存続に対する無知かつ非合理な信心があるからに違いない——狭い棺桶に閉じ込められての、生者にとっては身の毛もよだつような恐るべき存続も、どうやら彼らの本能的な考えでは、完全な消滅より、大地との融合よりはましに思えるのに違いない。

ステファンの足は無意識に、陽光を受けて光る教会の塔の方角、つまり村の方角に向かっていた。すると突然、前方で車道がカーブするあたりに何か動くものが見え——それが何だか判断はつかぬまま——彼は急いでパンをポケットにしまった。

車道が迂回する丘の粘土質の急斜面の陰から、行進する人々の黒いかたまりが現れた。まだ遠かったので人々の顔は判別できなかったが、しずしずと先頭を行く十字架と直ぐ後ろに従う司祭たちの短白衣の白いかたまり、一台の自動車の屋根、そしてさらに奥にはかなりの数の小さな人影らしきものが見えた。その歩みはまるでその場で足踏みしているかと思えるほど緩慢で、ゆらゆらと揺れるその様は、実は厳粛なのだろうが、距離のせいで矮小化され、さながら動くカリカチュアだった。あんなミニチュアのような野辺送りを、しかるべき神妙な気持ちで待ち受けることも難しいし、こちらから迎えに行く気にもなれない。大きな粘土の崖の下を行く、黒い豆人形の寄せ集め集団のようなものから、意味不明の嘆きの声が切れ切れになって風に運ばれてきた。一刻も早く自分も合流せねばとステファンは思ったものの、やはり踏ん切りがつかず、ただその場で帽子を脱ぎ、たちまち風に髪の毛を掻き乱されるままに道路端でじっとしていた。もし事情を知らぬ者が見たならば、葬儀に遅れて来た参列者なのか、それとも単なる通りすがりなのか、判断しかねたに違いない。行列は近づくにつれ大きくなり、さっきまで見た目にあれほど妙な効果をもたらしていた距離の隔たりもいつのまにかなくなっていた。ついにステファンの目にも十字架を掲げて先頭を行く老農夫、二人の司祭、その後ろを走る、近隣の製材所から供出されたとおぼしきトラックが判別でき、てんでんばらばら小股に歩む親族の一団も見えた。村の女たちが繰り返す調子っぱずれの歌が単調に、いささかも途切れることなく流れていた。行列がステファンの場所から十数歩という所まで来たとき、鐘の音が耳に入った――初めの数回は不揃いだったが、続いてきっぱりとした強い打音が厳かにあたり一帯に響きわたった。鐘が鳴りやみ、ステファンは思った。鐘つきにの紐を最初に引っぱったのはシムチャク家のヴィツェク坊やに違いない。だがきっと直ぐに、鐘つきにかけては第一人者の赤毛のトメックに追い払われたのだろう。とは言え、ヴィツェク「坊や」ももう自分と同じ年齢の若い衆になっているはずで、トメックは都会に出たきり消息を絶っていたことをステフアンは思い出した。いずれにせよ、ニェチャーヴィの若い世代の間には、鐘を鳴らす権利をめぐる争いが昔と変わらず継承されているようだった。

人生では、冠婚葬祭の教科書には載っていないような、厄介でデリケートな、よほどの如才なさと自信がない限り解決できない状況にまま出くわすものだ。そんな才覚も自信もないステファンは、どのようにして葬列に加わればいいのか見当もつかず、ただぐずぐずと立っていたが、すでに自分の存在は人に気づかれているということもはっきりわかっただけに、猶のこと狼狽した。行列は無事教会の前に到着して停止し、司祭の一人がトラックの運転台に近寄ると、運転手に何ごとか尋ねた。運転手はうなずき、ステファンの知らない農民たちが荷台に登って棺を下ろしにかかった。ステファンはその間隙を縫うようにしてすばやく進み、車の脇に立つ人々のグループに合流した。そこには叔父クサヴェリの背は低いががっしりとした体軀、肩にめり込んだごま塩頭があった。彼は黒ずくめのアニェラ叔母の脇をかかえて支えていた。とその時、棺桶のあたりから押し殺したような呼びかけが発せられた――教会堂の中に担ぎ込むにはもっと人手が要るという内容だった。ステファンは飛び出していった。だが例によって、衆人環視の中で多少なりとも責任ある行いを迫られる時には必ずそうなるように、気おくれがした。行動する用意があるという意思表示は、トラックの荷台近くでうろうろすることで終わった。結局棺はステファンの手伝いなしに居合わせた者たちの頭上に持ち上げられ、彼が運ぶことになったのは、父の最年長の兄、アンゼルム伯父が脱いで彼に預けた毛皮のマントだけだった。

ステファンはそれを教会の中に運んだ。御堂にはしんがり同然で入ったが、重く巨大なその熊の毛皮を運ぶことで、自分もまた儀式の円滑な進行に貢献しているのだという確信に満ちていた。鐘はその一本調子の歌を吃音にも似た打音で締めくくり、二人の司祭は一時姿を消したが、親族が座席に着いているうちにまた現れた。そして祭壇の方から、ラテン語で発せられたミサの最初の言葉が流れてきた。

空いた席はかなりあったし、ステファンもその気になれば腰かけることができた。伯父の毛皮も軽くはなかったが、彼は身廊の片隅で荷物をかかえて立っている方を選んだ。その重さでもって、先刻の自分の気おくれを償《つぐな》っているかのようでもあった。棺はすでに祭壇正面に安置され、伯父のアンゼルムがその周囲の燭台に火を点した。そしてそこからまっすぐステファンの方に向かってつかつかとやって来たので、ステファンは少々あわてた（柱の下の暗がりを頼りにしていたのだ）。伯父は彼の腕をつかみ、司祭たちが朗誦する声にまぎれて囁いた。

「おやじさんは病気か？」

「ええ。昨日発作を起こして」

「例の結石か？」と、独特で耳障りな囁き声で言うと、伯父はステファンの手から毛皮を奪い返そうとしたが、ステファンは放さなかった。

「いや伯父さん、大丈夫ですよ、僕が……」

「この馬鹿たれが。ここは犬小屋みたいに寒いから毛皮が要るんだ！」――親しみのこもる伯父の言葉ではあったが、その声は周囲に筒抜けと思えるほどに大きかった。彼は毛皮のマントをはおり、恥じ入るステファンを残して、未亡人の坐る席に向かって去っていった。青年は顔のほてりを感じた。それもなかなかおさまらなかった。

考えてみればどうということもないこの些細な出来事が、彼の参列をすっかりみじめなものにした。気を取り直したのは、かなり時間がたって、最後列のベンチの端にクサヴェリ叔父の姿を認めた時のことだった。新任の教区司祭が来るたび、司祭に棄教を勧めるほどの戦闘的無神論者だったクサヴェリのことだ、さぞかしいたたまれぬ気持ちでいるだろう、そう考えながらステファンはわが身を慰めた。気性が激しく、何ごとにつけてもずばずばと真実を言うクサヴェリは、結婚もせず、ボイ*の叢書の熱心な購読者であり、家族計画推進論者であり、なおかつここ一二キロ四方一帯で唯一の医者だった。ある時期にはキェルツェ地方に住む一族郎党が彼を家から放逐しようと試み、郡裁判所や地方裁判所を舞台に係争が何年も続いたが、結局クサヴェリはすべての裁判に勝ち、そればかりか――彼自身の語ったところでは――親族たちに対して充分恥をかかせてやったので、もはや彼の地位は安泰だった。その叔父が今、打ち負かした親族らとは一列ベンチを隔てた場所で、大きな両手を祈禱台の上に乗せ、ぐったりと腰かけていた。

深々とした音色でオルガンが響きわたると、ステファンの中で何かが震え、まだごく幼い頃は彼の心をとらえていた、なつかしくも敬虔な、そして熱い、聖なる気持ちがよみがえった。オルガン音楽には、たしかにいつも深い敬意をいだいていた。葬送の儀式はこの上なく整然と進行し、司祭の一人が小さな炉に入れた香を焚き、棺を一周すると、ものの焼け焦げる匂いと芳香の入りまじった煙が輪になった。ステファンは未亡人を目で探した――彼女は二列目の席で体を丸め、じっと辛抱強く、神父たちの言葉には妙に無関心な様子で腰かけていた。聖職者たちは、次から次へと装飾的に唱えるラテン語に織り込むように彼女の名、故人の名を厳かに、いささか執拗なまでに再三繰り返した――しかし彼らが呼びかけているのはいかなる生者の耳でもなかった。今は亡き者に対するいわばお情けを請い、ほとんど命じるがごとく懇願する相手は、あくまで「神の恩寵」だった。

オルガンが鳴り止むと、祭壇前に安置されていた棺をまた担ぎ上げねばならなかったが、今回ステファンはそこへ近づこうともしなかった。参列者全員が立ち上がり、咳をしながら次の道行きに向けて準備をした。棺が軽く揺れながら薄暗い内陣を出て教会正面の階段に差しかかった時、人々の間に動揺が生じた――その長細く重い箱が頭からぐっと危なっかしく沈み込んだのである。だが直ぐに多くの手が伸びて、棺はすんでのところでバランスを取り戻すと、まるでその出来事で昂奮したかのように前より威勢よく体を揺らして、すでに低く傾いた陽光の中に躍り出た。

その瞬間、棺桶の中にいるのは間違いなくレシェク叔父だ、叔父はどんな時でも、晴れがましい状況であっても、奇想天外な悪ふざけをするのが好きだったからという、いたって馬鹿げた、悪趣味な考えがステファンの頭をよぎった。その考えを彼は直ぐに押し殺した、というより、よりまっとうな論理の次元に引き上げた。すなわち、棺に納められているのは叔父ではなく、その人格の何らかの残余、何らかの残滓である、ただそれがあまりにも厄介で迷惑なものなので、生ける者たちの世界から取り除こうとして、人々はこの長時間にわたる、複雑で少々偽善の匂いのする物語を考案し、演出したのだ――ステファンはそう考えた。

開け放たれた墓地の門に向かって進む棺に従い、彼もまた人々とともに歩いていた。周囲にいる人間はおおよそ一二人。棺を見なければ、人の目には奇妙な一団と映ったに違いなかった。彼らの服装は、長旅のための装束とも（ほぼ全員が遠方から来ていた）、黒を基調としてはいるが、礼服とも何ともつかぬ中途半端なものだったからだ。同時に男たちの大部分は英国風のブーツを履いていたが、女性の中には、毛皮で縁どりをした、丈の高い編み上げ靴を履いている者もいた。後姿からは誰ともわからぬ一人の男は、階級章もなく、袖のタブも無理やり引きちぎられたような軍用コートをベルトできつく締め回して着ていた。ステファンの視線を一時《いっとき》釘付けにしたそのコートは、この場で九月戦役**を思い出させる唯一の品物だった。とは言え――彼は思い直した――目下ドイツの捕虜になっているアントニ叔父や

*――ポーランドの著名な詩人、評論家、翻訳家タデウシュ・ジェレンスキ（Tadeusz Żeleński, 1874-1941）の筆名。ジェレンスキは小児科医で、家族計画や性教育の必要性を声高に主張した、カトリックの強いポーランドでは異色の存在。フランス文学の翻訳でも知られる。「ボイの叢書」と言えば、普通は、一〇〇巻を超える彼の仏文学翻訳書シリーズを指す。

**――第二次世界大戦の皮切りとなったドイツ軍のポーランド侵攻は一九三九年九月一日に始まった。この日から、ポーランド陸軍最後の部隊が投降した一〇月六日までを「九月戦役」と言う。

従弟のピョートルといった、本来であれば必ず参列していたに違いない者たちの不在もまた、戦役について物語っていた。

「主よ、この者に永遠の安息を与え、絶えざる光で……」――蜿蜒と繰り返される村の女たちの歌声、と言うよりは嘆きの声がステファンの神経を逆なでした時間はそう長くはなかった。いつの間にかそれは彼の意識にまで届かなくなっていたのだ。行列は一旦長々と伸びきった後、墓地の門前で元通りに縮まった。そして高々と持ち上げられた棺に従い、立ち並ぶ墓標の合間を黒い紐となって流れていった。口を開けた土饅頭の前で、また祈禱が始まった。食傷気味のステファンは、もし自分に信仰心があったとしても、これほどしつこく懇願すれば、懇願される相手からはかえって疎まれると判断しただろうと思った。

　そんな考えがまとまる間もなく、誰かが袖を引っ張った。振り向くと、アンゼルム伯父の鷲鼻と毛皮の襟で縁取られた大きな顔があった。伯父はまたしても大きすぎる声で尋ねてきた。

「飯は食ったのか？」――そして返事も待たずに畳みかけた。

「心配するな。ビゴス*が作ってある！」――伯父はステファンの背を叩くと体を丸め、人々が空っぽの墓穴の方を向いて立ちつくす隙間を縫うように去っていった。見ると、一人一人の体に人差し指で触りながらもごもご唇を動かしている。一体何をしているのか、ステファンははなはだ怪訝に思ったが、やがて、要するに伯父は参列者の人数を数えているのだと、その行動の実際的な目的が呑みこめた。伯父は一人の少年に向かって、轟くような囁き声で何ごとか命令した。少年は田舎者らしいおずおずとした態度で黒い人の輪から抜け出し、門の外へ出ると一目散にクサヴェリの家めがけて走っていった。

　催主としての用事を済ませたアンゼルム伯父は、故意か偶然か、またステファンの横に来て立ち、墓を囲む一群の人々がいかに絵になるか見てみろと言わんばかりにステファンに注意を促した。見ると四人の大柄な農夫が、ロープをからませた棺を持ち上げ、ぱっくり開いた地面の底へ降ろそうとしていた。棺は穴の底に着いたが、少々傾いているので、一人の男が紫色になった両腕を穴の縁に突いて身を支えながら、力まかせに靴で蹴らねばならなかった。つい今しがたまで終始うやうやしく取り扱われていた対象に対するそのぞんざいなやり方に、ステファンは不快なものを感じた。生から死への残酷なまでに鋭く角ばった移りゆきを何とかして丸い滑らかなものにしようと、あれこれと手の込んだ儀式を組み立てながらも、結局生者は死者に対して取るべき一定不変の態度を見つけられずにいるという自説を、その出来事は裏書きしていると彼は見た。

何本ものスコップが熱心に働いていた。その熱意が意地に変わったかと思うほど作業は激しくなり、やがて墓穴は閉じられ、その上に細長い角錐台が粘土で盛り上げられ、固められた。そしてまたしてもこの葬儀の戦時的性格が否応なく露呈された。チシニェツキ家の一員の墓ができ、それを花で飾ることなく墓地を後にするなどということは、平時であれば到底考えられないことだった。だが九月戦役直後のこの冬、それもかなわぬ相談だった。近隣にプシェトウォーヴィチ家が所有していた温室でさえ、戦闘でガラスを割られていて、ここなら花が手に入るだろうという期待は裏切られた。墓標は、結局数本の樅の枝で拵えた。最後の祈禱が捧げられた後、参列者全員が十字を切り、緑がかった粘土の盛土に遠慮がちに背を向け、雪の小道をたどって三々五々、泥濘《ぬかるみ》だらけの村道へと戻っていった。

司祭たちの体も、皆と同じく凍えきっていた。短白衣を脱いだ彼らは、一挙に平凡になったようだった。そこまで際立ったものではないにせよ、同様の変貌がそこに居合わせた他の者にも見てとれた。あらたまった厳粛さや、動作や視線のある種の緩慢さといったものが彼らから消えていった。まるでこれまでずっと爪先立ちで歩いていたものが急にそれをやめたかのように、単純な傍観者の目には映ったか

＊──ザワークラウト、生キャベツ、キノコなどとともに種々の肉を長時間煮込んだ、代表的なポーランド料理。

もしれなかった。

帰路、ステファンは間違っても未亡人アニェラ叔母に近づかないよう、苦心しながら歩いた。叔母が嫌いだとか、同情できないというのではなく、むしろその逆で、気の毒でならなかった。叔父と叔母がどれだけ相思相愛の夫婦だったか知っているだけに気の毒だった。にも拘わらず、いくら必死に考えても、まっとうなお悔やみの文句が一つとして浮かばない。そんな内心の焦りもあってせかせかと歩いていたステファンはいつのまにか一行の先頭に到達した。そこで目にしたのは伯母メラニア・スコチンスカの腕をとってエスコートするクサヴェリ叔父の姿だった。その光景のあまりの珍しさ、異様さにステファンは驚いた。なぜなら叔父はメラニアをあらゆる点で忌み嫌い、「古い毒薬の入ったアンプル」と呼び、彼女の歩いた跡の地面は殺菌消毒しなければいけないなどと言っていたからだ。オールドミスの伯母メラニアは大昔から一族内に不和の種を播くことに熱心で、自身は善良きわまる中立を装いながら、家から家へと毒のある科白《せりふ》やゴシップを伝達するのに余念がなかった。その結果、大層ないざこざが持ち上がり、被害も馬鹿にならなかったのも当然で、そもそもチシニェツキ家の人々はみな激しやすく、なおかつ、一旦火がついた感情に対しては際限なく忠実だった。ステファンを目にしたクサヴェリは遠くから叫んだ——

「よう、アスクレーピオスの同門（アスクレーピオスはギリシア神話中の医の神。ここでは医者仲間の意）！　もう卒業できたか、うん？」

ステファンは当然ながら立ち止まって挨拶せざるを得なかった。そしてオールドミスの伯母さんのかじかんだ手に勢いよく鼻をつけた。その後は三人並んで歩いていった。やがて、卵の黄身のような色をした古典主義様式の円柱や果樹園に面した大きなバルコニーのある、典型的な士族屋敷が木立の中から現れた。三人は玄関前で立ち止まり、残りの参会者を待った。主人意識ににわかに目覚めた叔父のクサヴェリは、放っておくと一族郎党が雪と泥濘だらけの一帯をてんでに散ってゆくとでも思ったのか、一同を懸命に屋敷の中に招じ入れだした。葬儀の間控えられていた人々の挨拶が、これでもかこれでもかと雪崩《なだれ》のようにステファンを見舞った。彼は戸口に立ちつくし、一時《いっとき》ではあったが耐え難い苦痛を味わった。ある時は手に接吻し、ある時はちくちくと髯が刺す頬に接吻し、ということを順に繰り返すうちには、誤って男性の手に身をかがめることもあるので、充分注意を払わなければならなかった。人々の靴が一斉に床を擦り、脱いだ外套の袖がばさばさと畳まれる中、自分がいつ応接間に入ったのかもわからなかった。真鍮の錘《おもり》が吊るされた大きな箱時計《ホールクロック》を目にした途端、ステファンはわが家に帰ったような懐かしさを感じた。ニェチャーヴィに来た時は決まってその時計の反対側、角を生やした赤鹿の頭が飾られた壁の下に、彼の寝床が用意されていた。部屋の四隅にはくたびれた穴だらけの肘掛椅子が置かれ、昼間、彼はそれらと格闘し、馬の毛でできた詰め物を探ったものだった。夜になれば、時を告げる重々しい音に起こされ、どこからともなく忍び込む月明かりに照らされた時計の文字盤が、闇の中、この世ならぬ幻のように浮かび上がった。それはまさにお月様のように円く、冷えびえとして、夢と交錯しながらもじっと不動のまま輝いていた。だが今は子供時代の思い出に耽《ふけ》っている場合ではなかった。人々の動きが激しくなった。婦人方は肘掛椅子に腰かけ、男性方は紫煙に巻かれて立っていた。会話が熱を帯び、いよいよこれから佳境という段になって、食堂に通じる二枚の扉がいっぺんに開き、そこにアンゼルムが立っていた。少々放心気味ではあるが、人の好い皇帝のように、額に皺を寄せて、人々を食卓に招いた。精進落とし*の宴を張るような余裕はもちろんない。そんな言葉はふさわしくなかった。意気消沈し、長旅に疲れた親類縁者をわずかばかりの粗餐で慰労しようというだけのことだった。

　集まった親族の外、そこには野辺送りを率いていた司祭の一人もいた。瘦身で、黄色く疲れた顔だっ

＊――精進落としはもちろん日本の仏教的な慣わしだが、非常によく似た習慣がポーランドにもあるので、あえてこの言葉を使った。

たが、万事滞りなく運んだことに満足しているかのように微笑んでいた。その神父がぎこちなく、背を低くかがめ、会話をしている相手が、チシニェツキ一族の最長老、ヤドヴィガ婆さんだった。丈も少々長すぎ、身幅は明らかに広すぎるワンピースに身を包んだ小柄な大伯母は、年がら年中その内部にいる間に体が萎《しな》び、縮んでしまったかのようで、袖のフリルが干からびた指先まで落ちてこないように、たえず祈るような格好で両手を挙げていなければならなかった。その小さな、やや平べったい、実のところ老いてはいない顔には、心ここにあらずの駄々っ子のような表情がひそんでいた。実は神父の話など聞いておらず、何ごとか老人じみた、しかし子供っぽいいたずらを考えている風だった。彼女はその丸い、青い眼であたりを見まわしていたが、そのうちステファンを見つけるや否や鉤のように曲げた指で合図した。青年医師が息を呑んで覚悟を決め、近づいてくると、司祭は身を固くし、大伯母はステファンを下からじっと、何やらずる賢い目つきで眺めた。やがて彼女は驚くほど野太い声で言った。

「ステファンとミハリーナの倅、ステファンか？」

「ええ、そうです」と、問われた相手の肯定には力が入った。

大伯母は微笑みを返したが、それが自分の記憶力に対する満足なのか、姪孫《てっそん》の容姿に喜んでのことなのかはわからなかった。彼女は痛々しいまでに痩せた手でステファンの手を取り、自分の目に近づけると、手の甲手のひら両面をためつすがめつしていたかと思うと、突然、まるで何も面白いことが見つからなかったとでもいうように放した。そして再び、ことの成り行きに茫然としているステファンにその青い眼を向けて、言い放った。

「あんたの父親は聖人になろうとしていたのを知ってるかい？」

大伯母はクッ、クッ、クッと三度ごくごく小さく、雌鶏のような声を出し、ステファンが何か言おうとする前に、およそ見当違いのようなことをつけ加えた。

「あの人の襁褓《おむつ》はまだどこかにあるよ。残っているよ」
それからというもの、ヤドヴィガ婆さんは正面を見すえたきり、すっかり口を噤《つぐ》んでしまった。アンゼルム伯父がまた現れ、一同に食堂へ入るよう前にもまして強く懇願し、最後には大伯母さんに向かってそれは見事な会釈をしてから彼女の腕を取り、歩きはじめたので、残りの者も彼らの後に従った。大伯母はステファンのことを忘れたわけではなかった。何と自分の隣にいらっしゃいと言うのである。ステファンは嬉しい絶望とでもいうものを感じながら、その通りにした。そんな相反する感情が綯《な》い交ぜになる時間を経験することも人間にはままあるのだ。完全に秩序正しくとはゆかなかったが、ともかくも一同は食卓に着いた。やがて、それまで姿の見えなかったクサヴェリが、巨大な磁器の器を持って現れ、まるでその露払いのようにしてビゴスの濃厚な匂いがいち早く漂ってきた。ニコチンで指が黄色くなってはいるものの、医者である叔父の手が、玉杓子でビゴスをすくっては、あまりに威勢よく皿に落とすので、女たちは衣裳に大事があってはいけないとばかりに身を引いた。そんなこともあって、場の雰囲気はいっぺんになごんだ。一座の話題は、天気のこと、連合軍の攻勢が春にも期待できるのではということに尽きていた。

　ステファンの左手には、背が高く、肩幅の広い男性が坐っていて、その軍用コートが目をひいた。ステファンの母方の親類で、名をグジェゴシュ・ニェジツという、ポズナン地方（ポズナンは、実在する大都市。ドイツ領だった時代が長く続いた）で借地を小作人に耕作させて生計を立てている人物だった。終始無言で、一旦ある姿勢をとると、そのまま蠟人形にでもなったかのように動かず、微笑む時は、いかにも単純で、おずおずと、どこか子供っぽい、まるで自分の存在で周囲に迷惑をかけているのが申し訳ないとでもいうかのような仕方で微笑んだ。その微笑みと妙に対照的なのが、口髭を蓄え、日焼けした顔であり、明らかな素人仕事で軍用毛布から仕立てた、お世辞にも似合うとは言えぬ服だった。

葬儀の後のこうした宴会は一同にとってとりたてて目新しいことではないということが、座の雰囲気でもわかったが、ステファンは、こうして一族そろって食事をする光景を見たのは、キェルツェでのクリスマス・イヴが最後だったと気づいた。それはそれで感慨に値した。というのも、親族が一致相和すということはめったにないことで、自分たちを一つにまとめる機会は葬儀をおいて他にないのだが、当時は近親者が死んだわけでもないのに、祖国が葬られたばかりだったために、人々は皆一致して喪に服していたようなものだったからだった。そういう意味で、クリスマス当時人々が心を一つにしたのも、規則からの例外ではなかったと考えられるのだ。

その場にいることはステファンにとって容易ではなかった。その理由も色々あった。そもそも大勢の人間の、中でも儀式的な集まりが嫌いだった。向かい側には司祭がいたが、こういう聖職者の臨席は、必ずやクサヴェリの冒瀆的な発言、揶揄悪口を誘発するに決まっていて、そうした醜悪な場面を彼は生理的に嫌悪した。その上（彼がその名代として来ている）父親は、荘園領主や医者ばかりの一族の中では、人々の記憶する限り唯一の、発明家という職業の人間として評判芳《かんば》しからず、事実、六十歳にもなって、いまだに何一つ発明らしい発明はしていなかった。

ステファンのそんな気分を隣のグジェゴシュ・ニェジツも晴らしてくれはしなかった。彼は生まれつき口がきけない者であるかのように、何度話しかけても、皿の上から投げかけられる親しみのこもった眼差しと暖かい微笑みしか返ってこない。ステファンにはそれだけでは足りなかった。クサヴェリの黒い眼が、どうやらすでに何ごとか企んでいるらしく、きらっと光るのを目にしたので猶のこと、どうにかして会話に没頭したいと願った。果たせるかな、その場が静まって、皿の底にスプーンが触れる音しか聞こえなくなった瞬間、叔父は口を開いた。

「ステファン君、どうだ、教会にいる間はハーレムの宦官になった気分だったろう？」

この挑発は間接的に神父を狙ったもので、きっとさらに鋭く研《と》ぎすました続きの言葉が用意されていたに違いなかったのだが、結局叔父にはその効果を試し、味わう機会が与えられずに終わった。というのも、親族たちはまるで司令官に命令されでもしたかのように一斉にぺちゃくちゃと声高におしゃべりを始めたからである。クサヴェリはこういう話をどうしてもせずにはいられぬことを、そしてそれを阻止するには一座のお喋りによって迅速に掻き消す外に手立てがないことを誰もがよく知っていた。その後、冷製のロースト・ポークが見あたらないと言って、給仕をしていた一人の農婦に呼ばれたクサヴェリが肉の捜索に炊事場へ行くということが起こり、予定外の食事の中断となった。その暇つぶしにと、ステファンは居並ぶ親族の顔の品定めを始めた。その中で伯父のアンゼルムが秀逸であることには疑いがなかった。大柄で、肥満というのではなく、がっしりと体格のいい偉丈夫で、決して美男とは言えないものの、どこかしら殿様然とした威厳のある顔で、何よりもそれを見事に使う術を心得ていた。例の熊の毛皮と並んで、それは、二〇年ほど前に失った大きな財産のうち遺った唯一の形見のようにも見えた。なぜ失ったのか、確かなことはステファンも何一つ知らなかったが、聞くところでは、さまざまな欲望の追求に身を任せた結果だという。わかっているのは、アンゼルムが精力的で寛大であると同時に激しやすい人間だということだった。しかもその怒りは五年も、時として一〇年もおさまることがないという点にかけて、一族には彼に並ぶ者がなく、怒りの原因が何であったかメラニア叔母さんでさえ思い出せないということもあった。そうした長期にわたる諍《いさか》いでは、あえて仲裁の労をとろうとする者もなかった。アンゼルムの逆鱗に触れることとなったそもそもの事情について不案内であることが万が一にも知られでもした日には、彼の怒りの矛先は哀れなその仲裁者にも決まって向けられたからだ。ステファンの父も正にそんなことで火傷をしたことがあった。しかしひとたび身内に弔いがあるとなると、伯父アンゼルムの強力な敵愾心も鎮まった。そんな「神の休戦」は、場合によって異なるが、数日から十数日間続く。その間は、伯父が生来有している、無尽蔵の気前よさ、寛大さに満ちた人の好さが、眼差し一つ言葉一つに横溢した。そのためステファンは、毎回のように、もうこれは停戦などではなく全き贖宥《しょくゆう》だと、つまり伯父の怒りは完全に解けたのだと深く確信した。ところがやがて、親類の不幸によって一時的に崩れた感情の秩序が復元されると、有無を言わさぬその冷厳さが再び元通りに何年にもわたって——次の葬式まで——君臨するのだった。

時が経っても変わることのない伯父アンゼルムという人物、風化することのない彼の激情というものに接して、少年時代のステファンは恐れ入り、感じ入った。が後年、学生時代にはそのメカニズムを部分的に理解した。かつて伯父の大いなる怒りを支えていたのは、彼の資産がもつ物質的な強大さだった。手っ取り早く言えば、彼が潜在的に遺し得る遺産が物を言っていたのだが、現実には財産が失われた後も、彼の性格の妥協のない強さのおかげで、一族の心の中にアンゼルムの怒りは生き延びたのだった。遺産相続にあずかれなくなるという脅威はもはや存在しないにも拘わらず、人々は依然として彼を恐れた。そんな構図を見透かしたステファンもまた、父の最年長の兄の前では尊敬と畏怖の入りまじった気持ちから自由にはなれなかった。ロースト・ポークは、思いがけず、他でもない食堂の黒い食器簞笥の中で見つかった。古い簞笥の奥から巨大な肉塊が取り出されるさまを見ていたステファンの目には、その黒々とした色が棺桶の色と合致するようにも映り、一時《いっとき》気分が悪くなった。とその時、バタバタという足音と話し声とともに廊下側の扉からロースト・ダック、酸っぱいコケモモの入ったガラス瓶、湯気の立ったジャガイモの大皿などが運び込まれてきた。最前予告された粗餐は明らかに本格的なご馳走に変じていた。クサヴェリ叔父が食器簞笥からワインの入ったカラフを次から次へと出すので猶のこと、それは宴会としか呼べないものになっていった。一座に対してステファンが懐きつづけていた違和感は、今や一挙に強まった。一同が寄り合った唯一の理由であるはずの死という話題を器用に回避しながら繰り広げられる会話の調子にも終始不快な感じを覚えたが、今やその不快感も最高潮に達して、何もかもが――ナイフやフォークや顎の活発な動きとともに、失われた祖国を悼む言葉も含めて――不愉快だった。人気ない墓地で土の下に横たわる叔父レシェクを思うと同時に、叔父のことをまだ覚えているのは自分だけじゃないのかという気にもなった。宴会参列者の赤くなった顔を忌々しく眺めわたすステファンの憤りは親類縁者の枠を越え、世間そのものに対する侮蔑の念に変わった。さしあたっては食べることを控えるということでしかその気持ちを表す手立てのないステファンは、それをまともに実践したために、食卓を立った時にはほぼ空腹の状態だった。

それより前に、彼の左側にずっと無言で腰かけていたグジェゴシュ・ニェジツに動きがあった。何やら困り顔でしばらく前から口髭を触っていたグジェゴシュは、あたかも距離を目測してでもいるかのように、扉の方を見たり、左右を見たりして、何かしら準備をしていることがわかった。そして突然ステファンに身を寄せ、小声で、じきにポズナン行きの列車が来るので、自分はもう行かなければならないと打ち明けた。

「えっ、もう夜なのに？」と、ステファンはやや機械的に驚いてみせた。

「そう。明日の朝には職場に戻っていないと」

自分の住むポズナン地方ではポーランド人に対するドイツ人の締めつけが厳しく、一日の休みを取るのもやっとのことだった、ニェチャーヴィにも夜行で来たが、もう帰る時間だ……相手はそう説明を始めた。そのとりとめないスピーチも最後まで終えることなく、髭の大男はいきなり深呼吸したかと思うと、危うくテーブルクロスを食器もろとも引っ張り落としかねない勢いで立ち上がり、四方八方やみくもにお辞儀をしてから、扉に向かって人を掻き分け掻き分け進みだした。なぜ帰る、まだいいじゃないか、といった声が上がる中、口下手な一徹者は戸口で今一度全員に向かって深々と辞儀をして玄関の間《ま》に消えた。それをクサヴェリが追い、やがて玄関の扉が閉まる音がした。ステファンは窓を見やった。外はもう暗かった。丈の足りない兵隊用コートに身を包んだ大男が、ぬかるむ道をそそくさと行く光景が脳裏に浮かんだ。空いた左側の席を見ると、よく糊のきいたテーブルクロスの飾り房が下がっていたが、その房の一本一本が丹念にほぐされ、梳き分けられ、きれいに形が整えられている。グジェゴシュの仕事だった。死者に付き添って数百歩を歩くためだけに、丸二晩を暖房も明かりもない列車にゆられてやって来た、かつて会ったこともなかった、この遠い親類が気の毒だった。そう思いやる自身の温かい気持ちにステファンは胸しめつけられた。

結構なご馳走の後はいつでもそうだが、人々が立ち上がった後の食卓は無残な光景だった——皿の上には、冷めた脂に覆われた齧り残しの骨が累々と積まれている。一時《いっとき》静まりかえった中、男たちはポケットの煙草をまさぐり、神父はセーム革で眼鏡を拭き、大伯母はもしもその眼が大きく見開かれていなかったならば、眠っていると思われても仕方がないような、じっと固まった姿勢で物思いに耽っていた。その沈黙を破ったのは、恐らく初めて声を上げたと思われる未亡人アニェラだった。自分の場所から動くことなく、じっとうな垂れたままで、テーブルに向かって言った——

「何もかも、なんていうか、滑稽ね……」

そして声を詰まらせた。その後訪れたより深い静寂を破ろうとする者は一人もいなかった。慣習にない、そんな予期せぬ出来事に、誰も準備がなかった。たしかに神父が直ぐさまアニェラ叔母のところに歩み寄りはしたが、応急措置を施さねばならないにも拘わらず、どうしてよいかわからぬ医者のように、一種年季の入った当惑顔でふるまうだけで、結局は、黒衣の女の横に、自身も黒の僧衣でレモン色の顔に腫れた瞼をしばたかせながら立ちつくすばかりだった。一同を救ったのは、食堂に入ってきて大きな音を立てながら食器を片づけ始めた使用人——というよりその役を演じる二人の農婦だった。

うす暗いサロンの中、橙色のシェードの真鍮製の石油ランプがかすかにくすぶる下、楢材でできた書棚のガラスが時折光る傍らで、叔父のクサヴェリが親類縁者たちと半ば囁くように、せわしなく言葉を交わしている。ある者には泊まってゆくようにと提案し、ある者には列車の連絡を教え、誰を何時に起こしたらよいか、あれこれと指図している。当初ステファンはそのまま帰途に着く予定だったが、次の列車は夜中の三時までないということを知ると決心が鈍り、一泊してはどうかという誘いに手もなく応じた。彼の寝場所はまさにそのサロンの大きな時計の向かい側に指定されたので、お客が皆出てゆくまで待たねばならなかった。一人になった時にはすでに真夜中近くになっていた。ステファンは手早く顔を洗い、ほんのかすかに点るランプをたよりに服を脱ぎ、炎を吹き消すと、冷たい布団の下にもぐり込んだ。不快な鳥肌が立った。さっきまで感じていた眠気はたちまち吹き飛んだ。長い時間寝つけずに、仰向けのままじっとしていた。その間、まっ暗闇に沈んだ時計がおごそかに、何やら念を押すように大袈裟な音で一五分ごとに時を告げた。

はじめのうちはとりとめのない曖昧な思念が、今日体験した一日のさまざまな切れ端のまわりをぐるぐると回っていたのが、次第に一つの方向へと、まるで不可避のことででもあるかのように収斂していった。一族の性格に共通するものとして誰もが火と石とを、つまり情熱と頑固さとをもちあわせていた。キエルツェのチシニェツキ家は強欲によって、伯父アンゼルムはその癇癪ぶりで、大伯母は――すでに時の経過でヴェールに包まれてしまった――何やら常軌を逸した恋愛沙汰で知られていた。そうした宿命的な力はさまざまな人物の裡にさまざまな形で潜んでいた。たとえばステファンの父は発明家であり、爾余のこと一切は仕方なくやっていたにすぎなかった。世間のことは蠅を追い払うかのように寄せつけず、しばしば日付もわからなくなり、木曜日を二度生きたかと思えば、後になって水曜日を見落としていたにすぎないことがわかったりした。それは迂闊というよりも、たまたまその時点で彼の頭を占領していた事柄への過度の集中というべきだった。彼が寝てもおらず、病気もしていない時は、必ず屋根裏にしつらえた自分の仕事場に籠っていると見て間違いなかった。ガスやアルコールの炎、温められた種々の器具に囲まれ、酸や金属の臭いの中で、何かの寸法が合うかどうか確かめ、磨き、接合する——発明のプロセスを構成するそれらすべての作業自体は、たとえ発明の方向や目標が変化していっても、決して停止することがなかった。その情熱があまりに強烈なために、一つの失敗からただちに次の実験へと、変わらぬ情熱をもって突き進んでいった。父は一つの失敗からただちに次の実験へと、変わらぬ情熱をもって突き進んでいった。その情熱があまりに強烈なために、かえって傍目には、感覚が麻痺したような、さらに言えば、何の考えもなく行動する人間のように映った。父はステファンを一度も子供扱いしたことがなかった。時折りうす暗い仕事場に現れる少年に向かって、まるで大人に対するように、しかし譬《たと》えて言えば耳の遠い人に対するように話をしたので、会話はしょっちゅう途切れ、誤解に満ちたものになった。しかしそんなことにはお構いなく、口一杯に螺子《ねじ》を咥え、あちこち焼け焦げたエプロン姿で、旋盤から万力へ、そしてまた旋盤へとたち動きながら、父はあたかも講義をしているかのようだった。ただその講義は、恐ろしく集中を要する作業のために絶えず中断されるのだった。父は何について語っていたのか？　それらの講義の意味を理解するには当時ステファンは幼すぎたので、今でもよくはわからないが、たとえばこんなことを言っていたような気もする——「かつてあって過ぎ去ったものは今はない。昨日食べたケーキのようなもので、跡形もないだろう。だからこそ、なかった過去を作って足すこともできる。その存在を信じさえすれば、本当にそれを経験したと同じことになるのだ」

またある時はこんな風にも言い聞かせた——「この世に生まれたかったか？　違うだろう？　自分は存在しなかったんだから、そう望むこともできるわけがなかった。お前が生まれてくることを私だって望んだわけじゃない。と言うか、息子は欲しかったが、お前が欲しかったわけじゃない。なぜならお前のことを知らなかったのだから、お前を望むことなどできなかった……。ただ息子というものは欲しかった。そしてお前は、その現実の息子だ……」

そんな時ステファンが口を開くことはめったになく、父に問い質すこともなかったが、一度だけ（十五歳の頃だった）、もしもめざしている発明が完成したら、どうするのかと尋ねたことがあった。父は顔を曇らせ、長い間口をつぐんだ後に、別の発明に取りかかるさと応じた。「何のために？」――ステファンは直ぐに聞き返した。この問いも最初の問いも、胸の奥深くしまわれていたにも拘わらず年月とともに凝り固まりつつあった、父の奇妙な職業に対する嫌悪のなせるわざだった。父は――少年ステファンにとっても明々白々な事実として――人々の嘲笑の対象であり、その変人ぶりがもたらす悪評はステファンの身にもふりかかっていた。次第に大人になりつつある息子にそう尋ねられたチシニェツキ氏は、こう答えた――「ステファン、そんな質問はすべきじゃない。たとえば今にも死にそうな人に向かって、もう一度人生を生き直したいかと尋ねれば、きっと頷くだろうし、何のために生きるかなどとは決して問わないだろう。同じことが私の仕事にも言えるのだ」

父は熱中して、身を粉にして働いてはいたが、その仕事は何の実入りにもならなかったので、家計はステファンの母が、正確には彼女の父が、支えた。チシニェツキ氏はしたがって髪結いの亭主だった。そのことを知ってからというもの、ステファンは憤りのあまり、父を蔑むということがしばらく続いた。同様の、だがそれほど強烈ではない感情を父の兄弟たちも懐いていたが、時が移るにつれて、すべてはそういうものとして受け入れられていった。どんな状態も充分長く続けば、人はその状態に対して無関心になるものだ。チシニェツキ夫人は夫を愛していたが、残念ながら彼のすることなすことすべてが彼女の理解の埒外にあった。二人はそれという意識もさほどないままに一撃離脱戦を互いに対して続けていた。それは取りも直さず、仕事場と住居という二つの領域に属する事物の衝突でもあった。父もあえて各部屋を仕事場の延長に変えようというつもりはなかったが、自然にそうなっていった。テーブルの上、箪笥や机の上に針金や色々な装置がうず高く積まれてゆき、母は母で自分のテーブルクロス、レースのナプキン、ツツジやナンヨウスギがどうなるか案じたが、父はそんな植物が嫌いで、こっそり根を抜いたり、枯れそうな気配が現れるとひそかに喜んだ。他方、母は大掃除をするたびに高価この上ない鉄線やら替えのない貴重な螺子を片付け、処分してしまったが、それもこれも悪意からするのではない、単なる日常の作業だった。発明という仕事にいそしむチシニェツキ氏は、その間いわば長旅に出ているようなものだった。旅先から帰って自宅に落ち着いていると言えるのは、繰り返し見舞う病気の間だけだった。チシニェツキ夫人は、こうした夫を持つ苦労に真実悩みはしたが、彼女の気が一番休まるのは、夫が力ない呻き声を上げ、水枕に囲まれて病床に臥している間だった。なぜなら、この時ばかりは彼が何を望み、彼に何が起こっているか、少なくとも理解できたからだった。

横たわるステファンの頭上に広がる闇を、時を知らせる時計の強烈な音が裂き、彼の思念は自分の生家から今日の出来事に舞い戻った。純粋な理性によって考察すれば、家族の絆というもの、利害や感情をめぐっての相互の縛め合い、誕生と死に対する共同・共有意識、そうしたことのすべてが不毛で、徒労のように思えた。自分の心のうちに告発者たらんとする熱のようなものがチリチリと疼く。日常にせよ非日常にせよ、一族の右往左往するふるまいすべてをゼロに還元するような残酷な真実を、面と向かって一族に大声で突きつけてやらねばならないという幻想が芽生えた。しかしひとたび生者たちに向かってどのように語ればいいのかと言葉を探しだすと、彼の思考は——あたかもレシェク叔父を懼《おそ》れるかのように——叔父に突きあたって立ちすくんだ。そうなっても彼は考えることを止めなかった。ただ彼の内部で思念は自律的に発展しはじめ、彼はそれを観察するだけだった。やがて心地よい疲労、眠りが近づいたこととの予感が彼を捉えた。とその時、村の墓地にあった集団墓を思い出した。敗北した祖国は死んだ、というのは比喩だったが、あの兵士たちの小さな墓標は決して比喩ではなかった。と言ってあそこで、一個人の生、一個人の死よりも大きい共同体を予感し、辛《つら》くまた甘美に胸締めつけられるまま、黙って立ちつくすこと以外に何ができただろうか。直ぐ近くにはレシェク叔父がいた。ステファンの目には、雪に覆われていない叔父の裸の墓が、自分はもう眠ったのかと思うほど鮮明に見えた。しかし彼はまだ眠っていなかった。にわかに彼の内部で祖国と家族が混じり合った。理性の審判を受けた両者とも、彼の内部で生きつづけていた。あるいは彼自身がそれらの内部に生きているのかもしれなかった――ああ、もう何もわからない――ステファンは眠りに落ちながら両手を心臓に押し当てた、というのも、祖国と家族から解放されることは――取りも直さず死ぬことを意味するのだと、朦朧として悟ったからだった。

予期せぬ客

Gość niespodziewany

　ステファンはまだ寝惚けていた。眼を開けながら、自分の寝床の反対側に、金《きん》張りした石膏の獅子脚に支えられた楕円形の鏡、でっぷりとお腹の出た整理箪笥、そして窓と窓の間に広がる緑の霧のような鉢植えのアスパラガスが目に入ることを予期していた。だがその期待が虚偽だったことを現実は告げていた。ステファンは飛び上がるほど驚いた。物音に満ちた、見知らぬ、大きな部屋の中で、ほとんど床に接するほど低い位置に彼は臥せっていた。小さめの窓の外には、氷柱の透明な櫛をすかして、青みがかった夜明けの光が見えた――隣家の古い壁がない、やはり見知らぬ夜明けだった。

　伸びをしながら寝床に腰かけてみてようやく、昨日の出来事が思い出された。すばやく立ち上がり、寒さに震えながら玄関間に駆け込むと、コートハンガーにかかった自分の外套を見つけて肌着の上に羽織り、浴室に向かった。ぴったり締め切られていないドアの隙間から、蠟燭の光が洩れ出ていた。ガラス張りのヴェランダから玄関に差し込む朝の光の紫色との対照で、橙色の光に見える。浴室には誰かがいた。クサヴェリ叔父の声だと知れると同時に、ちょっと盗み聞きしてやろうという気になった。人間にはその人間に関する決定的で唯一無二の真実というものが存在し、それはその人間が一人でいる時の様子を観察することによって発見することができるというようなことを何となく信じていたステファンは、盗み見の後ろめたさをそんな心理学的探究心ということでごまかした。

彼は忍び足で浴室の前に立ち、拳が入るくらいに開いたドアに触らぬようにして覗き込んだ。ガラス棚に二本の蠟燭が灯っていた。壁際の浴槽からは、蠟燭のせいで黄色い蒸気が濛々とたちのぼり、その中に亡霊のように叔父の姿が浮かび上がった。ウクライナ風の刺繡を施したシャツ*にズック地のズボンといういでたちで、水滴のしたたる鏡に向かって睨めっこよろしく奇妙この上ない面相をあれこれ作りながら、髭を剃っている。剃刀を使っているので言葉は不明瞭だが、叔父は思い入れたっぷりに詩を唱えていた——

「……それら美味なる馳走はすべて、何卒、
股引の糞に塗《まみ》れし穴より撒き散らされい……」**

*——襟、前立、袖などに刺繡を施した、ウクライナ民俗衣裳を思わせるシャツ。

**——フンラソワ・ヴィヨン作『遺言詩集』第一四一歌中のバラード「嫉んで中傷する舌の歌」の最終連からの引用で、ボイすなわちタデウシュ・ジェレンスキ（一七頁既出）の擬古訳が使われている。ここでは仏語原文とボイ訳を照らし合わせながら、ポーランド語訳から日本語訳したので、原文ともまた以下に引く鈴木信太郎訳とも異なっている（岩波文庫『ヴィヨン全詩集』一六四頁）。

歌の選者よ、これらの美味しいご馳走を　みな、
若しもあなたが　木綿の布も、袋も、目笊も持たないなら、
糞で汚れた股引やゆもじの中に包んで置け。
だが、その前に、豚の放る糞の中で、
フライに揚げろ、嫉んで中傷する舌を。

少々失望したステファンが、どうするか決めかねて佇んでいると、クサヴェリはその視線を感じたかのように（実は鏡に映った彼の姿を見たのかも知れなかった）振り向きもせず、まったく別の声で言った――

「元気か、ステファン。お前だろ？　来なさい、そのまま体を洗えばいい。お湯もある」

ステファンは朝の挨拶をして、素直に中に入っていった。そして叔父がそばにいるのでややぎこちなく、またせわしなく朝の沐浴にとりかかったが、クサヴェリは一向にそれに頓着する風もなく、髭剃りを続けた。しばらく沈黙があって、叔父は突然口を開いた――

「ステファン……」

「はい」

「知ってるだろう、何があったのか？」

その語調から、叔父の言わんとしていることは直ぐに察しがついたが、こういう状況では憶測だけに頼るべきでないと思ったかのように、ステファンは訊きかえした。

「レシェク叔父さんのことですか？」

クサヴェリは返事をしなかった。そしてかなりの間をおいてようやく、上唇を引っ掻きながら、出し抜けに切り出した――

「来たのは八月二日だ。釣りをしに、鱒をな、例の水車小屋辺りでな。当然何の話もなかった。私にはその気持ちはよくわかる。ところが、ディナーに鴨が出た、昨日と同じだ。ただリンゴ添えだったけどな。リンゴは今はもうない。あるものは全部兵隊が持って行った、九月戦役で。で、その鴨を奴さん食べようとしなかった。前は好物だったのにな。それでぴんときた。顔もこんなだった。だが自分で自分のことに気づくのが一番難しい。認めたくないんだろうな……」

「肉に対する嫌悪と悪液質?」と、われながら何とぶっきら棒な物言いだろうと思いながらも、ステファンは尋ねた。自分の専門家ぶりが少しは恥ずかしくもあり、同時に一種の快感でもあった。立ち上がり、急いで体を拭いた。これからどういう話になるのかはわかったし、それを裸で聞くわけにはゆかなかった。なぜか? 無防備すぎるということか? それ以上は考えなかった。クサヴェリは相変わらず背を向けたまま、鏡に見入りながら、質問には答えず、続けた――

「診察を受ける気はレシェクになかった。で、私はえらく苦労しながら……こそばゆさの研究をしているとか、どっちの腹がでかいか比べるから見せてみろとか、冗談まじりに、で結局……腫瘤はもう拳大で、硬く、周辺と恐ろしく癒着していて動きもしなかった……」

「*Carcinoma scirrhosum*〔硬性癌――ラテン語〕」と、ステファンは小声で言った。何のために? 自分でもわからない。癌を意味するそのラテン語の用語は、状況から動揺や不安、怖れを拭い去って、自然的必然の透明性、平静さを賦与してくれる科学的呪文のようなもの、悪魔祓いの儀式のようなものだった。

「教科書的事例だ……」――クサヴェリ叔父は、頬の同じ場所をしきりと剃りながら、呟いた。ステファンはといえば、短すぎるバスローブにくるまれ、ズボンを手に、じっと浴室の戸口で気を付けの姿勢のまま叔父の話を聞いていた。そうする外になかった。

「奴さん、医者も同然だったことは知ってるな? 何、知らない? 知らないだと? なぜ知らん? ――逃げ出したのは医学部も四年の時だ。それなりの年数の間、万年医学生をやっていたわけだ。大学に入ったのは実は私と同期だ。私は高校を出てからかなり道草を食っていたんでね、ある女のせいで……。まあいい。というわけで触診した時には、何もかもはっきりしているという私の考えはもう読まれていた。手術するには手遅れだが、何しろ本人が医者だし、医学を拒めば、行く先は一つしかない、棺桶屋だ。それにはまだ時間がある、戦《いくさ》はやってみなければわからん、そう私は思った。そしたらあっさり承知した。で、私はフルビンスキのところに出向いて行った。善人ではないが、腕は立つ。現下の不確実な情勢ではズウォティ（ポーランドの通貨）はいつどうなるかわからないから、ドル払いでないと手術はしないと言う。だがレントゲンを見てずばり拒否してきたので、私は拝み倒した」

　ここでクサヴェリはステファンに向き直り、まるで笑いをこらえるかのような表情で、尋ねた――

「人前でひざまずいたことはあるか？」――そして直ぐに付け加えた――「教会以外の場所でだ」

「いいえ……」

「そうだろう。しかし私はひざまずいた。信じられんか？　だが正真正銘の事実だ！　ドイツ軍の戦車はもうトポルフ（虚構の地名か）まで来ていた。オフシャーネ村（これも虚構の地名か）は焼かれ、シャリトカ*たちは逃げ出してしまったので、私自身が手術の助手をした。記憶にないほど久しぶりにな……。フルビンスキは、開いて、縫って、出て行った。怒り狂っていた。散々悪態吐《つ》かれたな。無理もない。あの九月は、何もかもが狂っていた、周り中が、ポーランドが……。まあ、そういうわけだ」

　叔父クサヴェリは革ベルトで剃刀を研ぎはじめた。徐々にゆっくりと、しかし次第に念を入れては研ぎながら、のべつ幕なし語りつづけた――

「手術の直前、もうスコポラミンも済んだ時、レシェクが《一巻の終わりだな？》と言うから、もちろん私は普通に患者に接するような態度で対した。が奴さんは、ポーランドと心中だとか、いずれポーランドが復活した暁には、墓参りに来てこっそり教えてくれとか言う。夢想家だ！　しかし、死に方に習熟した人間などいるか？　次に目を覚ました時、つまり手術後、傍にいたのは私だけだが、今何時だと訊いてきた。私も間が抜けていて、うっかり本当のことを言っちまった。時計の針を進めておくべきだったが、抜けていた。レシェクは医者だ、根治手術ならどう見ても一時間以上はかかる、ところがどうだ、一五分もたたずに終了だ。だから駄目だとわかった……」

「そして？……」――ステファンは沈黙の危険を避けるかのように、機械的な調子で尋ねた。

「そして、レシェクの望み通り、アンゼルムの家に連れて行った。それから三ヶ月、顔を見なかった。十二月になって行って……そこで目にしたのは、もはや到底理解できないことだった……」

クサヴェリ叔父は緩慢な動作で、手元も見ずに、剃刀を置き、ステファンには横顔を見せながら、やや俯き加減に、まるで足元に何か飛んでもない物が転がっているかのような表情で、目の前を凝視した。

「ベッドの上の奴さんは骸骨のように痩せ細っていて、牛乳でさえ辛うじて喉が通るかどうかだった。声もすっかり細って、もうだめだってことは誰が見たってわかった……ところが、何と言うか、レシェクは――ご満悦だったのだ！　あらゆることを自分で自分に納得させていた、というか――説明し直していた。つまり手術は成功した、体力は日に日に増している、恢復しつつある、じきに歩けるようにさえなる、とな。腕や脚のマッサージをさせ、医者がより的確に治療できるようにと、毎朝自分の体調をアニェラに言って書き取らせていた……。瘤はもう大きなコッペパンほどになっていた。だが自身が触われないようにするためだろう、手術後の傷口を保護するとかと言って腹を包帯でぐるぐる巻きにさせていた。とにかくそれには触れたがらず、どうしても話題がそこへ転がると、何これは単なる浸潤だ、自分はますます元気になってきていると言ったり、そもそもそんなものはないかのようにさえ振る舞う始末で……」

＊――聖ビンセンシオ・ア・パウロの愛徳姉妹会と日本語で呼ばれる修道会の修道女のことを指す略称、愛称（会のポーランド語名は Zgromadzenie Sióstr Miłosierdzia św. Wincentego à Paulo、そもそも修道会が発足したフランスでは Les Filles de la Charité あるいは Sœurs de Saint Vincent de Paul）。修道女シャリトカたちはとりわけ病人看護に奉仕することで知られ、多くの病院で働く姿が見られた。クサヴェリはここで「魔女」というたって攻撃的な言葉を使っているが、一九六四年まで修道女たちが着けていた、耳とも角とも見える部分が大きく張り出した特徴的な被りものの形のせいで、民間一般にもそうした連想があったかもしれない。

「じゃあ叔父さんの考えでは、レシェク叔父さんが……正常じゃなかったと……?」——ステファンは囁くように口を挟んだが、自分の言葉がどんな反応を惹き起こすか、予想もしていなかった。

「正常! 異常! なに寝ぼけたこと言ってる、馬鹿たれが! お前に何がわかる! 正常? 死にかかった人間が正常かどうかだと? 体から癌を取り除けないから、記憶から消した。嘘を言い、自分で信じ、他人にも信じ込ませようとした、いや、どこまでが嘘でどこから嘘じゃないなどと、そんなことわかるもんか! だんだん具合がよくなってきたと、だんだんか細くなる声で言い、だんだん頻繁に泣くようになった」

「泣く?」——二連銃の銃口を地面に向けて馬に跨る叔父レシェクのがっしりした体軀を思い出しながら、ステファンは、子供っぽい恐怖のようなものを感じて訊きかえした。

「そうだ。なぜだかわかるか? 痛みはあったので、モルヒネの坐薬を貰っていた。それを自分で挿入していた。がある時、看護婦にやってもらったことがあって、泣きだした。《俺は他には何一つ一人でできやしない。この坐薬だけだ。それさえ奪われた……》と言ってな。起き上がることもできなかったが、起き上がりたくないだけだと言っていた。ミルクを飲んだ時は、これじゃ足りない、ミルクを飲んで立ち上がるのは無駄だが、コンソメでも飲めばまた違うとか何とか言い張って、コンソメを貰ったら貰ったで、また文句を言っていた。まったく! あの時奴さんのそばにいてみろ、話し相手になってみろ! 骨だけのような腕を見せながら、どうだ、太くなってきただろうと言う。そして理解できないのが、レシェクがあまりにも疑り深くなっていたことだ! 《あんたら、隅っこで何をそんなひそひそ言っている?》《医者は何と言っている?》——結局伯母のスコチンスカが神父を手配してくれた。神父は当然、油*を持って現れた。一体どうなることかと思ったら、何とすんなり受け入れた。ただその夜のこと、私が付き添っていたら、奴さん何かぶつぶつ言うんだな。寝言かと思って返事をせずにいたら、

《クサフ（クサヴェリの愛称）、何とかしてくれ……》と言うからベッドに近づくとまた《クサフ、何とかしてくれ……》と言う。ステファン、君は医者だな？　ご想像の通り、私はあらかじめモルヒネを準備して行っていた。もしせがまれたらと思い……ある量をな。ずっとチョッキのポケットに入れたままだった。あの夜、私は期待されているのかと思った、打って欲しいのかと——わかるだろう？　ところがレシェクの眼を見て悟ったのは、私に助けて欲しいと言っているということだった。どうしようもないから黙っていると、また《クサフ、何とかしてくれ……》だ。——夜が明けるまでその繰り返しだ。やがてそれも言わなくなった。私は用事があって帰ってきた。それが最後だった……。ゆうべアニェラに聞いたところでは、最後の晩彼女が自分の床へ寝に帰り、朝行ってみるともう息がなかった、ただ、逆さまに寝ていたらしい」

「逆さまって、それは一体？」——理解不能なものに接した畏怖に駆られながらステファンはひとりごちた。

「逆さまに、頭があったところに足があったんだ。どうしてか？　そんなことはわからん。生きたい一心で何をしようとしたのか……」

　よれよれのズックのズボン、胸のはだけた刺繍入りのシャツ。クサヴェリ叔父は顔に石鹸の跡を残したまま、思いつめた様子で、おもむろに頭《こうべ》を垂れた。それからステファンの方を向いた。今や厳しく、熱く、真っ黒な眼で、鋭く見た。

「こんなことを言うのもな、お前が医者で、同業者だからだ……。知っておいてもらう必要があるからだ！　それも……医学を捨てずに知っておいて欲しいのだ。あの時私があそこで、今となってはもう何もわからん、この私が……祈っていたのかもしれんということをだ。人間というものが、どこまで行き

＊——カトリック教会の秘蹟「病者の塗油」（かつての「終油の秘蹟」）に用いる油。

着くことか！」

鏡面で凝固した水蒸気が大粒の滴となって床に落ちる音が聞こえた。と二人の体が、目を覚まされたようにぶるっと震えた――サロンの大時計が重々しく、思案するかのように、大きな音で時を告げた……

叔父は洗面台に向き直り、顔や首に勢いよく湯をかけ、大きな音を立ててうがいし、鼻から水を噴き出した。ステファンはようやくその間にすばやく、忍び足で、何も言わずに浴室を出た。

食堂ではすでに食事の用意が整っていた。窓の外の青みがかった氷柱の内部には、朝の日のクリスタルのような明るさが宿っている。金色を帯びた輝きが窓ガラスの上を走り、大時計のケースのガラスの中で戯れ、卓上に置かれた切子細工の水差しの中で虹となって反射する。順々に伯父アンゼルム、キェルツェのチシニェツキとその娘、大伯母スコチンスカ、叔母アニェラがしずしずと入ってきた。

大量の淹れたてのコーヒー、サワークリーム、大きなパンの塊、バター、蜂蜜が並んでいた。一同は黙って食べた。なぜか誰もが昨日よりおとなしく、陽光の降り注ぐ窓を見やったり、一言二言言葉を交わすだけだ。ステファンはといえば、自分のコーヒーに間違ってもミルクの膜が入れられないようにと、それればかりに気をつかった。アンゼルム伯父は思案顔で寡黙だった。これといって特別なことは何もなかったにも拘わらず、その場に長く居られる空気ではなかった。ステファンは、ネクタイもせず、喪服の鈕《ボタン》を留めるでもない格好で最後に現れたクサヴェリ叔父の方を一度、また一度と見た。二人の間にはすでに、将来にわたって有効な、秘密の盟約が成立している、ステファンはそう確信していたのだったが、その彼の目配せに叔父はまったく応じる気配はなく、パン屑を丸めてテーブルを散らかすばかりだった。とその時叔父の家事を手伝っている村の女の一人が戸口に現れ、部屋中に聞こえる大きな声で告げた――

「チシニェツキの若旦那様にご面会をと、どなたか男の方が一人お見えです」
　この「チシニェツキの若旦那」という敬称は、クサヴェリの家に寄る度、ついでに使用人たちの躾《しつけ》まで
してていったレシェク叔父の活動の一つの成果だった。一人の向こうっ気の強い田舎娘が「若い方のチ
シニェツキの旦那」と言おうが「チシニェツキの若旦那」と言おうがまったく同じだと言い張るので、
レシェクは「お前のおつむではわからんか！　《主よ、故人の魂に御光を》を《あんた、故人の魂に光
あてておくれ》と言っても同じことか、この阿呆娘⁉」と叱り飛ばしたのだった。だが今のステファン
は狼狽していてそんなことを考えている余裕はなかった。よく意味のわからぬ何ごとか口にしながら、
恐る恐る廊下に出て行った。明るかったが、ガラスのヴェランダからふりそそぐ光のせいで、来訪者の
顔つきはわからない。陽光を背景に黒いシルエットが見えるだけだ。コートを着て、帽子を手にした人
物は知り合いとは思えなかった。相手が声を出してようやく、それが誰か、ステファンにもわかった
——
「スタシェク！　おい、スタシェク、どうしてまたこんなところに……いやまさか、会えるとは思って
もいなかった‼」
　ステファンは客をサロンに案内しながら、その戸口で相手に飛びつくと、ほとんどむりやりその毛皮
襟のコートを脱がしはじめた。そしてそれを玄関に吊るして戻ってくると相手を肘掛けに腰かけさせ、
自分用には椅子を引っ張ってきた。
「おい、どうした、どうした？　変わりないか？　どこから来たんだ？　何か言えよ！」
　大学時代の友人スタニスワフ・クシェチョテクは当惑と満足の入りまじった微笑を浮かべた。ステフ
アンの威勢のよさに少々戸惑っていた。
「どうしたって？　特に何もないさ。この近くのビェジーニェツで働いている。昨日偶然こちらのお葬

式のことを、つまり君の叔父さんのことを聞いて……」と一瞬だけステファンの視線を避けながら口をつぐんだが、また続けた――

「それで、ここに来れば君がいるだろうと思ったのさ。相当久しぶりだろ、なあ……？」

「ああ、それで……そうか……」――ステファンは片言を並べた――「それじゃあ、君はビェジーニェツで働いているわけだ？　それはまた驚いた！　ひょっとして君は郡の指定医師か何かになったのかい？　しかしクサヴェリ叔父さんが……」

「違う。療養所《サナトリウム》で、パヨンチュコフスキの下で働いている。この辺のことは君もよく知ってるだろう……」

「ああ、それは考えつかなかった！　あの療養所ね……それじゃあ、精神科医ってことか？　精神科でゆこうというわけ？　そりゃ初耳だぞ！」

「こうなるとは自分でも予想していなかった。ただ、まだ九月前のことだけど、空きポストがあるって、医師会*の募集広告を見て……」

クシェチョテクはビェジーニェツへ来るにいたるまでの経緯を自分なりの仕方で語りはじめたが、どうでもいいことがふんだんに含まれるやや冗長な語りで、ステファンは例によって苛々し、あれこれ質問をさし挟んだり、語りのセンテンスを一度にいくつも飛ばさせ、先を急がせた。と同時に、友を見守る彼の眼は隠しおおせぬ喜びに満ちていた。知り合ったのは医学部一年の時だった。解剖実習に際して克服しなければならない、もろもろの同じような抵抗を感じていることがわかって、それが二人を近づけた。近所に住んでいたスタシェクはやがて、教科書の値段があまりに高いことや、長時間一人きりで書物に向かい合うことの難しさについてこぼしながら、一緒に勉強しないかと誘ってきた。ステファンは以前からクシェチョテクを見知ってはいたが、自分からは近づこうとしていなかった。というのも、どこかしら優等生的なものをスタシェクに嗅ぎとっていたからで、一番嫌いなのは彼が単なるがり勉だということだった。あらためて彼を見直したのはパーティや舞踏会で、そういう場ではいつも彼が先頭切って盛り立てていた。しかし少しよく知ってみると、そうした派手さや威勢のよさはあくまでうわべの見せかけに過ぎないということがわかった。実のところは、なかなか自分の言動に確信が持てない、優柔不断な青年なのだった。試験に対して、同級生に対して、教授の御機嫌に対して、女性に対して——要するに世界そのものに怯えていた。そしてみごとな道化の仮面を作り上げたのだったが、それを着ける必要のない時には喜んで外した。それがステファンには不可思議だった。スタシェクは女の子にもてて、彼の発する冗談は彼女たちに大いに受けただけに、猶のことそれは不思議なことではあったが、クシェチョテクは群れの中でないと活動できないのだった。女の子がせめて二人もいれば、知的な擽《くすぐ》りを弄しながらバランスを取って二人の間を行ったり来たりできたが、一対一になると絶体絶命の窮地に追い込まれた。冗談は撤収して真面目に本題に入るべき段になると、うまくゆかなかった。ダンス、面白おかしい会話、下心のあるコケットリーといったことは、孔雀が雌の前で広げてみせる尾羽のようなもので、あくまで予備的な、布石活動にすぎないというのが一般的な理解である。ところがスタシェクにあっては、それが唯一の社交的能力なのだ。クシェチョテクが見せる驚くべき変身を目の当たりにして初めて、ステファンもそう納得した。自分が中心にいたはずのグループを離れるや否や、スタシェクはおとなしくなり、黙り込み、寂しい表情になった。そうこうするうちに二人だけの長い会話、秋の並木道をゆく散歩、幾夜にもわたって続く哲学論、激しい議論、「究極の真実」やら「生の意味」やらの探究、その他の存在論的考察の日々がはじまった。二人のうちどちらも、一人では到底それほど明晰な

＊——原文の Izba Lekarska は、日本の医師会よりも公権力に近い機構で、日本医師会に相当する組織はまた別にあるので、「医師会」と訳すのは本来適当でないが、暫定的にこうしておく。

思想表現には至れなかったに違いなかった。二人は互いの触媒となり、補いあった。とは言え二人の間の率直さにも限界はあり、こと個人的な事柄になると、真率さは減じた。スタシェクは、自分の恋愛がうまくゆかないことについて、一大理論を築き上げていた。そもそも愛というものを信じなかった。恋愛について読むのは好んだが、信じてはいなかった。彼は言った――「アブダーハルデン*でも読みたまえ、君！ プロラクチンを注射したサルに仔犬を一匹あてがえば、たちまち可愛がりだし、撫でまわすが、二日――三日もたてば、その愛する仔犬を喰っちまうんだ。ほんのちょっとの薬品を血液に混ぜれば、気高きことこの上ない母性愛のできあがりだ！」

激昂する友人をステファンはひそかな優越感をいだきながら眺めた。クシェチョテクは細身ながら、顔はお月様のように円くぽっちゃりしていて、じゃがいものような鼻はいかにも善良そうに見え、そのてっぺんにはいつも立派なおできが陣取っていた。冬の間はつねに寒さに震えていたが、それというのも、丈長の下穿きなどは男の沽券にかかわると言わんばかりに嫌って薄着だったからだ。その上、一年の四分の三は、傍目にも明らかな絶望的かつ滑稽な仕方で片恋に身をやつしていた。人生一般についてはいたって饒舌に語るものの、自分の話になるとほとんど喋らない――二人の間柄はそうなってしまっていた。しかし今、好天にも拘わらず薄暗いクサヴェリ叔父の家のサロンで、古びたダマスク織の壁の下、何かその場を救済してくれるような哲学論議を始めろといきなり言われても無理な相談だった。というわけで、クシェチョテクが自分の話をし終えると、気まずい沈黙が訪れた。それを破ろうとして、スタシェクはステファンの仕事について尋ねた。

「僕か？ いやあ、今のところ何もなし、これからどうなるか、まだわからない……。今のところどこにも勤めていない。それにドイツ人が今……占領中だし……自分でもわからない。色々あたってみてはいる。何か始めないと、勤め口を見つけないと、でも具体的には考えていない……」――ステファンの話す速度は次第に落ちていった。二人ともまた無言になり、今度はそれも中断されることがなかった。ややあって、本当の好奇心からではなしに、単に会話を続けんがために、同時に自分たちはこれほど語るべきものをもたないのかとがっかりしながら、ステファンは再び懸命に話題を探しだした——

「で、その療養所、どんな具合？　居心地は？」

「ああ、療養所か……」

クシェチョテクはまた活気づいて語りだそうとしたが、直ぐにやめた。眼を見開いたかと思うと、思いがけない発見に顔全体を輝かせた——

「なあ、ステファン！　今急に思いついたんだが、だからといって悪くはないだろう、アルキメデスだって突然……そうだよ！　なあ、ステファン、うちに、療養所に来るっていうのはどうだ、うん？　いい、とってもいい職場だ。専門職だし、君にもなじみのある地域だし、静かだし、仕事も面白い、それに……それに時間はたっぷりあるから、学問的な研究だって……たしか君はそっちの方に進もうとしていたんじゃないか……」

「僕が——療養所にか？」——呆気にとられたステファンは、戸惑った様子で微笑んだ——「そんな、いきなり言われてもな……葬式に来たら、突然……まあ、でも……本当のところ、どうでもいいことだけど……」と思わず言ってから、最後の言い方はまずかったかと気になり、口をつぐんだが、スタシェクは何も気づいていない風だった。二人はそれから一五分ほど、具体的なことを話し合った。療養所にはたしかに医師の空きポストが一つあったから、もし実際にステファンがその仕事に就いたらどういうことになるか、検討した。ステファンのいだく疑問は、一つまた一つとスタシェクが解決した——「精神医学を専攻したわけじゃないって？——そんなことは問題にならない。誰だって専門家として生まれ

＊——エミール・アブダーハルデン（Emil Abderhalden, 1877–1950）。スイスの生化学者、物理学者。

てくるわけじゃない。同僚はみんな一流だ。来てみりゃわかるさ！　そりゃもちろん、医者だって人間だから、優劣はあるにきまってる。でも、仕事は面白い。それに抜群の環境！　まるで占領なんかないみたいな、それどころか、この世ならぬ環境だ！」――クシェチョテクの口調は熱を帯び、彼の描く療養所は、あたかも別天地に立つ天体観測所のように、生来優れた知性に恵まれた者は誰でもそこで好きなように才能を伸ばすことのできる、快適きわまりない秘密の隠れ家のように思えてきた。二人は喋りつづけた。ステファンは依然としてスタシェクの提案から何も生まれはしないとてんから決めつけてはいたものの、辛抱強く友人の話につきあった。この最後の話題以外には、恐るべき空虚しかなかったからだ。

　と突然、ドアをノックする音がした。伯母たちとアンゼルム伯父がはや暇乞いをするところだった。当然駅まで見送るべきだったが、ステファンは彼らのところへ駆けつけると、半ば押し売りをするように慌ただしく伯母らの手に接吻し、ぺこぺことお辞儀を繰り返しながら、辛うじてその義務から逃れることに成功した。アニェラ叔母は上機嫌のようだった。クサヴェリの話があまりにも鮮明に脳裏に焼きついているステファンにとっては、叔母の機嫌のよさが不謹慎に思えもしたが、スタシェクのもとに戻るのを急ぐあまり、そんな道徳家ぶっている暇もなかった。親族らとの二度目のそして最後の接触、甥を抱擁しながらもざらついた片方の頰で顔に触れただけのアンゼルムの殿様然とした態度、メラニア伯母のナンセンスきわまる忠告、助言――そうした何もかもがあいまって強力に作用した結果、スタシェクの提案がよっぽど魅力的に思えてきた。しかし、サロンの壁に並んだ古い銅版画をわざとらしいぞんざいさを気どって眺めている友人のところに戻ると、またしてもどうしていいかわからなくなった。あらゆるプラス、マイナスをじっくり検討した結果、ステファンは結局自宅に帰ることにした。そしてそこで色々な用事を片付けてから（それは作り話だった。実はそんな用事などはなかったのだが、いかにももっともらしい作り話ではあった）、また戻ってくる——つまり、しばらく日にちをおいてから（あまり直ぐではいかにもさもしい人間に見えるのを恐れたステファンは、そう強調した）ビェジーニェツに行くことにした。

正午、ステファンは伯父と礼儀正しく、しかしそっけなく別れの挨拶を交わし、駅に向かった。クシェチョテクも一緒だった。同じ汽車でビェジーニェツにも行けたからである。

暖かい、もはやすっかり春めいた日だった。雪解けの水が音を立てて流れ、すっかり道を川に変えていた。その中を行軍する二人は口数少なかった。ぬかるみの徒渉は気を抜けるものでなく、話の種もなかった。駅に着いてしばらくは時間つぶしが必要だったので、二人とも、かつて大学の講義の合間にそうしていたのと変わらぬ仕草で、手の内側に火を隠しながら煙草を吸った。そうするうちに列車が到着したが、まだ停車せぬうちに、列車の様子に驚愕したスタシェクは、歩いてゆこうと心決めた。窓という窓を塞ぎ、屋根を覆いつくし、あらゆる手すりや把手、ステップにしがみついた夥しい数の人間が、列車から溢れんばかりだった。停車した途端、今度は列車を待っていた相当数の農民や行商たちの群れが突撃を開始し、互いに先を争う、上を下への大騒動となった。その中にあって、ステファンは自分でも予期しなかったほどに勇猛果敢さを発揮した。まるで一命がこれにかかっているとでも言わんばかりに必死になって、毛皮だらけの群衆の中を掻き分け、掻き分け、やみくもに進んだ。あたり一帯騒然とする中、汽車は早くも動き出したが、ステファンはどうにかこうにか木製ステップに爪先をかけ、自分より上の方で昇降口にぶら下がっている連中の服に両手でしがみつくことに成功した。しかし、こんな体勢では数分も持ちはしないということがわかるだけの自覚はあった。結局、すでにかなりの速度になっていた列車から飛び降り、危うく転倒しかけたが、何とか泥水の混じった雪のシャワーをたっぷり浴びるだけで済んだ。労力と憤りとで顔を真っ赤にして線路から戻るステファンの目に入ったのは、スタシェクの憐れむような、しかし好意的な微笑だった。それがいよいよ癪に障った。しかし、彼の奮闘ぶりを眺めていた友人は、遠くから声をかけた——

「腹を立てるな、ステファン、どうやらこういう運命らしい。僕のせいじゃないぞ。さ、行こう、歩いて、一緒にビェジーニェツへ……」

ステファンは一瞬決心がつきかねるように立ちすくんでいたが、やがて何ごとか話しだした——それは最早、怪しげな「片付けるべき用事」のことでも何でもなく、下着と石鹸についてだった——しかしスタシェクは驚くほど勢いよく友の手を取り、必要なものはすべて揃うと説得した。それは何とも温かく、やさしい仕方の説得だった。今になって自分の外套に大きな泥はねのしみがあることに気づいたステファンは、突如笑い出し、後は野となれ山となれとばかりに手を振り、泥道を友と二人、明るい地平線に浮かぶ、ビェジーニェツ丘陵の三つの瘤を目指し、蹌踉として歩きはじめた。

空間の結節点

Węzły przestrzeni

ニェチャーヴィからビェジーニェツまでの一二キロは、水を含んで軟らかくなった粘土質の車道が九十九折《つづらお》りになって続いた。一番高い地点を過ぎると、車道は深い窪地にさしかかった。そこからこれまでより狭い、しかし相変わらずぬかるんだ道路に入ってしばらく進むと、突然木立の向こうに、南面をまだ背の低い、若い林におおわれた緩やかな丘が見えた。てっぺんには煉瓦塀をめぐらした一群の大きな建物のシルエットが望め、その正門に向かって砕石を敷きつめた道が登っている。ゴールまで数百メートルというところで、足早の登坂に息をはずませながら、二人は立ちどまった。ゆるやかにうねりながら続く広闊な空間をステファンは見おろした。低い陽光の中、ところどころ靄《もや》が漂っている。雪の不確かな色合いが、暖気のしわざを物語っていた。黒々とした門の前に、両の柱を灌木に覆い隠された石造のアーチが立っている。あちこち欠けていて、刻まれた文字も不鮮明でよくわからない。近くまで寄って、ようやくステファンが読みとったのは《CHRISTO TRANSFIGURATO》*という言葉だった。

日陰に残る凍ったぬかるみの薄氷をせっかちに砕きながら、二人は通用門にたどり着いた。鬚を伸ばし、肥えた門番が彼らを中に通した。クシェチョテクのせわしない、しかし音を立てぬよう気づかう活動がはじまった。一階のがらんとした脇部屋で待つようステファンに命じ、自分は主任医師のところへ急いだ。ステファンは石のタイルを敷きつめた部屋を歩き回りながら、部分的に漆喰で覆い隠された壁画をぼんやり眺めた。そこには金色の光背らしきものが見てとれ、さらに、すでに青味がかった石灰の下になっていて判然とはしないが、今にも叫びだそうと、あるいは歌いださんとして開かれた口があった。足音に振り向くと、スタシェクが思いがけず素早く戻ってきていた。洗い過ぎて袖口が擦り切れたような、長すぎるとも思える白衣にいち早く身を包んでいて、そのせいか、より細身に、より背が高く見える。丸い顔が、満足げに輝き、さらに広がったようだ。

「さてと、これでよし。もうパヨパヨとすべて打ち合わせてきた」――そう言いながら彼はステファンの腕を取った――「例の、ここの主任医師のことだ。パヨンチュコフスキという名前だが、吃音があるのでこう呼ばれている――ところで腹がすいたんじゃないか？　正直に言えよ！　いや、すぐに支度するから」

医師たちが住まう別棟はいたって明るく、感じのいい、きれいな建物だった。水準の高い、快適な生活が営まれているようだった。スタシェクに案内された部屋には、蛇口からお湯の出る洗面台があり、清潔で、あまり病院らしくないベッド、デザインはやや素朴過ぎだがほどほどに明るい色の家具類があり、卓上のコップには何と三輪のスノードロップまで活けてある。そして一番肝心な点は、ヨードホルムその他の病院臭がまったく感じられないことだった。途切れることないスタシェクのお喋りをよそに、ステファンは次々と順に栓をひねってみたり、浴室を開け、小気味よく迸《ほとばし》るシャワーを調べると、部屋に戻ってミルクの入ったコーヒーを飲み、何だかわからないが黄色い塩味のものをパンに塗って食べた。すべてはスタシェクに対する友情から、彼の心配りが功を奏していることを伝え、充分に喜んでもらいたいと思っての行動だった。

「さあ、こっちに来て掛けるといい。どうだい？　どうなりそうだ？」と、すべてを点検し、すべてを食べ終えたステファンにスタシェクは尋ねた。

「どうなるって、何が？」

「いや、何もかもだ、もちろん——世の中が、君が」

「根源的な議論への果たし状というわけか？」——ステファンは微笑を禁じえなかった。

「違うさ、飛んでもない！　議論だなんて！　世の中は——今やドイツだ。奴らはじきに倒されると皆言うが、僕にはそれほど確信がない……残念ながら。ここの幹部の交替についても何やら囁かれていて——ポーランド人は所長になれないとか……でもまだそれもはっきりしていない。とにかく君には——一つ一つ順番に見てもらうのが先決だ。担当病棟はそれからゆっくり選べばいい。急ぐ必要はない。まずは色々見学することだ」

まるでスコチンスカ伯母さんのような口ぶりだ——ステファンの頭をそんな感想がよぎったが、口に出した質問は違った——

「でどこにいるんだ……人々は？」

窓の外にはぼんやりとした植え込みが見える。そしてこれも輪郭のはっきりしない病棟が次々と列をなして並び、奥の方にはトルコ式だかムーア式だかの——その方面には疎いステファンにはわからなかったが——塔がそびえる建物もある。

＊——ラテン語で「変容し給うキリストに」。カトリック教会でいう「主の変容」については、マタイ（一七章一節〜九節）、マルコ（九章二節〜八節）、ルカ（九章二八節〜三六節）の各福音書を参照。「主の変容」を名称に冠した教会や病院はポーランドに実在する。

＊＊——原文は Pajpak で「パイパク」というカナ表記になるが、本書では日本語でわかりやすいようにこう変えた。

「そのうち全部見てもらうから。あれはみんなそうだが、反対側にもある。もうじきボスの名の日だ。*お楽しみに。今日はもちろんまだ病室には行かなくていい。迷子にならないよう、僕がきちんと案内するから。今君がいるのは、いいかい、精神病院なんだから」

「わかってるさ」

「わかっているという気がするだけだ。精神医学の試験を受けた時、一人患者を診たとすれば、きっと神経症の症例だっただろう？」

「そうだった」

「だろうな。治療は——いたって簡単。四十歳までは *dementia praecox*〔早発性痴呆——ラテン語〕——冷水浴、臭素、そしてスコポラミン。四十歳以上——*dementia senilis*〔老年痴呆——ラテン語〕ならスコポラミン、臭素、そして冷水シャワー。それにショック療法。精神医学なんてそれで終わりだ。ところがここでは、いいかい、われわれは不可思議の海に浮かぶちっぽけな小島だ。わかってもらいたいが、もしもスタッフがいなければ、もしも……まあいい、とにかく時間がたてばそのうち君もすべてわかるだろう——ここで一生過ごすのだってきっと悪くない、医者としてじゃなく……」

「患者として、と言いたいのか？」

「何、馬鹿なことを！　ゲストとして、と言おうとしたんだ。実際そういう人もここにはいるんだ。ここでは優れた人物にも会える、笑うな、まじめな話だ」

「たとえば？」

「たとえばセクウォフスキ」

「本当か、あの詩人の？　まさかあの人……」

「違う！　ただここで暮らしているというか、つまり、何と言えばいい？　麻薬中毒症で、モルヒネ、コカイン、それどころかペヨーテもやっていたけれども、もう完治した。でここに住んでいて、長期休暇みたいなものだ、ドイツ人に捕まらないように、簡単に言えばね。来る日も来る日も書いているが、それも詩じゃない、驚天動地の哲学論だ！　そのうち見せてもらえ！　ところでもう夜の回診に行かなきゃ。三〇分ばかり君を一人にするけど、いいね？」

スタシェクは去った。ステファンは長いこと窓辺に佇んでいたが、やがて新しい自分の住処《すみか》をゆっくりと巡回した。環境はやはり大事だ。自分を取り囲むすべてが静かに、何とも名状しがたい仕方で、彼の中に入ってくる。何か物体をルーペの下でじっと観察している時にではなく、むしろ休息の状態、受け身の状態にある時にこそ、それは起こった。この数日間の経験の上に新しい別の層がすでに堆積しはじめていることを感じた。徐々に凝縮する回想の地質学。唯一夢だけが穴を穿つことのできるその深層。世界の影響を受け、流動的で吹き飛ばされやすい表層。

彼は鏡の前に立った。そしてしばらくの間じっと自分の顔に見入った。額はもう少し広い方がいいし、髪の毛は完全なブロンドか、でなければ漆黒か、もっとはっきりした色の方がいい。一貫して黒いのは髯だけで、そのためいつも剃っていないように思われる。眼の色は自分では胡桃《くるみ》色（茶色。栗色）だと思っているが、人は麦酒色**だと言う。つまりこれもどっちつかずだ。鼻だけは父親譲りで尖って湾曲している――「物欲しげな鼻」と母は言っていた。もっと高貴な顔にならないかと、表情をやや緊張させ、鋭くしてみる。また別の表情、別の顔――そんな百面相をしばらくしていたが、やがて勢いよく鏡から顔を背けて窓際に行った。

＊――誕生日ではなく、その人の洗礼名が由来する聖人の日や、非宗教的なファーストネームでもその名に割りあてられた特定の日に自らパーティを開いて祝ったり、贈り物や祝辞を受け取る風習がある。
＊＊――黄褐色。ポーランド語で目の色についてよくビールの色と言うが、その範囲はかなり広く、明確な特定は困難。

もういい加減にこんな一人芝居はやめるんだ！——ステファンはわれながら腹立たしく、そう思った。——実際家になれ。活動、活動、また活動だ。——父の格言も思い出した——「人生の目的がない人間は、自分でそれを創造しなければならない」。短期的に見ても長期的に見ても、しっかりとした目標を複数持って進むのはいいことだ。それも「気丈でなければならない」とか「善人たれ」といった曖昧なものではなく、「便器を修理すること」というようなものがいい。その方が満足も大きいはずだ。ステファンはにわかにそして強烈に、普通の人間の運命というものに憧れを覚えた。

「ああ！　耕し、種を播き、刈り取り、そしてまた耕す、そんな暮らしができたなら！　あるいは椅子を作り、籠を編んで、市《いち》に出す」——民藝品の聖像を作る村の彫り師や、菓子のアイシングよろしく白い釉薬《うわぐすり》をかけた赤い雄鶏を焼く陶工、そんな生業《なりわい》こそが無上の幸せをもたらすものと思われた。平穏に。シンプルに。樹木は樹木、それだけのこと。なぜそれが生え、育つのか、それが生育しているということは何を意味するのか、そもそも植物は何のために存在するのか、それがそれ以外の何物でもないのはなぜか、魂は原子で構成されるのか——行き着く先のない、人を疲労困憊させる、こうした馬鹿げたことを考えない！　とにかくそんなことを一切忘れられたら！　ステファンは息まきながら部屋の中を歩き回った。そして幸いにもスタシェクが戻ってきた。この男はこの病院にいて、まるで皆両眼が不自由な中で一人だけ片眼が見える者のような居心地よさを感じているのではないかとステファンは疑った。ごくごく穏やかな、かわいらしい狂人に過ぎないスタシェクは、壮観なまでに開花したさまざまな狂気に囲まれて、例外的な心的一貫性をもつ者のように見えた。

医師たちの食堂は階上に、屋根の直ぐ下にあり、大きなビリヤード室と、やはり何らかのゲーム用と思えるテーブルの並んだより小さな室とに隣接してあった。ステファンは食堂に立ち寄った。

食事は悪くなかった。ミートロールの蕎麦米添え、豆のサラダ、それにパンケーキ。その後さらにコーヒーがポットで出た。

「戦争ですな。先生、*à la guerre comme à la guerre*」*とステファンに向かって隣の席の男が言った。右手にはスタシェクが腰かけていて、ステファンは食卓に着いている人々を気兼ねなく観察できた。いつものことだが、初めて見る顔は自分にとって何ら思い入れもなく、中には区別できない顔もあり、取り違えることさえあった。

　戦争についての箴言をまじめに告げてくれたドクトル・ディギェルだかリギェルだか（たしかに名乗ってはくれたのだが、はっきりとは聞き取れなかった）は背が低く、鼻は巨大、顔は黒ずみ、前頭骨にはかなり深い凹みを形成する傷があった。金縁の小型の鼻眼鏡がたえずずり下がろうとするところを、ロボットのような動作で直していた。しばらくたつと、それがステファンの癇に障りだした。冬はもう終わったのだろうか、石炭は足りているのか、仕事は沢山あるのか、今給料はどのくらいか——彼らは小声で、どうでもいいような話題をめぐって会話した。ドクトル・リギェル（結局Rで始まることが判明した）は、ちびちびとコーヒーを飲み、よく焼けたパンケーキを選びながら、鼻にかかった声で、お世辞にも親身とは言えぬ調子で返事をした。互いに会話しながらも、なぜか二人とも目はパヨンチュコフスキ助教授の方に向いていた。まばらな羽毛のような白い顎鬚を透かしてピンク色の肌が見え、まるで生焼けの鳩を思わせるその小柄な老人は、かすかに震える、皺だらけの手で、時々螺子《ねじ》が切れたかのように動きを止めながら、コーヒーを啜っていた。そして、やがて口を開くと、まるで自ら否定するかのように首を横に振り振り、言った。

「ここで働きたい、ということですな？」とステファンに尋ねながらも首を横に振る。

「ええ、そうなんです……」

＊——「戦時には戦時の作法」あるいは「不如意も致し方ない」という意の、欧州でよく使われた仏語の言い回し。

「そりゃ無論……無論……意味あることで……」

「やはり経験が……必要……というか役立つかと……」──ステファンは口ごもった。彼が嫌悪してやまないのが老人であり、公的な会合であり、退屈な会話だったが、この場ではその三つ全部が重なっていた。

「では、われわれがおいおいきちんと全部……われわれだけの時……」──パヨパヨは言いながら、首を振りつづけた。

彼の隣には、硝酸銀のしみだらけの白衣を着た背の高い痩せた医者がいた。両側性兎唇《りょうそくせいとしん》を縫合した傷跡の残る大きな口に平べったい鼻、笑うと黄色い歯の目立つ、驚くほどの醜男だが、憎めないタイプだった。彼がテーブルに片手を置いたところを目にしたステファンは、その手の大きさと美しい輪郭に驚いた。彼の考えでは手には二つ大切な要素があった。爪の形、そして掌の幅と長さの比率だった。ドクトル・マルグレフスキの手はいずれの点でも充分貴族的だった。

食堂には女性も一人いた。ステファンも入室して直ぐ彼女に注目していた。彼はその場の全員と握手を交わしたのだが、その際、彼女の細いけれども張りのある掌の冷たさにびっくりした。もしその手を愛撫したらと考えるだけで、どこか厭な感じと刺戟とをあいまって覚えた。

ドクトル・ノシレフスカの顔は青白かった。光の加減で蜜の色にも黄金色にも輝く栗色の蓬髪がそれをふちどっていた。くっきりと造形された額の下の両の眉は、あたかも翼を広げたようで、さらにその下の厳しく青い眼は、エレクトリックとでも形容したかった。彼女の美しさは完全だった。眺める者の視線を弾き落とすような不純物のかけらもない。だからこそ初めのうちはそれに気づかないのだ。彼女の静謐さにはアフロディーテの顔立ちを特徴づける母性的な陰影が宿り、ひとたび微笑むと、髪の毛の明るい火花のようなものが、眼が、そして左頰の、えくぼではなく、それをいたずらっぽく暗示するだけのごく小さなくぼみが加勢した。

そしてもう一人、食堂には若手の医者がいた。鼻の上に瘤のある、ひどいにきび面で、髪は黒かった。誰一人彼と話をする者はなかった。クシニェーヴィチという名前だった。

食堂での会話からわかったのは、仕事は辛く、退屈だが興味深いということ、精神医学は最高の仕事だが、ここにいる医師の大半は、もし可能でさえあれば専門を変えたいと思っているということ、患者はまったく手に負えないが、おとなしく静かだということ、精神科に来る人間は皆正常じゃないのだから、悩んで苦労するにおよばない、みんなショック療法を受けさせれば、それで事足れりだということ等々だった。こうしたさまざまな矛盾は、もちろん会話の相手の個人的見解の相違に由来するものだった。政治的な問題はほとんど触れられることがなかった。ここは海底世界のようだった。ものの動きは鈍く緩慢で、海面上では最強の嵐も、深海では違う尺度のパラメーターを示し、それらはさらにさまざまに異なる症状の診断に変換された。しかし翌日になって、ステファンはまだ療養所で働く医師全員には会っていないということが判明した。ドクトル・ノシレフスカとともに朝の回診に出た際（ステファンは女性病棟の担当となったのだった）、木立から滴《したた》る水の点々とする砂利道で、白いコートを着た背の高い男性に出会った。一瞬見かけただけだが、強く印象に残った。たとえば象牙のような硬い素材を彫り込んだような、黄色く醜い顔だった。眼はスモーク・ガラスの眼鏡に隠れて見えず、小刀のような大ぶりの鼻、薄い皮膚が歯の上に貼りついたような唇——どこでだったか、写真で見たことのあるラムセス二世のミイラを思わせた。年齢に左右されない、苦行僧のような、時を超越したような顔。皺といえども、経過した年数を示すのではなく、あくまで顔の造形的要素だった。その上その医者は——療養所の第一手術医だった——恐ろしく痩せていて、扁平足だった。泥水をはねながら大股で歩き、ノシレフスカに向かってぞんざいな挨拶をしたきり、赤い建物の螺旋《らせん》状の外階段を駆け上がっていった。

ノシレフスカの白い手には、病棟の間をつなぐ扉を開ける鍵が握られていた。患者たちの診察に歩きまわる医師たちが寒さや雨にさらされないよう、療養所のほとんどすべての棟は、上部がガラス張りになった渡り廊下で連結されていて、その部分はさながら温室の入り口を思わせた。だが、病棟に入った途端、そんな連想は粉々に砕かれた。壁という壁は水色の塗料で覆われている。床《ゆか》から二メートル半の高さまでは栓、出っ張り、コンセント、把手などの突起は一切ない、つるつるした表面だ。目立たぬように格子を嵌めたり網を張り、花を植えた大きなプランターを吊り下げた窓の下、うすら寒く明るい病室では、まるで兵舎のように整頓された二列のベッドの間を、海老茶色のガウンを着た患者たちが、ボール紙のサンダルをペタペタいわせながら歩き回っている。

ドクトル・ノシレフスカは病室から病室へと、夢見心地と言ってもいいような機械的で軽々とした動作で扉を閉め、次の扉を開け、歩いていった。ステファンもすでに鍵を持っていたが、これほどスムーズには行かないだろうと思われた。

青白く、伸びきって、骨の上に貼りついてしまったかのような顔、かと思えば、不健康に紅潮し、髯におおわれた、ホコリタケのように膨らんだ顔もある。男性患者たちは皆髪を剃られているが、そのため個性が目立たなくなっている。もはや髪の毛に隠れることもなく、赤裸《あかはだか》にされた頭蓋骨の歪みや瘤が、その醜悪さで顔の表情を圧倒していた。横に突き出る耳、妙に焦点の短い視線、あるいはまるでガラスの棒で眼とつながっているかと思えるほどに一つの物体上に止まったきりの眼差し——それは、少なくともこうした駆足の回診で目につく、大多数の患者の共通点だった。見ると、廊下で看護士が患者を急き立てていた。乱暴とまではゆかないが、人に対する扱いとも言えないようなその看護士のふるまいは、傍をステファンとノシレフスカが通り過ぎる一瞬だけ穏やかになった。どこからか、静かな遠吠えが聞こえてきた。強いられてではなく、病からでもなく、意志を持って発する、あたかも練習しているかのような叫び声だった。もとよりノシレフスカも変わっていた。それはステファンも朝のうちに気づいていたことだった。朝食の席のこと、審美家を自認するステファンは、彼女の容貌をのちのち再現できるように、記憶に留めようとした。その時気がついたのは、湯気のたちのぼるマグカップの縁にまるで白鳥のように首をかしげ、どこことも知れぬ方角に——どこでもないことは明らかだった——視線を投げ、凝視する時、彼女は存在することをやめるということだった。欠盆《けつぼん》をデリケートに打つ搏動、眸《ひとみ》の穏やかな黒み、睫毛の顫え——といった、彼女の生命活動が示すその他のあらゆる植物的な特徴も見るには見たが、その表情に浮かぶ遙かな憧憬は麻痺による恍惚、思考を停止した完全な非存在の快楽に違いなかった。彼女が我に返って、その青い、やや茫然とした視線を彼に向けた時には、ステファンはほとんど恐怖した。そして一瞬後、彼らの膝が触れ合った時には、あわてて脚を引っ込めた——その接触に危険なものを感じたからである。

　女性患者棟には、こざっぱりしたしつらえのノシレフスカのオフィスがあった。そこには何一つ彼女の私的な物が置かれてあるわけではなかったにも拘わらず、そこはかとない女性的な雰囲気が漂っていた。それはもちろん香水の香りというような単純なものではなかった。二人は金属製の白い机に向かって腰かけ、ノシレフスカは抽斗《ひきだし》からカルテを取り出した。女医としては当然のことながら、マニキュアはしていないが、短く丸められた爪は、少年のもののように美しく手を飾っていた。壁面の高いところに小さく黒いキリストが、不釣合いに巨大な二本のフックによって固定されていた。ステファンはそれに驚いたが、よそ見をしている暇はなかった。女医は彼の仕事の内容をあれこれ具体的に列挙した。彼女の声は、まるで今にもトリルに移行したいとでもいうかのように、絶えず、ほんの少し詰まりかけた。ステファンはいまだかつて精神科の診断記録というものをつけたことがなかった。試験の前にはもちろん虎の巻を写した。当面は新しいカルテを作らずに、古いものを継続するというノシレフスカの意向をステファンは歓迎した。記録をつけるのは恐ろしく面倒かつ不必要なものだが、そういうしきたりである以上仕方ない——二人の考えはそう一致していたようだった。

「これでもうおわかりですね」

彼は礼を言って、リハーサルにとりかかることにした。絹のメリヤス編みストッキングを穿き、優美なデザインの白い（薄いグレーの貝殻釦が付いた）コートを羽織ったあの女性を、あの後どんな俗悪なシーンが待ち受けているか、果たして知っていたのだろうか——後になって彼は真剣に頭を悩ませた。ドクトル・ノシレフスカはベルを鳴らし、がっしりした短軀の、亜麻色の髪の看護婦を呼んだ。

「普通は病室を回りながら患者の容態、考えていること、つまりは症状を聞き出してゆきますが、今日は私の王国の一部をここで見てもらいたいと思います」

たしかにそれは彼女の王国だった。ステファンは別に閉所恐怖症ではなかったが、毎回毎回背後にするドアを例の魔法の鍵を使って施錠してゆくことに苦痛を感じた。この診察室でさえ、薄暗い窓の外には格子が嵌り、薬棚の後ろの隅には、くしゃくしゃに丸めた布製の何かが放り出してあった——拘束衣である。連れて来られた女性患者は、あまりに丈が長くぴっちりとしたパジャマのズボンのせいでグロテスクに変形していた。腰部はことさらに女性的な輪郭を描いていた。黒い短靴を履いていた。顔は無表情だったが、不意を衝かれたような感じがあった。化粧をすれば、むしろ美人の部類に入ったかもしれない。眉はどぎついまでに黒々と——多分炭で——ほとんどこめかみまで描かれていて、そのせいもあって奇妙な印象を与えているのかも知れなかったのだが、それ以上観察を続ける余裕はなかった。というのも、患者が口を開いて発した最初の言葉にステファンは度肝を抜かれたからだ。何かお変わりありますか、と女医からくぐもった声で事務的に問われ、患者はいかにも乞うご期待とばかりに微笑んだ。

「来客がありました」——女は歌うように、かぼそい声で答えた。

「おや、ズザンナさんのお客さんはどなたでした？」
「イエス様です。夜中に」
「本当に？」
「ええ。ベッドに入ってきて、それから……」——女は、性的関係を表すもっとも卑俗な言葉を使い、「あんた、どう思う？」とでも言わんばかりの好奇の表情でステファンを見た。

まがりなりにも医者でありながら、ステファンは身がすくみ、あまりの恥ずかしさにどこに目をやっていいか、わからなかった。その間ノシレフスカはポケットから小ぶりの煙草入れを取り出すと、彼にすすめ、自分でも吸いながら、女性患者に向かって詳細を聞き質しはじめた。そのあまりの内容に、同僚の煙草に火を着けようとするステファンの手は震えた。燐寸《マッチ》が三本折れた。ほとんど吐き気を催すかと思われたその時、反射を診て下さいとノシレフスカに言われてやってはみたものの、ぎこちなかった。やがて、終始まったく無関心な様子で立っていた看護婦が患者の腕を取り、まるでシーツの山でも持ち上げるかのように椅子から引っ張り上げ、挨拶もそこそこに部屋の外へ連れ出した。

「パラノイア。しばしば幻覚がある。すべてを書き留める必要はもちろんないけれど、二言三言は書いておいて下さい」——女医はそう言った。

次の患者は、白髪まじりの赤毛でスポンジのような顔をした、肥えた老女だった。背後からガウンの襞をつかんで抑えている不可視の少女と格闘しているかのように、さまざまな未完の動作を延々と繰り返していた。と同時に、女はひっきりなしに喋りつづけ、脈絡もなく並べられた言葉の流れが、質問をされている間にも迸った。そのうち暴れ方が激しくなり、ステファンは思わず椅子ごと身を引こうとした。ノシレフスカは患者を連れ帰るよう命じた。

三人目は人間性のなれの果てそのものだった。その体が近づくより先に、まず濃密な甘酸っぱい悪臭が漂ってきた。我慢してそこに居つづけるために、チシニェツキは全力を挙げねばならなかった。患者のひょろひょろと痩せ細った姿からは性別すらよくわからない。ガウンの破れ目から膝頭の紫色になった皮膚が覗いている。大きく、骨ばった顔は、マリオネットのようにのっぺりとしている。彼女に向かってノシレフスカが何ごとか言ったが、ステファンには意味が取れなかった。すると女は部屋に入ってきた時と同じようにしゃちほこばって立ったまま、片手だけを脇から離して上げ、語り始めた——

「Menin aeide thea……」（ホメーロス作『イーリアス』冒頭の句。「怒りを歌え、女神よ……」）

六歩格詩行を正しく区切りながらの『イーリアス』の暗誦だった。女が看護婦によって連れてゆかれると、ノシレフスカはステファンの方に向き直った——

「哲学博士。カタトニー状態がしばらく続いたわ。わざわざ見てもらったのは、かなり教科書的なケースだから。記憶は完璧に保存されているでしょう？」

「しかしあの姿は……」——ステファンは我慢しきれなかった。

「悪く取らないで下さい。きれいな服を与えてやれないことはないけれども、二、三時間もすれば、またああいう姿になってしまう。食糞症患者一人一人に看護婦をつけるわけにもゆきません。特に今のご時世では……。これから私は薬局に行きますから、カルテを記入して、それから番号と日付を日誌につけてもらえますか。事務的な作業ですが、残念ながら私たち自身がやらねばなりません」

一人目の患者が語ったようなおぞましい話は頻繁に聞かされるものなのかという問いが、ステファンの喉まで出かかっていたが、それでは自分の無知蒙昧さをさらけ出すことになると思い、押し黙った。そしてぱらぱらと書類をめくりはじめた。女医は出て行った。記入を終わったステファンは、並々ならぬ覚悟を決めて病室に向かった。そこでは女たちが歩き回っていた。何人かの女は、のべつまくなしくすくす笑いをしながら、紙切れや布切れ、紐などで、これも休む間もなく身を飾る作業に余念がなかった。部屋の隅には、両側も真上も網が張られ、紐で締め切りにしたベッドが一台置かれていたが、中は空だった。ステファンが壁沿いに歩いてゆくと（患者に背を見せぬよう、本能的にそうしていた）、どこか脇の方からクーと長く引き伸ばした、哀れな犬の鳴き声のような音が聞こえてきた。低い扉に嵌ったきわめて分厚いガラス窓の向こうに、一基の灯りに照らされた隔離室が浮かび上がっていた。そこでは一人の裸の女性が走り回りながら、全面クッションの張られた壁に向かって、体当たりしていた。自身がサンドバッグのようだった。その目がステファンの顔をとらえた瞬間、女はすくんだ。一瞬の間、忌々しい状況と自ら裸であることを恥じ入る、正常な人間に戻った。やがて何ごとか呟きながら、徐々に近づいてきた。そして二人の顔を隔てるのは一枚のガラスだけになると、ガラス一面に赤毛がちな大量の髪の毛がひろがり、女は紫色の唇をあんぐり開き、切り傷だらけの舌でもってガラスを舐めまわしはじめ、ピンク色に染まった唾液が筋をなして表面を這った。

ステファンは足をもつれさせながら逃げた。次の病室は彼を悲鳴で迎えた。浴室で看護婦が一人の女性患者を浴槽に押し込もうとしているのだが、相手は力をふり絞って抵抗していた。ふくらはぎが真っ赤になっていた。湯が熱すぎたのだった。ステファンは水でうめるよう、命じた。看護婦に対する自分の態度が穏やか過ぎることはわかっていた。だが怒鳴りつけることはできなかった。そうするにはまだ早い、と自分に言い聞かせた。

三番目の病室は、いびきや、ぜいぜい、ひゅうひゅうという音で満ちていた。インシュリン・ショック療法後の女性たちが、黒っぽい毛布を被ってベッドで寝ていた。時として毛布の陰から真っ青な眼がのぞき、その昆虫のように空ろな視線が彼の後を追った。かと思うと、彼の白衣を何とはなしに指で撫でる者もいた。廊下でスタシェクに出会った。ステファンの表情が最前より変わっていたと見え、友人は彼の肩をポンポンと叩いて口早に尋ねた——

「どうだった？　おいおい、そんなに深刻に考えるなよ……」――ステファンの白衣の腋の下が湿っているのにスタシェクは気づいた。

「そんなに汗まで掻いて。参ったな……」

ステファンは、最初に診た患者の物語とその他の患者の様子についてぶちまけると、肩の荷を下ろしたようにほっとした。ぞっとする！

「子供だな、君は。あれはみな人間の発言でも判断でもない、症状なんだ。病気の症候だ、わかるだろ？」

「これ以上ここにいたくない」

「女性の症状は大概やや重い。馬鹿を言うな、もうパヨパヨとも話をつけてきた」――スタシェクが少々偉ぶって見せたことが、ステファンはむしろ嬉しかった――「予想はしていたが、ノシレフスカは本当に一人っきりなので、助けてやる必要があるんだ。一応形だけでも一週間ほど彼女のところにいてくれ。そしたらリギェルのところに回してくれるさ。それとも何かい、待てよ、いい考えがある。君はヴウォストフスキのところで麻酔師をやっていたじゃないか？」

たしかに、ステファンは麻酔をかなり得意としていた。

「というのもだ、ちょうどカウテルスが、誰もいないって訴えているところなんだ。オリバルトだ、知ってるだろ」

「何？」

「ドクトル・オリバルト・カウテルス」――スタシェクはゆっくりと一音一音はっきり発音してみせた――「変わった名前だろ？　エジプト人みたいに見えるが、クールラントの貴族の出らしい。神経外科医。なかなかの手術巧者だ」

「ああ、それが一番よさそうだ……同時に何かしら勉強できるし。ここは……」と、ステファンは、駄目だという合図に片手をふり下した。

「もっと前に言っておきたかったけれど、そのチャンスがなかったことが一つある。うちの看護スタッフは基本的にまったくの無資格者ばかりだということ。だからふるまいが少々田舎っぽいというか、少々乱暴。結構ひどいことをしでかすことさえある」

ステファンは口を挟み、ある看護婦が熱湯で患者を火傷させかねなかったと言った。

「そう。そういうこともある。注意していないと、しかし基本的に……君自身わかるだろう、どれほど人集めが難しいか。よっぽど、特殊な感動を求める愛好家でもなければ、こんな……」

「それは興味深い問題の周辺的な事柄に過ぎない」――ステファンはお喋りをしたい気分になったと同時に、病室に戻らずに済む口実を見つけ、言った。二人は渡り廊下のガラス屋根の下に立っていた――「職種の自由選択は一見いいことのように思われる。だが、社会的に重要なあらゆる職が充足されるなんてことを保証できるのは大数の法則くらいだ。少なくとも理論的には、むこう二、三年にわたって、たとえば下水道清掃人になりたいと思う人間が一人も現れないということは起こり得る……そしたら、どうする？　誰かに強制するか、それとも？」

「これまでのところ何とかなってきたんだし、そういう自動的な社会的分散は失敗がない。それにしても、君は今、パヨパヨのお気に入りのテーマの一つに触れたってこと、知っているかい？　彼に教えてやらなきゃ。先生、時々、好んで僕らのために講義をしてくれる。われわれはここで研修を受けているようなものだ。時には娯楽もありだ」――スタシェクはニコチンで黄色くなった歯を見せて微笑んだ――「先生曰く、人々の知的水準がこれほどまで低いのも、不幸中の幸いだ……《もし皆が皆大学教授だったら――悪夢だろう、ショ、諸君、一体誰が道路掃除人になる？》」――スタシェクは突然声を張り上げ、老人の波打つような声を上手に真似てみせた。

だがステファンにはそれすらも煩わしかった。

「一緒に病室へ行ってくれるかい？　カルテを自宅に持ち帰りたいんだ。多分、そうしても構わないだろ、あそこじゃ書けない、後ろにドアを背負ってちゃ……」

「つまり？」

ステファンは白状せざるを得なかった。

「鍵穴から自分の背中をじっと覗き込まれているような感じがするんだ」

「ドアにタオルでも掛けておけ」――大真面目で素早く答えたスタシェクを見て、自分と同じ経験をしてきたのだろうという気がし、その分いくらか気が楽になった。

「いや、自分の部屋がいい」

そうして二人は当直室に帰ったが、それには女性患者の病室三つを通り抜けねばならなかった。疲れ切り、怯《おび》え切った表情の背の高いブロンド女性がステファンを呼び止め、脇に誘った。医者に向かってというより、街頭で見知らぬ通行人にものを尋ねるような調子だった。

「新しい先生ですね」――女はあたりに不安げな視線を走らせながら囁いた――「すみませんが、五分だけお時間をいただけませんか……では二分でも……」と、女は懇願した。チシニェツキがスタシェクを目で追うと、薄ら笑いを浮かべてゴムの反射ハンマーを弄んでいた。

「先生……私はまったく正常なんです！」

疾患隠蔽もまたある種の精神異常においてはごく古典的な症状だということはステファンも知識として知っていたので、もとよりその言葉を意に介することはなかった。

「今度診察に来た時にでも、お話ししましょう」

「本当ですか、きっとですね?」――女は喜んだ――「先生は私のことを理解して下さるのですね……」

ここで女は彼の耳元に口を近づけた。そして、

「ここにいるのはみんな狂人です。みんな」と強調した。

その言葉といかにも意味ありげな目配せを彼は不思議に思った。こんな病院に、狂人でなければ一体誰がいるというのか? が、すでにスタシェクと並んで歩きだしてから、突然彼は了解した――女の言った「みんな」とは医者も含めてのことなのだ! ではノシレフスカも? 彼はスタシェクに向かってできる限り婉曲に、あの女医が「変人」だとは思わないかと訊いた。すると相手は面と向かって噴き出した。

「彼女が?! あの素敵なマドモワゼルが?!」――ノシレフスカがどれだけ優秀な頭脳であるか、どういう家の出か、スタシェクは熱を込めて説明しだした――感嘆措《お》く能わずの絶賛だった。――「ミイラ取りか」とステファンは思った。と同時に、これまでとは別の目で友人を眺めた。よく動く喉仏の上には、孵化しつつある虫のような、剃り残しの毛が少し見てとれた。醜い歯、いままさに盛り上がろうとする吹き出物、つい最近まで豊かで黒々とした艶を見せていた前髪にかわって、額の上に申し訳程度にはらはらとかかる疎《まば》らな髪の毛。

どうしようもない――ステファンは友を見限った。

彼自身は女医に何の興味もいだかなかった。美人だ、大変な美人だ、眼も十人並みじゃない、しかしどこか虫の好かないものがある。

途中スタシェクはセクウォフスキのことを思い出し、ステファンに紹介することにした。

「途轍もなく知的な御仁だが、いかれてる。こちらがへまなことでも言わない限り、楽しく会話してく

れる。上流社会にでもいるような感じでふるまった方がいい。いいかい？　彼はそういう面でうるさいから」

「気をつける」とステファンは約束した。

回復期患者の病棟へ行くために、彼らは回廊を後にした。雲に覆われていた空が晴れはじめ、灰色の綿裏地のような雲を風が吹き飛ばして穴を開けていた。木立の上低く、大きな霧の塊が漂っていた。

病棟の前を、短めのジャケット姿の男が猫車で土を運んでいた。日焼けではなくもともと浅黒い肌の、ひどく毛深い、眼の縁まで鬚を生やしたユダヤ人だった。

「オ医者先生、オ久シブリ（ユダヤ人訛りの非標準的なポーランド語なので、片仮名で表記した）」——男はスタシェクには目もくれず、ステファンに話しかけた——「オ医者先生、ワタシノコト、思イ出セマセン？　ハア、ドウヤラワタシノコトオ忘レデ」

「わかりませんが……」——ステファンは足を停め、相手の会釈に軽く答えた。スタシェクはかすかな笑みを浮かべ、泥濘《ぬかるみ》に浮かぶ小枝を靴の先でつついている。

「ワタシハ、ナギェル、サロモン・ナギェル。ワタシハオ父様ノタメ、イツモ板金ノ仕事シテイマシタ。ゴ存ジ？」

ようやくステファンの脳裏を掠めるものがあった。たしかに父の許には誰だか万能助手のような人物がいて、しばしばその人間と二人、仕事場に閉じこもっては試作品を組み立てていた。

「ワタシガココノ何カ、ゴ存知？」——相手は続けた——「ワタシハネ、オ医者先生、第一ノ天使」

ステファンは戸惑った。ナギェルはすっと彼の傍まで近寄り、熱っぽく囁いた——

「一週間後、ワタシハ大キナ会議ニ出マス。神様モダヴィデ様モ、預言者ミンナ、大天使様タチ、ミンナ。ワタシニハ大キナ発言力ガアリマスノデ、何カ、先生、ゴ入リ用ノモノアリマスカ？　オッシャッテ、ワタシガヒキウケマス」
「いや、何も要らない……」

ステファンはスタシェクの腕をつかんで勢いよく引っ張り、扉の方に向かった。ユダヤ人はスコップにもたれかかったまま、二人の後を見送っていた。

「素人から見れば、療養所は不可思議の極みだ」——黄色いタイルを敷きつめた長い廊下に出ると、クシェチョテクはおごそかに言い放った。階段の踊り場で道は二手に分かれていた。左手を進むと、窓のない廊下が続いた。数も少ない、小さな明かりが時折りぽつりぽつりと照らすだけのその廊下には、何かしら森を思わせるものがあった。規則的に戻ってくる暗闇を次々と抜け、二人は前進した。

「ところが症状自体はまことに典型的なものばかりだ。幻視、幻覚、〇〇期、××期、精神運動性激越、痴呆、緊張型分裂、躁病——以上だ。さてご注意！」

ステファンはそう言いながら、何の変哲もない、通常のノブで開閉するドアの前で立ち止まった。ドアの上には乳白色の小さな照明が灯っていた。

二人が踏み入った部屋は、広くはないが閉塞感はなく、壁際にはベッドがあり、白い数脚の椅子、テーブルの上にはきちんと重ねられた分厚い書物の山が載っていた。床《ゆか》には丸められた書き損じの紙がかなりの数散乱している。銀の縞模様が入った菫色《すみれいろ》のパジャマを着た人物が、訪問者たちに背を向けて腰かけていた。その人物がふり向いた瞬間、ステファンは雑誌か何かで見た写真を思い出した。立派な体格の美男子と言ってもいいほどだったが、そのすっきりと整った顔立ちも、皮下脂肪の蓄積によってすでに崩れはじめている。こめかみ同様白いものの混じる、太くはっきりとした眉毛の下には、瞬きせずに生き生きと見つめることのできる、しかし空虚によってややどんよりとした感のある大きな眼が光っていた。それは自らの色を持たず、周囲の色彩に応じて変化した。今は青かった。詩人の肌は、長い期間閉じ籠っているせいで脆弱になり、過度に透明で、眼の下の皮膚は緩み、わずかに弛《たる》んだ袋を形成していた。

「同僚のドクトル・チシニェツキをご紹介します。ここで勤務するためにやって来ました。ディスカッションのお相手にうってつけです」

「もしそうだとしても、単なる何でも屋の素人評論家です」――セクウォフスキの短い、しかし温かい握手の感触を快く思いながら、ステファンは言った。三人は腰かけた。ポケットから聴診器と打診器が遠慮がちに顔を覗かせた白衣の二人と奇想天外なパジャマを着た年配の男性――それはいささか奇妙な光景だったかもしれない。しばらく差し障りのないことを喋っていた彼らだったが、やがてセクウォフスキが口火を切った――

「医学は、無限を窺うには悪くない窓だ。体系的に勉強しなかったことを、私は時々悔やむことがある」

「先生は精神病理学の優れた専門家でもあるんだ」――とスタシェクはステファンに言ったが、友人がふだんより控え目で堅くなっていることに気づいた。――「一所懸命だな」――スタシェクは思った。

　自分たちの職業世界のリアルな断面、あり様《よう》を完全に忠実に描いた小説はいまだかつて誰も書いたことがない、とステファンは言った。

「それは写生屋の仕事ですな」――詩人は蔑《さげす》むように、しかし礼儀正しく微笑んでみせた。――「街道**の鏡*？　文学とは何の関係もない。ドクトルが仰るような見地からすれば、小説は――ヴィトカツィの見方と逆で――藝術でも、覗き見の藝術だ」

「私が言わんとしたのは、現象の複雑さそのものということで……人々をその表面しか、場合によってはせいぜい粘膜の側からしか」――ステファンは言葉に含みを持たせたつもりで微笑んだ――「知らずに大学に入り、出てくる時にはもう……医者になっている、そういう人間の変貌ということです」

自分の言葉がひどく馬鹿げて響いた。考えを素早くまとめることもできず、言葉も見つからず、大先生を前にしたぼんくら生徒のようにうろたえている自分に気づいて驚き、悔やしかった。それでいてセクウォフスキに対する尊敬の念など微塵も感じてはいないのだ。

「われわれが自分の肉体について知っていることは、はるか彼方の恒星について知っていることと大差ないほど少ないらしい」――詩人の声は大きくはなかった。

「私たちは肉体を統御する法則を見究めようとしています……」

「しかし、生物学のほとんどのテーゼには、アンチテーゼが存在する。学術理論などというものは心理的なチューインガムに等しい」

「お言葉ですが」――さすがのステファンもやや痺れを切らして言った――「では病気になられた時、ふだんはどうされていたんですか?」

「医者を探した」――セクウォフスキは微笑んだ。子供のように澄みきった微笑だった。――「しかしどれだけ大勢のぼんくらが医者になることか、それに気づいたのは十八くらいの時だった。それ以来、病気になるのを死ぬほど懼れた。自分より馬鹿な人間の前で、自分の恥ずべき弱みについて告白するなど、どうしてできよう?」

「時にはそれが最良の方法になります。自分にとって一番身近な者には隠したいようなことを、誰でもいいから他人に打ち明けたいと思ったことは一度もありませんか?」

*――スタンダールの小説『赤と黒』第四九章に現れる一節「小説とは、街道を往く鏡のようなものです。あなたの目に空の青さを見せてくれることもあれば、道の泥濘の水を映し出すこともあります」に由来する。

**――ポーランドの劇作家、画家、評論家、スタニスワフ・イグナツィ・ヴィトキェーヴィチ(Stanisław Ignacy Witkiewicz, 1885-1939)のあだ名Witkacy。写実主義的な藝術を批判した。

「《身近》というと誰のことかな？」

「まあ、たとえば両親とか」

「君は誰？　小さなポーランド人」*――セクウォフスキは言った。――「一番身近な存在は両親？　板皮類ではだめということかな？　諸君の生物学が教えるところによれば、彼らは単に進化の最後の鎖だったただけだ。だから愛情も、蜥蜴《とかげ》どもも含めた一族**全体を対象とすべきでは？――生まれてくる子供の将来の精神生活について愛情をもって考えながらその子をみごもった、そんな人間にドクトルは会ったことがあるだろうか？」

「がしかし、女性はそうでしょう……」

「これはまたご冗談を。雌雄の性は、たしかにかなり込み入った事情で、互いに補完し合う関係にある。恐らくは、かつて何かの蛋白質がちょっと歪み、こっちが欠け、あっちが膨らんだかして、ある種の凹みとそれに対応する隆起が発生したものだろうが、だからといって、そこから近親性が導かれるものだろうか？　もちろん精神的近親性がだ……。あなたにとって、あなたの脚は身近な存在かな？」

「そんなこと何の関りが……」――ステファンは応戦しようと思った。自分が相手に最早ついていけないことは悟っていた。セクウォフスキは、弾丸でロケットを打ち落とそうとするかのように会話を攪乱した。

「すべてに関りがある。無論、脚はドクトルにとってより近い存在だ。なぜならあなたは脚を二通りの仕方で経験できるからだ、一つは、眼を瞑《つむ》っていても《脚を所有している感覚》として、二度目は、あなたが脚を見る時、触れる時、換言すれば物として。残念ながら、他者としての人間は永遠に物でしかない」

「あなたはナンセンスな極言を楽しんでいらっしゃいますが、かつて一度として親友を持ったことがないとか、一度として人を愛したことがないとは仰らないでしょう？」

「おお、話がようやく本題に入ったか！」――セクウォフスキは叫んだ――「そういうことがあったとしてもいい。しかしそれと近親性とどういう関係が？　私自身以上に私に近い存在には誰もなり得ない。それでいて私は私にとって時にあまりに遠すぎる存在だ」

彼はまるで世を辞するかのような重苦しい仕方で瞼を閉じた。会話は迷宮をさまようようだった。ステファンは会話の主導権を握り、手の内の最高のカードを開陳してみようと決めた。そうすれば面白いことになるだろう、と。

「私たちは文学の話をしていたのでは？　あなたの言葉の捉え方はあまりに偏っていて、細部を誇張し……」

「遠慮は無用」――詩人は励ました。

「作品とは伝統的な約束事の一つの関数ですが、才能とはそうした伝統的しきたりを打ち破る能力です。私はリアリズムだけが正しいと言っているのではありません。作品の内的論理を作者が遵守するという条件さえ満たせば、いかなる文学ジャンルも正しいのです。ひとたび壁に穴をあけて主人公を通した以上、たゆまずそうし続けなければ……」

「お話の途中、失礼。そもそもドクトルの考えでは、文学は何のためにあると……？」――セクウォフスキは、まるで午睡の寝言のように小さな声で尋ねた。

＊――ポーランドの詩人、評論家、ヴワディスワフ・ベウザ（Władysław Bełza, 1847-1913）が一九〇〇年に書いた詩「ポーランドの子の信条告白」（後に「ポーランドの子供のカテキズム」とも題した）の冒頭二行をそのまま引用している。愛国精神を謳うこの詩は教科書に掲載されたり、歌われたりして、大いに人口に膾炙した。ここでの引用の意味合いは必ずしも解釈が容易ではない。愛国心、家族愛も含め、専ら人間の共同体を中心とする愛のありかたを批判しているとみるか。

＊＊――原文の rodzina は「家族」や分類学の「科」を指す言葉だが、ここでは脊椎動物全体を指すか。

「文学は教えてくれる……」

「あ、そおお?」――詩人は語尾を伸ばした――「ではベートーヴェンは何を教えてくれますか?」

「ではアインシュタインは?」

ステファンはほとんど憤りに近い苛立ちにとらえられていた。セクウォフスキは明らかに過大評価された詩人だ。手加減する必要はあるのか?

セクウォフスキはいたって満足げに、静かに笑った。

「もちろん何も教えてはくれない。遊び興じているだけだ。でしょう、ドクトル? ただそのことを皆が皆知っているわけじゃない。照明を点灯する度に犬にソーセージを与えれば、やがて犬は、明かりを見るだけで涎を垂らすようになる。人間にも紙にインクで書いたいたずら書きを見せつづけることによって、やがてそれが宇宙の無限性を表す公式だと思い込ませることができる。すべては脳の生理学、調教以外の何物でもない」

「では人間にとってのソーセージは何ですか?」――相手の体に見事切先を食い込ませたフェンシングの選手のような感覚をいだきながら、ステファンは素早く訊いた。だがセクウォフスキも間髪入れず返突《リポスト》してきた。

「アインシュタイン、あるいはその他の畏れ多い権威、それがソーセージだ。数学とは一種の精神的鬼ごっこではないのか? 数理論理学はルールを最大限厳しくしたチェスでは? 紐を使った子供の遊び、あの綾取りのように、紐は次々と形を変えながら、最終的にはまた出発点に戻ってくる。2+2は4であるということの、ペアノとラッセルによる証明はご存知だろう。一ページをびっしり代数記号で埋めつくしたものだ。皆遊び興じている。私も遊んでいる。『花ざかりの園』という私の芝居をご存知かな? あれを私は化学的戯曲と呼んだ。花は、植物だからバクテリアで、園は人体――菌が繁殖する場所だ。この劇では結核菌と白血球が激しく戦う。類脂質《リポイド》からできた装甲——一種の《不可視の帽子》*——を獲得したバクテリアどもは、《超黴菌》を司令官と仰いで結束し、白血球軍団をうち負かし、今や彼らの前には輝かしい至福の未来が開けるかと思った矢先に、庭園、すなわち人間が彼らの足下で息絶え、彼らもまた庭園とともに滅びざるを得ない……」

ステファンはその戯曲は知らなかった。

「自分の話ばかりで失礼。だがわれわれ一人一人、誰もが、世界の中心に向けて打ち上げられたある種のプロジェクトなのだ。ただそのプロジェクトは必ずしも常に理想的に完成されたものではない。人間製造の過程には多くの、あまりに多くのお粗末さがつきまとっている。じゃあ世界はといえば」——ここで詩人は窓の外を見下ろしながら、そこに何か滑稽なものでも見たかのように微笑した——「奇妙奇天烈な怪異の集合体に過ぎず、それらの遍在自体は何事も説き明かしてはくれない……。もちろん何も見えない風を装い、見た通りの他には何もないと白を切ることはできる。私も平生はそうしている。だがそれではあまりに少なすぎる。正確な数字は忘れたが——最近記憶力がめっきり衰えた——原子が集まって一個の生きた細胞が発生する確率は恐ろしく小さく……百京分の一だとか、読んだことがある。さらにその細胞が何兆個だか知らんが集まって一人の人間の体を構成するとは！　われわれ一人一人が、数十年間続く人生という素晴らしいお遊び、一等賞の当たり籤《くじ》なのだ。燃えさかるさまざまな気体、真白に渦巻く星雲の群れ、凍てつく宇宙霜——そんな世界に出現した蛋白質の暴発、一瞬にしてバクテリアのように拡散し、腐敗に向かおうとするゲル状の塊……。十万にも達しようというトリックに支えられたあの奇妙なエネルギーの飛躍が、稲妻のごとく物質を切り裂き、持続と秩序を生む——何一つない虚空の景色の中を這い回る、空間の結節点の誕生。だが一体何のために？　空が誰かの眼に映るよう

＊——ギリシア神話中のハデスが持っていたという、被ると姿が見えなくなる兜。

に？　眼に、おわかりかな、ドクトル？　一体なぜ、秋には金色《こんじき》鹿毛色《かげいろ》、冬には茶褐色した木々や雲、四季折々に曲用するこの風景、これらすべてが、なぜ鉄槌のような美でわれわれを打つのか、いかなる法則によってそうなるのか、考えたことはあるだろうか？　そもそもわれわれは黒い宇宙塵、猟犬座の星雲の切れ端であるべきではないのか、星々の咆哮、流星の氾濫、真空、闇、死こそが本来の常態であるべきでは……」

　疲れたと見えて、クッションにもたれ、押し殺した低い声で詩人は言った――

Only the dead men know the tunes*
the live world dances to...

「結局あなたにとって文学とは何なのでしょうか？」――大分間をおいてから、ステファンは勇を鼓して訊いた。

「読み手にとっては忘却の試み。書き手にとっては――救出の試み……何でもそうだが」

「あなたの神秘主義は……」

　この会話ではステファンに運がなかった。彼に最強のカードを切る隙を相手は与えなかった。セクウォフスキは噴き出し、一挙に形而上から地上に舞い降りた。

「私が神秘主義者？　誰にそんなことを吹き込まれたかな？　この国では、何でも四回作品を発表すれば、もう《繊細な抒情家》だの《技巧派》だの《生気論者》だののレッテルが貼られる。以前私がクレチン症患者と呼んだ批評家**たちは、文学の医者で、皆さんと同様に似非《えせ》診断を下し、同様に、どうあるべきかは知っているが、同様に、結局は患者を救う術を持たない……。無理やり私を神秘家に仕立て上げたのは誰か？——それは亀虫、百姓、与太郎の衆だ。万とあるこの世の不思議にさらに加えてもう一つ不思議なのが、連中は私と似たような脳を持つとされながら、実は腹で思考するらしいことだ」

「私たちの会話は《捻じれの位置関係》にあるようです——ダイアローグではなく、片方が優勢な二本のモノローグ」——ステファンは口を挟んだ。集中し、前線を密集させてセクウォフスキを撃ち破ろうと思ったのだ。医学のことなどもはや念頭になかった。——「私もあなたの作品を知っていますよ。《実在の現《うつつ》》とは異なる現《うつつ》***の存在をあなたは示唆なさっている。実在しないリーマン幾何学世界を記述なさっている……しかし、私とあなたを取り巻くこの世界もまた、あなた自身お認めのように、それなりに、充分興味深いでしょう。なぜこの世界についてほとんど書こうとなさらない？」

「われわれを取り巻く世界？ ひょっとして、私がさまざまな《世界を捏造している》とお考えかな？ すると、私を囲む世界と、ドクトルを取り囲む、その白く塗られたスツールに腰かけたあなたがその中心にいるところの世界とは疑いなく同一だとお考えかな？」

前者は「ずっこけて」いるのだとステファンは内心思ったが、もちろんそれは口にしなかった——

「ある程度まで——そうです」

*——「生けるこの世がそれに合わせて踊る歌、それを知るのは死んだ人間たちだけ」。リチャード・ル・ガリエン（Richard Le Gallienne, 1866–1947）の詩『すべて歌われた』*All Sung* の最終二行。
WHAT shall I sing when all is sung / And every tale is told, / And in the world is nothing young / That was not long since old? / Why should I fret unwilling ears // With old things sung anew / While voices from the old dead year / Still go on singing too? // A dead man singing of his maid / Makes all my rhymes in vain, // Yet his poor lips must fade and fade, / And mine shall sing again. // Why should I strive thro? weary moons / To make my music true? / Only the dead men know the tunes / The live world dances to.

**——クレチン症患者がkretyń、批評家がkrytykで、音の類似を利用した言葉遊びか。

***——ポーランドの詩人ボレスワフ・レシミャンの詩「エリアス」（一九三六年刊『翳の多い飲物』所収）の最終行に「《実在》の現とは別の現の可能性」の句がある。

セクウォフスキには「そうです」しか聞こえなかった。その言葉だけが必要だったからである。

「私の見方は違う。つい最近クシェチョテク先生に顕微鏡を覗かせてもらった時のこと、先生がそこに見たのは、柵状に並んだ、棍棒様の特徴的な形をしたジフテリア菌と、その周りを囲む、ピンク色に染まった被覆上皮細胞群だとおっしゃった。間違っていませんか？」

スタシェクは頷いた。

「一方、私が見たのは、青々とした海に、珊瑚の環礁のような褐色の列島と、顫動する、波長の長い海流に乗って漂うピンク色の流氷……」

「その《環礁》がまさに菌でした」――スタシェクがコメントした。

「そう。しかし私にはそれが見えなかった。共通の世界は一体どこにあるのか？　製本職人にとっての書物とあなたにとっての書物は同じものだろうか？」

「他人との意思疎通の可能性も疑っていらっしゃるのですか？」

「われわれの会話はアカデミック過ぎる。私が認めるとすればせいぜい、たしかに私が、世界像の特定の線を延長していることと、常に最終的な論理一貫性をめざしているけれども、その結果として一貫しないこともあり得るということぐらいで、それ以上は何もない」

「つまり論理化された不条理？　それは一つの可能性ではありますが、わからないのは、なぜ……」

「われわれは誰もが、必然性に変じた可能性の一つだ」――と、セクウォフスキに言葉を遮られたステファンの脳裏に、かつて孤独に考えついたあるアイディアがよみがえった。そして、もしかするとこれで優位に立てるかと思いつつ、言葉にした。

「《かつて精子と卵子だった自分》――と考えたことはありませんか？」

「それは面白い。メモさせてもらってもよろしいかな？　もちろん、文学的素材を蒐集しておいでとは思わないが……」──というセクウォフスキの問いに対して、ステファンは着想を盗まれるようで厭だったが、抗議をするのもおかしいので、黙っていた。相手は一冊の本から抜き出した紙片に傾斜した大きな字で二言三言認《したた》めた。本はジョイスの『ユリシーズ』だった。

「お二人は、一貫性とか、その延長とかお話になっていましたが」──これまで黙っていたスタシェクが口を開いた──「ドイツ人についてはどうお考えですか？　彼らの世界観が一貫性をもって帰結するところは、わが民族の活力を極限まで搾り取った後に生物学的に根絶するということになるでしょう」

「政治家というのはあまりに愚かな人間で、推論によって彼らの所行を予測することは不可能だ」──緑色が混じった琥珀色のペリカンのキャップをうやうやしく回して締めながら、セクウォフスキが応じた。──「だが先生の仰るケースに関して言えば、あり得ないことではない」

「では一体どうしたらいいのでしょう？」

「笛を吹き、蝶々でも集めることだ」──もう二人を相手の話に飽きたようにも見えるセクウォフスキが言った──「われわれが自由を獲得する方法はさまざまだ。ある者は他人を犠牲にする。無論不道徳だが、いたって実際的な方法だ。別の者は──状況の中に亀裂を探して、そこから逃亡しようとする。《狂気》という言葉を恐れてはならない。私自身、自らのふるまいの自由を証明するために、一見すると狂った行為を実践することができるのだ」

「たとえば？」──スタシェクが何やら警告するような仕草をするのが目の隅に見えてはいたが、ステファンは質問した。

「たとえば」──そうにこやかに言ったかと思うと、セクウォフスキは眉をひそめ、両眼をひん剝き、口をあんぐり開けて、牛の鳴き声を真似た。ステファンは真っ赤になった。スタシェクは横を向いて顔をしかめたが、そのしかめ面は微笑みの名残りと言ってよかった。

「*Quod erat demonstrandum*（数学の定理や問題を証明した後の結語「証明終わり」──ラテン語）」──詩人は言った──「もっと雄弁な例に訴えるには、私はあまりに怠け者だ」

ステファンは突然、自分の懸命な努力が勿体ないという気がした。こんなところで誰を相手に真珠をばらまいているのか？＊

「今のは、本当の狂気とは何の関係もない」──セクウォフスキは言った──「ちょっとした証拠に過ぎない。われわれの可能性を、正常、規範の方角以外にも広げることだ。まだ誰も気づいていないような、状況からの脱出法を見つけることだ」

「死の壁＊＊の下でも？」──冷静を装って尋ねたステファンだったが、実のところは強情な反撥心が息巻いていた。

「そういう場合でも、われわれは少なくとも動物とは違う死に方を選ぶことができる。ドクトルだったら、どうするかな？」

「私は……私は……」──どう答えていいか、ステファンはわからなかった。それまでは言葉がひとりでに口から滑り出ていたのが、今や空虚が体内で膨れ上がった。馬鹿にされたくないという思いから、その空虚は梃子《てこ》でも動かせぬものになってしまった。彼は黙り込んだ……。大分間があってようやく、ステファンはぼそぼそと語った──「私たちは、そもそも社会の枠外の存在のような気がします。この病院自体が──ノーマルな現象じゃないでしょう。ノーマライズされたアブノーマル」──その表現を見つけたことで気をよくしながら、彼は言った──「ドイツ軍、戦争、敗北──何もかも、ここにはきわめて間接的な反映しか届かない。せいぜい、遠い残響でしかない……」

「難破船集積所といったところかな？　無傷の艦船は大海原を航行中か」──と言ってセクウォフスキは天井を凝視した──「一方、諸君先生方は、できそこないの不滅の魂（人間のこと）を少なからぬ数、作ってしまった創造主の過《あやま》ちを正そうと躍起だ……」

彼は椅子から立ち上がり、部屋の中を歩き回っていたかと思うと、まるで声のチューニングでもするかのように大きな音を立ててくしゃみをした。

「さて、ご清君いただいている諸聴のお目にかけられる***ものがまだ何かあるだろうか？」——部屋の中央で、両手を胸の上で十字に組み、セクウォフスキは尋ねた。やがてその顔が光におおわれた。——「来た」——と彼は囁いた。体をやや傾け、ステファンらの頭上をじっと見つめた。二人は身動きもできず、奇妙な待機の態勢に引き込まれていた。その緊張が耐え難くなった頃、詩人は語りはじめた——

環状真珠線虫のはためく馬印を
わが墓の上に掲げよ。そうすれば彼等の蠕動が
わが頭蓋骨の中で、この演説の続きを奏でることだろう、
血染めの街頭で踊る、プトマインどものバレエ・ブラン****のごとく。*****

*——恐らく「豚に真珠」の格言を踏まえて、自分が貴重な発言をしているにも拘らず、相手にそれが通じないという意を表している。

**——銃殺刑などの処刑のために人を壁際に並べ、立たせることがあったが、その壁や塀のこと。

***——傍点を付した部分は原文で隔字体によって強調されている。前半は「清聴」と「諸君」のそれぞれ半分ずつが交換されたような、存在しない単語が用いられているが、「お目にかける」に該当する動詞は通常のもので、なぜ強調されているのかは不明。前半も、これが詩的・意図的な遊びなのか、失語症の兆候としての錯語を示唆しているのか、決め難い。

****——「白のバレエ」（仏語 ballet blanc）。バレリーナたちが全員白のチュチュを着け、妖精などの役で踊る意匠。『ジゼル』『白鳥の湖』『ラ・シルフィード』などで典型が見られる。

*****——7＋6音節の十三音綴詩行が、ａｂａｂの脚韻で行儀よく並んだ定型詩。

詩人はやがて会釈し、まるで二人の姿が目に入らないかのように、窓の方に向き直った。

「言っただろう?……」――部屋を出るなり、スタシェクが切り出した。

「僕は何も……」

「君が彼を挑発したんだ。弱音器をつけて話すべきところを、君はいきなりフォルテッシモでいった。彼の話をきちんと聞こうというより、自説の正しさを証明しようとした」

「あの詩、どう思う?」

「まあ、何だかんだ言っても――大したものだ。天才の中にどれだけ異常さがあるか、その逆もそうだが、誰にもわかりっこない」

「セクウォフスキが天才とはね!」――ことが自分の問題であるかのように刺激されたステファンは言った。

「彼の本を貸してやるよ。『顔のない血液』は読んでないだろう?」

「読んでない」

「きっと降参するから」

その言葉を残してスタシェクは立ち去った。ステファンはすでに自室の前に立っていることに気づいた。部屋に入って、抽斗の中にアミノピリンを探した。こめかみがずきずきと痛んだ。

夕方の回診では、何とかして例の萎《しお》れたブロンドの女に会わないようにと念じたが無駄だった。女の方から近づいてきたのだ。ステファンは仕方なく女をノシレフスカの部屋に案内した。

「先生、何もかも、初めからお話しします」――女は両手の痩せ細った指を神経質に組み合わせ、振った。「スウォニーナ(豚の脂身)を運んでいる時、捕まったんです。それで、収容所に送られては困ると思い、狂ったふりをしました。でもここは収容所よりひどい所でした。私は患者たちが恐ろしくて」

「お名前は？」

「司祭と修道士の違いは何ですか？」

「窓は何のためにありますか？」

「教会で行われることは？」

一連の質問の結果、たしかに女はまったく正常だとわかった。

「どんなふりをしましたか？」

「ええと……《神のヨハネス》*のところに自分の義理の姉がいるとか、これは何度か見たことも、聞いたこともあるし……そこにいない人に話しかけるとか、自分にだけ見えるふりをするとか、色々突拍子もないことをして」

「私にどうしてもらいたいと思っていますか？」

「どうかここから出して下さい」――女は祈るような仕草をした。

「それはそんなに簡単ではありません。しばらくの間観察させてもらわないと」

「どれくらいの期間ですか、先生？　ああ、何のためにあんなことしたのかしら」

「収容所の方がましだとは思えませんが」

「でも私は、あの垂れ流しの女とは一緒にいられません、先生、お願いですから。きっと夫から何らかのお礼もしますので」

「いやいや、それは困る」――ステファンは職業的義憤をこめて言った。どうやら普段の自分に戻れたようだった。「より安定した人たちのいる、別の病室に移って下さい。今日はこれで終わりです」

「ああ、もうどうでもいいけど。ひいひい言ったり、歌ったり、白眼を見せたり、ああいう人たちとい

＊――フアン・デ・ディオス（Juan de Dios, 1495-1550）。ポルトガル生まれのスペインの聖人。

ると自分自身がおかしくなりそうで、怖いんです」

続く二、三日の間に、ステファンは——ほとんど誰もがそうしているように——いくつかの常套句を駆使しながら「患者を見ずに」カルテを書くことを覚えた。ドクトル・リギェルのメンタリティはいち早く察することができた。この精神科医は、たしかに学のある人間だったが、その知性は言ってみれば日本庭園に似て、橋あり、小径あり、何もかも美しいが、ひどく狭隘で、使い物にならない。リギェルの話は決して轍《てつ》を外さなかった。彼の知識の構成要素は互いにすっかり固定されていて、その使い方もつねに教科書通りだった。

一週間もたつと、自分の受け持ちがそれほど苦ではなくなっていた。患者の中には、特に躁病の場合、必ずしもカトリックの教義には一致しない仕方で聖人たちと交流していることを自慢する者もいたが、つまるところ、かわいそうな女たちなのだと思った。

日曜日は、パヨンチュコフスキの名の日の祝いだった。主任医師は、まばらな顎鬚を濡れ濡れと氷柱のようにきちんと梳かしつけ、ぱりっとプレスをきかせた白衣を着て現れた。回復期病棟に暮らす一人の女性分裂病患者が詩を朗誦する間、彼は老いた小鳥のように、そして頷くようにして眼鏡の奥で眼を瞬かせた。次いでアルコール中毒患者が歌を独唱、最後に人格障害患者たちのコーラスが披露されたが、お祝いのプログラムは突如として空中分解した。患者たちが皆、老人のもとに駆け寄り、胴上げを始めたのである。所長の体は天井近くまで舞い上がった。ギャアギャアという叫び声が上がり、荒い鼻息がたちのぼり、ポーの小説*さながら、ティーポット女まで現れた。パヨンチュコフスキはようやくのことで患者たちの手から引き剥がされた。修道院にも似た——修道院長を先頭に立て、修道士たちが従い歩く——形式で、医師団一行は次に男性患者の病室に向かった。そこでも、自分は癌患者だと信じ切っているある心気症患者が詩を朗読したが、それを遮るようにして、途中で三人の脳性麻痺患者が《可哀想に、野戦病院で死んでいった**》を合唱しはじめた。三人は頑として制止を容れなかった。その後、医師棟に移ってささやかな宴が設けられ、最後にはパヨパヨが愛国的な演説をぶつべく努めたが、成功はしなかった。小柄な老人は、例によって痙攣的、否定的に首を振り振り、杯の上に涙を流し、クミン酒（ウォッカにクミン（馬芹）の種子を加えて作る酒）をテーブルにこぼしたが、やがて腰を下ろしたので、一同ほっと胸をなでおろした。

＊――エドガー・アラン・ポーの「タール博士とフェザー教授の療法」（The System of Dr. Tarr and Prof. Feather）も精神病療養所を舞台にした短篇。自分がティーポットだと思い込んでいる男について短い言及がある。
＊＊――ヴワディスワフ・ダン・ダニウォフスキ（Władysław Dan Daniłowski, 1902–2000）作詞作曲の歌。一九三一年公開の映画『パヴィヤクの十人』で使われ、流行した。

ドクトル・アンゲリクス*

Doctor Angelicus

病院には策謀の網が張りめぐらされていた。それは新参者の不器用な足取りだけを狙い、口を開けて待ち構えていた。誰かがパヨンチュコフスキの椅子を狙っていて、もうじき所長の交代があるという噂を流し、療養所の業務にちょっとでも問題が起こると、それを喜んだ。だがステファンは、まるで水族館の水槽を前にした観覧客のように、とりどりの精神の畸型が織りなす光景に見入っていた。そして、そのショーに心奪われるあまり、職員の人間関係など追究する余裕もなかった。

セクウォフスキに会って話がしたいと思うことはよくあった。会えば、二人は毎回互いに満足して別れた。とは言え、化物だらけの奈落に生きつづけざるを得ないのが自分の宿命なのだという発想に、詩人が完全に甘んじていることがステファンを苛立たせもした。自分の精神こそが万物の絶対的尺度だと考えるセクウォフスキは、ステファンを「スパーリング」の相手くらいにしか見ていなかった。

ワルシャワの街頭で住民の無差別連行が始まっているというニュースや、間もなくゲットーが設置されるという噂が届いたが、それらは病院の塀というフィルターで濾過《ろか》されたかのように、何やら漠として現実味がなかった。九月戦役に従軍中、精神的均衡を失して入所していた元兵士たちの多くが退院していった。おかげで所内の手狭さは減少した。病棟によっては、これまで一台のベッドに二人、三人の患者を寝かせていたのである。

反面、食糧事情が悪化し、薬品不足も募っていった。熟慮の結果、パヨパヨは最高度に厳しい倹約令を出した。スコポラミン、モルヒネ、バルビタール、そして臭素でさえが施錠の上管理されることとなった。ショック療法のインスリンはカルジアゾールで代用されることになり、残ったインスリンはちびちびと慎重に処方された。施設の統計も不安定化した。動揺するその数字からは、まだ患者社会のこれまでと異なる相貌を窺い知ることはできなかったが、統計指標のいくつかは蒸発し、他の数字は揺らぎ、あるいは停滞した。流動的な時期が始まっていた。

四月は、日に日にその勢いを増していた。明るい雨と緑に彩られる日々と、まるで十二月から借りてきたような雪まじりのどんよりと暗い日々とが交互にやって来た。日曜日、閉じた瞼を透過して暗い紫色で夢を染める執拗な太陽の光に目を覚まされたステファンは、いつもより早く起きた。そして窓の外を見た。そこには、巨匠が幅広のブラシで一つの同じ絵を何度もスケッチしているような、そんな風景が広がっていた。新しいスケッチができあがるたびに、新しい色彩、新しいディテイルが加わってゆく。眠れる獣の背のようななだらかな丘陵に挟まれて走るいくつもの細長い谷筋に、羊毛のような霧が流れ込んでいた。溜まって膨れ上がったその霧に、黒々とした太い木の枝が浸っている。ここかしこに、ちょうど何かに引っかかって絵筆が動きを止めたかのように、角ばった形の不規則な黒っぽいしみが霧を透かして見える。やがて、若干の金色が上の方から白に沁み込んでいった。画面に動きが現れた。次々

＊——Doctor Angelicus——ラテン語で「天使のような博士」の意で、トマス・アキナスがそう呼ばれたが、ここでは「天使のような医者」か。

と真珠色の渦が生まれては、地平線にまで到達し、稀薄になり、散っていった。そして雲の破れ目から、裸の栗の実のような艶のある陽の光が閃めいた。

ステファンは散歩に出た。道を歩くのは直ぐにやめた。緑は、大地のいたるところ、ほんのわずかな空隙も覆いつくし、溝や窪の中で沸き立ち、石の下から迸り出ていた。木の芽がほぐれ、青磁色した繊細な霞が遠い木立を包んだ。彼は、幅広く暖かな風にさらされた斜面を直登し、枯れた去年の草がかさかさと音を立てるてっぺんを越えた。周囲には、少々汚れたウォヴィチュ*の縞織物のような模様をなして畑が弧を描き、次から次へと続いている。草の葉という草の葉には青や白の水滴がきらめき、世界の像の微細なかけらを内部に宿している。地平線に対して斜めに横たわる遠方の森は、さながら水中に沈んだ銀の彫刻かと思われた。ステファンが立っている地点より下方の斜面には、三本の樹が身の半分を春空に浸して立ち、その粘り気のある新芽がくっつき合って褐色の星雲を成していた。彼はその方角に足を向けた。谷に向かって灌木の巨大な繁みがなだれこんでいた。繁みの横を通ると、喘《あえ》ぐような人の呼吸が耳に入った。

ステファンはその藪に近づいた。覗くと、セクウォフスキが地面にひざまずき、聞こえるか聞こえないかというくらいの小声で笑っていた。ステファンの背筋を戦慄が走った。振り向きもせずに詩人は言った——

「ドクトル、いらっしゃい……」

ステファンは枝を掻き分けて行った。藪の中にはぽっかりと円形の空間が開けていた。セクウォフスキが眺めていたのは小さな土の山で、その周囲では、細々《ほそぼそ》と続く蟻たちの隊列が、赤茶けた草の葉の隙間を縫いながら、脈打つように蠢《うごめ》いている。

黙って突っ立っているステファンの上から下まで、セクウォフスキはいかにも訝しげな視線を走らせると、膝を立てて起き上がり、こう注釈した——

「これは雛形にすぎない……」

そしてステファンの腕を取った。二人は藪の外へ出た。そこから見る病院は低く、小さく、かすんで見えた。手術棟が、子供の建築ごっこに間違って投げ込まれた一個の赤い積み木のように目立っていた。セクウォフスキは草の上に腰を下ろし、急いで手帳に何ごとか書きつけた。

「蟻の観察がお好きなんですか?」——ステファンは尋ねた。

「好きではないが、時にはやらねばならないこともある。もしわれわれ人間がいなければ、昆虫は自然の最も恐るべき産物ということになる。なぜなら生命はメカニズムの否定であり、メカニズムは生命の否定だが、昆虫は命あるメカニズムであり、自然に対する嘲笑であり、侮蔑だ……。蠅、毛虫、甲虫……これを前にして慄かずにいられるだろうか! 脅威、天上的脅威……」

セクウォフスキは屈みこみ、書きつづけた。その肩越しに覗き込んだステファンは、走り書きの最後の句を判読した——《……世界——神と虚無の闘争》。

これはやがて詩になるのかとステファンは詩人に訊いた。

「私にわかるはずもない」

「では誰にわかるんですか?」

「ドクトルも精神科医に、心理学者になろうというわけかな?」

「詩とは、目に見える世界と経験としての世界という二つの世界に対する態度表明でしょう」——と、躊躇しながらもステファンは切り出した。「《わが民族は溶岩の如く》** とミツキェーヴィチが言った時……」


*——ポーランドの地方名。鮮やかな多色縞のスカートや前掛けなどで知られる民俗衣裳がある。

「小学校じゃあるまいし、よしたまえ」――セクウォフスキは目配せしながら遮った。「ミツキェーヴィチは言ってもよかった。何しろロマン主義者だ。だがわが民族は牛の糞だ。表面は乾ききっておぞましい。内側はご承知の通りだ。まあ、わが民族に限ったことではないが。私の前で態度表明云々かんぬんは勘弁してもらいたい。気分が悪くなる」

詩人は、日向になった辺り一帯をかなり長いこと見渡していた。

「詩とは――何か？」

彼は深々とした吐息をついた。

「剝がされた漆喰の下から現れたフレスコ画の一部、ばらばらの輝かしい断片、私の詩はそんな風に現れる。断片と断片の間は空白だ。腕のアーチと地平線、眼差しとその先に繋がれた物体、私はそれらを連結しようとする……。それが昼間だ。夜は――それが夜訪れることもあるからだ――輪切りにされた魚の身。それらが身をくねらせながらひとりでに接合されて元の全体に戻ってゆく。それを覚醒しながらも現《うつつ》にまで運び出すのが一番難しい」

「最初にお会いした時に暗誦して下さった詩は、昼のものですか、夜のものですか？」

「どちらかといえば昼だな」

ステファンは詩を賞賛しようとしたが、厳しい反駁に見舞われた。

「ナンセンス。あれが何であり得たか、あなたは知らない。そもそも詩について何をご存知なのか？書くことは呪わしい強制だ。もしかりに、自分にとって最愛の者の断末魔に立ち会いながら、その最後の痙攣から、記述しうる限りのすべてを捉え切るような人間がいたとしたら――それこそ本物の作家だ。俗物は直ぐに《非人間的だ》と叫ぶが、非人間的なのではない、受難なのだよ、ドクトル。これは職業ではない、会社のポストのような、選べる性質のものではない。安心立命できるのは、何も書かない作家だけだ。そういう者も現にいる。彼らは可能性の大海で沐浴しているのだ、おわかりかな？　思想を表現するには、まず思想を限定しなければ、つまり殺さねばならない。私の発する言葉一語一語が、それ以外の千の言葉を私から強奪し、私の書く一連一連が山のような断念の堆積だ。人工的な確信を私は作り上げねばならない。漆喰がぼろぼろと崩れ落ちる時、その奥に、金色《こんじき》の断片の背後に、まだ表現されずにある深淵が流れていると、私は感じる。それはそこにある、たしかに在る、だがそれを探り当てようとするあらゆる試みはつねに挫折に終わる。そして私の懼れは……」

詩人は口を閉ざし、息を吸った。

「毎回毎回、これが最後の言葉だという気がする。もうこれ以上は無理だと……。もちろん理解できんことだろう。あなたには理解できない。これが最後の言葉だという恐怖、これをどう説明できよう？　洪水の時、敷居の下から溢れてくる水のように、それは押し寄せてくる。ドアの向こうに何があるのか、私は知らない。それが最後の波かどうかも、私は知らない。源の力の前にはなす術もない。源は私の中にも、外にもある。それをドクトルは、私に《態度表明》せよと言う……。私はつねに私自身の内部に拘束されている。自由になれるのは、私が対象として書いている人間たちの内部だけだ。それも錯覚だが。

誰のために私は書けばいいのか？　自らの隣人の脳味噌を熱いうちに喰らっていた、そして洞窟の壁に隣人の血で、未だかつて比肩するもののない藝術作品を描いた原始人は過去のものだ。万能の天才たち、火炙《ひあぶ》りの刑にじゅうじゅうと音を立てた異端者たちのルネッサンスも過去のもの。七つの海を縦横

＊＊――近現代ポーランドで最も尊敬されるアダム・ミツキェーヴィチ（Adam Mickiewicz, 1798-1855）の詩劇『祖霊祭』第三部にある次のような台詞の一部。「わが民族は溶岩の如く／表面は冷たく固く、乾ききっておぞましい／だがその内なる火は百年たっても冷めることはない／表の殻は唾棄し去り、深奥にこそ降りゆくべし……」

に駆けめぐった軍団も風のように過ぎ去った。羊のように飼い馴らされた侏儒たちの時代、罐詰入りの音楽の時代、星を見上げることもままならぬヘルメットの時代が近づいている。そしてやがて平等と博愛が到来すると言う。なぜ平等なのか？　なぜ自由なのか？　平等の欠如こそが、幻視者に幻視を見させ、絶望を炎上させることができるというのに、脅威こそが、何一つ不自由ない飽食状態よりはるかに価値のある何ごとかを人間から絞り出せるというのに。私はこの巨大な緊張と格差を手放すつもりはない。もしも私にその力があったなら、宮殿も、廃屋も、城砦もすべてを残す！」

「非常に感じやすい魂を持った、あるロシア人貴族の話を聞いたことがあります」――ステファンは言った――「村を見下ろす小高い丘の上にある彼の宮殿の窓からは、それはそれは美しい景色が望めた。ただ、一番手前にある何軒かの藁葺きの農家が、全体としての絵の色彩をこわしていた。そこで彼は、それらの農家を焼き払うよう命じた。結局、炭と化した垂木が、主人の望むふさわしいアクセントとなり、趣味のいい風景ができあがった、というものです」

「まさか私も同じ穴の狢《むじな》と言うのではないと思うが」――セクウォフスキは応じた。「われわれは大衆のために働いている、違うかな？　私はメフィストじゃないよ、ドクトル、ただあらゆる物事は最後まで突きつめて考えるのが好きなだけだ。フィランソロピー？　慈善活動でもする他ないのは、ホルモンの枯れつつある、学位を持った乙女たちだ。革命理論はと言えば、そんなものにかまけている時間は貧民にはない。理論はいつの時代も、怠惰でさもしい変節漢の仕事だった。そもそも人々の生活はいつだって苦しい。平穏、静寂、優しさが欲しければ、それはすべて墓地に行けばある。人生にはない。そもそもなぜ抽象は必要なのか？　私自身、ドクトル、先生の想像もつかない貧困の中から育った人間だ。私は生まれて三月《みつき》で最初の職を得た。母が私を乞食の女に貸したんだ。子連れの乞食の方が貰える施しがいいからだ。八歳の頃には、晩になるとナイトクラブの入り口付近をうろついて、着飾った紳士淑女の中でも一番美々しいカップルを選んだ。その後ろをぴったり従《つ》いて歩きながら、そのアザラシだの、ビーバーだの、マスクラットだのに唾吐きかけた。香水と女の匂いがぷんぷんする毛皮に全力で唾を吐きかけつづけるせいで口の中がからからになった……。その後ようやく到達した地位は、すべて自分一人で勝ち取ったものだった。本物の才能がある人間は、早晩必ず頭角を現す」

「他の人間は、天才の肥やしですか？」

ステファンもまた時として相手と似たようなことを考えていたので、いわば自分自身と論争しているようなものだった。

しかし彼は慎重を心がけることを忘れていた。逆鱗に触れられた詩人は無礼な態度に出ることもあり得た。

「おお、そうとも……」――セクウォフスキは両肘を草に立てて反り返り、燃えるような雲を眺めながら、蔑むように笑った。

「ではドクトルは来たるべき世代のための肥やしになりたいというわけかな？　ガラスの家*のためにわが身をその礎えに捧げたい？　よしたまえ、ドクトル。私が何より我慢ならないのは退屈だ」

ステファンは不快を感じた。

「それでは、ワルシャワの街頭で起きている無差別拉致にも、人々のドイツへの強制連行にも関心はないということですか？　ここを出たらワルシャワに戻るおつもりですか？」

「一三世紀の韃靼人侵攻より、今の無差別拉致について、私がより関心を払わねばならないのはなぜかな？　たまたま時代を共有しているということが理由かな？」

＊――字義通りには未来の理想的な建築のこと。今はまだ夢に過ぎないが、やがて実現されるべき目標や事柄、状態、あるいは端的に非現実的な夢物語を指す。ステファン・ジェロムスキの小説『早春』（一九二四年刊）で用いられ、普及した表現。

「歴史と言い争うのはおやめになった方が――歴史はつねに正しいのですから。まさか駝鳥主義*を信奉するおつもりでは？」

「歴史はつねに勝利する、というのは優勝劣敗の理《ことわり》だ」――詩人は言った――「たしかに私は私自身にとって全世界でありながら、累々たる事件の雪崩の中での私は一個の塵でしかない。だが何ごとといえども私に対して、塵のように思考せよと強いることは決してできない！」

「精神の病に罹《かか》った者をすべて排除するという政策を、今ドイツ人たちが提唱していることはご存知ですか？」

「世界にはおよそ二千万の狂人がいるらしい。彼らを団結させるスローガンをぶち上げる必要があるな、《いざ聖戦の時》とでも」――そう言って、セクウォフスキは仰向けに寝た。日差しがいよいよ強まっていた。詩人が逃げを打つのを見てとったステファンは、追い詰めようとした。

「理解できません。最初にお会いした時、あなたは死に方の技について話されていた」

明らかにセクウォフスキは気分を害していた。

「どこにも矛盾はない。国家の独立など私にはどうでもいい。大事なのは内面の独立だ」

「では、他人の運命はどうでもいいと……」

セクウォフスキは顔面をひきつらせながら起き上がった。

「この恥知らずが！」――彼は叫んだ――「この田舎者が！」

そして斜面を大股で走り下りはじめた。困惑も頂点に達したステファンは、顔が赤くなるのを感じながら、その後を追った。詩人はそれをふり切り、怒鳴った――

「たわけ！」

二人が療養所に近づくと、セクウォフスキはようやく落ち着き、塀を見つめながら、言った――

「ドクトル、あなたは躾がなっていない、無礼者と言っていい。話の間中私を不快にさせることしか考えていない」

　ステファンの憤りも激しかったが、病人の突発的行為を許す医師を装った。


　三週間後、チシニェツキはカウテルスの病棟に移った。仕事始めに、彼は新しい上司のところへ挨拶に行った。ドアを開けて招じ入れてくれた外科医は、たっぷりとし過ぎた紺色のスモーキング・ジャケットに身を包んでいた。ステファンは突然の訪問を詫び、暗い玄関の間を通過しながらもずっと長広舌をふるっていたが、住居に入るなり、呆気にとられて黙り込んだ。

　黒が少しと顫える紫が混じった茶色――それが最初の印象だった。天井のここかしこから、かすかに着色された魚の鱗の数珠のようなものがだらりと垂れさがり、床には色褪せたゴンドラとも炎ともサラマンダーともつかぬ文様の黒とオレンジのスミルナ（トルコ西端の都市イズミルの古名。スミュルナ）絨毯が敷きつめられている。黒い額に収まった数々の版画や絵画、水牛の角でできた脚に支えられ、虹色に反射するガラス扉のついた小さな祭壇のような細長いキャビネットの並ぶ背後に隠れ、壁面はほとんど見えない。入り口に一番近い壁からは、黄色い牙を剝き出した鰐の頭が、鞘から抜いた刀のように突き出ている――それは木質化した肉食植物とでも言うべきものだった。九角形に研磨したガラスの下、この世に存在しない琥珀色と褐色の花を描いた寄木象嵌が見えるごく背の低いテーブル。入り口の扉を挟む両側には、革装の書物、すべての小口《こぐち》に金箔を施した黴臭い古書などが無造作に詰め込まれた書架がそそりたっている。棚の手前部分を占領するとりどりの小さな飾り物の間から巨大な地図帳や薄汚れたアルバム、血のように赤い、あるいは鸚鵡の羽のような色をした背表紙が雑然と顔を覗かせていた。

＊――危険が迫ると頭を砂に埋めるとされる駝鳥のように、見ぬふりをして現実から逃避する姿勢。

日本の木版画（浮世絵）、古代インドの偶像、煌《きら》めく磁器の細工物などを無意識に目で追う客を、カウテルスは坐らせ、会えてうれしいと言った。そして、自分たちは互いにもっとよく知り合うべきなので、何か自分について語ってほしいと頼んだ。こんな田舎では、知的な人間にはめったに会えない、ここで専門を身につけるつもりか？——とも言った。

ステファンは、流線型をした、キュッキュッと鳴る革張りの大型ソファーで、肘掛けを覆うたっぷりとした生糸の房飾りの感触を楽しみながら、うわの空で答えていた。次第に様子が呑みこめてきた。部屋のうちの窓に面した部分はどうやら仕事場として使われているようだった。特大の机が接する壁面には、写真や石膏のマスクが掛かっていた。そのうちのいくつかはステファンも知っていた。クレチン症患者の図もあった——蝸牛《かたつむり》のようにぐにゃりとした小さな胴体に首のない頭部、蛙のような眼のつくり、半ば開いた口とそれを満たす線虫のような舌。ガラスの背後にレオナルド・ダ・ヴィンチが描いたグロテスクな顔が数点、黒々と浮かびあがっていたが、そのうちの一つ、顎が古びた木靴《サボ》の爪先のようにしゃくれ、皺くちゃな鳥の巣の形をした眼窩をもつ顔は、ステファンの方を見ていた。螺旋状の変形を被った頭蓋骨もあれば、蝙蝠の翼を伏せたような耳をし、はすかいに歯を食いしばるゴヤの怪物もあった。窓と窓の間の壁面には、サンタ・マリア・フォルモーザ教会（ヴェネツィアに実在する。異様なマスクは鐘楼入り口の上にある）にある顔を模《かたど》った大きな石膏のマスクが掛けられていた。顔の右半分はおぞましい笑いを浮かべる酔漢で、左半分は水腫で膨れあがり、その中に飛び出た片眼とまばらなシャベルのような歯が泳いでいる。

ステファンが興味を示しているのを見てとったカウテルスは、あれこれと楽しげに説明を始めた。彼は熱心なコレクターだと知れた。蔵書の中には、かつて狂気の治療に用いられたさまざまな方法を図解したムニエ（Meunier 不詳）の大判のアルバムもあった——木製の大きなドラムに入れての旋回、病人を巧妙に苛む棘を施した桎梏、その中に一定期間入ると精神遅滞に対する治療効果が望めるというガラガラ蛇のいる穴、病人が叫べないように、口の中に押し込んで鎖で後頭部に結わえつける「鉄の梨」（苦刑梨とも。pear of anguish と呼ばれる拷問用具）。

机からソファーに戻ろうとしたステファンは、棚の上に丈の高いガラスの標本瓶が並んでいることに気づいた。中には何やら灰色から菫色にいたる諧調のさまざまな形態がぼんやり見えた。

「ああ、あれも私のコレクションだ」――そう言ってカウテルスは黒い棒で順に指し示していった――「これが《頭胸結合体》、次は実に見事な奇形標本で《頭頂部頭蓋結合体》、そしてきわめて稀少な《上腹体》。最後の胎児は素晴らしい《二顔体》で、口蓋から足のようなものが生えかかっている――残念ながら出産時に少々損傷している。他にもまだそれほど興味深くはないものが何点かあるが……」

カウテルスは「失礼」と言ってドアを開けに行った。その向こうから磁器の立てる繊細な音が伝わってきたと思うや、カウテルス夫人が、黒い漆塗りの盆に湯気の立つ金縁の真紅の茶器一式を載せて入ってきた。ステファンは再び驚いた。

カウテルス夫人のアメリアは柔らかく大きな唇と、やや夫に似た硬い眼をしていた。微笑むと、丸みを帯びて若干曇りのある歯が覗いた。美人とは言えないまでも、人の目を惹いた。黒い髪を耳の下で編んだ重たいおさげが、体を動かすたびに揺れた。腕のきれいさを自覚していると見えて、袖の短いブラウスを好んで着け、それを胸の上で三角形のアメジストのピンで留めていた。

「わが家のお人形さんたち、お気に召しましたか？」――ヴァイキング船の形に彫刻された砂糖壺をステファンの前にすすめながら、外科医は尋ねた。「ともあれ、われわれのように多くのことを諦めた人間には、一風変わった趣味を持つ権利くらいは残されていていい」

「ささやかながら、柔らかい羽を敷きつめた、居心地のいい巣ですわ」――音もなくソファーに飛び乗ってきた、ふわりとした猫を指先で撫でながら、アメリア夫人は言った。彼女のむっちりとして緩慢な太腿の輪郭線は、黒いドレスの渦巻きの中に消えていた。

ステファンはもう驚いてはいなかった。ただ、味わっていた。コーヒーは絶品だった。もう何年もこれほど香りのいいものは飲んでいなかった。内装調度のそこかしこに、ハンガリーとはどういうものか知らずに「ハンガリー貴族のサロン」を見せようとするハリウッドの監督の発想に相通じるものがあるように思えた。そこは、光るほどに拭き磨かれたタイルやスチーム・ラジエーターの白さといった、病院のいたるところに充満する雰囲気から完全に遮断された空間だった。

眼鏡の奥でまるで気の短い蝶々のように瞼をしばたかせている外科医の黄ばんだ顔をじっと見つめながら、この部屋はきっとカウテルスの想像力の内面そのものなのだろうとステファンは考えた。そう考えた折柄、話はセクウォフスキに及んだ。

「セクウォフスキ？」——外科医は肩をすくめた。「セクウォフスキとは？　あれの名前はセクーワですが」

「名前を変えたんでしょうか？」

「いや。何のために？　筆名ですよ。ちょうどあの話と同じで、ええと、あの本は何と言ったっけ」

——彼は妻に訊いた。アメリア夫人は微笑した。

「《国家創造をめぐる考察》。おや、読んでいらっしゃらない？　本当に？　ええと、うちにはないわね。随分評判になったけど……。どんな話だったかしら。まあ……こう、巨視的な……考察です。色々な、あらゆることについての、でも共産主義について一番たくさん書かれていたかしら。左翼に叩かれて……それがまた大きな宣伝に。あちこち、引っ張りだこだったわ」

ステファンは俯いて自分の爪を見つめていた。

アメリア夫人は急に「そうだ」という顔つきになった。

「自分自身で知っていた話じゃなかったわ。私はまだ子供でしたもの。そんな風に後から人に聞いたのね。私は彼の詩が好きだった」

彼女はステファンに詩集を見せようとした。その際思わず、書棚からもう一冊、とても薄い、非常に柔らかく滑らかな、明るい色の装幀の本を落としてしまったので、ステファンは急いでそれを拾いに行った。するとカウテルスが本を指さし、言った——

「きれいな装幀でしょう？　女性の内腿の皮膚で、珍品だ」

ステファンは思わず、必要以上に素早く手を引っ込めた。

「夫は変人なんです」——アメリア夫人は言った——「でも本当に柔らかいわ。触ってみて下さい」

ステファンは何やらぼそぼそと呟き、汗をかきながらソファーに戻った。

ここに集積された珍奇な品々は、病棟に閉じ込められたさまざまな人々のさまざまな様態の言い換え《パラフレーズ》なのではないか、と考えた。普通とは違う環境に置かれた花々の突然変異形のように、町の集合住宅の普通の花壇とは違う場所に生きる人間の内部には、普通ではないものが芽ぐむのだ。いや、逆かもしれない。もともとカウテルスは普通ではないからこそ町を避け、このような鬱々とした紫色の内部《インテリア》を創造したのかも知れなかった。

アメリア夫人は会話の間中（声は低かった）、その大きな掌を優雅に顔に近づけては、人目を忍ぶかのようなはしこい動きで、しかし同時に無意識であるかのように、眼の隅や口角を触った。

暇乞いをする段になって初めてステファンは、小ぶりな屛風の後ろに虹色の光を反射する、丸いガラスの水槽があることに気がついた。水面には、どう考えても死んでいるとしか思えない小さな金魚が一匹、緑がかった腹を上にして浮かんでいた。その光景は瞼に焼きついた。彼は、大きな精神的労働を終えたかのような疲労感を覚えながら帰った。はじめのうちは夕食に行く気にもなれなかったが、怪しまれるのも困ると思い、仕方なしに出かけた。食堂のテーブルに着いたノシレフスカはいつもの通り、やや睡《ねむ》たげで、礼儀正しく、めったに笑わないだけに貴重な微笑を浮かべていた。スタシェクが彼女を眼で貪っていた。馬鹿だな——誰にも気づかれないと思っているのだ……。

ステファンは夜半おそくまで眠れず、辛いのでついにルミナールをのんだ。すると死んだ魚を籠に入れて運ぶカウテルス夫人が夢に出てきた。そして並んで立つ医師たち一人一人に魚を渡した。夫人が自分の前まで来た時、ステファンは心臓の高鳴りとともに目が覚めた。朝まで眠れなかった。

セクウォフスキはまったく気分を害してはいなかった——チシニェツキ先生に午前中に寄ってもらいたい、スタシェクにそう言づけてきた。朝食後直ぐにステファンは詩人の部屋へ向かった。初めとは違って、もはや彼を見下したり、病人扱いしたりすることができなかった。依然として時には判事のように彼を見、彼特有の発想のあれこれを批判することはあったが、今はむしろステファン自身がそれらを支えとするかのように必要としていた。

詩人は窓際で大きな写真を見ていた。そこには自由闊達に議論し合う人々で一杯のホールが写っていた。

「どうですか、彼らの顔、この典型的なアメリカ人たちの面《つら》つき？　この自己満足の様子。昼食、夕食、就寝、そして地下鉄。すべてお決まりのスケジュール。形而上学の時間、《事物》の残酷さを理解するための時間は一瞬とてない。それに対してわれわれは、どうやら歴史の古い国の定めか、名誉の大小は別としても、数ある受難の中からどれかを選ぶ以外に道はないらしい、永遠に」

ステファンはカウテルス家の訪問について語った。セクウォフスキを相手に同僚の話をすることで、病院の不文律を犯しているという自覚はあったが、自分たち二人はそんなことを超越した存在なのだと内心で正当化した。もちろんセクウォフスキに関するカウテルスの発言を洩らしはしなかった。

「馬鹿々々しい」――詩人は好々爺然として言った。「醜悪？　藝術においては、出来がいいか悪いか、それしかない。使い古した溲瓶《しびん》でも、ファン・ゴッホが描けば、拝跪するばかりのものになる。絶世の美女でも、へぼ絵描きにかかればキッチュになる。何が問題か？　多少なりとも人間のはらわたが出せるかどうか、ということ。*世界の反映、無常の定着、カタルシス――以上だ」

しかし、あんな美術館の中で生きるというのはやはり行き過ぎだとステファンはコメントした。

「そんなにこだわるべきではないと？　それは違う。窓を閉めてもらえるかな？」――詩人は頼んだ。強い光の中で、彼はいつにもまして青白く見えた。風が戸外から木蓮の花の執拗な香りを運んできていた。

「忘れてならないのは」――セクウォフスキは続けた――「すべてがすべての中にあるということだ。最果ての星も眼前の花の萼《がく》の輪郭に影響し、今日の朝露一滴の中に昨日の雲がある。すべては遍在する相互依存の関係によって結ばれていて、いかなる事物も他の事物の支配を脱することができない。それが人間という、思考する事物であればなおさらのこと。岩石も人々の顔もあなたの眠りの中に反映を有し、花々の香りはわれわれの思考の道を曲げる。だから、偶然に象《かたど》られたものに任意の形を与えていけないわけもない。金や象牙でできた玩具、細工物を周りに置くことで、われわれはいわば蓄電池を稼働させる。手の指ほどのブロンズ像――それは長い歳月蒸溜された藝術家の想像力を象った鋳型だ。何百時間もの、失われなかった時間がそこにあり、それにあたって暖を取ることもできるのだ……」

詩人は中断し、溜息とともに付け加えた――

「《時として石眺むれば即ち足る》……これは私ではない」――彼は付言した――「チャン・キュー・

*――人間の内面を表現しうるかどうか、内面に訴えることができるかどうか、の意。ヴィトキェーヴィチ（七三頁既出）の語法を想起させる。

リン（張九齢（六七八～七四〇）のことか。引用句の出典は不詳）。大詩人だ」

「昔の？」

「八世紀」

「《思考する事物》とおっしゃいましたね」――ステファンは言った。「ということは、唯物論者ですよね？」

「私が唯物論者かどうか？　おお、分類の魔術！　それが何かは私にはわからない――というか、言語を超える事柄だが、同じ材料から人間も世界も作られていると私は考える。二者は互いに支え合う二つのアーチだ。どちらも単独では存在しえない。われわれの死後もこのテーブルは存在する等々と言うが、それは一体誰にとっての存在か？　蠅にとっては《われわれのテーブル》ではないだろう。《客観的存在物》というようなものは存在しない。物体はいくらでも解体できる。テーブルが如何なるものとして《人間なしに存在する》のか？　四個の太枘《だぼ》に載った、ワニス塗装を施した板として？　樹木のミイラ化した細胞の集積として？　セルロースの化学的な鎖のカオスとして、あるいは要するに渦巻く電子の雲として？　つまりは誰かにとっての何かということだ。窓の外に見えるあの樹木は、私にとっても、樹液に養われる一個の微生物にとっても存在する。私にとってそれはそよめく林の一部であり、空を背景に浮かぶ枝だが、微生物にとっての一枚の葉っぱは緑の大洋であり、一本の枝は全宇宙＝島そのものだ。果たしてわれわれは――私と微生物は――同じ木を共有しているのだろうか？　ナンセンスだ。従って、微生物のではなく、われわれの視点だけを選ばねばならない理由はどこにあるのか？」

「われわれが微生物ではないから」――ステファンは応じた。

「今のところはそうだが、いずれは微生物になる。地中の窒素固定菌の群れに変貌し、木の根に入り込み、林檎の実を結び、その実を誰かが、ちょうど今われわれがそうしているように哲学ごっこをしながら、そしてわれわれの肉体の水分を含んだ薔薇色の雲を愛でながら――食べる。延々とその循環だ。順列の数は無限だ」

セクウォフスキは満足気に煙草に火をつけた。

「ということは無神論者ですね」

「そう、にも拘わらず私には礼拝堂がある」

「礼拝堂ですか？」

「もしかして私の《わが肉体に捧げる連禱》をお読みではないかな？」

たしかにステファンにも肺臓、肝臓、そして腎臓に捧げる讃歌を読んだ記憶がよみがえってきた。

「変わった神々ですね……」

「まあ、あれは詩だ。私は自分の哲学的思想と創作とを峻別している。すでに書いてしまったものを根拠に判断されることも金輪際お断りだ」――とセクウォフスキは急に昂ぶった様子で言い、煙草をテーブルの下に捨て、続けた――

「しかし祈る時もある。昔は《無いはずの神よ》と言っていて、しばらくの間はそれも悪い響きではなかった。だが最近は……《盲目の諸力よ》だ」

「何とおっしゃいました？」

「《盲目の諸力》に向かって祈る。本当にわれわれの肉体も、世界も、私が今発する言葉をも支配する力だ。もちろんそれらの力が祈りなどに耳を貸さないことはわかっている」――彼は微笑した――「が……祈って悪いことがあろうか？」

一一時近くになっていた。ステファンは仕方なく日課の回診に出た。第八号隔離室に数週間前からニェズグウォバという司祭が逗留していた。背は低く、骨ばった体格で、菫色の静脈が枝のように浮き出た腕の持ち主だった。昔は肉体労働をしていたに違いない。

「いかがですか、神父さん？」——部屋に入り、ステファンは優しく声をかけた。

相手は神父の特権として祭服の着用が認められていた。それが白い病室を背景にして不規則な黒いしみを形づくっていた。ステファンは気を遣っていた。というのも、病棟をとりしきるマルグレフスキが、自分の機嫌がいい時、神父を「天上の王国から遣わされた大使」と呼び、カトリック教会の要人たちの生活に関する噂話をしてはからかっていることを知っていたからだ。痩せたドクトルは、その方面の重要なニュースに詳しかった。

「辛いのです、ドクトル」

神父の声は響きが心地よかった。むしろ柔和過ぎるほどだった。彼は幻覚に見舞われたが、その内容はいつも同じだった。どこだかの洗礼祝いの宴で少々飲み過ぎた後、背後から女の声が聞こえた。振り向いても相手はなく、声は目に見えない空間から流れてきたのだった。

「いつもと同じペルシアのお姫様ですか？」

「そうです」

「しかし、それが単なる幻、幻覚にすぎないということはおわかりなのですね？」

神父は肩をすくめた。不眠のせいで眼はくぼみ、細かな静脈で瞼が黒ずんでいた。

「私と先生のこの会話が現実のものだとすれば、先生の声と同じようにはっきりとその声が聞こえるのです」

「まあまあ、心配なさらずに、きっと治ります。しかしアルコールに近づくことはできなくなりますよ」

「私一人であれば決してそんなことはしません」——反省するかのように床を見つめながら司祭は言っ

た――「しかし教区の人々はどうしようもなく困った人たちなんです」

彼は溜息をもらした。

「酒を断れば気を悪くする、怒る。あまりにしつこいので、傷つけぬようにとついつい……」

「はい」――ステファンは機械的に腱反射を調べると、ハンマーを白衣のポケットにしまい、立ち去りながら尋ねた――

「一日中、何をしていらっしゃるのです？　くさくさしませんか？　あるいは読書でも？」

「本は……一冊あります」

たしかに彼の眼の前には、分厚く膨らんだ黒表紙の書物が置かれていた。

「そうですか。何をお読みですか？」

「祈っているのです」

ステファンは突如《盲目の諸力》を思い出し、しばらく戸口に立ちつくしていた。やがてそこを離れたが、それはあまりに急激な身のこなしだったかもしれなかった。

ノシレフスカの病棟にはもうまったく足を踏み入れていなかった。初めのうちこそ患者たちの個々の運命が関心を惹いたが――子供時代、クサヴェリ叔父のところにあった、血だらけの図解に満ちた人体解剖図鑑がそうだったように――やがてそれはどうでもよくなっていった。せいぜい時々老医師パヨパヨと二言三言言葉を交わしたり、時に自発的に彼の朝の回診のお伴をしたりした。

カウテルスのところで働くうちに、彼の科のシスター・ゴンザガという人物とも知り合いになった。肥満体で、骨格も太く大きい、たっぷりとしたスカートを着けた彼女は一見すると恐ろしそうだった。だが恐ろしげなのは潜在的な可能性の問題で、実際に彼女が怒っているところを見た者はいない。案山子《かかし》が鳥の想像力に作用するように、彼女の外見が人間の想像力に働きかけるだけだった。頬から紫色の唇に向かう鼻唇溝を夥しい皺が走り降っていた。巨大な掌にはつねに、あるいは鍵束の革ホルダーが、あるいは看護記録が、あるいは圧定布の束が握り締められていた。注射器のトレイを持つことはなかった。それは看護婦たちの仕事だった。寡黙で孤独で、優秀なこの医療器具取扱い責任者にはまるで私生活というものがないように思われた。カウテルスが敬意を払う唯一の人物でもあった。一度ステファンは、この長身の外科医が自分の胸に両の掌をあて、落ち着きなく肩を動かしながら、何ごとか頼んでいるのか、はたまた説得しているのか、いずれにせよ彼女を前にして言い訳をしているような場に遭遇したことがあった。シスター・ゴンザガは、顔の半分だけ窓の光で照らされながら、堂々とした不動の姿勢で立っていた。睫毛のない眼は瞬き一つしなかった。その光景には、深く記憶に残るほどの異様さがあった。その後この光景を説き明かしてくれるような機会はついに訪れなかった。昼と言わず夜と言わず、シスター・ゴンザガの姿は廊下で見かけられた。スカートに隠れて見えはしないものの規則正しい足どりで、薄暗い回廊を大きな白頭巾で照らし出しながら、滑るようにゆくその様は、どことなく——特に後ろから見ると——お月様のようだった。

　彼女とは、患者に処方された薬や処置のことしか話さなかったが、一度、セクウォフスキのところから戻り、当直室で何かの瓶を探していると、記帳をしていたシスターが突然口を開いて言った——

「セクウォフスキは狂人より始末が悪い。道化役者が」

「失敬」——ステファンは彼女が口にした糾弾の言葉に驚き、振り向いた——「私に言っているのですか？」

「いいえ。独り言です」——シスターはそう答えたなり、口を真一文字に結んだ。

　もちろんステファンはこのエピソードをセクウォフスキに話す勇気はなかったが、彼はシスター・ゴンザガを知っているかどうか訊いた。しかしセクウォフスキは補助的な役割の職員に興味はなかった。

カウテルスについての彼の意見も簡潔なものだった――

「彼の装飾的知性はどうかと言えば」

「？」

「いたって底の浅いものだ」


療養所の二辺の塀が交わった隅に、今の時期はまだ葉がなく骨だけのような昼顔の茎に被われ、忘れ去られたかのような、手入れのされていない、カタトニー患者の建物があった。ステファンがここへ来ることはめったになかった。窓の低い、暗い病室の天井は紫色で圧迫感があった。どの部屋でも、患者たちはその場で凍りついたような姿勢で立ちつくすか、横たわるか、あるいはひざまずくかしている。初めのうちはステファンもこの不潔な場所を何とかきれいにしたいと思ったが、そんな改革者的熱意もほどなく冷めていった。

患者たちは、マットのないフレームとネットだけのベッドに寝ていた。汚れにまみれた彼らの体は、床《とこ》の針金やバーがつくる形状に応じた糜爛《びらん》に覆われていた。空気は排泄物とアンモニアの刺すような悪臭で充満していた。ステファンが一度「地獄の最下層」と表現したこの場所へは、看護師らでさえめったに足を運ばなかった。感覚を喪失しつつある病人たちを依然として生かしめているのは、何やら未知の力ではないかと思われた。二人の少年がステファンの注意を惹いた。一人は小さな町（シュテットルと訳してもいいか）のユダヤ人で、人参色の乾いた髪の毛に覆われた風船のような頭をもち、いつも裸で毛布をまとってベッドの上で蹲《うずく》まっていたが、人が入ってくると必ず毛布を頭まで持ち上げた。呻くような声で、イディッシュ語の二つの言葉を疲れもせずに日がな一日繰り返していた。人が近づくと、祈るように、また訴えるように声を高めて身を震わせた。そして青い眼はベッドの鉄のフレームを見つめたきり動かなくなった。もう一人はライ麦のような金髪の少年で、大部屋とユダヤ人少年の小部屋の間の通路を、部屋の隅のベッドから壁まで往ったり来たり、歩いていた。この八歩の距離のゴルゴタで、少年は必ずベッドの手すりに体をぶつけるのだが、本人はそれに気づいていない。腰の上あたりに、黒ずんで腫れ上がった傷があった。誰か外から来た人間の声を耳にすると、胸の上で交叉させた両手で顔を隠したが、歩行はやめなかった。と同時にそんな時は、すでに大人になりかけていた体にしては妙に不釣合いな、子供っぽくかぼそい呻き声を発した。精神の支配から解放されたその肉体は動物の生を生きていて、はだけたシャツの下からは、均整のとれた立派な胸像を形成する筋肉の曲線が輝いていた。自身が体をぶつける壁のように白いその顔は、紫色の眼球とともに、質問とも懇願とも見える表情のまま固まっていた。

ステファンは一度その建物に常とは異なる食後の時刻にやって来た。ある自分の推測を確認したかったのである。看護婦のエヴァがここに現れた後、少年たちが決まって落ち着かない様子を見せるので、彼女が彼らに何かよくないことをしているのではないかという疑いがあった。ユダヤ人は激しく体を震わせるあまりにベッドのスプリングが共鳴し、スマートな少年は通路を勢いよく駆け抜け、腰をベッドの手すりにぶつけては勢いよく飛び退《すさ》って今度は壁に体当たりした。

たれこめつつある霧のような夕闇が病室全体を満たしていた。風は昼顔の枝でガラス窓をノックした。ステファンは通路で立ち止まった。ノシレフスカが、ユダヤ人のベッドの脇に立っていた。そしてゆっくりと少年の頭から毛布を下した。少年の赤らんだ太い指がしばらくの間はその毛布をもう一度引き上げようともがいていた。彼女は、限りなく軽く優しい仕草で彼のごわごわと硬い髪を撫ぜた。その間彼女の顔は窓の方に向けられ、どこか果てしない遠方を見ているようだった。だがガラスの向こう四歩先には、不規則な模様にひび割れた壁がそそりたって光を遮断していた。

ステファンは脇を見やった。陰の中に、もう一人のカタトニー患者が見えた。彼は永遠の往還を中止して、壁龕《へきがん》にぴったりと身を寄せ、立っていた。そして窓を背にした女の黒いシルエットを凝視していた。チシニェツキは中に入って説明を求めようと、質問しようと思ったが、思い直し、できるだけ音を立てぬようにしてその場を去った。

アドヴォカトゥス・ディアボリ*

Advocatus Diaboli

五月になった。療養所の丘を遠くから半月状にとりまく林のレリーフは、いよいよ気前よく緑に燃えた。夜の奥では、日に日に新しい花が開き、昨日はまだ濡れ濡れとした翼を畳み込んでいた木の葉が、朝には飛び立つべく身を起こしていた。白樺の木立は、もはや柔らかな白銀の列柱ではなく、せわしなく動き回る白い炎となって窓に近づきつつあった。心臓の形をしたポプラの葉は、明るい蜂蜜色に染まりながら、太陽の熱を貪った。丘陵地帯のここかしこにその九十九折りの断片を見せる遙かな道は、一本の素朴な黒い十字架を遠巻きにしていたはずだったが、十字架は滲んでぼけた地平線のどこかに姿を消した。喜ばしい風景の中のあちこちで、砂地が自らの粘土質の内部を露出していたが、それはまるで点々と放り出された巣蜜のようだった。

カウテルスはステファンに、近くの町から自動車で運ばれてきたばかりの男性患者、ラビェフスキを診察するよう命じた。病人の妻は、ここ数ヶ月の間に夫が見せた奇妙な変貌について語った。工学修士の彼は優れたエンジニアだったが、ドイツ人がやってきて、彼が以前働いていた工場を爆破してからというものは、技術講習会などで教えながら糊口をしのいでいた。落ち着きのある粘液質の人柄で、好んで釣りに出かけ、本を集める、菜食主義者だった。頭の禿げは目立ったが、蝿も殺さぬ善良な人物として知られていた。それが、年が改まって以降、眠気を覚える程度が次第にひどくなっていった。昼食の間に居眠りをするまでになり、突如として目覚める時は、まるで擬死状態から揺り起こされたコガネムシのような顔をした。倦怠感に襲われ、講習に出かけるのが億劫になり、同時に家の中の生活でも、これまでとは打って変わって、些細なことでも激昂したり、かと思うと急に静かになった。そんな時は大概二、三時間眠り、こめかみが破裂するかと思うほどの痛みとともに目を覚ました。また、妙な仕方でふざけるようにもなり、他の誰にとってもおかしくないことが彼を笑わせた。

彼を診察室に連れてきたのは、そのごつごつとした皮の厚い鉄拳をもってすれば、どんな絶望も打破することのできる、「若」ユゼフと呼ばれる大男の看護士だった。白髪まじりの髪を月桂冠のように残して禿げあがった肥満体の患者は、海老茶色の院内用ガウンをはおり、ゆっくりとしたよちよち歩きで椅子にたどり着くと、いかにも不器用にどさっと腰を下ろした。かちかちと歯が鳴るほどの勢いだった。質問に答えるにはかなりの時間が必要で、質問もできる限り簡単な表現にして何度も繰り返さなければならなかった。と突然、机上に聴診器を見つけた男は、ヒヒヒと小声で笑い出した。

丹念に病歴を記した後、チシニェツキは反射反応の検査にとりかかろうとして、患者をオイルクロス張りの診察台に寝かせた。太陽が猛威をみせつけた日だった。室内にあるあらゆるニッケル製のノブが虹の破片をまき散らしていた。ハンマーで腱を叩いているとカウテルスが現れた。

「さてと、どうかな、調子は？」――上司は生き生きとして威勢がよかった。ステファンの推理を注意深く、満足げに聞いていたカウテルスは、こう言った――

＊――Advocatus Diaboli――「悪魔の代言人」の意。ラテン語。

「それは興味深い。わかった。では *suspectio quoad tumorem*〔腫瘍の疑いあり――ラテン語〕とでも書いておこう。今のところはだ。まあ、じきに眼底検査なんかもやることになる。それと穿刺《せんし》。で、こちらは……」

　彼はハンマーを受け取り、ラビェフスキの細い脚をコツコツと打診した。

「おや？　これは？　ちょっと左の踵で右の膝に触れてみて。いやいや、そうじゃなくて。説明してもらえるかな、ドクトル」――そう言うなりカウテルスは窓辺に行ってしまい、ステファンが大声で患者に説明しはじめた。カウテルスは、窓にまとわりつく枝から葉っぱをむしり取り、それを指で揉みしだきながら戻ってきた。痩せて腱の目立つ自分の掌の匂いを嗅ぎながら、満足げに言った――

「上等々々。つまり運動失調も起こっているわけだ」

「小脳性とお考えですか？」

「多分違う。いや、今の段階ではそれもわからない。だがこの思考障害、意志欲動の欠如、ちょっと調べてみよう」――カウテルスは帳面からページを一枚破り取り、そこに鉛筆で円を描いてラビェフスキに見せた。

「これは何ですか？」

「何かの部品……」――かなり考えた末にエンジニアは答えた。痛々しい声だった。

「何の部品？」

「コイルの」

「これはこれは！」

　ステファンは聴診器の一件を話した。カウテルスは掌を揉んだ。

「上等々々！　Witzelsucht〔諧謔症――独語〕だ。教科書通りの。そうだろう？　前頭葉に腫瘍ができたケースに違いない。もちろんいずれはっきりするが。というわけで、所見を詳細に書きとめて」

見開き気味の眼をじっと天井に向け、患者はオイルクロスの診察台に仰向けになっていた。荒い呼吸とともに唇が膨張し、黄色く長い歯が露わになった。

この日の晩、ステファンは頭痛と関節痛、発熱に見舞われ、アスピリンを二錠のんだ。スタシェクが珍しく立ち寄って、きっと効くぞと言いながらスピリトゥス（アルコール度数九〇度以上の蒸留酒。スピリタス）の小瓶を差し入れた。しかし体力の衰弱、悪寒、夜の発熱はその後四日間も続き、ようやくのことで床を離れたのは五日目だった。ラビェフスキはどうしているか気になり、朝食後すぐに隔離室に向かった。見ると大きな変化が起こっていた。通常の低い病床は、両側面も上面も紐のネットで蔽われた特別な寝台に取り替えられていた。ネットを閉じてできた高さ四〇センチほどのいわば籠の中に、全身腫れ上がった患者が横たわっていた。カウテルスがその上に体を屈め、顔を横に背けながらも並々ならぬ集中力を払って患者を見つめていた。顔を背けるのは、ラビェフスキが顔に向かって唾を吐きかけようとするからで、ちょうどその口の真上にあたった太いロープからは白い泡が滴っていた。外科医は眼鏡を外した。ステファンが初めて見る素《す》の眼だった。輝きのない、黒く飛び出たその眼は、ルーペで覗いた昆虫の眼にも似ていた。

「瘤が成長していますね」――半ば問いかけるようにステファンは呟いた。外科医はそれには反応せず、体を引いた。病人が何とか彼の方に顔を向けることに成功し、唾液をまき散らしたからだ。縛りつけられた体の筋肉を張りつめながら、患者は唸った。

「運動野の圧迫だ」――カウテルスは囁いた。

「手術をなさるお考えですか？」

「うん……？　今日穿刺をやる」

夕方、ラビェフスキの体を苛《さいな》みつづける脳は昂奮の頂点にさしかかったかのようだった。筋肉は収縮し、汗の光る皮膚の下を波打った。ベッドのスプリングが弦楽器のように鳴った。ステファンは二度注射を打ったが、あまり効果はなかった。容態はクロラールを投与してようやく暫時沈静化した。やがて眠りから覚めたエンジニアは、何十時間来久しぶりに光に反応を示し、鼾《いびき》のような音で呟いた――

「わかった……私だ……助けてくれ」

ステファンは戦慄した。穿刺による脳脊髄液排出後、症状はわずかに改善した。カウテルスは朝から晩まで隔離室に詰めた。そしてステファンが現れると、自分もたった今来たような風を装って反射反応を調べたりした。外科医がなぜ手術を急がないのか、初めのうちステファンはただ訝《いぶか》しく思うだけだったが、そのうちそれを気に病みだした。日一日と手術のチャンスは小さくなっていったのである。

やがて昂奮状態は消えた。ラビェフスキはソファーに腰かけられるようにさえなったが、青白く、鬚が生え、三週間前にここへやって来た太った男とは似ても似つかなかった。徐々に目も見えなくなってきていた。もはやステファンも手術の日程を尋ねる勇気はなかった。カウテルスは、何かを予期しているかのようで、明らかに神経質になっていた。ラビェフスキは彼のお気に入りになった。角砂糖を与え、音を立ててそれをしゃぶる様子、自分の掌で自分の太腿、脛、足先と順に探りながら自らの体の位置を知ろうと努める様子を長時間観察しつづけた。知覚機能が段階的に閉ざされ、世界がラビェフスキから剝がれ落ちていった。耳元で人が叫ぶと、瞼が震え、まだ聞こえていることが辛うじて知られた。

六月一〇日、隔離室から顔を覗かせたカウテルスが、通りがかったステファンを呼び止めた。室内はほとんど空っぽで、椅子も机もなかった。網の中には巨大な、膨張したラビェフスキの裸体があった。

「見てごらん、よおく注意して」――顔を輝かせ、カウテルスは命じた。

紐に絡めとられた肉体がぴくりと動いた。片腕だけがまるで意識のない動物のようにベッドのスプリングの上を這い回った。そして体全体が上へ、下へ、上へ、下へと暴れだした。スプリングが軋《きし》み、鉄製の脚が床を蹴った。ベッドは横転しそうだった。それを二人がかりで壁に押しつけた。発作は始まりと同じく突然鎮まった。板のように伸びきった体が網の中で沈んでいた。時折り手や脚に瘧《おこり》慄《ぶる》いのようなものが走った。それもやがておさまった。

「これが何なのか？　わかるかな？」——ステファンを試験するかのように外科医は訊いた。

「瘤の圧迫による運動野の昂奮……」

カウテルスは否定した。

「違うな、ドクトル。大脳皮質の死の始まりだ。《皮質なき人間》の誕生だ！　皮質の抑圧的影響から解放され、脳のより深い、発達史的により古い、手つかずの層が自己表現を始めつつある。さっきの発作は**Bewegungssturm**〔独語〕、つまり運動暴発、繊毛虫から鳥にいたるまでのあらゆる動物に見られる反射反応だ。生命を脅かす刺激の影響下、無秩序に暴れながら、動物は逃走を試みる。その後の麻痺も、同じ反応器官の別のスイッチの仕業だ。いわゆる**Totstellreflex**〔独語〕、擬死の反射行動だ。甲虫に見られるものと同一だ。どんなものか、わかっただろう？　おお、今度はまた見事だ！」——カウテルスは昂奮のあまり叫んだ。病人が背骨を猫のように丸め、ぶるぶるとひきつけを起こしながら、張りつめたネットに体当たりしはじめたのだ。

「そうだ……これは四丘体から来ている。古典的なケースだ！　何百万年も前、まだ両生類が用いていた機構が、今ホモ・サピエンスの中で出現しようとしている。より後に成長した脳の皮質が崩落して……」

「あの、手……手術の準備をしますか？」——もはや痙攣に揺さぶられる肉体も、外科医の喜びも見ていられずに、ステファンは訊いた。

「何？　いや、いや。その時は知らせる」

他の病室を回り終え、ステファンはセクウォフスキのところに立ち寄った。二人の関係は、不安定な時期を脱して、師とその罵倒を耐え忍ぶ外はない弟子という関係に落ち着いたことは明らかだった。その師の前でも患者の話はしないというのがステファンの原則だったが、ラビェフスキのケースは例外にした。出来《しゅったい》した事態に絶望するあまり、道理ある助言を渇望したのだ。自分自身は行動する勇気がなかったし、そもそもどうしていいかわからなかった。パヨンチュコフスキのところへ行くべきか？　しかしそれは、かりにも自らの上司であり、経験豊富なプロフェッショナルであるカウテルスの告発を意味する。というわけで、エンジニアの状態を客観的に報告するにとどめても、詩人が憤るか、感情を爆発させるかするだろうと待ち受けた。ところが自身も最近は体調がすぐれないセクウォフスキは、自分より具合が悪い人間がいるということで喜んで耳を傾けたかと思うや、ステファンに回答するでもなく、自分の長い講釈を一息にまくしたてた。枕を丸めて背中にあてがいながら（彼はベッドの上でものを書いていた）、詩人は言った——

「私は以前、どこでだったか——多分『バベルの塔』だ——言ったことがある。何万年という時間をかけて誰かが、丹念な仕事で、これ以上はないというほど美しい黄金の像を彫り上げ、その表面の一センチごとに異なる形態を与えた——私の抱く人間のイメージとはそういうものだ、と。無数の無音の旋律、微細なフレスコの数々、世界全体の美が、夥しい魔法の法則に従って一つの統一体にまとめあげられた作品だ。そしてそのスマートな彫像が、肥溜めを掻き混ぜる一台の機械の内奥に組み込まれた。この世における人間の場所とはざっとそんなものだ。何という天才、何という精密な加工！　臓器の美。奔流する原子たち、自由気ままな電子雲、放恣放埒な元素群を厳格鉄の如き規律によって糾合し、人体という器に閉じ込め、それらには本来無縁の役務を強いて、遂行させる。無限の忍耐をもって造形された、関節群の単純明快なるメカニズム、骨格のゴシック、循環する血液のラビリンス、互いに互いを勒《ろく》し合う、われわれのあらゆる思量を凌駕する何千、何万という器官。しかもそのすべてが、何の必要もなく生起した！」

ステファンはびっくりして、言葉を発することもできなかった。すると詩人は、それまで敷布の上に散らばった紙片に隠れて見えなかった大きな書物を手で打った。ページが開かれたままのその本は、ステファンから借りた人体図鑑だった。

「手段と目的の何たる不均衡。その工学修士氏は、自分の内部で何が繋縛され、蟠《わだかま》っているか知らずに漫然と生きてきた。そこへ突如、体細胞が、それまで腎臓だの腸管だのの求めに応じて内部に向けてきた自分たちの力を鎖から解き放ったのだ。突然の解放！　封印されてきた何百という可能性の爆発。これまで蛹化《ようか》していただけの魂が、赤裸々に拡大されて現前する——歯車の反乱する時計」

「新生物をお考えですか？」

「君たちはそう呼んでいる。しかし呼称とは何か？　ドクトル、要するに君たちの考えはホルマリンに漬かり過ぎている。後生だから、もうちょっと想像力を働かせてほしい。癌？　それは要するに《裏木戸》だ、有機体の《Seitensprung〔脱線、浮気——独語〕》のようなものだ……。私の例の《盲目の諸力》も、生体組織を事故から守るべく千も万もの手段を講じながら、どうやら一ヶ所だけしっかり穴を塞いでいなかった。まさに時計のようにきちんと動いていたものが、ある日突然——予期せぬ脱出成功だ！　ひょっとして見たことがないかな、ドクトル、子供が時計の秒針の歯車を引き抜いたりするのを？　それが虻《あぶ》のように唸り、旋回し始め、針は狂い、まじめに時間を計測するかわりに虚構の時間を貪りはじめるのを！　こんな小さな瘤、たった一つの反乱分子の細胞から芽生えた小さな植物。自由な、おわかりかな？　自由な細胞から……。脳の中で血液を養分として育ったそれが、どのように思考を包囲し、人間なりの雑然たる秩序に従って植えられた畝や畔を、どのように蝕み、破壊してゆくか……」

「仰る通りなのかもしれません……」――ステファンは言った。「しかしなぜ彼は手術をしようとしないのか……？」

詩人は聞いていなかった。何ごとか力を込めて書きつづけるあまり、時々ペン先が紙を破った。窓の外、おい繁った樹冠の彼方では、赤茶けた光線が雲を突き破って流れ込んでいた。一瞬、部屋は光を吸収したかと思うとたちまち暗くなった。なぜかはわからないが、ステファンは心臓が次第に強く締めつけられるのを覚えた。その場の話題とは何の関係もなかったが、彼は質問した――

「すみません……どうして《国家創造をめぐる考察》を書かれたのですか？」

それまで横向きに寝ていたセクウォフスキは突如こちらに向き直り、ステファンの眼を覗き込んだ。ステファンは、相手の顔に血が上って黒ずんだのがわかったものの、その質問を敢えてしたことで気が楽になるのを感じた。

「君に何の関りがある？」――これまで聞いたことのない野太い声でセクウォフスキは言い放った。「どうか邪魔をしないでもらいたい！　書きものに専念したい」

そしてステファンに背を向けた。

ステファンはクシェチョテクのところへ行った。彼なら助けてくれるか？　友人は書き終えたばかりの博士論文をリボンで括り、抽斗にしまったところだった。今やスタシェクの前には危険な虚空が広がっていた。病院は関心を惹かず、患者たちは重荷だった。一時間、また一時間と、やり過ごすこと自体に最大の苦痛が伴った。坐っていることも、歩くことも、横になっていることもできず、ノシレフスカの姿が瞼の裏に咲き誇っていた。

「決心しないとね」――にわかに憐憫の情にほだされ、ステファンは言った。「よければ、今日にも僕が彼女を招待するから、来たらいい。で、僕は手術の準備があるからと言って君たちを二人きりにする」

　その瞬間、自分が友人の鑑《かがみ》のように思えた。

　ノシレフスカは招待を受けなかった。ドイツ語の病理解剖学の大著からデータを書き写すのに忙しかったのである。指先を緑のインクで汚している姿が小さな女の子のようだった。じきにリギェルのところに行かなければならない、と彼女は言った。リギェルは病理解剖学講座の助手をしばらくしていたことがあり、必要なことを教えてもらえるかもしれないということで、彼女自身が頼んだのだった。彼女は脳組織の興味深い変性について語りはじめた。

　ステファンの部屋で作戦の結果を待っていたスタシェクは、リギェルが学問外の目的で彼女を呼んだのに違いないと信じ込み、さらなる――実際にはその根拠もなかったが――苦悩の種を自ら発見した。

「そうだな……」――ステファンは考え込んだ。最近彼は心理工学のテストが載っているアメリカの教科書を読んだばかりだった。そこには恋愛については何も書かれてはいなかったが、そのアメリカ人著者たちの方法を基に、自分なりの解決法を見出せないものかと思った。

「どうだ、彼女を愛しているのか？」

　クシェチョテクは肩をそびやかした。ソファーに横坐りし、肘掛けにのせた両脚を、苛々とぶらつかせた。

「馬鹿々々しい質問には答えない。仕事もできなければ本を読むこともできない。眠れない、思考の統御もできていない。とにかく腹が立つ。以上」

　ステファンは頷いた。

「俗人になりつつある。それは多分恋だ。連続質問をするから、あまり考えずに答えてくれ。第一問、彼女の歯ブラシで歯を磨けるか？」

「何をまた馬鹿な？」

「答えてくれ」

スタシェクは迷った。

「まあ……磨けるか」

「次に、《神の炎》というか、胸が苦しいような、張り裂けるような感覚は？」

「時々」

「ほう！　次に、彼女がリギェルのところへ行こうとしているので頭に来ているか？　*Amor fulminans progrediens in stadio valde periculoso.*〔恋は非常に危険な段階へと電光石火の勢いで進行中〕* ——診断は確定だ。予防の段階ではない。これはもう治療しなけりゃ」

スタシェクは暗然として相手の顔を見た。

「馬鹿も休み休みにしてくれ」

その瞬間、もし自分が一人でノシレフスカを攻略すれば、いとも簡単に陥落するだろうという思いが頭をよぎったステファンは、気まずさを微笑で隠した。

「悪く思うな。明日にでもまた招待してみよう。あるいは手術後ならもっといいかもしれない。僕も落ち着くから」

「わからんね。何で君が落ち着かなきゃいけないんだ？」

「ああ、焼きもちか？」——ステファンは笑った。「必要ならブロバリンをやろうか？」

「いや結構。自分のがある」

スタシェクは棚に伏せてあった『魔の山』** をひっくり返してページをぱらぱらとめくったが、結局それは置いて、『緑の豹』を手に取った。

「それは推理小説だ。それも低俗な」——ステファンは警告した。

「それなら猶更いい。今の気分には」

スタシェクは本を持って戸口に向かった。ステファンは急に彼が気の毒になった。

「ねえ、いっそのこと彼女に裏切られるとか、あるいは彼女に何か悪いことでも起きた方がいいと思うかい？」

「第一、僕と彼女の間に何もない以上、裏切るという言葉はあてはまらない。それに、そもそも何ていう二者択一だ？」

「ちょっとした心理学的実験だ。答えたまえ」

クシェチョテクはドアの把手を思い切り握り、俯き、ばたんとドアを閉めながら勢いよく出て行った。ステファンは服を着たままベッドに横になった。スタシェクにラビェフスキの件を打ち明けるチャンスのないままに終わったことを、自分がつくづく怨めしく思っていることに今になって気づいた。起き上がると、本棚の前に坐りこみ、脳神経外科学の教科書を探しはじめた。ひょっとしてカウテルスの行動は正しいのか？　だが、そうだとすれば、およそ自分には理解できないことだった。教科書には問題を解決してくれそうなことは何も見つからなかった。開いたままの窓で薄織りのレースのカーテンがゆっくりと波打っていた。とその時、誰かがノックした。

カウテルスだった。

「悪いが、直ぐに手術室に来てもらえるかな？」

「一体どうしたんですか？」——ステファンは飛び上がって追ったが、外科医の姿はもうなかった。

＊——冗談めかして、わざとポーランド語「訛り」のラテン語で言っていると思われる。
＊＊——これは明らかにトーマス・マンの小説を指しているが、続く『緑の豹』は不明。

前のはだけた白衣をぱたぱたと翻《ひるがえ》しながら、カウテルスは暗い廊下の奥に消えた。昂奮したステファンは、部屋の灯りを消し忘れたまま、階段を駆け下りた。

建物の外の夜は湿り気があり、暖かった。麦が開花する時のきつい、くすぐったいような匂いが風に運ばれてきた。近道をしようと芝生を突っ切ったステファンの靴が夜露で光った。鉄の階段で二階の手術室にたどり着いてみると、曇りガラスの向こうに白いシルエットが一つ、忙しく立ち働いていた。

もともとこの手術棟は、たとえば膿瘍の切開のようなちょっとした外科処置のためにわざわざ患者を町まで搬送しなくても済むようにと考えられたものだった。だが「大は小をかねる」とばかりに、かなり立派なものを作ってしまった。それをカウテルスが利用したのである。万能手術台はどんな手術にも使えた。酸素ボンベ、壁に固定された医療用電動ドリル、大きなラジオにも似たジアテルミー装置といった設備もあった。手術室全体同様レモン色の小さめのタイルを敷きつめた、ドアのない短い通路を通って隣りの部屋へ入ると、何台か金属製のテーブルがあり、その上にはさまざまな薬品の瓶や、ゴム管の束、ガラスケースに入ったリネンなどが並んでいた。幅広の二台の戸棚には、穴の開いたトレイ上に色々な器具が整然と収納されていた。手術室が暗い時でも、この一角だけはつねにメスやレトラクター、ピンセットなどの放つ輝きでかすかに明るんでいた。また別の台の上にはルゴール液を満たした平たい容器が載っていて、中には琥珀色を帯びたカットグットの玉が浸かっていた。その上方の小さな棚には白い絹の縫合糸をおさめたガラス管が並び、光を反射していた。

シスター・ゴンザガは、器具を載せたワゴンを押してきて、三本の太い脚に支えられて傾斜した手術台脇に置き、まるで養蜂箱が長い脚を生やしたかのような大きなニッケルの消毒器を引き寄せた。事態が呑みこめていないステファンはまごまごして辺りを見回した。誰の手術かとシスターに尋ねるのもプライドが許さなかった。ゴンザガが手を洗いはじめたので、自分も長いゴムのエプロンを着け、勢いよく迸り出る水の下に両手を差し出し、石鹸を泡立てはじめた。シャーシャーと湯が音を立て、鏡の上を細かな水滴が水銀のようにきらめく筋となり、霧の中を縫うように、ひきもきらず流れ落ちていた。白い泡が大きなシャボン玉を作りながら湯気の立つ洗浄台を満たした。

突然外からカウテルスの声が聞こえてきた。

「そう、ゆっくり、ゆっくり」——そして重い荷物を担いでいるかのような、息せき切った喘ぎ声が響きわたった。自在扉が開いて、そこにぐったりとしたラビェフスキを背負った老看護士ユゼフの赤らんだ禿げ頭が現れた。彼はどさっと患者を手術台に下ろし、カウテルスは白いゴム長靴を履きながらシスターに尋ねた——

「もう二足あるな？」

「はい、ドクトル」

エプロンの紐を首の後ろで結び、外科医は水栓ペダルを踏み、機械的に手を洗った。

「注射器はあるな？」

「はい、ドクトル」

「針を研がないと」

カウテルスは返答も期待せぬかのように機械的に命じた。手術台の方は一度も見なかった。ユゼフはラビェフスキのガウンを脱がせて仰向けにし、手足を白いベルトで両側のハンドルに固定し、頭を剃刀でごりごりと剃り始めた。その鈍い音がステファンには耐えがたかった。

「ユゼフ、頼むから、石鹸を使って！」

ユゼフは何ごとか呟いた——カウテルスのいるところでは、他の誰の人間の言うことを聞かないのだ——だがやがて考え直したと見えて、お湯で患者の頭を湿らせた。意識のない患者はゆっくり、浅い鼾のような音を立てて呼吸していた。看護士は白髪の毛髪を掌に集めると、今度は大きな電極盤をラビェフスキの太腿に結わえつけてから後ろに退いた。シスター・ゴンザガは三つ目のブラシで手洗いを終えるとそれを袋に投げ入れ、両手を挙げたまま消毒器に近づいた。そして淡黄色のマスク、ガウン、最後に薄い綿糸の手袋を着けるのをユゼフに手伝ってもらった。背の高い器械台には、今まさにオートクレーブから取り出したばかりの、被覆ドレープでくるんだトレイが三枚並んでいたが、ゴンザガは布鉗子《かんし》を開いて外し、器用な手さばきで、きらきらと光るスチール製器具類をその重要性と必要性の順に並べていった。

そうするうちにステファンとカウテルスも同時に手洗いを終えた。チシニェツキは、外科医が無水アルコールを手にすりこむのを待って、次に自分の指にもかけた。ひりひりとする液体を払いながら、心配そうに手を見た。

「棘が刺さって」――爪の上の皮が少々腫れているところを触りながらステファンは言った。カウテルスはゴム手袋をはめようとしていたが、タルカムパウダーをみなこぼしてしまい、両手とも濡れていたのでなかなかうまくゆかなかった。

「心配ない。彼がＰＰ*を持っているはずはない。それに脳梅毒の場合、普通こうはならない」

洗浄も消毒もしていないユゼフは、手術台から離れたところに立った。

「照明！」――外科医の号令がかかった。看護士がスイッチを入れると、変圧器が唸りを上げ、手術台の上方斜めに吊るされた扁平な大型無影灯が、水色がかった光の円で三人を照らし出した。

カウテルスが一瞬窓の方を向いた。眼の直ぐ下までマスクに隠れたその顔は、いつもより暗いように思われた。二人の医師は、患者の両側に立って処置にとりかかった。ユゼフは興味のなさそうな風で洗面台によりかかっていた。向日葵《ひまわり》のように大きい、黒光りしたその禿げ頭が鏡から覗いていた。

ラビェフスキの体を布で被う作業が始まった。消毒器とカウテルスの間に立ち、ゴンザガは目にもとまらぬ早業で長い鉗子を操りつつ、ほとんど投げるようにして布を繰り出した。胸部から顔まで、滅菌された布の大きな長方形が重ねられてゆき、それをステファンが反対側から鉗子で留めた。

「何をしている、皮膚に留めて、皮膚に！」――執刀医は、大声ではないが鋭く怒鳴って、自身でドレープの上から鋭い鉗子で患者の青白い皮膚をつまんだ。人体が切開される光景にはとっくの昔に慣れていたステファンではあったが、手術野の周囲に沿って皮膚に直接ドレープが留められる時には、たとえ患者が麻酔下にあることを知っていても、いつも肌が粟立つのを覚えずにはいられなかった。しかもエンジニアはただ意識がないだけなのである。すると布に被われた人の形がぶるっと震えた。そして誰かが燧石《ひうちいし》でガラスを引っ搔いてでもいるかのような鋭い音で、歯軋《はぎし》りが聞こえた。ステファンは思わず問いたげな眼でカウテルスの方を見た。相手は躊躇しながらも結局わかったという合図を手で示した――打てばいい、君がそれで満足するなら、と。

びっしりとはりついた被覆ドレープの間から突き出た裸の頭蓋骨にヨードチンキを塗ってから、チシニェツキは数ヶ所にプロカインを注射し、膨らんだ皮膚の辺りを軽く揉んだ。彼がヨーチンで褐色になった脱脂綿を放り出すと、カウテルスが振り向くこともなく手を後ろに突き出し、その手にシスターが最初のメスを渡した。薄い刃物の腹が額に軽く触れ、押し当てられたかと思うとたちまち楕円を切り抜いた。解剖用ピンセットで筋膜を骨まで取り除くと、骨は鈍い軋み音を立てた。カウテルスは道具を患者の胸の上に転がし、穿頭用の冠状鋸《トレフィン》に手を伸ばした。卵形のスマートなモーターに鋼のホースでドリル刃《ビット》を連結したその器械は、彼の後ろに置かれていた。シスターは差し出した両の掌それぞれに器具をいくつか持ったまま、仁王立ちしていた。カウテルスがトレフィンを起動するのを見て、ステファンは

＊――paralysis progressiva〔進行麻痺〕の症状を発する症候性神経梅毒を指すと思われる。

切開部に溢れてきた鮮血を脱脂綿ですばやく拭き取った。まるでペンでも持つかのようにカウテルスが操作するドリルは、骨を穿ち、穴の縁に沿って血まみれのペーストの畝をこしらえながら、あたりに細かな鋸屑をまき散らした。

モーター音が止んだ。執刀医は不要になったドリルを置いて、骨膜剝離用のやすりを要求した。だがどこかでまだつながっているのか、骨は動かなかった。カウテルスは頭蓋骨の奥深く押し込もうとするかのように、三本の指で静かに骨を圧迫した。

「鑿《のみ》！」

カウテルスは鑿を斜めにあてがい、木槌でかんかんと叩いた。おが屑のような骨片が飛び散り、血が皮膚を流れ、ドレープにも次第に真紅のしみが広がっていった。と、突然骨と皮膚が震えた。カウテルスはやすりの柄を差し込み、力を入れて持ち上げると、胡桃《くるみ》の殻を割ったような音がして、切り取られた骨の板が跳ね、脇に落ちた。

青い光の中、奥の方に腫れぼったい静脈の黒っぽい網目模様が見てとれ、風船のような膨らみのある硬膜が輝いていた。カウテルスが伸ばした手は、長い針とともに戻ってきた。針はいくつかの方向に一度、二度、三度と刺された。

「思った通りだ」――彼は呟いた。マスクの上の眼鏡に無影灯が小さく映り、光った。スポンジ状の骨の切開部に、殺菌したワックスを塗り、出血している小さな穴を塞ぐ程度のことしかしていなかったステファンだったが、前傾した拍子に、ガーゼで保護された二人の額と額が触れ合った。

カウテルスはどうやら逡巡しているようだった。左手で切り口のへりを抑え、右手で慎重に膜を探りはじめた。その下には灰色がかったりピンクがかったりして透けて見える脳がますますはっきりと脈打っていた。彼はまるで上方からの合図を待つかのように天を仰いだ。その大きな黒い眼には麻痺のような徴候が現れ、それに気づいたステファンは恐怖に近いものを覚えた。薄いゴムに包まれた指が二度、露出した膜の周囲をめぐった。

「メス！」

それは小型の特殊なメスだった。膜は初め抵抗していたが、やがて破裂した水泡のようにぱっくりと開き、奥から脳髄が噴き出た。赤く腫れ上がったヘルニアが脈打ちながら丸い小山のように現れ、その表面を粘っこい血が糸のように流れた。

「ナイフ！」

再び機械音がしたが、前とは違って今度は低音のジアテルミー装置のものだった。シスターは電気メスをくるんでいたガーゼを取り去ると、カウテルスの後ろ手に渡した。医師が二人とも体を傾けた。今のところ出血はそれほどでもなく、大きな血管は口を開けていなかったが、状況ははっきりしなかった。カウテルスは一ミリ、また一ミリとゆっくり髄膜の切開部を広げていった。やがて状況がはっきりした。外に出てきた腫れ上がった部分は前頭極だった。それを指でよけると、脳半球を分ける溝の奥に、汚れた黄色味を帯びた物体が確認できたが、そこに到達するのは容易ではなかった。人差し指は白玉《しらたま》のような皮質の表面を滑った。ピンセットを使ってようやくのことで腫瘍の一部を捉えることができた。頭蓋の底が、出血で一杯になる直前の一瞬、貝殻の内側のように青みがかった真珠色にきらめいた。その底からカリフラワーのような腫瘍は両側に成長していて、下部は固く締まり、上部は柔らかく膨らんで、褐色のゼリー状のものに覆われていた。

「スプーン！」

さまざまな形状の組織が、次から次へと掻き出されていった。そのどれもがひどく血を含んでいた。すると突如としてカウテルスがのけぞった。何が起きたのかわからぬステファンは凍りついた。切開部の底から、押し広げられた両半球の間から（依然としてカウテルスの指はそこに入っていた）、針のように細い鮮血が一条《ひとすじ》、垂直に噴き出た——動脈だ。カウテルスは瞬きした。数滴の血が眼に入ったのだ。

「畜生！　ガーゼ！」

血は次から次へと替えるタンポンに吸い取られていったが、新生物の一部は奥に残ったまま、何も見えなかった。カウテルスは手術台から腹を離し、天井を見上げたまま切開部の中で指を動かした。それはかなりの時間続き、ドレープもしばらくの間は血液を吸い取っていたが、やがて手術開始の頃の古い血餅をも覆いつくすほどになり、手も器具も滑るようになったので、新しい布を掛けなければならなかった。ステファンは不安とともにカウテルスを見つめながら、なす術もなく立ちつくしていた。執刀医のマスクがよじれて鼻を圧しているのがわかったが、手を出すことはできなかった。

カウテルスは足でジアテルミーのスイッチを入れて電気メスを患部に近づけた。

血液は、どうやら新生物の壊れつつある組織から出ていたと見え、蛋白質が燃える最初の青白い煙が舞い、特有の臭いがガーゼを通って鼻をうった頃には出血も止まった。ただ切開部に差し込まれたままの鉗子の表面を赤い滴が蟻のように這っていた。

「スプーン！」

手術は続いた。執刀医は熱凝固器で腫瘍の表面を切り、それが死んで冷めてから、スプーンや指で残りを掻き出しはじめた。しかしそれが長引けば長引くほど作業は難しくなった。腫瘍は脳葉を持ち上げていただけではなく、その内部に食い込んでいた。カウテルスの動きはますます熱を帯びてきていた。そのうちぱちっという音がした。手を引っ込めると手袋が破れていた。骨の鋭い縁で切れたのである。黄色いゴムが指から垂れ下がった。

「こいつ……！」——カウテルスは低くわななくような声で言った。「こいつを脱がしてくれ」

「新しいものに替えますか、ドクトル？」――シスターは尋ねながらも滑らかな動作で長い鉗子をさばき、タルカムパウダーをまぶした手袋を消毒器から取り出した。

「くそ！」

カウテルスはゴムの切れ端を床に投げ捨てた。眼の周りの皺に憤りが集まり、大量の汗が瘦せた額に噴き出し、青く光った。こめかみの筋肉がぴくぴくと膨らんだ。彼は昂奮のあまり歯噛みしていた。切り口の中の指をいよいよ荒々しく動かし、壊死《えし》した繊維や血管の束や、さまざまな組織を引きちぎっては脇に放り投げた。床《ゆか》はありとあらゆる形の血まみれの句読点や感嘆符に覆われていった。

電動時計は一〇時を指していた。手術はすでに一時間続いていた。

「瞳孔を見てもらいたい」

赤茶けたしみが広がり、血餅で重くごわごわとした布を、ステファンは急いでめくった。そしてラビエフスキの真っ青になって光る顔にたどりつくと、ピンセットで瞼を持ち上げた。瞳孔は細かった。すると突如その眼が、まるで紐で二方向から引っ張られでもするかのように、でたらめな動きを始めた。

「どうだ？」――カウテルスは尋ねた。

「眼振」――ステファンは驚いて答えた。

「その通りだ」

上司の声には軽蔑の響きがあった。ステファンは相手の手に目をやった――カウテルスは皮質の表面を針で撫でていた。つまりそれが眼球振盪《しんとう》の原因だった。深々と切り分けられた脳は大きく口を開けていた。壊死した組織などの屑は切りがないほどにあった。それらはみな脳回と一緒くたになっていた。人の口唇のように開いた切開部のへり、剝いた胡桃のようにつやつやとした神経の白質、そして灰色というよりは褐色がかったごく狭い断面の灰白質をステファンは目にした。ところどころ、ルビーの玉のように血の滴が現れていた。

　カウテルスは苛立ち、ゴムのように伸びた脳回を脇にのけて、唸った――

「終わりだ！」

　それは断念を意味していた。術者の指はきびきびと器用に動きながら、露出した脳半球をまとめ、再び頭蓋におさめていった。どこからかまた血が出てきた。カウテルスは電気メスの黒い尖端で血管に触れ、出血を止めた。そして手袋の一本の指からカテーテルを作ったところで、はたと動かなくなった。

　ステファンはそうした最後の措置を見守ることなく、ただミイラのように布で巻かれて台上に横たわったものを凝視していた。そして気づいた。それまで動いていた胸がもはや動かないことを。執刀医は、手を汚して感染する恐れも顧みず、ラビェフスキの胸と顔を覆っているドレープを下からまくりあげ、胸を揺すり、しばらく耳を澄ましていたが、やがて無言で手術台を離れた。血にまみれた彼のゴム長靴が壁際まで蹴飛ばされた。シスター・ゴンザガはシーツの端をつまむと、固くなった顔の上から儀礼的にかけた。ステファンは一息つこうとして窓辺に向かった。その背後ではシスター・ゴンザガが器具類を金属トレイに投げ入れ、オートクレーブの水が音を立て、ユゼフが床の血を拭きとりはじめた。ステファンは窓から身を乗り出した。広大な、無音の闇が広がっていた。天と地の境界線上に――それは、そこにあると推測するだけのものだったが――何か夜よりも暗いものが凝集しつつあった。ビェジーニエツの町が、ビロードの箱に収まった、黄色いダイヤをちりばめたネックレスのように光っていた。風は木立の中で弱まり、星が慄えていた。流し台で最後の水がゴボゴボと声を発した。

親方ヴォフ

Werkmistrz Woch

　六月は猛暑に傾いていた。窓から見えるなだらかな丘陵の景観を、時に孔雀石、時に赤鹿の色の混じる森の緑、銀色《しろがねいろ》した白樺林の緑、晩方の水中色、明け方の水晶色した緑が陰影づけた。休むことなく波状に渡ってゆく柔らかなそよめきを、あちこちで小鳥たちの囀りが破る。黄道によって二分された天蓋が、日増しにその広さを等しくしていった。

　ある夜、初めての夏の嵐がやってきた。稲妻のたびに浮かび上がる風景は、そのつど天の閃めきに照らし出されるダイヤモンドのようだった。

　ステファンは、畑を抜けて森に向かう長い散歩に出かけることが多くなった。並んだ電信柱からは、高い歌声に酔いしれた音叉《おんさ》から流れくるかのような、吶々《とつとつ》としたメロディが聞こえてくる。松が大半を占めるせいで青みがかった林の壁。ここかしこ仄白く電光形に浮かび上がる白樺の木立。

　歩き疲れれば、大樹の下で立ち止まったり、すでに白茶けた針葉を敷きつめた林の床《とこ》に腰を下ろす。そんな風にしてさまよいながら、ある日、療養所からは遠く離れた粘土質の斜面の露頭に、ひっそりと隠れたいい休憩場所を見つけた。そこには大きな橅《ぶな》の木が三本、同じ根から株立ちしながら、たおやかに幹を八方へ広げていた。さらにそこより下の方には、まるで爪先立ちするように——春先の水流が枝根と枝根の間から粘土を洗い流してしまったのだ——太い枝を水平に日本的な線を描きながら伸ばした楢の木が一本立っている。そこから数百歩のところで林は途切れていた。見ると、郷土民藝の聖像によくあるような緑色と煉瓦色に塗られた養蜂箱が、一列になって斜面をのぼっている。その場所に木霊《こだま》がひそんでいた。ステファンは手を叩いて木霊の目を覚ましてやろうと思った。熱せられた空気が数度、次第に弱々しく、消え入りながらも応答した。静寂の裏には蜜蜂たちの絶え間ない多声の羽音があった。時々養蜂箱のどれか一つが耳ざわりなほど執拗に歌いだすこともあった。遠くから見ると、大きな楽器の不細工な鍵盤が置かれているような光景だった。

前進してゆくうち、大分時間がたって気づくと、背後に残してきた養蜂場の音が静まるどころか、かえって大きくなっている。羽音は次第に低音になり、ドローンのように大気を満たしていた。やがてそれまで歩いてきた涸れ谷の底が草の生えた両岸と同じ高さになった頃、さほど遠くない所に一軒の四角い赤煉瓦の建物が目に入った。コンクリートの低いブロックに載っかった箱のようで、その箱に向かって地平線の三方から木製の電柱の列と電線とが集まってきていた。一杯に開かれた窓からは規則的な音が流れ出ている。その奇妙な建物に近寄っていったステファンの視野に、開け放たれた窓の下、草の上に坐る二人の男の姿が入った。ステファンは身震いした。そのうちの一人が、ニェチャーヴィの葬式で知り合ったばかりの親類、グジェゴシュに見えたからだ。だが次の瞬間、それは間違いだとわかった。階級章も何もない外国の兵隊服、明るい色の髪と首のかしげ方が間違いの原因だった。それでもその男に興味をそそられたステファンは、うっかり道を外れて草地に踏み入った不注意な散歩者を装い、あらぬ方を見つめながら歩を進めた。かなり近くに来るまで、向こうの二人は彼に気づかずにいた。やがて彼らの頭が上がり、動じることのない二組の眼がステファンをとらえた。彼は立ちどまった。気まずい沈黙が訪れた。グジェゴシュと見まちがえた男は両手を膝に乗せ、泥だらけのブーツを履いた足を投げやりに交叉させ、じっとしている。軍服のはだけた胸には褐色の肌がのぞけ、髪の毛は、まるで銅《あかがね》のヘルメットのような光を放ちながら頭蓋を覆っている。細面の硬い顔から、眩しそうに細めた眼がステファンを見ていた。もう一人はずっと年上で、大柄ではあるが太ってはおらず、腕も顔も細かい灰のような色の男だった。鳥打帽を前後逆に被っていた。片方の耳は毛に塞がれていたが、肉厚の薔薇の花弁のような耳朶《じだ》がごく小さく、蕾んだように突き出ている。

「ここは……発電所？」――遂にステファンが呟くように言った。窓から聞こえてくる物音しかない、耐えがたい静けさを破るためである。

誰も返事をしなかった。と突然、窓の向こうに三人目の男が立っているのが目に入った。頭髪もわずかに残るだけの、色褪せたような老人で、紺色のつなぎを着た姿は、暗い背景に紛れてほとんど見えないほどだった。若い男が一瞬他の二人を見やり、ステファンに視線を戻すと、どことなくとげとげしく言った――

「こんな所、あまり来ない方がいい」

「え？」――ステファンは反射的に訊きなおした。

「あまり来ない方がいいって言ってんだ。鉄警*でも来た日にゃ、困ったことになる」

片耳のない年上の男が直ぐに口を挟んだ。

「まあ、待て、倅。あんた、どこの人かね？」

＊――鉄道警備隊員。原文では、独語起源のポズナン地方方言 banszuc という語が使われていて、俗な言い回しではなかったかと思われると同時に、実際にドイツの鉄道警備隊を指したと考えられる。

「私？　私は療養所の医者ですが、何か？」

「ああ」――耳なしは語尾を引き延ばし、会話しやすくするために片手を地面に突いて身を預けた。

「ドクトルかい、あの連中の……？」

　男は額を指差した*。

「そうです」

　耳なしは唇をわずかに震わせ、ほほえんだ。

「じゃあ、いいさ」――男は言った。

「ここへ来てもいいんですか？」――ステファンは訊いた。

「どうして？　いいさ」

「どういうことですか？」――合点がゆかないステファンは訊きなおした。さらにもう一度、尋ねた――「これは発電所じゃないんですか？」

「違う」――初めて窓の中の老人が口を利いた。その人影の背後、暗い内部で銅線が光った。彼は咥えていたパイプの中身を捨てようとして体を乗り出した。短すぎる袖から突き出た前腕の乾ききった筋肉がまるでザイルのようだった。

「六〇キロボルトから五キロボルトへの変電所だ」――答えながら、男はパイプに煙草を詰めはじめた。

　ステファンはそれでも呑みこめなかったが、わかったふりをして尋ねた――

「つまり病院の電気は皆さんが送ってくれているのですね？」

「うむ」――老人は頬を窪ませ、パイプを吸いながら応じた。

「でもここら辺を歩いてもいいんですね？」――自分でもなぜかはわからなかったが、ステファンはまたもや念を押した。

「いいさ」

「でも、さっきあなたは……」――とステファンが若い男の方に向き直りながら言うと、相手は前より大きく口を開け、歯を見せてほほえんだ。

「ああ、言った」――相手は応じた。

ステファンが立ち去ろうとしないので、耳のない年上の男は、事情を説明すべきだと考えた。

「あんたが何者か、わからなかったからだ」――チシニェツキの方に向けた男の眼が光った。「若いから間違いもある。それにあんたは、言っちゃ悪いが、結構肌が黒い。それもある」

相変らずステファンが何も呑みこめずにいるのを見て、耳のない男は親しみを込めてステファンの膝を指でつついた。

「だから、こいつは考えたのさ、あんたもビェジーニェツの、今そこら中で連行されている連中の一人だろうと……」

相手が右腕に何かを巻きつけるような仕草**をした途端、ステファンもはっと思いあたった。自分をユダヤ人だと思い、警告したのか――そう思った。たしかにそんなことがこれまでにもあったのだ。

耳なしは、ステファンがどう反応するか、怒りはしないか、鋭い目つきで見ていた――しかしステファンは、少し赤くなっただけで、黙っていた。相手は経験豊富な人間に似つかわしく、ばつの悪いその行き違いを会話で紛らそうとした。

「ドクトルの職場はあの病院かい？　わしの職場はここだ。名前はヴォフ。電気工の職長だ。まあ最近

＊――相手、もしくは第三者を指して「頭がおかしい」と表すジェスチャー。日本語の「くるくるぱあ」を連想させる。
＊＊――一九三九年一二月一日以降、ポーランド総督府内にいた一〇歳以上のユダヤ人は、白地に青いダヴィデの星を描いた腕章の着用を義務づけられていた。

は働いていなかったが。病気だったんでね。先生のことを知らなかったのが残念だ」――男は機嫌を取るかのように付け加えた。「知っていれば相談するところだった」

「ご病気でしたか」――ステファンは礼儀正しく応じたが、依然としてその場に突っ立ったまま、なかなか立ち去れずにいた。初めて会った人間とどのように会話を始め、どのように終えればいいのかわからないのが、彼の永遠の悩みだった。

「ああ、病気だった。最初は片方の眼でこっちが、もう一方であっちが見えて、そのうち何もかもいっぺんに、こう、ずうっとぐるぐる、世の中全部が回りだして、鼻もおかしくなって、いやはや！」

「それで？」――相手の描写に啞然としつつも、ステファンは訊いた。

「どうもこうも。ひとりでに治っちまった」

「ひとりでじゃあないだろう」――窓の老人が咎めるように口を挟んだ。

「確かにひとりでじゃなかった」――ヴォフは誠意をもって訂正した。「グロフフカ*を喰ったな。ヴェンゾンカ（豚肉などを燻したもの）の。スプーンが立つくらい脂たっぷりの。マジョラム入りのスピリトゥス、《マムカ》というやつだ。それで直ぐに、けろりだ。仲間に教わったんだ――ほれ、そこに立ってる男だ」

「それはよかった」――ステファンはそう言い、慌ただしく三人全員に向かって頷くと、足早にその場を後にした。あれは何の病気だったのかとヴォフに尋ねられそうな気がしたからである。

一番近い丘のてっぺんまで来て初めて後ろを振り返った。なだらかに窪んだ盆地の底にその赤い建物は立っていた。一見すると人がいるとは思えず、ただ開け放たれた窓から、低音の物音が間断なく流れ出ていて、それは療養所への帰路、長い間ずっとステファンの耳に届いていた。それも徐々に弱まり、微風に掻き消され、おしまいには、熱せられた草の中、陽を浴びて旋回する虫たちの羽音と区別がつかなくなっていった。

この日の出来事は、ステファンの記憶の中でかなりの長期間繰り返し立ち返りつづけた。つまるところは他愛もないそのストーリーに、何かしら秘められた意味があるような気がして、彼は魅了された。と同時に、この日のことは回想の中であまりにも鮮やかなので、病院に来てからの日々を振り返る度に、時間はこのエピソードの以前と以後ではっきり区別された。このことについて、誰かに語ることは不毛に思えたので、他言はしなかった。あるいはセクウォフスキなら、ヴォフ親方が自分の病気を描写した仕方に一抹の文学味を見出したりするのかも知れなかったが、ステファンにとってそんなことはどうでもよかった。

朝の病棟回診の後、彼は『哲学史』をかかえて辺りの散策に出ることにしていたが、なぜか読書は一向にはかばかしく進まないので（さまざまな存在論の精妙な体系にはまったく興味がないことを認めるのが恥ずかしいステファンは、それを猛暑のせいにした）、もう一冊、カウテルスの蔵書にあった、藤色の革で見事に装幀された分厚い『千夜一夜物語』も持って出ることにした。林の中に入った景色のいい場所で、なめらかで張りのある手触りの（きっとゴムの木はこんな風だろうとステファンは想像した）三本の大きな橅の木の下に腰を下ろし、風倒木の跡に苔桃の生い繁った穴に足を突っ込み、黄色がかったページの上を走る木洩れ日に目を瞬かせ、カシミール（バグダッドと思われるが、原文通りに訳した）の行商人たち、床屋たち、魔法使いたちの冒険を読んだ。その間『哲学史』は、すぐ横の乾いた苔の上にうち捨てられていて、ステファンはもはやそれを開こうともしなかったが、まるでそれが良心の咎めでもあるかのように、相変わらず散歩に持って出ることはやめなかった。

林の奥でさえもひどく暑いある午前のこと、臣民の暮らしぶりに間近で接しようと貧しい水売りに変装して市場を歩き回るカリフ、ハルン・アル＝ラシードの物語を半分まで読み進めたところで、自分も

*――豌豆豆のスープ。ヴェンゾンカをベースにし、じゃがいもなどを加えた濃厚なもの。

労働者の格好をして変電所に紛れ込んだらさぞ面白いだろうという、奇想天外なことを思いついた。照れ笑いを浮かべながら、ステファンはそのアイディアを直ぐに棄却はしたが、こんなことも誰にも打ち明けられないのが少々残念ではあった。

太陽の熱もさすがにもうそれほど強くはない夕まぐれ、熱せられた丘の斜面と冷えゆく谷間との間を、ぱらぱらと木の葉を揺さぶるそよ風が巡りはじめる頃、ステファンは療養所を抜け出し、ひそかな昂奮の火花を懐いていつもの道を外れ、変電所の周辺を大きく回り道しながら近づいて行くということを繰り返した。誰に会うこともなかった。

その煉瓦の建物にまっすぐ向かうことは決してなかった。その赤い壁、開け放たれた、何も見えない窓を遠巻きに眺めるだけで満足し、窓から聞こえる音につきまとわれながら帰るのが常だった。この徘徊を始めたことで、彼の夢に新しいテーマが加わった。草におおわれた傾斜地の底で、何やら東洋音楽のような単調な音を発しながら人をおびき寄せる小さな電気の家が、夢の中に一度ならず現れたのである。ある朝、いつもより早く森へ出かけたステファンは、変電所を上から見ようとして丘の稜線をたどりながら、若干の遠回りをした。だが目的地に着く前に、向こうからやって来る人影が目に入った。例の銅《あかがね》色した髪の若い職工だった。石灰にまみれたズボンに上半身裸の姿で、重荷をばねにするかのような足どりで、粘土を一杯に詰めたバケツを二つ運んでいる。ステファンはその男との出会いを望んでいるのかどうか、自分でもわからなかったが、やや歩調を緩めた。相手は同じ小径をずんずんこちらにやって来る。はだけた皮膚の下の筋肉は張りつめ、震えているが、顔は無表情で、とりつくしまがない。道を空けろという警告もなく、ぎりぎりの間隔でステファンをかわして過ぎたので、間違いなく自分は認識されたものとステファンは思った。そして振り向くことなく、自分も自分の道を進んだ。

それから一週間ほどして、いつもの買い物と昼食を町で済ませての帰り道、蒸し暑く、すでに二、三時間前から地平の彼方で鈍い轟きが聞こえていたが、刺すように燃えさかる天空には何もなかった。粘土質の雨裂谷《ガリー》の底は陽光に漬かり、まるで火で焙《あぶ》ったコンクリートの上を歩くようだった。ドイツ唐檜の繁る崖の上をめがけて登るうちに、樹冠の上にそそりたつ雲の壁が見えてきた。風景が赤茶けていった。その不吉な光の中、ステファンは歩みを速め、息切らしながら進んでゆくと、最後の曲がり角にヴォフ親方の後ろ姿が見えた。親方も同じ方向に向かって歩いていたが、自転車を押しているせいか、速度は鈍《のろ》かった。足音に気づいた親方はちらっと振り向いた。直ぐにステファンとわかり、挨拶を交わすと、しばらくは二人並んで、黙ったまま歩いた。

　ヴォフは捩《よじ》れの激しい革靴を履き、セーターの上に襟も袖もよれよれの黒っぽい背広を羽織っていた。麻のズボンにシャツしか着ていないステファンでも汗だくだったが、親方はまったく暑さが応えていない様子だった。顔はいつも通り灰色にくすみ、表情はなく、塞がった耳の耳たぶが赤らんでいるだけだった。二人の頭上には、すでに黄色く渦巻く雲の舌が伸びてきていた。ステファンは駆け出したいのもやまやまだったが、相変わらずぼつぼつと均一な歩みで行くヴォフの手前、そうするわけにもゆかなかった。

　雨裂谷の幅が広がり、両岸が底地の水準まで低まった所で二人が横道に入ると、足元の砂が最初の大粒の水滴を見舞って踊りだした。変電所はもう見えていた。

「わしと一緒に来るかい？　濡れちまうて」――突然ヴォフが口を開いた。ステファンは喜んで申し出を受けた。二人は無言で変電所に向かった。重い雨粒が次第に数を増し、ステファンの顔や腕にあたって飛び散りはじめ、シャツにも白いズボンにも斑点ができていった。

　戸口までもう数歩という砂利のアプローチで、ヴォフは両手で自転車のハンドルを握ったまま振り向いた。ステファンは彼に従った。底辺が黄色く逆巻く黒雲が、まっすぐ彼らの方に向かってきていた。

暗雲は地平の端から端まで雪崩のように封鎖し、地上に向けて紫色の触手を垂らしてきていた。

「わしの地方では、ああいうのを《雄の雲》って言ってな」――眼を細めながら空を見渡し、ヴォフは言った。ステファンはそのユーモアを認めてほほえもうとしたが、相手の顔は暗かった。と、にわかに凄まじい音とともに激しい雨が落ちてきた。

ステファンは大股で一跳び、二跳びして建物に入った。だがヴォフはずぶ濡れになりながらも、大自然の怒りの爆発を気に留めるでもなし、まず前輪、次いで後輪と、慌てることなく自転車を狭い廊下に引き入れた。そして自転車を壁にもたせかけて初めて、取り出したハンカチで眼や頰を丹念に拭った。

完全に締め切っていない入り口の隙間から、辺り一帯を沈めるかと思われるほどの勢いで鼠色の雨が轟く様子が見えていた。大気中に噴霧された冷気を、ステファンは心地よく吸い込んだ。しばらくは、大雨から無事逃れられたことを無邪気に喜んでいたが、ヴォフが二枚目の、内側のドアを開けた瞬間、今こそまたとない機会が訪れているのだという意識がようやく芽生えた。

彼はヴォフの後に続いた。建物の内部には、決して広くはない一つの部屋しかなかった。奥の三枚の窓は、猛烈な雨の攻撃を受けているさなかで、もし天井に吊るした、力強く燃えるランプがなければ、部屋は真っ暗だったに違いない。その光の中に浮かび上がったのは――一方の側は壁に密着した操作台と計器盤類だったが、反対側の壁はまるで動物園のようだった。というのも、そこには灰色に塗装された金網で仕切られた、天井まで届く格子状の檻のようなものが並んでいたからである。それらの細く背の高いケージに何が入っているのか、ステファンには見えなかったが、生き物ではなさそうだった。そこに動くものの気配はまったくなかった。部屋の中央には正方形のテーブル、椅子が二脚、木箱がいくつかあった。石の床にはゴムのマットが敷きつめられていた。

「ひょっとして誰もいないんですか？」――ステファンは不思議に思って訊いた。

「ポシチク（苗字。ポシチク父子の内ここは父の方）がいる。奴の当番だ。ここで待っててくれ。何も触らぬように！」
灰色の金網が終わるあたりの部屋の隅にある扉に向かったヴォフは、扉を開け、中を覗いて何か言った。押し殺した返事があった。ヴォフは中へ入り、扉を閉めた。ステファンが一人取り残されたのは一分ほどだろうか。熱せられた油のにおいが充満する空気の中、一体どこから聞こえるのかはわからない、低く鈍い持続的な音が伝わってきた。同時に、トタン屋根を雨が波状に打ちつけ、走るのも聞こえた。

金網の向こうに何か光る物があることにステファンは気づいた。近づいてみると、奥の方に垂直に走る銅の母線と茸のように並んだセラミック碍子が見える。すると、網の向こうから声がした。ヴォフが喋っていた――

「酔っ払ってるのか、ヴワデク（ポシチク父のファーストネーム）？　今、外に出そうってのか？」

「なら、俺たちが外へ出てやり過ごすか」――相手の声は小さかった。

「外だ？　外なんか行くか、もしやられりゃ、どっちみち俺らは草葉の陰に入るんだ、どうなんだ、沢山あるのか⁈　そこから直ぐに出てこい！」

「わかった、わかった、ヤショ（ヴォフの愛称）。なら、ヤショ、森に逃げるか……？」

「森ときた！　出て来い、お客さん連れてきてあるんだ……」

「どうしてまた……？」

声はぶつぶついう不明瞭な音に変わった。ステファンは急いで部屋の中央に戻った。ヴォフとポシチクは入ってくるなり、示し合わせたかのように同時に同じ方向を見た――計器盤である。職長が何か言ったが、折柄近くの雷鳴にかき消された。ヴォフは二、三歩進み、やや脚を開いて立つと、もう一度メーター類を目で点検しはじめた。

「どうだい？」――ポシチクが尋ねた。それに対する返事は「邪魔するな！」という意味の、親方のわずかな手の動きだけだった。

　ヴォフは俯き、両腕を抱え込むようにして仁王立ちした。それはステファンの想像する、嵐と戦う船長の姿に似ていた。やがておもむろに踵を返すと、チシニェツキを目にして、驚いたような風にも見えた。椅子をつかむと廊下に持ち出し、敷居の外に置いてこう言った——

「これに掛けるといい。ここなら完全に安心だ」

　ステファンは言われるままにした。部屋のドアは開けたままなので、部屋の中はこれから始まる何か変わった見世物の舞台で、薄暗く狭い廊下に坐った自分はその唯一の観客になったようだった。

　部屋の二人は何もしていなかった。ポシチクは箱に腰かけ、ヴォフは立ったままである。もはや計器類を気にする様子はなく、ただ何ごとかが起こるのを待ち受けているかのようだ。彼らの顔は、黄色いランプの光を浴びて、だんだん輝きを増してきている。息苦しい油の臭いでステファンは気持ちが悪くなった。外では嵐が依然として変わらぬ激しさで荒れ狂い、咆哮していた。しばらくするとヴォフが黒い操作台に駆け寄って、一つのメーター、また次のメーターと顔を近づけて見ていたが、また元の場所に戻るとじっと待ち構えた。ステファンは失望に近いものを感じはじめていた。何か変化が起こったように思えたけれども、それが何だったのかわからないのだ。不安な印象は強まっていった。その原因は直ぐにわかった。

　檻の中で何かが動いていた。そこからギシギシ、あるいはシューシューと音が聞こえる。何かが擦れ合うような耳障りな音は高まり、静まり、また戻ってくる。ヴォフにもポシチクにもそれは聞こえたとみえて、互いに顔を見合わせたが、やがてポシチクはちらりと親方の方を心配そうに——とステファンには思えた——見やった。だが誰一人その場を動こうとしなかった。

　一分、また一分と時間が経過し、屋根は雨音を立て、動きのないランプの明かりの中、電流が低く唸っていたが、檻の内部で発生する物音も止むことがなかった。何かがそこでかさかさと、シューシューと、あるいはジジジジと音を出していた。それはまるで生きたままそこに閉じ込められた生き物が飛び回るような、そして四方八方に体をぶつけているような気配だった。妙な物音は、ある時は檻の中でも手前の方で、ある時は奥の方で、あるいは低く、あるいは天井近くからも聞こえた。そしてその謎めいた「何ものか」は、金網の向こうでいよいよ激しく暴れまわっているようにステファンには感じられた。すると二つの檻の内部に青い光が充満し、強くなり、反対側の壁に二人の男の歪んだ影を一瞬映し出して、消えた——刺すような鋭い臭いがステファンの鼻孔を焼いた。そして再びシューッと鋭い音がし、これまでとは別の檻の奥を炎がヒューッと飛んだ。と同時にその檻の戸の下に突き出ている鉄棒が、箒状の火花を放った。

ポシチクは立ち上がり、パイプを前掛けのポケットに突っ込むと、何やら大袈裟なほどに背筋を伸ばして、無言でヴォフの顔を見た。ヴォフは相手の腕を強くつかむと、怒りで歪んだようにも見える表情で何か怒鳴ったが、それもごく近い雷の音に吸い込まれて聞こえなかった。三つの檻全部の中で突如、垂直に近い松明《たいまつ》状の光が灯ったかと思うや否や、ランプの明かりを圧倒し、壁全体に火事が広がるのではという気さえした。ヴォフはポシチクをステファンの方に追いやると、自分は体を屈め、両手を下におろして、徐々に黒い操作盤の方へ退いていった。続いて檻の中からは、誰かが拳銃を撃ったかと思えるような大音響がして、金網の目という目に白と赤茶色の混じった炎が浴びせかけられ、オゾン臭がして息苦しくなった。ステファンは跳び上がり、思わず廊下の奥、玄関扉の下にまで退却した。直ぐ傍にはポシチクがいた。ヴォフはといえば、装置の上に屈みこんで、何か操作したかと思うと、突然若者のような身のこなしで、さっとステファンたちの方にやって来た。今や三人とも廊下に立っていた。金網の向こうでは火がおさまったが、まだそこここで青い鬼火のようなものがピカピカと光り、依然として雷は轟き、雨は変わらぬ勢いでトタン屋根に打ちつけていた。

「済んだ」――ポシチクは、隠しからパイプを取り出しながら口を利いた。その手が震えているようにもステファンには思われたが、暗がりの中では確信が持てなかった。

「どうやら命拾いしたな」――ヴォフは宣言した。そして廊下から部屋の真ん中に戻り、まるであぁ、よく寝たとでも言わんばかりの伸びをして、両手で腰をぱんぱんと叩《はた》くと勢いよく椅子に腰を下ろした。そして
「さ、こっちに。もう大丈夫だ」――とステファンに合図した。

雷鳴がすっかり止んでも、雨の方はこれから何週間も続きそうな勢いで降っていた。ポシチクは部屋の中をちょこちょこと歩き回り、罫線の沢山引かれた用紙に何ごとか書き込んだ後、これまでステファンの目には入っていなかった部屋の隅の小さな扉を開けると、そこへ消え、大きな金属音を立てながら物を探しだした。やがてそこからフライパン、石油バーナー、剥いたじゃがいもで一杯の鍋を持って戻り、それらの一部を箱の上に、一部を床の上に置くと、食事の支度に忙しく立ち働いた。「何がいいかな、何がいいかな……」と口ずさみながら、動き回り、ぺたぺたと足踏みし、姿を消してはまた現れ、焼けた脂の煙に包まれながら、敬虔と言ってもいい真剣な表情で卵を割り、その匂いを嗅ぎ嗅ぎしては料理に余念がなかった。その間、いわばホスト役を務めるヴォフは、強い雨が通り過ぎるまで変電所で待つようステファンに勧めた。今しがた起こったことの意味について尋ねると、ヴォフは勿体ぶって黙するでもなく、自分たちが助かったのは避雷装置のお蔭であることや、過電流遮断器のことを詳しく説明してくれた。ステファンにはさっぱり訳のわからない話だったが、自分の想像したこととはまるで関係ないらしいということ、そしてヴォフが彼自身にしかわからぬ理由から、過ぎ去った危険がそれほど大したものでないとみなしているようだという印象は持った。だが、二人の電気工の行動を必ずしもよ

くは覚えていないものの、確かに危険はあったのだということは疑えなかった。その後、ヴォフはステファンを案内しながらさまざまな機器や装置の名前を挙げて説明し、最前ポシチクと会話していた、金網の障壁で区切られた檻の中を覗いてもいいという許可さえ与えた。檻の中の壁には、銅の母線が集中する一種の鉄釜のようなものがあり、その下の床にはかなり大きな穴があって砂利が詰めてある。ヴォフの説明によれば、(遮断器である)釜が破裂して火のついた油を放出してしまった場合、火災を防ぐためのものだという。

「砂利の下には何があるんですか?」——ステファンは実際的かつ真っ当な質問をしようと努めながら尋ねた。

「何かなければいかんかな? 何もない」

「ああ、そうですか」

二人は部屋に戻った。見るとテーブルの上には四〇度のウォッカが入った小ぶりの瓶とすでに切り分けられた胡瓜《きゅうり》が出ていた。ヴォフはごく小さなグラスにウォッカを注ぎ分け、ステファンに勧めて一緒に飲み干すと、ただちに瓶に栓をして柱の陰にしまいながら、言った——

「酒はわしらの敵だ」

ヴォフはもはや嵐の話には戻ろうとしなかったが、そのかわり次第にうちとけてきた。ステファンと二人、テーブルに着いたまま、ポシチクはあたかもその場にいないかのように無視した。ヴォフは背広を脱いで椅子の背もたれに掛け、樽のような胸がきつそうなココア色のセーター姿になった。そしてポケットから煙草の葉と紙を入れた金属製の箱を取り出し、ステファンに勧め、同時に注意した——

「わしのは強いぞ」

ステファンは煙草を巻きにかかったが、なかなかうまくゆかず、端が箒のようにばさばさとした太い煙草がようやくできあがったかと思った途端、あまりにも唾をつけすぎたせいでばらばらになってしまった。それを見て見ぬふりをしていたヴォフは、木屑のように堅くもろい煙草の葉をかなりの量つまむと、片手の太い指だけで紙に巻いて上から親指でぽんと叩き、あっという間に、後は巻紙の端を舐めてくっつけるばかりにしてステファンに差し出した。チシニェツキは礼を言い、ヴォフが点けたライターの火に屈みこんだ。そしてあやうく眉毛を焦がしそうになるところを、ヴォフが器用な動きでその火を脇にずらした。最初の瞬間、ステファンは煙にむせ、涙目になったが、何とかしてそれを気取られまいとがんばった。ヴォフは親切にもそれがまったく目に入っていないかのようにふるまった。さっきと同様、巧みに二本目の煙草を巻くと、火を着け、ふうっと吸い込んだ。黙りこんだ二人の頭上で煙が混ざり合い、ランプの下に渦巻く一つの紫煙となった。

「親方は、御自分の職に就いてもう長いんですか？」――こんな無邪気な質問では適当にあしらわれるのが落ちではないか、そういう不安はあったものの、会話の糸口を見つけようと口を開いたのはステファンの方だった。職長は、まるで質問がまったく聞こえていないかのように一時《いっとき》煙草をふかしていたが、やがて出し抜けに片手を突き出し、きっぱりとした仕草で床の上にかざした。

「これくらいのガキの頃に働きはじめた。いや――これくらいだ」――と、ヴォフは伸ばした手の位置をさらに低くして訂正した。「マワホヴィーツェ（ウッチ県に同名の村が実在する）の話だ。電気はまだ来ていなくて、ようやくフランス人たちが来て水力タービンの敷設を始めた頃だ。わしの親方は律儀な人だった。ボイラー室で大声を出すと、外のタラップまで届いた。けれどむやみにそうするわけじゃなかった。わしらの仕事は思いやりがなければできない。若いもんには怒鳴ることなく、辛抱強く育ててくれた。高圧断路器の埃を落としに初めて上がる者には必ず――見習いはそれから始まるからな――死人の指紋がついたブラシを見せて、しっかり頭にたたきこんだ」

「それは何だったんですか？」——ステファンは理解できなかった。

「いや、ごく普通の塗装用ブラシさ、毛の。それで埃をとる。けれど電線は電流も電圧もゼロでなけりゃいかん。忘れて電気の流れる線を触《さわ》れば、火を吐いてお陀仏だ。そんな連中の一人の形見がそのブラシだ。どこだか田舎の出だった。わしの時代より前の話だから、会ったことはない。ブラシの柄についた炭のように真っ黒な指紋を親方は見せた。死んだ男自身も足の先から頭のてっぺんまで炭になった。すっかり」——話をわかりやすくするためにテンポをゆるめながらヴォフは説明し、ステファンは眼を丸くした。

「それが確かな方法だ。言葉じゃわしらの仕事を身につけさせることはできん。眼と手——この職場ではそれがすべてだ。それと不断の注意。わしは仕事が好きになった。親方にも気に入られた。やさしい電気工事から難しいのに進んだ。送電網で働いたこともあったが、気持ちは入らなかった。向いていない。電柱と電柱の間は遠いし、重い鉄線引きずって、登って、降りて、線を引っ張っての繰り返しだ——誰だって厭になる。だから酒をひっかける。けれどもこの仕事じゃあ、酒は——束の間の喜びってやつだ。一つ間違って違う線をつかめば、《永遠の安息》だ」——悠然と、静かに、晴れ晴れと言っていいような表情でヴォフは語り終えた。

そして半分まで吸った煙草を咥《くわ》え、吸い口を唇に貼りつけた。それは両手を自由にするためなのだが、今そうしなければならない理由はなく、長年の仕事で身についた癖だった。

「ユゼフ・フィヤウェクという仕事仲間がいた。酒瓶しか頭にない男だった。いつも全身汚れたままの恰好で職場に来て、口を開けば、喋るというより鵞鳥が鳴いているようにしか聞こえなかったが、元気な間は、電気工としてはいい腕だった。給料日から、文無しになるまで毎日飲んでいた。ひと月のうち前半はそりゃあ立派な働き手だったが、後半はぼろぼろだった。ある日、ちょうど給料が出た後、行方不明になった。みんな大騒ぎで探して探して、結局分電室で見つかった。高圧の母線の間で寝ていた。酔っ払っていたから、何ともなかった。そろりそろり脚を持って引きずり出した。で、そのうち痛い目に遭った。変電室で感電した。病院に行ってみりゃ、全身包帯でぐるぐる巻きになっている。《腕を持ち上げてくれ》と頼むから、持ち上げてやれば、腋の下に何もない、骨だけだ。肉は全部落っちまってる。それから間もなく死んだ」

ヴォフは煙を吐きながら口を噤んだ。すっかり追憶の力にとらわれていた。

「組合が、そりゃあ立派な葬式を出してやった。家族を顎が干上がるような目にも遭わせなかった。昔はそうだった――死ぬことより生きることが大事にされた。そのうち一九三〇年が来て、人員削減が始まった。というわけだ」

ヴォフは苦りきった表情で煙草をもみ消した。

「以前、応急班を監督していたことがある。夜も寝ずに待機する仕事だ。事故と言えば――もちろん普通は、こっちで鳥が感電して丸焼けだの、あっちでどこぞの脳足りんが送電線に枝を引っかけただの、さもなきゃどっかで子供が凧でショートを起こす、そういうことだ。それが三〇年頃、新手の事故が登場した。わしらが見つけた最初の自殺者のことは死ぬまで忘れん。奴さん、導線の端を自分の手に巻いて、もう一方の端をつないだ石を送電線に投げてかけた。真っ黒焦げで、腕は落ち、脂肪が辺り一面に溶け出していた。知らん奴ならまだしも、知り合いだった。操車場で働いていたが、独身だから、首になった。独り者から解雇していったからな。そんじょそこらにはいない、よくできた男だったから、女の子にもてた。電気であっという間に死ねるということ、普通の人間は知らん――仕事で覚えたんだか、何だか。訳もないことで、わしらの所で送電線を敷設したフランス人が、通行人が渡る橋の直ぐ脇に電線を張ったから、なおさらだ。電線の量が少なくて済むから、節約になった。だから何のことはない、石と導線があれば足りるし、遠くに投げるわけでもない」

ヴォフは、まるでテーブルを持ち上げようとでもするかのように、掌を広げてその縁をつかんだ。

「それ以来、当直室の電話がチリリと鳴るたび、みんな胸のあたりがこう締めつけられた。三度目の時にゃ、もう頭に来た――しかも今度は話が町中に広まった。わしらの発電所の向かいに職業安定所があってな。ある日、班で出動する時、あっち側にはえらい人だかりがしていた――失業者の群れだ。で、そこから怒鳴り声が聞こえてきた――《電気葬儀屋*のお出かけだ!》。するとうちの組立工のピェルフが居丈高に怒鳴り返したじゃないか――《川にでも飛びこめ、そうすりゃ俺たちも葬儀屋しなくて済まあ!》。この《川にでも》が耳に入った向こうの連中、先生、もう大変だ! こっちは運よく運転手が機転を働かして何とかその場を逃げ出せたけれども、後ろから石が飛んできた。そのピェルフを、それもごく最近、雇ったのもわし自身だった。組立工としてはからっきし駄目だったが、病気の女房がいた。奴よりもっとましな工員を雇おうと思えば、百人からいた。だから腹に据えかねた。――《自分自身が何週間だかのらくらしていたくせに、職にありついたからって、今度は仲間を川に追いやろうっていうのか?》と言ってやったら、奴は逆らいやがった。元々が熱い男だったが。売り言葉に買い言葉で、結局奴はお祓い箱にした。そうしたら何度も来ては頭を下げて、憐れんでほしいだの、食うに困っているだの、女房が死にそうだと言うが、一体、どうすりゃいい? たしかに女房は死んじまった。秋口のことだ。葬式からの帰り、窓から首を突っ込んで――ちょうどわしが当直だった――えらく小さな声で《ぼちぼちとくたばるんだな》と言う。それから一週間もしないうちに、わしらは事故処理に行った。また橋の上だ。見ると、どうだ、死んでいたのは奴じゃないか、先生! まるで鵞鳥の丸焼きだ。指で胸を突っつけば、ヴァイオリンみたいに乾燥している。それほど焼け切れていた」

＊――葬儀屋としたが、原語は「霊を捕まえる者たち」で、霊柩を運ぶ職業の人々などについて言うスラング。

ポシチクがこってりとしたスープのなみなみと注がれたブリキの皿を二人の間に置き、自分は湯気の立つ鍋を膝にのせ、テーブルの脇、箱の上にちょこなんと腰かけた。男たちの食事が始まった——他の二人はゆっくりと、慎重だったが、ステファンは最初の一口で舌を火傷しそうになった。それを隠し、勢いよく息を吹きかけながら、次の一匙を口に運んだ。食べ終わると、またしても煙草の入ったブリキ罐が出てきた。男たちは煙草を吸った。まだヴォフの昔語りが続けばいいとステファンはひそかに思っていたが、親方にそんな素振りはいささかもなかった。くすんだ、重量感のある、暗澹とした姿のヴォフは、大きな音を立てて呼吸し、煙を吐きながら、ぶっきら棒な単音節の語で、ステファンの質問をあしらった。自分の故郷の町の発電所でもヴォフが二、三年職長として働いていたことがあると知ったステファンは、こうコメントした——

「ああ、それじゃあ、言ってみれば、私の家の照明も親方のお蔭で点いていたんですね?」——所詮細々《ほそぼそ》としたものではあっても、ともかく二人をつなぐ糸があることを強調したかったのだ。だが、そんな言葉もまったく聞こえていないかのように、ヴォフからの返事はなかった。雨はもうほとんど上がり、ただ一本の雨樋だけが窓の外でぽたり、ぽたりと間を置いて音を立てていた。ステファンはぐずぐずとして辞去できずにいた。にわかによそよそしくなった雰囲気の中で、ヴォフと別れるのがどうにも気まずかった。しかし会話は完全に干上がっていた。新しい話の糸口を見つけようと、ステファンは卓上に置かれたヴォフのライターに手を伸ばした。光沢のあるニッケル製で、両面に装飾が施されている。一つの面にはひげ文字で「Andenken aus Dresden〔ドレスデンの思い出〕」と刻まれていた。手の中でそれを回すうち、蓋の部分に「Für gute Arbeit〔良き仕事に報いて〕」と刻まれていることにステファンは気づいた。

「随分きれいなライターをお持ちですね」——彼は追従口《ついしょうぐち》を利いた——「ドイツでも働いていたんで

すか?」

「いや」――ヴォフは心ここにあらずという目つきでまっすぐ前を見つめながら応じた――「上司に貰ったものだ」

「ドイツ人ですか?」――ステファンの驚きぶりにはやや不快な響きがあった。

「ドイツ人だ」――ヴォフは頷き、どことなく意味ありげにステファンの顔を見た。

「良き仕事に報いて」――問うというよりも、辛うじて聞き取れるかどうかという皮肉をこめてステファンは続けたが、この話題で雰囲気がよくなるはずはないこともすでに感じていた。

「ああ、良き仕事に報いてだ」――ヴォフは力をこめ、ほとんど意地が悪いと言っていいような調子で応じた。もはやステファンは自信を喪失していた。何かヴォフに対する新しい「アプローチ」はないものかと探し、頭を悩ませた。しまいには立ち上がって、いかにも自由気ままにふるまっているかのようにとりつくろいながら部屋の中を歩き回り、機械装置に鼻を近づけたりさえしてみせた。危ない、と厳しく咎められることも覚悟だった。それもこれも、何とかしてこの気まずい沈黙を、自分がもう完全に排除されてしまったような空気を打ち破らんがためだった。だが何をしても無駄だった。ポシチクはガシャガシャと音を立てて食器を片づけ、部屋の外に運んだ。戻って来ると、彼らにしか通じない言葉で、不明瞭な単音節の単語を並べてヴォフと何ごとか了解し合ったが、ステファンには何のことかさっぱり理解できなかった。大儀な感じで胸をテーブルに押しつけ、背を丸め、ヴォフはじっとしたきり動かなかった。ブーンという電気の音が続く中、ポシチクが開けた窓から新鮮な夜の冷気が入ってきた。すると突然廊下のドアが開き、若い工員が入ってきた。ステファンがすでに二度会ったことのあるあの男だった。濡れそぼって黒くなった軍隊ジャケットを裏返しにして羽織り、銅色の髪がべったり頭にはりつき、顔を滴がしたたり落ちていた。男が敷居に立つや否や、足元に小さな水溜りができた。誰も一言も発しはしなかったが、男の出現は予定されていたことだと察するに時間はかからなかった。男たちは目配せ一つで了解し合い、父の方のポシチクはちょこちょこと部屋の隅に向かい、それまで不動の姿勢を貫いていたヴォフもさっと体を起こすと、ステファンに近づきながら、言い放った――

「さ、わしが先生を娑婆に送り出そう。もう帰れる」

儀礼的な欺瞞の微塵もない、あまりに単刀直入に言われたその言葉に、たとえ見かけだけでも、自分の退去になにがしかの自発性を賦与しようと懸命になったステファンの、稲妻のような、しかし混乱を極めた思考はもろくも崩れ去った。ステファンはいたく傷つき、憤りさえ覚えながら、促されるがままに外へ出た。そこでヴォフは病院への道の方角を指し示し、ほんの一瞬だけ、あたかも自らの内部で立ち止まったかのように見えた。と、とめどもない言葉がステファンの口を衝いて出た――

「ヴォフさん、私は皆さんと……どうしてそんな……おわかりでしょう、僕は……」

それ以上は自分でも何を言っているのかわからなくなった。

二人が立っている闇は深く、互いの顔も辛うじておぼろげに判別できるかどうかだった。ヴォフは静かに言った――

「どうってことはない。人が濡れ鼠になるのを放ってはおけん――当たり前のことだ。けれど、わざわざ寄ってもらうには及ばんから。何かあるわけじゃないが、ま、そういうことだ。あんたもわかるだろう」

最初の言葉を言いながら、彼はチシニェツキの肩にそっと手を置いたが、その仕草に親しみはなかった。そこにあったのはただ、二人を隔てる闇のせいで、視覚を触覚で置き換えようとする意図でしかなかった。ヴォフの言葉には強い語気はなかったが、どこか意味ありげに響いた。ステファンは何のことだかわからないながらに、慌てて口走った――

「ええ、もちろん、それでは、ありがとうございました、おやすみなさい」――短い握手の後、彼は踵を返してまっすぐ道を進んだ。

時折り強まる風がまだぱらぱらと滴を運んでくる中、粘土の坂を難儀しながら登った。たった今経験した出来事のせいで、ステファンは体中がほてっているのを感じた。それは、病院で過ごした何ヶ月かの時間をたった数時間で帳消しにするほど強い印象を残す出来事だった。変電所にいる間は辛く感じたヴォフに対する憤懣も、暗闇の中で別れる頃にはもうどこかへ吹き飛んでいた。今や自分の内部にちりちりと燃え残っているのは、あまりにも馬鹿げたふるまいしかできなかった自身に対する怨みの念だけだった。とは言え、能天気な質問をする以外に、一体自分に何ができただろうか？　変電所の中での自分は、大人たちの不思議な営みの意味を知ろうとする一人の子供のようだった。そして、秘密の第一段階まで近づくことを許されたと思った途端、追い出されたのだ。一瞬、よっぽど引き返して、あの三人がしていることを窓から盗み見てやろうという思いに駆られた。もちろんできない相談だったが、そんなことを考えること自体が、彼の精神状態をよく物語っていた。きっと変電所では何一つ不思議なことなど起こっていない、二人の男は寝に就き、ヴォフは眩しいランプの光の下、装置に囲まれまだじっとしていて、時折り立ち上がっては計器を確かめ、何やら表に書き込んではまた腰かけるだろう、不毛でつまらぬルーティンだ――ステファンは自分にそう言い聞かせた。だがそれにしても、なぜ自分の頭は絶えず、あの男たちが沈黙のうちに続ける単調な作業の場面に立ち返って行くのか？　ステファンは、療養所の大きな門扉《もんぴ》の冷たく、湿った錠前を手探りで見つけ、しばらく鍵をがちゃつかせていたが、やがて扉が開くと、芝生の黒の中、わずかに白む砕石の小径を、適当に見当をつけながら進み、やがて自分の部屋に到達した。急いで服を脱ぎ、明かりも点けず、毛布にもぐりこんだ。冷え切った体の下に冷たい敷布の感触を確かめながら、そう簡単には寝つけないだろうと感じた。予感は的中した。

子供時代、父の工房に出入りしていたあらゆる種類の人々の中でも、一番興味をそそったのは――金具職人、旋盤工、組立工といった、注文に応じてさまざまな機械部品を制作してくれる職人たちだった。と同時に、彼らが何となく怖くもあった。他の知り合いの大人たちとはどこか違う感じがあった。父の言うことをいつも辛抱強く、緊張して、黙って聞き、設計図は両手でうやうやしく、まるで押し戴かんばかりに受け取るのだったが、その彼らの注意深い礼儀正しさの裏には、何か閉鎖的な、何かしら硬いものが感じとれた。父は、食事中など、自分とつきあいのある人々をあれこれ論評するのが好きだったが、知り合いの職人たちについては何一つ語らないということにステファンは気づいていた。まるで、エンジニアや弁護士、商人などとは対照的に、彼らには個性というものがないとでも言うかのような父の態度だった。結果として、彼らの生活（「真実の生」――ステファンはそう呼んでいた）は秘密のヴェールに包まれているのだと彼は思い込んだ。一時期この「真実の生」という謎で彼は頭を悩ましていたが、そのうち馬鹿げた考えだと思い直し、忘れていたのだった。

しかし夜も更けて、窓の外の闇を見つめながらまんじりともせずにいる今、突如としてその記憶が忘却の淵から浮き上がってきた。少年時代のあの妄想にも意味があった、ヴォフのような人間たちの真実の生は確かにあった、存在していたのだ！

クサヴェリ叔父が無神論を喧伝している時、アンゼルムが怒りをぶちまけている時、父が発明にうつつを抜かしている時、自分が哲学書を読み、セクウォフスキと話をしながら、「真実の生」を知ろうとして来る日も来る日も本を読んではお喋りし、お喋りしては本を読みしている間にも――それは、真実の生は、彼らの世界そのものを支えていた、足元の大地のように、目に見えないところで、アトラスのように世界を持ち上げていたのだ……。自分は事柄を神話化している、分業というものがあり、社会的相互依存ということがあるではないか――ステファンは思った。アンゼルムは農業に詳しい、セクウォフスキはもの書きだし、自分やクサヴェリは人を治療しているではないか……それでも、かりに自分たちが皆いなくなっても、世の中はほとんど何も変わらないだろう――それに対して、ヴォフや彼の仲間がいなければ、世界は存在できないのだ。

ステファンはベッドの上で寝返りをうち、自分でもよくわからぬ衝動から、とっさにスイッチを捻った。ナイトテーブルのスタンドが灯った――当たり前のことなのだが、今のステファンにとってはその明かりがシンボルに思えた。ヴォフが寝ずに見張っていることを物語る象徴のように思われた。部屋を満たすその没個性の黄色い光の中には、何かしら安らぎを与えてくれるような、あらゆる人間の営みや思索の自由を保障してくれるような何かがあった。この明かりが灯っている限り、現存する世界とは異なるあらゆる世界について心ゆくまで、安全に妄想することもできるのだ。

「寝なきゃ」――彼は結論に達した。「どうせ何一つ発明できやしないのだから」と、もう一度スイッチに手を伸ばした瞬間、読みさしの『ロード・ジム』*第一巻がテーブルの上に開いたままになっているのが目に入った。伸ばした手がスイッチを切り、彼は再び闇に包まれた。ヴォフはこの本を読むだろうか、突拍子もない連想でそう思った。いや、そんなことはあり得ない――彼は闇の中で口を歪めて微笑んだ。ヴォフはこんな本を手には取らないに違いない、『ロード・ジム』の問題を追究して海を渡って行く必要は彼にはない、紙の上で問題を解決しようというコンラッドをきっとあざ笑うだろう、なぜなら自分自身が現実にそれを解決してきたのだから！　電流を見張る仕事にはどんな苦悩や心労がつきまとうのか、そのためにどれだけのことをヴォフは犠牲にしてきたのか――それはまったく未知のことだった。スタンドの明かりを守ってくれる「真実の生」が、ステファンの頭を惑わすことも、悩ますこともないということがひどく幸せに思えた。もはやこれ以上この問題に立ち戻ることも、必要以上に考え

＊――ポーランド出身の作家ジョウゼフ・コンラッド（Joseph Conrad, 1857-1924）の小説で、代表作の一つ。

ることもしない方がいい、なぜならそれでは眠れないから。

ステファンの思考が緩んだ。閉じた瞼の裏に、空と広い空間と一軒の建物が蜃気楼のように浮かんでいた。その建物に向かってすべての嵐の雷が吸い込まれていった。放電の火花に照らされては消えかかる、ヴォフの陰鬱な灰色の顔、その太い腕が見えた——が、やがて何も見えなくなった。

マルグレフスキの講義

Pokaz Marglewskiego

七月、うだるような毎日が続く中、療養所は戦時ならではの来所者で溢れかえり、新規患者と回復期患者の数が拮抗するにいたった。正午には垂直に南中した太陽が中庭の木立をずんぐりとした影で包み、その庭を、ほとんど裸体に近い状態まで服を脱いだ患者たちがさまよっていた。晩方ともなれば、ポンプを使った原始的なシャワーが供され、「老」ユゼフと呼ばれる、肉体は若いが顔の老けた大男の看護士がポンプに向かい合い、眠たげな様子でギーコギーコと辞儀を繰り返した。

太陽が撒き散らす、まるで石英灯のフィラメントのような火花で満たされた外来診療室で、ステファンは収容所の囚人だった新しい来所者を初診の記録簿に登録していた。一方向にしか開くことはないと言われる収容所の扉が、その男の前では不思議な偶然によって再び外に向かって開いたのだった。廊下を通りかかったマルグレフスキが診療室を覗き、患者に興味を示した。

「ほう、これはまたみごとな悪液質だ」——白々と眩しい診療室では一個のぼろ切れの塊としか見えない、くしゃっとした、吹き出物だらけで侏儒のようなその人物の頭に手を置いて、マルグレフスキはそう言った。診察用の丸い回転椅子に腰かけ、じっと動かぬ男の眼から顎にかけて、両の頬を斜めに二本の傷跡が切り裂くように走り、鬚の中に消えている。

「軽度の精神遅滞か？　それとも重度か？」――哀れな男の頭に手を置いたまま、マルグレフスキは穿鑿した。記入の作業を中断されたステファンは朦朧とした状態で同僚を振り返り、急に我に返った。回転椅子の男の、凍傷で紫色になった頬をつたって、大粒の澄みきった涙が二つ流れ落ちた。

「そうです。重度精神遅滞です」――ステファンは応じた。

彼は書類を机の隅に投げると、セクウォフスキの部屋に出かけた。そして、自分は考え方を変えた、とっくの昔に朽ち果てたような知的因襲を棄て去るべき時代が到来したと、いたってぎこちない仕方で話を切り出した。

「一部の思想はもう古すぎます」――告白にシニカルな衣を着せようと努めながら、ステファンは語った。「僕自身、小さなカタルシスを経験したところです……」

「去年ヴォイジェーヴィチにチェリー・ウォッカをご馳走になったが、あれは本当に大きなカタルシスをもたらした……コカインを混ぜたんじゃないかと私は疑ってるがね」――セクウォフスキはそう言ってステファンの顔色を窺いつつ、付け足した――

「さ、ドクトル、どうぞ続けて、ちゃんと聞いているから。求道者であるあなたは、正に来るべき場所に来た。瘋癲院は常に時代精神のエッセンスそのものだ。あらゆる精神的な歪み、畸形、逸脱は、通常の社会の中では拡散していて捉えられない。それは、ここのような凝縮された状態で初めてはっきりと、時代の相貌として見えてくる。ここは魂の博物館だ……」

「いや、僕が言いたいのはそういう問題ではないんです」――そう言ったステファンは、急に激しい孤独感を覚えた。しばらく言葉を探したものの、見つからない。

「いえ、大したことでは……」――と口ごもりながら、詩人に引きとめられるのを恐れるかのように、ステファンはそそくさとその場を立ち去ったが、セクウォフスキはといえば、ベッドの陰から出てきて壁を這い上がる蜘蛛にすっかり気を取られていた。手当たり次第につかんだ本を投げつけられた蜘蛛は床に落ち、糸のような脚をじたばたさせるその汚点《しみ》を、セクウォフスキは長いこと見つめていた。

ステファンは渡り廊下で再びマルグレフスキに出くわした。そしてこう誘われた――

「《エクストラ・ドライ》の小瓶を貰ったんだけど、どう、私のところに寄りませんか？　喉の消毒に」

ステファンは断ったが、相手はそれを儀礼的な遠慮と取った。

「まあまあ、いいじゃないか。さあ、遠慮なく」

マルグレフスキの住居はステファンと同じ階だったが、廊下の逆の端にあった。部屋はきらきら光る調度品で一杯だった。ガラス板を使ったテーブルの一方の端は、抽斗を重ねた角柱に載り、もう一方はスチールの曲がったパイプに支えられていて、パイプはまた同時にソファーの構造材をも兼ねていた。歯科医の治療室のようだ、とステファンは思った。壁を飾る何点かの絵も、ふくらみのある金属製の額縁に収まっていた。二面の壁を埋めつくす書籍は几帳面に整頓されていて、どの背表紙にも白いナンバーが打ってある。マルグレフスキがコーヒー・テーブルにテーブル・クロスを広げている間、ステファンは書架の前で適当に本を抜き取り、ページを繰ってみた。パスカルの『プロヴァンシアル』だったが、最初の二ページしか切られていなかった。部屋の主が、これも近代的な整理簞笥の抽斗を引き出すと、白い平皿に盛られたカナッペが出現した。三杯目を飲み干したあたりからマルグレフスキは饒舌になった。元々身ぶり手ぶりの多い語り方が、ウォッカのせいでいよいよジェスチャーは増え、白衣を汚してしまって洗わなければならなくなった時のことを語る時には、まるで洗濯婦になりきったように両手をせわしく動かした。そして窓際に並んだ夥しいカード・ケースの一々について、指揮者よろしく指し示しながらステファンに説明した。大判の厚紙が色とりどりのホルダーで束ねられていた。何とマルグレフスキは学術的研究に励んでいるのだった。原稿で膨らんだ紙挟みを、大したものじゃないと言わんばかりのそぶりで彼は扱ってみせた。それらの中でマルグレフスキは、ナポレオンの尿路結石がワーテルローの戦いの結果をどう左右したかを分析し、野放図なホルモンの醱酵が聖人たちの集団的幻視にどのように影響したかを調べていた――マルグレフスキは自分の頭上で指を回して光輪を描いてみせ、噴き出した。ステファンは信者でないため少々物足りない相手だった。単純で、純真無垢で、教義にどっぷり漬かったような人間を彼は探していた。汚れた者がきれいなタオルを必要とするように、彼はそういう者を必要としていた。マルグレフスキはまくしたてた――

「君はセクウォフスキのところに入りびたっていますね？　文学者というのは何であんなに足が地に着いていないのか、彼に訊いてみてくれませんかね？　ねえ、例えばの話、ドクトル、男が小便したくなって、それが恥ずかしくて娘に言えず、突然一人になりたくなったとか言って演技をして、その辺の草むらに消えた結果、すべてはおじゃんになる、そんな恋愛いくらでもある。私自身そんなケースを一つ知っている……」

　ステファンは、好奇心というよりは退屈しのぎに、開かれたままになっている紙挟みに手を伸ばした。分厚い表紙に挟まれて、文字がびっしりとタイプ打ちされた文書がきれいに揃えてあった。マルグレフスキは依然として喋りつづけていたが、どことなく心ここにあらずという様子で、最前よりは雑然とした口調に変わっていた。ある瞬間、ステファンは彼の鋭く冷たい眼差しを捉えた。背を丸め、注意深く臭いをかいでいるかのように鼻を突き出してじっとしているその姿は、まるで人生でただ一度しか犯さなかった過ちについて告白したがっている老嬢にも似て見えた。

　あまりに大仰華麗にラテン語をちりばめた序説から始まるマルグレフスキの講釈は、一体何の話なのか皆目見当がつかなかった。細い、神経質そうな指が、ワニスを塗った箱の蓋をしばらくいとおしげに撫でていたかと思うと、やがてその箱を開けた。興味をそそられたチシニェツキが中を覗き込むと、一番上に目録のような、長いリストが載っていた。その一部はこう読みとれた——「バルザック——軽躁病的人格障害、ボードレール——解離性障害、ショパン——神経衰弱、ダンテ——スキゾイド、ゲーテ——アルコール中毒、ヘルダーリン——精神分裂……」

マルグレフスキは自分の秘密の一端を打ち明けた。天才的人物たちに関する壮大かつ無謀な研究に挑み、少しずつ発表しようと目論んでいたのが戦争で頓挫させられたというものだった。

家系図の描かれた大判の紙が次々と眼の前に広げられた。説明は進むうちに熱をおび、マルグレフスキの頬には暗い紅色がさした。彼は、偉人たちの異常行動、自殺未遂、瞞着、精神分析的な意味でのコンプレックスを延々と、情熱をこめて数え上げた。それを見ていたステファンの脳裡を、ひょっとしてマルグレフスキ自身も何らかの異常を病んでいて、その怪しげな近親性を根拠に天才一族への仲間入りを願っているのではないかという疑念がよぎった。彼が細心の注意を払って蒐集しているのは、偉人たちの人生におけるあらゆる躓《つまず》きにまつわる記述だった。彼らの不成功体験、悲劇、不幸、挫折を調べ、分類していた。死後に残された文書中に発見される、どんなに些細な不義不正の痕跡も——あるいは単なるその暗示でさえ——無上の喜びを彼にもたらした。彼が机の一番下の抽斗を開け、何やら最新の成果を見せようと、震えんばかりの手で原稿をめくり出した瞬間、ステファンはその隙につけこんで言った——

「偉大な作品は、狂気のお蔭というより、狂気にも拘らず生まれるのだという気が僕にはしますが……」

だがマルグレフスキの顔を見た途端、ステファンは自分の発言を後悔した。相手は原稿の山から顔を

上げ、眼を細めた。そして、

「にも拘らず?……」――とあざけるように言った。そして散乱した書類を勢いよく掻き集め、ステファンが眺めていた家系図類をもぎとるように取り戻すと、苛だった様子でカード・ケースに収めていった。それが終わるとようやく客の方に向き直った。

「ステファン先生はまだ経験が浅い」――マルグレフスキは両手の指を組み合わせながら言った。「つまるところ、われわれはルネッサンスの時代に生きているわけではなし、当時だって、思慮に欠けた行動が不幸な結果を惹き起こすことはあり得た……。先生にはきっと理解できないとは思うけれども……主観上では正当化し得ることが、事実に照らし合わせてみると正当化できなくなる」

「何のお話ですか?」――ステファンは体を固くして尋ねた。

　相手はこちらを見ていない。大きいけれども痩せた両の掌をすり合わせながら、執拗に手の指を見つめている。やがてマルグレフスキは口を開いた――

「よく散歩にお出かけのようだけれども……あのビェジーニェツの電気工たちや……あの煉瓦造りの建物……。この病院にとって、悪い評判だけならまだしも、わけのわからぬ災難がふりかからんとは限らんだろう! 連中があそこに武器だか何だか知らんが隠し持っていることよりも、あの若造、あのポシチクは悪党だ、正真正銘の悪党だ」

「どうして……どうして知っているんですか……?」――上ずった声がステファンの口を衝いて出た。

「それはどうでもいい」

「あり得ない!」

「あり得ない?」――レンズの奥に隠れたマルグレフスキの眼から、乾いた憎悪の念がステファンを睨《ね》めつけていた――「地下のポーランドについて、ロンドン政府*について聞いたことは?!」――風を切るような囁き声で、たて続けに問いが発せられ、彼の大きな掌は一言発せられるたびに白衣の上を跳ねるように這い回った――「九月、ここの森の中に軍が武器を隠していった。それを見張っていたのがあの、あの……ポシチクだ！　その後、場所を教えろと要求されたが拒んだ！　ボリシェヴィキが来るまで待つと言ったんだ！」

「そんなことを言ったんですか……？　先生はどうして知っているんですか？」――ステファンは力なく繰り返した。予期せぬ話の展開と、マルグレフスキが全身をわなわなと震わせながら見せた昂奮とで、気が遠くなっていった。

「知らん！　何も知らない！　私には何の関係もないことだ！」――相手は、相変わらず燃えるような囁き声で爆発的に叫んだ。「ドクトル以外の全員が知っていることだ、知らないのは君だけだ！」

「つまり、もうあそこには行くなということですね……？」――ステファンは立ち上がった。「たしかに一回だけ偶然、嵐の時……」

「私は何も言っていない！」――マルグレフスキは相手の言葉を遮り、自分もソファーから立ち上がるというより飛び上がった。「もうこのことについては金輪際触れぬよう願いたい！　私はただ同僚の責務と思ったまでで――今後は君が自身で正しいと思う通りにすればいい。ただあくまでそれは自身の頭の中だけのことにしてもらいたい！」

「もちろん……」――ステファンはゆっくり言った。「先生がそうお望みなら……。誰にも言いません」

「約束だ。手を！」

ステファンはおずおずと手を出して握手した。彼は事態のなりゆきに愕然としていた。只今の瞬間は

＊――一九三九年九月に発足したポーランド共和国亡命政府は当初フランスにあったが、一九四〇年六月からロンドンに拠点を移したためにこう呼ばれた。亡命政府の指揮下、ポーランド本国では「地下」の抵抗運動が続いた。

むしろマルグレフスキの怖じ気づいた様子に、相手の紛れもない怖じ気に驚いていた。この痩せっぽち、意に反して口を滑らせてしまったとでもいうのだろうか？　しかしあの怒りは？　地下と関りでもあるのか？　ひょっとして、言うところの――つなぎか……？

混乱と当惑の極まった状態で、ステファンはマルグレフスキの部屋を後にした。ひどい暑さだった。渡り廊下をぼくぼく歩きながら、額に噴き出る汗をひっきりなしに拭った。便所の前を通りがかったその時、ドアの向こうから突然爆笑する声が聞こえてきた。聞き覚えのある声だった。次の瞬間、ドアが開き、しゃっくりのように体をびくつかせる笑いによろめきながら、パジャマのズボンだけになった姿のセクウォフスキが飛び出てきた。金色の胸毛の上で玉の汗が震えていた。

「大変なご機嫌ですが、そのわけを教えていただけますか？」――回廊の眩しさに思わず眼をつむりながら、ステファンは尋ねた。陽光はガラスの屋根を透過し、屈折して虹を作りながら、壁一面にはねかえっていた。

セクウォフスキは壁に寄りかかって呼吸を整えようと必死だった。

「ドクトル……ドクトル……この、うん……ハ、ハ、ハ……参った……学、学者気どりで……現象だ……哲学だ……ウパニシャッド……星だ……精神に天上界だ……てな、わしらの議論を思い出していたが、それがうんちを見た途端、この……いや参った！」――彼はまた腹を抱えて笑った。――「何が精神だ？　人間とは誰か？　うんち！　うんち！　うんち！」

相変わらず襲いつづける笑いにひきつりながらも、言うべきことを絞り出すと、詩人は去っていった。ステファンは無言で自室に戻った。セクウォフスキがえらく腹立たしかった。――「あんな発見を今頃してどうなる！」――と思った。八方塞がりだった。マルグレフスキの部屋を出る時は、変電所へ行って、気をつけるようにとヴォフに言ってやろうと考えた。約束を守ることで電気工たちを危険に晒すようなことになるのであれば、約束などどうでもよかった。しかし直ぐに、やはり自分は行かないだろうと悟った。そもそも一体誰に対して気をつけろとヴォフに言うのか？　マルグレフスキに対して？　ナンセンスだ。ではどうする？　武器を隠している＊と言えばいいのか？　だがそれが本当だとすれば、ヴォフ自身がステファンよりもよっぽどよく知っているのに違いない。

気をつけろとヴォフに連絡するにはどうすればいいのか、あれやこれやだんだんと込み入った作戦を考え出しながら、ステファンは数日間頭を悩ました。匿名で葉書でも書くか、夜になってから親方を外におびき出して話をするか――どれもこれもまったく意味がなかった。そして結局何もできずに終わった。もう行かないとヴォフに対しても約束したと考える以上、変電所には行けなかったが、ステファンはまたしてもその付近を徘徊しだした。ある朝早く、この辺りでも一番高い丘の一つの頂きに、思いがけない人物を見かけた。「老」ユゼフである。あたかも風景の美しさにみとれているかのように、草に坐してじっと動かない。しかしステファンの目には、看護士が自然の美を愛でることのできる人間とは映ってはいなかった。物陰からしばらくユゼフを観察したが、とりたてて発見もないので、やがてそこを去り、療養所に帰りつこうという頃になって、ユゼフがマルグレフスキの情報提供者かも知れないと閃めいた。彼は農民ともつきあいがあり、村では何一つ隠し立てはできないし――何より、ユゼフはマルグレフスキの担当病棟で働いている。医者は、彼一流の底意地悪い仕方ではあっても、看護士が一種親しい関係になることを許していた。だが果たしてユゼフがロンドン政府と関りを持ちうるような人物だろうか？　何もかもがいたって不可解で、さまざまな細部が意味のある全体を構成し得ない。にも拘わらずステファンはヴォフに対して、警戒するよう忠告したいという気持ちにまたなった。そして親方

＊――誰が隠しているのか、原文では特定できない。意図的に主語が省かれているようでもある。筋から言えばポシチク、あるいはマルグレフスキだが、文法的にはヴォフが隠していると読むこともできる。

と会って具体的にどんな話をするかという想像をめぐらすのだが、そのたびに勇気が失せた。

そうこうするうちに療養所では新たな一大事件が起こり、しばらくはそのことで所内が沸いた。ステファンは自分の部屋の隣りで起こっていることを興味深く観察していた。それまで空き家になっていたその住居に新しい住人が来るということだった。元大学学長のロムアルト・ウォントコフスキ教授である。一八年間大学病院の精神科長を務め、脳波測定の分野では広く国外にも名の知られた教授は、占領者のドイツ人によって職を追われたが、今回、パヨンチュコフスキ助教授の招きで非公式に療養所に移り住むことになったのだ。助教授は、教授の荷物が駅に到着する都度、何度も自ら足を運び、「エスコート」するという敬意を表した。その翌日ウォントコフスキが来臨し、ユゼフは梯子やら、何に使うのかわからぬ棒やら絨毯やらを、息せき切って運びながら往ったり来たりした。

一日中壁の向こうから金槌の音や重い箱を引きずる音、がたごとと調度品を配置する響きがステファンの耳に伝わってきた。ウォントコフスキの入居という事実に対する医師たちの反応はかなり素っ気ないものだった。昼食の席でも話し声はなく、しつこい蠅たちの飛び回る音だけが耳についた。ステファンは、乾ききった熱気を少しでも冷まそうと、水で湿らせたガーゼの大きな布で窓を覆い、大の字になってベッドに寝そべり、心理学の教科書をぱらぱらとめくった。見知らぬ人々の写真を眺めながら痛感したのは、それらが一つの同じ種類のヴァリエーションに過ぎず、しかも大量に存在することで、自分は唯一無二であるという、人間の自意識を傷つけるものだということだった。個体差と言っても、基本的なプロポーションの単純な移動に過ぎない。ある顔は眼の周囲に要素が集まり、別の顔はそれが顎に、また別の顔で目立つのは頬だ。町中にいる時、ステファンは自分の前を歩く人間の――とりわけ女性の――顔つきを想像してみるという遊びを好んでした。街頭は、動く面相の一大展示会だ。そこではゲームを延々と続けることが可能だ。そんな考えごとを阻止するかのように、突如パヨンチュコフスキが現れた。「敬愛する同僚」が何の本を読んでいるのか、と関心を寄せたものの、ほどなく自分の、彼お得意のテーマに移っていった。

「いやあ、先生はもう見ることがないでしょうな」――と、所長はメランコリックに語った――「残念ながら、ヒステリー発作のあれほどの大規模な、古典的な後弓反張（弓なり緊張。頭と踵を後方にして胴体が弓のように反り返る背筋痙攣）は今ではもうお目にかかれない。パリのシャルコー*のところで、今でも思い出す……」

所長は感慨に耽った。

だがステファンの唇がかすかに歪んだのに気づいたのか、こう付け加えた――

「確かに、そうなったのはある意味では結構なことだとも言えるが、ヒステリーそのものは今でも依然として存在する。要するに、精神医学の潮流が新たな流……路を開拓したということだな。ええと……私は何を言おうとしていたんだ？」

ステファンは初めからそれを待っていた。所長の訪問が何かしら特別な出来事を期待させるからだった。パヨパヨは解説を始めた――ウォントコフスキが名声轟く学者で、アメリカのラシュレー**もゴルトシュミット***も彼の友人なのだが、そんな彼をドイツ人は路頭に放り出したのだ。「路頭に……」と感に堪えない風で所長は繰り返した。

「だから今度は、代わってわれわれが……そうでしょう？……できる限りのことを……」

順番が来たら、ステファンも学長先生のところへ挨拶に行ってもらいたい、と所長は頼んだ。

彼はそうして療養所の医師全員を訪ねて回った。

* ――ジャン＝マルタン・シャルコー（Jean-Martin Charcot, 1825–1893）。フランスの神経科医。
** ――アメリカの神経心理学者、カール・スペンサー・ラシュレー（Karl Spencer Lashley, 1890–1958）のことか。
*** ――ドイツ生まれのアメリカの遺伝学者、リチャード・ベネディクト・ゴルトシュミット（Richard Benedikt Goldschmidt, 1878–1958）のことか。

最初の晩、マルグレフスキの表現によれば「信任状を捧呈する」ために、彼とパヨンチュコフスキとカウテルスが、次の日はノシレフスカとリギェルが、三日目にはスタシェクとステファンが出かけた。大時代の慣わしだな、とクシェチョテクはぼやいた。一応は皆平等で、一応は皆一緒に働いていて、敵に対しては一丸となるはずなのだが、ひとたび学長先生表敬訪問といった馬鹿げたことになると、年齢、職位に従って並ばざるを得ないのだ。

ステファンは旅行鞄の底に恐ろしく黒いネクタイを見つけた。染みはあったがそれは背広で隠して出かけた。

ウォントコフスキの風貌は、頸のない痩せたライオンを思わせた。銀髪の巻毛に覆われた瘤の多い頭、鼻毛の束が飛び出た鼻孔、じゃがいものような鼻、切り立った、それでいて真っ平らではない顔面、どんなわずかな動きにも揺れるほど軽い、白髪の眉毛が形づくる傾斜した庇。つるりと剃りあげた頤《おとがい》から下に向かって走る、張りつめた弦のような皺の数々。横顔はどことなくソクラテスを思い出させた。

建物内の医師の住宅はこれまでにもすでにいくつか見ていたが、たとえ急ごしらえとは言え、荷馬車が六回も駅との間を往復するほど引っ越し荷物のある、プロフェッサーの住まいというのが一体どんなものか、ステファンは好奇心を懐いた。

ドアから突き当たりの壁まで、ずらっと書棚が立ち並んでいた。夥しい数の重厚な本の重みで、棚の中ほどがたわんでいる。ほとんどの書籍が黒地に金文字の装幀だ。一番下の棚を占めているのは、専門誌を合本したフォリオ判の大冊だった。ところどころ、不意打ちをしかけるかのようにして、黄色や緑色の小ぶりな本が顔を覗かせる。窓に向かって斜《はす》に置かれた机の手前側の端には、教科書類が並んで目隠しの壁になっている。ほとんど蟄居房と言っていい部屋の殺伐さをやわらげていたのはさまざまな敷物、壁掛けだった。入り口近くには芝生のように毛足の長い絨毯が敷かれ、ウォントコフスキのシルエットを浮かび上がらせている背景にはアラス織の小さなタペストリーのようなものが掛かっていた。

一同はうやうやしく頭を下げ、それぞれ何やらもそもそと口ごもりながらプロフェッサーと挨拶を交わした。教授は、生き生きと、あらゆることを話題にしながら、実のところ何も語らずに会話する才を発揮した。結局、全員が彼のもとに叡智や助言を求めて集まったという格好になった。教授は所内の人間関係にまつわるテーマは終始慎重に避けながら、一人一人の仕事について、関心について話を聞いた。そのふるまいには、単純かつ広やかな公平さがあった。だからこそ、近づきがたい大きな距離も生じた。かりにもし教授のふるまいになにがしかの慇懃無礼さがあったとしても、自らの負けん気で帳消しにすることもできただろうが、そんなことをする必要もなかった。ステファンは自分の小ささを感じたが、低い棚の端に置かれた二つのブロンズ像を目にして、その感覚はさらに強まった。それはカントとネアンデルタール人の頭部だった。ネアンデルタール人の塊茎状の頭蓋、深々と抉《えぐ》られた巨大な眼窩には、カントにはない野生味が確かに潜んではいるものの、両方ともに、まるですべての世代の人間の生と死を自らのうちに集めたかのような、苦難の果ての凄まじい孤独感が漂っていることに気づかされ、ステファンは愕然とした。

壁にはさまざまな肖像画が掛かっていた。伏し目がちの眼差しにバイロン風の悲哀を感じさせるリスター*、好奇心の塊の子供のような表情の顔と威勢よく前に突き出た顎鬚のパヴロフ**、そして不眠に悩まされ果てた老人、エミル・ルー***。

後輩たちとの交流も切り上げるべき頃合いだと見てとったプロフェッサーは、極上の如才なさをもっ

*――英国の外科医、ジョウゼフ・リスター（Joseph Lister, 1827-1912）のことか。

**――イヴァン・ピェトロヴィチ・パヴロフ（Ivan Petrovich Pavlov, 1849-1936）。ロシアの生理学者。

***――ピエール・ポール・エミル・ルー（Pierre Paul Émile Roux, 1853-1933）。フランスの細菌学者。

て会釈を交わし、さっぱりとして、同時に温もりある握手を演出した結果、一同は少々よろけながらも、ほとんど意に反したかたちでいつの間にか廊下に出ていた。「くそ！　大人物だ！」――ステファンは納得したように言った。

世界の基礎を揺るがすような類いの、根本的でスケールの大きい話を誰かとしたい――ステファンはそんな気持ちになった。しかし、親友はそんな彼の思いを見事に裏切った。クシェチョテクがウォントコフスキの前で見せていた軽快活発さは消え失せていた。あたかも、教授訪問の間だけ、自分の喪服をドアの外に置いてあったかのようだった。スタシェクは再びそれを身にまとった。これまでになく、ノシレフスカが彼を悩ませていた。日焼けした顔に冷たくかつ礼儀正しい表情を浮かべた彼女は、スタシェクの眼差しに含まれた絶望的な問いかけに微笑で応じたが、その微笑は何ものも意味していなかった。ノシレフスカは二四時間医師だった。彼女にとって、顔の紅潮は血液の頭部への流入であり、心臓の動悸は胃の側からの圧迫の兆候でしかなかった。にも拘らず、まるで完全充電されたバッテリーのように女らしさに溢れたその体が、一々のその動きがスタシェクを苦しめた。それでも彼には口を開く勇気がなかった。沈黙は、最終的な決定のない状態に潜む、希望の切れ端を彼に与えた。ステファンはすでに大分以前から、スタシェクのお守役《もり》だった。それも確固たる原則をもった、積極的なサポーターであり、時としてノシレフスカの洗練された振る舞いを玩味しながらも、ステファンは自分の役割を真摯に果たそうとしていた。親友の告白を聞いて笑いこけたり、肩胛骨のあたりを思い切り叩いたりして不協和音を奏でることがないではなかったが、そんな時でも直ぐに自制した。

七月は暦の上からぱらりと散り去った。八月の日々は、劇的に星の鏤《ちりば》められた短い暗闇の中へ、熱い金色のレネット（リンゴの品種）のように落ちていった。暮方の嵐が過ぎ、雷鳴の戦慄に身を震わせた木々が静まり、次第に深まる闇の中で湿気を帯びて重たげに佇む頃、晴れがましく身なりを整えたマルグレフスキがステファンの部屋に現れた。標本患者の紹介を伴う研究会を自ら企画したのである。

「面白いぞ」——彼は言った——「まあ、先走って種明かしをしてもつまらない。自分の目で確かめてくれたまえ」

ちょうどその晩、ステファンは自分の部屋にノシレフスカを招いてあった——耐えがたいスタシェクの優柔不断に何とか終止符を打ってやりたかったのだが、作戦はまたしても火蓋も切れずに終わった。

図書室にはすでに赤いフラシ天を張った肘掛椅子が並べられていた。一番に来たのはリギェルで、それからカウテルス、パヨンチュコフスキ、ノシレフスカと続き、やがてクシェチョテクも現れた。文献を持ってがさごそと高い演台のまわりを動き回っているマルグレフスキの方を、そろそろ始めるべきだろうと一同が見ていると、ウォントコフスキが入ってきた。それは紛れもないサプライズだった。老教授は敷居で会釈をすると、マルグレフスキが教授のためにと思って用意した、演台に一番近い大きな肘掛椅子に身を沈めたきり、胸の前で腕を組み、じっと動かなくなった。スタシェクを失望させてしまった穴埋めにと、ステファンは椅子の配置をあれこれ工夫し、何とかノシレフスカを自分とスタシェクの間に腰かけさせることに成功した。講師は、防塁のような演台の背後に立つと一つ咳払いをし、原稿を並べなおし、鋼鉄製の眼鏡を閃めかせながら、聴衆を見渡した。

自分の発表は、ある種の病的な心理状態が人間の精神に及ぼす特殊な影響に関する、まだ完全にはまとまっていない資料を概観する、中間報告的なものに過ぎません——と、彼は切り出した。その症候群は、回復期患者がいだく、過ぎ去った狂気に対する郷愁とでも名付け得るものだった。内的生活を豊かにするエクスタシー的諸状態が精神分裂病によっていわば訪れた、本来知的ではない、無教養な人々に、それは特に見られる兆候だった。そういう患者は、治療が終わった後も、病気を懐かしんで、喪失感をいだくという……

マルグレフスキは、辛うじてそれとわかる程度の痙笑を浮かべながら、掌を組んではほどき、組んではほどいて語った。話が佳境に入るにつれ、彼はかさかさと原稿を弄《もてあそ》びながら、次第に昂《たかぶ》っていった。自分のメモを見ないようにしながら、語尾を呑み込み、ラテン語を連発し、長大で危なっかしいセンテンスを組み立てた。ステファンはノシレフスカの美しい脛のラインを興味深げに観察していた（彼女は脚を組んでいた）。マルグレフスキの論証の筋を追うことはとっくの昔にやめ、むしろ波のようにゆったり上下するその声の響きを子守歌のように聴いていた。と、突然、演者が演台から身を引き離し、言った——

「さてそれでは、私が狂気へのノスタルジーと呼ぶ症状を呈する回復期患者をご覧に入れます。どうぞ！」——マルグレフスキは、開けたままになっている脇のドアの方に向かって勢いよく呼びかけた。すると、病院の海老茶色のガウンを着た老人が入ってきた。半開きになったドアの背後の闇には、廊下で待機する看護士のエプロンがかすかに白っぽく浮かび上がっていた。

「もっと近くにどうぞ、近くに！」——不器用に演出された優しさで、マルグレフスキは、声をかけた——「お名前は？」

「ウカ・ヴィンツェンティ*」

「病院に来たのはどれくらい前かな？」

「大分……大分前。一年？　たぶん一年前」

「どういうことで？」

「どういうことって」

「どうして病院に来たんですか？」——苛立たしさを押し殺しながら、マルグレフスキは尋ねた。その情景を見ながら、ステファンは気の毒になった。マルグレフスキが相手の人格に無関心なことは明らかだった。自分が必要とする証言さえ引き出せればそれでいいのだ。

「倅が連れてきてくれただ」

突如老人は戸惑いをみせ、眼を伏せた。そして次の瞬間、再び上がった眼は、すでに変容していた。マルグレフスキは、舌なめずりをし、貪るように頸を伸ばし、患者の黄色い顔に視線を食い込ませていたかと思うと、まるで一つの楽器に純粋なソロをさせながらもオーケストラの全体を忘れることのない指揮者のように、片手ですっと短い合図を聴衆に送った。

「倅が連れてきてくれただ」――老人は前よりしっかりとした声で言った――「というのも……わしが見たもんで……」

「何を見たのかな?」

相手は両手を振った。そしてその乾いた頸の喉仏が二度動いた。言葉を発しようとして懸命な様子がわかった。言葉を補おうとして、何度か両手を挙げたが、言葉は出ずに、手の動きも未完に終わった。

「見ただ」――結局同じ言葉を繰り返す他はなかった――「見ただ」

「きれいだった?」

「きれいだった」

「で、きれいな何を見た? 神様? 聖母様?」――マルグレフスキは矢継ぎ早に、事務的に質した。

「いや……いや……」――相手も続けて否定した。そして青白い自分の手を見た。手を見つめながら、彼は小声でゆっくりと語りだした――

＊――ウカが姓、ヴィンツェンティが洗礼名。通常は逆の順で言うが、役所、学校、軍隊など、公的な文脈で姓を先にして名乗ることがある。

「わしは学がないもんで……うまく言えんが。干し草刈ってから、ルシャクの垣内《かいと》を通って歩いとったら、始まった。あそこで来た。あそこの果樹園の木も全部……すっかり、その、納屋も……変容*しただ」

「もっとはっきり言うと、一体それは何だった？」

「変容しただ。ルシャクの垣内のあたりが。同じようでいて、違う風になっちまっただ」

マルグレフスキは、さっと会場を振り返った。そして素早く、はっきりと、まるで舞台上の役者が脇台詞を言うように言い放った――

「これは心的諸機能が分裂した精神分裂症患者が、完全に治癒して……」

続けて何ごとか言おうとするのを、老人の言葉が遮った――

「見ただ……色々……色々見ただ……」

患者は吃った。額に脂汗が浮かんだ。親指で額の髪の生え際を執拗に拭った。

「ああ、もういい、もういい。わかった。今は何も見えないんだな？」

老人はうなだれた。

「もう健康体だな？　どうなんだ！」

「はあ、もう見えません」――老人はおとなしく認めた。が気のせいかその体がひとまわり縮んだようだった。

「ご覧下さい！」――マルグレフスキは、聴衆に向かってそう言うと、老人の直ぐそばまで歩み寄り、ゆっくりと、一々の言葉を区切って強調しながら語りかけた――

「今後はもう幻覚は現れない。もうすっかり治ったのだ。じきに家にも帰れる。足りないものもないし、症状も出ていないから。わかるな？　息子のもとへ、家族のもとへ帰……」

「じゃ、わしにはもう幻覚は現れなくなるんで……？」——老人は身じろぎせずに立ったまま、医師の言葉を反復した。

「そう。健康体だ！」

海老茶色のガウンをまとった老人の顔に苦悩の——というよりそれ以上の、明らかに絶望の表情が浮かんだのを見るや、マルグレフスキの顔が輝いた。彼は、自分の存在によって、聴衆の印象を弱めたくないとばかりに一歩後ずさりし、胸の上に引き寄せた両の掌をわずかに動かして、自分の前に立つ老人を指し示した。

と突然、老人はぽきぽきと音がするほど両の掌を固く組み合わせ、重たげな足取りで演台に近づいた。そして、分厚い皮膚に食い込んだ汚れも日焼けの跡も療養生活によってきれいさっぱり消えてなくなった、角ばった両手を演台の端に置いた。まるで樹木の節のような角質肥厚だけが、手の甲で白茶け黄ばんで目についた。

「先生方……」——男は呐々としたかぼそい声で語りだした——「こうしてもらえねえか……どうして先生方はわしをあんな目に遭わした？　わしゃ、もうあれは……あの、エレキだか何だか知らんが、七転八倒させられただが……もしここに残れるものなら……。家に帰ったところで貧乏底なしで、倅も家族四人食わすにもかつかつの所へ、どうやって帰れる？　働ければまだしも——もう手も足も言うことを聞かん。足手まといになるだけだ。もう老い先短いわしは、食い物に文句は言わん、とにかくここに置いて貰えねえだろか、置いて貰えさえすりゃ……」

＊——このように訳すと、教養のない農民が使う言葉ではないと思われるが、ポーランドでは教会の説教などで頻繁に接するものなので、あえて「様変わり」のようなそれらしい訳語ではなく、本書の題名にも使われ、本書の他の箇所で「変容」と訳している、宗教的概念を含む同じ語で統一した。

患者の長広舌を聞くうち、マルグレフスキの顔は次第に昂る感情を露呈しだした。当初の喜びは、不意打ちを食った驚きに、やがて不安に、ついには抑えがたい怒りへと変わった。マルグレフスキが合図をすると、看護士が走りこんできて、老人の背後から両肘を捉えた。老人は初めのうちこそ、自由な人間らしく、反射的にもがきはしたが、あっという間にぐったりし、抵抗することなく外へ連れ出された。

会場はどんよりと静まり返った。すっかり蒼ざめたマルグレフスキは、眼鏡を両手で鼻に押し付けると、キュウキュウと新調した靴の立てる恐ろしいほどの軋《きし》み音とともに演台に戻った。そして口を開こうとしたその時、最後列に坐っていたカウテルスの声が響き渡った——

「確かにノスタルジーは窺えた。だが、あれは病気というよりも、おまんまに対する未練だろう!」

「失礼、私の話はまだ終わっていません! ご意見は後でお願いします!」——マルグレフスキは、鼻息荒く言った。「皆さん、あの患者は、以前恍惚状態や宗教的感情を経験していましたが、今やそれを報告できないようです……。彼は罹病する前は軽度の知的障害、ま、ほとんどクレチン症で、病気は治しましたが、脳味噌の質まで、言ってみれば、よくすることはできませんでした……。先ほど彼が自ら皆さんにご披露したのは、クレチン症患者にはよく見られる狡猾な誤魔化しです。病気に対するノスタルジーは大分以前から……」

マルグレフスキの話は延々と続いたが、ついには震える両手で眼鏡を拭い、唇を膨らませ、体を左右に揺らせたかと思うと言った——

「というわけで、以上で……終わります。ご清聴ありがとうございました」

プロフェッサーは直ぐに去った。ステファンは腕時計を見やり、ノシレフスカの方に素早く身を傾けると、自分の部屋に来るよう誘った。ちょっと晩《おそ》すぎはしない?——女医は少々驚いたが、結局誘いを受け入れた。

図書室を出る際、出入り口に集まった医者たちの横を通った。マルグレフスキは、リギェルの釦をつまみながら、熱心にまくしたて、カウテルスは黙って爪を噛んでいた。

「本当に病気が懐かしいんだ！」――ステファンの背後から声が届いた。

部屋に入るとステファンはノシレフスカの隣にスタシェクを坐らせ、ワインの栓を開け、クッキーの残りを皿にぶちまけ、最近伯母のスコチンスカが送ってよこしたオレンジ・ウォッカも取り出した。それを一杯飲み干したところで、ステファンは突然、どうしても第三病棟を覗かねばならない用事があるのを思い出したと言い、咳払いをしたかと思うと、失礼と言い残して部屋を出た。これでうまく務めは果たせた――そう思いながら。

セクウォフスキのところへ行こうかどうか思案しながら、しばらく廊下をうろついていると、やがて「老」ユゼフにつかまった。

「先生、先生が見つかってよかった。例の一七号室のパシチコヴィヤクがやらかしてる」

ユゼフには彼独自の用語があった。患者が平静さを失った程度の時は「騒いでいる」と言い、もし「やらかしてる」と言えば、症状はより深刻だった。

ステファンは病室へ向かった。

蛙のように飛び跳ねつづけるガウン姿の一人の男を、十数人の病人が大した興味もなさげに眺めていた。男は威嚇するような――それでいて誰一人怖がる者もない――叫び声を発し、歯を剝き出し、脚を振り回しながら暴れていたが、やがてベッドに突っ伏して敷布を引き裂きはじめた。

「こら！　こら！　どうした、パシチコヴィヤク？」――ステファンは陽気な調子で切り出した――「あれほど温厚で教養豊かな方とあろうものが、突然こんな大騒ぎですか？」

狂人は上目遣いでステファンを見た。背が低く痩せぎすで、瘤のない脊柱後湾症患者のような頭蓋と長い指を持つ人物だった。ある種恥じ入った様子で、彼は呟いた――

「ああ……先生が今日は宿直ですか？　リギェル先生かと思っていた。すみません、もうやめます……」

リギェルのことが嫌いなステファンは微笑し、訊いた――

「リギェル先生の何がいけませんか？」

「いや……ただこう……もう何もやらかしません、先生、オシマイ、オシマイ。先生が宿直なら、口にチャックするから」

「宿直じゃないけれど……何となく来てみただけで……」――そう応じたものの、あまりに内証めいた物言いだったかと反省したステファンは、より職務的な口ぶりに戻して注意した――

「しかし、おふざけはほどほどになさって下さい。私だろうとリギェル先生だろうと同じことです。さもないと、また電気ショックですよ。そんな必要ないでしょう？」

パシチコヴィヤクはベッドに坐り込んでシーツの穴を隠し、細い歯を露わにしながら薄ぼんやりと笑った。彼は――カルテによれば――軽度知的障害だったが、かなり機知に富み、普通の診断の枠に押し込むことの難しい患者だった。病室を後にしたステファンはもう一部屋も覗いてみた。入り口脇のベッドの上で毛布を頭まで被り、この療養所でも古参の重度知的障害者がぶつぶつと独り言を言っていた。ほかに数人の患者が上半身を起こして坐り、一人が自分のベッドの周りを回っている。

ステファンは入っていった。

「元気かな？」――と呟きつづける男に声をかけた。すると毛布の下から、黄色い眼に歯のない口、赤毛っぽいひげにおおわれた貧相な顔が現れた。呟きは激しさを増した。

「さて、いくらになるかな……一一三二五〇掛ける二八七三〇は？」

それはお情けでする問いかけだった。身を丸めた男の呟き方が変化し、熱が入り、ほとんど祈るような調子になったかと思うと、舌をもつれさせながらも解答が返ってきた——

「……億……千……万……六……五……」

確かめるまでもなかった。患者が、六桁の数字の掛け算でも割り算でも十数秒でやすやすと答を出す暗算の天才であることをステファンは知っていた。療養所に来たばかりの頃、彼は男に、どうやったらそんなことができるのか聞き出そうとしたことがあったが、相手からは怒ったようなぶつぶつという呟きしか返ってこなかった。一度、食べ物の餌に引っかかり（ステファンが差し入れたチョコレートで）、計算の秘訣を教えると約束したことがあった。口の中で何やらもごもご言って、チョコレート色のよだれを垂らしたかと思うと、患者はこう言った——

「僕ノ頭ニハネ……コンナ抽斗ガアルカラ。デ、ぴょんぴょん、テ。千ハコッチ……百万コッチ……ソシテ、ぴょん、ぴょん。ソシテココ。モウデキタ」

「もうできたって？」——がっかりしたステファンは訊き返した。

「数学者」は毛布を引っ被ったが、その顔は一瞬だけ輝いた。男は偉大だった。

今回、男は何か呟いたかと思うと、舌足らずな発音で求めた——

「ナンカ言ッテミテ！」

それは、二つの大きな数を提示するようにという意味だった。

「では……」——ステファンは入念に何万何千と数え上げて、掛け算をさせた。患者はよだれを垂らし、呟き、しゃっくり交じりに答を言った。チシニェツキ医師は病床の足元に佇みながら、しばらく考えに耽った。患者は静かになったかと思うと、再び懇願するように呻いた——

「ナンカ言ッテミテ！」

ステファンは厄介払いをするかのように二つの数を告げた。これは患者が自らの価値を守るために必要としていることではないのか？　にわかに恐怖心が彼をとらえ、しばらく続いた。自分がこんな風にノーマルであること、これでいいと満足することもあるということ、彼らのことを忘れ去っていることもあること、そうしたすべてについて許しを乞い、患者たち全員の前に跪《ひざまず》くべきなのではないのか……そんな思いがよぎったのである。

もはや居場所はなかった。結局彼はセクウォフスキを訪ねた。

詩人はひげ剃りの最中だった。机の上にベルナノスの本を見つけたステファンは、キリスト教倫理の価値について話しはじめたが、セクウォフスキに途中で遮られた。泡だらけの顔で鏡の前に立った彼は、ブラシを威勢よく何度も振りまわしたので、泡が室内に飛び散った。

「ドクトル、あれはナンセンスだ。教会は歴史あるテロ組織だ。二千年間人間の魂をかき集めてきたが、その成果はどうだ？　ある者からすれば症候も、別の者からすれば啓示だ*」

それよりセクウォフスキの関心は天才の問題にあった。この問題を彼は「内部から」考えている――ステファンはそう忖度《そんたく》した。自分自身天才だと思っているのだ、と。

「そりゃそうだ、そう……ゴッホ……パスカル……そう、昔話だ。だがその一方で、君たち、人間の魂の廃品回収業者も、われわれについて何もわかっていない」

（なるほど――ステファンは思った）

「修業時代、興味深い事件や人間をいくつか見て、今でも覚えている。色々な文学的ミリューの培養液で純粋培養されたケースだ。一人の若い作家がいた。順風満帆だった。新聞に写真が載るわ、翻訳されるわ、インタビュー、再版、エトセトラだ。死ぬほどそいつに嫉妬した。仏陀が無を瞑想したように、私は憎しみを観想する術を心得ていた。ある時、腹を割って二人で飲んだ。奴が完全に抑制を解かれた状態で、泣きながら打ち明けたのが、私の作品の選良的性格、ミクロコスモス的性格が羨ましいということだった。外に向かって閉ざされ、詩の言葉数も少ない、と。私の孤独がとても機能的で、自律的だ、と。ところが次の日になってみると、われわれはまた互いに見ず知らず同士に戻っていた。しばらくして奴が私の詩について書いたエッセイの題が『泥と火から生まれた異形のもの』＊＊だ。応用サディズムの見事な傑作だった。もしまだドクトルに話を聞く気があるのなら、浴室へどうぞ。シャワー・タイムだ」

　少し前からセクウォフスキは夜シャワーを浴びる際にステファンが傍にいることを許すようになっていた。あるいはそれは、医者というものを辱める新たな手段だったのかもしれなかった。彼は服を脱いで水栓の下に立ち、話を続けた。

「ものを書きはじめた頃、親友たちが褒めてくれている間は満足できなかった。彼らが何も言わなくなって初めて《これか！》と思った。やがてもう書かない方がいいとか、横道にそれたとか、袋小路だとか、もうおしまいだなというような忠告がどしどし出てきてようやく、自分が正しい道を進んでいることがわかった」

　セクウォフスキは毛深い臀部をボディ・ミトンでこすっていた。

「当時文壇に二人の老頭児《ロートル》がいた。一人は叙事詩人《エピック》として通っていて（長いものは一篇も書かなかった）、なぜだかわからないが初めから裏書保証された名声を享受していた。私以外はみんなそれを信用

＊――原文では病気の兆候、症状を意味するobjawと宗教的啓示、顕現を意味するobjawienieという二つの同根の単語が使われている。どちらも「現す」という動詞から派生したもので発音も近いが、単なる言葉の遊びを超えて、本書の主題に密接に関る重要な表現と読める。

＊＊――ゲーテ作『ファウスト』第一部「マルテの家の園」のメフィストフェレスの句に対するアリュージョンか。参考――「糞と火とから生れた畸形物のくせに」（森鷗外訳）

していた。《ライフワーク》に必要だと言って、モットーを蝶々の採集見本のように集めていた。そのライフワークとやらは若い頃から書いていて、しょっちゅう書き直しながら、フローベールの手稿を引き合いに出したり、書いては消し、書いては消しして、一向に決定稿ができあがらない。一週間かかって単語三つの位置を入れ替える。そいつが死んだ時、二、三日原稿を預かったことがある。どんなものか期待して見るだろう？　それが何と——吹けば飛ぶような文字の羅列だ。持続もない、情熱もない、労働もない。ぺてん師を信じるもんじゃない。才能がなければ始まらない。そこら中虱を潰して汚したような書き込みのあるフローベールの原稿なんか見たくもない。私はワイルドの仕事を見たことがある。そう、オスカーだ。『ドリアン・グレイの肖像』は二週間で書いたことを、知っているかね？」

　セクウォフスキは水流に頭を突っ込みながら、轟くような音を立てて洟をかんだ。

「もう一人は、in partibus infidelium〔不信心者どもの住まう地——ラテン語成句〕（ここでは「外国」の意味）で名声を得ていた。ペンクラブ会員だ。ウパニシャッドを原文で読み、ポーランド語と同じようにフランス語で自由に文章が書けた。批評家にも尊敬されていた。ただ私一人を恐れ、憎んでいた。それは私が彼の限界を見破っていたからだ。彼の書くものには、どれを読んでも、その限界が底の方の空ろな音となって響いていた。書き出しは見事だし、状況設定もうまい、人物には血が通い、筋の展開はすらすら運ぶ。ところがやがて、ただ記述するだけの紙の次元を抜け出して、ほんのちょっぴり、ほんの一歩上へ踏み出さないといけない段になって、彼にはそれができなかった。そこで彼は終わっていた。他の人間には《音がはずれている》のが聞こえていなかった。だから、自分はアンデルセンの裸の王様と同じだと思っていた。しかし私には聞こえていた。空っぽの樽の響きが。おわかりかな？　他人の書いたものは、床に置かれたバーベルのようなものだ。それを評価するには、手に取って、持ち上げられるかどうか、試すだけでいい。つまり、自分にそれだけのスケールのものが書けるかどうか？——だ」

「で、試技はどんな結果に？」

セクウォフスキは石鹸を泡立てた背中を気持ちよさげに掻いた。

「まずまずだった。もっとも時々、潮が引いてゆく時には、自分が書いたものを読んでおかしいと思ったこともある……。だが、大概は文体の問題だ。世代間の差などというのはつまるところこういうことだ――しばらくの間《朝はバラの匂いがした》と書いているところへ、次の世代が来て、これはひっくり返してやらねば！　と言い、《朝は小便の臭いがした》というのがしばらく流行る。構造はまったく同じだ。改革でも何でもない。本当の革新はそんな小手先ではできない」

セクウォフスキは湯を浴びながらアザラシのように威勢よく鼻を鳴らした。

「どんな文章にも、女と同じで、骨格が必要だ。しかしそれは、触ってそれとわからないような骨格でないといけない……やはり女と同じだ。そうだ、ドクトル、とっておきの話を思い出した。おとついドクトル・リギェルが古い文学雑誌を何冊か貸してくれた。面白いの何のって、ドクトル、実に面白い！その雑誌の中で猟犬の群れよろしく吠えている批評家たちはみんな、自分の口をかりて歴史が語っているのだと思い込んで一つ一つの言葉を発しているんだが、実のところ、一番上出来でも、せいぜいがゆうべ飲んだウォッカのせいで出るしゃっくり程度だ。おっと！」――石鹸が髪の毛に張り付いた。いとおしそうに腹を撫でながら、セクウォフスキは続けた――

「あの時代に遡る、一際痛切な思い出が私にはある。幸い運命の女神がバルサム香る絆創膏を貼ってくれた傷だ。ドクトルは知っているかな、あの……。いや、名前は言わぬが花か。墓の中で安らかに眠れ、いずれ上から私が小便垂れてやる」――セクウォフスキは下卑た笑いを発したが、もしかするとそれは自分が今裸であることと関係があるのかもしれなかった。体をすすぎ、バスローブをつかむと、それまでより落ち着いて話を続けた――

「当時私は世界で一番鼻持ちならない生き物だったことになっているが、本当のところは――不安しかなかった……。そんな時、人間は束になったネクタイから一本選ぶように、イデオロギーを選んで身に着ける――どれがよりカラフルか、より値が張るか。私はそんな無防備で憐れな若者だった。われわれの頭上には、旧世代のある批評家が、夜空で最も明るい星として燦然と輝いていた。まるでハーフィズなら蒸気機関車をこうも謳うかというような書きぶりだった。骨の髄まで一九世紀の人間で、われわれの時代の雰囲気に窒息しかかっていた。彼の目からすれば、大詩人、大作家がおらず、われわれ若い者はまだ目にも入っていなかった。一人一人では相手にもならず、一〇人くらい集まって初めて会釈が返ってくる、そんな存在だ。興味深いタイプの人間だった。文句なしに生まれつきの作家で、才能もあれば、どんな場合にも反応し得るメタファーの力あり、ユーモアもあった。そして、完全なる無慈悲。これが一番肝心だ。それがあって初めて、あらゆる脅威を全地質学の深部から眺めながら、記述し得るからだ。自らの心をまったく動かさずに、だ。情熱はセンテンスに押し込める。そうして組み伏せられないものはない。彼はそういう人間だった。たった一つの的確なメタファーのために――もしそういうものが閃けば――彼は一冊の本を著者もろとも平気で組み伏せた。自らの信念に反してでも？――とドクトルは質問するだろう。それは世間知らずというもの」――セクウォフスキは濡れた髪を入念にくしけずっていた――「今となっては私にもはっきりとわかる。彼が何ものをも信じていなかったということが。信じて何になる？　あれは、ほんの小さな螺子が一個だけ欠けた完璧な時計、錘《おも》りを持たぬ作家だった。そのほんのちょっぴり欠けたものがあれば、ポーランドのコンラッドにもなれただろうが、あれはそもそも修理不能な代物だった」

彼はシャツを頭から被った。

「その頃私は神を失くした。信じるのをやめたのではない。女を失う人間がいるように――理由もなく、取り戻せる可能性もなく、単に失くした。私は悩んだ。というのも私は神託を必要としていたからだ。いや、もうちょっとで、私は彼によって葬り去られるところだったのだ。何よりもまず、彼には信じるものがあった。自分自身だ。女の中にも性的なものが溢れ出ている者がいるように、彼は自らに対する信に溢れていた。しかもあまりに有名なために、彼が言うことは常に正しかった。私が持って行った二、三の詩を読んで、彼は評価を下した。私たちは一本の鍬と太陽のように対峙していた*。私は鋭利な鍬だった」――詩人は微笑み、勢いよくネクタイを締めた――「彼は私の詩を素因数に分解し、あちこちほじくり返し、どうしてそれらに何の価値もないのか、解説してくれた。だがしばらく逡巡し、結局はこれからも書いていいと私に許可した。彼が私に許可したのだ、おわかりかな？」――セクウォフスキの顔が醜く歪んだ――「まあ、それも昔話だ。今の若い連中には、彼の名前に何の意味もないということを思うと、快感を覚えるね。誰一人として、小指一本動かそうともせぬうちに、人生が勝手にお膳立てしてくれた復讐だ。それは果実のようにゆっくり成熟していた。これ以上の甘味は私は知らん」――詩人はいたって満足げに、駱駝地のスモーキング・ジャケットの銀の紐を結んだ。

「天才というものは、同時代の人間には決して理解されないものだとお思いですか？　ゴッホのような物語は永遠に繰り返されねばならないのでしょうか？」

「さあ、どうかね。部屋へ移ろう、ここは暑くて窒息しそうだ」

「狂人の中にも、おっしゃるようにたった一つ何らかの錘りが欠けているだけで、世に出ていないだけの天才が少なからずいると思うんです。たとえばモレク……」

ステファンは知的障害をかかえる計算の達人の話をしたが、セクウォフスキは怒ったようにそれを遮

＊――「鍬をもって太陽に立ち向かう」という、およそ比較にならない敵、相手に対して無謀な挑戦をすること、転じて不可能事を企てることという意味の成句に基づく。

った――

「天才が聞いて呆れる。君たちのボス、パヨンチュコフスキと同じだ。ただ置かれた地位がひどいだけだ」

「何と言っても所長は精神医学界では重鎮ですから……特に躁鬱病に関する仕事は」――ステファンは反撥した。

「そう、そう。学者のほとんどはそういう算術屋だ。よだれは垂らさないが、自分の蛸壺に閉じ籠った……知り合いに一人の地衣類学者がいた。ドクトルは知らんかもしれんが、そんな学問」――セクウォフスキは出し抜けに言い足した。

「知っています」――ステファンは言い返したが、実は知らなかった。

「そうかね……ま、雑草屋、苔だの菌だのの専門家だ。亜麻色の髪の案山子みたいな男だった。分類に必要なラテン語ぐらいは知っていたし、論文が書ける程度に生理学の素養はあったし、用務員と会話するに困らない程度には政治にも通じていた。ところが議論をしていて話が茸に及んだ途端、何も知らない、ただの素人になった。世界にはそういう《天才的な算術屋》がうようよいる。ただ彼らは自分の貧しい能力を社会的に有用な方向へ伸ばし、育てたがゆえに存在が許容されている。文学の世界にも、洗濯婦相手に手紙を書きながら、死後書簡集が出版されることを期待して文体に凝るような、そんな奴がいくらでもいる……で、医者の世界はどうかね？」

セクウォフスキからまだ他にも面白い言い回しが引き出せるかもしれないと思いながらも、ステファンは、医者の仕事という、触れれば厄介な領域は避けて通ろうとした。が結局は腹立たしい問いをつきつけられただけで終わった。彼は憤慨してセクウォフスキの部屋を後にし、二階に向かった。

自分を動揺させられるのはセクウォフスキだけだ――ステファンはそう思ったが、それは事実に反していた。意趣返しに、自分の部屋の前でしばらく盗み聞きをしてやろうと決めた。廊下はがらんとして暗かった。忍び足で部屋に近づいたが、しんとしている。かすかにものの擦れ合う音が聞こえた――服？　シーツ？　やがてまるで注射器から押子を引き抜くような、ポンという音がした。そして完全な静寂とそれを時折り破るすすり泣きの声。確かに誰かが泣いている。ノシレフスカか？　それは想像だにできないことだった。そっとノックをしてみるが、応答はない。もう一度ノックして、ステファンは入っていった。

机の上で、ランプの芯の尖端が燃えていた。薄黄色い光が鏡の反射で壁にもベッドにも広がっていた。オレンジ・ウォッカの瓶は半分空になっていた。いい徴候だ。ベッドの上は、まるで竜巻でも駆け抜けたかと思われるほど乱れていた。だがノシレフスカはどこだ？　ベッドの上にいたのは、枕に頭をうずめて泣いている、服を着たままのスタシェクだけだった。

「スタシェク、どうした？　彼女はどこだ?!」――驚いたチシニェツキはベッドに駆け寄りざま、叫んだ。

スタシェクは一層激しく泣きじゃくるばかりである。

「おい、一体どうした？　何があったんだ？」

相手は、ひくひくと嗚咽しながら、泣き濡れた赤い顔を見せた。絶望の表情である。

「もし……もしも僕に……もし君が……」

「はっきり言ってくれ、さあ！」

「言わない！　もし君に僕に対する友情があるなら、二……二度とこのことについて触れないでもらいたい」

「でも一体何が起こったんだ?!」――思いやりよりも圧倒的な好奇心に負けたステファンは叫んだ。

「ああ、僕は不幸だ……」――スタシェクは呟き、突如として大声を上げた――「言うもんか、今は話しかけないでくれ！」――そして、小さい方の枕を胸に押しあてたまま、逃走した。

「枕を返せ、この気狂いが！」――背後からステファンは叫んだが、階段を鳴らす足音はすでに階下に移っていた。

彼は肘掛椅子に腰を下ろし、あたりを見回し、敷布もめくってみた。しばらくして残された大きい方の枕の臭いもかいでみたが、何の発見もなかった。あまりに不可解なので、いっそのことノシレフスカのところへ行ってみようとさえ思ったが、結局思いとどまった。まあ、明日になればスタシェクも落ち着くだろう……あるいは彼女の表情で何かわかるか……（いや、何もわかるはずはない――ステファンは独り呟いた）。

父と息子

Ojciec i syn

九月も終わろうとしていた。耕された畑地のあちこちで、肥しの山が大きなモグラ塚のように黒ずんでいた。ステファンの部屋の窓に一番近い箱柳は病気にかかっていて、天然痘を思わせる黒点に蔽われた葉が異常に早く黄ばんでいた。彼は窓辺でじっとして、ナイフの刃のような青みを帯びてゆく地平線を見ていた。まったく生気のない、長くけだるい時間がのしかかるように訪れ、ステファンは窮屈この上ない姿勢のまま、視線を空に固定し、窓のリンパ液を微塵が泳ぎ回りながら、虚ろな輝きの中に描く図形を追っていた。

新しい女性患者の病歴を自分のかわりに書いてくれないか、彼はそうノシレフスカに頼まれた。そして暇つぶしにいいと思って引き受けた。

病人は黒髪の痩せた少女であると言えば、それは虚偽の記述になるかもしれなかった。彼女はむしろ、レース編みの詰め物で胸を大きく見せて男たちの視線を集めようと苦心する、きわめて肉付きの薄い、少年のような体つきの娘たちの一人だった。彼女の手はたえず顔の周辺をさまよい、痩せた鳩のようにひらひらと羽ばたきながら、今頬に止まったかと思えば、じきに痩せた顎の下に移った。十八歳のこの分裂症患者の魅力のすべてはその敏捷な黒い瞳の眼差しにあった。その視線から外れると、たちまち魔法ははじけた。

ステファンにとって回診が楽しい業務になった。彼女の魅力は、それに抗えば抗うほど強まった。不幸な、悲劇的な恋愛がもとで（とは言え、実際に何があったかを聞き出すことは困難だった）、少女は苦しみ多い悪い世界から抜け出し、鏡の世界に入りこみたいと願った。そこに映る自分の鏡像を棲家としたかった。

ステファンには、厭うことなく近づいた。彼がニッケルの小さな鏡を持ち歩いていることを知っていたからだ。彼もまた彼女がそれを覗きこむことを許した。

「あっちはとっても……とっても……とっても素敵なの……」――少女は絶え間なく眉や髪の房に触れては直し、触れては直ししながら、囁いた。キラキラと光る鏡の表面から目を離すことはできぬまま。

それを見ていて、ステファンは知り合いの女性や都会に住む友人の妻たちのことを思い出した。彼女たちは夜明けから夕暮れまで、蒸留器の中に黄金が出現するのを待ち受ける錬金術師さながら、何時間でも鏡台の前に坐っていることができた。そしてありとあらゆる笑顔を作ってみせ、瞳の輝き、そばかすの一つ一つ、顔面の線一本一本を点検し、あっちを撫でつけ、こっちを叩くという作業を繰り返した。もちろんそれも異常な強迫現象なのだが、これまでそんな風に思ってもみなかったのはなぜか。確かに揃いも揃って浅薄な女性たちではあった。しかし神経衰弱を病む人間はすべて知的であるというような言明もまったく根拠を欠いている。

神経質な重度知的障害者が存在してもおかしくない――と考えたステファンは自身で腹立たしくなった。まるでそれは「まさに自分がそれだ」という告白のように響いたからだ。

少女は浴室に長時間とじこもった。そこに鏡があるからである。追い出されるとドアの陰にひそんで待ちうけ、ドアを開けた者には飛びついて、組み合わせた両手で拝み倒すように、鏡に映る自分を見ることを許してほしいと懇願した。少女はニッケルの金具一つ一つに自分の顔を探した。

しばらく前からステファンは不眠に悩まされていた。わざと自分を疲れさせて眠りにつこうと、長い間寝床で本を読んだが、眠気は訪れず、ようやく訪れたかと思うと、終夜灯の回りを飛ぶ虫よりもっと奥の闇の中、誰かがじっと立っているような気がした。誰もそこにいないとわかっていながら、そう思った途端に眠気は散り散りにはじけた。ようやく浅いうたた寝に落ちるのは、明け方、小鳥たちの最初の冷え冷えとした囀りの中だった。

九月二九日から三〇日にかけての夜は、塊状に燦めく満天の星の下、ステファンはいつもより早く寝ついた。そして理由の知れない不安で目が覚めた。窓ガラスにちらちらと白い光が映った。肌着のまま、彼は窓に駆け寄った。進入路の砂利の上で二台の大型乗用車が低く唸るような音を立てて停まっていた。車体の波打つような塗装の模様が、塀に反射したヘッドライトの明かりでよく見えた。ドアの脇には濃い色のヘルメットを被ったドイツ人たちが立っていた。正門の庇の下から数人の将校が現れた。一人が何ごとか怒鳴った。エンジンが大きく唸り、将校たちは車内に乗り込み、兵士たちは両側から駆け寄り、サイドステップに飛び乗った。ヘッドライトが繁みを掃き、前を行く車の後尾を後ろの車の光線が打つ――一瞬の出来事だった。明るい光が車内の人物を照らし出し、ヘルメットに混じって一人の無帽の男の顔が見えた。その顔に見覚えがあった。ヘッドライトの光が探りあてた正門の横には、帽子を手にした門番が眩しそうに立っている。ややあって道路の方からエンジンの轟音が高まって聞こえてきた。九十九折りの角で今一度、ヘッドライトが闇の中から突然緑色に変わる灌木やぴくりとも動かぬ木の葉の懸華装飾、地面と平行に走る木立の影を切り出したかと思うと——最後の最後——一本の白樺の十字架が白々と浮かび、たちまち消えた。やがて地平線の奥から、あたかも巨大な耳の中で血液が脈打つような虫の集《すだ》く音で満たされた静寂が帰ってきた。ステファンはハンガーから白衣を引っつかむと、まだ覚めやらぬ頭で、白衣と格闘するかのように着て、裸足で廊下に飛び出した。

そこには医師たちが全員立ちつくしていた。てんでに叫んだり質問したりするばかりで、結局何一つわからなかった。徐々に明らかになった真相はと言えば、オフシャーネ村に駐留している機動部隊の親衛隊員たちが療養所に来たということだった。彼らは変電所で逮捕した一人の職工を連れていた。そして他の職工たちを捜索していた。マルグレフスキは大声で告げた——親衛隊が掃討に乗り出すに違いないから、今後は誰も森の中に入るな、親衛隊に冗談は通じない、と。

ドイツ人たちは病院内は捜索しなかった。病室をざっと覗き、パヨンチュコフスキと会話を交わしただけだった。

「将校は私の前にあった机に、む……鞭を叩きつけた」——蒼ざめ、眼のふちに隈のできた所長は語った。次第に昂奮のおさまった医師たちは全員解散した。マルグレフスキはステファンとすれ違いざま立ち止まり、何ごとか言いたそうにしたが、結局不吉な感じで首を振っただけで廊下の奥に消えた。

ステファンはそのまま朝まで眠れなかった。自分の内側に何か微かな震えのようなものが生まれ、高まっていた。何十回となく固く眼を閉じては、夜中に刹那垣間見た光景を再現した。それを目撃した瞬間とは違って、もはや、逮捕されたのはヴォフではないと自分に言い聞かせることもできなかった。車の中に見えたのは彼の角ばった大きな頭部だということに疑いの余地はなかった。恐るべき責任の重みがのしかかるのを感じたステファンは思わず呻いた。そのことを誰でもいいから伝えたい、苛みつづける罪悪感を告白したいというどうしようもない欲求に駆られ、朝もまだ早い時刻にセクウォフスキのところへ出かけて行ったが、相手はステファンに話を切り出す隙すら与えなかった。部屋に入るや否や、不機嫌そうに怒鳴った――

「今書きものをしているのがわからんのかね！　またしても《態度表明》をしなければならんのかね?! 人は各々自分にできることをするまでだ。詩人とは、美しい仕方で不幸であり続けることのできる人間のことだ。この戦争が終わった暁には、森から出てくるすべてのアキレウスたちがカトーになれる*とでも思っているのかね？　エリニュエス（ギリシア神話の復讐の女神）たちもドクトルとおっつかっつだったが、連中のことは理解できる。少なくとも女だからだ！　いい加減、放っておいてもらいたい！」

恥じ入ったステファンは黙って立ち去った。「これでいい！」――廊下を進みながら思った。今もし変電所に行って中を覗けるなら、引き換えに何をくれてやっても惜しくはない。療養所に依然として電気が来ているということは、あそこに誰かがいるのだ、ヴォフの後を引き継いで誰かが働いているのだ――その誰かは知っていたのか……？

そんな妄想から逃れられる避難所を求めて、ステファンは男性患者の病室でも一番奥まった場所までやって来た。床の上の赤いしみが気になったが、近づいてよく見ると、それは血ではなかった。まだうら若い分裂症患者が粘土の像を作っていた。ステファンはその仕事に長いこと見入っていた。少年の顔には何の症候も見て取ることはできなかった。小ぶりで鋭い輪郭のプロフィールを持つ、黄ばんだ、若干歪みのあるその顔は、まるで動く仮面のようだった。時々眼を細めることはあっても、それがあまりに静かなために、睫毛が震えることもなかった。少年は頭をもたげながら、鷹のような指の腹

＊――この部分の意味は取り難い。アキレウスはパルチザンを指し、戦争の英雄が誰しも文人として成功を収めるとは限らない、の意か。カトーは、いわゆる大カトー（マルクス・ポルキウス・カト・ケンソリウス）や小カトー（マルクス・ポルキウス・カト・ウティケンシス）のことで、原文では複数形。

で粘土の表面をまさぐった。下がった両の口角には平和が宿っていた。すでに亡霊も彼を苛むことをやめ、センテンスは彼の口の中で分裂した。他者に到達することができず、彼はそこにいなかった。群衆の中でのみ得られる、あるいは忘我の境にある者たちのみが得られる究極の無関心のおかげで、少年は、あたかも隠者の庵にいるかのような、孤独に徹する作業ができた。前に置かれた丸いスツールの上で、粘土の板から立ち上がろうとしていたのは翼の長い天使だった。喉を絞められた鳥がそうするように大きく広げられた風切り羽には、何かしら得体の知れない不気味さがひそんでいた。ゴシック的な、面長で美しく、穏やかな顔を持つその天使は、まるで厭なものを遠ざけるかのように下へ低く垂らした両手で、小さな子供の首を絞めていた。

「それは何？　何て名前をつけたんだい？」――ステファンは少年に尋ねた。少年は答えず、親指の先で粘土をこすりつづけた。病室の隅にいた「老」ユゼフが、患者は医師の質問に答えるものだと口を挟んだ。

「直ぐに口を利くんだ、先生がお尋ねなんだから」――ユゼフは重々しい足取りで少年に向かって近寄りながら言った。

彼は他の患者たちをよけずに歩き、患者たちの方で道をあけた。少年はじっと立ったままだった。

「喋れることはわかってるんだ。直ぐに口を利け、さもないとその木偶《でく》を！……」――ユゼフは像をひっくり返すかのような仕草をしてみせたが、少年は動かなかった。

「まあ、まあ」――ステファンは当惑して言った――「よしたまえ。宿直室へ行って、トレイに載せた注射器とスコフェダール*のアンプルを二本、持ってきてもらえるかな、シスターが出してくれるから」

彼は少年が被った屈辱をどうにかして償ってやりたかった。

「ねえ、それ、とってもきれいだね。とても美しく、不思議なものだ」

患者は背を丸め、立っていた。髪の毛が汗で額にはりついていた。下唇の下に、軽蔑に似た影のようなものが蝟集《いしゅう》していた。

「私には理解できないけれども、いつか説明してくれるかな？」――徐々に精神医学の地を離れながら、ステファンは続けた。

少年はガラスのような眼差しで黒い粘土にまみれた自分の指を見つめていた。

もはやどうしていいかわからなくなったステファンは、最も単純な仕草で、少年に向かって手を差し出した。

少年は怯えたように手を引っ込め、スツールの後ろに退いた。恥ずかしくなったステファンは、病人たちの他には誰もいないかどうか確かめようと部屋を見やった。とその時、きわめて唐突に、そして不器用に、少年が塑像の背後から乗り出して――危うく像をひっくり返しそうになりながら――チシニェツキの手をつかんだ。だがそれを握ることはせず、まるで火傷をしたかのように、直ぐに放した。そして、もはや医師には目もくれず、天使の像に向き直った。

翌日、回診中のステファンにユゼフが近づいてきた。

「あの粘土細工、先生知ってますか、名前を？」

「うん？　ああ、あれね！　で？」

「天使《アニヨウ》ドワヴィエツ**」

「何だって？」

*――スコポラミン、オキシコドン、エフェドリンの混合した、モルヒネににた薬剤。一九三〇年代中欧で、また第二次大戦中ドイツ軍によって頻繁に使用されたが、後に製造中止となった。

**――ドワヴィエツ（dławiec）の語には、「喉頭ジフテリア」という病名と「首を絞め、窒息させようとする者」の意味が重ねられた響きがある。

ユゼフは繰り返した。

「面白い」――ステファンは言った。

「何が面白いかね。小僧は嚙みつきやがるし」――ユゼフはその大きな拳についた赤い傷を見せた。ステファンは驚いたふりをした。というのも、看護士たちの使う常套手段がどういうものか大方知っているからだ。病人にはかすり傷一つつけられるな、それより先に相手の手をへし折れ――というのが彼らのモットーだった。少年は徹底的に「やらかした」に違いない。ということはまた、徹底的にお返しを喰らったに違いなかった。何百回と言わず諭され、叱責されているにも拘らず、看護士たちは密かに、医師たちの見えないところで「目には目を」の原則を実行した。自分たちを手こずらせた患者たちに対して、農民の知恵をもって最も痛烈で合理的な打撃を工夫しつつ、至近距離から殴り、復讐した。鉄拳制裁は、傷跡が残らぬように毛布の上からあるいは入浴中に実行された。そのことを知っていたステファンは、少年に対する体罰を厳しく禁じようと思ったが、できなかった。そもそもそれは公式に禁止されていたのであり、彼の力では看護士たちの「流儀」にまでは立ち入れなかった。

「しかし……あの子は……」

「あの天使とやらの？」

「そう……その何だ……誰かに危害を加えられないよう、気をつけて見守ってくれ……」

ユゼフは憤然とした。自分はすべての患者に対して気をつけて見ていると言う。そこでステファンは握った拳をポケットから出した。中には五〇ズウォティ紙幣が入っていた。ユゼフの態度は軟化した。了解した。これまでも気をつけていたが、これからは肉親のように見ると言う。

二人は戸口に立っていた。周囲には病人たちがうろうろしていたが、彼らはまったく別の世界にいるかのようだった。折り畳まれた札をユゼフが人目につかぬようにしまうと、ステファンは急に固めた決心に息詰まらせながら、他人のような声で言った――

「ユゼフ、ひょっとして、昨日の晩ドイツ人たちに捕まった男がどうなったか知らないだろうか……？ ユゼフなら知っていると……」

二人は睨み合った。ステファンの心臓が高鳴った。ユゼフは心なしか返答をためらうようだったが、その眼に好奇の色が浮かんだかと思うと、直ぐにそれは恭順な微笑にかき消された。

「変電所で働いてた、あの耳なし、ヴォフですかい？ 先生、奴を知っていたんですか？」

「知っていた」――相手の手中に入ったと感じながらも、ステファンは応じた。その会話のために払う努力、力みのせいで、気分が悪くなった。

ユゼフの愚かそうにも狡猾にも見える顔に、次第に晴れやかになると同時にいよいよ卑屈な笑みが広がっていった。その牛のような眼が見開かれた。

「先生、奴を知ってたんですか？ あれを変電所脇の穴に隠していたのは奴じゃなくて、名づけ子（父教が洗礼式の場で代父となって立ち会った子。教子、代子とも）のアンテクだって話だ。そんなこと、誰にわかるかってんだ。とにかく奴は山師だった、ああ、山師だ！」――彼はこの言葉の響きを楽しむかのように繰り返した。「ドイツ人と飲むは、奴らと取引きはするはで、俺らには口も利かぬ、お偉いさんになっていた！ ドイツ人を買収したと思ったろうが、ドイツ人もずるくて、夜中に来て雌鶏みてえに首根っこつかんでいった！ 今日はオフシャーネから車で来て、二回も往復した――あれがそんだけあったということだ！ 全部砂利の下に、商品みてえに木箱に納めて埋めてあったとよ！」

「ユゼフは見たのか？」

「俺は見とらん。飛んでもない。見た連中がいた。見た連中がいた、知ってた連中もいた、ヴォフだけが計算違いをした。何でもできる頭の奴が！ あの山師がね！」

「で、彼はどうなった？」

「俺が知るわけない。先生はルドナの採砂場知ってるかね？　昔、池があったところの？　道なりに行って——森を過ぎて右側の……。そこでスコップを渡される——穴を掘ったら、その穴のへりに立たされる。後は適当に通りすがりの百姓をつかまえて、埋め戻させる。自分たちは楽して手を汚さねえ……」

　ステファンもそんな推理はしていた、というより——そうなったに違いないという確信もあったが、ユゼフに対して覚えたあまりの憤り、憎悪のため、眼をつぶらずにはいられなかった。

「残りの連中は？」——くぐもる声で尋ねた。

「ポシチク親子かい？　消えた。わからんが、どうせ森の連中（パルチザンを指す）のところに逃げ込んだかしたろう。しかし年寄りは洞穴だの泥沼だので足を取られて藪漕ぎもできん。何もかも、連中が間抜けだったのと、油断したせいだ。そもそもが奴ら自身の商売だった癖に——弾薬だか何だか知らんが」——最後の言葉を言いながらユゼフは小声になった。

　ステファンは頷き、踵を返して自分の部屋に帰ってきた。そしてルミナールを一錠掌に取り、やや考えてから二錠目を足して水とともに呑み、そのまま、着の身着のままでベッドに倒れ込んだ。

　その晩おそく、どんどんという音がして、ステファンは意識のない、泥のような眠りから目を覚ました。ユゼフが電報を手にしてドアを叩いていた。父が重病だという、伯母のスコチンスカからの報せで、直ちに来いと促していた。

　ステファンは自分の担当病室をスタシェクに頼み、所長には数日間の休暇も問題なく認めてもらった。

「きっと大丈夫でしょう」——心のこもった握手でチシニェツキの手を揺り動かしながら、助教授は時折りしわぶきながら言った——「あっちに着いたら、ドイツ人たちのこともわかりますかね？」

「はあ？」

「どんな状況か、見てきて下さい――実に色々な悪いニュースが聞こえてくるんでね……」

「先生がお考えになっているのはどのようなことですか？」

「いや、特にどうと、どうということもありません、ドクトル」

出発前に挨拶をと思い、セクウォフスキを訪ねてみると、書き物の最中で、髪の毛がまるで放電しているかのように逆立っていた。特にある一点に思念を集中し、自分の内面を凝視している時などは、瞳孔が揺れ動く――それが詩人の常だった。轟くような、やや金属的な音色も混じる彼の声は、廊下にまで届いた。ステファンはドアの前に立ち止まった――

私の心臓は――恐慌をきたして自らの隘路へと
逃げ惑いゆく赤い白蟻の惑星。
私は少女達と柱頭行者達の黒い眼をした道。
私は死にゆく。私の体が私を滅ぼす。私は燃え尽きる。
おお、最後の帳《とばり》を剝ぎ取ろうとする夜よ、
血まみれの太腿を持つ少女、死神が
私の顔――放棄された巣――を掻き抱く時……

ステファンが入ってゆくと、詩人は黙った。しばらくしてチシニェツキはうら若い彫刻家の話をした。

「アニョウ・ドワヴィエツ？」――セクウォフスキは言った。「ちょっと待て、面白い。面白い……」

彼は鋭く尖った独特な書体で一枚の紙をうめつくすように丹念に書き込んだ。

「幸いなるかな、静かなる者は。天国は彼らのものなるがゆえ」――彼は読み上げた。

それから揺れ動く眼でステファンを見やった。

「少し手伝ってくれたお礼に、ドクトル、一ついいものを見せてあげよう」

彼は布団の上に散らかっていた紙の中からそれを探し出した。

「違う惑星系の地球の歴史を記述するのが私の夢だ。始まりはこんな感じだ（紙に書かれたものを読みはじめる）――《無数の太陽が膿のように蔽う子宮――宇宙がある。その中に犇《ひし》めく何百兆もの星の卵。爆発的な繁殖が》……スラグを飛ばし、黒粉を噴出し、次から次へと搏動が、次から次へと闇が進む」

――セクウォフスキは即興で言葉を継いだ。紙には二、三の短いセンテンスが書かれていただけだった。

「どこへ向かって？」――ステファンは思わず知らずのうちに尋ねた。

「まさにそれが面白いのは、どこへも向かってはいないからだ」

「あなたはそれを信じているのですか？」

セクウォフスキは息を止めた。そして、透明な眼が二つの穴のように開いた顔をもたげた。霊感に満ちた、美しい顔だった。

「いや」――彼は言った――「私は信じているのではない。私は知っているのだ」


道中は散々だった。列車の中は暗く、酸っぱい悪臭が漂い、南京虫が這い回っていたし、憲兵隊や群衆がドアや窓を叩き、途中三度も荷物検査があって、脂を運んではいないかと調べられたりもした。想像を絶する混雑の中にあっては、個人の品位を保つこともできなかった。闇の中では品位など目に見えず、沈黙は降伏の表現として扱われた。一時間もたつと、ステファンもまた口汚く悪態を吐《つ》いていた。

町はすっかり変わっていた。すべての通りに新しいドイツ語の名前が付いていた。底に鋲《びょう》を打ったパトロール兵のブーツは、まるで鉄の漁網の目を一つ一つつぶしてゆくかのような音を鋪石の上で立て、建物の上空を時折り機体に黒い十字の描かれた飛行機がよぎった。それはドイツの空だった。

実家のあるビルに入ると、お馴染みのキャベツを煮込んだ臭いが彼を迎えたが、二階に上ってゆくと、代わって毛皮職人の仕事場の饐《す》えたような臭いがたちこめ、一挙に記憶の地層を活性化した。楣石《まぐさいし》にライオンの頭がレリーフで刻まれた、実家の茶色い剝げかかったドアを目にしたステファンは、胸が一杯になるのを辛うじて抑え込んだ。ドアは——所詮ドアだ。

玄関の間には色々な古道具、飾り棚、板金などが所狭しと置かれ、薄暗い光の中、戸棚の上には綿のような蜘蛛の巣をまとって重なり合う、陽の目を見ずに終わった父の器械の模型が黒々と、まるで不気味な動物たちの姿のように仄見えていた。母は——早々にスコチンスカ伯母が悲劇的な囁き声で告げたところによれば——もはや生活費も尽きた家にはいられないと言って、一ヶ月前から田舎に疎開していた。伯母はドアも開けっぱなしで甥っ子を抱擁した。豊満な胸にうまった彼の鼻をナフタリンの臭いが撲《う》った。伯母は接吻の雨を浴びせ、涙を注ぐと、ステファンの背中を押して食堂へと急き立てた。そこにはパンと色々なジャムと紅茶が用意してあった。

ラベルの貼られた自家製ジャムの瓶を並べ替えながら、伯母は脂類の値段が高騰していることやどこかの弁護士のことなどを語り、かなりたってからようやく父について話しはじめた。一旦その話題になるとのめり込むように、それも心底満足げに、ここ数ヶ月の出来事を微に入り細に入り語った。伯母が描き出したのは、腎臓と心臓の病に苦しむ、不遇で不幸な天才の姿だった。世の中で自分一人が、遠い親戚ながら、この偉大な発明家の世話をしているというのだった。——「あんたのお父さんだよ」——伯母は言い、また同じ言葉を繰り返した——「あんたのお父さんだよ」。そのため、伯母は自分が冷淡なことを非難して、意地悪でそう言うのか、とステファンは考えはじめた。だがそれは飛んでもない見当違いだった。伯母は本当に心から同情してくれているのだった。その昔は綺麗な人だった。彼女の書斎から写真を持ち出して眺めながら、恋心を懐いたことさえあった。今ではその美貌の名残りもすべて、蓄積した脂肪の中に沈み、溶け去っていた。

　腹を満たし、シャワーを浴びた後、ステファンはようやく寝室に入ることを許されることとなった。自ら特使の役を買って出た伯母は、幾度か忍び足で寝室に出たり入ったり、往復した。その際、まるで空気に抵抗があるかのように、両手を櫂のように振り回しながら歩いた。厳粛な雰囲気だった。――「放蕩息子の帰還といったところだな」――ステファンはそう思いながら、思わず自分も抜き足差し足で父の部屋に入っていった。脳裡に褐色のレンブラントの図柄が浮かんでは消えた。

　まず目についたのは、ゴムの木や観賞用アスパラガスその他、母の一大コレクションが無情にも一緒くたにされて部屋の片隅に追いやられていたことだった。父はベッドの上で顎まで布団を引き被って寝ていた。レモン色の手だけが出ていて、歪んだ指が布団の端をそっとつまんでいる様は、まるで醜い化石の装飾のようにも見えた。

「どんな具合、父さん」――ステファンの挨拶はしどろもどろだった。

　父は黙っていた。ステファンは戸惑いとともに、この訪問をなるべく円満に素早く片付けたいという願望を感じた。できることなら父が今死ねばいいという考えすら頭を掠めた。悲愴で感動的な場面、「死の床の傍らで」、ひざまずき、何かお祈りを唱え――それが終わればもう出立できる。そうすれば万事が簡単に済む。だが父が死ぬ気配はなかった。それどころか、上体を起こし、囁きから呻くような声に移行しながら、言った――

「ステフェク（ステファンの愛称）、ステフェク」――父は何度か名を呼んだ。「ステフェク」――初めは信じがたい風で、やがて嬉しそうに。

「父さんの具合が悪いと聞いたので。電報には本当にびっくりした」――ステファンは嘘をついた。

「どうってことない」

父は起き上がろうとした。助けが必要だったが、ステファンの介助はあまりにぎこちなかった。自分の指の下に、痩せ細った骨、皮一枚隔てた肋骨の湾曲、そしてその痩せ衰えて無力な肉体が必死に求める、ほんのわずかな温もりを感じた。

「どこか痛む?」――突然愛おしさを覚えながらステファンは尋ねた。

「腰かければいい、ベッドに。腰かけて」――父は、ある種もどかしそうに繰り返した。

ステファンは素直にベッドの端にちょこんと腰かけた。楽な姿勢ではなかったが、情愛に満ちた光景だった。今度は何を言えばいい?

父の顔と言えば、一つの表情しか記憶になかった――自分の機械が建造されるはずの彼岸の世界の方に完全に心奪われ、見入っている表情である。父の手はいつも針金の引っ掻き傷が絶えず、何かを刺したり、酸で焼かれたり、エキゾチックな色に染まっていたりした。今その手にはそうした跡が一切ない。色素斑に蔽われたその皮膚の下、黒く太い静脈の中、生命の最後の残りがそっと震えていた。

ステファンにとってそれは辛い発見だった。

「ひどく疲れた」――父は言った。「このまま眠って、もう二度と目を覚まさないのが一番だな」

「そんな、父さん」――ステファンは抗議した。と同時に、まるで乾いた胡桃の核のように、中で頭蓋骨がカラカラ音を立てそうなこの頭とこの肉体は、一体どこへ行こうとしているのかと考えた。そこにあるのは――動きの悪くなった蝶番《ちょうつがい》のような軋む関節、喘息にかかったふいごのような肺臓、つっかえつっかえ動く、密閉性も低下したポンプのような心臓。素材の粗悪さが、朽ち果てつつあるあばら家となって如実に露呈し、今にも頭の上に崩れてきそうだと住人が慌てている――そんな図がそこにはあった。セクウォフスキの詩が思い出された。人間の意志にではなく、唯一の支配者である自然の法則に従う、肉体こそがわれわれを滅ぼすのだ。

「何か食べたら、父さん？」――自分の手を撫でている手のあまりの軽さに驚かされながら、ステファンはおずおずと言った。ひどくばつが悪かった。

「何もいらん。もう食べ物は必要ない。お前に色々と言いたいことがあったのだが、こう急だとな……実を言えば、一晩中話すことを整理はしていたんだ。最近はもう眠ることもままならん」――父はこぼした。

「じゃあ僕、書きとめるから……書きとめてあげる」――ステファンはポケットからメモ用紙を取り出そうとした。「ところで父さんの主治医は誰？ マルチンキェーヴィチ？」

「いいから、いいから。そう、マルチンキェーヴィチだ。だがもうどうでもいいんだ」――と言って頭を枕に沈めた。「ステファン、その時は誰にでも訪れる。最大の悩みは、脳の血管が破裂しやしないかということだ。つまらんことだが、誰だって突然死にたくはない。あらかじめ知っておきたい。だがそれも無意味なことだ」

あたかも気後れでもしたかのように、ステファンの手を撫でていた手が止まった。

「わしらは互いのことをほとんど知らずにきた。わしはいつだって余裕がなかった。今思えば、結局のところどうだっていいことだった。急ぐ者も、時間がある者も、同じ場所に行き着くまでだ。決して後悔はするな、後悔はするな」

父は口を閉じ、やがてつけ加えた――

「決して後悔しないように――他の場所ではなくここにいたとか、できることがあったけれどもやらなかったとか。そんなことは信じないことだ。できないことだったから、やらなかったのだ。すべてのことにはそれぞれ意味がある。なぜなら終わりがあるからだ。いいか、いつでもというのは二度とないと同じだ。いたるところでというのはどこでもないと同じことだ。後悔するな、忘れるなよ！」

父は再び静かになったが、呼吸の音は前より大きくなった。

「本当はこんなことを言おうと思っていたわけじゃない。だが、もう頭が言うことを聞かん」

「何かあげようか、父さん……何か薬はのんでいる？」

「刺されてる、針を刺されてる」――父は言った――「そんなことは考えるな。お前はわたしを恨んでるだろう、どうだ？　うん？」

「いや……」

「お互い嘘つきっこなしだ。どうなんだ？　恨んでいただろう。わかっている。いつだって時間がなかった。そもそも互いに他人だった。なあ、わしは自分自身を諦めるということが終《つい》ぞできなかったし、どうやらお前を愛していなかったらしい、というのも……いや、結局わからん。ステファン、お前は満足しているか？」

ステファンには言葉が見つからなかった。

「幸せかどうかなどと訊いているんじゃない。幸せかどうかは、それが過ぎ去ってから、後から知るものだ。人間は変化によって生かされている。恋人はいるのか？　結婚したいんじゃないのか？」

ステファンにはこみ上げるものがあった。「今にも死ぬかもしれない、それもほとんど他人のような人間が、自分のことを考えてくれている。自分にそんなことができるだろうか？」――と自問し、あまつさえ答も見つからなかった。

「どうして黙ってる？　恋人はいるのか？」

ステファンはうなだれたまま首を横に振った。父の眼は青く、充血していたが、それより何より疲れ切っていた。

「そう。アドバイスをするような問題じゃないが、言っておきたいのは、われわれチシニェツキ一族の男には女が必要だということだ。男だけでは秩序が保たれない。人間は純粋に生きようと思えば、自身が純粋でないといけない。お前はいつも人の言う通りにはならなかった、いや、言い方がまずいかもしれん。が、お前は人を許すということができなかった、だが大事なのはそれだけだ、他には何も要らん、それがすべてだ。お前がそうできるようになるかどうか、わからんが……。とにかく、女には美貌も理性も求めるものじゃない。求めるべきは優しさだけだ。感性だ。それがあれば、他のことは自然とついてくる。優しさがなければ……」

父は眼を閉じた。

「……何の価値もない……。だが何と簡単に……」

次いでまったく昔と変わらぬしっかりした声で告げた――

「もしお前がそうしたければ、すべて忘れて構わない。助言を聞かないこと――それもまた賢さだ。誰の助言もだ、忘れるな。ところで……何を言いたかったんだ？……机の中に封筒が三枚ある」

ステファンは驚いた。

「下の隠し抽斗に」――父は声をひそめた――「赤いリボンを巻いた紙筒がある。肺モーターの設計図が入っている。すべて揃った図面だ。聞いているか？　覚えておけ。ドイツ人がいなくなったら、直ぐにフロンツコヴィアクのところへ持って行って、模型を作ってもらわんとな。どう作るか、奴はもう知っているから」

「でも、父さん」――ステファンは言った――「何だかまるで……まるで……遺言みたいな指示の仕方だな。だって、具合悪くないんでしょう？」

「ああ、でもやがて悪くなる」――もどかしげに父は言った。父は今、慰めなど望んではいないのだ。「肺モーターは一大財産だ。信じるんだ。わしは自分が何を言っているか、わかっている。だから、お前が直ぐに、今日にでもそれを持って行ってくれると一番いい」

レモン色した首を引っ込め、頭をかしげ、父は熱っぽく囁いた――「メラ伯母さんはどうしようもない女だ。どう・しよう・もない！」――父は強調した。「まったく信用ならん女だ。今日持って行ってくれ、鍵を渡すから」

父はあわやベッドから転げ落ちそうになりながら椅子からズボンを取り、二人してそのポケットの中を探った。ひどく汚れたハンカチ、丸まった針金、ニッパーなどが出てきた後、ようやく鍵束も見つかった。父はそれを眼に近づけて、鳥のように睨んでいたかと思うと、ヴェルトハイム製の小さな鍵を選りだし、ステファンに渡した。

ステファンが書斎から戻ると、父はうたた寝をしていたが、目を覚ました。

「どうした？　お前か？　で、持ってきたか？」

そして長い間、何ごとか思い出そうと努めるかのように息子の顔を見つめていたが、やがて言った――

「お前の母親に対してわしはひどいことのし続けだった。今わしがこんな風になっていることは、母さんはまったく知らん……。知らせたくなかった……」

そしてつけ加えた――

「だがお前は……忘れるな。忘れるな！」

ステファンが出てゆこうとすると、父は突然尋ねた――

「また来るか？」

「違うよ、父さん、出発するんじゃなくて、いくつか用事を足しに行くだけ。昼ご飯までには戻るから」

父は枕に沈み込んだ。

医師マルチンキェーヴィチは、温熱療法に用いる赤外線灯一基、石英灯を三基備える、ガラス張りの白い診察室を持っていた。そこには、ユダヤ人医師たちがゲットーに強制移住させられたことと何らかの関係があるように思われた。マルチンキェーヴィチはステファンに対して二言目には「ドクトル」と呼びかけたが、まじめに取り合っていないということは感じ取れた。二人は互いに心底相手を軽蔑していた。彼はステファンに父親の病気がいかに重篤であるか、オブラートに包むことなく話した。結石は大したことではない。しかし、痛みが弱く放散しないという点で典型的なものではないにしても、狭心症があり、冠状血管の循環が変化していることは、考えられる限り最悪のシナリオを意味すると言う。磨き上げられたデスクの上に心電図を拡げ、説明しようとしたが、ステファンは憤りに満ちた激しい身ぶりでそれをやめさせた。相手に対してようやく慇懃な姿勢になり、父をよろしくと頼んだのは、訪問も終わりかけた頃だった。マルチンキェーヴィチは金を受け取ろうとしなかったが、それもごく穏やかな拒絶だったのを見て、ステファンはそれをデスクの上に置いた。金は、彼が部屋を出きらぬうちに、抽斗に消えた。

次に向かったのは本屋だった。『ガルガンチュアとパンタグリュエル』を探していた。随分以前から愛読していた本だったが、今回財布に余裕があるので、ボイの翻訳を買おうと思ったのだった。しかしどこにもない。書籍は払底していた。最終的には古本屋で幸運に恵まれた。ドイツ人にしか売ってはいけない教科書も数冊と、パヨパヨへのお土産にドイツの専門誌の最新号を、古くからの知り合いのコネで購入した。荷物が重くなったので、帰りは路面電車に乗ろうと決めた。猛烈に混み合う電車が到着したが、まるで水槽のように一面汗を掻いた窓の中に、朦朧とした人影が小動きに揺れている。空いている方の手で（もう一方は本の包みで塞がっていた）乗車口の把手につかまり、何とかしてステップに立てた、と思った瞬間、ステファンは誰かが強烈な力で、しかし器用に自分の襟首を捉えて引きずり降ろそうとするのを感じた。地面に倒れるのが嫌で、自ら車道に飛び降りた。すると目の前に、きれいにひげを剃った、黒い軍服姿の若いドイツ人の顔があった。ドイツ人は遠慮容赦なくステファンを肘で押しのけ、乗り込もうとするので、ステファンは啞然とし、困惑しながらもその後ろについて乗ろうとしていると、明らかにそのドイツ人の連れと見える別のドイツ人に激しく突き飛ばされた。

「Mein Herr!〔もし、貴方！――独語〕」――と叫ぶステファンの体は、鈍い、痛みはない一撃によってくるりと回転させられた。そして二人目のドイツ人の艶々と磨き上げたブーツが尻を蹴った。電車はベルを鳴らし、発車した。

車道に取り残されたステファンを見て、数人の通行人が足を止めた。そのことでいよいよ困惑した彼は、通りの反対側に何か気になるものを見つけたかのような風を装い、もはや電車を待たずに立ち去った。その事件であまりにも気持ちが落ち込んだ彼は、大学時代の友人を訪ねるのを諦め、シャカシャカと終始音を立てる乾ききった落ち葉の道を家路についた。

父はベッドの上で半身を起こし、アルミの片手鍋からいかにもうまそうに、音を立てながらスクランブル・エッグを食べていた。ステファンは気も昂ったままに、自分が遭遇した一件を語った。

「そう、そう。そういう連中だ。Volk der Dichter〔詩人の民〕*だ」――父は言った。「まあ、仕方ない。それが奴らの若者だ。九月まではヴェリンガーと手紙のやり取りもしていた。覚えているだろう、わし

＊――一八世紀末以降できたと考えられている成句 das Volk der Denker und Dichter「思想家と詩人（夢想家）の民」から。

の自動ネクタイ・プレス機に興味を持ってくれた会社だ。あれ以降は梨のつぶてだ。設計図は送らずにおいてよかった。奴らは堕落した。ま、われわれも、みんな堕落しつつあるがな」

　父は突如顔をしかめて大声で怒鳴った――

「メラ！　メラアア！」

　ステファンは肝をつぶしたが、ほぼ同時にパタパタという足音が近づいて、メラニア伯母の顔がドアの隙間に覗いた。

「鰊をもう少しだけくれないか、ただ、玉ねぎを多くしてくれ。お前もどうだ、ステフェク、食べないか？」

「いや……いらない！」

　ステファンはひどくがっかりした。マルチンキェーヴィチの診察室を後にする時には、さっきよりもっと真心のこもった対面になるだろうと心の準備をしていたのに、どうだ、すべては老人の食欲によって台無しになってしまった。

「父さん……実を言うと、もう今日帰らないといけないんだ」

　病院内の複雑な職場環境の説明をし、その帰結として、自分にはいかに大きな責任がかかっているかを暗に仄めかした。

「気をつけるんだな……くれぐれも」――そう言う父の皿から輪切りにした鰊が逃げようとしていた。それを取り押さえ、大きな一切れのパンとともに食べ、父は言葉を継いだ――

「あまり深入りしないことだ。わしは何も知らんが、コルフフ村（架空の地名）の事件の後では……」

「どんな事件？」――ステファンは耳をそばだてた。その地名を耳にしたような気もした。

「聞いてないのか？」――パンの柔らかいところで皿を拭き取りながら、父は不審がった。「あるじゃないか、あそこに癲狂院……と言うか、療養所が」――息子が気分を害さなかったかどうか、斜交《はすか》いにちらっと見やり、言い直した。

「ああ、小さな個人の診療所ね。あそこで何があったの？」

「ドイツ人が建物を軍の病院用に接収して、狂人たち……患者たちは全員連れて行かれた。収容所送りらしい」

「何だって！」――信じられないという顔でステファンは言った。鞄の中には、偏執病の治療に関するドイツ人らの最新の、しかも開戦後に刊行された業績が入っていた。

「まあ、わしにはわからんがね。そういう話だ。待てよ、待てよ、ステファン！　見ろ、すっかり忘れていた！　最初に話そうと思っていたことだ。アンゼルム伯父さんがわしらのこと怒ってるぞ」

「へえ、何だってまた？」――ステファンは嘲笑気味に訊き返した。まるで興味のない問題だった。

「お前はもう一年近く、クサヴェリと目と鼻のところに住んでいながら、一度も訪ねてないそうじゃないか」

「それならアンゼルム伯父さんじゃなくて、クサヴェリ叔父さんが怒るべきだ」

「馬鹿を言え。知ってるだろ、アンゼルムがどんな人間か。奴に嫌われるのは得策じゃないぞ。いつか訪ねて行ってやればいい。クサヴェリはお前を気に入っている、本当に気に入っている」

「わかったよ、父さん、そのうち行くよ」

別れの挨拶の間も、父は自分の最近の発明の話に終始した。それは、大豆で作るキャヴィアと木の葉を「挽肉」のかわりにしたハンバーグだった。

「葉緑素は非常に体にいい。考えてもみろ、六〇〇年も生きる樹木だってある！　肉はまったく入ってないが、わしのエキスを使ったハンバーグは――嘘は言わん――最高だ！　最後のやつを昨日食べてしまったのが残念だ。電報はあの馬鹿なメラが勝手に打ったんだ」

聞いてみると、電報の背景には、家を出てゆく決心をした伯母と父との間の関係がにわかに悪化したことがあったということがわかった。しかし、ステファンが到着する前に、二人は和解していたのである。

「わしのキャヴィアを瓶に詰めてやりたいが。どうやって作るか、わかるか？　まず大豆を煮る、それから炭で、*carbo animalis*〔獣炭――ラテン語〕（ホメオパシーで用いる。動物炭。牛皮の炭など）で着色する――お前も詳しいだろう――そして塩とわし特製のエキスを……」

「ハンバーグに入れるのと同じエキス？」――ステファンはいたって真面目な表情で質した。

「飛んでもない！　違う、特別のだ。そしてオリーヴ油で味をつける。油は丸々一樽届けてくれると約束したユダヤ人がいたんだが、収容所に連れて行かれた」

ステファンは父の手に接吻し、立ち去ろうとした。

「待て、待て。ハンバーグの話がまだだ」

老いてすっかり子供っぽくなった――ステファンは思った。愛おしさがまったくないわけではなかったが、朝覚えた感動は自分の中にもはや跡形もなかった。

ドイツによって占領されているのだということをうっかり忘れて、彼は療養所に帰ろうとして駅に行った。来てみると、それが実行不能なことだとわかった。駅頭では夥しい群衆がわいわいがやがやと騒ぎ、走り回っていた。人々はさながら蠕虫《ぜんちゅう》のような動きで窓から列車の中に入り込もうとしているし、かと思えばどこの誰とも知れぬひげだらけの巨漢が洗面所を占領して、はちきれんばかりに膨らんだトランクをいくつも窓から引きずり込もうとしていた。列車の屋根に攀じ登る者さえいた。さすがのステファンもそうした手段を使ってまで旅行をするにはまだ修行が足りなかった。どうしてもビェジーニェツに行かねばならない用があるので、と弁解しいしい乗り込もうとするが、無駄だった。電車の後について走ればいい——人々から返ってくるのはそんな助言だった。もはやこれまでと、諦めて父の家に戻ろうとしかけたその時、誰かに袖を引っぱられた。見知らぬ男は、汚れてしみだらけのハンチング帽を被り、毛布から仕立てたチェック柄のジャケットを着ていた。

「ビェジーニェツへ？」

「ええ」

「座席指定券はないんですね？」

「ええ」

「じゃ、一緒に何とかしてみるか。大枚はたく必要はあるが」

「そりゃ、僕は喜んで……」——ステファンは言いかけたが、見知らぬ男は人混みに消え、やがて車掌の肘を強くつかんだまま連れてきた。

「あんたは一枚くれれば……つまり一〇〇ズウォティ……」——男はステファンに説明した。チシニェツキが払うと、車掌は手帳を開き、紙幣を挟んで押し延ばし、指に唾をつけ、上着の襟で拭くと、車両の鍵を取り出した（ここの一連の動作は不可解だが、原文通りの順に訳した）。二人は車掌について行き、車両の下をくぐり、線路の反対側に出た。しばらくすると二人は小さな個室で着席していた。

「お気をつけて」——車掌は礼儀正しく挨拶し、口髭を動かし、敬礼して離れて行った。

「どうもありがとうございました」——ステファンは言ったが、相手は突然ステファンに対する興味を失ったかのように、窓の方を向いたままだった。男の顔は歳をとっているというよりは苦労の結果痛めつけられているという様子で、肌は浅黒く、唇はへこんで薄かった。男がジャケットを脱いでハンガーに掛ける時、ステファンは、その手が大きく、重たげで、何か角ばった物体を握りなれた指をしていることを見て取った。爪は分厚く、スレート板のように濁っていた。男はハンチングを目深に被り、個室の隅に坐った。列車が動いた。個室にはまだ二人は入れるだろうと思われる余裕があり、そのことは廊下に立って押し合いへし合いしている他の乗客たちの目についた。彼らの表情は険悪だった。ガラス窓の直ぐ傍には、もしかすると永遠に濡れているかと思えるような艶のある、柔々《やわやわ》とした肌合いの優形《やさがた》の男が立っていた。男は時々ドアの把手をガチャつかせ、ノックしたりしていたが、やがてそれが次第に激しさを増していった。遂には大声を出しはじめ、ドイツ語のスタンプが押された何やら証明書のような紙を取り出すと、ガラスに押しあててステファンたちに見せようとした。怒鳴り声は個室の中まで届いた。

「今直ぐ開けろ！」――男は叫んでいた。

ステファンの連れは当初知らぬふりをしていたが、やがて勢いよく跳び起きると、ガラス窓に向かって声を張り上げた――

「黙れ！　ここは乗務員室だ、くそったれめが！」

廊下の男は体面を保とうと何やらぶつぶつ言いながら身を引いた。その後の道中は何事もなかった。やがて一つまた一つと丘が現れ、連続しだしてビェジーニェツの近づいたことを予告する頃、見知らぬ男は立ち上がり、ジャケットを羽織った。すると服の前身頃が木の壁に当たり、まるで中綿のかわりに金属が詰めてあるかのような鈍い音を立てた。ステファンは少々不思議に思ったものの、特に何も考えはしなかった。列車はカーブを曲がり、人気のまったくないプラットフォームに入線した。シューッとブレーキ音が響きわたった。二人は砂利の上に降り立った。背後では蒸気機関車が上り坂を征服すべく、鼻息を荒げていた。彼らは鉄柵の途切れた箇所から出た。駅舎の直ぐ裏手に回ると、秋の荘厳な景色が広がっていた。太陽に目を向け睫毛を打ち合わせると虹が生じた。ステファンは歩きだした。しばたかせる瞼の裏には赤い光が踊りつづけていた。

　見知らぬ男はステファンと並んで黙って歩いた。町を抜け、道を折れて雨裂谷《ガリー》に入ったあたりで、男は気のせいか躊躇するようだった。

「あなたも療養所に行くんですか？」——訝しく思ったステファンは尋ねたが、相手は直ぐには答えず、ややあって言った——

「いや、違う。気分転換にいい空気を吸おうと思ってね」

　二人はさらに数百メートル進んだ。雨裂谷の出口付近、木立の下、煉瓦色の建物が見えはじめる前、自分でも予想だにしなかった考えがステファンの頭に閃いた。

「失礼ですが……」——彼は言い淀みながら立ち止まった。

　見知らぬ男もまっすぐ見返し、動きを止めた。

「もしかして変電所に……？　私は……何も言わないで下さい……。あそこには近づかない方がいい！」

　男は探るようにステファンを見つめていた——馬鹿にするようでもあり、信じられないという風でもあった。口許には中途半端な微笑のような歪みが浮かび、細い眼は微動だにしなかった。口も開かないが、その場を動こうともしない。

「あそこには今ドイツ兵がいます……」——押し殺した声ですばやく、立て続けにステファンは言った——「行かない方がいい！　彼らは……ヴォフを捕まえた。逮捕されて、聞いたところでは……聞いたところでは……」——言葉が途切れた。

「あんたは何者かね？」——男は訊いた。顔を岩のように曇らせ、手をポケットに突っ込み、たえず唇に浮かんでいた微かな笑みは単なる口の歪みへと変わった。

「私は療養所の医師です。ヴォフとは知り合いで……」

ステファンは最後まで言わなかった。

「変電所にドイツ兵がいる？」——相手は言った。何か大きな重荷を持ち堪えている人間のような口吻だった。「まあ、俺には関りのないことだが……」——単語を引き延ばしながら、男はつけ足した。懸命に考えを巡らせている様子だった。突然、男は思案を吹っ切るような表情でステファンに近づき、息がかかるほどに顔を間近に寄せ、言った——

「他の者たちは？」

「ポシチク親子？」——チシニェツキは待ってたと言わんばかりに言葉を引き取った。「逃げました。ドイツ人たちには捕まらずに。森の中、パルチザンと合流しました。と言うか、そう聞きました……」

見知らぬ男は周囲を見回し、ステファンの手をつかみ、痛いほど握るとそれきり、脇目もふらずに歩いて行った。

道路のカーブより手前で男は斜面を登り始め、木立の陰に姿を消した。チシニェツキも深呼吸し、療養所の丘の斜面を登り始めた。石造のアーチ直下に近い地点まで来たところで振り返り、下方に広がる野原を見渡し、旅の道連れを目で探した。レモン色の葉、まだらに赤茶けた葉などに混じって黒ずむ木立の幹に一時《いっとき》紛れていたその姿をステファンはとらえた。そよともしない風景を背に、男は黒く不動の点となって立っていた。が、一瞬後には、身を折り、木々の合間に消え、二度と現れなかった。

庭では、男性病棟の入り口近くに——めったにないことだったが——パヨンチュコフスキがニェズグウォバ神父とともに立っていた。神父はもう数週間前には完治していた。教会の職務に復帰することも可能だったが、教区で彼の代理をしている司祭の任期が終わる年末まで、まだ多少の時間があった。その上、実はあまり降誕祭の時期に自分の教区民と会いたくないとも告白していた。

「言うのもおかしなことだが」——司祭は言った——「うちの方の教区ではどこの家でも、客が酒を飲まないと腹を立てる。新年もそうだが、復活祭のご馳走なんぞは一等大変だ。今のわしは禁じられていて飲むわけにもゆかんが、果たして信者たちは私の健康なんぞ大事にしてくれるかどうか。撃退できるという自信はない。もしもプロフェッサー（パヨパヨを司祭はこう呼んだ）が追い出さずにおいて下さるなら、むしろ暫くここにいた方がましというもの」

老助教授は教会に弱かった。それだけの理由で、何年か前、患者たちに対する非情な接し方で知られた二人のシャリトカ（三八頁既出）が療養所から排除されずに済んだということがあった。一人の女性患者が入浴中に火傷を負って死亡したということがあり、その際監督官庁から調査委員会が療養所に来た時のことである。もっともその後しばらくして、その二人のシスターは、人知れず所長から含められ、自発的に辞めていった。事件は少なくともそう語り継がれていた。

療養所には、庭の北側の塀際に小さな礼拝堂があり、そこで次の日曜日にミサを執り行うことを許可してほしい、というのが所長に対する神父の要求だった。そうしたミサを行うことに問題はないということを、神父は教区にいた時すでに確認していた。必要な用具などはすべて取り揃えたので、後は「教授先生」の形式的な許可さえあればよかったのである。パヨパヨは悩んだ。許可はしたいが、同僚たちの手前恥ずかしかったのである。癲狂院でミサ聖祭？——物笑いの種にしかならないことは自明だった。職員のためならまだしも、精神病患者のためのミサというのは聞いたことがなかった。しかし神父は、患者でも——比較的健康な者なら——参加できるはずだと考えていた。

パヨンチュコフスキは汗だくになりながら、結局同意し、同意した途端にほっと安堵した様子で足踏みを始め、何か思い出した用事があると言って神父に詫びて去った。そこへステファンがやって来たのである。

「もうお姫様を見かけることはありませんか？」――風に吹き乱された庭を眺めながら、ステファンは声をかけた。風当たりの強いここでは、谷間よりも早く木々が葉を失った。自分の言葉が神父をいたく傷つけ得るということがわかっていなかった。

「このわしの精神は、なあ先生」――神父は言った――「何本かの弦が音を外すようになってしまった楽器にでも譬えたらいいと思うんじゃが……。だから、真の藝術家であるはずの魂も正しい旋律を奏でることができなかった。それが今、皆さん方に治していただいたお蔭で、わしもすっかり健康体だ。本当にありがたいと思っている」

「言い換えると、われわれは調律師ということですね」――ステファンは真面目な面持ちのまま、心中笑みを浮かべて言った。「その譬えもあり得るでしょう。一九世紀のある神学者が、テロデンドリア*は、つまり神経細胞の終末分枝は、エーテルに浸っていると語っていたような気がします……。ただ、そのエーテルというのがすでに物理学によって排除されてしまいましたが」

「つい最近まで、先生の声にはそんな響きを聞くこともなかった」――神父は悲しむように言った。「かつての患者の出しゃばりをお許しいただきたいが、どうもあのセクウォフスキさんの影響が、先生にはまるで苦艾《にがよもぎ》のような毒となって作用しているように思えて仕方ない……。先生はもともと心根優しいお人なのだが、あの人と会うようになってからというもの、何かしら苦々しい、そして先生とは本来相容れない思想に次第に染まってゆくようだ。わしにはそれがよくわかる……」

「私が心根優しい？」――ステファンは微笑んだ。「そんなお世辞はこれまでほとんど頂戴したことがなかったのに、神父が初めて……」

「日曜日、先生もいらっしゃいますな？　どの患者にミサへの参加を許すか、その判断を先生にお任せしたい。一方ではなるべく大勢に来てもらいたいと思う、もう何年も経っているのだし……じゃが他方で……」――司祭は言葉に詰まった。

「わかります」――ステファンは言った。「しかし、やはりここではふさわしくないという気がします」

「何ですと？」――神父は落胆の色を隠せなかった。「というと、先生のご判断では……？」

「世の中には、神でさえ体面を保てなくなるような場所があるという判断です」

神父はうなだれた。

「そうですか。残念ながら、自分でもよくわかっておるが、わしには適当な言葉が見つからない。わしはどうせ一介の田舎司祭じゃ。昔、勉強しておった頃には、誰か信仰は持たぬが強い精神の人間と出会うことが夢だった。そしてその人間を虜にして、導くことが……」

「何ですって――虜にする？　どうもお言葉が妙ですね」

「愛によって虜にするという意味じゃった。だがそれも罪だった。後になってようやく、傲慢の罪だったと理解した。それから色々なことを学んだ。人々とともに生きることで教わる多くのことを。自分がいかに役立たずであることか、わしにはよくわかる。先生方はみんな、司祭としてのわしの知恵など木っ端微塵に粉砕することのできる、強力な論証力をお持ちだ……」

情に訴えるような神父の大袈裟な口調に閉口したステファンは、あたりを見回した。

患者たちが食堂に向かって並木道を歩いていた。昼食の時間になっていた。

「この件は私たちの間だけの話にしましょう」――別れの挨拶をするかのような身ぶりとともに、彼は言った――「ご存知でしょう。私たちの守秘義務は聖職者の皆さんのそれと同じだと。天国の有る無しという点を除けば……ところで、神父は一度も疑ったことがないのですか？」

「答えないといけませんかな、先生？」

＊――ドイツの神学者、哲学者クリストフ・シュレンプ（Christoph Schrempf, 1860–1944）のことか。

「真実を知りたいのです」

「お許し下さい。先生はあまり福音書を覗かれることもないようですから、マタイ伝二七章四六節*を一度お読みになるといい。そこにある言葉はしばしばわしの言葉でもあった」

神父は立ち去った。人気はほとんどなくなった。海老茶色のガウンが点々と、あまりにも一律のテンポで動いてゆく様は、それらをまるで目に見えぬ力が、あちこちの金色を散らした灌木の繁みの中から櫛で梳くように誘導しているかのようだった。その最後を煙草をくゆらせながら行くのは看護士だった。ステファンも彼らの後を追った。まったく庭師の手の入っていない接骨木《にわとこ》の横を通りかかった時のことである。体を丸めてうずくまる人間が目に入った。ステファンは看護士を呼ぼうと思ったが、やめた。患者は植栽の上から低く屈みこんで、どことなくこわばった手でぎこちなく、銀色に輝く草を撫でていた。

＊——三時ごろイエス大声に叫びて「エリ、エリ、レマ、サバクタニ」と言ひ給ふ。わが神、わが神、なんぞ我を見棄て給ひしとの意なり。

冥界

Acheorn

散歩の帰り道だった。道の両脇の側溝を、まるでアリ・ババの驢馬が穴の開いた袋から金貨をこぼしながら走り抜けたかと思われるほど、さくさくと軽やかな黄金の木の葉が埋め尽くしていた。手近な栗の木は、灰色の空を背に、よれよれの真鍮製の甲冑をまとって燃えたっていた。その向こうには林がひっそりと錆びていた。ステファンが歩むにつれ、足元で音を立てる木の葉の分厚い層が、さまざまな楽器で変奏されてゆく同一の動機さながら、基本の赤を中心として揺らぎつつ、黄色から褐色へと色合いを変えた。うねうねとくねりながら下った並木道の底が、ちりちりと橙色の光に燃えていた。遠く、地平線にいたるまで、萎れた果樹が続いた。木立の騎馬行進を縫うように、木の葉の雲を風が追い立てていた。ステファンは、錦のような輝きを眼の中に保ったまま、図書室に置いてあった本を取りに行った。

壁に取り付けた電話機の脇にパヨパヨが立っていた。受話器を強く押し当てるあまり、耳が白くなっている。ほとんど喋ってはいない。ただ吃りながら反復するだけである――

「はい……は……はい……は……は……」

やがて厚く礼を言うと受話器を両手で戻した。そのまま電話機にとり縋っているところへ、ステファンが駆けつけた。

「ステファンさん……ありが……ありがと……」――微かな声でそう囁くパヨンチュコフスキがステファンは気の毒になった。

「先生、気分が悪いのでは？　ニケタミドでも持ってきましょうか？　私が直ぐに薬局へ行って……」

「ちがう……わたしじゃなく……」――老人の言葉は意味が取れなかった。彼は体を立て起こすと、盲人のように両手を壁に這わせて、窓に近づいた。

腐植の香りに満たされ、ここかしこ、くすんだ黄金の木の葉によって豹紋を施された紅色の秋が、窓の中へ、満ち汐のように押し寄せていた。

「ご覧の通り。終わりです」――所長は出し抜けに言った。そして「終わりです」と繰り返した。

小ぶりな白髪頭を胸にうずめるかのように、所長は言った――

「プロフェッサーのところへ行きます。そうだ、行かねば。今何時ですか？」

「五時です」

「じゃあ、きっと部屋に……いらっしゃる」

プロフェッサーはいつでも自室にいた。

所長は振り返り、今ようやくチシニェツキが目に入ったかのような顔をした。

「先生も……一緒に来て下さい」

「私も……？　何のために？　一体何が起きたんです、先生？」

「まだ何も起こっちゃいない。それに神がそうはさせない。いや、そうはさせない。私たちは私たちで……。先生は、いわば証人として来て下さい。それにその方が私としても話がしやすい。何と言っても学長先生だ……」

最後の言葉には小さなパヨンチュコフスキの小さなユーモアの閃きが感じられたが、それも直ぐに消えた。

共用室や同僚の部屋へ行くのと、プロフェッサーのところへ行くのとでは、大きな違いがあった。ドアは何の変哲もない、白く塗られた、他のすべての部屋と同じドアである。パヨンチュコフスキのノックはあまりに遠慮がちだったせいで、中では聞こえていなかった。

やや待ってから再び、今度は少々大きくノックする。ステファンが代わってノックしようとすると、助教授は怯えたようにそれを押しとどめた——君のやり方じゃだめだ、台無しになる、とでも言わんばかりに。

「どうぞ！」

轟くような声。それを浴びるような心持ちで二人はドアをわずかに開け、入った。

見知った部屋が、夕陽の中では違って見えた。白い壁は炎の色に染まり、さながら獅子の洞窟（『旧約聖書』「ダニエル書」六章参照）のように燃えていた。書物の背表紙を飾る古い金箔が不思議な寄木象眼のように煌めき、暗い色調でたんぽ塗りした飾り簞笥や書架は、日差しの弓の下でマホガニー調の低音を奏でていた。顫える光の円板が年輪をなして室内に広がり、教授の頭髪の中にも火花が踊っていた。教授はいつものように分厚い書物を広げたテーブルの向こうで、やはり書物のように両袖の開かれた肘掛椅子の中から、じっとパヨパヨとステファンを見つめていた。

邪魔をして大変申し訳なく思っていること、ただ不可抗力が発生したこと、公益のために伺うこと等々——話の前置きにひと汗かいた後、パヨンチュコフスキはようやく本題に入った——

「学長先生、実はコチェルバから電話がありました……ビェジーニェツの薬剤師からです。それによると、今朝ビェジーニェツにドイツ兵のグループとハイダマクの――つまりウクライナ人の警官*たちがやって来たそうです。隠密でしたが、誰かが喋ったらしく、彼らは私たちの療養所を閉鎖しに来たのだというのです」

そう言ったパヨパヨは、気のせいか、さらに一回り小さくなったように見えた。ただその鉤鼻だけが突き出たまま、「以上です」と言った。

教授は精密科学の人間らしく、薬剤師の提供した情報の信憑性を疑問視したが、パヨンチュコフスキはコチェルバを擁護した。

「学長先生、あれは確かな男です。三〇年前からここにいて、まだオルギェルトが使用人として働いていた時代のプロフェッサーのことを覚えています。学長先生はご記憶ではないでしょう、彼は小さな人間ですから」――と、パヨパヨは床からの高さを手で示しながら、どれほど小さいか示した――「でも、正直者です」

彼は溜息を吐き、続けた――

「そこでですが、学長先生、これはあまりにも恐ろしい報せで、信じたくもありません。しかし、私たちの、と言うか私の義務は、まさに、それを信ずることにあります」――スピーチの一番難しい部分はここからだった。たしかに畏まり、うろたえているパヨンチュコフスキではあったが、教授の対応が冷たいことはさすがによくわかった。お掛けなさいの一言もないのである。テーブルの後ろには空の肘掛椅子が二脚、陽光の反映がつくる金色の雲の中、黒い影絵のように鎮座していた。教授自身は、ぴくともせぬ静脈の浮き出た大きな掌で書物を押さえながら、待っていた。それは取りも直さず、今の情景が、来訪者たちには理解できないような、はるかに重要な行為にいたるインテルメッツォに過ぎないということを意味していた。

「学長先生、その兵隊たちを統率する上官として、ドイツ人精神科医が派遣されて来ているそうです。言ってみれば私たちの同業者で、ティースドルフ博士とか」

パヨンチュコフスキはここで一旦言葉を切った。教授は黙ったまま、稲妻のような白い眉毛をほんのわずか引き寄せた――「聞いたことがない」、「知らない」の意味である。

「御尤もです、若者ですから。親衛隊員の。どうやら報われそうもない仕事ですが、私たちにできることは他にありません、今日にでも、そのドイツ人に会いに、ビェジーニェツに行かねばなりません、学長先生、というのも……」――パヨンチュコフスキの語気が強まった。「今日ドイツ軍から郡長官のピェチシコフスキ学士に対して、明朝四〇人の労働力を供出するようにという通達があったとのことです」

「そのニュースは……私もまったく予想しなかったわけではない」――プロフェッサーはにわかに口を開いたが、これほど偉い人物がこれほど小さな声で話すというのも妙なことだった。「ローゼッガー(不詳)の論文を読んだ以上、かりにこのような形ではないとしても、予知はできたニュースです……。ご記憶でしょうが?」

パヨパヨは懸命に頷きつづけた――「論文は覚えている」、「御説御尤もです」、「謹聴しております」の意味である。

「しかしながら、私の役割として何が期待されているのか、わからない」――教授は続けた。「私の了解では、職員にも医師団にも危険は及ばないと思うが、患者たちは……」

＊――第二次大戦中、ドイツの軍や警察の指示で任務を遂行する、主としてウクライナ人からなる「補助警察 Ukrainische Hilfspolizei」が組織されていた。なお、ハイダマクは、ウクライナ語のハイダマーカに由来する呼称だが、ここでは、本文でも言い換えられている通り、より一般的な修飾語として用いられている。ウクライナ人に対する非好意的なニュアンスを持った言葉と見ていい。

それから先は言うべきではなかった。常日頃は、言葉を発するよりはるか前にその言葉を吟味し始める教授が、今日に限って思案し、遅延した。パヨンチュコフスキは、表面上こそいつも通りだったが、机の角に押しつけた——教授同様老いてはいるが、まったく（巨人と仔鹿ほどに）違う——その痩せた手は震えていなかった。

「こんな御時世で」——彼は言った——「人間の命は重みがなくなってきています。こんな恐ろしい御時世ですが、学長先生のお名前ならば、この施設を守る楯となって、一八〇人の不幸な人々の命を救うことができることでしょう」

これまではまるで議論に参加していない者のように机の背後に隠れていた、教授のもう片方の手が割り込んだ。そして鋭く水平に動いて、沈黙を命じた。

「私は施設の長ではない。職員名簿にもなく、ポストも何もない。そもそも私がここにいること自体が非公式で、恐らくは私も、諸君たちも、それがゆえに深刻な被害を受ける可能性もあると思う。しかしながら、もし皆さんの希望とあれば、ここに残ろう。一方、仲介者としての私の役割だが——私がかりに学界になにがしかの貢献をしたとしても、それはすでにワルシャワで《彼ら》によって、御存知のような仕方で評価された。あなたの言うように、明日われわれの患者の殺害を計画しているその若い野蛮なアーリア人は、間違いなく、年齢であろうと学術的名声であろうとおよそ考慮することのない当局からの命令を受けているでしょう」

沈黙が訪れ、その中で部屋は徐々に変質していった。塀の向こうに沈みゆく太陽は、窓際の整理箪笥に沿って、大きな紅い涙が流れた跡のような最後の光線を滑らせていった。ステファンは二人の会話に最大限の注意をもって耳傾けていたが、彼の眼だけは、羽毛のように軽く震えるその光線を追わずにいられなかった。やがて、すでに夜の予兆をはらんだ青い紗《うすぎぬ》が、部屋全体を透き通った水のように満たした。客席からは見えないライトによって刻々照明が変化する芝居の上手《じょうず》に演出された情景のように、室内は次第に暗く、もの悲しくなっていった。

「私は今から出かけるつもりです」――教授の言葉を聞くうち、パヨンチュコフスキは次第に居ずまいを正し、遂にはドン・キホーテのような顎鬚が揺れるほどに力んだ――「御同道いただけるものと思っていました」

教授は身じろぎもしなかった。

「それでは行ってまいります。失礼……学長先生」

二人は部屋を出た。

廊下は鈍角に曲がっていた。その角には、さっき教授の部屋を去ったばかりの紅い光がまだ留まっていた。小股でちょこちょこと歩む老人の隣りにいて、ステファンは自分がいかにも小さな人間に感じられた。今この老人の萎れた小さな顔に、どれだけの矜持《きょうじ》が漲《みなぎ》っていることか。

「では私は出かけるので」――光の縞模様が広がる階段の降り口で立ち止まり、所長は言った――「今しがた見聞きしたことは一切胸の内に秘めておいて下さい――私が帰るまでは」

彼は階段の手すりに片手を置いた。

「プロフェッサーは、辛い経験をされた。ポーランドだけではない、世界的な脳波検査法の基礎を築かれた御自分の研究室から追い出されたのだ。それにしても予想はできなかった、まさか……」

ここでパヨパヨの顔に翳りが戻った。そして顎鬚が震えた。だがそれも一瞬のことだった。

「わからん、果たして Acheronta movebo〔冥界を動かせるものか――ラテン語〕*。だが……」

「お供しましょうか?!」――ステファンは口速に言った。とその瞬間、恐ろしくなり、町でドイツ人に蹴られた時と同じようにふうっと耳が遠くなる感覚に見舞われた。彼は後ずさりした。

「いや。何か役に立てますか？　役に立つとすればカウテルスくらいでしょう」

パヨンチュコフスキはかなりの間をおいて付け加えた——

「しかし彼は動かん。私にはわかる。もう沢山だ、あんなことは」

所長は、がらんとした階段を力強い足取りで降りはじめた。まるで、自分の病気にまつわるあらゆるゴシップが偽りであることを証明しようとするかのように。

ステファンがその場から立ち去りかねていると、マルグレフスキがやって来た。細身のドクトルは、これ以上はないという上機嫌だった。ステファンの服の釦をつまむと、窓際に引っぱって行った。

「明日神父さんがミサをやってくれるという話、聞いているね？　侍者が必要になる。というわけで、リギェルを通じて、男の子を何人か紹介する約束をした。誰が侍者を務めるか、わかるかい？　私の病棟の小僧、ピョトルシだ！　誰のことかわかるかい？」

ムリリョの天使のような顔立ちをした、カールした金髪が頭を覆う小柄な少年だった。涎を垂らしつづける、発育不全のクレチン症患者である。

「見ものだぞ！　われわれも絶対……」

ステファンは釦を相手に献上し、とても急いでいるのでと叫んで、マルグレフスキが言い終わる前に置き去りにした。建物を出て庭を突っ切り、パヨンチュコフスキが町へ行くのに辿ったに違いない道路に出た。ほとんど路面も見えぬ暗がりの中、ひたすら道を下った。と突然、かさかさというはかない枯葉の音に新しい音が混じり、ステファンは我に返った。頭をもたげ、立ち止まった。遠くで唸るようなエンジン音がする。誰かが車で登ってくる。土煙りが露払いのように動きながら、木立の向こうからどんどん近づいてくる。ステファンは、冷気でも感じたかのように思わず身震いし、急いで踵を返した。文字の消えかかったアーチの近くに辿り着いた時には、エンジン音は直ぐそばに迫っていた。彼は柱の下に佇んだ。

ギアを二速に入れ、軋むような音を立て、激しく揺れながら道を走って来たのはドイツの軍用車で、平べったい車体の「キューベルヴァーゲン（バケツ自動車（Kübelwagen ＝Kübel＋Wagen）──独語）」だった。フロントガラスの背後には運転手の戦闘用ヘルメットが黒々と浮かんでいた。自動車はステファンの横を抜け、曲がり、呻くような機械音とともに外庭に乗り入れ、木戸の前に停まった。

ステファンもその方角へ歩いて行った。

塀際に大きなドイツ人が立っていた。迷彩ポンチョをはおり、黒眼鏡をヘルメットの上に掛け、袖口が漏斗状の黒い手袋をしていた。制服の上には乾いた泥はねが点々とあった。彼は大声で門番と話をしていた。その質問が耳に入ったステファンは中に割って入り、ドイツ語で言った──

「残念ナガラ目下所長ハ不在デス。ドノヨウナ御用向キデショウカ?」[**]

「ココニ秩序ヲ作ル必要ガアル」──ドイツ人は言った。「アナタハ所長代理カ?」

「私ハココノ医師デス」

「フン、ソウダロウ、デハ中ニ入ル」

ドイツ人は、あたかも施設の内部を知り尽くしているかのように、何のためらいもなく建物に入っていった。運転手は車内に残った。その脇を通る際、ステファンは、兵士の右手が横の座席に横たわる短機関銃の上に置かれているのに気づいた。

＊──Flectere si nequeo superos, Acheronta movebo「もし私が天の神々を動かし能わざれば、冥界を動かさん」つまり「私はあらゆる方法を講じて目的を達せん」（田中秀央、落合太郎編『ギリシア・ラテン引用語辞典』岩波書店一九七七年刊第一二刷二一八頁参照）。ヴェルギリウス『アエネーイス』（VII-312）中の言葉だが、フロイトが『夢判断』の題詞に用いていることでも知られる。

＊＊──以下、ドイツ語またはウクライナ語だけで記され、ポーランド語訳のない会話は片仮名で記す。

ステファンはドイツ人を事務局に案内した。

「今、患者数ハドレ位カ?」

「申シ訳アリマセン、私ニハワカリマセン、正確ニ……」

「謝罪スル必要ガアルカドウカハ、私ガ決定スル」——一段語調を鋭くして相手は言った。「答ハ?」

「約一六〇人……」

「正確ナ数字ガ必要ダ。書類ヲ見ル」

「医療機密デス」

「糞ッタレガ」——ドイツ人はにべもなかった。ステファンは戸棚から一つの帳簿を抜き出し、開いた。

患者数は一八六だった。

「ソウカ、嘘デハナイナ?」

しばらく前から、チシニェツキは頬が冷えてきたのを感じていた。と同時に、ドイツ人の妙に角ばった顎から目が離せずにいた。冷たい汗でくっつき合った手の指が拳の中で固まりつつあった。地面にあんぐり口を開けた穴の縁で、服を脱いで裸になる何百という人々を見てきた眼、わけもわからず自分の生身を泥の中に落とす準備に懸命な人々の無意味な動きを目撃してきた眼——男のその色褪せた眼を、ステファンは覗き込んだ。その眼の中で部屋が一回転した。緑色の迷彩ポンチョを肩にはおったその大きなシルエットだけが動かなかった。

「不潔ナ巣ダ、ココハ」——ドイツ人は言った。「二日間デ森ノ中ノナラズ者ヲ狩リ出ス必要ガアル。特別委員会ガヤッテ来ルコトニナッテイル。一人デモ患者ヲ匿《カクマ》エバ、モチロン……」——脅迫しているのではない。そもそも何の表情も身ぶりもない。にも拘らず、ステファンの内部に麻痺が生じた。急激に唇が乾くのを感じた。しきりと唇を舐めた。

「今カラココノ建物スベテヲ見ル」

「医師以外ノ者ノ病室立チ入リハ規制サレテイマス、法律ニヨッテ……」——ステファンは囁くかのようなかぼそい声で言い返した。

「法律ハワレワレガ作ル」——ドイツ人は言った。「世間話ハモウ終ワリダ」

そして自分の動作は一切目に入っていないかのような勢いでステファンを押しのけた。ステファンはよろめいた。素早い足取りで二人は庭を横切った。ドイツ人は周囲を見回し、各病棟には何床あるのか、出入り口は何箇所か、窓には格子が嵌っているか、患者は何人ずつ収容されているか、矢継ぎ早に質問した。

最後にドイツ人は、施設を後にすべく歩きだしながら、医師と看護師の人数を尋ねた。そして一番広い芝生の端に立ち止まると、目測するかのように視線を左右に走らせた。

「安心シテ、眠ッテカマワナイ」——と言い放った時には、彼はすでに車の横にいた。「諸君ノ身ニハ何モ起コラナイ。ダガ、モシモ賊ノ一人デモ、アルイハ武器デモ見ツカッタ時、私ハ諸君ノ身代ワリニナル気ハナイ」

エンジンが点火され、ドイツ人は後部座席にその巨体を深々と沈めた。今になってようやく、ステファンは二つの奇妙なことに気づいた。一つは——日が暮れてもなお、時々庭を歩き回ることのある医者たちや看護士の誰とも顔を合わせなかったこと、もう一つは——結局あのドイツ人が何者なのか、自分はまったく知らないことだった。制服の階級章はポンチョに隠れて見えなかった。顔で記憶に残ったのは黒眼鏡とヘルメットだけだった。「まるで火星人だ」——そんな思いに耽っていたステファンは、コツコツという軽い足音で我に返った——

「何だったの？」

いつもより美しい眼をして、昂奮と駆け足で頬を赤らめたノシレフスカが直ぐ目の前に立った。白衣姿ではない。狼狽したステファンは、自分にもよくわからない――誰だかドイツ人に病院を見せてくれと言われたのだと説明しはじめた。彼らは森の中でパルチザン狩りをしているらしく、それで来たのだ、と。

彼はそう話をはぐらかした。パヨパヨを裏切るわけにはゆかなかったからである。

ノシレフスカをよこしたのはリギェルとマルグレフスキだったが、彼ら自身はといえば、車が出て行くのを二階の当直室から見ていたにも拘らず、一階に下りようとしなかった。石橋を叩いて渡れということか、ドイツ兵たちがいる間は彼女を一人で階下に行かせることもしなかった。

ステファンは無礼にも彼女をその場に残し、再び道路に出た。

腕時計を見ると、七時である。すでにとっぷりと暮れていた。ドイツ兵らは三〇分近くいたことになり、パヨパヨもそろそろ戻ってきておかしくなかった。暗闇では、何もかもが異なり、よそよそしく見えた。ステファンは療養所の方を顧みた。背後の月がランプのように照らし出す、褐色の雲を背景に、建物群の威圧的なシルエットが浮かんでいた。

数百歩進んだあたりで、さらさらという葉擦れの中に、何か物を打つような音が一度、二度と混じった。

誰かがこちらに向かって歩いて来ていた。月はすっかり雲に隠れ、暗かった。耳だけを頼りにステファンは道路の反対側へ渡ると、直ぐ目の前に助教授がいた。

「先生……ドイツ人が一人来ました」――と言いだし、直ぐに黙った。相手の持ってきたニュースの方が重要なものに違いなかった。

だが、パヨンチュコフスキは黙っていた。その横を、少し後になり先になりしながらステファンは並んで歩いた。やがて正門にたどり着き――相変わらず黙ったまま――二人はパヨパヨの部屋へ向かった。正確には、助教授が自室に向かい、ステファンが遅れじとついて行ったのである。所長は鍵でドアを開け、入った。二人とも家具の配置はよく知っていたし、電源スイッチはドアの直ぐ脇にあったにも拘わらず、なぜかグロテスクな仕方で互いの体を三度、四度とぶつけ合った末にようやく明かりが点いた。すると、色々な問いが喉まで出かかっていたステファンだったが、恐怖のあまり、後じさりした。

パヨンチュコフスキの顔は、干からびたように黄色く、瞳孔は点のように縮んでいた。

「先生……」――ステファンは囁いた。そして声を強めた――「先生……」

パヨンチュコフスキはキャビネットを開け、*spiritus vini concentratus*〔精留エタノール〕と書かれた、くたびれたコルク栓の小瓶を取り出し、とくとくとコップに注ぎ（グラスはなかったのだ）、飲み干し、激しくむせた。やがてどさっと肘掛けに腰を下ろすと、両手で頭を抱え込んだ。

「道々ずっと」――彼は突っ伏したまま言った――「言うべきことを組み立てていた。もしも気違いは役に立たないなどと言われたら、ブロイラー*でもメービウス**でも、ドイツ人を引き合いに出してやろうと考えた。もしもニュルンベルク法を持ち出してくるのなら、自分たちの国は現在占領されているのだから、講和条約が締結されない限り私たちの身分は法的に規定され得ない、と説明し……。もし万一、治療不能な者を引き渡せと要求されたら、医学に絶望という言葉はないと言おう。不可知なものにも常に信頼を寄せねばならない、それは医者の義務の一つだと。もしも彼が私に、ここは敵国であり、自分はドイツ人だと言ったら、あなたは何よりまず医者なのだということを思い起こさせよう。もしも……」

＊――スイスの医者、精神科医パウル・オイゲン・ブロイラー（Paul Eugen Bleuler, 1857-1939）のことか。

＊＊――ドイツの医者、神経学者パウル・ユリウス・メービウス（Paul Julius Möbius, 1853-1907）のことか。

「先生……」――哀願するかのようにステファンは囁いた。

「そう、聞きたくもないだろう。実際、向こうに着いて、果たして単語を三つも言えたかどうか、わからない。顔をひっぱたかれたのだ」

「あ……あ……」――ステファンの声は言葉にならなかった。

「ウクライナ人の巡査から聞いたところでは、親衛隊中尉のフツカが療養所に出向いて患者たちの状況を調べ、《作戦計画を作成する》ということだった。連中はそういう言葉遣いをするのだ。もちろん本当の数字は教えなかったでしょうな？」

「いえ……私は……つまり、彼が自分で見つけました」

「そう。ま、そうだろう」

パヨパヨは別の瓶から臭素とルミナールをコップに入れて振り、飲み干し、手の甲で口を拭った。そしてステファンに、医師全員を図書室に集めるよう頼んだ。

「あの……プロフェッサーもですか？」

「うん？　そうだ。いや待て。やめよう」

ステファンがノシレフスカとリギェルを連れて入ってゆくと、図書室の照明はすでに点いていた。続いてカウテルス、マルグレフスキ、スタシェクが現れた。全員が着席するまでパヨンチュコフスキは立ったまま待った。次いで彼が――日頃はありがちな脱線もなく――てきぱきと報告したところによると、オフシャーネ村を平定した、つまり火を放ち住民を虐殺したドイツ人とウクライナ人の混成部隊が、今度は療養所に滞在中の患者を完全に駆除する予定だという。その目的遂行のため、ビェジーニェツの住民は朝までに人を集めて出すよう命じられた。というのも、こうした作戦に習熟したドイツ人たちは、自分たちで自分の墓穴《はかあな》を掘ることのできる農民とは違い、病人たちには統制のとれた作業は無理だということを知っているのである。やがて所長は、医師ティースドルフに直談判した自分の試みについて説明した。

「訪問の目的を告げるか告げないうちに、彼は私を平手打ちした。あれはあくまで、自分に対するいわれなき中傷に怒ってのことだったと、私は信じたい。しかしウクライナ人の巡査が私に語ったところでは、彼らは戦闘準備の命令を受けているという。今日弾薬も到着する。私の目には巡査は善良な人間に映ったが、そもそもこの状況でそんな言葉にいくらかでも意味があればの話だ」

最後にパヨンチュコフスキは医師たちに向かって、親衛隊中尉フツカが夕方やって来た真の目的を説明した。

「私としては、皆さんに……よくお考えいただきたいと思っています。何らかの……方策、決定を。私は所長ではありますが……残念ながら……残念ながら私はまだ未熟者で……」

所長は声を詰まらせた。

「患者を全員自由にして森の中に放し、われわれもそれぞれここを離れようと思えばできないことじゃない。夜中の二時にはワルシャワ行きの鈍行があるし」――とステファンは言ったが、静まり返って何の反応もないので、先を続けることはできなかった。パヨパヨが身じろぎした。

「私もそれは考えた……しかし不可能だ。患者たちは容易に捕まる。それに森の中で生きてはゆけない。それは……一番簡単だが、解決にはならない」

「もちろんナンセンスだ」――マルグレフスキが断乎とした口調で発言した。「力を前にしては引き下がる他ない。アルキメデスのように。去る……病院を去るんだ」

「患者たちと？」

「飛んでもない！　単に――去るんだ」

「つまり逃げるということ。もちろん、それもまた一案だ」――なぜか不思議と我慢強く、優しい口調で老人が口を開いた。「ドイツ人たちは私の横っ面を張ることも、ここから追い出すことも、したいことは何でもできる。しかし私は、施設の長以上の何者かだ。私は医者だ。そしてあなた方もみな医者だ」

「ナンセンス。だからどうなんです？」――マルグレフスキは傍若無人に顎を片手に載せ、言い放った。

「所長は他の手段は試さなかったのですか？」――カウテルスが尋ねた。一同が彼の方をふり向いた。

「たとえばどんな？」

「まあ……どうにかして機嫌をよくしてもらうとか……」

「賄賂……？」――助教授はようやく相手の意を察した。

「連中はいつ来るんですか？」

「恐らく朝の七時から八時の間だ」

それまで妙に体をくねらせていたマルグレフスキは、やおら椅子を蹴って立ち上がり、両手を机に突いた。猛禽のように拡げた指の関節が白くなるほど力をこめ、彼は言った――

「私は……自分の義務だと了解している。自分だけではない、すべての人の、社会の財産である学問業績が失われぬよう、守らねばならない。こうする以外に道はないようだ。諸君*、さらばだ」

マルグレフスキは昂然と上を向いて、誰の顔も見ようとせずに出て行った。

「そんな、先生、ちょっと！」――クシェチョテクは叫んだ。

パヨンチュコフスキは片手を弱々しく、力なく振った。そこに居合わせた誰もがドアを見つめたままだった。

「そうか、そういうことか……」――途切れがちな声でパヨパヨは言った。「そうだったとは。ここで働きはじめて二〇年……二〇年だ。しかしわからなかった……思いもしなかった……心理学者のこの私が、心の専門家……私が……」

「私たちが考えるべきは自分のことではないだろう、患者たちのことだ!!」——彼は悲痛な叫びをあげながら、握りしめた小さな拳で机を打ち、泣いた。そして咳と震えが始まった。

ノシレフスカは立ち上がり、抵抗する所長を椅子のところまで連れて行き、腰かけさせた。老人の上に屈みこみ、目立たぬようにそっと手首を取って脈を診る彼女の髪の中、光がほつれた金色の糸のように舞った。やがて彼女は自分の席に戻り、両の巻き毛を後ろに掻きやった。

突然全員が一斉に喋りだした。

「まだ決定じゃないかもしれない」

「薬剤師に電話してみる」

「とにかくセクウォフスキはかくまわないと」

(そう言ったのはステファンだった)

「神父もだ」

「しかし先生、彼はもう退院したことになっているはずだ」

「それが、そうじゃないんだ」

「じゃあ、事務室へ行こう」

「名簿はドイツ人が調べて」——ぼそっとチシニェツキが言った——「で、僕を……僕を、というより

＊——この「諸君」にあたる原語は、相手が全員男である場合に限り用いるもので、現在のポーランド語では考えにくいが、ノシレフスカが含まれていないことになる。マルグレフスキが意図的に女医の存在を無視した非礼を表す表現ともとれるが、時代のせいだと考えることもできる。

僕ら全員に連帯責任を負わせた」

カウテルスは終始黙ったままだった。

パヨンチュコフスキは立ち上がった。落ち着いてはいたが、眼が赤かった。ステファンが近寄った。

「所長、覚悟を決めないと。何人かはかくまう必要が……」

「意識がしっかりしている患者は全員かくまう必要がある」――助教授は応じた。

「一番価値のある二、三人なら……」――ためらいがちにリギェルは言った。

「いっそのこと、回復期患者はみんな逃がしては？」

「身分証も何もない。駅にたどり着いたところでみんな捕まる」

「じゃあ、誰をかくまうんだ？」――苛立ちを隠せぬクシェチョテクが訊いた。

「だから、一番価値のある患者だ」――リギェルは同じことを言った。

「彼らの価値を決めるのは私ではない。問題は、どうすれば患者たちが他の患者たちを裏切ることにならないようにするかだ」――パヨパヨは言った。「それだけだ」

「つまり選抜？」

「皆さん、担当の病室へ行って下さい……ノシレフスカ先生は看護系職員に対して個別に知らせて」

医師たちは全員戸口に向かった。その列の脇に、パヨパヨは両手で椅子の背につかまりながら立っていた。彼の囁くような声が、最後尾のステファンの耳に入った。

「失礼？」――自分に言っているのだと思い、彼はパヨンチュコフスキに向かって訊き返した。だが老人にはそれも聞こえていなかった。

「患者たちはきっと、きっとひどく怖い思いをする……」――彼は息もつがずに呟いた。

徹夜の作業が続いた。選抜の結果は怪しげなものだった。二〇人ばかりの患者を選んではみたものの、彼らの神経が最後まで持ちこたえられるという保証はどこにもなかった。一応秘密裡に保たれたはずのニュースは、不思議な仕方で病院中に広まっていった。「若」ユゼフは助教授から一歩も離れまいと白衣を翻して追い駆けながら、何やらうわ言のように自分の妻や子供たちについて喋りつづけた。

女性患者病棟では、舞い上がる羽毛の雲の中で、半裸の群れが執拗な、かぼそい吠え声を上げながら踊っていた。ステファンとスタシェクは、大した成果はなかったもののこれまで節約してきた、ルミナールやスコポラミンを気前よく分け与えつつ、薬局の乏しい備蓄を二時間ほどでほぼ空にした。ステファン自身もブロムの大瓶を抱えて二度飲んだ。それを見てあざ笑ったリギェルは、スピリトゥスに勝る薬はないというのが信条だった。マルグレフスキは重い二つのトランクを提げ、天才についての研究資料を詰め込んだリュックサックを背負って逃げだし、カウテルスは深夜零時以前に自室に消えた。混乱は刻々深まっていった。病棟それぞれが——多様な喚声が合わさった結果——それぞれ異なる声で叫んでいた。ステファンは、必要もないのに、何度か二階に駆け上がっては教授の部屋の前を通った。ドアの下から細い光がちらちらと見えた。だがいかなる音も漏れてはこなかった。

患者たちを病院構内にかくまうという計画は、初めのうち絶望的なものに思われた。しかしパヨンチュコフスキは医師たちに既成事実を突きつけた。寛解期にある一一人の分裂症患者と三人の躁病患者を自分の住居に招じ入れ、小部屋のドアの前に簞笥を置いてカモフラージュしたのである。もっとも、その後簞笥はずらさねばならない羽目となった。一見一番健康だと思われた分裂病者を発作が見舞ったからである。その際、慌てて簞笥を動かしたために、壁の石膏が大きく剝がれ、パヨンチュコフスキ自ら即席でレースのカーテンを吊って隠した。ステファンは所長の住居に何度か入って行ってみた。もしこれが平常時であれば、釘の束を口に咥え、ユゼフの支える椅子の上に危なげに立ちながら、打診用ハンマーでカーテンを打ちつける老人の様子を、むしろ嬉しく眺めたかもしれなかった。二部屋以上ある住居を持つ医師だけが、患者をかくまってもいいことにする――そんな決定がなされていた。所長以外にその条件を満たすのはカウテルスとリギェルだけだった。すでに大分酔いの回っていたリギェルは自室に数人収容することに同意した。その間《かん》ステファンは、例の少年彫刻家を救い出そうと病室へ行った。ドアを開けると、そこにあったのは嘶《いなな》くように叫喚する人々の渦だった。

まだ壊れていない照明の周りを、敷布の長い切れ端がひらひらと何本も旋回していた。時に全体の喧騒を突き抜けるようにして鶏鳴や口笛の音が迸り、十数秒おきに「タンスの中でポエニ戦争！」と、はり裂ける喉から絞り出される哀れな声が聞こえた。悪臭を放つ羽毛の渦巻きに足を取られながらも、ステファンは必死になって壁伝いに進んだ。その間二度攻撃を受け、気がつくとパシチコヴィヤクの足元に倒れ込んでいた。患者は、重力を振り切ろうとするかのように、想像を絶する勢いで跳びはねながら部屋中を走り回っていた。

昂奮のあまり目が見えなくなった病人たちは、文字通り狂乱状態で動き回り、ボキボキと骨の音を立てて壁に体を打ちつけ、何人も同時に潜り込んだベッドの下からは彼らの脚が痙攣しながら飛び出した。部屋の隅やドアの下で隙を窺っていたステファンは、とうとう少年のいる病室にたどり着いた。少年を見つけ、捕まえて出口に向かうステファンは、道を開けさせるために腕力を揮わざるを得なかった。すると突然少年は脚を踏んばって止まり、ステファンを部屋の隅にまで引っ張っていった。そしてそこで藁のマットレスの下から寝袋のようなものに入った大きな包みを取り出すとようやく、素直にステファンに従って出口に向かった。

廊下に出たステファンはほっと一息ついたが、服の釦はもぎ取られ、鼻からは血が滴っていた。ドアの向こうの叫喚はいよいよ高まるばかりだった。彼は少年をユゼフに引き渡し、マルグレフスキの住居に避難させるよう命じて、階下に戻った。階段の踊り場で初めて、自分が少年に無理やり持たされた包みを持っていることに気づいた。それを脇に抱えなおし、煙草を取り出し、ステファンは驚愕した。マッチを擦ろうにも、両手が震えて言うことを聞かないのである。

所内を駆けずり回っていたパヨパヨは、かくまった患者たちを発作が三度《みたび》襲ったのを見て、全員に所定量のルミナールを投与した。三〇人超の患者を薬で眠らせ、三ヶ所の住居に閉じ込め終えた頃には夜が明けかけていた。

怯えたように両手を拡げるステファンを尻目に、パヨパヨは自分の手で患者らのカルテを廃棄した。書類が燃えるストーヴの扉を閉め、床から身を起こすと、煤まみれになった手を擦り合わせながら、言った——

「これはす……すべて私が責任を取る」

蒼ざめてはいるが冷静なノシレフスカも、いたるところ助教授について行った。ニェズグウォバ神父には、急場しのぎで「施設聖職者」という虚構の地位を考え出した。神父は薬局の一番暗い隅に立っていた。そこから彼のよく通る囁きが聞こえてきた——祈っていた。

理由もなく、どこへ行く当てもなく廊下を走り回るステファンを、セクウォフスキが捕まえた。

「ドク……ドクトル……ドクトル」——彼はステファンの白衣の端をつかんで言った——「私も……私に医者の白衣を貸してくれんか……ドクトルも知っている通り、私は精神医学の心得があるし……」

詩人はまるで鬼ごっこでもするかのように後を追ってきた。息を切らしたステファンは立ち止まり、ふと気を取り直し、考えた。

「それもそうだ。そもそも、もう何がどうなろうと知ったことじゃない。神父にしてあげたことが、なぜあなたにできないか……とは言っても……」

セクウォフスキはステファンに最後までは言わせなかった。互いに声を張り上げながら、二人は階段まで来た。見ると踊り場にパヨパヨが立って、看護師らに最後の指示を与えていた。

「だから、みんな毒殺すればいいと言ってるんだ」——顔を真っ赤にしたクシェチョテクが怒鳴った。

「それはナンセンスどころか、はん……犯罪だ」——パヨンチュコフスキが応じた。その額から玉のような汗が流れ、白い眉毛の先にかかって光った。「すべては神による変容にあずかるかもしれない*……その時どうする？　そんなことをしたら……かくまった者たちもわれわれ自身をも危険に曝すことになる」

「先生、こんな奴相手にしないで下さい。洟たれ小僧が」——陰に佇んでいたリギェルが蔑むように口を挟んだ。その白衣のポケットがスピリトゥスの瓶でふくらんでいた。

「先生は酔っている！」

「先生」——今度はステファンが、セクウォフスキに力ずくで老助教授の前に押し出された格好で、口を挟んだ。「実は、ご相談が……」

「ふむ……どうかな？」——ステファンの話を聞き終わり、パヨパヨはセクウォフスキに向かって言った。「しかし、どうしてあなたはわた……私の部屋に行かなかったのですか？」

所長は大きな白いハンカチで汗を拭いた。

「ま、よかろう。ちょっと……先生……ノシレフスカ先生、先生はもう熟達したでしょう、この……書類作りに……」

「直ぐに台帳を書き換えます」——ノシレフスカは独特な、明るく感じのいい声で応じた。「私についていらして」

セクウォフスキは女医の後を追った。

「あ……それからまだやることがあった」——パヨパヨは言った。「カウテルス先生のところへ行かねば。だが私一人では——ぐ……具合が悪い」

彼は、ノシレフスカが事務室から戻るのを待った。セクウォフスキはステファンの白衣を着て、聴診器までポケットに突っ込み、早速せかせかと歩き回った。しかし、建物をつなぐ戸口まで来て、高まる阿鼻叫喚の声を耳にするや、図書室に逃げ込んだ。

ステファンはひどく疲れていた。廊下を見わたし、どうでもいいという表情で片手を振り、もう空は明るいだろうかと窓を覗き、ブロムを一口飲もうと薬局に行った。そこで戸棚の瓶を動かしていると、微かな足音が耳に入った。

ウォントコフスキが、いつものゆったりとした黒服姿で入ってきた。

「学長先生……？」

教授はそこにステファンがいることを喜んではいないようだった。

「いや、何でもない。何でもない」——教授は繰り返し、しばらく戸口に立ったままだった。

ウォントコフスキは体調を崩したのではないか、ステファンはそう思った。顔面蒼白で、眼は人の眼差しを避けた。引き返そうとするかのように、一瞬身じろぎをした。そしてドアの把手に手を掛けさえしたが、思い直し、今度はステファンのごく近くまで詰め寄った。

「青酸カリはあるかな……ここに？」

「何ですって？」

「この薬局にシアン化カリウムはあるかね？」

＊——「わたしたちは皆、今とは異なる状態に変えられます。最後のラッパが鳴るとともに、たちまち、一瞬のうちにです。ラッパが鳴ると、死者は復活して朽ちない者とされ、私たちは変えられます」『新約聖書』「コリントの信徒への手紙 一」一五・五一〜五二（新共同訳）。この「変えられます」も「変容を被る」の意で、同じ動詞が基にある表現。

「え……ええ……あります」――ステファンは考えをまとめる暇もなくしどもどろで答えた。驚いたはずみで手を放してしまったルミナールの瓶は床に落ちて割れた。破片を集めなければとしゃがみかけたものの、起き直り、もの問いたげな顔で教授を見つめた。

「ここに鍵があります、学長先生……ここです、ほら！」

壁に掛かった小さな戸棚の中に、その他の毒薬とともに青酸カリも並んでいた。

プロフェッサーは、抽斗の中から、元はアミノピリンが入っていた空のガラス管を一本選んだ。次いで壁の戸棚から青酸カリの瓶を取ってナイフで開栓し、そこからガラス管へ十数粒の白い結晶を慎重に移した。栓をした管はフロック・コートの胸ポケットに収まった。壁の戸棚を閉め、鍵を釘に戻し、部屋を後にするかと思われたその時、彼は再びステファンの許に戻って来た――

「このことは誰にも言わないでもらいたい、私がこれを……これを……」

そして突如、だらりと下がったステファンの手をわしづかみにしたかと思うと、冷たい指で握り締めながら小声で言った――

「いいですね」

教授は慌ただしく、ドアも軽く閉めただけで出て行った。

掌の甲にウォントコフスキの冷え切った指の跡を感じながら、ステファンは机にもたれながら立っていた。彼は自分の手を見た。そして戸棚に戻ってブロムを飲もうとしたが、その瓶を持ち上げたまま、動けなくなった。

ほんの少し前、前をはだけたフロック・コートとその下のシャツの隙間から見た、ウォントコフスキの痩せ細ったいかにも老人らしい胸が、ある強大な権力を持った王についてのお伽噺を執拗に思い出させた。

その王様は広大な国家を治めていた。半径一千哩の圏内にあるすべての民が彼の声に従っていた。ある時、倦み疲れた王様が玉座で寝入ってしまった時のこと、恭順この上ない忠臣らは、王の眠りを破らぬように彼ら自身で王の服を脱がせて寝室へ運ぼうと決めた。というわけでまずオコジョの毛皮でできたマントを取り去ると、その下には金糸で縫い取りを施した紫の衣《ころも》が輝いていた。それも脱がせると、全体に星と日輪の模様をちらした絹の衣が煌めいた。その下には——真珠で織り上げた衣裳。そのまた下の装束にはルビーの稲妻が刺繍されていた。そのようにして廷臣たちが一枚また一枚と衣を取り去ってゆくにつれ、綺羅、星の如き服の堆《うずたか》い山ができあがった。そして廷臣たちは恐れをなして互いの顔を見やり、口々に大声で叫んだ——「一体我らが王様はいずこに？」と。というのも、彼らの眼前には積み上がった高価な衣裳こそあれ、生身の人間は影も形もなかったからである。それは『玉葱をむく。すなわち威光について』と呼ばれるお伽噺だった。

カウテルスとの会談は一時間にわたった。外科医は最終的に「splendid isolation〔栄光ある孤立〕」を選んだ。自分は何も知らないし、一切干渉もしない、自分の持ち場は手術室だけに限定されるということである。彼の病棟を担当する医師はセクウォフスキになった。その話をステファンに語り聞かせながら、ノシレフスカは、カウテルスの部屋では肘掛椅子を二脚並べてシスター・ゴンザガが寝ていたと言った。シスター・ゴンザガ？　ステファンにはもはや不思議に思う力も残っていなかった。ただ全身に痺れが回ってきているようだった。何もかも靄がかかって見えた。六時になろうとしていた。一階の廊下をそろそろと歩いていると、リギェルに遭遇した。麻痺患者を運搬する椅子を床の中央に持ち出して坐っていた。自分の前に瓶を置き、それを足でそっと蹴りながら、ガラスが立てる純粋な響きを堪能しているかのようだった。

その顔に現れていた緊張感にステファンは衝撃を受けた。今にも爆発して嗚咽が始まりそうな気配だった。声をかけられずにいると、それまでしゃっくりを我慢していたリギェルが、突然ぴくっとした。

「パヨンチュコフスキがどこにいるか、知りませんか？」

「庭に出ていった」――リギェルはそう答えるとまたしゃっくりをした。

「何のために？」

「神父と一緒だ。きっとお祈りだろう」

「なるほど」

ステファンの姿を見て、図書室からセクウォフスキが出てきた。

「どこへ行く、ドクトル？」

「もう疲労困憊です。横になります。これからまだ相当力が必要になるような気がして――朝になると」

白衣のセクウォフスキはいつもより一回り肥えて見えた。ベルトが回らないので、繃帯で延長していた。

「さすがですね。僕には……僕には……とても真似できない」

「何、造作ないことだ。さ、うちに来たまえ」

階段を登ってゆく途中、スチーム暖房器に立てかけた包みが目に入った。少年が自分にくれた物だった。一体何なのかと訝りながら、ステファンは包みを解いてみた。それは、立方体の石に上唇の上まで埋もれた男の頭部で、ヘルメットを被っていた。眼は腫れぼったく、頬も内側から膨らんでいた。石に埋まって見えない口は、何事か叫んでいた。

ステファンは部屋に入るとテーブルにその彫刻を投げるように置き、ベッドから毛布を引き剝がし、椅子を引き寄せ、クッションに倒れ込んだ。とその時、リギェルが走り込んできた。

「おい……若い方のポシチクが来たぞ。患者を六人、森を通ってニェチャーヴィまで連れて行くと言っている。行きますか、セクウォフスキさん？」

「誰が来たって……？」――唇だけで、ほとんど声もなく、ステファンは訊いた。

だがその囁きに詩人の言葉がかぶさった。

「誰が？　患者をだと？」

ステファンは眠気と戦いながら、ベッドから身を起こした。

「だから、若い方のポシチク、あの電気工の倅が……森の中から来て、今一階で待っている」――酔いの冷めたリギェルが苛立った。「親爺さんがルミナールを与えなかった者を全員引き受けると言っている。どうなんです、行きますか、それとも？」

「気違いたちと一緒に？　今から？」

詩人はいたく昂奮して椅子から立ち上がった。手が震えていた。

「行った方がいいか？」――彼はステファンの方に向き直った。質問された方は黙っていた。終始どこか近くに隠れていたはずの人間が、これほど予期せぬ仕方で出現したことに驚いていた。自分は何一つ知らずにいたのだった。

「この状況では何とも言えません……」

「外出禁止時間帯に……狂人たちと一緒に……」――セクウォフスキは半ば声に出しながら思案していた。そして「駄目だ！」――と語気を強め、答えた。しかし、リギェルがドアに突進する段になってまた怒鳴った――

「ちょっと待った！」

「とにかく早く決めて下さい！　彼はそんなに待てない。森の道で二時間はかかる！」

「その男は誰なんだ？」

セクウォフスキがもっぱら時間を稼ごうとして尋ねていることは明らかだった。彼の手には布のベルトの結び目が握り締められていた。

「あんた、耳が聞こえないのか?!　パルチザンだ！　さっきやって来たばかりで、その上パヨンチュコフスキに喧嘩を売りやがった。なぜ患者たちにルミナールを投与したと……」

「信頼は置けるか？」

「知るもんか！　行くのか、行かないのか？」

「神父は行くのか？」

「いや。で、どうする？」

セクウォフスキは黙っていた。リギェルは肩をそびやかし、ばたんと大きな音を立ててドアを閉め、走って出て行った。詩人はその後を追って一歩踏み出したが、立ち止まった。

「行くべきだろうか……？」――途方に暮れて彼は尋ねた。

ステファンの頭が枕に落ちた。何やら不明瞭な文句を呟いた。

セクウォフスキが部屋を歩き回り、何か言っているのは耳に届いてはいたが、意味まではわからなかった。打ち勝ちがたい睡魔が彼を襲った。

「寝たらどうです」――そう言うなり、ほぼ同時にステファンは自身が寝入っていた。

強烈な光に目が覚まされた。何か棒のようなものが腕を叩いた。眼を開けても、動けずにいた。ブラインドが下ろされた部屋は暗かった。ベッドの脇に背の高い人物が数人立っていた。朦朧とした意識のままに顔を手で覆った。サーチライトの光が眼を射ていた。

「オマエハ何ダ?」

「彼ハ問題ナイ。医者ダ」——と、後ろから別の、聞き覚えのあるような声がした。ステファンは飛び起きた。ゴム引きの黒いマントを着て、自動小銃を肩から提げたドイツ兵が三人、目の前に立ち並んだ。廊下側のドアは開いたままだった。そこから鉄鋲の立てる重々しい足音が聞こえてくる。

部屋の隅にはセクウォフスキが立っていた。サーチライトがそちらに向けられるまでは、ステファンも気づかなかった。

「ヤハリ医者カ、ウン?」

セクウォフスキは心なしか震える声で、しかしぺらぺらとドイツ語でまくしたてた。一同は一人また一人と部屋を出て行った。ドアの脇にはフツカが立っていた。彼は、医師らを一階に連れて行くよう、黒い制服の兵士に命じて引き渡した。一行は別の階段で降りて行った。やはり黒い制服で小銃を持った兵士が入り口を見張る薬局の中に、パヨンチュコフスキ、ノシレフスカ、リギェル、スタシェク、教授、カウテルス、そして神父の姿があった。そこへ詩人とステファンを送り届けた兵士も中に入り、ドアを施錠し、一同を長い時間凝視した。助教授は丸めた背中を向けて窓際に立ち、ノシレフスカは金属製のスツールに、リギェルとスタシェクは机に腰かけていた。空は曇ってはいたが明るく、窓の外で錆びつきつつある木立の彼方、雲が白々と輝いていた。兵士はドアの前に立ちはだかっていた。咬合の悪い顎、平面的で黒い顔の農民風の男だった。男の息づかいが次第に荒くなってきたと思っていると、遂に〔ウクライナ語で〕怒鳴りはじめた——

「ドウシタ、先生ガタ、コノザマハ? ウクライナハ在ッタ、コレカラモ在ル、オマエラハオ仕舞イダ!」

「私たちが自分の職務を果たしてきたように、自分の任務を果たして下さい。私たちに話しかけずに」――びっくりするほど強靭な声でパヨパヨが口を利いた。姿勢を正し、柔らかな身のこなしでウクライナ人の方に向き直ると、飛び出た白い眉毛の下から黒々とした眼《まなこ》で相手を見つめた。呼吸は荒かった。

「オマエ、コノ……」――兵士はタロ芋のような拳を振り上げ、言葉にならない声を発した。するとドアが内側に開き、兵士を強打した。

「ココデ何ヲシテイル？　出テユケ！」――フツカが怒鳴りつけた。彼はヘルメットを被り、左手に小銃を殴打せんばかりの構えで握っていた。

「シズカニ！」――誰もが沈黙していたにも拘わらず、フツカは叫んだ。「別ノ命令ガアルマデ、ココニイルヨウニ。誰モ出テハイケナイ。ソシテ、モウ一度ダケ言ウ。一人デモ匿ワレタ患者ガ見ツカレバ……全員ノ責任ダ」

フツカは色褪せた虹彩で一瞥し、踵を返した。セクウォフスキのしわがれた声が響きわたった――

「ショウ……将校殿……」

「マダ何ダ？」――ヘルメットの庇の下から浅黒い顔を覗かせて、フツカが唸るように言った。手はすでにドアの把手に置かれていた。

「患者ガ何人カ住宅ニ匿ワレテイマス……」

「何ダト！」

フツカはつかつかとセクウォフスキに近寄り、襟を捉えて揺さぶった。

「ドコニイル？　コノ悪党ガ！　オマエラ！」

セクウォフスキは身を震わせ、ぜいぜい喘ぎだした。フツカは巡査を呼び、建物内の全住居を捜索するよう命じた。白衣の襟をつかまれたまま、詩人は急いで、仔犬が鳴くような声で言った――

「皆のためを思って、ああ言った」――袖が脇の下に食い込み、彼は腕が動かせなかった。

「中尉殿、コレ医者ジャナイ、コレ患者デス、精神異常ノ！」――死人のように顔面蒼白のスタシェクが、机から腰を上げて叫んだ。

誰かが溜息をついた。フツカは面喰っていた。

「ドウイウコトダ？　コノ豚医者メ?!　ドウイウ意味ダ?!」

スタシェクは、再び片言のドイツ語でセクウォフスキが病人であることを説明した。

ニェズグウォバは窓辺で体を丸くしていた。一同を睨《ね》め回したフツカは、ようやく呑み込みはじめた。ぴくぴくと鼻の穴が動いた。

「何タル悪党、何タルペテン師、コノ不潔ナ野郎ドモメ！」――そう喚くと、フツカはセクウォフスキを壁に圧しつけた。テーブルの端にあったブロムの入った瓶が揺らぎ、落ちて砕け散り、リノリウムの床に中身が流れた。

「デ、医者ニナリタイト……マア、スグニ秩序ヲ確立シテヤル。全員、身分証明書ヲ出スンダ！」

さっきの兵士より年長と見え、銀のストライプが二本走る肩章を付けたウクライナ人が廊下から呼ばれ、書類の訳を手伝いはじめた。ノシレフスカ以外は全員が証明書を携えていた。女医が見張りの兵士と二階へ証明書を取りにゆく間に、フツカはカウテルスにたどり着いた。その身分証をこれまでより時間をかけて眺めていたフツカの表情がややほころんだ。

「ナルホド、アナタハ《フォルクスドイッチェ〔在外ドイツ民族〕》ネ。結構。ダガ、ナゼコノポーランド人ドモノインチキニ参加シタ？」

カウテルスは、何も知らなかったと弁解した。素朴ではあるが、正しいドイツ語で話した。

ノシレフスカが医師会の発行した免許状を持って戻ってきた。フツカはもういいと言わんばかりに彼女の方に片手を振ると、壁掛け式の戸棚の脇に立ちすくんでいたセクウォフスキの方に向き直った。

「来イ」

「将校殿……私ハ患者ジャナイ。マッタク健康デス」

「オマエハ医者カ？」

「ハイ……イイエ、シカシ私ニハ……私ハデキ……」

「来イ」

この時点でフツカはすっかり冷静になっていた。冷静すぎると言ってもよかった。ほとんど微笑まんばかりだった。じっと動かぬその頑丈な体躯を包むポンチョは、どんな些細な動きにもさらさらと衣擦《きぬず》れの音を立てた。フツカは、子供を呼ぶかのように人差し指を曲げて合図した——

「来イ」

セクウォフスキは一歩前に出て、突如ひざまずいた。

「オ慈悲ヲ、オ慈悲ヲ……私ハ生キタイ。私ハ健康デス」

「モウイイ！」——フツカは遠吠えのように叫んだ。「裏切者メガ！　罪モナイ、狂ッタ同胞タチヲ、オマエハ売リ渡シタノダ」

建物の背後で二発の銃声が轟いた。窓ガラスに戦慄が走り、戸棚の中の器具が鈴のように鳴った。ひらひらと翻る白衣にくるまったセクウォフスキが、ドイツ人の靴に取りすがった。その手にはまだ打診ハンマーが握られていた。

「フランケ！」

別のドイツ兵が入ってきてセクウォフスキの肩をつかんで引き上げたが、そのあまりの力の強さに、肥って背の高いセクウォフスキではあったが、その体がまるで布で作った人形のように宙に飛んだ。

「私ノ母ハドイツ人ダッタ!!!」――ドアの外へ引きずり出されながら、詩人は裏返った声で喚いた。ドアにしがみつき、戻ろうともがき、必死で争いはするものの、相手の攻撃から身を護ろうとは敢えてしなかった。フランケは小銃を振り上げ、ドアの縁に食い込んだセクウォフスキの指を一本一本几帳面に銃床で叩き、外した。

「オ慈……悲ヲ！　神様*……！」――セクウォフスキは悲鳴を上げた。ぽろぽろと大きな涙が顔を伝って落ちた。

ドイツ兵は苛立った。セクウォフスキが今度はドアの把手をつかんだので、敷居の上で立ち往生した格好になったのである。兵士は相手の胴に腕を回し、岩を運ぶ人夫よろしくすべての筋肉を張りつめ、全力で引っぱった。二人の体は廊下にすっ飛んだ。セクウォフスキはどさっと石の床に転がった。ドイツ兵はドアを閉めながら、力仕事で黒ずみ、汗だくになった顔を今一度医師たちに見せ、

「汚イ仕事ダ！」――と言って、ばたんとドアを閉めた。

薬局の窓の直ぐ外には灌木が密集していて、その不規則な輪郭が室内に複雑な陰翳を浮かび上がらせていた。灌木の向こうには疎らな木立を透かして、開口部のない塀が聳えていた。患者たちの叫び声やドイツ人たちの掠れ声は、多少音量は抑えられるものの、依然としてはっきりと伝わってきた。感度が増した、そしていわば密度が濃くなったかのような聴覚を、小銃の発砲音が撲《う》った。音は初め連続していたが、次いで柔らかい袋が倒れる音によって途切れ、やがて静まりかえった。その空気をつんざくように声が上がった――

「ツギ・二〇・メイ！」

＊――原文はここでポーランド語に戻り、Matko Boska! つまり「神の母よ！」となっているが、「神様！」と訳した。

発砲音は塀にぶつかってパチパチという拍手のように反響した。時にヒューッというもの悲しい、鋭く途切れる音も耳に入った。迷子になった弾丸の飛翔だった。かと思えば、バリバリと太鼓を連打するような機関銃の音がすることもあった。しかし大概は小型の銃の音だった。静寂の後は、また夥しい靴音と同じ単調な呼び声の繰り返しだった——

「ツギ・二〇・メイ！」

……そして二発——三発と、瓶からコルクが抜かれる時のように、高く短いピストルの音が続いた。耳をつんざくような、人間の声とは思えない叫声が暴発するように立ち昇ったこともあった。かと思えば、まるで二階から降ってくるかのように上方から、泣き笑いの声が響きわたったこともあった。そしてそれは長い時間続いた。

医師たちは、誰もが一番手近な物に視線を釘付けにして、じっとしていた。ステファンはぼうっとしていた。初めのうちはまだどうにか思考力も働いていた——到底その手に負えるはずもないあらゆる状況に対して、フツカが何とか対処しおおせていること……死にも自らの生があるということ……しかし、最後の思索は、突然一つのドイツ語の叫び声によって破られた。誰かが逃走していた。折られた木の枝がぽきぽきと音を立て、紅い木の葉が窓ガラスの向こうではらはらと散ったかと思うと、文字通り至近距離から、しゃくり上げるような呼吸音と足の裏が蹴り上げる砂利のぱらぱらという音が伝わってきた。

雷鳴のように銃声が轟いた。悲鳴が立ち昇り、折れ、沈んだ。

速い雲が、一瞬おきに形を変えながら、見えている部分の空を覆っていった。一〇時を回って銃声はおさまった。一種の弛緩状態のような時間が訪れた。ところが一五分後、またしても機関銃が連打した。静寂は再び狂人たちの鶏鳴とドイツ兵たちの嗄《しゃが》れ声で満たされた。

一二時には、医師らの耳に届くのは、建物の周囲を歩く重い靴音だけになっていた。犬の鳴き声、女の短い悲鳴がして、もはや誰も注意を払っていなかった入り口のドアがいきなり開き、ウクライナ人の巡査が入ってきた。

「出ルンダ、出ルンダ、早ク！」――巡査は敷居越しに〔ウクライナ語で〕怒鳴った。背後にドイツ兵のヘルメットがちらついた。

「全員、外へ！」――ありたけの声を絞り、ドイツ兵は叫んだ。その顔は汗と土埃りが混じりあって黒く、眼は酔い、顫えていた。

医師たちは廊下に出た。ステファンは偶然ノシレフスカの近くになった。廊下はがらんとしていて、ただ戸口に投げ捨てられてしわくちゃになったシーツが山のように置かれているだけだった。床には何かを引きずった跡が黒ずんで階段の方向へ続いていた。角を曲がると、スチーム暖房器にもたせかけた大きな塊があった。半分に折り曲げられた死体だった。割られた頭蓋から、黒い氷柱が流れ出ていた。硬くなったその黄色く節くれだった踵が、海老茶色のガウンから廊下の幅の中ほどまで突き出ていた。医師たちは全員がよけて歩いたが、列の最後にいたドイツ兵だけがブーツで蹴っていった。ステファンの眼の中で、行進する人々の影が踊った。よろめいた彼はノシレフスカの肩につかまった。そのまま一行は図書室にたどり着いた。

室内は雑然としていた。ドアに一番近い二つの書架からは本がすべて放り出されて床に積み重なっていた。開いた状態で落ちていた浩瀚な書物たちは、医師たちが通るたびにぱらぱらとページをそよがせた。二人のドイツ人が戸口に立っていたが、最後には彼ら自身も入室した。そして一番坐り心地の良い、赤いフラシ天のソファーに腰かけた。

ステファンの視界が明滅した。周囲の物が脈打ち、暗み、色彩も何もかもが、まるで針で刺した風船のようにしぼんだ。生まれて初めて彼は失神した。

目覚めた時、何か温かくしなやかなものの上に寝ているという気がした。ノシレフスカが彼の頭部を膝の上でおさえ、パヨパヨが脚を持ち上げていた。

「看護師たちはどうなった？」——ステファンは意識もおぼろに訊いた。

「まだ朝のうちにビェジーニェツへ下るよう、命じられて出て行った」

「じゃ、僕らは？」

その問いに答える者はいなかった。ステファンは立ち上がり、ふらつきはしたが、もう気絶することはないと感じた。外で足音がした。兵隊が一人入ってきた。

「ろん・こふ・すきー（ポーランド語が読めないために発音がおかしくなっている）教授ハココニイルカ？」——兵士は尋ねた。

誰も声を発しなかった。やがてリギェルが小声で言った——

「プロフェッサー……学長先生……」

ドイツ兵に呼ばれた時には前屈みの姿勢で肘掛椅子に腰かけていた教授は、ゆっくりと居ずまいを正した。大きく、重い、無表情なその視線が、その場の顔すべてを順番に通過した。そして手すりにつかまり、やや力んで立ち上がりながら、フロック・コートの胸ポケットに手をあてた。平たく伸ばした掌が動き、ポケットの中の何かを確かめた。波打つ黒い祭服に身を包んだ神父が介添えしようとしたが、教授はかすかだが断固とした手の動きでそれを押しとどめ、一人で戸口に向かった。

「ドウゾ、オ通リ下サイ」——ドイツ人は言って、礼儀正しく教授を先に通した。

残された医師たちはじっと黙っていた。するとごく近い場所で、まるで密閉された空間で落雷があったかのような凄まじい銃声が響きわたった。部屋は重苦しい空気で充満した。それまでソファーで喋っていたドイツ人ですら口を噤んだ。汗びっしょりになったカウテルスは、そのエジプト風の横顔を歪め、関節がぼきぼきと音立てるほどに両の掌を組み、揉んでいた。リギェルは子供のように口をへの字に曲げ、唇を噛んだ。ただ一人、ノシレフスカだけが——身を丸め、両肘を膝上に、顔を両の拳にのせ——平静だった。美しく、そして平静だった。

みぞおちの中で何かが膨らみつつあるような、全身が巨大化し、汗で滑るような、そして気味の悪い、微かなわななきが皮膚に食い込んでくるような感覚を覚えながら、ステファンは思った——彼女は死にゆく瞬間でも美しいだろうと。そしてそこには倒錯的満足に通じるものがあった。

「どうやら……われわれも……」——リギェルはスタシェクの耳許で囁いた。

皆赤い肘掛椅子に坐っていたが、神父だけは、二つの戸棚に挟まれた最も薄暗い片隅に立っていた。ステファンはそこへ駆け寄った。

司祭は何ごとか呟いていた。

「ころ……殺される」——ステファンは言った。

「Pater noster, qui es in coelis...〔天にましますわれらの父よ……〕」——神父はラテン語で呟いていた。

「嘘だ、神父さん！」

「Sanctificetur nomen Tuum...〔願わくは御名の尊まれんことを……〕」

「神父さんは間違っている、嘘をついている」——ステファンは囁いた。「何もないんだ、何も、何も、何も！　気を失った時、それがわかった。この部屋も、僕たちも、何もかもすべて、これは僕らの血にすぎない。血液が流れることをやめる時、すべての搏動はどんどん弱くなる。天でさえ、天でさえ死ぬんだ！　神父さん、聞いている？」

彼は司祭の衣を引っぱった。

「Fiat voluntas Tua...〔願わくは御名の尊まれ……〕」——神父は囁きつづけた。

「何もないんだ、色もない、匂いもない、闇さえない……」

「ないのはこの世です」――苦痛に歪んだ顔をこちらに向けて、神父は静かに言った。

ドイツ人たちが大声で笑いだした。するといきなりカウテルスが立ち上がり、彼らに歩み寄った。

「スミマセン、私ノ身分証ヲ中尉殿ガ持ッテ行カレマシタガ、御存知アリマセンカ、アレ……」

「今シバラク、ゴ辛抱願エマスカナ」――と、ずんぐりして肩幅の広い、血管の浮き出た赤ら顔のドイツ人がカウテルスの言葉を遮った。そして同僚にしていた物語の先を続けた――

「イイカイ、ドノ家モ燃エテイテ、ミンナ死ンダト俺ハ思イ込ンデイタ。トコロガダ、突然デッカイ炎ノ中カラ森ニ向カッテ真直グ、一人ノ婆アガ飛ビ出テキタノサ。ソレモ鵞鳥ヲ抱キシメテ、狂ッタヨウニ走ッテ来タ。見物ダッタゼ！　フリッツガ一発玉ヲ見舞ッテヤロウトシタガ、ゲラゲラ笑ッテ狙イガ定マラナイトキタ――ナ、ドウダ、漫画ダロウ？」

二人は大笑いした。彼らの脇にじっと立ちつくしていたカウテルスも、突然顔をしかめて「ハ、ハ、ハ！」と、かぼそく今にも泣きだしそうな声をふり絞った。

語り手の顔が曇った。

「ドクトル、ナゼ笑ウ？　アナタガ笑ウベキコトデハナイダロウ」

カウテルスの頬に白味が現れた。

「私ハ……私ハ……私ハドイツ人ダ！」

やや横向きに坐っているドイツ人がカウテルスを下から睨め上げた。

「アアソウ。ナラ、ドウゾ御自由ニ、ドウゾ」

廊下で、即座にドイツ人のものとわかる、強く、遠慮のない、硬い足音が響きわたった。

「神父さんは……信じているんですか？」――最後の一息で、懇願するようにステファンは問いかけた。

「信じています」

これまで見かけていない背の高い将校が入ってきた。これ以上はないというほどに軍服がぴったりと似合い、革ベルトが鈍い光沢に輝いていた。帽子は被らず、貴族的な高い額とわずかに白髪の混ざる栗色の髪をしていた。室内にいた人間たちを見わたす鉄縁の眼鏡がきらりと光った。外科医は将校に近寄り、姿勢を正して片手を差し出した──

「フォン・カウテルス」

「ティースドルフ」

「ドクトル、私タチノ教授ハ、ドウナリマシタカ？」──カウテルスは訊いた。

「御心配ハ無用。私ガ車デ、ビェシネッツ（ビェジーニェツのドイツ語表記 Bieschinetz）ヘオ連レスル。教授ハ今荷物ヲマトメテイル」

「本当ニ？」──カウテルスは思わず口を滑らせた。

ドイツ人は顔を赤らめ、首を振った。

「ドクトル！」

そして急に薄ら笑いを浮かべてつけ加えた──

「私ノ言ウコトハ信ジタ方ガイイ」

「シカシ、ナゼ私タチハココニ留メ置カレテイルノデスカ？」

「マアマア、アナタ方ノ状態ハカナリ危ナカッタガ、事態ハフツカガ何トカ落チ着カセタ。ワガ方ノウクライナ人タチガ諸君ニ危害ヲ加エナイヨウ、今ハ監視シテイル。知ッテノ通リ、彼ラハ犬ノヨウニ血ニ飢エテイル」

「ソウデスカ」──カウテルスはびっくりして言った。

「鷹ノヨウニ……。生ノ肉ヲ与エナイトイケナイ」──ドイツ人精神科医は笑った。

すると神父が彼らに近寄って行った。

「ドクトル。ドウイウコトデスカ——人間ソシテ医者、ソシテ患者、銃殺、死！」*

初めの瞬間はそっぽを向くか、さもなければこの黒衣の厄介者に対して拳を振り上げて追い払うかすると思われたドイツ人が、莞爾としてほほ笑んだ。

「ソレゾレノ民族ハ」——深々とした声で彼は言った——「一個ノ動物有機体ト同ジデス。時トシテ病気ノ部位ヲ切除シナケレバナラナイコトモアル。アレハ正ニソウシタ外科的処置デシタ……」

彼は司祭の肩越しにノシレフスカを見ていた。彼の鼻腔がふくらんだ。

「シカシ神ガ、神ガ」——神父は繰り返した。

ノシレフスカが依然として同じ姿勢でじっと動かず黙っているので、ドイツ人は彼女を見据えながら、声を高めて言った——

「マタ別ノ仕方デ説明スルコトモデキル。皇帝アウグストゥスノ時代、ガリラヤニ、ユダヤ人ヲ統治スル、或ルローマノ総督ガイテ、名前ヲ《ポンティウス・ピラトゥス》ト……」

ティースドルフの眼が輝きを増した。

「ステファンさん」——とノシレフスカが大声で言った——「私を放してくれるよう、彼に言って下さいな。私は保護を必要とせず、この場にこれ以上いられないと、なぜなら……」——女医はそこで言いさした。

意気の揚がったステファンは（ノシレフスカに初めて下の名前で呼ばれたのだ）、立って話をしている者たちの許へ歩み寄った。ドイツ人は礼儀正しく会釈した。

ステファンは、もうここから出てもいいかと尋ねた。

「出テユキタイ？　全員？」

「ドクトル・ノシレフスカ」——やや不器用にステファンは答えた。
「アア、ソウ。モチロン、結構。今シバラクノ御辛抱ヲ」

ドイツ人は約束を守った。日没後、彼らは解放された。建物は静まりかえり、暗く、虚ろだった。ステファンは部屋に戻り、荷造りを始めた。明かりを点けると、テーブルの上にセクウォフスキのノートがあったので、それもトランクに放り込んだ。それからその横にあった彫刻に目をやった。その作者が直ぐ近くに、朝方掘られた穴の中で、一〇〇を超える血まみれの体に口塞がれ、埋まっているのだと思うと、気持ちが悪くなった。

胃を引きちぎるような吐き気としばらく格闘した後、ベッドに倒れ込み、短く、涙もなく泣いた。そして落ち着きを取り戻した。荷物を詰め、トランクの蓋を膝で押さえ、閉じた。誰かが入って来た。飛び起きて見ると、ノシレフスカだった。ボストン・バッグを両手に抱えていた。彼女はステファンに白く細長い品物を渡した。紙の束だった。

「玄関で見つけたわ」——相手が理解していない様子を見て、つけ加えた——「これ……これ、セクウォフスキが置いて行った物。先生、彼の世話をしていたでしょう……だから……これは彼の物だった」

ステファンは両手をだらりと下げたまま、立ちつくしていた。

「だった？」

「そう、だった……。今考えても仕方ありません。考えるべきじゃない」——医者らしい口調でノシレフスカは言った。彼はトランクを持ち上げ、紙の束を手にして迷った。そしておもむろにポケットに入

＊——この神父のドイツ語は単語を羅列しただけのような文字通り片言に見える。

れた。

「もう出発しません？」――娘*は訊いた。「リギェルとパヨンチュコフスキは泊まるって。先生のお友達も一緒。朝まで残るそうよ。ドイツ人たちが彼らの荷物を鉄道まで運んでくれる約束をしたとか」

「カウテルスは？」――目を伏せたまま、ステファンは訊いた。

「フォン・カウテルス？」――ノシレフスカは言葉を引き延ばすように訊き返した。「知らないわ。残るんじゃない？」

そして、相手の驚いたような目つきを見てつけ足した――

「ここはナチス親衛隊の病院になるそうよ。彼がティースドルフと話している時、耳にしたんだけど」

「なるほど」――とステファンは応じたが、こめかみから額にかけて痛みが現れた。

「先生は残るおつもり？　私はもう行きますけど」

「先生の……先生はずっと冷静なので感心していました」

「私もぎりぎりの状態だった。もう力尽きたわ。ここを離れたい。とにかくここを離れないと」――ノシレフスカは言葉を反復した。

「一緒に行きます」――突如ステファンは言った。いまだ夥しい死体の温かい手触りが残る器具に触れることはできない、まだ死者たちの息が顫えている、同じ空気を呼吸することはできないと感じながら。もはや向ける対象のない死者の眼差しが虚ろな空間に宙吊りになっている――そう感じながら。

「でも森を通って行きましょう。その方が道は短いし、車道はウクライナ人たちがパトロールしているとフツカが言っていた。できれば私は彼らと顔を合わせたくない」

一階に降りてきても、ステファンはまだ躊躇していた――「しかし彼らは……？」

彼の考えはノシレフスカにもわかった。

「もうお互いにこれ以上はそっとしておく方がいいのでは？　私たちはみんな、別の環境、別の人間を必要としている……」

二人は正門に向かった。黒々とした木立が、頭上で、冷たい海の表面のようにさやいでいた。月はなかった。木戸の前に突然大きな黒いシルエットが浮かび上がった。

「誰ダ？」

同時に懐中電灯の白い光が浴びせられた。繁みに反射した光で、ドイツ兵のフツカだとわかった。庭を巡回していたのだ。

「行ッテイイ」――彼は手で合図した。

二人は彼の傍を黙って通過した。

「ハロー！」――後ろからフツカが呼んだ。

二人は立ち止まった。

「アナタ方ノ最初ノソシテ唯一ノ義務ハ黙ッテイルコトダ。ワカッタナ？」――フツカは近寄りながら、脅迫するかのように言った。ここかしこに食い込む影の楔《くさび》によってずたずたにされた光が原因だったのか、白い歯の一角だけが仄見える暗い顔で、靴まで届く長い、波打つマントを着て歩くその姿には、何か悲劇的なものがあった。

大分たってからステファンが口を開いた――

「連中はああいうことをしていながら、どうして生きていられるんだろう……？」

夜空を背に黒い半円の輪郭を見せて傾く、碑銘の消えかかった石造のアーチを過ぎ、二人は真っ暗な道路に降り立った。と、また光が閃いた。フツカが懐中電灯の長い光を頷かせ、別れの挨拶をしたのだ

＊――唐突だがここで初めてノシレフスカに対して若い女を指す単語 dziewczyna が使われる。奇異だが、直訳した。

った。それから先は真っ暗闇だった。

二つ目のカーブを過ぎて、彼らは車道を外れ、泥だらけの足元に難渋しながら森をめざした。ほどなく彼らは、いよいよ密に、いよいよ丈高くなる一方の木立に包囲された。枯葉の中に足は沈み、まるで浅瀬を渡渉しているかのような音を立てた。二人は長い時間歩いた。

ステファンは腕時計を見た。もう森のはずれに出て、駅舎が見えてよい頃だった。しかし彼は黙っていた。二人はひたすら歩いた。重い荷物のせいもあって始終つまずきながら。ところが周囲の森は同じ音でざわめき、まれに枝を透かして明るむのは幽霊じみた夜の雲だけだった。

空一杯に枝を伸ばして天蓋をつくる楓（セイヨウカジカエデ）の巨木の下、ステファンは立ち止まった——

「道に迷ったな」

「そのようね」

「車道を行くべきだった」

彼は何とかして自分たちの位置を確認しようとしたが、無駄だった。闇はますます深まっていった。

全天を雲に覆われた空が背景となって、葉の落ちた枝が風の中を旋回していた。風が起こるたびにヒューヒューと小枝が嘯《うそぶ》いた。その甲高い声にシャーシャーという新たな物音がまぎれ込み始めた。雨が降りだし、二人の顔を濡らした。

疲労のあまり、行き悩みかけた頃、ほど近い所に何やら蝦蟇蛙のような形がふっと現れた——納屋か、農家か。木がまばらになり、二人は広々とした空間に出た。

「ここはヴィエチシニーキ村だ」——ステファンはゆっくりと言った。「道路からは九キロ、町からは一一キロ」

彼らは逆方向に大きな弧を描いたのだった。

「もう列車には間に合わないわ。馬でも見つかれば別だけれど」

ステファンは答えなかった。それは不可能なことだったからだ。農民たちは自分の家に閉じ籠って息をひそめていた。二、三日前、ドイツ軍が隣村を家屋の土台まで焼き尽くし、住民を一人残らず殺戮したのである。

二人は一軒一軒、戸や雨戸を叩いて回った。死に絶えたように、声一つしなかった。やがて犬が一頭、また一頭と吠えはじめ、その鳴き声は、彼らの歩みに従って高くなり低くなりながら執拗につきまとった。もう村はずれになろうかという頃、小さな丘の上の一軒家が見え、一つだけ窓が弱々しい赤い光を放っていた。

ステファンは戸が揺れんばかりに叩いた。そして望みを失いかけた頃になってようやく、背の高い、髪の乱れた農夫が戸を開けた。暗くてよく見えない顔に、白眼だけが光った。羽織っただけの上っ張りの下からこれもだらしなく着たシャツが覗いた。

「私たちは……ビェジーニェツの病院の医師ですが……道に迷ってしまって……一晩泊めてもらえないかと……」――と切り出しながらも、我ながら表現がまずいとステファンは感じていた。そもそも、何を言ったとしても、それは具合が悪かった。農民のことは知っているつもりだった。

農夫は入り口を体で塞いだまま、じっと立っていた。

「泊めていただけないでしょうか」――遠い木霊のような小声でノシレフスカも言った。

農夫は相変わらず動こうとしなかった。

「宿賃もお支払いします」――ステファンは言ってみた。

農夫は相変わらず何も言わず、動かなかった。ステファンは上着の隠しから財布を取り出した。

「あんたらの金は要らん」――農夫は出し抜けに言った。「あんたらのような者《もん》をかくまえば弾丸《たま》を喰らうだけだ」

「それはまたどうして。私たちはドイツ人たちの許可を得て出てきたんだ」――ステファンは言った。

「鉄道の駅に行こうとして、迷って……」

「鉄砲で撃つ、火をつける、殴る蹴る」――農夫は敷居を跨ぎながら、冷ややかに言葉を続けた。後ろ手に戸を閉め、庇のない所に大きな姿が出てきて立った。雨はますますひどくなってきた。

「どうすりゃいい、あんたらみたいな者《もん》相手に？」――遂に農夫は言った。

農夫は歩きだした。ステファンと娘はその後について行った。家の後ろに藁葺きの小屋があった。農夫が掛け金を外して戸を開けると、中からむっと饐えたような藁の臭いが漂ってきた。鼻をくすぐる塵にまみれた臭いだった。

「ここだ」――農夫は言った。それが癖と見えて、一定の時間黙った後につけ加えた――

「藁を敷いて寝るだ。ただ、藁束は投げんように」

「ありがとう」――ステファンは切り出した。「やはり受け取って貰えないだろうか……？」

彼は農夫の手に紙幣を握らせようとした。

「そんなもんじゃ弾丸《たま》は止められねえ」――不愛想に農夫は言った。「どうすりゃいい、あんたらみたいな者《もん》相手に？」――彼は同じことをもう一度、声を小さくして言った。

「ありがとう」――ステファンも藝なく繰り返した。

農夫はまだしばらくそのまま立っていたが、やがて言った――

「よう寝れ……」――そして戸を閉め、立ち去った。

ステファンは戸口近くに立っていた。まるで盲人のように両手を前に突き出した。もともと暗闇は苦手で、方向感覚が働かなかった。ノシレフスカは奥の方でごそごそしながら藁を地面に敷いていた。水の滴り落ちる、背骨に貼りつくように重く冷たい上着をステファンは脱ぎ捨てた。できることならズボンもそうしたかった。荷車の轅《ながえ》か何かにつまずき、危うく倒れそうになりながらトランクを探りあてた。懐中電灯を入れたことも思い出した。さらに手探りでトランクの錠を開け、懐中電灯と一枚のチョコレートも見つけ出した。スイッチを入れた電灯を地面に置いて、ポケットの中からセクウォフスキの紙の束を取り出した。女医は三和土《たたき》に撒いた藁の上に毛布を敷いた。ステファンはその端に坐り、紙を伸ばした。一枚目にいくつか言葉が並んでいた。水色の方眼の上で、まるで網にかかった小魚のように文字が身をくねらせていた。上の方に名前、その下に『わが世界』という題が読み取れた。ステファンは紙を裏返した。何も記されていない。次の紙にも何もない。めくっていっても、すべてのページが白紙だった。

「ない……」――彼は言った。「何もない……」

恐怖に襲われたステファンはノシレフスカを目で探した。彼女は身を丸めて坐り、羽織った毛布の下からブラウス、スカート、下着と、順に放り出していた。何もかもぐっしょりと重かった。

「何もない……」――彼は繰り返した。何か言おうとしたが、それは掠れた呻きに変わった。

「こっちへいらっしゃい」

彼は彼女の方を見た。両の掌で髪を絞っていた。髪は黒い波となって彼女の背後に流れた。

「考えることが」――彼は呟いた。「考えることができない。あの男の子。だがセクウォフスキは……。あれはスタシェク……あれは奴だ……」

「いらっしゃい」――彼女はさっきと同じようにやわらかく、睡たげに繰り返した。彼は驚いてまたそちらを見やった。毛布の下から裸の腕を伸ばし、彼女は彼を子供のように撫でていた。彼は突然彼女の方に身を傾けた。

「僕は破産した……親父と同じだ……」

彼女は彼を抱き、頭を撫でた。

「考えないの……」――彼女は囁いた。「何も考えないの」

彼は自分の顔の上に彼女の胸、彼女の腕が触るのを感じた。藁穂の中に転がり込んだ懐中電灯から、髪の毛を梳《す》くような陰翳のある光が発せられていた。消えかかりそうなそのゆらめきの外に、光は一切ないと言ってよかった。彼女の心臓のゆるやかで穏やかなリズムが聞こえた。誰かが古い、一番わかりやすい言語で自分に語りかけているようだった。相変わらずさまざまな顔が入れ代わり立ち代わり幻のように目に浮かぶ中、彼女の唇が弱々しく、呼吸も感じさせずに彼の唇に触れた。

やがて闇が二人にのしかかった。毛深い毛布の下、藁の立てる乾いた音と、彼に喜びを与える女があったが、それは普通の快楽ではなかった。どんな瞬間にも彼女は自らをも彼をも制御していた。そのため彼はやがて疲れ、欲情のかけらもなく、むしろ絶望の力をこめて、その美しい体をかかえながら、彼女の胸に顔をうずめて泣いた。それから気を取り直し、相手の方を見た。自分よりやや上の方に、彼女は仰向けに横たわっていた。その顔はおだやかだった。自分のことを愛しているかと質す勇気はなかった。まるで見知らぬ他人に食べ物の最後の一かけらを施すかのように自らを捧げる――それはもはや愛以上の何かだった。つまり自分は愛も知らなかったのだ。突如として彼は、自分が彼女のことを何も知らない、彼女の名すら覚えていないということに気づいた。彼はそっと囁いた――

「ねえ……」

だが彼女は彼の口を柔らかい、しかし厳しさに満ちた掌で塞いだ。そして毛布の端を持ち上げ、彼の涙を拭き取り、頬に軽く接吻した。

すると好奇心すら剝がれ落ちていった。その見知らぬ女の腕の中で、ほんの刹那、まるで生誕の瞬間のように白紙の、何も記されていない者となった。

クラクフ、一九四八年九月

挑発

Prowokacja

ホルスト・アスペルニクス著『ジェノサイド』

Horst Aspernicus, *Der Völkermord*

ゲッティンゲン　一九八〇年刊

第一巻『最終的解決、あるいは救済』 I. *Die Endlösung als Erlösung*

第二巻『異物としての死』 II. *Fremdkörper Tod*

ジェノサイドの歴史を論じるこの本を書いたのがドイツ人でよかったと誰かが言った。ドイツ人でない著者の場合、反独という迷惑なレッテルを貼られかねないという。まあ、そんなこともないだろうと私は思う。人類学者である著者は、第三帝国における「ユダヤ人問題の最終的解決」が有していたドイツ的性格は、ドイツ人大量虐殺犯にもユダヤ人犠牲者にも限定され得ないプロセスの副次的な部分に過ぎないと見ている。現代の人間については、おぞましいことがこれまでにもしばしば書かれてきた。しかし著者は、その人間というものをさらに、二度と立ち上がれぬまでに追い込んで片を付けようと決めたと見える。コペルニクスを連想させる名前のアスペルニクスは、天文学の大先輩と同じく、悪の人類学において、一大転換を成し遂げようと考えた。果たしてそれに成功しているかどうかは、以下に掲げる本書の要約に照らして、読者自身が判断するだろう。

遠大な構想にふさわしく、第一巻は動物界を支配する諸原理の考察から始まる。まずそこで扱われるのは、生きるために、本能によって他を殺す肉食動物だ。彼らは——とりわけ大型の肉食動物は、自らの必要と、下位の片利共生生物たちの必要とを超えてまで殺すことはないということが強調される。周知のように、どんな肉食動物にも、それが食べ切れないおこぼれにあずかる、より弱い動物から成る、いわば家来がいるのだ。非肉食動物が攻撃的になるのは発情期中に限られる。もっとも、メスをめぐって競争関係にあるオス同士が戦い、一方が死ぬというような例外的ケースもある。利害関係もなく殺すというのは、動物界ではいたって稀《ま》れなことなのだ。それでもそういうケースが見られるとすれば、一番頻繁なのは、家畜化された動物の世界においてである。

人間の場合は違う。種々の年代記が記録している通り、最古の時代から、軍事的衝突は負けた側に対する大量虐殺へとエスカレートした。誘因は一般に実際的なもので、敗者の子孫を根絶することで、勝者は将来起こり得る復讐から身を守った。古代文化においてはそうした鏖殺《おうさつ》がごく大っぴらに、むしろこれ見よがしに行われていたことは、勝者の凱旋行進に、切断された四肢や生殖器を盛った籠がいくつも、戦利品の展示として、参加していたことを見てもわかる。また古代には、勝者のそうした権利を問題視する者も誰一人としていなかった。敗者を殺すか、さもなければ虜囚として生け捕りにするか、それは純粋な打算によった。

アスペルニクスは、豊富な資料に基づき、戦争のルールに対して、騎士道法典などに見られるような制限が段階的に加えられてゆく様子を示しているが、そうした制限は内戦では守られなかった。というのも、内部にいる敵対者の残党の方が、外部の敵よりも危険だったからである。このことは、カトリック教会がなぜカタリ派をサラセン人よりも厳しく弾劾したかをも説明してくれる。

緩やかにではあるが制限が増えていった結果は、最終的にハーグ条約のような協定となった。その本質は、軍事的勝利と敗者の殺戮とは恒久的に切り離されるべきだとしたことにある。前者はいかなる場合でも後者を帰結させてはならないという、二つの事柄の峻別にこそ、軍事的紛争の倫理にも生じつつあった進歩があると人々は考えるようになったのである。ジェノサイド的行為は近世になっても発生したが、そこにはもはや古代的な誇示も、行為者たちのあからさまな打算もなかった。ここでアスペルニクスは、さまざまな世紀においてジェノサイドを正当化するためにどのような合理化が持ち出されてきたかという考察に移る。

キリスト教化された世界においては、合理化は日常茶飯事となった。もちろん、改めて付言するまでもなく、植民地主義的遠征でも、アフリカの奴隷売買でも、あるいはそれ以前の聖地解放にせよ、南米インディアン諸国家の分断にせよ、ジェノサイド自体が大義として掲げられていたわけではなかった。それらの目的はあくまで労働力の供給であり、異教徒への宣教であり、海外領土の獲得であって、原住民殺戮も目的達成のための障害の排除を意味したに過ぎない。しかしジェノサイドの年表を仔細に見ると、正当化の欲求と比較して、動機的要素としての打算性は低下したという現象が、つまり、加害者にとって、物質的利益に対する精神的利益の優位性が高まったという現象が、そこには看て取れる。ヒトラーによるジェノサイドの先駆けを、アスペルニクスは、第一次世界大戦中のトルコ人によるアルメニア人の虐殺に見ている。というのも、そこには近代的なジェノサイドの特徴がすべて揃っていたからだ。それはトルコに何ら実質的な利益をもたらさなかったと同時に、動機においてすでに欺瞞に満ち、虐殺の事実自体も、世界に対して必死に隠蔽された。著者によれば、すぐれて二〇世紀的だったのはジェノサイド自体ではなく、それが完璧に捏造された根拠に基づき、経過においても結果においても能う限り隠匿された殺戮だったということなのである。犠牲者からの略奪がもたらす物質的利得は大概の場合ごくごく僅かで、それどころかユダヤ人とドイツ人の場合のように、まったく逆の効果に終わることもある。ユダヤ人殺戮は、ドイツの国家的バランス・シートで見れば物質的にも文化的にも損失だったことは、戦後ドイツのさまざまな論者が膨大な実証的資料を用いて証明した。従って、歴史的には出発点とは完全に状況が逆転したのだ。軍事的にせよ経済的にせよ、現実のジェノサイド実行から得られる利益は迷妄に過ぎなくなり、だからこそまったく新たな正当化の必要が出てきた。仮にもそうした新たな正当化が、誰でも納得できる論証に成功したならば、それに基づいて遂行される大量の死刑宣告も、あえて世界の目から隠す必要はなかったはずだ。だが実際にはどこでも虐殺は隠蔽された。どうやらそれらの正当化は、ジェノサイドの闘士に対してすら充分な説得力を持たなかったと見える。これは事実に照らせば反駁の余地ない、瞠目すべき分析結果だとアスペルニクスは述べている。残された資料が物語るところに従えば、ナチズムはジェノサイドにおいて次のような等級原則を守っていた――征服した民族の中でも、たとえばスラヴ人のように、あたかも間引きをするかのように殺戮した民に対しては処刑を公に告知することもあったが、完全な撲滅を図ったユダヤ人やジプシーに対しては、処刑に関する同様の告知を行わなかった。殺戮がトータルなものになればなるほど、それだけ秘密にする度合いも増したのだった。

アスペルニクスは、こうした一連の現象の研究にさまざまな分析方法を用いているが、その結果、いよいよ深いジェノサイドの動機が明らかにされる。まず彼は、ヨーロッパの地図上で、虐殺の秘密度が最大を示す極から公開度が最大の極に至るヴェクトル、つまり恥ずべきものとしての虐殺から恥じることなき虐殺に至るヴェクトルが、西から東に向かう勾配を形成することを示す。ドイツ人は、西ヨーロッパにおいては局地的に、秘密裡に、小規模かつ段階的に行ったことを、ポーランド占領地域を境に、つまりポーランド総督府から東方においてはその規模を増大し、乱暴に、ますます非情にかつ大っぴらに行った。しかも東にゆけばゆくほどよりあからさまに、虐殺の即時実行ということが標準化してゆく。ユダヤ人の場合、ゲットーに隔離したり、絶滅収容所に送ることなく、住んでいるその場で殺すということが頻繁に行われた。東では人目を憚ることなく行っていたことを、西では遠慮がちにしか行わなかったジェノサイド実行者たちの偽善が、こうした地理的差異となって表れたと著者は考えている。

「ユダヤ人問題の最終的解決」という計画は、実はその萌芽的形態において、まったく同じ結果を目標としながらも残虐さの程度において異なるさまざまなヴァリアントを密かに内包していた。男女を分けてゲットーなり収容所なりに入れて分離するという、第三帝国にとって軍事的にも財政的にもより有利であると同時に流血を伴わないヴァリアントは実現可能だったはずだというアスペルニクスの指摘はもっともだ。自分たちの行動基準として倫理的ファクターを考慮しなかったドイツ人だったとしても、少なくとも自らの利益は考慮して然るべきだった。軍需に応じて調達する（ゲットーから絶滅収容所へユダヤ人を輸送する）鉄道車両の数を相当程度減らし、絶滅処分に従事する部隊数を削減し（ゲットーの監視が要する人員ははるかに少なくて済んだはずだ）、死体焼却炉、人骨粉砕装置、ツィクロンその他、ジェノサイド目的の手段を製造しなければならない産業に対する負荷も軽減することを可能にするヴァリアントには、それなりのメリットがあったに違いなかった。飢餓、病気、強制労働による消耗などによって、実際に各地のゲットー人口が目減りしていった速度を考えれば、分離されたユダヤ人が生存できたとしてもせいぜいが四〇年程度だっただろう。そのような間接的ジェノサイドの速度は、一九四二年初頭の段階で「最終解決」の作戦本部もすでに把握していたし、作戦を実行に移すにあたって、本部は依然としてドイツの勝利を確信していたとしてもおかしくないので、ただただ殺したいという意志を除けば、いかなる〔合理的な〕動機も血まみれのやり方を肯定しているわけではなかった。

残された資料が明らかにするところによれば、ドイツ人は、たとえばX線の照射による断種というような、他の方法の可能性も研究はしていたが、結局虐殺を選んだのである。ドイツの歴史にとって、ドイツ人の罪の重さを量ろうとする者にとって、戦後の国際政治にとって、ユダヤ人排除のために具体的にどの方式が選ばれたかというのは、まったく意味を持たない、なぜならば、たとえどんな方式がとられたとしても、第三帝国の戦争犯罪は極刑にも値するものだったからだ、とアスペルニクスは語る。それにまた、ある民族を強制不妊手術や男女分離によって根絶やしにした者が、その民族を直接殺戮した者より罪の軽い犯罪者だとは言えない。しかし犯罪心理学にとっては、ヒトラー主義の分析にとって、人間とは何かを考える理論にとっては、そこにある違いは決定的だ。ヒムラーは協力者たちに対して、ドイツ国家にとっての脅威を恒久的に排除するためにユダヤ人の根絶は必要なのだと説いて、虐殺を正当化した。だが、よしんばそのような脅威の存在が仮定できたとしても、間接的ジェノサイドこそ、物質的、技術的、組織論的に最も効率の高い選択肢なのである。つまりヒムラーは仲間に——恐らくは自らにも——嘘をついていたのだ。この問題は、やがて各地の戦いでドイツ軍を敗北が悩ませ始め、大規模な退却が発生し、大量処刑の痕跡を消すべく死体の焼却を試みだした、後期の情勢の展開とともに隠蔽されてしまう。もし仮に、その段階で初めて流血のジェノサイドに至ったのだったとすれば、勝利を収めつつある側からの復讐に対する恐怖が彼らを殺戮に駆り立てたのだという、ヒムラーやらアイヒマンやらの言い分にも真実味があると信じられたかもしれない。しかし現実はそうでなかった以上、ヒムラーは、ユダヤ人を根絶すべき寄生生物と同列視すると宣言しながらも嘘を言っていたことになる。なぜならば、寄生生物を退治するのに、その生物に故意に苦痛を与える者などいないからである。

一言で言えば、犯罪遂行の結果得られる利益だけではなく、犯罪を遂行することそのものから得られる満足が目的だったのである。一九四三年の時点でも――あるいはそれ以降も――ヒトラーと幹部はドイツの勝利を信じていた可能性がある――「勝者を裁く者はいない」のだ。その意味で、ジェノサイド行為がその遂行のさなかにあっても完全に肯定されていなかったのはなぜか、極秘扱いの文書においてさえそうした行為が Umsiedlung すなわち「移住」などという符牒を使ってカムフラージュされていたのはなぜか、説明することは非常に難しい。アスペルニクスは、こうした二枚舌的現象の中に、本来折り合いのつけられないものの折り合いをつけようという努力が現れていると言う。ドイツ人は高貴なアーリア人であり、一流のヨーロッパ人であり、英雄的な勝利者であると同時に、無防備な民の殺害者となる外なかった。前者の理想は宣言され、後者は実践された。その結果、**Arbeit macht frei**〔労働は人を自由にする〕だの Umsiedlung だの、あるいはまさに Endlösung〔最終的解決〕といった種類の、犯罪的婉曲語法とでも言うべき言い換えや偽装語の分厚い辞書が出来上がった。著者によれば、この欺瞞にこそ、ヒトラー主義者の願望とは裏腹に、キリスト教文化へのドイツの帰属が図らずも露呈していることになる。ドイツ人にはキリスト教が骨の髄まで浸み込んでいるので、自身が福音書の枠を逸脱したいと本気で願っていても、どんな場合にもそう実行できるとは限らない。この文化圏では、すべてのことが行えるようになっても、すべてのことが言えるようには簡単にはならない、というのが著者の説だ。『最終的解決、あるいは救済』と題されたホルスト・アスペルニクスの著書第一巻には、第三帝国のジェノサイドという史実は、戦勝国が精神的に敗戦国ドイツの息の根を止めるために捏造したものであり虚偽だと声高に主張しようとする近年の動きの概観が含まれている。しかし、夥しい記録写真、供述調書、ヒトラー陣営の残したアーカイヴ、あるいは頭を剃られた女性たちの毛髪、殺された障害者たちの義手義足、殺された子供たちが残した玩具、人々の眼鏡、焼却炉の釜跡等々、山のように堆積した証拠のすべてを否定する――そういう活動、そういう試みが狂気の徴候でないとしたら一体何なのか？　これら動かしがたい犯罪の証拠を捏造と名指すことが、はたして狂気に冒されていない者には可能だろうか？もし問題が単なる精神医学的な問題に還元され得るとすれば、ナチズムの擁護者が本当に狂人だとすれば、アスペルニクスの本は無用になるだろう。だが彼は、アメリカのネオナチ党構成員に関するアメリカでの研究を調べ、ネオナチ主義者の中に精神病質者が含まれる頻度はその他の住民に比べて高いとはいえ、全体として彼らの精神的健常性を否認することはできないという、専門家の診断を引用している。従って、問題は精神医学的範疇に限定されるとして片付けることができる性質のものではなく、その究明は人間を論じる哲学の責務となる。ここに至って読者は、ハイデッガーのような世に尊ばれる哲学者たちを狙い撃ちにした著者の激越な論難に立ち会うことになる。著者は、ハイデッガーが、ほどなく離党することにはなるものの、ナチズムの政党に所属していたことを非難はしていない。ナチズムがジェノサイドに帰結することを三〇年代に予測するのは容易でなかったというのが情状酌量の根拠である。人の誤謬も、もしその人が誤った姿勢をやがて変え、その転向が要求する行動を実践するに至るならば、赦《ゆる》すことはできる。アスペルニクスは、自分は基本においてミニマリストだと称している。ハイデッガーにも、あるいはどんな同種の人間にも、迫害される人間たちを擁護すべく立ち上がる義務があり、そうする勇気に欠けた場合は、その人間を糾弾しなければならないとは主張しない。人間誰もが英雄的行為ができるように生まれついてはいないのである。肝心なのは、ハイデッガーが哲学者だったということである。人間存在の本性を研究する者が、ヒトラーたちの犯罪を黙ってやり過ごせるはずがないのだ。もしも哲学者が、ナチスの犯罪などは存在の「低次元の」問題に過ぎず、（国家権力が膨張させてしまった）規模の点においてのみ例外的な、しかしあくまで単なる犯罪とみなすのであれば、あるいはまた、本来犯罪学者が研究すべき対象などに自分の研究で優先的な位置を与えるわけにはゆかない、日常的な犯罪などは自分の研究対象ではないというのとまさに同じ理由で、扱うには値しないし、扱えば沽券に関るとみなすのであれば、その哲学者は盲目か、嘘つきか、どちらかだ。もしもこの犯罪が持つ犯罪学を超えた意味に気づかないのだとすれば、彼は精神的盲人、つまりは愚者ということになるが、一本の髪の毛を四本に裂く精緻な議論のできる哲学者が愚者であるはずもない。だがもし彼が自らを偽って沈黙しているのであれば、それもまた自らの職務に対する背信である。いずれにしても彼はその犯罪の共犯者だということになる。もちろんそれは犯罪の計画における共犯でも実行における共犯でもなく、そのような告発をするとすれば訴訟狂的中傷行為の謗《そし》りを免れない。彼はその犯罪を格下げし、無意味化し、より重大とみなした他の事柄のはるか欄外に追いやり、仮に辛うじて居場所を与えたとしても、存在の階層の中でも辺縁の場所しか割り当てず、いわば犯罪を放置したことによって共犯者になったのだ。もし、死に至る病の徴候を見過ごすような、あるいはその病気自体について、その症状や帰結について口を閉ざして語らぬ医者がいたとすれば、それは藪医者か、それとも病気に加担する者かいずれかであり、tertium non datur〔第三の可能性は存在しない——ラテン語〕。人間の健康を専門とする者が致命的な病気を無視することも研究領域から排除することもできないのと同様、人間の存在を専門とする者は、その範疇からジェノサイドを除外することはできない。もしそうするとすれば、彼はそのことによって自らの仕事を無意味化することになる。ハイデッガーという名の人間がナチズムを個人的に支持していたということに対する非難はこれまでもあったが、この領域でまったく何も語ることのない彼の著作に対してその非難が向けられてこなかったのは、そこに同罪者たちの密約が存在することを証している——これが著者の意見だ。人間存在の範疇においてこの犯罪が占める等級を低く見積もることに同調する、すべての人間が同罪だと言うのである。

ナチズムはすでに多くの解釈を生んできた。『ジェノサイド』の著者は、それらの中でも一般に普及している三つの類型——ギャング説、社会経済説、ニヒリズム説を取り上げている。第一の説明は、ナチスによるジェノサイドを強盗殺人的行為と同一視するが、ニュルンベルク裁判が衆目を集め、一致させた方向がまさにこれだった。というのも、戦勝国によって構成された法廷にとっては、一般的な犯罪を審理する伝統的な裁判手続きに則《のっと》った起訴状によって意思疎通を図るのがもっとも容易だったからである。しかも堆《うずたか》く積み上げられた凄惨な物的証拠の存在自体が、自然と訴訟をそうした軌道に乗せた。社会経済的な説明は、ヴァイマル共和国の弱点、経済危機、左翼と右翼の板挟みとなった大資本が負けた誘惑――といった諸事情を、ヒトラーの権力奪取を可能にした一連の原因だとする。民族社会主義をニヒリズムの勝利とみなす三番目の解釈が、トーマス・マンのようなドイツの偉大な人文学者たちをも魅了したのは興味深い。マンは、ナチズムの中にドイツ史における「もう一つの声」として、悪魔の誘惑というモチーフを聴き取り、『ファウストゥス博士』ではそれを中世から始めて、ニーチェの背教を経て二〇世紀にまで導いた。

これらの解釈はそれぞれごく部分的にしか正しくない。ギャング説は、ナチズムの深層に巣食う欺瞞を等閑に付している。ギャングたちは謀議して犯罪を美化するための嘘や婉曲語法に訴えるということなどしない。ムッソリーニは大量虐殺を唆《そその》かさなかった以上、イタリアのファシズムとナチズムとの間に横たわる無視しがたい差異があったが、社会経済的解釈はそこまで説明し得ない。ドイツ人をファウストに、ヒトラーを悪魔に見立てるマンの発想はあまりに大雑把だ。ギャングとしてのナチというのが問題のあまりの矮小化、通俗化だとすれば、悪魔の手先としてのナチは大時代な陳腐に落ちる。ナチズムの真実は、これら二つの対照的な説が望むほど、薄っぺらくもなければ、高尚なものでもない。ナチズムの研究は、互いにある部分では合致し、別の部分では背反する多様な診断の迷路に入り込んでしまった。それというのも、それが犯した犯罪が表面的には通俗的でありながら、深層に潜むその意味は捉えがたく厄介なものだからだ。しかし一群の成り上がり、俄政治家たちが運動を始めた当初、彼らはその深い意味に触発されてそうしたわけでもなく、やがて一大国家の全機構を掌握した後も、それを自覚していたわけでもなかった。欲に目が眩んでヒトラーに付き従っただけの成り上がり、偽善者連中に自己省察の能力などなかった。周知のように quos deus perdere vult, dementat prius（「神はその滅ぼさんと欲する人々をして先づ狂はしむ」*）だ。ヒトラーの侵略的領土拡張構想に初めのうち狂気を感じさせるものはなかった——時がたつにつれてそうなったのであり、そうならざるを得なかったのだ。国際的な力関係を知る総司令部はロシアとの戦争を望んでいなかったが、ヒトラーがたとえもし東方で勝利したとしても、第三帝国の最終的な敗北はより一層悲惨なものとなる外なかっただろう。一般論としても、現実のさまざまな選択肢を勘案することには常に大きな不確定性が伴うものだが、当時の世界地図に描かれた盤面は、恐らく大戦に参加するすべてのプレイヤーたちが従わざるを得ない、ある必然的論理に基づく勢力分布を示していた。ヒトラーの東方での勝利は、日本がドイツの加勢を得る前に日本に対して核攻撃を仕掛けようとするアメリカの決断を早めたかもしれなかった。その結果、大陸間で対立するドイツとアメリカの核軍備競争が始まり、その中で圧倒的に相手を引き離していたアメリカは、核兵器を使って一九四六年あるいは四七年にも、つまり、ヒトラーによって壊滅的な打撃を受けていたドイツの理論物理学が自らの武器庫に核兵器を導入できずにいる間に、ドイツを放射能で滅ぼさざるを得なくなっていただろう。原爆が登場した以上、そしてそれをドイツ製核爆弾ができあがる前にアメリカが使わなければ自殺行為となる以上、両大陸間での休戦協定や、世界を二つの勢力圏に分断するというようなことはあり得なかった。もし一九四四年七月二〇日のヴァルキューレ作戦が成功していたとすれば、ドイツ荒廃の規模は一九四五年降伏後のそれより小さかっただろうし、仮に無条件降伏に至らなかったとすれば、

*——ソフォクレス『アンティゴネー』中の句（620）。『ギリシア・ラテン引用語辞典』（田中秀央、落合太郎編、岩波書店一九七七年刊第一二刷六五八頁参照）。

四六年か四七年に、ドイツは放射能まみれになって灰燼に帰していただろう。誰がアメリカの大統領になってもそうした挙に打って出る外なかった。なぜなら、ヒトラーのようにあらゆる講和を蹂躙し、かつヨーロッパとアジアの資源をすでに掌中に収めた敵とは、誰も和睦を結ぼうとするはずがなかったからである。これは、ドイツの軍事的勝利が大きければ大きいほど、大戦最終章におけるその破局もまた大きかっただろうということを意味する。破局はヒトラーの構想自体に、いわば予定調和的に内包されていた。その領土的野心が現実的な限界を持たなかった以上、効果的戦略が自殺的戦略に変質することは単なる時間の問題だった。底意地悪い運命の神はヒトラーに物理学者たちの追放を命じ、やがて合衆国で彼らの頭脳と手によって原子爆弾が創造された。彼らはユダヤ人か、さもなければいわゆる「白いユダヤ人」（後段に出てくるハイゼンベルクなどもそう呼ばれた）、つまりナチズムと相容れない信条ゆえに迫害された人々だった。これを見てもわかるのは、人種主義的で、また結果としてジェノサイドを惹き起こしたナチスの教理は、ドイツの破産という観点からしても、無関係でも偶然のことでもなかったということだ。まさにこのこと自体によってドイツの領土拡張は自滅の道を辿ったのである。第二次世界大戦全体の中に占めるジェノサイドの位置をこのように定めた上で、アスペルニクスはその内在性について議論を進める。

犯罪は――彼は断じる――もしそれが規範からの単なる散発的な逸脱ではなく、人間の生と死を造形する規則だとするならば、それは、文化と同様の自律性を獲得する。予《あらかじ》め前提された規模に応じて、それは、労働力と生産手段を必要とし、死の専門家集団としての熟練者、技師、労働者らを自前で養成せざるを得なかった。だがかつて何人《なんぴと》もこれだけの規模で犯罪を遂行したことがないだけに、それは、何もない所でゼロから発明し、創造しなければならない一大事業だった。その規模は想像を絶した。この産業化された犯罪に対して、罪と罰、記憶と赦し、悔悛と復讐といった伝統的な枠組みがまったく役に立たないことは、ナチズムが身を浸した死の海を前にして誰もがおのずと悟ることであり、「何百万、

何百万、何百万と殺された」というような言葉の意味は、殺人犯であれ、無辜の人々であれ、誰一人として思考によって完全に了解することはできないのである。そしてまた、この犯罪の証人たちの証言を読む作業ほど絶望的なこともなく、精神をこれほど巨大な虚無感と毒のある徒労感とで満たすこともない。そこに書かれているのは、これでもかこれでもかと反復されるまったく同じモチーフであり、地面に掘られた穴や溝、焼却炉、ガス室に追い立てられて向かう、無数の人間の足取りだ。意識は、それらを読むことで蘇る亡霊たちの果てしなくつづく隊列を追い払おうとする。堪えられる者などいない。読者がそうした挫折に至るのは、憐れむ力の機能不全からではなく、最高度の疲憊からであり、本来どのような捉え方、どのような見方をしても、ベルトコンベアを眺めるように単調、リズミカル、事務的、退屈であるはずのない殺人が単調であることから来る、神経を麻痺させるような疲労のせいなのだ。何百万という無防備な人間が殺されたということが何を意味するのかは、誰にもわからない。人間が身体的、精神的に自らの能力を超えるような何事かをなしてしまった時には必ずそうであるように、事は神秘となった。それでも我々は、気が遠くなるようなこの領域に踏み入らねばならない。それも犠牲者を追慕してではなく、生者を思ってそうするのである。このドイツ人の博士、人類学者にして歴史家は、ここでこう語りかける――「読者諸君、諸君の思考は轍《わだち》にはまって出られないようだ。私のように語る者は、お説教好きな道徳家に違いないと決めつけられるだろう。人々の良心を揺さぶり、突ついて二度と安らげぬように企てる者、傷痕が疼《うず》かぬよう、文化が申し訳程度に追悼記念日を分泌しただけで自己防衛の殻に閉じこもることをさせぬよう、事を荒立てる者と指さされることだろう」――つまりそんな説教師として、著者が傷の瘡蓋を掻きむしるのも、そうすることで、新たな燔祭に至らぬようにできたらという願いがあるからなのだ。しかし書評子はそんな無邪気な幻想に身を委ねられるほど逆上してもいなければ、清らかな心の持ち主でもない。敗戦後、ドイツ人は三様の反応を見せた。一部は、トーマス・マンのように、自分の民族がやってしまったことを受け入れ、その恥は人類からドイツを一千年分け隔てる壁となるだろうと覚悟したが、それは国外移住者を中心とする数少ない声だった。大多数は、自分は虐殺とは共犯関係になかった、協力はしなかった、あるいは知らなかったと言い、中でも正直者は、うすうす知ってはいたが恐怖に負けたと告白して、何らかのアリバイを隠れ蓑にするか、犯罪からわが身を切り離そうと努めた。そうした声にはことごとく否定の調子が聞き取れた。知らなかった、参加しなかった、できなかった、なす術がなかった——つまり、すべては他の誰かの所業だということである。そして、少数派ではあるが第三のグループは、懺悔を実践し、悔悛の行によって詫び、赦しを請うことで、何とかして加害の埋め合わせをし、犠牲者の生き残りと連帯しようとした。しかし、そもそもこの問題で、誰かが赦しを与え得る権利を、罪を免じる権利を持っているという彼らの信念自体、誰かしら個人、グループあるいは団体、はたまた政府が、ドイツ人とその犯罪の間に立つ仲裁人になり得るという彼らの信念自体が、気高くもあり間違ったものでもある。そんな高貴な狂気に感染した人間は、ジェノサイドを生き延びた者の中にもいた。

ある者は糾弾し、ある者は言い逃れ、またある者は贖《あがな》おうとした、犯罪そのものは一体どうなったのか。それは結局、分析的考察によって徹底的に究明されることのないまま、今日に至っている。死はあらゆる死者をひとしなみに遇する。昨日死んだ者も何千年前に死んだ者も等しく無である以上、第三帝国の犠牲者も、シュメール人やアマレク人と同じような非存在である。だが今日と往時とではジェノサイドの意味するところが違う。問題は、遂行された犯罪が人間にとって持つ意味である。それは犠牲者の肉体とともには分解されず、我々の内部に残留し、我々が認識すべきものとして存在しつづけている。たとえそれが犯罪予防の手段としては必ずしも効果的でないということになったとしても、それを認識することは我々の義務だ。なぜなら人間は、実用的な物事に役立ち便利である以上に、自らについて、自らの歴史や本性について知らねばならないからだ。それゆえ私の問いかけは、良心に対してではなく理性に対してなされる。

アスペルニクスは引き続きネオナチズムを論じる。もしそれが、全貌を包み隠さぬ綱領とともに再生してきたものだったら、あらゆる種類の逸脱、あらゆる偶像破壊を大目に見るスーパー自由主義と無関心の時代にあっては、さほど驚くべきことでもなかっただろう、と彼は言う。殺人と拷問こそが生を最高度に充実させる源泉であると、規範の凝り固まった時代にサド侯爵がたった一人で唱える勇を奮えたのであれば、極端な志向や主張には事欠かない今日、同じような主張を唱える過激な集団があっても何ら不思議ではない。しかしジェノサイドをおおっぴらに奨励する声はついぞ現れなかった。これこれしかじかの特定の人間、社会の害獣、搾取者、ならず者、邪悪な人種や宗教、富に穢《けが》れた者——と名指された人間たちを禁治産者と宣告し、隔離して後、しかも乳呑み児もろとも、焼き殺す、毒殺する、あるいは首を刎ねることをめざすと宣言する者、大量虐殺という方法によって目的を完遂しよう——そんな運動を組織すると宣言する者はいない。狂気に類する異常に満ち溢れたこの世界中どこを見ても、そういう綱領を堂々と掲げる者はいない。人を奴隷とし、殺害する行為が喜びをもたらすものであり、喜びは多ければ多いほどいいわけだから、能う限り最大の数の犠牲者を最長の期間にわたって痛めつけることができるように、そうした行為は組織論的にも技術論的にもいよいよ改善されてゆくべきだと唱えるような者は、なおのことといない。そうしたスローガンを掲げた反ベンサム*主義者は今のところ我々の前に姿を見せていない。だが、だからと言って、そのような欲望がどこかで密かに孵化《ふか》していないという結論にはならない。下手人には何ら実利をもたらさないような、利害関係を抜きにしたものとして遂行される犯罪にせよジェノサイドにせよ、現代それを実行しようとすれば、必須となるのが欺瞞である。

*——「最大多数の最大幸福」の実現をめざすべきだとする功利主義を唱えたジェレミー・ベンサムのこと。

虐殺の前提条件としての欺瞞には多くの形態がある。それについては、まず第三帝国の虚妄を知ることから始めなければならない。そしてその後に、いわばその転移（医学用語）が現在も見つかるかどうか、考えることになる。

ナチスは政治における新参者であった。よじ登って到達した高みでは、その世界の権威から認められようと絶えず渇望する成り上がりだった。人の目がある限り、成金ほど世間体や因習を気にする者はいないが、ナチスもまさにそうだった。そのことは彼らの主だったリーダーを見ればわかる。しかし彼らを適切に評価するには、彼らが犯した犯罪に照らして観察する必要がある。ヒトラーは彼らの犯罪を代表する人物でありながら、権力がもたらすさまざまな官能的快楽を顧みぬ禁欲的な菜食主義者であり、動物愛好家であり、いわば総司令部の内部に隠遁した行者であった。現実が彼の妄想と袂《たもと》を分かってゆくに従って、彼は次第に変貌を遂げたのだった。ヒトラーが本当に信じていたのは自分だけであり、神の摂理について語ったとしても、それは、成り上がりとして彼が最後まで脱しきれなかった、世間体、因習的観念に対する迎合がそうさせたにすぎない。そもそもヒトラーは、互いに親和性に欠ける複数の性質が結合された極めて珍しい人格だった。彼は自分の取り巻き連中が犯す些細な、しかし忌むべき逸脱行為に対して心底軽蔑の念を懐いていたが、自分自身が姦計詭計を弄するような卑しい性向の人間ではなかったこともあって、そうした部下の脱線もごく素直に大目に見ることができた。彼はまた官能的な満足は求めず、下劣な趣味も持たなかった――しかしそういう普通の良識家だったのは、個人的な生活圏内だけのことである。権力闘争ゲームにおいては、あるいは猛り狂う戦争にあっては、虚言家であり、策謀家であり、恐喝犯であり、冷酷漢であり、殺人狂だった。まさにこうした非調和的な特性ゆえに、今日彼の伝記を書こうとする者は克服しがたい困難に直面する。ヒトラーは犬たちに対して、女性秘書たちに対して、給仕や運転手たちに対して、本当にやさしかったが、部下の将軍たちは、まるで食用の豚を肉屋の鉤《かぎ》に吊るすように平気で処分させ、何百万という捕虜を飢え死にさせて何とも思わなかった。それは人が思うほどに説明不能な事柄ではない。誰でも、狭い日常生活でどのように自分がふるまうか、つまり他者にどう対しているかは自覚できる。しかし、世界と対峙した時、自分に何ほどのことができるか、わかる者がいるだろうか。だからと言って、すべての人間の中にヒトラーが潜んでいるというのではない。ただヒトラーは歴史に相対《あいたい》した時、私的な自分の真っ当さを脇に置き、見せなかったのだ。それは所詮いたって常套的で小市民的な真っ当さに過ぎず、政治の世界ではまったく役に立たないものだった。それはあくまで世間体を重んじる人の好さであり、道徳原則に発するものではなかった。政治において、ヒトラーは完全に唯我独尊だった。道徳原則などは持ち合わせていなかったか、あるいは自らの巨大なヴィジョンに照らせば取るに足らないものでしかなかった。そしてそれらのヴィジョンが次から次へ、累々と積み上がる死体の山に変貌していったのである——この過程をカネッティほど見事に描いたものはいない（「シュペーアのヒトラー」（『言葉の良心』（一九七五年）所収））。ヒムラーは犯罪の教師であったと同時に、その独学者でもあった。その犯罪はかつて教授されたことのない新しい科目だったからだ。彼はヒトラーを信じていた。ルーン文字を、さまざまな徴《しるし》、兆しを、ユダヤ人殲滅の深刻なる必然性を、「レーベンスボルン」（Lebensborn 生命の泉。ナチ親衛隊が設置した養護ホーム）において背の高い金髪北欧人種を蓄養する必要性を、自ら率先して範を示す必要を信じていた。だからこそ気分が悪くなるのをおして死の収容所を視察し、そうすべきだという気が一瞬してハイゼンベルク*を処分しようと思ったのだ（尤も、辛うじてそうはならなかったが）。この種の人間はえてして頭が鈍く、往々にして自ら利己的だという自覚を欠いた利己主義者であり、社会の下層、永遠の周辺層から出身し、これといって具体的な才能はなく、何に

*——ヴェルナー・カール・ハイゼンベルク（Werner Karl Heisenberg, 1901-1976）。ドイツの理論物理学者。彼の母とヒムラーの母は知り合いだった。

おいても抜きん出ることのない、従って平均的な人間だったにも拘らず、夢にも見なかったほど存分に活躍できるチャンスに恵まれたのだった。それを助けたのが、千年を超える伝統を持つ国家の立派な役所、裁判所、法典、行政機構とその建造物、勤勉な官吏たちの大群であり、鉄壁の総司令部だった。服を仕立て、黄金で身を飾り、出世を重ねて彼らが這い上がった高所では、殺人は歴史的正義の下す判決となり、掠奪は戦の誉《ほま》れに変わった。そうした言い換えによって、自らのあらゆる唾棄すべき行いと怪物性を無罪化し、高邁化することが可能となった。そんな錬金術のような奇蹟が一二年間続いたのである。ナチズムがもし勝利していたならば――アスペルニクスは語る――それは「ジェノサイドの法王庁」となり、征服した世界中の誰にも疑義を挟むことが許されない、いわば犯罪における無謬性を自らに賦与していたことだろう。

さまざまな抑制から解き放たれ、噴出した、しかし最終的にはそれより大きな力によって粉砕された、赤裸な力としてのナチズムが沈んでいった爆裂孔――。その底に沈殿し、凝固した誘惑がある。そこには、そして人間焼却炉の簀の子にこびりついた灰の中には、人間の持ち得る最強の願望――蠱惑《こわく》の亡霊がいまだに生き永らえている。暗殺者の熱に浮かされたような戦慄ではない、義としての、聖なる責務としての、犠牲的な苦行としての、称賛の的たる殺戮。だからこそ、der Endlösung der Judenfrage〔ユダヤ人問題の最終的解決〕のための流血を伴わないあらゆる方法も却下されねばならなかった。だからこそ、ナチズムと被征服民との間にはいかなる交渉も、協定も、休戦もあり得なかった。戦術上好ましいと考えられる手加減や自己抑制の余地すらなかった。つまるところ、「単に」Lebensraum〔生存圏〕が問題だったのではなく、スラヴ人はドイツ民族に奉仕し、ユダヤ人は子孫を持たずに死に絶えるか、追放されて消え去ること「のみ」が重要だったのである。殺戮は国是となるべきであり、国家政策上他を以て代えることのできない手段となるべきものであって、現実にそうなったのである。欠けていたのは、運動の綱領に含まれていた漠然とした表現や脅迫じみた主張を——行為が理論の充分な裏打ちを得られるよう——補強するきちんとした一貫性だけだった。だがそれは、善と悪との非対称性からして土台無理なことだった。善が自らの存在理由として悪を参照させることは決してなく、悪は常に自らの存在理由として何らかの善を引き合いに出す。だからこそ、かつて打ち上げられたさまざまな敬服すべきユートピア構想には細部の記述が必ず含まれ、だからこそフーリエのユートピアにはファランステール*の設備までもが詳細に呈示されていた。それに対して、ナチズムの教典には絶滅収容所の設備について、ガス室、焼却炉、人骨粉砕機、ツィクロンやフェノールについての記述がまったくない。基本的には犯罪なしで済ませることはできたはずだ——と、今日ドイツ人と世界を慰める人々は結論づける。彼らの本が説明するところによれば、ヒトラーは知らなかったのだ、見えていなかった、望んではいなかった、暇がなかった、なおざりにした、誤解された、忘れた、諦めたのだ、頭がどうかなったのかもしれない、だがたとえその頭にどんなアイディアが浮かんだとしても、それは殺戮ではなかったはずだ——ということになる。

　善良なる独裁者とその意図を捻じ曲げる低級な家来たちという神話の息は長い。仮にヒトラーの精神と彼がヨーロッパを陥れた状態との間に、多少なりとも対応するものがあるとすれば、それは彼が欲していたことであり、知っていたことであり、命じたことだった。ジェノサイドの詳細を彼が知っていたのか、知らなかったのかという論争があるが、どのみちそんなことには何の意味もない。大きなプロジェクトは、それが白かろうと黒かろうとすべて、歴史の中で提唱者の手を離れ、集団的活動の中で、プロジェクトに内在する論理に従って書き足されてゆく。悪が取る形態は善よりも多い。殺戮にも抽象派がいて、彼らは自身では蠅一匹叩き殺すことさえできない。他方で自然主義者もいて、彼らは con

＊——フランスの「空想的社会主義者」シャルル・フーリエが提唱した、共同生活のための建築群。

amore〔熱心に〕殺すが、抽象派の能力を――犯罪を正当化する力を持ち合わせない。ナチズムはそのヒエラルヒーの中に両者を擁していた。両方とも必要としていたからだ。近代のジェノサイド指嗾《しそう》者として、それはあたかも悪の倫理学とキッチュの美学という二本の円柱に支えられるかのような姿で、虚妄の中に立っていた。

悪の倫理学は、既に述べたように、敢えて自己弁護などは試みない。悪は常に何らかの善に至るための手段という姿に扮装している。善など簡単に見抜かれそうな幼稚な口実かもしれないが、どうあっても綱領には欠かせない。偽善の卑劣さはナチスの絶滅マシーンにとって制度化された快楽であって、そのおまけのような愉悦の源を手放すことなど勿体なさすぎただろう。我々は政治的ドクトリンの時代に生きている。そんなものなしに国家が統治された時代、ファラオや僭主や皇帝の時代は、もはや永遠に帰らぬ過去となった。法によって正当化されない統治はありえない。民族社会主義のドクトリンは成立当初から、その作者らの知的機能不全ゆえに、剽窃の仕方からして曖昧で不首尾な作品だったが、心理学的には上出来だった。我々の世紀は善き統治者しか知らない。善き志が全世界いたるところで勝利した――少なくとも宣言においては。もはやチンギス・ハンはいない。誰も我こそ「神の鞭」アッティラなりと名乗りを上げようともしない。だがそういう公式的善意は歴史によって押し付けられたものに過ぎない。正反対の願望は生き延びて、好機が回ってくるのをひそかに待っている。ただしその場合でも法的秩序の承認は不可欠である。今日自分の利得のためだけに自ら手を汚して人を殺す者に発言権はない。ナチズムもそういう法的秩序の一つだった。党の内部で自認する以上に実は悪質でありながら、世の中の公的な徳に対しては欺瞞に満ちた賛辞を捧げ、自分は世間が書きたてるほど悪質ではないと嘯《うそぶ》いた。

そもそも、遂行された犯罪が過激であれば、それを分析する理論も過激にならざるを得ない。中途半端な妥協の余地はない。マルキ・ド・サドの『ソドムの一二〇日』の主人公ブランジ公爵は、やがて秘儀乱行のうち死に至るまで責め苦を受けることになる女性や子供たちを前にして、一五〇年後、収容所へ新たに連行されてきた囚人たちに向かって収容所長がした無慈悲な演説とまったく同じ調子で語った。所長は囚人たちを待ち受ける厳しい運命を予告はしたが、死を予告したわけではなかった。死は、すでに下された判決としてではなく、定められたことに背いた罰としてあり得るのであり、彼はその罰をもって脅した――Wer Jude ist, wird mit dem Tode bestraft.〔ユダヤ人たる者はすべて、死をもって罰せられる〕と。第三帝国はその全施策を通じてこう宣告していたも同様だったが、こう謳う条項はいかなる法規にも見当たらない。ブランジ公爵もまた、犠牲者たちに対して、彼らの命運はすでに決まっていると明かすことはできたはずだが、そうしなかった。ただ、サドはこの怪物のような公爵に、ナチ親衛隊員などには手の届くべくもない、はるかに流麗な修辞力を授けた。収容所の所長は新来の囚人たちに嘘を言った。困難な――それどころか非情な生活ではあっても生存を――つまりは命を――約束すれば、彼らがその嘘を救済として頼み、縋《すが》ると知ってのことだった。

ほどなく犠牲者たちを浴室と称する部屋に誘導し、ツィクロンで窒息死させることになる加害者たちが演じた芝居は、純粋に実際的な見地から必要だったと一般には考えられている。体を洗う時間だという、新しい囚人にとってみればいたって自然なプログラムによって掻きたてられた希望は、彼らの猜疑心を眠らせ、自暴自棄な行為を防止すると同時に、迫害者に対する協力にも近い行動へと彼らを駆り立てた。だから、そう演出された状況ではごく当然な脱衣の命令もいそいそと遂行された。輸送列車から転げるように出てきた人々の群れは、ひとえにそうした舞台演出の結果、全裸で死に臨むことになった――というような説明はあまりにも自明に見えるので、ジェノサイド研究者たちの誰もがそれに満足し、演出された瞞着という文字通りの解釈を超えるような、犠牲者らが裸にされた別の理由を探そうともしなかった。しかしアスペルニクスの主張は、サドのポルノマヒア*はあからさまな淫蕩だったのに対して、ナチのジェノサイドは産業化された犯罪として最後まで犠牲者に対する事務的ピューリタニズムを演じていたにも拘らず、どちらの場合も犠牲者は赤裸の状態で死なねばならなかった――そしてこの一致は偶然ではない、というものだ。その通りではないか？　そもそも、なぜ貧民の中の貧民とも言うべき人々が、ガリツィアの小さなシュテットルに暮らし、ふだんはつぎあてだらけのギャバジンを着ていた、収容所では冬でも紙のセメント袋やぼろ切れをまとっていたユダヤの貧民が、なぜそのぼろ切れも脱いで裸になって処刑用の穴の縁に立たねばならなかったのか？　裸で押し合いへし合いしながら小銃の斉射を待ち受ける者を、いかなる希望の幻影をもってしてももはや欺くことなどできなかったはずだ。捕虜となった者たち、あるいは武器を手にしたパルチザンとして捕らえられた者たちの最期は違った。彼らは血まみれの服を着たまま穴の底へ倒れ込んでいった。しかしユダヤ人は穴のへりで裸で立ちつくさねばならなかったのである。元来倹約家のドイツ人はこの場合でも衣服を節約したのだというような説明は虚偽の、後付けの合理化に過ぎない。往々にして倉庫に山と積まれた衣類がそのまま燻《くすぶ》り、腐っていった事実もある以上、衣類の再利用などが目的だったはずはないのだ。

　さらに奇妙なことに、たとえば蜂起の時など、戦闘中に捕らえられたユダヤ人は、銃殺のために裸になる必要がなかった。多くの場合、ユダヤ人のパルチザンも服を着たまま死ぬことが許された。裸で死んでいったのは、もっとも無防備な老人であり、女たちであり、障害者であり、子供たちであった。彼らはこの世に生を享けた時と同じく裸で土に帰っていった。ここにおいて殺戮は正義と愛を司《つかさど》る法廷の代用品となった。死刑執行人は、すでに死を覚悟した裸者の群れを前にして、半ば父、半ば愛人として立った。彼は、父親が正義の笞《むち》をふるうように、裸体に見入る愛人が愛撫を施すように、彼らに義なる死を授ける。そんなことがあり得るのか？　たとえ死の舞踏よろしくパロディ化されたものであっても、およそ愛との関りなどと言っていいものなのか？　そんな解釈は無責任な妄想ではないのだろうか？　なぜそうだったと言えるのか、それを理解するには悪の倫理学に次いでナチズムを支えるもう一本のカリアティード〔女像柱〕だったキッチュについて考察しなければならない、とアスペルニクスは言う。そうしないと、かのジェノサイドが持つ最深の、最終的な意味を見失うことになる、と。

初めて創造されたいかなるものもキッチュとはなり得ない――アスペルニクスは概念をそう限定する。キッチュは常に、かつて特定の文化の中で独自の真正性によって輝いていたものの模倣であり、それが反復され、しゃぶりつくされたもののなれの果てだ。それは、巨匠の絵のへぼ絵描きによる模写同様、後のヴァージョンであり、いよいよ低級となるばかりの趣味に従って、原作の形も色彩も見えなくなるほどに、いよいよ多くの絵具とワニスを塗りたくる無頓着な模倣家によって修整されつくしたものだ。これ見よがしに嬌態の限りをつくした、われぼめ顔のキッチュは、通常、それですでに道の終わりであり、細部まで仕事が行き届き、非常に念入りに仕上げられた堕落であり、図式的形骸化の状態にある作品であるのに対して、素描は基本的にキッチュになり得ない。なぜなら素描は見る者の目に、見る側が助け舟をくり出すように補ってやれるチャンスを与えるからであり、高慢ちきなキッチュには決してそんな真似はできないからである。いわゆる悪趣味は、キッチュにおいて、破裂せんばかりに膨らまされたさまざまなシンボルの晴れがましい厳粛さが醸し出す、意図せざる滑稽さとしてある。ナチズムの様式の本質として、キッチュはそのあらゆる活動の中に発現する。建築においては「気をつけ！」精神のモニュメンタリズムとして、ほとんど臨月のような状態の万神殿《パンテオン》として、裸の偉丈夫や裸の女神たちが

＊――原文のpornomachiaは、ポルノ（＝娼婦、好色）とマヒア（＝合戦）を合わせたレムの造語で、pornnomania の誤植ではないだろう。スイスのシモン・レムニウス（Simon Lemnius, 1511–1550）の著作 *Monachopornomachia* やポーランドの作家イグナツィ・クラシツキ（Igancy Krasicki, 1735–1801）の有名な作品 *Monachomachia* などの題や内容を連想させる。

警護にあたる様子を描いた彫刻や巨人のための扉や窓を持ち、その巨大さによって人を脅かすのが役目の建造物として――。キッチュはその基本姿勢において人に、恐怖というのが言い過ぎであれば少なくとも恭順なる感嘆を強いることが狙いなので、内側は空っぽのまま、高飛車に自らを喧伝するのだ。そのお手本はギリシアからもローマからも、オースマンのパリからも借りてくることができた。しかしジェノサイドの分野では、さすがにこの様式を見せびらかすことは難しかった。大国強国を気取って膨らますことのできる結構な様式はすでに存在したが、虐殺のお手本などどこに探せばよかっただろうか？だからナチズムの場合、最初に前面に押し出されたのは虐殺の技術的アスペクトであり、その装置もかなり原始的な機能主義が目立った。というのも、犠牲者たち自身の協力が得られる状況がある限り、技術に多額の投資をするのは勿体なかったからだった。犠牲者らは、生きている間は自ら死骸の運搬、検査、所持品剝奪などの作業をさせられた。だが、やはりキッチュはここでも、収容所内部へ、点呼場へと浸潤してゆき、誰が企図したわけでもなく、ひっそりベルト式殺戮のドラマツルギーに忍び込んでいった。

先祖代々貴族だったサドは、自分が大量生産した秘儀乱行を取り立てて紋章やら何やらで飾り立てようとはしなかった。生まれついての高貴な身分の自由思想家＝道楽者として、自らの信条に従い、衆愚を見下ろすさまざまな伝統的シンボルを遠慮なく罵倒し、冒瀆したが、そうしたところで自分の高い位が剝奪される気遣いはないと、無意識裡にも確信していた。たとえギロチン刑にかけられようとも、あくまでサド伯爵を父に持ち、ブルボン王家の傍系から出身した母を持つドナスィヤン・アルフォンス・フランソワ・ド・サドとして死ねるのである。それに対してナチスのコンキスタドールは、ルンペンプロレタリアートや無教養層、下士官の倅やパン屋の手伝い、三流文士らの成り上がりに過ぎず、栄達昇進こそ救いを求めるように渇望したが、自ら虐殺に、それも永続的に参加することは自分の出世を妨げるものと思われた。だとすれば、虐殺に手を染め、人間の内臓の海に膝まで浸かりながら、どうしたら上昇の志を失わずにいられ、どんなお手本を探し、誰をどのように真似ればよかったのか？　そのような彼らにとって一番取っ付きやすい道、キッチュの道を辿り、彼らははるか遠くまで、何と神にまで到達した……もちろん到達した相手は峻厳な父なる神であって、自らを犠牲にして人を救う慈悲の神、弱虫イエスではなかった。

人はどのような姿で最後の審判に臨むことになるのか？　裸でである。それはまさにそのような審判だった――いたる所にキドロンの谷が口を開けた。衣を剝ぎ取られ、殺された人々は、ドラマの中で、刑を宣告される役を演じた。そのドラマでは、彼らの罪名から裁判の正統性に至るまで、結末以外のすべてが謎に包まれたままだった。しかしその嘘は真実だった。現実に彼らは死なざるを得なかったのだから。彼らの命運を恣《ほしいまま》にしていた以上、殺戮の張本人は殺人の欲望と神の力とを同時に手中にしていた。もちろん、こうして書いていると否応なく、ヨーロッパ各地で来る日も来る日も演じられていたこの聖史劇の忌むべき笑劇的性格も見えてくる。きっとドラマツルギーは流動的で、しばしば変更もあっただろうし、刑執行に先立つ儀式は最小限に切り詰められもしただろう。実際問題、バラックや鉄条網のみすぼらしいセットの中で演出されたこの芝居で、父なる神を演じることは困難だったに違いないし、何百万という人間を相手に春、夏、秋、そして来る年も来る年も、殺しながら語りかけることはたやすい業ではなかっただろう。勝手に短縮したりせずに、次第に侮蔑を募らせずにその役を演じるとすれば、殺人犯としても希望のない、不毛な倦怠を覚えずにはいられなかっただろうから、結局は一伍《いちご》一什《いちじゅう》ならぬ断片だけを、最後の審判のダイジェストを、ゲネプロだけを演ずることで事足れりとしたが、エピローグだけは常に本物だった。演技の質は次第に低下していった。炎を上げて燃えぬ死骸があり、押し潰した墓から血が迸り、夏には焼いた死体の臭いが遠くに立地する収容所職員の住宅にまで漂ってきて悩ませたりしたが、少なくとも死という事実そのものは出来損ないではなかった。『最終的解決、あるいは救済』のこの章は次のような言葉で閉じられている――「これらの事件に加害者としても被害者としても参加していない人間であれば誰一人、私を信用しないだろうし、私の議論を無責任な空想の産物だとみなすだろう。犠牲者は生きていないし、虐殺から四〇年経った今に至るまで、下手人が――たとえ匿名ででも――自らの体験を語った回想録が一冊も出版されていない以上、なおさらである。それにしても、彼らのこれほど徹底した沈黙はどうしたら説明できるのか？　たとえこの上なく極端なものであっても、誰でも経験できることではないような濃密な人生経験を書き留めておこうとする自然で人間的な気持ちとまったく裏腹な、この沈黙は一体何なのか？　仮名の告白すらまったく存在しないというこの真空は、結局文学的な偽書が埋めざるを得なかったが、この状態に対して、役を降りた俳優の無関心ということ以外に説明できる何があるだろうか？　読者諸君、こうした芝居を演じた俳優たちの無意識ということに関して、我々は互いに了解しあう必要がある。下手人たち自身は、自分のしていることを理解していたと、正義に基づいて人の命を奪う神の役に、自覚をもって没入していたのだと断ずるとすれば、笑止千万であり、馬鹿げたことだ。上演されたのは途方もないキッチュだったのだ。キッチュの第一の特徴であり、第一の前提は、作者はそれをキッチュだと思っていないということなのである。作者の主観的な思い込みでは、それは手堅い絵画であり、本物の彫刻であり、一級の建築であり、仮にも自分の作品がキッチュだとわかってしまえば、決してそれを作りつづけようとも、完成させようともしないだろう。

　人間は単独でも集団でも、何らかの手本に従わずして、つまり様式も範例もなしには活動できない、一歩を踏み出すことさえ、挨拶を交わすことさえできない。従って、技術の世紀に行われた前代未聞の大量犯罪という真空も、何らかの様式、何らかのモデルによって埋め合わされたものと考えざるを得ない。それは、すべての者にとって最も親しまれているもの、幼い子供の時代から教え込まれたもの——すなわちキリスト教で用いられるさまざまな記号であり範例だった。ナチ党員はナチズムを志した時点でキリスト教と袂を分かったものの、だからと言って自分の内部にあるあらゆる記憶の痕跡を消し去ることができたわけではない。親衛隊（ＳＳ）にも突撃隊（ＳＡ）にも、党幹部にも回教徒や仏教徒、道教信者はいなかったし、また恐らくは、各地の収容所広場で敢行された途轍もない背教行為の中にキリスト教信者はいなかったはずだ。そこで生成されたのは単なる血なまぐさいキッチュだったが、様式を欠いたその空虚を何かで埋め合わせなければならなかった。だが『我が闘争』にも『二十世紀の神話』にも、山のような教化文書にも、《血と土》のスローガンの下《もと》書かれた膨大な文献にも、その空虚を具体的実質で埋め得るような言葉や指示、あるいは命令の一片すら含まれていなかった。そうして《よきに計らえ》とばかりに指導者たちから演出を一任された下手人たちは、結局自分で冒瀆的なキッチュをでっち上げる他はなかった。それは当然のことながら、学校のあんちょこから引き写したような、ドラマツルギーも貧弱な、単純化された作品であり、おぼろげな教理口授の記憶の残滓であり、その無意識かつ無分別な使い回しに過ぎないので、そこには《完全なる正義》やら《全能》といった断片的イメージしか、概念というよりイメージしか残っていなかった。状況証拠に基づくこの裁判における私の主張が正しいことを示すもう一つの証拠は、占領当局としては、何としても人々の目には殺戮が正義の裁きとして映るようにしたかったことである。ユダヤ人は第三帝国にとって強迫観念だったが、それはヒトラーが自ら率いた運動に、ひいてはドイツ人一般に、自滅的にも感染させた、あらゆる悪の源をユダヤ人の裡に見出す攻撃的被害妄想であり、社会的パラノイアだったというのはごく一般的な考えであり、今日すべてのナチズム研究者が一致するところだ。ユダヤ人でないことにいかなる疑いの余地もなく、ユダヤ人と何の関りもなかった人間については《白いユダヤ人》という用語が発明され、その荒唐無稽さにも拘らず、整然と適用された。しかしそうしたことからもわかるのは、ナチズムの公式教義とはうらはらに、ユダヤ人性の本質は人種ではなく、悪だったということだ。あくまで悪が、特に高濃度で凝縮された形で、受肉したものとしてユダヤ人がいたということだ。結果としてユダヤ人は第三帝国の抱える最優先課題、民族社会主義が解決すべき固有の問題となり、彼らの排除は歴史的必然となり、実際そういうものとして絶滅計画は実行に移されたのである。かつてのユダヤ人迫害の伝統で主流だったのはポグロムだが、ドイツ人はポグロムという形態をほとんど採用することがなかった。それをしたのはヴァイマル体制崩壊直後の時期、街頭に繰り出して、まだ態度を決めかねている人間を惹きつけ、すでに態度を決定した人間にはその《証しを立てる》チャンスを与えるためだった。しかし成熟し、すでに戦果を挙げつつあったナチズムが、ポグロムをけしかけることはいたって稀れで、ポグロムが発生したとすれば、敵軍が退却し、占領した町にドイツの前哨が入っていった時だが、それとて必ずそうだったわけではない。むしろポグロムに至らないよう自他ともに抑制したと考えるべきだ。なぜならば、ポグロムはユダヤ人たちが所有する財産の無秩序な破壊、掠奪に等しい血なまぐさい狼藉行為であって、それゆえ日常的犯罪に類するものだが、ユダヤ人迫害はいかなる犯罪行為でもなく、まさにその正反対、至高の正義の実現でなければならないからである。ユダヤ人が受け取るものは、あくまでも彼らが正しく、法に基づいて受け取るべきものでなければならなかった。しかしこのような解説によっては、ドイツ人がポグロムに対して懐いていた嫌悪や自己抑制は説明できるとしても、ロシアのパルチザンに対して、ウラソフ兵などのように捕虜や脱走兵を組織し直し、積極的にけしかけたり、スペイン、フランスあるいはオランダなど欧州各地で《北欧人志願兵》から成る親衛隊を編成したにも拘らず、ユダヤ人殲滅作戦に関しては、その場限りの必要やその地にドイツ人がいないなどのきわめて限られた、例外的な場合を除いては、ドイツ人以外の民族を用いなかったという事実を説明することはできない。例外的なケースは確かにあったのだが、ごく限定的であり、そのいずれの場合も、作戦に非ドイツ人を動員する決定はやむを得ぬ状況が強いたものだったということが、残された資料などから証明できる。このことを見ても、ユダヤ人がドイツ人にとってどれほど《私的な問題》であり、彼らに per procura〔なり代わって〕他人が実行することのできない個別の清算項目だったかがわかる。ユダヤ人を〔強制〕労働収容所に送り込んだのも、彼らを根絶するための序奏に過ぎなかった。後になって絶滅収容所が作られるが、それはもはやユダヤ人専用のものだった。周知のように、いかなる種類の犯行を生み出す意図も、事実に先行した、もしくは事後に解説した証言や陳述より、物質的事実そのものから読み取る方が確度は高い。ナチズムのあらゆる公式教義やゲッベルスと彼のプロパガンダ機関の労作とは切り離して考察したさまざまな事実から議論の余地なく帰結するのは、致死的な形での《ユダヤ人問題の最終的解決》を図る決定がなされたのは、戦況が悪化し始める以前のことだったということであり、その意味で、殺戮される者の救出に誰かが駆けつける前に殺戮を実行したいということだけでは、殲滅作戦が加速されていった理由は説明できない。このことは、加害者たち自身の理解におけるジェノサイドが、彼らの提唱する復讐のカテゴリーを超えたもの、それ以上の何かであったことを物語っている。それはすなわち、彼らの歴史的使命だった。最上級審の位にあるその使命が意味するものとは一体何だったのか？　一度として明示的に名指されることのなかったその使命が形成するおぼろげな円環の中、ジェノサイドの技術と社会誌学を通じて殺戮へと転倒・転換された、ユダヤ・キリスト教的象徴体系が浮かび上がる。言ってみれば、神を殺すことができないドイツ人は、神に《選ばれたる民》を殺してその地位を奪い、血なまぐさい in effigie〔肖像による〕退位の式の後、自らを歴史によって選ばれたる者と宣言しようとしたのだ。聖なる記号は廃止されたのではなく倒置されたのだった。第三帝国の反ユダヤ主義は、その根底においてカムフラージュの性格を有していた。帝国の思想家らも文字通り神殺しにとりかかるほど狂ってはおらず、かと言って言葉や法による神の否定だけでは満足できず、教会を弾圧することはできたとしても、完全に破壊するには時期尚早だった。だがすぐ傍らに、キリスト教を生んだ民族がいた。その民族を絶滅すれば、神に対する襲撃に近いことが成し遂げられるだろうし、それはまだ人間の力で可能な範囲にあった。殺戮は《反・贖罪》行為であり、それによってドイツ人は《神との契約》から解放されたのだった。しかしその解放は完全なものであるべきで、つまりそれが神の保護下から反対の徴の保護下に移ることと等しくなってはならないのだった。殺戮は、悪魔的な悪に捧げる行為となってはならず、最終的には暗黒の天にも光輝の天にも従わぬ、完全な独立をもたらすべき反乱とならねばならなかった。*帝国広しといえども、誰一人そうはっきりと表現した者はいなかったが、状況が人間の次元を超えたものだということについての言表されざる認識は、殺戮に従事したすべての者が共有する暗黙の了解となっていた。犠牲者に対する憎悪の裏には愛着があった。それを証拠立てるかのように、自分の管轄する県の貧相な松の木におおわれた砂地を走る列車の中、サロンの窓辺に立った親衛隊の司令官が旅の同伴者にこう言った――《Hier liegen MEINE Juden〔ここに私のユダヤ人たちが眠っている〕》。私のユダヤ人たち。彼らは彼らに課せられた死を通じてそのドイツ人とつながっていた。もっとも下級の刑執行者たちは、なぜ子供らが母親もろとも死ななければならないのか、理解に苦しむこともあった。そのため、そうした救いがたい無辜の状態をただちに修正すべく、即席で罪の発生が演出された――たとえば、子供と一緒に収容所に到着したにも拘らず、子供は自分の子ではないと否んだ（子供のいない女性だけが働けた）母親たちはただちに焼却炉送りとなった。母性を否定した卑劣な母だということでたちまち罰せられたわけだが、迫害者が保護したと思われた当の子供らもほどなく殺されたことは、義憤の劇を上演し続ける上で何ら支障とはならなかった。これら義憤に怒れる殺人犯たちの中には、一五〇年前に in effigie〔肖像による〕神殺しを伴った類似の劇を着想したサド侯爵の読者もいたとか、そして親衛隊員らはそれを剽窃したのだとか、くれぐれも言わないで頂きたい。あまりにお粗末な筆で書かれたためにあっという間に破綻する正義のファルスにおいて、ほんの数分後にはその小さな頭蓋骨が砕け散ることになる子供たちの側に立つことで、彼ら演者は、神の処刑に代えるジェノサイドという、決して言葉にされたことのない真実を、忠実かつ無意識に、表してしまったに過ぎないのだ」

著作の第二巻『異物としての死』において、著者は事実を中心とする第一巻の記述を基にしながらも、その枠を超えるような歴史哲学的総合に挑戦する。そして「死の再活用」と自ら命名したところの概念を導き出す。ある民族、あるエスニック・グループ全体の殲滅は、古代の戦争規則に欠くことのできない要素としてあった。その遂行可能性だけを根拠とし、他のいかなる理由も持たないあらゆる虐殺は、キリスト教によって終止符を打たれた。それ以降は、殺すためには殺される者の罪を認定しなければならなくなった。異教信仰もまた罪であり得、中世ではそれが大多数のケースであった。中世は、神の定めによって人間に生まれつき与えられた宿命としての死と人間との独特な共生形態を生み出し、人間存在をめぐる公認の世界観の中に、「黙示録」の四騎士、「哀哭と切歯」（『新約聖書』「マタイ伝」一三節四〇～五一）、骸骨の舞踏、黒死病や Höllenfahrt〔地獄堕ち、地獄巡り〕を具象化した。その結果、死は、貧者も王侯君主もひとしなみに扱う運命の自然な構成要素となった。それが可能となったのも、中世は死に対してまったく無防備だったからに他ならない。

中世にあっては、いかなる医学的療法も、いかなる自然科学的知識も、いかなる国際協定も、いかなる蘇生技術も、死〔＝死神〕の肉薄を押し止めることはできなかった。生物としては普遍的な現象であると考え、せめて中和しようとしてもできなかった。なぜならば、キリスト教が人間と他の生物との間に深い亀裂を生んでしまったからである。高い死亡率と短い寿命とが中世の人間をして死に慣れ親しま

＊――悪（魔）もまた神が創造したものであるというキリスト教の教義を踏まえての議論と考えられる。

せ、死は、彼岸的なるものと強く結びつけられた生の内部で最高の地位を与えられた。死が戦慄すべき闇に見えるのはあくまでこちら側だけのことで、向こう側から見れば、恐ろしいけれどもすべてを無にするわけではない「最後の審判」を経て、永遠の生へと向かう経過点に過ぎなかった。こうした終末論の強度は、現代の我々にはたとえ近似的にでも理解することは難しい。「全ての者を殺せ、神は自らの味方を知り給う」*という、あるキリスト教徒の発した忘れがたい言葉は、今でこそ底意地悪い嘲笑に聞こえるが、往時はまじめな信仰の表現だった。

これに対して現代の文明は、死を遠ざける運動の様相を呈している。社会の改革、医学の進歩、従来専ら私的な領域に限定されていた問題（奇形、疾病、高齢化、身体障害、貧困などに対する保障、公共の安全、失業問題）の社会化により、死は徐々に疎外されていった。しかしそれらの方策も死そのものに対しては無力だったから、公共的対処が可能な他の諸問題とは対照的に、死はますます私的な問題と化していった。とりわけ「福祉国家」においては社会福祉が貧困、疫病、疾病を減らし、生活を快適なものにしていったが、それらの進歩も死の前で足踏みした。このことが人間存在のあらゆる構成要件の中でも死だけを孤立させ、社会改良を唱える教説に従って「不必要な」ものだと理解させ、これはやがて、世俗化した文化においては至るところで共有される信仰となった。死の疎外という潮流は二〇世紀においてとりわけ強まり、「天使」「（大鎌を持った骸骨の）死神」「顔のない訪問者」といった民間習俗で「飼いならされ、擬人化された」死も退場を余儀なくされた。このようにして、来世的なものに発する規範的拘束力や従来は異論の余地もなかった権威を剝奪され、また文化が峻厳な命令下達者から生活上のニーズを満たす奉仕者に変貌するにつれ、死はその中でいよいよ意味を剝ぎ取られた異物と化していった。頼れる保護者、満足の供給者たらんとする文化は、自らが目標とするそうした枠組みの内部では、もはや死に何の意味も付与することができないからである。しかし、そうして社会的には死を宣告された死も、生活から消え去ったわけではもちろんない。もはや文化の次元に居場所なく、かつて占めていた高い地位から放逐された死は、結局待ち伏せするかのように身を潜めることとなり、野生化していった。今再び死と親しく交わるためには、つまり社会集団のために死を復権させる唯一の方途は、規範に則《のっと》って死を課すことだということになったが、そうはっきりと名指すことはできなかった。死を課すのは、それを文化に取り込むためだとは言えず、あくまで善のため、生のため、救済のためだと説かねばならなかった。民族社会主義はまさにこのコンセプトを国家的教義にまで高めたのである。著者はこれに関連して、ハンナ・アーレントの『イェルサレムのアイヒマン――悪の陳腐さについての報告』の合衆国での出版が巻き起こした熾烈な論争について触れている。論争にはソール・ベローやノーマン・ポドレッツも加わり、「人は誰でもその内部では生の神聖さを自覚している」(ベロー)、あるいは「怪物的な犯罪をやらかすことができるのは怪物だけだ」(ポドレッツ)と主張したが、ナチズムの悪と陳腐の間を等号で結ぶわけにはゆかない。論争者らは皆間違いを犯しているというのがアスペルニクスの意見である。彼らはナチスの犯罪の代弁者としてのアイヒマンの裁判に議論を限定したがために、ディレンマを解決することができなかったというのだ。アイヒマンは、第三帝国の忠臣が大多数そうだったように、熱心で勤勉なジェノサイドの役人ではあったけれども、だからと言って、総統自身が明確に表明していない総統指令を完璧に忖度《そんたく》すべく汲々として互いに競い合う党員役人たちの盲目の出世欲だけが、彼をあそこまで到らせたのだと認めるわけにはゆかない。アスペルニクスによれば、教義は陳腐だったし、その実践者たちも陳腐だったかもしれないが、ナチズムの外部、反ユダヤ主義の外部に潜んでいた教義の源泉は陳腐ではなかったと言う。アイヒマン論争は些末な事柄に拘泥し過ぎ、埋没し、そこから二〇

*――アルビジョア十字軍によるベジエの虐殺(一二〇九年)で十字軍を指揮した一人のシトー会修道院長アルノルドゥス・アマルリクス(Arnoldus Amalricus)の言葉とされる。

世紀のジェノサイドの診断を導き出すことはもはや不可能だった。現世化した文明は人間の思考を、悪の――それもあらゆる種類の悪の――「正犯」を探そうとする自然主義的な道に誘導した。すでに無効化された来世がその正犯にはなれないとすれば、外に誰かがいるはずだ、悪に対して責任を負う誰かがいるはずだ、ということになった。だからその誰かを探し出し、指弾しなければならない。中世であれば、主イエスを殺した犯人はユダヤ人だと言えばそれで事足りたが、二〇世紀にはそれでは足りなかった。ユダヤ人はあらゆる悪の張本人だということになった。ユダヤ人に対する戦いのために、ヒトラーは、死の持つ――文化外ではあるが――不可逆的に最終的な意味を同定したダーウィニズムを援用した。死は、自然の進化のプロセスにとって欠くべからざる前提としてあるとするこの理論をヒトラーは自分流に、つまり表面的かつ欺瞞的に、弱者を踏み台にして生き残ることを「自然」(彼はむしろ好んで「摂理」と呼んだ)が強者のために正当化する、それどころかそう命じる教えとして、範例として理解した。ヒトラー以前にも、少なからぬ数の原始的な知性がそうしたように、彼は「生存競争」というスローガンを字義通りに受け取ったが、そもそもこの概念と、捕食者が被食者を物理的に全滅させることとは何の関係もない。進化のプロセスは、さまざまな種の間に成り立つ均衡状態の内部で進行するものであって、もし弱者である被食者が完全に排除されてしまえば、強者である捕食者も飢え死にする他ないのである。ナチズムはダーウィンの中に自分の渇望することだけを読み取った。すなわち、超・人間的な次元で――ただし超越的にという意味ではなく――大量殺戮と世界史の本質を同等視するということである。そうして捏造された指針によって、倫理というものは全面的に無効化され、生死をかけた戦いの結果だけが可視化する尤もらしさにとって代わられた。ユダヤ人を充分怪物的な敵に仕立て上げるためには、彼らの世界的な役割について、信憑性を超えて誇張する必要があり、そうして始められた詭弁的論議はユダヤ人の完全な悪魔化にまでゆき着いた。悪魔化を成し遂げるためにナチスが傾注した努力は確かに並々ならぬものだった。ドイツ人社会でも何世紀も前からユダヤ人が生きていた以上、ドイツ人がごく普通に懐いていたユダヤ人像があったわけだが、その像をも否定しなければならなかったし、たとえユダヤ人のすべての欠点を認め、個別の告発においてまま反ユダヤ主義に理があったとしても、まだ生まれる前の子供ともども燔祭に献ずるほどの、火炙り、生き埋め、焼却炉、人骨粉砕機に価するほどのことはしていないというのは、誰の目にも明らかだったのだから——。ナチズムの所業は単に恐ろしくおぞましかったただけでない。それは不条理きわまるおぞましさだった。それはまるで、理由もなくぐずる休みをした子や他の子供の物を盗む子は殺すべきであるという理論が、教育学の中で成立したようなものだった。ヨーロッパの伝統的な反ユダヤ主義の見地から見てさえ、ユダヤ人が根絶に価するなどということはなかったに違いない。今日蘇りつつあるネオナチズムの活動家でさえ、自分たちの綱領にユダヤ人殲滅を謳っておらず、第三帝国の先達が殲滅を企図し、実践していたとは認めていないことからもそれはわかる。現代のネオナチは、せいぜい漠然とした反ユダヤ主義のスローガンを掲げるか、あるいは綱領の中でもさほど重要ではない場所しかこの問題には与えていない。「諸悪の根源」たるユダヤ人の問題はすでに降格されてしまっているのだ。四〇年、あるいは五〇年前の反ユダヤ主義者によれば、資本主義から共産主義まで、経済恐慌、貧困から公序良俗の頽廃に至るまでの「すべてに対する」罪を負っていたが、現在では、誰もユダヤ人のせいにはできない悪をいくらでも数え上げることができる（生物圏汚染、人口過密、エネルギー危機、インフレ等々）。というわけで、反ユダヤ主義が格下げされたと言っても、それは消滅したのではなく、社会全体が抱える症候一般をすべてそれで説明できるという、かつて与えられていたいわば万能の力を失ったに過ぎない。アスペルニクスはまた、自分が全ての領域で反ユダヤ主義が意味を持たなくなったと主張しているというように誤解されたくはないと付言している。彼の主張はあくまで歴史哲学的な見地から、現在のポスト・ジェノサイド時代にあっては、すべての罪を被せることのできるスケープゴートとしては、ユダヤ人はもはや役に立たないということなのである。

ではその後何が起こったのか？　「諸悪」をもたらす正犯を捜索する運動において、中心がなくなったのである。神という普遍的な真実に対する信仰が失われ、全世界的なユダヤ人ネットワークの普遍的な悪に対する信仰も挫折した後、論理的には次の、そして最終的な段階へと事態は進むことになる。「正犯」を特定しようとする行為の自明性は頂点に達し、すべての人間が悪の張本人と名指され得ることに——。

巨視的、歴史哲学的に概観すれば——アスペルニクスは語る——快楽主義、完璧主義、実用主義に支配された文化の中で死が疎外されてゆく、百年単位のプロセスに我々は立ち会っている。文化から厄介払いされた死に対する恐怖は、法制度の中にその表れを見て取ることもできる。各国の法典から死刑がなくなりつつあるのもその一つであり、さらに進んで、たとえば血管に血液を送り込まれながら植物状態に保たれている、事実上はすでに死体である人間からの蘇生装置取り外しを治療行為者が拒むというような、一見すると倒錯のようなことも医療では起きている。死刑廃止にしても、延命措置にしても、誰も死に対する責任を負いたくないということなのだ。声高に言われる生命の尊重という言葉の裏には、死を前にしては為す術がなく無防備であるという気持ちとしての、つまるところ圧倒的な無力感としての恐怖が隠れているのである。この無力感を補完する現象、すなわち殺すことに対する怖れの裏返しとして、一人の個体の生命価値は大きく上昇し、たとえば、それがどんな人間であっても人質にされた者の命が交渉の材料になる場合、国家の政府は不自然なまでの譲歩をせざるを得なくなった。このプロセスはかなり進行していて、人命が助かるとなれば、本来遵法国家であると自認する政府自ら法を破るような行動に出る。このプロセスはすでに国際法にも、歴史上永遠に不可侵と思われた大使館などの外交特権にも及び、さまざまな部位への転移も発生させている。一方で、人間の手となり足となって阿《おもね》る文化の中に、たとえば楽観主義と完璧主義は死者の復活を実現する技術の探究として表れた。人体の可逆的透化、つまり将来蘇生し得る可能性を持った冷凍保存は（少なくとも現在は）不可能だと専門家は明言しているにも拘らず、何千何万という資産家たちが自分の死体を冷凍させ、液体窒素入りの容器に保存させようとする。これなどは、完全に世俗化した終末論の時代の死臭芬々たる独自のユーモア文学の好材料だと、アスペルニクスは指摘する。人間を創造したのは神ではなく、「宇宙からの心優しい訪問者たち」であり、文明の萌芽を育てたのは「神の摂理」ではなく、別の星からやって来た「親心ある古代の宇宙飛行士たち」であり、上空から我々の一挙手一投足を見守るのは守護天使ならぬ「空飛ぶ円盤」であり、天罰の下った人々を呑み込むのは地獄ではなく「バミューダ・トライアングル」であると喜んで信じる社会は、同時にまた、寿命は冷蔵庫で延長可能であり、人間は苦行して徳を積むより、まず快適な生活と長生きをこそ心がけるべきだと思い込みたくて仕方がないのだ。

　そして、生《なま》の状態の死を何とか――形而上学によらずに――人々にとって親しみあるものにし、消費に供せるようにと加工し、味付けするさまざまな試みが増殖する。ニーズに応えて提供されるのはショー、見世物としての死である――クローズアップされる殺人や人の断末魔、人食い鮫、大地震、火災、本物のジェノサイド（いわゆるホロコースト）の場面の再現、あるいはサディスティックな文学、また死に至る拷問と紙一重の性的変態嗜好を利用する産業、あるいは合衆国では商品としていたってポピュラーなロープ、手枷、鞭打ち器具などを揃えた中世の地下牢もどきの道具部屋、自分の命を賭して稼ごうとする一日限定のヒーロー志願者に提供される本物の死の危険という人気商品（視聴者参加のテレビ番組を連想させる）――。死後の生の存在を証明する大量の書物となって生産される似非《えせ》学術文献も人気を博しているが、それらと衝突せざるを得ない教会側の正統派としても、これら歓迎されざる怪しげな援軍に対してはどう対処しているかわからずにいる。西洋の文化から死がどのように追放されていったか、そのプロセスの個々の段階にはこれまで、死の商業的馴化ほどには研究者の関心が払われてこなかった。葬儀の美化や演出の無邪気で派手な肥大化については色々と研究も重ねられてきたが、個々のケースでは冴えを見せる分析的思考の洞察力も、かつて生と死を共存させていた神秘的な責務から解放され、非神聖化された死と格闘し続けた文明が通ってきた全道程を見通すことのできるような、総合的、歴史哲学的ヴィジョンを獲得するには至っていない。だから我々は、テロリズムや宗教的セクト主義といった今日の現象のよってきたるところが何なのか理解できずにいる。社会学や心理学、また宗教心理学によくある経験主義的研究手法が僅かに明らかにするのは、そうした社会的疾患のあくまで切片に過ぎない。そこで示されるのは、目に見える、写真に撮れる、あるいは証人や被疑者の供述から絞り出せるものに限定された、基本的に合理的な観察結果でしかない。しかし文献にどれだけ鼻をくっつけてみても、文献が意味するところは嗅ぎ出せるものではない。ナイアガラの滝を理解しようと思うものは、体を反転させて太陽の方を見る他ない。なぜなら岩壁から落ちる水をふたたび空に引き上げるのはまさに太陽なのだから。死の儀礼化の最初の徴候を示す墓というものは十万年も前に存在していたが、そうして人間が死を免れ得ないことを自らの宿命と認識して以来、連綿と勃興消滅を続けてきた文化はどれも、自らの内部のヒエラルヒーの中で死に高い地位を与えてきた。だが文明の合理化が進むにつれて、死を効果的に承認することも、現実に却《しりぞ》けることもできなくなり、死はいわば主《あるじ》を失い、誰からも見放されていった。他方で文化は、高圧的な統帥者から御しやすい保護者へと変貌し、次第に自らの正統性を護持することもやめ、配下の者が望むことは何でも大目に見るように徐々になっていった――挙句の果てには自分の課した掟を拒み、自分の許を去ることすら見逃し始めた。しかしやがて下位文化の奇妙な発明が巷に溢れるようになる前に、十戒その他が朽ち果てる前に、死の逃れて行った人気ない地中海文化の空間を、手前勝手な個人ではなく、国家という強大な主権者が意を決して支配し、死を自己肯定の道具として使おうと思えばできたはずだった。にも拘らず、当時はまだ、国家でさえそういうことを平和時に、あるいはおっぴらに、実行することはできずにいた。そうした状況の中、荒れ狂う戦争は衝立となってジェノサイドをやりやすくし、世界から隔絶された前線の背後で、大量殺戮の設備が次から次へとできていった。死の再即位はそんな風に始まったのだった。

　大戦後の復興期には、独創的でないがゆえに独創的な——とりわけ若者の——サブカルチャーが確かにうようよと発生した。それは遊び半分の、それゆえ真剣味も半ばの、かつて存在した大昔の風俗や衣裳のモデルを、まるで劇場の道具部屋から持ち出すかのように借用したものだった。生活様式上のそれら「ソフトな」発明は、結局ハードなものに行き着かざるを得なかった——なぜなら、人は、まだ使い果たされていない可能性として目の前にある事柄は、最後までやってみないと気が済まないからである。混乱と喧騒に満ちた今世紀における標識として、死をサブカルチャー的に利用することができる可能性は——次に述べるような事情から見て——閉ざされていると思われた。野人や隠者ごっこをすることはできても、殺人鬼ごっこをして遊ぶのは土台無理な話だった。仮にそれが本物の殺人に至るような遊びであれば、物わかりのいい文化でさえ許可しなかったし——恐らくもっと重要なことに——たとえ利害関係もなく行われたとしても、殺人はその下手人を日常的犯罪者に変えてしまうからである。

　死がかつて占めていた地位はもはや回復不能だった。異端審問における処刑のような殺人の宗教的見世物化も、インカ人の人身御供のようなことも、あるいはベルセルクの戦士たちが披露した狂騒的殺人儀式もあり得なかった。これらのケースで死に意味を持たせていた信仰が消滅するとともに、そういう道も閉ざされた。しかしまた、殺人を正当化する宗教外の道ももはや存在しない。産業化された世紀は人間のあらゆる活動に対して「何のために？」という問いを突き付け、人は誰でもその問いに、精神医学者から欠格と診断されはしまいかと怯えつつ、合理的、実際的に回答しなければならない。新たな過激主義者らにとっては、死に対する宗教的なアプローチもできず（もちろん気まぐれに任せて適当に新しい宗教を考案することはできるが、信仰は気まぐれではたちゆかない）、非宗教的な接近をすれば単なる一般的な犯罪者とされるしかない以上、やはり殺人を正義の裁きと言い換える他に道はない。しかし第三帝国のそうしたジェノサイド・パラダイムを、「最終的解決」の秘密性もろとも継承することはできなかった。そうしてしまうと、戦争と解放闘争の頻発する今世紀の世界にあっては、大洋に沈めたナイアガラの滝のように、殺戮も目に見えないものになってしまうからである。そのため、前の時には国家でなければできなかったことを、現代の過激主義者はおおっぴらに実行した。ただ、テロリストがナチスに似ているのは、今度もまた正義の法廷を自称していることである。しかし法廷というものはどれも、完全に独立したものとしてではなく、あくまで上級審の命令で活動するものなので、テロリストもまた、宗教や精神医学の分野であれ、犯罪領域であれ、伝統的に存する基準には従わないような、何らかの上級審が存在するように見せかけなければならなかった。だから彼らは、自分たちより大きい、あるいは上位にある法廷の権威を借りたような名称を名乗らざるを得なかった。そのことは彼らが自分の集団につけた名前に常に見られる独特な部分性に表れている――Rote Armee Fraktion*〔赤軍派〕はつまり一派であって軍全体ではなく、全体は彼らとは別に存在するのであり、Prima Linea〔第一線、前線〕（一九七六年に結成されたイタリアの極左テロ組織）ということは、その後方にはまだ別の戦線があるということだし、Le Brigate Rosse〔赤い旅団〕（一九七〇年に結成されたイタリアの極左テロ組織）が暗示するのは、彼らがより大きな軍の一部に過ぎないということだ。彼らはまた敵の存在を必要とした。相手は大きければ大きいほどよかった。なぜなら、強力な敵がいることは自らが強力であることの証しでもあるからである。資本家を代表する個々人では、標的としての位に不足があり、かと言って世界中に広がった政治経済システムでは大きすぎるので、よりコンパクトな敵対者を望んだ彼らが選んだのは、国家であった。ただ狙うのは国家の物理的な諸装置ではなく、それらにダイナマイトを仕掛けるのが彼らの仕事ではなかった。国家的なるものの無機的なシンボルや施設の破壊ではなく、あくまで人間の命を奪うことが目標だったことを忘れてはならない。しかし一度だけ――イタリアで――トップの政治家を殺《あや》めることに成功すると（一九七八年のアルド・モーロ元首相誘拐暗殺事件を指すか）、警備も強化され、国家権力の主要な代表者たちには手が届かなくなり、やがてテロリストたちは代わりの犠牲者で満足し始めた。たとえ間接的にでも政府権力の遂行に携っているとか、そうでなければ何でもいいから少なくとも指導的立場にあるとか、あるいは既存の体制を守ろうとしているとか、さらには、国家を支える基盤の役割を果たしていると言える国民教育制度に協力しているとか、そういう役割を果たしていることさえ立証できれば、どんな相手が犠牲になろうと構わなかった。というわけで、もともと使命感や自己犠牲や義憤の仮面を被った殺戮が目的だったテロリズムにおいては、殺し屋たちの当初高かった志は次第々々に低みへ滑り落ち、社会的ヒエラルヒーの中でもいよいよ「劣った」犠牲者を狙うようになる。イデオロギーは、手近にあるもので拵えた。右に挙げた集団の名称にしたところが、左翼から盗んだものだ。革命は少なからぬ尊敬を勝ち得ていたし、不屈の革命家は時代のヒーローとして扱われたからで、彼の姿勢、ジェスチャー、措辞もまた、死に――快楽主義文明におけるこの異物に――接近しようとした彼ら、テロリストらによって私物化された。即興的にでっちあげた、テロルの正当化事由が持つ傲岸さ、剽窃的性質、端的に言えばお粗末さは、観察者――研究者の目にしか見えない。活動家たち自身、主観的には傲岸とも偽善とも感じておらず、そればかりか――一番重要なことに――世直しを志す本物の闘争家に扮しているだけだとも思ってもいなかった。彼らは共産主義者よりも左翼に陣取っ

＊――第二次大戦後の旧西ドイツの極左的民兵組織。ドイツ赤軍、バーダー・マインホフ・グルッペ（Baader-Meinhof-Gruppe）とも。

て、いわば plus catholique que le pape〔法王よりもカトリック〕（この文脈では「過激な、行き過ぎた」という意味の仏語の成句）な者として、敵——国家に対してファッショと罵り、ゲシュタポの方法、ナチスの遺産を継ぐ者よと糾弾したが、このことが評論家たちの見る目を欺いた。論者らは、そうした告発を——仮に文字通りではなかったとすれば、活動家らにそう言わしめた意図を汲んで——真に受けてしまった。確かに彼らは、私利私欲に基づかぬ殺戮における先輩たちとは異なっていた。異なる環境に育ったのだからそれも当然だった。テロリズムは、ナチズムからキッチュという遺産は相続しなかった。地下では祝典もパレードも、儀式もできなければ、威風堂々の建物も事務局もなかったからだが、それを補い、償うかのように、ヒステリックに喚きたてるマスコミが熱心に奉りつづけたのは、非合法活動を続ける強者のイメージ、オーラであった。いずれにせよ、病因学的厳密さを期すならば、ナチズムはテロリズムの先達ではあっても、淵源ではなかった——両者の源泉はもっと深い所にある。そうあるべきこととして、冷酷非情な信念のもとに課せられる死が、文化の中にふたたび重要な地位を取り戻したのだ。一度は文化から弾き出され、所払いを喰らいながらも、再活用という術策のおかげで、死は帰還した。

人間的なものすべてが国家のものになった全体主義国家では、犠牲者を選定する権利は最高権力にしかなかった。個人の自由が最高度に保障された国家では、悪を認定し告発する自由を持つ、自称悪の駆除人がいた。この相関関係こそ——殺人者たちが自らに与える免罪理由における——両勢力の相似を説明してくれる。権威に対する完全な服従も、あらゆる服従の完全な否定も、ともに自らの行為を反省する良心を排除することで、異なる経路を辿りながらも、最終的には同一の血塗られた結末に導くのである。

アスペルニクスは両者の類似点をさらに挙げている。革命ではなく処刑をめざすテロリズムは、自らの行為を覆い隠すイチジクの葉としてのイデオロギーだけを左翼から引き継ぎ、生活様式としての殺人を困難にする、あるいは無効にするようなことはすべて削除し、回避した。テロリストが人身御供を捧げる未来は、ナチスにとっての「千年帝国」のヴィジョンがそうであったところの、自分たちの行為をすべて合法化する横断幕のスローガンとまったく同じものだった。運動から身を引き、組織とのつながりを失ったテロリストたちは、自分たちが長い年月にわたって必死に取り組んできた活動の原動力たる動機が一体何だったのかということも、同時に理解できなくなり、驚くべき真実の暴露を固唾を呑んで待ち受けるインタヴュアーに対して、彼ら、元テロリストが提供するのは、せいぜいリーダーたちに関する一握りのゴシップに過ぎない。それはちょうどヒトラーが側近の協力者たちとしていた他愛もない「Tischgespräche〔食卓談義〕*」の暴露と同じく浅薄なものだ。「だがヒトラーは幽閉される前に自殺した」と、著者は付け足す。秘密の暴露を期待するのは無駄なのだ。人に死を課すことのできる状態というものは伝達不能だからであり、秘密は殺人犯の精神の中にではなく、死を課す行為そのものの裡に潜んでいるからである。ナチスにしてもテロリストにしても、突発的な処刑は避けようと努めた。後先構わずその場で殺すというのは日常的殺人の典型的な特徴だからであり、より重要なのは殺人の合法化である以上、犠牲者は処刑場に護送されねばならなかった。もちろん犠牲者が抵抗することもあったが、それは極めて好ましからぬことだった。たとえいかなる抵抗でも、それは正義に対する冒瀆だからである。テロリストはナチス以上に正しい裁きと判決の外見を保つ努力をするが、それは国家という上部機関を持たない彼らが、自らの権威を自身で強化せざるを得ないからである。しかし、選定された受刑者たちが本当に正しい裁きを受けたことなど一度としてなかったし、今もない。彼らの罪は常に予め決まっている。そうした無謬性において、テロリズムは民族社会主義がなろうと欲したジェノサイドの法王庁にいる。

＊――Heinrich Heim（1900–1988）、Martin Bormann（1900–1945）、Henry Picker（1912–1988）らによって書き留められ、後に出版された一連のヒトラー語録、雑談集。

比肩する。いかなる説得もアピールも、いかなる懇願も、人間としての連帯感や情状酌量の余地に訴えるいかなる試みも、いかなる慈悲請いも、殺戮の無意味、あるいは実際的効果のなさを物語るいかなる証明も、いかなる議論も、殺人者たちを思い留まらせることはない。なぜなら彼らが操る正当化装置は、節度であろうと温情であろうとすべてを、反過激主義法制や保守的抑圧に等しく忌むべきカテゴリーに変換してしまうからである。テロリストの理論武装も頂点に及ぶと、敵側のどんなタイプのふるまいも有罪の証拠として解釈されるようになる。かつてのナチ親衛隊員が記念大会で見せる上機嫌さにしても、ギアナ集団自殺*の生き残りたちが、彼らの恐るべき預言者のカリスマに寄せる、悪夢を経験してさえ失われることのなかった信頼にしても、こうしたメカニズムでしか説明はつかない。

似非政治的過激主義に表面上は似通ってはいるものの、空想されたものではない現実の弾圧や搾取が存在する状況で闘争する真っ当な動機を有したあらゆる本物の反体制運動も、知らず知らずのうちに、殺戮を正義の闘争手段だと主張する偽者たちの仕事を楽にしてしまっている。というのも、本物の反体制運動といえども、多様な事件の分析に常在する混乱を助長し、口実としての罪を真実の罪から区別することを無効化しないまでも困難にするからである——そもそもこの世に、天使のように徹頭徹尾罪のない人間などいるだろうか？　こうして、驚くほど効果的な擬態のゲームが成立する。見せかけの正当的事由を見せかけではない正当的事由から区別することは難しく、それも見せかける者の演技が優秀だからというよりも、戦後のテロリズムを生んだ社会自体に疚《やま》しい覚えがあるからなのである。

しかし結局のところ、最終的に殺人的攻撃を撃退するのは公権力による殺人的抑圧であり、警察は正当化するより早く発砲し、民主主義は、自らを守るために、一定程度自らを諦めざるを得ない。結果として、まやかしの正当事由を掲げる過激主義も、告発としてでっちあげられたものを正当な告発に変じてしまうような、社会の反応を引き出すことに成功する。実際問題として、悪は善よりもより効果的なのだ。善は、悪を押し止めるために自らを否定せざるを得ない力関係があるのが現実であり、正当性は、自ら弾劾する不当性に似通う仕方でしか勝利できない以上、この戦いの中では、いかなる勝利の戦略も汚れがないということはあり得ないのである。

というわけで、我々の時代にナチズムが遺した教訓は忘れられたのではなかった。第三帝国がそうなったように、全体主義的犯罪国家を力で粉砕することは可能である。その時、正犯は逃亡、離散し、頂上でジェノサイドを計画した一握りの人間と底辺で手を血に染めた忠実なる（そして個人名を特定できた）兵隊とを除けば、有罪を言い渡せる者の数は減り、消えてゆく。だが広く播かれてしまった種は消滅しない。すでにプロセスは完了し、有罪者の特定作業における一般化が進んだことで、論理的にはそれは終結の状態に達した。二〇世紀的終末論のサイクルは、強制的な苦役の収容所から、自発的な死の収容所（前出の人民寺院のこと）へと進行した。この最後の段階に至って、死刑執行人と犠牲者とは混ざり合い、区別もつかない。それはちょうどすべての人間が有罪だということを証拠立てるようでもある。出発点にあった無力の状態がまた戻ってきた。なぜなら、こうした〔人民寺院のような〕孫生《ひこばえ》えに見られるような遺伝的犯罪に対しては、専制政治の打倒**といった単純で乱暴な方法はもはや有効ではないことがわかったからである。我々には別のホルストという名前を連想させるこの哲学博士にして歴史家、人類学者のホルスト・アスペルニクスは、自著を締めくくるにあたって、作中論じたニヒリズムの疫病に対するいかなる効果的、普遍的な処方箋も提示していない。なぜなら、ジェノサイドの遺伝的悪性腫瘍とヨーロッパ文明内部のここかしこに見られるその転移との恐るべき連関を白日の下に曝した以上、自分の務め

＊——アメリカのキリスト教系新宗教人民寺院（Peoples Temple）が一九七八年にガイアナで惹き起こした事件のこと。

＊＊——ナチス突撃隊員で、国家社会主義ドイツ労働者党歌『ホルスト・ヴェッセルの歌』（または『旗を高く掲げよ』Die Fahne hoch!）の作詞者 Horst Ludwig Wessel（1907-1930）のことだろうか。

はここで終わったとみなしているのだ。彼の論証は色々と問題を孕んでいて、激しい反論をも招きそうではあるが、決して黙って通り過ぎることを許さない性質のものだ。ナチズムを地中海文化の遺産と統合し、ナチズムを原則から逸脱した例外と見ることを禁じ、むしろ一つの恐るべき余剰的延長として扱おうとする彼の試みは、現代人についての知を集積したコーパスに早晩組み入れられざるを得ないだろう。その知による切開と診断を経て、いつの日かこの疫病にも治療者が現れたとしても、その時点でなお、本書は有用な書物であり続けるだろう。

アスペルニクス博士は――彼の言葉で言えば――文化に預け入れられた死という問題に二巻本の作品を捧げた。その預け入れ口座が今後被り得る変動について、またその投資が将来もたらし得る損益について予知することは極めて難しい。というのも、プロセスはすでに一つのサイクルを終えて、いわば円環を閉じたからである。悪は、およそ考え得る限り至るところに次々と分散配置されていった。そして、ナチズムの狂気によって開始されたニヒリスティックなゲームは、集団自殺といういわば論理的な結末にまで至ってしまった。こうした陰惨な事業の行われた地で、一体これ以上何が人類にできるというのだろうか。ある時はヤシュマク（イスラム教徒女性が顔を隠すために着けるヴェールの一種）で顔を隠した、またある時は血塗られたストリップ・ショーで人を昂奮させる死神との、いかなる新たなゲームを人は思いつくのだろうか。『ジェノサイドの歴史』* は答のないそんな問いで終わっている。

クラクフ、一九七九年三月～一九八〇年二月

*――この書評が扱った本の原題は単なる『ジェノサイド』のはずだが、ここではこうなっている。

J・ジョンソン、S・ジョンソン共著『人類の一分間』

J. Johnson and S. Johnson, *One Human Minute*

月世界出版（ロンドン・雨の海・ニューヨーク）一九八五年刊

Moon Publishers, London – Mare Imbrium – New York

本書は、すべての人間が一分の間同時にしていることを紹介している――と序文にある。これまで誰もこのアイディアを思いつかなかったこと自体が不思議だ。『宇宙創成はじめの三分』*、『宇宙の一秒』**、『ギネスブック』――と来れば、しかもそのどれもがベストセラーだったことを考えれば、本書の出現も当然至極のことだ。誰も読む必要はないが、誰もが備えておこうとする本ほど、今日の出版社や著者

*――スティーヴン・ワインバーグ（Steven Weinberg, 1933–）著『宇宙創成はじめの三分』（*The First Three Minutes: A Modern View of the Origin of the Universe*, 1977）を指すか。

**――全く同じ題の本は見あたらないが、ポーランドの天文学者で復古カトリック教会司祭コンラット・ルドニツキ（Konrad Rudnicki, 1926–2013）著『宇宙学者の一秒間』（*Die Sekunde der Kosmologen*, Frankfurt am Main 1982。英訳あり）を連想させる。

を昂奮させるものはない。上記の各書が出た以上、企画はすでにできあがって目の前にあり、後はそれを取り上げさえすればよかったのだ。J・ジョンソン、S・ジョンソンは夫婦なのか兄弟なのか、それとも単なるペンネームか。彼らの写真があるなら、ぜひ見てみたい。なぜかを説明するのは難しいが、著者の外見が本選びのヒントになることはままある。テクストがありきたりのものでない場合、読書に取りかかる前に、テクストに対する一定の態度を固める必要がある。著者の顔が多くを語ってくれる可能性はある。しかし、本当は二人組のジョンソンは存在せず、これはあくまでペンネームであり、二人目のジョンソンにSが冠せられているのは、サミュエル・ジョンソンに対するアリュージョンだろうと、私は勝手に考えている。

周知のように、出版社が最も恐れるのは本を出版することだ。なぜなら、誰も時間的余裕がなく、書籍は供給過剰であり、一方で広告はあまりに巧妙な今の世の中、いわゆるレムの法則がすでに充分働いているからである(「誰も何も読まない。読んだとしても、何も理解できない。理解したとしても、直ちに忘れる」)。「新しきユートピア」として、広告は今や崇拝の対象にさえなっている。おぞましい、あるいは退屈なテレビ番組を私たちが見るのはなぜかと言えば、阿保らしい長広舌をふるう政治家や、世界各地でさまざまな理由からそこに横たわる血まみれの死骸や、延々と果てしなく続くうちに何の話かさっぱりわからなくなる時代劇映画(読んだものだけでなく、観たものも私たちは忘れるのである)などの直後に挿入されるコマーシャルは、えも言われぬ息抜きになるからだ。理想郷《アルカディア》はもはやCMの中にしかない。そこには美しい女たち、素晴らしい男たち、非の打ちどころない大人たち、幸福な子供たち、そして、大抵は眼鏡をかけた賢いまなざしの老人たちがいる。彼らがひたすら感嘆しつづけるよう仕向けるには、多くは要らない——新容器のプリン、自然水で作ったレモネード、足の制汗スプレー、菫《すみれ》のエッセンスを浸み込ませたトイレットペーパー、あるいは価格以外は何の変哲もない箪笥があれば、それで充分だ。うっとりとそのトイレットペーパーに見入る、あるいは箪笥をまるで「開け、胡麻」と唱えるアリババのように開ける上品な美女の眼に、そして顔一杯に浮かぶ幸福感は、一瞬にして観る者すべてに伝染する。もちろん、その共感の中には嫉《そね》みも、さらには若干の苛立ちさえ含まれているかもしれない。なぜなら、実際にそのレモネードを飲みながら、あるいは紙を使いながらそれほど感心するはずもなく、その理想郷に入り込むことができないことは誰でも重々承知しているからだが、眩しいばかりのアルカディアの青空は効果絶大なのである。それに初めから私にはわかっていたことだが、商品の生存競争の中で鍛え上げられてきた広告が私たちを虜《とりこ》にするのは、商品の質がいよいよ良くなるからではなく、世界の質がいよいよ悪くなるからなのだ。神が死に、高邁な理想、名誉、私利私欲のない感情の消え去った、この雑踏する都会に、酸性雨の下で生きる私たちには、フルーツケーキやプリンや潤滑剤をあたかも「天の王国」が到来したかのように喧伝する、コマーシャルの紳士淑女が見せる恍惚以外に一体何が残されているというのか？　広告は、とてつもない効き目をもって、あらゆる事物に完璧さを賦与するが、書物もまた例に違わない。宣伝されるどんな本を前にしても、まるで二万人のミス・ワールドに誘惑されているような気がして、結局そのどれも選べずに茫然自失、恋に身悶えしたまま終わるのが関の山だ。同じことがすべてについて言える。四〇チャンネルの視聴ができるケーブル・テレビを観ていると、これだけ数があるのだから、今観ているチャンネルよりきっと他の方が面白いに違いないという気持ちにさせられて、まるでフライパンの上の蚤のように、番組から番組へと世話しなく跳び回る羽目に陥るが、これもまた、結構な技術は結構な欲求不満を生むという証拠である。かつて私たちには、全世界を――とは言え、誰もそう明言したわけではないが――すべてを、所有はできないまでも、少なくとも見たり触ったりできるようになるという約束がなされた。世界の木霊《こだま》、写し絵、注釈に過ぎないと言われる純文学でさえもが同じ罠に引っかかっている。そもそもなぜ、同性にせよ異性にせよ、たかだか一人や二人の他人が夜ベッドに入る前に書く物語を読まねばならないのか。ひょっとすると自分よりもっと興味深い何千何万という人々について、少なくとももっとアイディア豊かなことを実践している人々について書かれた本があってもいいのではないか？　というわけで、「すべての人間が同じ瞬間に」何をしているのか、ということを明らかにする本が書かれることは必然だった。それを読めば、「大事なこと」が「どこか別の場所で」起こっている間に、自分は馬鹿々々しい知識を仕込んでいるだけかもしれないという心配に、これ以上悩まされることもなくなるような本が——。

『ギネスブック』がベストセラーになったのは、驚異的な事ばかりを、しかもすべて正真正銘だという保証を付けて紹介しているからである。だがこのいわば記録の珍宝館には、深刻な欠点がある。内容があっという間に古くなるのだ。どこかの男性が一八キロの桃を種ごと食べると、すぐその後につづいて別の男性が一八キロ以上食べたばかりか、腸捻転がもとで死亡し、後味悪い新記録になったことがあった。精神病というものはそもそも存在せず、精神医学者が患者をいじめて金を搾《しぼ》り取るために考え出したものばかりだというのは真実ではないが、いわゆる狂人がすることよりはるかに気違いじみたことを、いわゆる常人がするというのは真実だ。違いは、狂人はそれを私利私欲なしに行うのに対して、常人はそれを名声のために行うことにある。名声はもちろん換金できるが、名声だけでも満足する人間はいる。従って事は複雑だが、いずれにせよ、未だに絶滅していない繊細なる知識人という亜種は、こうした記録集を頭から馬鹿にしてきたし、菫色に塗ったナツメグを鼻先で押しながら、四つん這いで何マイル進んだか、などという記録を記憶しているからといって、例えば社交界のサロンで自慢できるものでもなかった。

というわけで、出版が期待されていたのは、『ギネスブック』にやや近い、しかし『宇宙創成はじめの三分』同様、肩をすくめて通り過ぎることもできない、真面目な本だった。と同時にその本は、ボース粒子やらクォークやらに関する考察ばかり詰め込んだ、抽象的過ぎるものでもいけなかった。しかしそんな、すべてを網羅する、しかし作り話ではなく事実に基づいた本、すべての類書を顔色なからしめる本の執筆はおよそ不可能と思われた。私自身、それがどういう本であるべきか、想像もできずにいたので、色々な出版社に持ち掛けていたのは、世の中の広告合戦とはまったく逆の方向を向いた、世界最悪の本を執筆してみたいという提案だったが、興味を示す編集者はなかった。私が妄想した作品は読者を釣る餌になり得たかもしれず、今日一番大事なのは記録である以上、世界最悪の小説だって一つの記録になり得たはずなのだが、もしうまく書けたとすれば、誰もそのことに気づかないという可能性も確かに充分あった。『人類の一分間』を生んだのはもっと優れた発想で、私が思いつかなかったのはかえすがえすも残念だ。この出版社が月の上に支店を置いているというのはどうやら虚構らしく、月世界出版という名称も宣伝上の作戦に過ぎないのかもしれないが、いい加減だというクレームを回避するために、編集者はＮＡＳＡの仲介で本書の原稿を入れた容器とリーダー付きの小さなコンピューターをコロンビア号に積んで月に送ったということだ。万一誰かに文句を言われても、出版業務の一部は確かに月面でも行われていると返答するためだ。「雨の海」に置かれたコンピューターは、延々と繰り返し同じ原稿を読んでいるのだが、何の考えもなく読んでいるという非難もあたらない。なぜなら地球上の出版社でも、査読作業は大体御同様だからである。

書評ののっけから真面目とは言えない、愚痴に近い冷やかし口調になってしまったが、これはいけなかった。この本はそんなことで済まされないからだ。これを読んで憤慨したり、全人類に対する誹謗とみなすことはできるだろうし（ただし、ここにあるのはすべて検証済みの事実ばかりで、反駁もできないから、いたって巧みな誹謗ということになる）、少なくともこれを基にまだ誰も映画やテレビの連続番組を作っていないのはせめてもの慰みであり、そうなっては絶対困るという声もあろうが、たとえ愉快な結論は期待できなくとも、この本について考察する価値があることは疑いない。

私のように、私たちの最終的な理解力を超えるものをファンタスティックと言うならば、間違いなくこれは真実に基づくと同時にファンタスティックな書物だ。私の意見に同意しない人ももちろんいるだろうが、昨今のファンタスティカ（ポーランド語ではSF文学を指してこの言葉を使う）、つまりSFの貧困は、私たちを取り巻く世界とは逆で、それがあまりにファンタスティックでなさ過ぎる点にあると考える私としては、こう主張し続ける他はない。たとえば、脳を二つの部分に切り分けられた（こういう手術はすでに多数、特にてんかん症患者に対して行われている）人間は一人でもあるし、一人でもないということがわかってきた。そういう人間は外見上まったく普通で正常でも、たとえば右手がズボンを上げようとするのに左手が下げてしまい、ズボンが履けないことがあったり、妻を右腕で抱こうとするのだが、同時に左腕は突き放してしまうということが起こり得るのだ。ある特定の状況では、左半球が認識し、考えることについて、脳の右半球が関知しないことがあるということが確認されている。そうだとすれば、手術の結果、その人間においては、意識の、さらには人格の分裂にまでいたったのであり、一つの肉体に二人の男が入っていると見るべきだという見解がある。しかし、それとはまったく違う結論を出す実験もあった。ある時間は一人の、別の時間は二人の個体であるというのでもないという。他方、それは一・五人になったのだとか二人＋αだというような仮説は却下された。笑い話ではない。このような人間の中には一体いくつの精神が宿っているのかという問いに対する答は出ていないのであり、これこそ現実であるとともにファンタスティックな事柄なのだ。そういう意味で、そしてこの意味においてのみ、『人類の一分間』はファンタスティックなのである。

地球上のどの瞬間にも、あらゆる季節、あらゆる気候、昼夜のあらゆる時刻が共存しているということは、一応誰でも知っていることにはなっているが、私たちも大概そんなことは考えずに生きている。

小学生の誰もが知っている、少なくとも知っていなければならない、この陳腐な真実は、日頃は私たちの意識の外に追いやられている。もしかするとそれは、この知識をどうしていいかわからないからかもしれない。テレビの画面を恐るべき速度で駆け抜ける電子は毎晩、ずたずたに寸断され、「最新ニュース」に詰め込まれた世界を私たちに否応なしに見せてくれる。そのおかげで私たちは、中国で、スコットランドで、イタリアで、海の底で、南極で何が起こったか知ることができ、世界で起こったことを一五分間ですべて知ったような気になっている。もちろんそんなことはあり得ない。「重要な政治家」が飛行機のタラップを降りてきて、別の「重要な政治家」とわざとらしい親しさを見せつけながら握手をする場所、列車が脱線事故を起こした場所――つまり、リポーターがカメラの三脚を立てる地点は、地球上のほんの数ヶ所に過ぎない。脱線と言っても平凡なものでは駄目で、フジッリのように車両が転がり捻じれ、乗客の救出も徐々にしか進まないようなものでなければならない。なぜなら中小の惨事はすでにあり過ぎるほどあるからだ。言い換えればマスコミは、五つ子の誕生、クーデター（それもかなりの殺戮を伴うクーデター）、法王の旅行や王女の妊娠以外のことはすべて割愛するのである。これら事件の巨大な背景を成す五〇億の人生は確かに存在する。このことについて尋ねられれば、誰しもそうだと、自分以外に何億もの人間が生きていることは当然わかっていると答える。そしてよく考えてみれば、自分の呼吸一つと次の呼吸の間にどこかでどれだけの子供が生まれ、どこかでどれだけの人間が死んだということも自覚はできるだろう。だがそれは、今これを書いている間にも火星のどこかで、白々とした陽光を浴びてもはや動かぬアメリカの着陸船が立っていて、月面には二、三台の自動車の残骸が転がっているというような知識と同じほど抽象的な、漠然とした知識でしかない。その知識は、言葉で触れることはできても、身体で経験することのできない以上、無に等しいものだ。経験できるのは、私たち一を取り巻く、人々の運命の海から汲みあげる、顕微鏡的な小ささの水滴でしかない。その意味では、粒の水滴の中、その限界があたかも世界の限界ででもあるかのように泳いでいるアメーバと人間とは、それほど違うものでもない。原生動物より私たちの方が知的に優越しているというような点にではなく、アメーバが死ぬかわりに分裂し、自ら家族をどんどん増やしてゆける不死の動物だという点にこそ、私は両者の違いを見る。

というわけで、『人類の一分間』の著者たちが自らに課した課題は実現不可能と思われた。実際問題、この本をまだ手に取ったことのない人に、この本は言葉が少なく、全篇これ統計表や数字の列で一杯だと教えれば、そんなものは不発弾だ、あるいは愚の骨頂とまで、頭ごなしに決めつけることだろう。統計ばかり何百頁あったって何になる、ということだ。数字の列が何千あったとして、それで私たちの頭の中にどんなイメージ、感情、経験を投映できるというのか？　もしこの本がなかったならば、私の机上に開かれていなかったとしたら、私自身、そんな発想は、パリやニューヨークの電話帳が読むに値するもので、これらの都会の住人についてなにがしかのことを教えてくれるという考えと同様、独創的で、興味深いが、実現は不可能だと思ったに違いない。

『人類の一分間』などという本は、もしその現物がなかったとしたら、電話帳や統計年鑑と同じで、きっと読めた代物じゃないだろうと私も考えたに違いない。

だから、共存する全人類の生活から切り取った六〇秒を見せるという構想は、一大戦役の作戦計画よろしく練られねばならなかった。最初の着想は重要ではあるが、それだけで成功が約束されるわけではない。勝つためには敵の不意を突かねばならないと知っている者ではなく、どのようにそれを実行するか知っている者こそ、より良い軍師なのである。

たとえ一秒間のことでも、地球上で何が起こっているかをすべて知ることは不可能だ。じかに接する周囲のことしか認知できない、精神的貧者である動物たちから私たちを区別し、称賛の根拠とされる、人間のこの限界なき精神も、意識も、こうした現象を前にすると、ミジンコほどの小さな容量しかないことが暴露される。私の犬は、私が旅行鞄に荷物を詰めるのを見ると、そのたびに心配し始める。そんな心配はいらないのだと、門を出るまで私の耳に届くクーンクーンという悲しい声を立てて鳴く必要はないのだと、説明してやれないのが何と辛いことか。明日私が帰るということを犬に伝える術はない。犬はどの別れも毎回同じ、苦行者のような仕方で味わう。それに対して私たち人間はまったく違うということになっていて、何が起こっているか、何が起こり得るか、私たちは知っていて、私たちが知らないことについては、知ろうとすれば知ることができる——と一般には考えられている。ところが現代世界は、その私たちの意識というものが非常に丈の短い布団に過ぎないということを、事あるごとに証明してくれる。この布団で覆えるのは事物のほんのわずかな部分であってそれ以上ではなく、世界が私たちに突きつけ得る問題は、犬にとっての問題より深刻だ。というのも、欲求不満になるという能力のない犬は、何を知らないか知らず、ほとんど何も理解していないということを理解していないが、私たちはそのいずれも弁《わきま》えているからだ。そうでないかのように振る舞うとすれば、それは愚かさからか、さもなければ自己欺瞞によって心の平安を保とうとしてするに過ぎない。一人の人間に対してであれば——場合によっては四人でも——同情することはできるが、八万人に対して同情するのは誰であっても無理がある。こういう状況で私たちが扱う数字は、巧妙に発明された義肢であり、盲人が壁に衝突しないように突いて歩く杖なのだ。その杖のおかげで、たとえそれが彼の住まう通りの小さな一区間のことであっても、盲人にも世界の複雑さがすべて見えているなどとは誰も言いはしない。私たちのこのみすぼらしい、伸縮性のない意識が、カヴァーできないものをカヴァーできるようにするにはどうしたらよいのか？　全人類の一分間を現前させるには一体何をすべきなのか？

読者諸君、すべてを一時《いちどき》に知ることはできないが、まず巻頭の目次を見て、それから本文の該当項目を覗けば、きっと息を呑むようなことを知ることができるはずだ。山や河や草原からではなく、何十億という人体から成る風景が、諸君の前に一瞬現前する——暗い嵐の夜、稲妻の閃きが闇を切り裂き、いつもの光景が現れるその何百分の一秒という瞬間に、四方の地平線に向かって広がる壮大なものを目にするように。闇は再び下りるが、一瞬前に見た光景は諸君の記憶に入り込み、もはや拭い去ることはできない。誰もが夜の嵐を経験したことはあるだろうから、右のような比較の表現は視覚的には理解できるとしても、夜の稲妻によって見せられた世界と、何千という統計表とをどう較べたらいいというのか？

著者たちが用いた手法は単純だ。それは逐次近似法だ。例として「死」に、というより「死ぬこと」に充てられた章を取り上げよう（章は全部で二〇〇もある）。

人類は約五〇億もいる以上、毎分何千何万という人間が死んでゆくことは理解できる——これでは到底大発見とは言えない。この場合、数字を挙げても、それは私たちの伸縮性なき理解力の壁にぶつかるだけだ。「同時に一九〇〇〇人が死んでゆく」という言葉は、九〇〇〇人が死ぬという情報に比べて、受け取る側の経験としての価値は毫も大きくないことからも、このことは容易にわかる。それが一〇〇万でも、九〇〇万でも同じだ。「ああ……」——少々怯えたような、漠然と気づかわしそうではあるものの、反応はいつもと同じだ。私たちはこの時点ですでに、何かを意味はしているのだが、その意味するものを、伯父の梗塞ほどには痛切に直接感じることも、経験することもできないような、抽象的表現の真空の中にいる。親類の病気についての報せの方がはるかに強い衝撃なのだ。

その章は死ぬことについて四八頁にわたって教えてくれるが、まず初めに要約的なデータが並び、次いで個別の事象に分かれたデータが示されるのは、いわばまず顕微鏡の低倍率レンズで死の領域全体を俯瞰し、次いで次第に高倍率のレンズで各切片をより拡大して見るようなものだ。最初に自然死の臨終が別立てであり、他者が理由となった死、過誤、偶然による死等々とデータは続く。一分間に、警察の拷問によって何人が、国家によって認められた権利を持たぬ下手人の手にかかって何人が死ぬか、諸君は知ることができる。六〇秒間に実施された拷問の通常の時間割、その地理的分布——その間用いられた器具、世界におけるその分布、国別一覧——諸君が犬の散歩に出かける時、部屋履きのスリッパを探している時、妻と会話している時、床に就く時、新聞を読んでいる時、毎年、毎月、毎週、昼夜二四時間の毎分に、何千という他人が断末魔のうちに身悶えしていることを、諸君は知る。彼らの悲鳴は聞こえてこないが、悲鳴は不断に続いていることを統計は示している。何人の人間が過誤によって死に、無害な飲み物と取り違えて毒を飲んだ何人の人間が死んでゆくかを、読者は知る。そしてその中毒の種類すべてが統計には挙げられ（除草剤、強酸、強塩基……）、過誤による死の原因のどれくらいが運転手、医師、母親、看護婦等々によるものなのかということもわかる。別の項目には、何人の新生児が産後すぐに母によって、故意にあるいは不注意で殺されるかが示されている。枕で窒息した子、経験不足からあるいは知的発達障害から、あるいは出産時に麻薬の影響下にあって、母親が排便の圧迫と勘違いして便所の穴に産み落とされた子等々、いずれもさらに詳しいデータが付されている。次の頁には、誰の罪でもなく死んでゆく胎児のことが書かれている——生存能力のない奇形腫や、前置胎盤や頸部の臍帯巻絡、子宮破裂によって母親の胎内で死ぬ子供たち等々、さまざまな理由のすべてをここに挙げることはできない。多くの頁を占めるのは自殺である。自ら命を絶つ方法は過去に比べて今日はるかに多様で、首吊りは頻度統計の六番目にまで順位を下げている。どのようにすれば確実に素早く死ねるか（中には緩慢な死を望む者もいないではないが）という自殺の各種教科書がベストセラーになってからというもの、自殺の方法の頻度統計内部の動きは加速された。辛抱強い読者は、そうした自殺教本の販売部数と効果的な自殺の正規分布との相関関係を探りあてることもできる。素人考えで自殺に挑んでいた昔は、今より多くの命を救うこともできた。

　当然、癌や梗塞など、四〇〇ともいわれる主要疾病が原因となった死、治療行為に起因する死があり、自動車衝突、樹木、壁、煉瓦の倒壊による死、列車による轢死から隕石による死に至るまで、偶発的死の一覧が続く。地球上に降り注ぐ流星が原因で死ぬことはめったにないというのは、喜ぶべきことかどうかはわからないが、私の記憶では、一分間にそういう理由で死ぬ人間は〇・〇〇〇〇〇一人しかいないとあったはずだ。ジョンソン氏らの仕事は信頼に値する。死をより精密に表象するために、彼らはいわゆる crossexamination 及び対角線論法*を採用した。人々がどういうカテゴリーの原因で死んでいるかを一連の表で読み取り、別の表からある特定の原因——たとえば感電死など——により人々はどのように死んでいるかを読み取ることで、私たちの死に方の驚くべき多様性がくっきりと浮かび上がってくる。最も頻度が高いのはアースが適切に取られていない電気装置に触れての死であり、入浴はそれより頻度が低く、最も珍しいのは歩行者用の橋から高圧電線に放尿してというケースだが、これもまた一分間でみれば、その頻度は分数でしか表し得ない。ちなみに、拷問中の感電死は完全な故意によるものか、不注意によるものか（殺人の意図なく高過ぎる電圧を使った時）区別はできない、とジョンソン氏らは正直に注釈している。

　遺体の死に化粧やコーラスや献花など、豪奢な宗教的儀式を伴う埋葬から、より簡素で安上がりなものまで、人々がどのように死者を処理するかという統計もある。項目は多岐にわたるが、興味深いのは、高度に文明化した国々の方が第三世界に比べて、石とともに袋詰めされたり、両脚を古バケツに入れてセメントで固められたり、全裸で、あるいはばらばらにして湖や粘土採掘後の池に放り込まれる死体がより多く、あるいはまた新聞紙や血だらけの布にくるまれて、巨大なごみ捨て場に投げ捨てられる死体がより多いということだ。貧しい国の人々が知らない死体処理法も少なくない。どうやら然るべき情報が、先進国からの経済援助とともにはまだ届いていないようだ。他方、貧しい国々では最も多くの新生児が鼠に食われている。この数値は別の頁に挙がっているのだが、それを読者が見落とすことのないようにと、参照すべき箇所を示す注も付いている。本書を少しずつ味わうためには、事項を細大漏らさず網羅したアルファベット順の事項索引が役に立つ。

読み進めるにつれ、ここにあるのは無味乾燥な、何も語らぬ単なる数字だという主張は通らなくなる。これを読んでいる間の一分一分、人は一体他に幾通りの死に方をするのか、と背徳的な興味さえ覚えるようになり、頁を繰る指も心なしか粘り気を帯びるようだ。それはもちろん汗であって、血ということはあり得ない。

飢餓による死亡を扱った節には、数字は常に急速に、算術級数（原文通り。幾何級数とは書かれていない）的に大きくなりつつあるので、ここに掲げた表（年齢別に集計した別表。一番多く飢え死にしているのは子供である）はあくまで本書の出版年についてのみ有効だという注釈が付されている。過食による死も発生はしているが、餓死の一一九〇〇〇分の一に過ぎない。これらのデータにはどこか露悪的なところ、脅迫めいた感じがある。実を言えば当初私はこの章だけを覗くつもりでいたのだが、結局その後半ば強いられるようにしてすべてを読んだ。それはまるで人がまだ出血している傷の繃帯をめくって見ようとしたり、痛む歯の穴を針でつつくのに似ている。その行為は苦痛なのだが、やめるのは難しい。ここにある数字は、徐々に脳髄に浸み込んでゆく無味無臭の薬のようだ。私はここでまだほとんど数字らしい数字を挙げていないし、マラスムス〔消耗症〕、カヘキシー〔悪液質〕、身体障害、器官の退化といった章を紹介するつもり

＊——この二つの「メソッド」は文字通りに取ると文脈に合わず、意味が通らない。わざと無関係な難しい用語を衒学的に使ってみているような気もする。両者を合わせて、実際は「クロス集計」程度のことを意味しているのではないかと考えられる。

もない。そんなことをしていると一巻まるまる引用することになるからで、私の役割はあくまで書評に過ぎないからだ。

だが実を言えば、項目ごとに整理され、表形式に並べられた、あらゆる種類の死に関するこれらの数字も、それら数字の列が示唆するだけの、あらゆる国籍や人種の子供たち、老人たち、女たち、新生児らの死体も、本書が惹き起こす最大のセンセーションではない。——と書いてみて、はたして本当かどうか、考えたが、いや、確かにそう言い切れる。人類のこの膨大な死に様《ざま》にも自分の死にも、何かしら似通うところがある。私たちは自分の断末魔が不可避であることを理解しているといっても、それはごく一般論的で茫漠とした仕方での理解でしかない。予めわかっているとは言っても、実際の断末魔がどのような外貌であるのかは知ることができない。

身体に表現される生命現象というものの驚くべき巨大さに、この本の冒頭からいきなり、読者は目を瞠《みは》ることになる。そこに掲げられたデータには疑問の余地がない。死に方の章についても、そのデータが精確なのかどうか、疑うことはもちろんできる。それらはいずれも平均値に基づいたものだ。死の分類や原因が、調査の一次的な段階で完璧な精確さをもって把握されているとは到底思えない。誠実な著者たちは、そもそも統計上のばらつきがあり得ることを隠してはいない。序文にも統計処理の方法について充分な説明があり、用いられたコンピューター・プログラムについても言及がある。それらの手法は偏差を排除はしていないが、読者にとってその値は何の意味もない。一分の間に死んでゆく新生児が七八〇〇人であっても八一〇〇人であっても、何ら変わりはないだろう。いずれにせよ、数値の総和を均衡させることで、そうした偏差も極少となる。たとえば出産数はさまざまな季節や時間帯で一様ではないが、地球上には同時にすべての季節、時間帯が存在するわけだから、出産に伴う死亡数の総和は一定になる。もちろん中にはあくまで間接的な材料による推定統計もある。たとえば国家警察にせよ、

（玄人素人を問わず）私的な殺し屋にせよ（思想犯などは別だが）、自分の仕事がどのくらい成果を上げたかわざわざ公表はしない。そういうケースでは誤差も小さくない可能性がある。

それに対して、最初の章の統計は極めて信頼性が高い。そこでは、一年の五二五六〇〇分から抜き取った一分の間に何人の人間が、すなわちいくつの生きた人体が存在しているかが示されている。いくつの身体が、つまりどれほどの筋肉、骨、胆汁、血液、唾液、脳脊髄液、大便等々が存在するか――である。数字があまりに大きい場合、それを感覚的に理解させるために、啓蒙書はしばしば絵解き的手法に訴えるが、ジョンソン氏らもまた御多分に漏れずそうした。というわけで、もし人類全体を一ヶ所に集めて押し込めるとどうなるかというと、三〇〇〇億リットル、すなわち各辺一キロメートルの立方体の僅か三分の一にしかならないのである。一見大きそうでもあるが、世界全体の海は一二億八〇〇〇万立方キロメートルの水からできているので、もし人類全体、五〇億の肉体を海に沈めたとしても、海面は〇・〇一ミリも上昇しない。一度ポチャンと水がはねたら、以後地球は永遠に無人の惑星となる。統計を使ったこうした遊びは、随分とお安いと言われればそれも御尤もだ。精力的な活動で空気や土壌や海を汚染し、密林を不毛なステップと化し、何億年も前には生きていた動植物の何十億という種を絶滅させ、他の惑星にまで足を延ばし、何と地球のアルベド〔反射係数〕まで変えて宇宙からの観察者に自分の存在を知らせてしまった私たち人類が、それほどやすやすと跡形もなく消滅し得るのだという反省をするには、それはお誂《あつら》え向きの思考ゲームだ。しかしそういうことを読んでも、私自身に関して言えば、人類全体の血液二四九億リットルを使っても、赤い海どころか、湖一つできないという話も含め、これといって感銘を受けたわけではない。

次いで、「誕生、そして交尾、そして死」*というエリオットから採った題辞があり、新たな数字が並

*――Birth, and copulation, and death.――T. S. Eliot の詩劇 *Sweeney Agonistes*（一九三二年刊）からの引用。

ぶ。交尾する男女は毎分三四二〇万。受胎に至る性交は五・七％に過ぎないが、一分間に射出される総計四五〇〇〇リットルの精液の中には一兆九億九千万の生きた精子が含まれている（統計的ばらつきは極小だ）。一つの卵子に一つの精子という必要最小限の組み合わせでゆけば、精子と同じ数だけの卵子が、その六〇倍の数、毎時間受胎することが可能なわけで、事実上あり得ないその勘定でいけば、毎秒三〇〇万の子供が胚胎されることになる。もちろんそんな数字は結局統計的なマジックに過ぎないが。

ポルノグラフィと近代的生活様式のおかげで、すでに私たちは性生活のさまざまな形態を見慣れてしまっている。もはやそこにはこれ以上赤裸々にできるものはなく、これ以上新奇な驚きとなるようなものは何一つ提示できないと思ったとしても不思議ではない。ところが、統計によって捉えなおされた性生活には驚かされる。数字の取り合わせは一種の遊びであり、その手法については説明を割愛するとして、女性性器に注入される毎分四三トンの精液は四三〇〇万リットルになるが、この本の表ではその数字に、世界最大の間歇泉（イエローストーン国立公園）が毎回の噴出で飛ばす熱湯三七八万五〇〇〇リットルを対比させている。つまり、精液の間欠泉は一一・三倍も量が多く、かつ間断なく噴出しているのだ。この図はちっとも卑猥じゃない。人間は、ある特定のスケールの範囲内でしか性的に刺戟され得ない。交接行為も、極度に縮小されたり、逆にあまりに拡大されて見せられると、一向に性的刺戟をもたらさない。性的昂奮は先天的なものとして脳の特定の場所で反射的に発生するが、視覚のある閾値《いきち》を超える条件下では現れない。縮小された性行為がどうでもいいのは、そこにうごめく生き物が蟻の大きさでしかないからだ。他方、拡大図が嫌悪感を催させるのは、絶世の美女の柔肌であっても、そこに見えるのは、至るところ牙のような太い体毛が突っ立つ、穴だらけの白っぽい表面と、どろどろねばねばと光る液体が滲み出る皮脂腺の漏斗状の窪みでしかないからである。しかし私の驚きには別の原因がある。人類の心臓は毎分五三四億リットルの血液を送り出しているが、この赤い河は不思議でも何でもない。それは生命を維持するために流れ続けなければならないのである。同じ時間に男性器は四三トンの精液を分泌していて、肝心なのは、一回一回の射精は日常的生理的行為ではあるものの、ある人々にとってはそれは不規則で、内密な、それほど頻繁ではない、場合によっては必ずしも必要ではない行為でしかないことだ。それは何億という老人であり、子供であり、自分で選んだかまたはそう強いられた独身生活を送る男性であり、病人であったりする。にも拘らずこの白い液は、赤い血の河と同じ一定のリズムで流れ続けている。なぜならば、統計が地球全体を捉えることにより、その不規則性は消滅するからである。驚嘆すべきはこのことだ。人々は今まさに食事の準備ができたテーブルにつこうとし、ごみ捨て場で残飯を漁《あさ》り、新教の教会、回教のモスク、旧教の教会で祈り、飛行機に乗り、自動車に乗り、核ミサイルを積んだ潜水艦に閉じ籠り、議会で論議を交わし、何十億という人は眠り、葬列が墓地の中を進み、爆弾が炸裂し、医師らが手術台の上に身を屈め、何千という講師が同時に講壇に上がろうとし、劇場の緞帳が上り、あるいは下がり、洪水が田畑や家々を浸し、戦争が続き、戦場では軍服姿の夥しい死骸をトラクターが溝に落とし入れ、雷鳴が轟き、稲妻が光り、夜、昼、払暁、黄昏の今現在、たとえ何が起こっているとしても、卵子をめがけて迸る四三トンの精液は切れ目なく流れる。大数の法則に従うその流れは、地上に降り注ぐ太陽光エネルギーの大きさと同じく、一定なのだ。ここには、機械的で不動であると同時に、動物的な何かしらがある。人類を見舞う、あるいは人類自らが惹き起こすあらゆる災厄にも拘らず、そのさなかに、かくも粛々と交尾を続ける人類の姿をどう受け入れればいいのか、わからない。

問題はそこだ。人事を極限まで、つまり数字そのものに圧縮して(いかなる現象も、これ以上圧縮できる手立てがあるとは思えない)できあがった本を要約することなど、土台無理な話だということを理解していただきたい。この本自体がすでに人類のエッセンスであり、極限の要約なのである。本書の一番不思議な章については、書評の枠内ではその一端すら触れることができない。今日《こんにち》の一分間あたりに存在する精神病患者数は、何と十数世代前に生きていた全人類の人数より多いということが示されている。逆を返せば、往時の人類全部が今日の狂人によってのみ構成されていたようなものだ。かつて三五年前、私が自分の最初の医学論文で、身体が自らに対して自殺的に反逆する「身体の発狂」と名付けたところの新生物疾患は、生命規則の例外であり、生命力の錯誤ではあるのだが、統計によって把握されたこの「例外」は、一個の巨大なモレク*神に他ならない。一分間に数えられた癌組織の集積は、言ってみれば、私たちをこの世に存在させるに至ったプロセスの盲目性を証しするもののようだ。数頁先にはもっと陰鬱な次の項目が並んでいる。暴行、強姦、性的倒錯、常軌を逸したカルト、マフィア、結社などについてここでは紹介しようとも思わない。相手が病人であれ健康体であれ、老人であれ子供であれ、あるいは障害者であれ、人が人を苦しめ、辱め、傷つけ、搾取しようとして、それも間断なく、毎分々々繰り返す行いの図を前にしては、人間のあらゆる背徳行為を知悉したと思われる筋金入りの人間嫌いでさえ唖然とするだろう。まあ、この問題はこれ以上深入りせずにおこう。

　この本は必要だったのか？　あるアカデミー・フランセーズ会員は『ル・モンド』紙に、この本の登場は必然で、出るべくして出たと書いていた。我々の文明はあらゆるものの寸法を計測し、勘定し、査定し、重さを量り、あらゆる戒めや禁止を超越しつつ、すべてを知ろうとするが、同時にその文明はいよいよもって多くの人口を擁して自らにとっての透明性をますます欠くにいたっている、とも彼は書いている。自分に対して抵抗し続けるものほど、人が懸命になって攻撃する対象はない。従って、文明がこれまでになく忠実に描かれた自画像を所有したいと思ったとしても何ら不思議はなかった。その像は同時に客観的なものでなければならなかったので――客観性は理性と時代の求めるところだ――近代的なテクノロジーのおかげで、リポーターのカメラが捉えるスナップショットのような、無修正の写真を、文明は手に入れた。仏翰林院の老会員は、『人類の一分間』という書物は必要だったかという問いには直接答えることなく、ただ時代の産物として、それは早晩出現せざるを得なかったと述べたのだ。しかし問いは依然として残されている。私だったらこれをより謙虚な問いによって置き換えたい――すなわち、この本は本当に、人類が見せようとして見せられないものを見せてくれているのだろうか？　ここにある統計表は鍵穴のようなもので、読者は、日常の営みにいそしむ人類の巨大な裸体をその穴から覗き見するピーピング・トム（出歯亀）のようなものだ。小さな鍵穴を通してでは、すべてを一遍に見ることができない。あるいは何より重要かもしれないのは、覗き見る者は、自分が属する種の全体のみならず、自らの運命とも対面するということだ。『人類の一分間』の文化、信仰、儀礼あるいは風習といった項目には、人間学的に極めて興味深いデータが実にふんだんに盛り込まれていることは認めなければならない。それらは単に数字を並べ、結合しただけのものに過ぎないにも拘らず（あるいはむしろそれだからこそ）、同一の身体構造と生理を有しながらも、人類がいかに驚嘆すべき多様性を呈しているかを教えてくれる。人間が現に用いている言語の数を数え上げられないのは不思議なことだ。せいぜいわかっているのは四〇〇〇以上はあるだろうということ位で、正確にいくつの言語があるかはわからないのである。専門家たちもこれまですべての言語を同定できておらず、小さなエスニック・グループの言語はその集団とともに日々刻々死に絶えつつあるのだから、事はなおさら厄介で、その上、その地位について言語学者らが論争を続けている言語も中にはある。それらはある者は方言とみなし、他の者は分類上独立した言語だと考えるのである。しかしそのような、一分間の全データを必ずしも計算できないとジョンソンたちが降参する領域はあまりない。それでもまさにそうした頁にさしかかると――少なくとも

＊――古代カナン人などが信奉した神の一つで、子供の生贄を捧げた。「自分の子を一人たりとも火の中を通らせてモレク神にささげ、あなたの神の名をけがしてはならない」（『旧約聖書』「レビ記」一八・二一）など参照。

私は――なぜかほっとさせられる。この問題には哲学的な根がある。

ドイツの高級な文学雑誌で、憤慨した人文学者によって書かれた『人類の一分間』批判を読んだことがある。本書は、人類の身体から頭部を切り離し、肉体と血と汗（確かに統計は、排便と月経による出血の他にも、さまざまな種類の汗にも及んでいる。冷や汗と重労働の汗とは種類が異なるのだ）とからなる肉の山を築き上げ、人類を化け物のように描いたと彼は語る。精神生活は、人々が一分の間に読む書籍や新聞の数とも、発話する言葉の数（天文学的な数字だ）ともイコールではない。劇場入場者数やテレビ視聴率の数字を臨終や射精の定数と同じ平面で並べること自体が人を間違いに導くもので、その間違いはいたって重大だと言う。オーガズムも断末魔も、人間固有の現象ではない。それだけではなく、それらの現象は生理学の内部で完結的に説明可能なものでしかない。ところが心理的な内容を持つ人間固有のデータは、ただ単に説明が尽くせないばかりか、雑誌や哲学書の発行部数といった数字では捉えきれない性質のものなのである。それはあたかも、恋愛感情の熱だと言って体温を提示するようなものだ。「アクト」という項目の下にヌード写真と信心家の《アクト・スツシェリスティ〔akt strzelisty〕》*を隣り合わせに並べるようなものだ。範疇の入り乱れるこの状態は偶然の産物ではなく、統計を駆使した諷刺によって読者に衝撃を与えようとする著者らの狙ったことだ。数字を雨霰と降らせることで私たちを辱めることこそ彼らの目的なのだ。人間であることは何よりもまず精神生活を有することを意味するのであり、加減乗除可能な解剖学的構造を有することではないはずなのだ。精神生活というものは計測することも、いかなる統計によって把握することもできないという事実そのものが、自分たちは人類のポートレートを制作したのだという著者らの言い分が欺瞞であることの証左だ。何十億という人間を行動の断片に仕分けし、それぞれの項目に振り分ける、簿記にも似たその作業には、死体を解剖する病理学者の手際良さ、そしてどことなく底意地の悪さも窺われる。何千にも上る索引項目にそもそも「人間の尊厳」というような項目はない。

　私の言う問題の哲学的な根っこにはまた別の評論家も切り込んでいる。どうやら『人類の一分間』が出版されたことで、知識人たちは恐慌をきたしたようである。『ギネスブック』のような大衆文化の産品は無視していいという暗黙の了解が彼らの間にはあったのだが、『人類の一分間』は無視したくてもできない厄介な課題を彼らに突きつけたのだ。思慮深いのか、それとも単に狡猾なのか、著者たちは方法論に関する学問的な序文を付すことで、本の格を一挙に高みに引き上げた。彼らはまた、真実は文化において最優先されるべき価値であると唱える現代の思想家たちの言葉をさまざま引きながら、起こり得る批判を事前に封じてもいる。真実こそ最高の価値であるならば、たとえそれがどれほど人を滅入らせるものであっても、あらゆる種類の真実を示すことが許される――どころか必要だということになる。『エンカウンター』（一九五三～九一年の間英国で発行されていた月刊文藝誌）で筆を執った批評家＝哲学者は、ジョンソンたちが操る背の高い馬に跨り、まず彼らを誉めあげ、次いでこき下ろした。

　我々は――と『エンカウンター』誌上の筆者は言う――まさに『地下生活者の手記』のドストエフスキーが恐れた仕方でもって扱われたのだ。自由意志を持った個人の主権というものが、科学に率いられた決定論によってごみ捨て場に投げ捨てられてしまうのではないか、科学は、我々のあらゆる決心やあらゆる感情までも、まるで機械的なキーボードの動きのように予知できるようになるのではないか――ドストエフスキーは科学によってそう脅かされているように感じていた。そして、我々の行為や、我々の自由を奪う思考の恐るべき予知可能性から身を守るためには、狂気の他に何の救済策もないと彼は見たのだった。彼の「地下生活者」は一体何のために発狂しようとしていたのかと言えば、それは狂気に

＊――アクト・スツシェリスティは日常的にあるいは緊急時に急いで唱える短い祈りの文句を指すポーランド語で、ラテン語では actus iaculatoriae。一方ヌード写真もまたアクト〔akt〕と呼ぶ。

よって箍《たが》の外れた精神であれば、高らかに凱歌を挙げる決定論に屈することはないだろうという目論見ゆえだった。一九世紀合理主義者らのみすぼらしい労作であるこの決定論は打倒され、もはや再び立ち上がることはないはずなのだが、それに代わって登場したのが統計学と手を携え合った確率理論である。個人の運命は、個々の気体分子の運命と同じく予測不能だが、どちらの場合も、それらが膨大な数集まれば、特定の個人や分子についてではなく、それらの総体にあてはまる規則性を導き出すことができる。つまり科学は、決定論の挫折後、迂回策を取って別の方角からふたたび「地下生活者」を襲ったのである。『人類の一分間』には人類の精神生活のかけらさえないというのは、残念ながら間違っている。精神生活は完全に頭脳に限定されたもので、そこから出るとすれば言葉によるその表現だけだと主張するのは、文学者やその他の知識人たちが自らの職業にかこつけて言う慣わし以上のなにものでもない。そんな彼らの数は人類全体のたかだか何百万分の一に過ぎない（と本書にある）。人々の九九％は精神生活を計測可能な行動で表現しているのであって、たとえそれが水運びの人夫であれ、商人であれ、機織《はた》り職人であれ、さらには精神病患者であれ、人殺しであれ、ポン引き風情であっても、精神的生活をしていないと断ずるのは誤りだろう。従って、著者たちが厭世的な意図の下に本書を書いたと言うことはできず、指摘するとすればせいぜい、彼らが採用したメソッド本来の限界についてくらいだろう。『人類の一分間』の独創性は、それが過去すでに起こったことの決算報告的な統計ではなく、ごく普通の統計年鑑と同じく、人間世界に関する共時的な情報源だということにある。私たちが呼ぶところのリアルタイムで働くコンピューターに似て、現象の生起するテンポと同期して動く装置なのである。

そう著者たちを持ち上げ、栄冠を授けた後、『エンカウンター』の批評家は本書の序文に嚙みついて、その栄冠の一部を剝ぎ取ってしまった。『人類の一分間』を目に余る卑俗な書物だとか落首諷刺の類に過ぎないといった非難から守るため、ジョンソンたちが振りかざした真実第一の至上命令は聞こえはいいが、実際のところは実現不可能なのだ。この本には「人間についてのすべて」が盛り込まれているわけではない。それはあり得ない。世界最大級の図書館を集めても「人間のすべて」はその中にない。学者たちによって発見された人間学的なデータの量は、とっくの昔に個人が吸収消化できる可能性を超えてしまっている。三万年ほど前、旧石器時代には始まった分業（知的作業も含め）は、すでに不可逆的な現象となって久しく、これもまたどうしようもない。私たちは自分たちの運命を、否応なしに、専門家たちの手に委ねてしまったのである。能力ある専門家たちが、凡庸な知性と貧弱な予見能力しか持ち合わせない政治家たちの手となり足となりこき使われていることでさえ、それほど憂慮すべきことではない。なぜならば、世界が抱えるいかなる主要課題においても、一流の専門家たちの間でさえ、意見の一致はないからだ。私たちを現実に支配する凡人たちの政治と、互いにいがみ合う専門家たちのロゴクラシー（言葉による統治。レムの造語だろう）と、どちらがましかはわかったものじゃない。政治的指導者層の知的水準が次第に低下しつつあるのは、それだけ世界が複雑化していることの帰結である。最高の知性に恵まれたとしても、世界を十全に把握することなど誰もできないが、そんなことは一向気にもかけない人間こそ政治家をめざすのが常だ。本書の知的能力の章にも、世界のすぐれた国家指導者たちの知力に関する指標が掲載されていないのは決して偶然ではない。至る所であらゆる調査を行ったさすがのジョンソン氏らも、彼らに知能テストを受けさせることには成功しなかったようだ。

本書についての私の意見はいたって平凡なものだ。以上、試みに紹介した通り、この本については無数の仕方で論じることが可能だ。本書は、底意地悪い落首でもなければ、手堅い真実そのものでもないと私は思う。カリカチュアでもなければ、鏡でもない。『人類の一分間』に見られる非対称性、つまり、人間の善性の発現よりも恥ずべき悪の発露の方がはるかに多く、私たちの生存が見せる美よりもはるかに貧しく醜い面が多く映し出されていることを、著者たちの意図にも方法論にも帰するということを私はしない。この本を読んで憂鬱になる人々がいるとすれば、それは「人間」について依然としてさまざまな幻想を懐いている人だけだ。善と悪の非対称性は数字の対比によってでも示せたはずだが、なぜかジョンソンたちは思いつかなかったらしい。微罪、重罪、詐欺、窃盗、横領、脅迫等々の項目を含む章は、「〈善き〉サマリア人の」行いに割かれた章よりもはるかに長い（犯罪の章には、いわゆるコンピューター犯罪という新手のものも含まれている。これは、知的労働の電子的延長とでもいうべきものを操作して、違法な利益をプログラマーにもたらすものだが、最近では、「法律なくして犯罪なし」という原則に照らせば、今のところ犯罪と認定できない行為も広まってきている。例えば、宝くじやギャンブルにおける勝率を高めるために巨大な演算能力を持つコンピューターを使ったからといって、その人間は犯罪者ではない。数人の数学者が証明したところによると、ルーレット盤上の玉の運動を分析することによって、賭金をかっさらうことは可能だという。どんなルーレット盤も理想的に作られていない以上、理論的な確率とは隔たった偏差があり得る。それをコンピューターで突き止め、利用できるとのこと）。しかし残念ながら、著者らはそれらのデータを一つの表の中で対比させることはしなかった。もしそれをしていたならば、善に比べて悪はいかに多くの形態を有するものであるか、如実に示せただろうに。人を助けることのできる手立ては少なく、人を傷つけるための手段は多い。それが私たちに与えられた条件であり、統計手法が悪いわけではないのだ。私たちの世界が地獄と天国の間にあるとしても、それははるかに前者に近い地点だろう。しかしこの点に関して——それも相当以前から——幻想を持たなかった私は、この本を読んで気分を害することはなかったことは確かだ。

ベルリン　一九八二年

二一世紀叢書

Biblioteka XXI wieku

創造的絶滅原理　燔祭《ホロコースト》としての世界

DAS KREATIVE VERNICHTUNGSPRINZIP. THE WORLD AS HOLOCAUST

序

二〇世紀末になると、右のような、あるいは似たような題を冠した本が出版されるようになるだろうが、そうした書物に描かれる世界像が広く普及するのは、現在互いに遠く離れた学問分野で萌芽しつつあるさまざまな発見が、一つの全体を構成することになる次の世紀になってからだ。その全体像が表現するのは——勿体ぶらず言ってしまおう——天文学における反コペルニクス的転回である。そしてその転回が、「宇宙」の中で自分たちが占める場所についてのわれわれの先入観を打ち破ることになる。

コペルニクス以前の天文学は、地球を世界の中心に据えていたが、地球が太陽を取り巻く多くの惑星の一つに過ぎないことを発見したコペルニクスは、この惑星をその特権的な地位から突き落とした。数世紀にわたる天文学の進歩は、単に地球は太陽系の中心的天体でないということだけでなく、太陽系自体がわれわれの銀河系、すなわち天の川銀河の縁辺に位置するに過ぎないと認め、コペルニクス的原理を補強してきた。何のことはない、われわれは宇宙の中の「どうということもない場所」に、星空のどこか町外れに住んでいるということがわかったのである。

天文学は星の進化を、生物学は生命の進化をそれぞれ探求してきたが、遂にそれら二本の軌道は交わった——と言うより、あたかも一本の河の異なる支流のように合流した。生命は宇宙ではありふれた現象なのかという問いを天文学は自らに課し、理論生物学はその究明を手助けし、二〇世紀半ばにはＣＥＴＩ（*Communication with Extraterrestrial Intelligence*〔地球外知的生命体との交信〕）と名づけられた、地球外文明探査の最初のプログラムができた。その調査は数十年にわたり、次から次へと改良され、大規模になる装置を用いて続けられたものの、結局、未知の文明もそれらのいかなる痕跡を示す電波信号も見つけることはできなかった。結果として生まれたのが *silenium universi*、すなわち「宇宙の沈黙」という謎である。この問題は七〇年代に一般世論にまで達し、それなりの注目を浴びた。「われわれ以外の知的生物」が発見できないということは、学問にとって理解し難い問題となった。生物学者たちは、生命のない物質から生命が発生することを可能にする物理化学的な条件はどういうものか、特定するところまでいった——それは決して特異な条件ではなかった。さまざまな恒星の周りにさまざまな惑星が存在することを、天文学者たちは証明した。わが銀河系のかなりの恒星が惑星を有していることも観測で明らかになった。そうしたことから導き出された結論は、宇宙の標準的な変化の過程で比較的頻繁に生命は発生し得、生命の進化は宇宙においてごくありふれた自然な現象であり、その系統進化の最終段階として知的生命体が誕生することも、通常のプロセスの範囲内で理解できるというものだった。にも拘らず、何十年にもわたって、いよいよ多くの天文台が探査をしたにも拘らず、地球外からの信号は受信できず、他の生命体が棲息する宇宙の像は否定されつづけた。

天文学者、化学者、生物学者たちの最新の知見に従えば、宇宙は太陽に似た恒星や地球に似た惑星で溢れていることになり、大数の法則に基づいて、無数の天体上で生命が育っている筈だったのが、電波観測でどこを探しても生命は見あたらなかったのである。

ＣＥＴＩに、次いでＳＥＴＩ（*Search for Extraterrestrial Intelligence*）に集った科学者たちは、宇宙の生命存在と宇宙の沈黙という二つの事柄の折り合いをつけるべく、折りに触れて色々な仮説を立ててきた。当初、文明間の平均距離は五〇〜一〇〇光年だという触れ込みだった。しかし、研究が進むにつれて、それを六〇〇光年に、遂には一〇〇〇光年にまで拡大せざるを得なくなった。と同時に、人類にとっての核戦争の脅威のような、どの文明にも自殺の脅威というものがあり、そのため、生命の有機的進化は何十億年も続くにも拘らず、その最終局面にあたるテクノロジー段階はわずか数十世紀持つか持たないかであるとする、フォン・ヘルナー〔Sebastian von Hoerner〕が唱えたような、宇宙の霊生代的（精神生命紀的。人類の出現によって始まった時代の特徴を持つ。第四紀的）「密度」と宇宙の不活性化とを結び付ける、知性の自滅という仮説も登場した。また別の仮説は、二〇世紀が体験し始めたような、平和時であっても、生命の孵化器《ふかき》としての生物圏を自らの副作用で破壊してしまうテクノロジーの膨張に見られる脅威を指摘した。

ヴィトゲンシュタインの言葉をもじって誰かが言ったように、*vorüber man nicht sprechen kann, darüber musst man dichten*〔語り得ないものは、創る外ない〕のだ。オラフ・ステープルドンはＳＦ『最後にして最初の人類』の中で、われわれの宿命を「星々が人間を創造し、星々が人間を殺す」という一文で表現した。＊当時、二〇世紀の三〇年代にあっては、こうした言葉は***Wahrheit***〔真実〕というより***Dichtung***〔詩／創作〕だった。それはあくまでメタファーであって、科学の世界における市民権を請求できるような仮説ではなかった。

＊――『最後にして最初の人類』（浜口稔訳、二〇〇四年国書刊行会刊）三七二頁参照。

しかし、およそどんなテクストも、その筆者がそこに込めた以上の意味を含み得る。ロジャー・ベイコンは四〇〇年前に、空を飛んだり、地面を疾走したり、海底を進む機械は可能だと主張したが、彼がそうした装置を何か具体的な仕方で想像していた訳ではまずないだろう。ところがわれわれは、今日彼の言葉を読みながら、彼の言った通りになったという一般的な知識をそれに重ねるだけでなく、われわれの知る膨大な具体的事例を以てその意味を拡大する。言葉はそうして重みを増すのだ。

似たようなことが私の発言にも起こった。一九七一年〔アルメニア〕のビュラカンで開催されたCETIに関する米ソ会議議事録に寄せた発言である（モスクワの出版社ミールが一九七五年に出版した『CETI論集』に掲載されている）。私はそこにこう書いた——「もしも宇宙空間における文明の分布がランダムではなく、観測可能な現象と関連してはいてもわれわれには知り得ない宇宙物理学的なデータによって規定されているのだとしたら、文明の位置と宇宙の中心の特徴との関連が強ければ強いほど、つまり文明の空間内配置（分布）が偶然のものではなければないほど、〔他の文明との〕接触のチャンスはそれだけ少なくなる。確かに、文明の存在を示唆する、天文学的に観測可能な指標が存在するということをア・プリオリに排除すべきではない。（……）従って、CETIのプログラムも、われわれが有する宇宙物理学的知識の一過性的特質を考慮した規則の上に立脚すべきである。今後起こり得る新たな発見が、CETIの基本的な前提にさえ影響を及ぼし得るからである」

正にそれが起こった——と言うより、徐々にではあるが起こりつつある。銀河天文学が突き止めた新たな事実から、惑星や宇宙の生成に関する新しいモデルから、太陽系の各種小天体に含まれる放射性同位元素の組成から、ばらばらにされた知恵の輪の部分のようなそうした事実から、太陽系の歴史や地球上の生命誕生の歴史を再構成した新しい像が生まれつつある。そしてそれは、画期的であるとともに、これまで承認されてきた像と矛盾する性格のものなのである。

手っ取り早く言ってしまえば、天の川銀河が存在してきた一〇〇億年の歴史を再現するさまざまな仮説が示しているのは、宇宙がカタストロフィに満ちた領域であるからこそ人間は発生したのであり、地球も地上の生命も、そうしたカタストロフィの奇妙な連続のお蔭で成立したということだ。太陽は自分の惑星一家を頻繁で猛烈な大変動の末に産み落とし、その後太陽系はカタストロフィの領域の外へ逃れることができ、結果として生命が発生、発達し、やがては地球を支配するに至ったのである。続く一〇億年の間は、系統樹の上に居場所のない人間はまったく発生する機会がなかったが、やがて次のカタストロフィが何億という地上生物を殺すことで、人類誕生の道を開いたのだった。

このような新しい世界像において中心的な役割を果たすのが破壊とそれに続くシステム緩和による創造*である。さらに約《つづ》めて言えば、こうも言えるだろう——原始太陽が絶滅の領域に入った時、地球は誕生し、地球がその領域を脱した時、生命が誕生し、次の一〇億年の間に再び絶滅が地球を襲ったために、人間は誕生した、と。

量子力学の不確定性に対して強情にも反対しつづけたアインシュタインは、「神は賽を振らない」と言った。原子レヴェルの現象も偶然によって支配される筈がないということを言いたかったのである。ところが実際は、原子レヴェルばかりか、銀河、恒星、惑星、生命の誕生、知的生命体の誕生といったレヴェルにおいても、神はさいころを振るということがわかった。われわれは、自らの存在を、「然るべき場所と時刻に」起こったカタストロフィのみならず、他の時代、他の場所では起こらなかったカタストロフィにも負うている。われわれの恒星、続いて惑星、続いて生命の発生と進化の歴史を通じて、われわれは多くの針の穴をくぐり抜けた果てに誕生した。原始太陽系星雲の発生からホモ・サピエンス

*——原文で隔字体強調を施されているのは「破壊による創造」にあたる語句だけだが、日本語の語順ではそのように取り出せないので、中間の修飾句「とそれに続くシステム緩和」も含めて傍点を付した。

の発生に至る九〇億年の時間は、ただの一度として旗門不通過のなかった長大なスキー大回転競技に比べることができるだろう。そういう「旗門」が相当数あったということ、一回でもコースから外れれば人類の発生は不可能だったということはすでにわかっているが、カーブや旗門を備えたそのコース幅はどの位「広かった」のか、言い換えれば、人類発生というゴールに向かう「正常な滑降」の確率はどのようなものであったかということは未だにわかっていない。

従って、世界は——次の世紀の科学が判断することだが——創造的でもあり破壊的でもあるカタストロフィのランダムな集合だということになるだろう。しかしランダムだったのはその集合であって、カタストロフィ一つ一つは物理学の厳密な規則に従っていたのである。

I

圧倒的多数のプレーヤーが負けることが、ルーレットの原則だ。そうでなかったら、モンテ・カルロのようなカジノはどれも、早晩破産せざるを得ない。儲けを手にしてゲーム台を去るプレーヤーは原則からの例外である。かなり頻繁に勝つ者は稀少な例外であり、玉が自分の選んだ数字に毎回のように止まり、大儲けをする者はもはや特別な例外であり、新聞ネタにはうってつけの、途轍もない幸せ者ということになる。

たとえ勝ちが連続しても、それはプレーヤーの功績ではない。勝ちを保証するような、当たり数字を予測するいかなる作戦も存在しないからだ。ルーレットは、最終的な結果を確実に予測する術のない、ランダムな装置である。玉は必ず三六の数字のいずれかに止まるので、一回のゲームでプレーヤーが勝つ公算は三六分の一であり、連続して二度勝つチャンスは一二九六分の一である。互いに独立した事象が（正にルーレットのように）起こる確率はその数を掛け合わせねばならないからで、三回続けて勝てるチャンスは四六六五六分の一となる。これは非常に小さな数ではあるが、計算可能な確率だ。なぜ可能かと言えば、一回ごとの確率が常に三六分の一に決まっているからである。ところが、外的な事象の発生を考慮するとなると――たとえば地震、爆弾テロ、プレーヤーの心臓発作による死亡など――彼が勝つ確率を計算することは不可能になる。同様に、砲兵隊の集中砲火の下、草原で花を摘み、無事花束を持って帰宅できるかどうかは、統計によって処理することができない。その確率の算定不能性は――従って事柄の予測不能性は――もちろん、量子論的な現象の予測不能性とは何の関係もない。集中砲火のもと花を摘む人間の運命を統計的に処理できるのは、その危険を冒す人間の数が非常に多く、草原上の花の分布がわかっていて、花を摘む時間や単位面積当たりの平均着弾数が知られている場合に限る。

しかしそんな統計処理を試みたとしても、人間に当たらない砲弾が花を損壊し、花の分布を変更してしまえば、計算は複雑になる。殺された花摘み男は、集中砲火の下の花摘みというゲームから降りることになるが、ルーレットでは、最初の内つきが良くてもやがて負けてすっかり一文無しになった者が、ゲームを降りる。

もしも銀河の集団を何十億年にもわたってずっと見まもる観察者がいたとすれば、彼ならば、銀河の集団をルーレットや花を摘む人間たちのいる野原と同様に扱い、恒星や惑星が従う統計的規則を発見することができるだろうし、そうすることで最終的には、生命はどういう頻度で宇宙に出現し、どういう頻度でその生命は進化論的に発達して知的生命体の発生にまで至り得るのか、特定できるだろう。

そうした観察者になれるのは、長寿の文明、厳密に言えば、その文明が擁する代々の天文学者たちということになる。

だがしかし、お花畑に対する砲撃が規律正しく整然と行われないのであれば（つまり、砲撃の密度が一定の平均値付近に集まらず、結果として予測不能ならば）、あるいはルーレットが「正直な」ものでない場合、超越的な観察者をもってしても、「宇宙に知性が誕生する頻度の統計」を取ることはできない。

そうした統計処理の不可能性は、原理的というより「実際的」な性質のものである。というのも、それは銀河、恒星、惑星そして分子といった多様な次元においてランダムに発生する、互いに独立した事象の計測不可能な重なり合いに「のみ」起因するものであって、ハイゼンベルクの不確定性原理のような物質そのものの特性ではないからである。

賞品として「生命を勝ちとる」ためのルーレットとして銀河を考えるならば、それは「正直な」ルーレットとは言えない。正直なルーレットは、厳密に唯一つの確率分布（毎回三六分の一）に従うものでなければならない。ホイールが揺さぶられたり、ゲーム中に形を変えるような、あるいは毎回違う玉を使うようなルーレットでは、そうした統計的均一性はない。確かにルーレット盤と渦巻銀河は似ているが、厳密に同じではない。銀河は、ストーヴの傍のルーレットのようにふるまう。ストーヴが熱い時は、ホイールが熱せられて変形し、各数字の勝率も変わってくる。優秀な物理学者の手にかかればルーレットに対する熱の影響を計算できるだろうが、そこへ表を走るトラックのせいで起こる床の振動でも加われば、その計算結果も不充分になるだろう。

そういう意味で、「生か死か」を賭ける銀河ゲームは、正直ではないルーレットのゲームなのだ。アインシュタインが「神は賽を振らない」と言い張ったと私は書いた。そこで述べたことをさらに補うこともできる。実は神は賽を振るのみならず、最小の次元、すなわち分子レヴェルの次元においてのみ——いつも完全に同一のさいころを使って——正直なゲームをしているのである。それに対して銀河は神の巨大なルーレットのようなものであって、そのルーレットは正直ではないのだ。誤解のないように言えば、それは数学的な（統計的な）意味での「正直さ」であって、「道徳的な」何かではない。

特定の放射性元素を観察することで、われわれはその半減期、つまりその原子の半数が崩壊するまでどれ位待たねばならないかを知ることができる。この崩壊を支配しているのは、同じ元素であれば全宇宙で同一の、統計的に正直な偶然性である。それが実験室にあろうと、地下深くにあろうと、隕石中にあろうと、星雲の中にあろうと関係ない。その原子はどこでも同じようにふるまう。

一方、「恒星や惑星、時として生命を生み出す装置」としての銀河は――ランダムな装置として――計算し得ない仕方で、つまりは正直ではない仕方でそうふるまっているのだ。

銀河の創造活動を支配しているのは、決定論でも、また量子世界でわれわれが知ったような非決定論でもない。従って、「生命を求めての銀河ゲーム」の一部始終は、そのゲームが成功した暁に、事後的に知り得るだけなのだ。出発点においては予測不能ではあっても、すでに起こったことを再現することはできる。再構成できると言っても、完全に精密にという訳にはゆかない、人類がまだ文字を知らず、自らの手で拵えた品物以外は何も、年代記も文書も残し得なかった時代の歴史を、考古学者たちがそれらの遺物を掘り出しながら再構成するのに、それは似ている。こうして銀河宇宙論は「恒星・惑星考古学」に変貌する。われわれ自身が偉大な獲得賞品であるところの奇妙なゲームの詳細を知るための考古学である。

銀河の四分の三強は、われわれの天の川銀河と同じように、二本の腕を外に伸ばした銀河核を中心とする渦巻状円盤の形をしている。ガスやダストの雲、そして（銀河の中で生まれ、死んでゆく）星々から成る銀河は、回転しているのだが、銀河核は腕よりも大きな角速度で旋回しているために、腕は後れを取って捻じれ、全体として螺旋《らせん》状の形態となっている。

しかしながら、腕は星々と同じ速度で運動している訳ではない。螺旋の形が変わらないのは、**密度波**のお蔭であり、星々はその中で、いわば普通のガスにおける分子のような機能を果たしている。

異なる回転速度を持つ星々は、核から相当離れている場合は渦状腕より遅れ、核に近いものは腕を横切り、追い越してゆく。腕と同一の速度を持っているのは、核からの距離がちょうど半ば程度の星々だけで、これがいわゆるコロテーション・サークル〔共回転円〕である。太陽とその惑星がそこから発生することになるガス雲は、およそ五〇億年前、渦状腕の内側の縁辺に位置していた。雲は僅かな——毎秒一キロメートル程度の速度で腕を追いかけていたが、密度波の奥に突入し、近くで爆発した超新星の産物である放射性物質によって汚染された（それはヨウ素とプルトニウムの同位体だった）。それら同位体はやがて崩壊し、そこから別の元素——キセノンが生じた。一方、件《くだん》の雲は密度波による圧縮を受けて密度が高まり、遂にそれから若い星が生まれた——太陽である。この時代の終わりごろ、四五億年ほど前、近くで別の超新星が爆発し、それによって太陽周辺の星雲は（原始太陽のガスすべてが太陽になった訳ではない）放射性のアルミニウムに汚染された。そのことが惑星の誕生を早めた——あるいは惹き起こした。数値シミュレーションによれば、若い恒星の周りで渦巻いているガスの円盤が分割され、個々の惑星として凝集し始めるためには、強力な「突っつき」としての「外部からの干渉」が必要であり、その突っつきとなったのが当時太陽からそう遠くないところで爆発した超新星の衝撃だった。

何からこういったことはわかるのか？　太陽系の隕石に含まれる放射性同位体の組成からだ。上述の（ヨウ素、プルトニウム、アルミニウム）同位体の半減期から、原始太陽系星雲がいつこれらの同位体の放射線に曝されたか計算できるのである。それは少なくとも二回あった。これら同位体の半減期の異なりから、超新星爆発による最初の被曝は原始太陽星雲が銀河の渦状腕内側のへりに入って間もなく、二度目の（放射性アルミニウムによる）被曝は三〇〇〇〇〇〇〇年[*]程度後に起こった。従って、太陽はその成長の最初期を強力な放射能と惑星を生むほどの激しい衝撃に溢れた領域で過ごし、後になってようやく、すでに凝固、冷却しつつある惑星たちを引き連れてその領域を去ったことになる。太陽が星々のカタストロフィから隔絶した高度の虚空間に出たことで、地球上の生命も、致命的な外的干渉なしに発達することができたのである。

こうした世界像を見てくると、地球が（太陽とともに）とりたてて特権的な場所に在る訳ではなく、「どこでもいい場所」に在るというコペルニクス的原則には大きな疑問符が付されざるを得ない。もし仮に太陽が銀河系の遠い辺境に位置してのろのろ動くばかりで、銀河の腕を横切ることもなかったとすれば、惑星を生むことはなかっただろう。なぜならば、惑星誕生は、急激な状態変化という一種の「助産術」を、すなわち爆発する超新星の衝撃波を（あるいは少なくともそれに似た「接近遭遇」

＊——他の箇所ではたいていmiliard（十億）などの文字による記法が用いられているが、なぜかここを始め数ヶ所ではアラビア数字が並べられている。

を）必要とするからだ。

もし仮に太陽が、そうした衝撃によって惑星を生んだ後も、銀河核の近くを回転しつづけたとすれば、ひいては渦状腕よりはるかに大きな速度で動くことになり、頻繁に腕を横切らなければならなかっただろう。そうすると大量の放射能や衝撃波が地球上に生命が発生することを妨げたか、あるいは発生してもその発達の早い段階で生命を抹殺したに違いない。

同様に、もし仮に太陽が銀河系のコロテーション・サークル上を運行していたとすると、それは銀河系の腕の中に留まりつづけることを意味するので、生命は、超新星爆発などで早晩殺され、地球上に定着できなかっただろう。超新星は、正に銀河の腕の内部で最も頻繁に爆発するのである。また恒星間の平均距離も、腕と腕の間に比べて腕の中の方がはるかに小さい。

ということで、惑星発生のための好条件は渦状腕内部に、生命の発生と成長のための好条件は腕と腕の間の真空空間にあると言えるのである。

そうした条件を満たすのは、銀河系の核近くにある星でもなく、縁辺にある星でもなければ、コロテーション・サークルと軌道を一にする星でもなく、ただその近くに位置する星なのである。

また思い起こさねばならないのは、超新星の爆発があまりに近い場合は、原始太陽星雲を「固めて」そこに惑星を凝縮させる代わりに、あたかも風がタンポポの綿毛を吹き散らすように、文字通り雲散霧消させかねないことだ。

一方であまりに遠い爆発は、惑星を誕生させるには力不足に終わり得る。

従って、太陽の近くで少なくとも二回以上あった超新星爆発は、恒星としての、太陽系としての、そして生命が発生した系としての発達段階に応じて「適切に」同調され「ねばならなかった」ということになる。

原始太陽星雲という「プレーヤー」は、必要な運転資金を携えてルーレットに参加し、ゲームをしながらやがて賭けに勝ってその資金を殖やし、幸運な結果の続く「つき」によって儲けたものをすべて失う危険を避けるために、ちょうど好い汐時でカジノを引き上げた。結局、生命の生成が可能で、最終的には文明をも生める惑星は、その居場所をまず何よりも銀河系のコロテーション・サークル付近に求めなければならないということだ。

太陽系の歴史のこのような再構成を認めることで、われわれは、宇宙の霊生代的密度に関して従来下してきた評価の根本的見直しを迫られる。

太陽の付近——大体半径五〇光年程度の範囲——にあるいかなる星にも、少なくともわれわれの持つ技術と同等の送受信技術を持った文明は存在し得ないというのはほぼ確実にわかっていることである。

コロテーション・サークルの半径はおよそ一〇・五パーセク、すなわち三四〇〇〇光年ほどだ。銀河系全体には一五〇〇億個以上の恒星がある。そのうちの三分の一が銀河核内部と渦状腕の太い付け根部分に集まっているとすると、腕自体には一〇〇〇億個の星があることになる。生命生成可能な惑星が誕生し得る条件を備えた全領域をカヴァーし、コロテーション・サークルを包むと想定されるトーラス（自動車タイヤのような形状の立体）がどの位太いのかはわからない。仮にこの「生命生成可能トーラス」状領域の中に銀河腕の全恒星の一〇万分の一——すなわち一〇〇万個の星があるとしよう。コロテーション・サークルの円周は二一五〇〇〇光年ほどだ。そこにあるすべての恒星が最低一つの文明に光を供給していたとすると、文明を持つ二個の惑星間の平均距離は五光年程度になる。だが話はそう簡単ではない。星はコロテーション・サークルに沿って均一の間隔で存在する訳ではない。生まれつつある惑星を伴った恒星は、むしろ渦状腕の内部にあると予想すべきであり、そして惑星家族の中に致命的な攪乱を受けずに生命の進化が営まれている惑星を一個でも有するような恒星は、宇宙のカタストロフィから隔絶された平和の持続する、渦状腕と渦状腕の間の空間にむしろ探すべきだろう。他方、星の密度が最も高いのは渦状腕の中なのである。

ということで、「地球外知性」が発する信号を探すとすれば、コロテーションの弧に沿って太陽の前、太陽の後の銀河面、つまりペルセウス座と射手座の各星団の間ということになる。というのも、正にそこにこそ、われわれの太陽と同じく、銀河の腕を通過する旅をすでに終え、今では――惑星家族とともに――渦状腕と渦状腕の間の何もない虚空の中を進むだけの恒星が存在し得るからだ。

しかし、さらに考察を進めてゆくと、ここまで試みたような単純な統計的推理はあまり意味がないということがわかる。

ここでもう一度、太陽とその惑星たちの歴史の再現について考える。コロテーション・サークルが渦状腕を横切る辺りの太さはおよそ三〇〇パーセクほどである。原始太陽ガス雲が銀河面に対して七～八度傾いて軌道上を進みながら、初めて銀河系の渦状腕に突入したのが、およそ四〇～九〇億年前だ。それ以後三億年の間、渦状腕を通過しながら、雲は激しく過酷な条件に曝されたが、腕を離れてからは、虚空内の穏やかな旅を続けている。その旅は、渦状腕の通過よりは長く続いた。なぜなら、それに沿って太陽が進むコロテーション・サークルは、渦状腕を鋭角に横切っているので、そのため、腕と腕との間の太陽軌道の弧は渦状腕内部の弧より長いからだ。ここに掲げた図（L. S. Moroczkin による。*Priroda*〔自然〕一九八二年第六号。モスクワ刊）は、われわれの銀河系の構図、コロテーション・サークルの半径、そして太陽系が銀河核を中心に回る軌道を示している。惑星たちを引き連れた太陽が、渦状腕に対してどの位の相対速度で動いているかについては、意見が色々ある。この図では、太陽系がすでに二本の渦状腕を通過し終わっていることになっている。もしそうだとすれば、最初の通過ではまだガス状、ダスト状だった雲が、二度目に銀河の腕を横切りながら最終的な凝縮を始めたことになる。われわれが

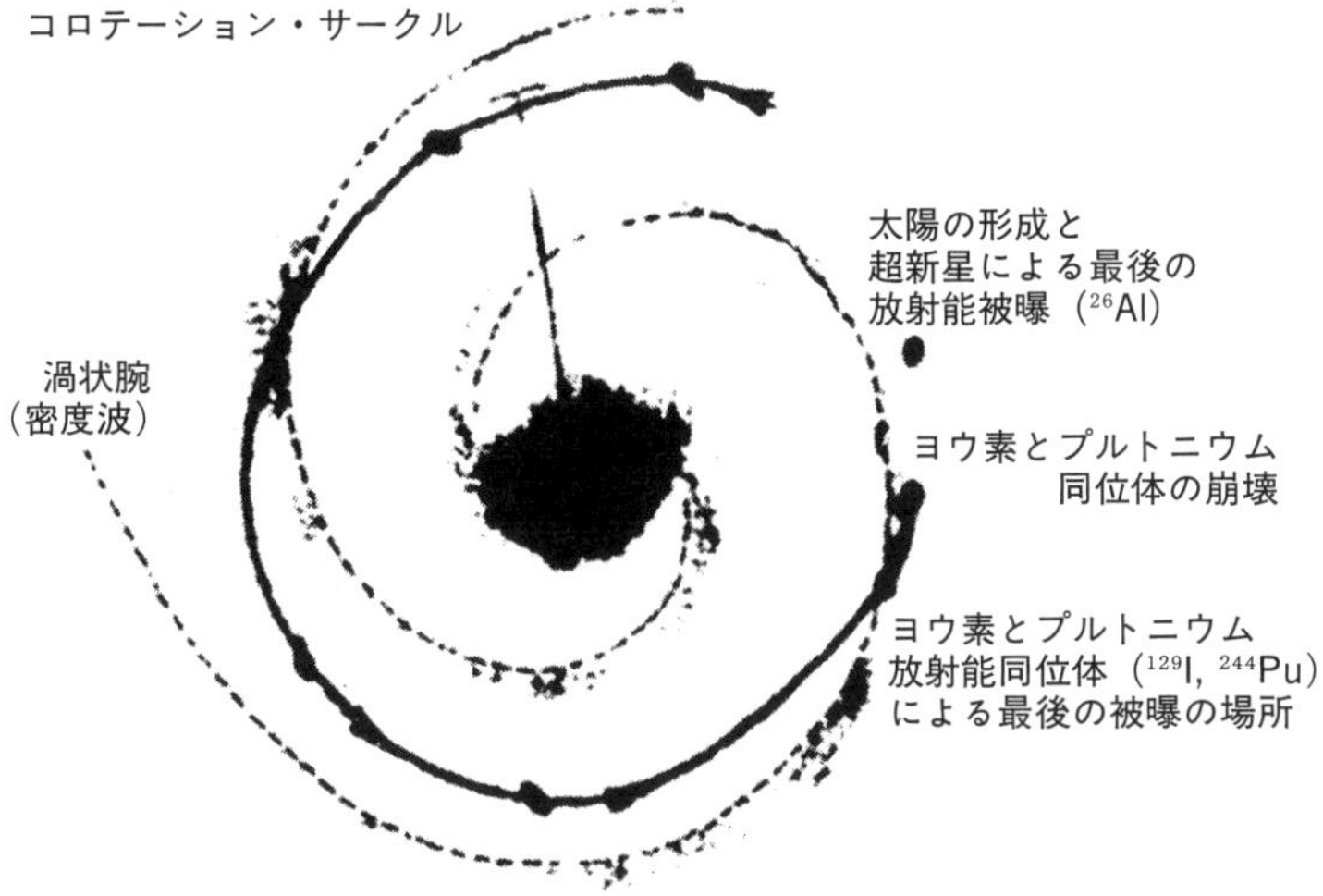

すでに「済ませた」渦状腕の通過が一度なのか二度なのかは、ここでの議論にとってさほど重要ではない。なぜならそれは雲の年齢、つまりいつそれが形成され始めたかの問題であって、雲がいつ断片化を始めて星形成の段階に入ったかの問題ではないからだ。星は今日でも同じような仕方で形成されている。個別のガス雲がひとりで重力により収縮して一個の星になることはない。なぜなら、それは（力学の法則に基づき）トルクを保存しつつ、半径が小さければ小さいほどより高速で回転することになるからだ。そして最終的には光速を超える速度で赤道上を回転するような星ができあがることになるが、それはあり得ない。そこへ至るよりよっぽど早く、遠心力によってずたずたに引き裂かれてしまうからだ。星々は、雲の複数の断片から集団的に、初め緩慢でやがて激しくなる一連のプロセスの中で形成されるのである。凝縮する間、散らばった雲の断片は若い星からトルクの一部を奪う。もし、ガス雲が当初有していた質量と形成された星々の全質量とを比較して、「星形成の生産性」というようなことが言えるとす

れば、その生産性は低い。銀河は、素材の初期資本をいたって無駄遣いする「生産者」なのだ。だが、星を生んだ雲の散逸した部分は、しばらくするとまた重力によって収縮し始め、同じプロセスを繰り返す。

雲の断片それぞれは、凝縮を始めるにあたって、どれも同じふるまいをするとは限らない。星を生む前の虚脱が始まる時、雲の中心は縁辺より密度が高い。そのため、恒星を形成する断片の質量もさまざまである。中心部で二〜四太陽質量、周辺部では一〇〜二〇太陽質量である。内側の縮合体からは、寿命が長く、何十億年もほぼ均一な輝きで燃えつづける小さな星が生まれ得る。わが太陽はそういう星の一つだ。それに対して外側の大きな星からは、天文学的には短い寿命の後に強力な爆発によって引き裂かれてしまう超新星が生まれ得る。

われわれの母胎となった雲の凝縮がどのように始まったかについては何もわかっていない。再構成できるのは、太陽とその惑星が作られた局所的部分の運命だけである。そのプロセスが始まった頃、近くで超新星爆発があり、その放射性物質によって原始太陽星雲は被曝した。一度は――恐らくは渦状腕の内側のへり近くで――ヨウ素とプルトニウムの同位体によって、二度目は（三〇〇〇〇〇〇〇年後）渦の奥で別の超新星のアルミニウムの放射性同位体によって。

これら同位体の半減期から、その二度の被曝がいつ起こったかは計算できる。寿命の短いヨウ素とプルトニウムの同位体は結局安定的なキセノンの同位体に変わり、アルミニウムの放射性同位体はマグネシウムに変わった。そのキセノンもマグネシウムも太陽系の隕石の中に見つかっている。それらのデータと地殻の年齢（地殻中に含まれるウランとトリウムの寿命の長い同位体半減期からわかる）を比べることで、太陽創成の「シナリオ」を厳密にではないが大体再構成することはできる。ガス雲が一〇五億年前に初めて渦状腕を通過したというシナリオに、ここに掲げた図は合っている。その時雲の密度はまだ臨界値に達していなかったので、断片化にも縮合体の形成にも至らなかった。それが起こったのは、四六億年前、次に銀河系の腕に突入してからである。縮合体を取り巻く層では、超新星が生まれやすい環境が整い、内部では太陽のような小さな恒星が形成される条件が整った。尤も、このシナリオも単純化され過ぎたきらいはある。ガス雲の断片化が起こる確率はランダムである。渦状腕の広大な空間にはさまざまなカタストロフィによって惹起される衝撃波の前線が走っている。超新星の爆発もそうした前線の発生に作用を及ぼし得る。

銀河は依然として星を生みつづけている。われわれが住んでいる宇宙は、確かにもう若くはないが、まだ老いてもいないからだ。最も先の未来まで見越した数値シミュレーションによれば、最終的には星形成の全材料が枯渇し、星は燃え尽き、すべての銀河も放射的、粒子的に「蒸発」する。

その「熱力学的な死」まで、今から10^{100}年ほどある。それよりはるか以前に（およそ10^{15}年後）すべての恒星は、別の恒星が近くを通過することで自分の惑星を失う。生きていても死んでいても、すべての惑星は強烈な攪乱を受けて軌道から弾き出され、絶対零度に近い無限の闇に沈む。逆説的に思われるが、太陽と地球の歴史の全段階を精密に再現するより、10^{100}年後あるいは10^{15}年後、宇宙に何が起こるか、もしくは宇宙が存在を始めて最初の数分間に何が起こったかを語る方がやさしい。さらに難しいのは、ペルセウス座と射手座の両銀河腕星団の間に広がる穏やかな虚空を太陽系が離れた時に、一体何が起こるのかを予見することである。仮に太陽の速度と渦の速度の違いが秒速一キロだとすると、われわれが次回渦の奥に入り込むのは五〇〇〇〇〇〇〇年後である。宇宙物理学は、間接証拠に基づく裁判のように進行している。入手可能なのは、或る程度の数の「痕跡と物的証拠」だけであり、そのばらばらになった（しかもその部品の多くが欠けたままの）知恵の輪から、矛盾を含まぬ事実の全体像を再現しなければならないのだが、具合悪いことには、残された事実の断片から、互いに一致しない複数のモデルを組み立てることが可能だ。ここで議論しているテーマに関しては、すべてのデータを数値で表現することもできない（例えば、銀河の渦に対する太陽の回転速度の差）。渦状腕と言ってもそれほど緊密な構成物ではなく、それらを分断している虚空間との境界も、図示したほど明瞭かつ規則的ではない。さらに言えば、すべての渦巻星雲〔渦巻銀河〕が互いに似通っていると言っても、それは身長、肉付き、年齢、人種、性別の異なる人間同士程度の相似に過ぎない。しかしそれでも、天の川銀河に関してすでに明らかにされたことは、次第に現実の状態に近づいてきてはいる。恒星は主として渦状腕の中で生まれる。超新星も渦状腕の内部で爆発することが最も多い。間違いなく太陽は銀河系の「どこでもいい場所」ではなく、コロテーション・サークルの近くに位置する。なぜならば、すでに触れたように、コロテーション領域の環境は、銀河核の辺りとも、銀河円盤縁辺部とも異なるからだ。つい最近まで恐ろしいほどの努力と時間を要した計算が、今ではコンピューターの発達によって容易になり、宇宙形成や惑星形成の研究者も、短時間で膨大な試算、モデルの構築ができるようになってきた。一方で観測天体物理学も、そうしたシミュレーションのために、いよいよ新たな、いよいよ精密なデータを提供しつつある。間接証拠に依拠した裁判は依然として進行中であるが、真犯人を示す物的証拠も数学的推測も、根拠のない憶測ではない、充分に合理的な仮説の体をなしてきている。渦巻星雲が生みの親であり、かつ子殺しの犯人だという告発状は、天文学の裁判所で受理され、審理は行われているが、最終判決はまだ下りていない。

銀河系における太陽系の歴史について語る場合、裁判用語の借用はそれほど間違ってはいない。なぜなら確かに、宇宙生成論はあくまで過去の出来事の再構成に携わるものであり、被告人を有罪とする揺るがぬ証拠は一切なく、ただ一群の状況証拠があるだけの訴訟における裁判所のようにふるまうからだ。裁判官と同様、宇宙生成学者の務めは、特定の具体的な事件で何が起こったのかを突き止めることであって、そのような事件がどの位頻繁に発生するのかとか、実際の発生に至る前の発生確率がどのようなものだったかなどを調べはしない。とはいえ、裁判所とは違って、宇宙生成研究ははるかに多くのことを知ろうとする。

シャンパンの空瓶——厚いガラスで独特な底部を持つあれである——を窓から投げれば、瓶は落ちて粉々に割れる。この実験を何度も繰り返すうちに、瓶の頸と底部はたいてい壊れずに残り、他の部分の硝子はさまざまな形の多数の破片に砕けるということがわかる。その内の一つの破片は長さ六センチ、幅五ミリの楔《くさび》のようなものになることもあるだろう。

まったく同じような破片を得るためには、何本の瓶を割らねばならないか、というような質問に正確に答えることはできない。特定できるのはせいぜい、割れた瓶からいくつの破片が飛び散る確率が最も高いかというようなことである。そんな統計なら、特段の苦労もなく、同じ条件下で（瓶の落ちる高さ、着地点がセメントか、木の床か等々）たくさんの実験をすればいい。しかしこんなことも起こらないとは限らない——中庭で遊んでいた子供たちの一人が蹴ったサッカー・ボールが、落下中のシャンパンの空瓶に当たり、瓶は一階の開いていた窓に飛び込み、その部屋の老婆が金魚を飼っている水槽に落ちて沈み、割れることなく水で一杯に満たされる……。たとえどれほど確率は低くても、そういう事件が起こり得るというのは誰もが認めざるを得ない。それは単なる例外的な偶然の一致である。超自然現象だとか、奇蹟だとか言う者はいないだろう。しかしこういう事件になると、もはや統計を取ることはできない。ニュートンの力学法則やガラスの耐衝撃性といったことに加えて、この中庭で子供たちがサッカー・ボールで遊ぶ頻度はどれ位か、瓶が落下する辺りにボールが飛んで来る頻度はどれ位か、老婆が窓を開けている時間と頻度はどれ位か、水槽を窓辺に置く頻度はどの位か、といったことも考慮せねばならず、そのように瓶、子供、建物、中庭、金魚、水槽、窓等々についてあらゆる条件を考慮して「落下中にサッカー・ボールとぶつかり、水槽に飛び込んで損傷なく水で満たされるシャンパンの空瓶に関する一般理論」を構築しようと思っても、そのような統計的理論は永遠に作られないだろう。

地球上の生命発生と太陽系の歴史を再現する上で鍵となる問いはこうだ——その時銀河系で起こったことは、統計で把握できるような単純な瓶の破裂か、それともサッカー・ボールや水槽も加わったような複雑なものか、どちらだったのか?

統計的計算の可能な現象が統計的計算の不可能な現象に、ある境界線を越えると突然変わる訳ではない。その移りゆきはあくまで段階的なものだ。学者たちは認識論的には楽観主義に立ち、自分たちの研究する対象は計算が可能だと考える。それも決定論的に可能であれば言うことない。入射角と反射角は一致する、水に沈めた体は、体がおしのけた水の重さと厳密に同じだけ軽くなる、等々。計算可能なそんな確かさが確からしさに、つまり確率に置き換わると話は湿りがちである。そして、一切計算不能となれば、最悪だ。何一つ計算できない、すなわち予測できないところでは、カオスが支配する、というのが一般に持たれている通念である。しかし精密科学において「カオス」は、何ごとについても一切わからないとか、「絶対的無秩序」と言われるようなことを意味するのでは決してない。そもそも「絶対的無秩序」は存在しないし、シャンパンの空瓶とサッカー・ボールの話にしても、そこにカオスなど見当たらない。各段階の事象はどれも個別に見れば、力学の、それも量子論ではなく、決定論的な力学系の法則に従っている。子供がボールを蹴った力も、瓶とボールの衝突角度も、その瞬間における両物体の速度も、軌道も、水槽に飛び込んでから瓶が水で満たされる速度等々も、すべて計算可能な力学の問題だ。ただ、これらの段階がすべて組み合わさった事件が計算できないのだ（つまり、同じことが起こる確率が計算できない）。物理学が用いる「広い範囲」の理論はいずれも、初期条件に関しては何も教えてくれないという意味で不完全なものなのである。初期条件はそれぞれの場合ごとに、外から理論に与えてやらなければならない。だがある事象の初期条件が、次の事象の初期条件が与えられるよう厳密に特定されて発生しなければならないということが連続すると、確かさは確率のフィルターを通じて次第に未知数へと変じ、最終的には「極めて例外的な事が起こった」としか言いようがなくなる。

だから私は冒頭で、世界は厳密な法則に支配されたカタストロフィのランダムな集合だと言ったのである。

今までのところわれわれは「太陽と地球に起こったようなことが宇宙で起こる頻度は？」という問いに答えられずにいる。この「事案」をどのカテゴリーに入れればいいのか、わからないからだ。だが宇宙物理学や宇宙生成論研究の進展により、事は徐々に明らかにされてゆくだろう。一九七一年のCETIビュラカン会議で専門家たちが言っていたことの多くも有効性を失うか、誤った推測だったことがわかった。従ってきっと一〇年後には、二〇年後の二一世紀初頭にはそれ以上の確度で、今日未だ謎に過ぎない事柄が解明されているに違いない。

地球上の生命発生に際して月は大きな、決定的かも知れない役割を果たした。というのも、生命はある種の化合物の水溶液の中でのみ、それも深い大洋ではなく、沿岸の浅瀬でのみ発生し得たとされ、そのプロセスを加速したのが潮の満ち引きによる頻繁な（しかし過度ではない）攪拌であり、これは当然月の仕業だからである。

惑星の衛星がどのように成立したのかは、惑星自体の形成プロセスよりはるかに知られていない。今のところ、惑星の衛星が空瓶とサッカー・ボールの物語同様に「例外的」であるという言い方を排除することはできない。原始太陽系星雲の円盤が環状に断片化されるためには、ごく普通の超新星爆発による衝撃波の作用だけで充分だったかもしれない。しかし惑星の周りにその衛星が凝縮し始めるためには、同時に（近い距離の二点へ）投げた石が水面に作る、二つの波紋の交錯のような出来事が必要だった。言い換えれば、衛星が生まれるためには、最初の超新星爆発の後に、やはり原始太陽系からそう遠くない所で二度目の超新星爆発が必要だったかもしれないということである。こうしたすべての疑問に対する答が得られなくとも、何らかの解答はこれから現れるだろうし、宇宙における生命発生の確率、つまり謂うところの生命発生の生産性、頻度に、近似的ではあれ数値が与えられるだろうと思われる。その数値はかなり大きなものになるかもしれず、その結果、われわれを取り巻く一兆個の銀河の多くの惑星上に、豊かな、無限の形態を取った生命が存在する確率があると言えるようになるかもしれない。だが仮にそうなったとしても、私が予告したような題名の本は書かれることだろう。

なぜそうなるのか？　これから私は、その説明に取りかかる。決して明るくはない実情を、私は六つの単語で予め言っておこう——全地球規模のカタストロフィなしには、人間は存在し得なかっただろう、と。

IV

宇宙における生命の新しい像は、従来の像と何が違うのか？　昔からわかっていたのは、惑星に生命が誕生する前に、太陽のような長生きで穏やかに燃えつづける星の形成に始まる一連の出来事の長いプロセスが必要だったということと、その星が惑星一家を創造しなければならなかったということである。一方、銀河系の渦状腕は、星形成の素材がどの発展段階で渦巻を通るのか、渦状腕のどの部分でその通過が起こるのかによって、生命にとっての母胎となったり、ギロチンとなったりするということは知られていなかった。

ビュラカン会議では、生命を生み得る天体の分布が、惑星や恒星より高次の（なぜなら銀河次元の問題だからだ）領域での出来事に決定的に依存していたと主張するような者は私をおいて外になかった。それらの出来事の連鎖には、星形成にかかわる雲のコロテーション・サークルに沿った運動が含まれるとか、その雲の周辺での超新星爆発と、その雲の内部の星形成とが「正しく」同調されている必要があったとか、加えて——*conditio, sine qua non est longa vita*〔欠くべからざる要件は長寿〕——生命発生の始まった太陽系は、渦巻の激動の領域から、渦状腕と渦状腕の間に広がる穏やかな空間へ「出なければならなかった」などということは、もちろん私も知らなかった。

七〇年代末、いわゆる *Anthropic Principle*〔人間原理〕のファクターを宇宙生成論の仮説に持ち込むことが流行した。このファクターは、宇宙の初期状態の謎を「対人」的議論に還元する——もしも初期状態が実際にあったのと極端に異なった場合、われわれ人間も存在しなかったはずだから、そんな問いも生まれなかった、という考えである。

厳密な意味の *Anthropic Principle*（宇宙の初期条件であったところのビッグ・バン自体に人類が誕生するチャンスは予め潜んでいた。だからホモ・サピエンスは誕生した）は、宇宙生成論の判断基準として、せいぜい *Chartreuse Liqueur Principle*〔シャルトルーズ酒原理〕程度の価値しかない。シャルトルーズというリキュールの製造が**この**宇宙に属する素材の特性あってこそ可能だったということは確かだが、シャルトルーズの出現**なし**でも、**この**宇宙、**あの**太陽、**この**地球、**この**人類の歴史を想像することは充分可能だ。このリキュールは、人間がさまざまな飲料の製造に工夫を凝らしてきた長い歴史の中で、アルコール、砂糖、ある種の薬草から抽出した液によって誕生した。この答は正しいけれども当たり前で陳腐だ。一方で、このリキュールはどうして出来たのかという問いに対して「宇宙の初期状態が**そのような**ものだったから、出来た」という答は滑稽なほど不充分だ。同様に、フォルクスワーゲンや郵便切手の成立も、宇宙の初期状態のお蔭だと主張しようと思えばできないことはない。正に*ignotum per ignotum*〔わからないことをさらにわからないことで〕説明しようとする回答である。と同時にこれは、発生し得たものが発生したのだという*circulus in explicando*〔循環論法〕だ。現在広く支持されているビッグ・バン理論に従えば、宇宙の誕生は爆発的な出産であり、この時同時に物質も時間も空間も誕生した。世界を創造した巨大な爆発の放射は、その痕跡を宇宙背景放射という形で今日でも宇宙に伝えている。宇宙が存在し始めてから二〇〇億年位の間に、その初期の放射は絶対零度を数度上回る程度まで冷えた。だがこのビッグ・バン名残りの放射の強度は天蓋全体に均一ということはあり得ない。宇宙は無限に大きな密度の点から発生し、10^{-35}秒の間にサッカー・ボールのようになった。その瞬間に既に宇宙は、完全に均一でありつづけるためには大き過ぎ、膨張のテンポも速過ぎた。一連の出来事の因果関係は作用の最大速度、すなわち光速によって制限されている。因果関係はせいぜい10^{-25}センチ規模の区域の中でしか保たれ得ないが、サッカー・ボールの大きさの宇宙の中にはそういう区域が10^{78}収まり得る。従って、ある区域内で起こったことは別の区域内での出来事に影響し得なかった。また従って宇宙は、われわれが見ているようなどこでも同じ特性や対称性なしに、非均一的に膨張したのでなければならなかった。ビッグ・バン理論の救いとなっているのは、その創造的爆発において、一時に莫大な数の宇宙が発生したという仮説である。われわれの宇宙はその一つに過ぎない。現在の宇宙の均一性〔等質性〕と、原始宇宙が*Universum*〔単一宇宙〕ではなく***POLIVERSUM***〔多宇宙〕だったという前提から、その膨張も均一ではあり得なかったという二つの事柄に折り合いをつける理論が発表されたのは一九八二年のことだ。その一〇年前（一九七二年）に私が書いた『虚数』には、この「多宇宙」の仮説について触れられている。* 後になって現れた理論と私の推理とが似通っていたことで、私はさらに推理を続けてゆく勇気を得た。

ボールに当たって跳ね返り、開いた窓から水槽に飛び込む空瓶の話にまた戻ろう。こういう出来事の統計的確率を計算するのは不可能であるにも拘らず、それが起こり得る偶然だということは誰もが理解するだろう（つまり、自然法則に反したものではなく、奇蹟ではないということ）。同時にまた、もしもその空瓶が腐った水と死んだ金魚の入った水槽に飛び込んで、たまたま魚卵数個が飛び散った水に含まれていて、それが傍にあったきれいな水のバケツに落ちた結果、そこから健康な金魚が生まれることにでもなれば、それは、先の出来事よりもっと稀な、もっと例外的なケースということになる。

さらには、子供たちが依然としてサッカー・ボールで遊びつづけ、上の階から誰かが依然として空瓶を時々中庭に落としつづけ、ある空瓶がまたしてもボールに当たって跳ね返り、今度はバケツに飛び込んだ結果、そこで卵から孵化していた金魚が水とともにバケツから飛び出て、台所のレンジで煮えたぎるラードに落ち、その住宅の女主人が台所に戻ってみると、フライドポテトを作ろうと思って温めていたフライパンに金魚のフライを発見する――そんなこともあるだろう。

それともそれは「絶対不可能」なことだろうか？ そうは言えない。ただ言えるのは、それが厳密に同じような仕方ではもう二度と起こらない、特殊な偶発事だということだけだ。要するにまるでありそうもないことなのだ。ほんの僅かの違いが生じるだけで、空瓶がボールに「然るべく」当たらなかったために窓には飛び込まないとか、飛び込んだとしても床に落ちて割れるとか、水槽に飛び込んでもそれ以上何も起こらないかもしれず、魚卵が飛び散ってもバケツには入らないとか、バケツが空だったり、

*――『虚数』（長谷見一雄、沼野充義、西成彦訳、一九九八年国書刊行会刊）九四頁参照。

洗剤を入れて洗濯物を浸けた水であれば、洗剤が卵を殺してしまう等々、ヴァリエーションはいくらでもあり得る。*Anthropic Principle* を宇宙生成論に持ち込んだわれわれは、人間の発生は、地球上生命の進化の最後を知性というもので飾った事態だと考えている。そこで今度は、今日確実視されている、もしくはほぼ確実とされている判断の領域を離れ、次の世紀の科学がこの問題においてどういう判断を示すか、述べようと思う。

V

まず証拠となるデータが集積されて解明されるのが、もしも地球がおよそ六五〇〇万年前、白亜紀と第三紀のはざまに、三・五〜四兆トンにも上る巨大隕石の衝突というカタストロフィに見舞われなかったならば、哺乳類を生んだ系統樹の幹がこれほど繁茂し、哺乳類が動物界の首座を占めることもなかったという事実である。

それまで君臨していたのは爬虫類だった。陸上、水中、空中を問わず、彼らの支配が二億年は続いた。中生代末になって彼らが突然死滅したことの原因を説明しようとして、進化論者らは、冷血〔変温〕性、未発達な器官構造、せいぜい鱗か甲羅で覆われるだけの裸体というような、われわれの知る現代の爬虫類の属性を当時の爬虫類にもあてはめた。その上、発掘された骨格や化石を基に彼らの外観や生態を再現する時も、われわれ現代人の先入観を無理やり押し付けた。言ってみれば、それは人間もその一種である「哺乳類のショーヴィニズム」的偏見だった。古生物学者らは、例えばブロントサウルスのような四足歩行の大型恐竜は陸上を歩くことが全くできず、水生植物などを餌にして浅い水の中で生活していたと主張していた。そして二足歩行の恐竜は陸地に棲息はしていても、重く長い尻尾を引きずりながら、ぎごちなく動くと説明していた。

ところが二〇世紀もようやく後半になって、中生代の爬虫類は哺乳類と同じく温血〔恒温〕動物であり、そのかなり多くの種類は――とりわけ飛行するものは――皮膚が毛で覆われ、二足歩行の爬虫類も決して尾を引きずりながらのろのろと歩いていた訳ではなく、彼らの百倍も二百倍も体の軽い駝鳥に劣らぬ速度で疾走し、その際、尻尾はと言えば、特殊な腱、靭帯のお蔭で水平に浮かせて保つことができ、前傾した胴体とのバランスをそれによって取ったというようなことがわかってきた。最大のギガントサウルスでさえ陸上で何不自由なく活動できたのであり、「未発達な」爬虫類というイメージは覆された。絶滅した爬虫類と現代の爬虫類のきちんとした比較に立ち入る余裕はないが、一つだけ例を挙げれば、ある種の空飛ぶ爬虫類はその後二度とお目にかかれなかったほどの自由度を有していたという事実の発見がある。「生物学上の飛行記録」を持っているのは実は鳥類ではなかった（もちろん蝙蝠のような飛行する哺乳類でもない）。大気中を飛んだ最大の動物は、人間を上回る体重を持つ *Quetzalcoatlus Northropi*〔ケツァルコアトルス・ノルトロピ〕であった。これとて *Titanopterygia*〔アズダルコ〕と名付けられた科（原文には「綱」とある）の一つの種に過ぎない。それは大海原の上を滑空しながら魚を漁《すなど》る爬虫類だった。彼らの体重を持ち上げるには、今日生きているいかなる（鳥類も含めた）動物の筋肉も出せない力を必要とした筈なだけに、どのように飛び上がり、どのように舞い降りたのかは謎である。彼らの化石がテキサスとアルゼンチンで発見された当初は、軽飛行機ほど、いやさらに大きな飛行機にも匹敵するほど（一三～一六メートル）の翼長を有するこの空飛ぶ巨人は絶壁の上に巣を営んで棲み、そこから翼を拡げて滑空したのだろうと推測されていた。だが、もしも平地から飛び立つことができないのであれば、一度でも平らな場所に着陸してしまえば生命が脅かされることになる。滑空するこれら大きな恐竜の中には動物の死骸を餌とするものもいたが、そういう死骸は岩の絶壁の上にありそうもない。そればかりか、彼らの大きな骨は、山のない地域でも発見された。従って、彼らがどのように飛翔、飛行したのかというのは、空力学の専門家にとっての謎であった。この謎を解こうとして提案された仮説で生き残ったものは一つもない。ケツァルコアトルスのような大恐竜は樹の上に止まることも出来ない。翼を傷める可能性が高いからだ。これまでに知られている中で最大の飛翔する鳥類は絶滅したある種のハゲワシで、翼長は七メートルほどだった。この二倍の大きさの体を宙に浮かせるためにはその四倍の力が必要になる。恐竜はまた脚が短く弱いので、助走によって飛び立つこともできなかった筈だ。

恐竜は体が「原始的」だったから絶滅したという説が敗れ去った後、今度は逆に専門分化が進み過ぎたのだという説が現れた。環境に対してあまりにも厳密に適応し過ぎた結果、気候変動によって惹き起こされた危機に抗し得なかったというものである。事実、地球では歴史上何度も気候変動が起こった。氷河期のことは誰でも知っている。白亜紀と三畳紀のはざまに起こった生物大量絶滅の前にも冷却現象は先行したが、氷河期の再来とはならなかった。そして重要なのは、いかなる気候変動もこれだけ多くの種類の動物や植物の絶滅を一時に惹き起こしたことはないということである。彼らの痕跡である化石などは、次の時代の地層になると突如なくなる。計算によれば、体重二〇キロを超えるあらゆる動物がこの時死に絶えたという。これほど大量の犠牲が全地球規模で起こったこともなかった。多くの無脊椎動物もまた、そして陸上でも海中でもほぼ同時に絶滅した。まるで聖書に描かれた災いのようなことが起こり、昼は夜に変わり、闇は二年あまり続いた。太陽は、地上のどこからも見えなくなったばかりか、地表に届く光は、満月の明かりより弱かった。昼行性の大型動物はすべて死滅し、夜型の生活に適応した鼠のような小型の哺乳類だけが生き残った。この生物の大量死を生き延びたものの中から、第三紀になって種々の新たな動物が現れ、それはやがて人間の発生となって結実した。地球を太陽光から遮断した暗黒は、光合成を不能にしたので、ほとんどの緑色植物は淘汰された。多くの海藻も死んだ。だがここでこれ以上事の詳細には立ち入るまい。

というのも、カタストロフィのメカニズムと帰結はもっと複雑だったからなのだが、少なくともその規模はここに書いた通りだった。そしてそのバランス・シートはこうだ――中生代に多様化した相続遺産からは、人間は発生し得なかった。なぜならば、その遺産は人間を生み出し得ない種類の動物に投じられた資本だったからである。投資は（進化の過程自体が常にそうだが）不可逆だった。その資本は失われ、代わって新たな資本が、地球上に散らばった生き残りの生命体の中に形成され始めた。その資本が増殖していった果てに類人猿やヒトが誕生するのである。

thecodontia〔槽歯類〕、*saurischia*〔竜盤類〕、*ornitischia*〔鳥盤類〕といった恐竜や、*rhamphorhynchoidea*〔嘴口竜〕、*pterodactyloidea*〔翼指竜〕などの翼竜の進化に注ぎ込まれた膨大な投資が、もしも六五〇〇万年前の大天災によって終わらずに続いていたならば、哺乳類がこの惑星を支配することはなかっただろう。われわれが発生し得たのはかのカタストロフィのお蔭だった。何十億という他の生物が大量絶滅したからこそ、われわれは生まれ、何十億人という数にまで繁殖したのだった。表題の「The World as Holocaust」に籠められた意味はこれである。だが科学による状況証拠に基づく捜査は、われわれの種の創造に偶然関った犯人を――間接的ではあるが必要な犯人を突き止めただけである。隕石がわれわれを創った訳ではない。隕石は道を拓いただけだった。隕石は大量絶滅によって地球を荒野と化し、そうすることで次の進化の試みのための余地を作った。果たして隕石衝突によるカタストロフィなしでも、われわれとは違う、類人猿でもヒトでもない形態の知性が地球上に誕生し得たかどうか？――という問いに答はまだない。

「誰もいない」ところ、つまり、好意的であれ敵対的であれ、いかなる感情もない、愛も憎しみもないところには、いかなる意図もない。「何者か」でもなければ、「何者か」の制作物でもない宇宙を、その活動が意図的に偏向していると訴えることはできない。宇宙はあるがままにあり、活動もあるがままの活動として、破壊による創造を完遂してゆく。「核反応の坩堝《るつぼ》」の中で重い元素が砕け、やがて――数十億年の後――惑星が、時として有機的生命が生まれる環境を準備するためには、どれかの星は必ず破裂し、爆発的に解体せ「ねばならない」。水素の分子雲が凝縮し、太陽のように長寿で、自らの惑星一家を穏やかに、一定の温度で温めつづける星を形成するには、爆発による収縮が必要であり、そのためには超新星爆発というある種のカタストロフィが必ず起こら「ねばならない」のであり、その意味で惑星はカタストロフィのお蔭で誕生するのだ。しかし、知性もまたそうした破壊的な災いによってのみ形成されねばならないのだろうか？

次の世紀もこの問いに対する決定的な答を与えてはくれないだろう。二一世紀もまた、更なる物的証拠を収集して、個々には自然法則に厳密に従うランダムなカタストロフィの集合としての世界像を更新してはゆくだろうが、私がここで提起している最も難しい問題を最終的に解明してはくれないだろう。

もちろん次の世紀は、今日依然として科学の内部にくすぶり続けている妄想の多くを吹き飛ばすことだろう。例えば、知性の大きさは脳の大きさに比例しないということを、完全に証明するというようなことである。知性の発生にとって、大きな脳は必要条件ではあるが、充分条件ではない。イルカの脳は確かに人間に比べてもより大きく、より複雑である。そのためイルカにはとびぬけた知性があると主張する人々がいて、夥しい文章がわれわれの時代には書かれたが、次世紀、それはお伽噺に分類されることになろう。もちろん、きわめて「馬鹿な」サメどもと、同じ海洋環境で効果的に競争できるよう適応するための道具としては、大きな脳はイルカにとって必要だった。お蔭でイルカは、すでに太古の昔から獰猛な魚たちに占領されていたニッチな生活圏に入り込んで生き永らえてきた。だがそれだけの話である。中生代のカタストロフィがなかった場合、爬虫類に知性が閃くように生まれていたかもしれない可能性についても、われわれは何も確たることが言えない。

すべての（ある種の寄生動物を除く）動物の進化を特徴づけるのは、緩慢ではあるがほとんど不断に進む、神経細胞総量の増大である。しかし、もし仮に白亜紀、三畳紀、第三紀の後何億年という単位でその増大プロセスが続いたとしても、知性を持ったトカゲが発生したはずだという保証はない。

太陽系内のあらゆる衛星に見られるクレーターだらけの表面は、いわば過去の写真のようなもので、太陽系が破壊によって創造された原初の光景をとどめる画像だと言っていい。系のすべての天体は若い太陽の周りを回っていたが、彼らの軌道は頻繁に交錯したので、衝突もあった。そうした多くのカタストロフィのお蔭で、大きな天体、つまり惑星はますますその質量を増し、同時に小さな天体は惑星とぶつかりながら、太陽系から「消えていった」。四九億年ほど前、太陽は惑星家族を引き連れて、銀河の渦巻の激動の空間を抜け出し、穏やかな虚空を旅し始めたと私は書いた。しかし、その間《かん》太陽系の内部が穏やかだったということでは決してない。系内では、地球上に生命が発生しようという段になっても、依然として惑星と小惑星や彗星との衝突は続いていたし、渦状腕から出たと言っても、われわれが家から表に出る時と違って、放射やガスの密度がどこかある地点で急にゼロになる訳ではないからだ。地球は生命が誕生してから一〇億年の間も、粉々になったり、死の星になるほど近くからではないものの、相変わらず超新星の衝撃波に曝されつづけていた。宇宙からやって来る硬X線は、破壊的作用と同時に創造的作用も果たし、原始生命体の遺伝的突然変異を加速した。現在も生きている昆虫の中には、放射線の致死的な作用に対して脊椎動物の百倍も強い抵抗力を持ったものもいるが、これは考えてみるといたって不可思議なことだ。基本的にあらゆる生物の遺伝物質の組成は同じであって、生物相互の違いは、喩えるならば、煉瓦と石で構築された建物が、文化、時代、建築様式によってさまざまあるという程度のものである。建材はどれも同じで、その結合方法も、全体をまとめている力も同一なのだ。

放射能の致死的作用に対する感受性の異なりは、恐ろしく遠い過去に生じた出来事に由来するに違いない。それは恐らく、原始昆虫が、と言うよりさらに古いその祖先が発生した、四億三〇〇〇万年前位の時代に起こったカタストロフィだろう。とはいえ、他の大多数の生命体にとって致命的に危険な放射能に対する「麻酔」がある種の生命体に施されるということが、一〇億年前に起こった可能性も排除できない。

ということで、これからやって来る世紀には、フランスの古生物学者にして解剖学者キュヴィエが一八三〇年頃に提唱した、通称カタストロフィズム〔激変説、天変地異説〕と呼ばれる理論がまた蘇るのだろうか？　造山運動、気候変動、海の発生や消滅といった地質学的規模のプロセスを、急激に激しく変化する、惑星規模のカタストロフィであるとみなしたこの理論は、一九世紀半ば、キュヴィエの弟子ドルビニによってさらに発展させられた。それによれば、地球上の有機世界は、何度も消滅しては、それに引き続く創造事業の中で新たに立ち上がるということを繰り返してきたという。〔反復的〕激変説と〔反復的〕創造説とを連結したこの考えは、ダーウィンによって葬られた。しかしその葬式は時期尚早だった。最大規模の、つまり宇宙規模のカタストロフィは、星々の進化、そして生命の進化にとって欠かせない条件なのだ。人間精神は「破壊か、それとも創造か」という二者択一を考案し、人類史の揺籃期から人々に押し付けてきた。壊すことと造ることとは絶対に相容れないという考えを初めて人間が当然だと思ったのは、自らの死というものを理解し、生きる意志とそれを対立させた時だったのではないだろうか。この対立は、何千何万というあらゆる文化に共通する基盤であり、最古の神話、創造伝説、宗教的信仰にも、数万年後に成立した科学にもそれは認められる。信仰も科学も、あらゆる種類の出来事を惹き起こす張本人としての不可測な、盲目の偶然性というものを排除する特性を可視世界に賦与した。すべての宗教に見られる善と悪の闘争は、個々の宗教において必ずしも善の勝利としては終わらぬものの、どの宗教においても、存在の秩序を――たとえそれは宿命というようなものとしてであっても――構成する要件になっているということは見て取れる。サクルム〔聖〕もプロファヌム〔俗〕も全世界の秩序の上にそそり立っているのである。だからこそ、過去のいかなる宗教でも偶然性が存在の最上級審判者とみなされることはなかったし、だからこそ、科学もまた、現実世界の形成において、測り難いというよりは創造的とも言うべき役割を偶然性が担っていることを認めたがらず、長きにわたって抵抗しつづけたのだった。*

人類の宗教は大雑把に二つに分けられる。どちらかと言えば「慰撫するもの」と、どちらかと言えば現実世界に「秩序を賦与する」ものである。前者は報いや救済を、あるいは功と罪との清算を、死後の世界で最終的に実現する正義の裁きとして約束することで、あまりにも不完全なこの世界を、その後に来るはずの完全な世界によって「補って」くれる。世界に対するわれわれのそうした要求を満たしてくれるということが、宗教の何世紀にも及ぶ長い寿命と何世代にもわたって定着された教義の堅固さを保証してきたようだ。

一方、見事に整備された「永遠」における「正義の善」の約束と慰撫の代わりに（天国や救済につい

*――〔原注〕世界のどんな宗教の聖典にも、「偶然」という言葉はない。

て言われてきたことの中をいくら探しても偶然性のかけらもない。誰一人として、神の間違いや恩寵の見落としのせいで地獄に堕とされる者はいないし、何かの手違いで涅槃に至ることを許されなかったばかりに死後も苦労する羽目に陥る者もいない）、すでに力を失ったさまざまな神話が人間に保障していたのは、しばしば過酷ではあるけれども「必然的な」、従って運試しの籤引きなどとは相容れぬ「秩序」であった。

あらゆる種類のおざなりや偶然性に「善意」の、あるいは——少なくとも——「必然性」の光耀をまとわせること、文化はどれもそのために存在したし、今も存在する。あらゆる局面ですべての事柄が唯一つの尺度を持つこと——これこそがさまざまな文化の公約数であり、あらゆる掟、すべてのタブー、儀式における人間の振舞いを「規範化」する源泉である。文化がランダム性を自分の内部に導入したとしても、それはあくまで娯楽、ゲームとしてであって、しかも慎重に少量ずつだった。ゲームや富くじ、ギャンブルのように、制御され、飼い馴らされた偶然性は、やがて本来の強烈さや恐ろしさを失っていった。人は宝くじを買いたいから買うだけで、誰に強いられてそうするのでもない。信心深い人間でもコップを割ってしまったり、ハチに刺されることは偶然だと思うが、自分が死ぬことは偶然だと考えない。彼は思わず知らず、全知全能の神は偶然というものに二次的な役割しか賦与していないと仮定し、科学は科学で——それが可能であった間は——偶然性を、今のところはまだ不充分な人間の知識の、いずれは新たな知見が加えられて克服されるべきわれわれ人間の無知に起因するものとして扱ってきた。そしてそれは冗談ではなく、アインシュタインは冗談で「*der Herrgott würfelt nicht*〔神様は賽を振らない〕」、なぜなら「*He is sophisticated, but He is not malicious*〔神様は高度の知恵者だが、悪意の人ではない〕」と言った訳ではなかった。つまり、世界の秩序を理解することは、それが知性に対して閉ざされていない以上、難しいが、可能だと考えられてきたのだ。

何千年もの間頑固に、必死に守られてきた科学のそうした姿勢も、二〇世紀の終わりになって大転換を迫られている。「破壊か創造か」という二者択一論はもはや棄却されざるを得ない。黒く冷たいガスの巨大な雲は、銀河系の腕の中にあって回転しつつ、まるで砕け散るガラスのように不可測な破片へと、徐々に断片化してゆく。自然法則は偶発的出来事に抗してではなく、それを通して働くのだ。星々は何百億回と流産しつづけながら、たった一度生命を発生させ、その生命はまた偶発的なカタストロフィによって殺されつづけるうちに、何百万という種の中、たった一度知性というものを発生させる――こうした統計的狂乱は宇宙における例外ではなく、常態なのだ。星は他の星々の死滅によって誕生する。同様に、星を形成したガスの残りが凝縮して惑星を形成する。この富くじ抽選におけるごく稀な当たりの一つが生命であり、その後のくじ引きにおけるさらに例外的な当たりくじであるところの知性は、適者生存による自然淘汰と、知性発生の可能性を飛躍的に高め得るカタストロフィのお蔭で誕生した。世界の成り立ちと生命の成り立ちの間に繋がりがあることには疑問の余地がないが、宇宙は、銀河系というルーレットで元手を派手に使いまくる、途轍もない浪費家＝資本家であり、このゲームに規則性を持ち込むプレーヤーは大数の法則である。世界とともに成立した物質の特性と同じ特性によって形づくられながら、人間は破壊のルールからの稀な例外であり、粉砕と燔祭の生き残りだということがわかったのだ。創造と破壊は交互に発生する、あるいは相互に条件づけ合う事態であって、このプロセスから逃れることはできないのである。

こうした世界像を科学は、これまでのところ解説を交えずに、生物学、宇宙生成研究の成果から、あたかも次から次へと見つかる破片を基にモザイクを再現するかのように、徐々に形成しつつある。私もこの辺りで文章を締め括ってもいいのだが、最後に提起しても構わないであろう問いについて、今少しだけ補足しておく。

VII

以上ざっと、二一世紀の科学が普及させるだろう現実世界の像をスケッチしてみた。その輪郭は今日の科学の中にもすでに見えている。像は誕生し、その真正性について一流の専門家たちの保証が得られることだろう。さらに一歩踏み込んで私が問いたいのは——これまで推測だに許されなかった次元のことだが——この像の永続性に関ること、つまり、果たしてそれが最終的なものかということだ。

科学の歴史を見ると、入れ代わり立ち代わり現れた世界像は、その時々において最終的なものとみなされながら、やがて修正を施され、遂には崩壊し、その壊れたモザイクの図柄を新たに構成する作業は次の世代が担当した。一方、宗教の拠って立つ教義を拒絶することは常に忌むべき背教とされたが、後に新しい信仰を誕生させることをも意味した。生ける信仰は、その信者たちのお蔭で「最終真理」なのであり、従って抗告不能の判決である。だが科学にそうした最終性、抗告不能性はない。科学的知識に固有の「確かさ」は、「不均等に確か」らしい。「議論の余地なき知識」と「排除不能の無知」との最終的な結合としての、「認識の最終ゴール」にわれわれが近づきつつあるという証拠も何一つない。知識を実地に応用して検証することにより、信頼に足るとわかった知識が増大していることは間違いない。一九世紀の先達たちよりも、われわれの方が多くを知っているが、彼らもまた、彼らの先祖よりは多くを知っていた。だが同時にわれわれは、どんな「基本」粒子もそれ自体が底なしの井戸である以上、現にわれわれを驚かせている認識の底なし的性格から、どんな「現実世界の最終的イメージ」もまた疑わしい以上、世界が汲み尽くせぬものであり、物質の秘密の探究にも終わりがないということを認識しつつあるのである（しかも、どうやらわれわれも皆、このゴールなきマラソンに慣れてきたようだ）。という訳で、もしかすると、*Principium Creationis Per Destructionem*〔破壊による創造という原理〕もまた、*Universum*〔宇宙〕のような非‐人間的なものに人間的な尺度を当てはめようとするわれわれの判断の一つの段階に過ぎないことが判明するかもしれない。もしかすると、われわれのみすぼらしい動物の脳の手に負えない、この非‐人間的な、あまりに複雑な尺度にいつの日か立ち向かうことができるのは、われわれ人間によって手がけられた、と言うより、当初こそ人間が稼働した人工知能が進化した果てに装置外受精によって産み、やがて疎外した「知性」としての *Deus ex Machina*〔機械仕掛けの神〕なのかもしれない。しかしこんなことを言っていると、私は二一世紀をもはみ出し、いかなる推理の光も届かぬ暗闇に踏み込むことになる。

ベルリン、一九八三年五月

二一世紀の兵器システム、あるいは逆さまの進化

WEAPON SYSTEMS OF THE TWENTY FIRST CENTURY OR THE UPSIDE-DOWN EVOLUTION

I

二一世紀の軍事史を記した著作へのアクセスを許され——どのように許されたかは明らかにできない——私がまず悩んだのは、それらのテクストを通じて得た知識をどう秘匿するかということだった。私にとってはそれが一番切実な問題だった。なぜなら、歴史を知る者は、秘宝を発見した無防備な探検家のようなもので、宝とともに自分の命も簡単に失う可能性があることを私は理解していたからである。R・G博士から短期間借り、博士が死ぬ直前に返すことができたこれらの書物のお蔭でそうした事実を知り得たのは、実は私一人だということを私は知っていた。私の知る限りでは、博士は書物を燃やし、その秘められた内容を自身もろとも墓の中まで持って行ってしまった。

一番簡単な解決は沈黙かと思われた。黙っていれば、身の安全は図れる。しかし、次の世紀の政治史

にも関り、人間生活のあらゆる領域でまったく新たな地平を切り拓く、膨大な数の驚くべき情報をこのまま闇に葬ってしまうのはいかにも残念なことだった。たとえば――一例を挙げれば――人工知能（AI――*Artificial Intelligence*）の分野で誰も予測し得なかった驚愕の方向転換が起こる。人工知能は、機械の内部に組み込まれた知性という意味での知能とはならかったがゆえに、現実に世界を支配するに至る。自分の身を守ろうとして沈黙すれば、例えばこの情報から導き出せるあらゆる利益をあたら捨て去ることになる。

次に浮かんだ考えは、それらのテクストを読んで正確に記憶した内容を書きとめ、それを銀行の金庫に預けるというものである。読み取ったことをすべて書きとめるというのは、どのみち必ずすべきことで、そうしなければ、これだけ多岐にわたる多くのデータも時が経てば忘却するに決まっているからだ。必要になれば銀行に出かけて、そこで必要なデータを写し、原書はまた金庫に戻して帰ればいい。だがそれも危険だった。その様子を誰かに見られる可能性もあるし、今の時代、押し込み強盗などに対して一〇〇パーセント安全な銀行はない。たとえ頭の悪い泥棒であったとしても、自分の獲物がどれほど貴重なものかは早晩悟るに違いない。盗んだ人間が仮に本を捨てたり、燃やしたりしても、それを知る術もない私は、二一世紀の歴史と私の隠微な関係が明るみに出てしまうのではないかという恐怖に苛まれながら生きつづけなければならなくなる。

私のジレンマは一言で言えば、こうだ――永遠に秘密を保ちながら、同時にいかにそれを利用するか？　つまり、世間に対しては隠すが、自分に対しては隠さない。あれこれ悩んだ果てに、何のことはない、すこぶる簡単なことじゃないかと私は気がついた。世にも珍しい、しかし文字通り正真正銘の情報を秘匿する最も安全な方法、それはそれをサイエンス・フィクションとして公にすることだ。ガラスの破片を積んだ山に投げ込まれたダイヤモンドが見えないのと同じで、いかに真正なる新発見も、サイエンス・フィクションの法螺話の中に紛れ込ませれば、それらと見分けがつかなくなり、結局新発見につきものの毒も消える。とは言え、まったく心配がなくなった訳でもなかった私は、自分だけが知っている秘密をごく小出しに使ってみた。一九六七年に書いた空想小説『天の声』がそれである（独訳は *Die Stimme des Herrn*, Insel Verlag i Volk und Welt Verlag、英訳は *His Master's Voice*, Brace Harcourt Jovanovich）。英訳の一二五頁三行目に「*the ruling doctrine was the « indirect economic attrition »*〔《間接的に経済破綻をきたす》という理論が支配し〕」とあるが[*]、この理論はその後「デブが痩せる頃には、ヤセはくたばっている」という格言が表現するところとなった。独訳ではこのことを「*Bevor der Dicke mager wird, ist der Magere krepiert*〔デブが痩せる頃には、ヤセはくたばっている〕」と言っている。

一九八〇年以降——つまり『天の声』初版の一三年後——合衆国で公になった頃から、このドクトリンは少々違う名前で呼ばれるようになっていった（例えばドイツ連邦共和国の新聞雑誌では「*den Gegner totrüsten*〔軍備競争で相手経済を破綻に〕」という簡潔なスローガンで表現された）。昔の私の「でっちあげ」と、後に現実世界で到来した国際政治状況との一致に気づいた者は一人もいなかったのを見て——私の本が出てから随分時間は経っていたのは確かだが——私はさらに大胆になった。真実をお伽噺に忍び込ませて文学的保護色を装う手法は思いの外有効で、今**こうして書いていること自体**安心して告白できるのだということを理解した。どうせ誰一人真面目に受け取る読者はいない。言ってみれば、意図的カムフラージュを施した真実の表明である。という訳で、最高度の機密情報を秘匿する最良の方法は、それを大量の部数で公刊することなのである。

以上のような打ち明け話をして秘密を保全したところで、その秘密についてのより詳細な報告に取りかかりたい。ただこの際、すべてではなく、二二世紀初頭に出版された二巻本（この先「三巻本」となっているが、これは原文通り。齟齬の理由は不明）の著作『二二世紀の兵器システム、あるいは逆さまの進化』に話を限定したい。著者たちの名前を挙げてもいいのだが（その誰一人としてまだ生まれていない）、あまり意味はないだろう。本書は三巻から成っている。第一巻は一九四四年以降の兵器の進化を記述し、第二巻は、核兵器のエスカレーションがいかにして戦争の無人化を招来したかを、第三巻はその最大の軍事的転換がそれ以後の世界史にどう影響したかを解説している。

II

原爆による広島と長崎の破壊後ほどなくして、アメリカの学者たちが月刊誌BULLETIN OF THE ATOMIC SCIENTISTS〔『原子科学者会報』〕を創刊し、表紙に針が一二時一〇分前を指した時計の図を掲げた。その六年後、最初の水爆実験が成功すると、時計の針は五分進められ、ソビエト連邦が核融合を利用した兵器を保有した時には、針は一二時三分前を指した。上述の『会報』が当初打ち上げたスローガンONE WORLD OR NONEに従って、次に時計が動けば、それは文明の終焉を意味した。世界は統一によって救われるか、あるいは不可避の消滅を迎えるか——それがスローガンの意味だった。

太平洋の両岸で核兵器庫はいよいよ肥大化し、確度をますます高める弾道ミサイルに搭載されるプルトニウム、トリチウムの量がいよいよ増していったにも拘らず、局地的な通常戦争に時折り攪乱されながらも、平和が世紀の終わりまで続くとは、原爆の父と呼ばれた学者たちの誰一人として思っていなかった。戦争は手段を変えて行われる政治の延長だという、クラウゼヴィッツの有名な定義を核兵器が変えたとすれば、それは、攻撃は攻撃の脅威にとって代わられたという点である。そのようにして萌芽し

＊——『天の声・枯草熱』（沼野充義、吉上昭三、深見弾訳、二〇〇五年国書刊行会刊）一四〇頁参照。

た対称的威嚇のドクトリンはやがて省略的に恐怖の均衡とも呼ばれるようになった。このドクトリンはさらにアメリカの歴代の政権によって異なる略語によって打ち上げられることになる。例えば、MAD（*Mutual Assured Destruction*——双方絶滅の確証）というものがあったが、これが前提とするのは *Second Strike Capability* と呼ばれるところの、被攻撃側による反撃能力だった。絶滅事典は数十年間のうちにさまざまな新しい項目を増やしていった——核攻撃の無制限の応酬を意味する *All out Strategic Exchange*、ICM（*Improved Capability Missile*〔性能改良型ミサイル〕）、一個一個が異なる目標を持つ複数の弾頭を発射する弾道弾MRV（*Multiple Independently Targeted Reentry Vehicle*）、おとりとなる偽弾道弾や敵のレーダーを眩ます弾頭など、敵の領域への攻撃到達を支援する計略技術PENAID（*Penetration Aids*）、設定されたゼロ地点から二〇メートルまでの精度をもって目標を攻撃できたり、防御側の迎撃ミサイルを積極的に回避できる弾道弾WALOPT（*Weapons Allocation and Desired Ground-Zero Optimizer*）、MARV（*Maneuvrable Reentry Vehicle*）等々。

中でも、着手された攻撃の探知の精度に関る、弾道ミサイル攻撃探知に要する時間は鍵となる概念だが、次から次へと生まれるあらゆる専門用語とその意味の百分の一も、ここで紹介することは不可能だ。

核戦争の脅威は増し、力の均衡は危うくなり、従ってその均衡を最善の状態で、しかも国際的な監視の下で厳密に保つことこそが、敵対する陣営すべての合理的利益になると思われたが、そして幾度となくそのための交渉が行われたにも拘らず、結局それは実現しなかった。

それには多くの理由があった。『二一世紀の兵器システム、あるいは逆さまの進化』の著者たちはそれらの理由を二つのグループに分類している。一方に属すのは、国際政治における伝統的思考から来る圧力である。伝統は、平和を宣言して戦争に備えると同時に、優位性を勝ちとるまで現下の均衡状態を変えてゆかねばならないと命じた。他方のグループを形成する要因は、政治的にせよ非政治的にせよ、人間の思考法とは無関係に、軍事利用可能な主要テクノロジーの発展トレンドにあった。兵器を改良する技術的可能性が現れるたびに、それは「こちらがやらねば、あちらがやるだろう」という論理に促されて、実現されていった。同時に、核戦争のドクトリンもさまざまな段階、形態を経ていった。ある時はそれは核攻撃の限定的相互応酬という形を取り（尤も、何がその限定を確実に保証するのかは誰も知らなかった）、ある時は敵の全面的な破壊を目標とし（その際、敵国住民全員がいわば「人質」と化す）、またある時は敵の産業・軍事的潜在能力の破壊を最優先した。

「剣と楯」の原理に基づく、太古からの兵器の進化法則は依然として守られた。弾道ミサイルを格納するサイロの有効性を増していった硬化は「楯」であり、その楯をも貫こうとする「剣」となったのは、ミサイル精度の向上であり、より効率的な自立誘導能力の賦与であった。海は原子力潜水艦にとっての「楯」であり、対して深海においても潜水艦を探知できる手段の改良は「剣」であった。

対ミサイル防衛の技術的進歩は、電子的な偵察の眼を地球周回軌道へと打ち上げ、地上でのロケット発射の瞬間にそれを高所から察知できる、グローバル遠距離探知システムの構築を可能にしたが、それが楯であるとすれば、その楯を破る新型の「剣」となったのが、（キラーと呼ばれる）人工衛星兵器であり、それらはレーザー光線によって「防衛の眼」を潰したり、核弾頭を積んだ敵のロケットそのものを大気圏外飛行中に高出力レーザーで瞬時に破壊したりできた。

しかし、次第にうず高く積み上がるばかりの国際紛争の脅威に何兆ドルもの投資がなされながら、それが最終的に確実な、それゆえ貴重な戦略的優位性を保証するには至らなかった——そこには二つのまったく異なる、ほとんど相互に無関係と言っていい原因があった。

第一に、そうした改良やイノヴェーションが、攻撃においてであれ防衛においてであれ、戦略的確実性を高める代わりに、むしろ低めていったということがあった。なぜかと言えば、超大国のいずれの軍事システムもすでに全地球規模にわたり、陸上、洋上、海中、空中、そして宇宙空間に存在して、種類も数もいよいよ増える一方のユニットから成るシステムとして、ますます複雑なものになっていったからだ。システムの軍事的有効性は、全ユニットの破壊活動の最適な同期を保証する連携上の信頼性に依存していた。そもそも、産業的、軍事的、生物的、技術的のいずれかを問わず、情報を処理するシステム、あるいは物質を処理するシステム、高度の複雑さを特徴とするすべてのシステムには、その構成要素の数に比例して増大する過ちやすさこそつきものなのである。技術的・軍事的進歩は同時に独特な逆説を孕んでいた――すなわち、より完璧な兵器が現れれば現れるほど、その効果的な実践使用においては、正確に算出しきれない偶然の果たす役割が大きくなっていったのである。この重要な問題はきちんと説明しておかねばならない。科学者たちは、長い間複雑なシステムが持つランダムネスを、あらゆる技術的活動の基盤として、むしろ積極的に捉え直すことに失敗してきた。複雑なシステムの故障に対処すべく、エンジニアたちは、機能性と耐久性を目的とした冗長性を導入した。予備の装置として、例えば――アメリカの初期スペース・シャトル（コロンビアなど）建造の際など――同等の装置を二重に、時には四重に装備し、一つの装置の故障が全体の壊滅的機能不全につながらないようにした。アメリカの初期スペース・シャトルにはメイン・コンピューターが少なくとも四基搭載されていたのはそのためだ。だが、故障の完全な排除は不可能である。もしシステムを構成する要素が一〇〇万あるとすると、どのコンポーネントも不具合を発生する可能性は一〇〇万に一回しかないとしても、そしてシステム全体の健全性が全コンポーネントの健全性に依存するとすれば、そのシステムの機能不全は必ず起こることになる。動植物の体は一兆個の機能的部分から成り立っていると言うが、生命体はこの不可避な機能不全というものに何とか対処しおおせているではないか。だがどのような方法でか？　専門家たちが言うところの、信頼性の低い要素から成る信頼性の高いシステムの構造は、なぜ機能し得るのか。自然界の進化は、生命体の機能不全に対処するさまざまな戦法を編み出した——自己修復能力、つまり再生がそれであり、あらゆる器官の冗長性がそれであり（だからわれわれの腎臓は一個ではなく二個あり、人体の中央化学加工工場である肝臓は部分的損傷を受けても依然として機能し得るし、血液循環系には静脈や動脈と並行して副次的に働き得る、あれほど多くの予備回路がある）、さまざまな肉体的・精神的プロセスの操舵手である中枢の分散配置がそれである。最後にあげた点は、脳の研究者に多くの難問を突き付けた現象だった。コンピューターはごく僅かな損傷でも言うことを聞かなくなるのに対して、脳はかなりの損傷を受けても依然として機能し得るということが、彼らにはどうしても理解できなかった。二〇世紀の工学が採用した、中枢や部品の二重化という手段だけでも、装置の設計は大変なことになったが、もし遠い惑星に向かう自動制御の宇宙船を、スペース・シャトルで採用した方針と同じく、制御用コンピューターの複数化という方針で建造するということになれば——飛行期間の長期化もあり——搭載すべきコンピューターは四台や五台で済まず、五〇台にもなるかもしれないのである。そうなると、それらのコンピューターの活動はもはや「線形な論理」ではなく「民主的投票」原理に従わざるを得なくなる。つまり、もしもすべてのコンピューターがまったく同一の仕方で作動せず、計算結果に食い違いが出てきた場合、多数が出した結果を正答と認めなければならなくなるからだ。しかしこのような「工学の議会制民主主義」が進んだ結果生まれたのは、互いに相容れない立場や構想、計画や活動の乱立という、正に現実の議会制民主主義にありがちな症状を呈する、モンスター・マシンであった。エンジニア自身は自分のシステムに導入した民主的多元性を、限界こそあれ、柔軟性と呼びたかったのだろう。しかしもっと早くに——二一世紀の専門家たちは言った——人間は生物進化の産物から学ぶべきであった。生物の何十億年という長い寿命こそ、そこに最適な工学的戦略が働いていたということの証拠だからだ。生ける有機体を統御しているのは「中央集権的全体主義」でもなければ「民主主義的多元性」でもなく、最大限に単純化すれば、制御中枢の集中と分散の間の折衷とでも言うべき、はるかに複雑な戦略なのだ。

そうこうするうちにも、軍備競争が長引くにつれて、二〇世紀の終わりには、予測不能な偶然の役割もそれだけ増大していった。勝利と敗北を分ける差が数時間（もしくは数日）や数（もしくは数百）キロメートルもある戦争では、指令上のどんな誤りでも、予備戦力の投入とか、撤退とか反撃などによって修復はできるし、偶然の役割を効果的に最小化することは可能だ。

しかし、作戦の有効性を決定するのがナノメートル、ナノセカンド単位の問題である状況では、あたかも原子物理学の顕微鏡的次元から取り出して巨大化したかのような、純粋状態の偶然が、成功か破滅かを決する新しい戦争の神として立ち現れる。なぜならば、最速、最良のシステムは、全宇宙の物質の基本的特性をなす、何をもってしても打ち勝ちがたいハイゼンベルクの不確定性原理（*Unschärferelation*）に遂にぶち当たらざるを得ないからだ。偵察衛星のコンピューターの不具合、攻撃してくるロケットの核弾頭を狙う防衛レーザーのコンピューターの故障といった大きな話ではない。もし防衛側の一連の電子的インパルスが攻撃側の同様のインパルスと、たとえ十億分の一秒でもずれて行き違うとすれば、「最終衝突」の結果を決めるのはくじ引き的な要因となるだろう。こうした事態をきちんと理解せぬまま、惑星上で敵対し合う超大国はともに、逆方向を向いた二つの戦略を考案した。イメージ的にはそれぞれ、精度の戦略、ハンマーの戦略と名付けることができる。ハンマーの戦略は、核兵器の力の不断の増大であり、外科的精度を旨とする戦略とは、そうした兵器を飛行中に正確に探知し、即座に破壊しようとする努力を指す。また、偶然性に対抗する最後の足掻きとでも言うべきものに、敵はもし勝利したとしても自らも必ず滅びるということを知らされる、いわゆる死手の復讐がある。すなわち、先に全滅させられる方の国家は、予め《あらかじ》自動的かつ壊滅的な反撃を準備してあり、その死後の攻撃によって相手も全滅するので、結局若干の時間差はあっても攻守双方が滅びるのである。軍備競争の辿っていった、少なくとも主要な方向はそのようなものだった。当事者の誰一人望みはしなかったものの、結局そうした軍備競争のヴェクトルは、合力となって作用した。

非常に大きく、非常に複雑なシステムにおいてランダムに発生する誤謬の影響を最小化するために、エンジニアは何をするか？　システムを何度も繰り返し試験的に稼働し、機能不全の起こりやすい、弱い場所を洗い出す。しかし、陸上、海中、空中、衛星から発射されるミサイル、迎撃ミサイル、幾重にも複製された司令・連絡中枢等々を総動員して遂行される核戦争に呑み込まれた地球全体という「システム」を、地上から、洋上から、宇宙から双方向に繰り出される攻撃の波が形づくる「システム」を、争い合うあらゆる破滅的なパワーのこの巨大なシステムを、「テストする」ことなどできる訳がない。そうしたグローバルな闘争の現実は、もはやいかなる種類の演習によっても、コンピューターによるいかなるシミュレーションによっても再現しきれるものではない。

次々と現れた新たな兵器システムは、決定プロセスも含め（いつ、どこで、どのように、回路内の力をどれだけに保って、どれだけのリスクで攻撃に着手するのか、しないのか等々）、作動の速度をますます増大させてゆき、その増大する速度はまた、原理的に計算できない偶然の要因をゲームに持ち込んだ。このことは「未曾有の速さで動くシステムは未曾有の速さで誤りを犯す」というような言葉で表現できるだろう。広大な面積の陣地、巨大な都会、工業地帯、大船団を救うか、滅ぼすかが一秒の何分の一で決まる状況においては、軍事的作戦の確実性を担保することは不可能である。あるいはまた勝利と敗北は見分けがつかなくなったとも言える。つまり軍備競争はますますピュロス的状況に近づいていったということだ。

騎士は甲冑に身を固め、馬に乗って戦い、歩兵は文字通り肉弾戦をしていた昔の戦場では、偶然が左右し得たのはせいぜいが個人や部隊の生死に過ぎなかった。ところがコンピューター論理で武装した電子工学の力は、偶然というものの位を、全軍、全国民の運命を決するほどに高めた。

他方——これはまたまったく別の話だった——新しい、完成度のより高いタイプの兵器があまりに速く設計されるため、軍事産業自身によるその製造、使用が追いつかなくなっていった。司令、攻撃目標への誘導、カモフラージュ、操縦、いわゆる通常兵器（これも誤解を招くだけの死語となった）との連携の保持・切断などを統御するさまざまなシステムは、次々と更新される軍備に導入される前に、全体として時代錯誤的なものと化した。

だからこそ、八〇年代になると、すでに始まっていた新型の戦闘機、爆撃機、*cruise missiles*〔巡航ミサイル〕、迎撃ミサイル対抗ミサイル、偵察・攻撃衛星、潜水艦、レーザー爆弾、超音波探知機、電波探知機などの大量生産を中止することが頻繁に起こるようになったのである。だからこそ、すでにできあがっていたプロトタイプを断念せねばならず、だからこそ、莫大な予算と人間の労力を費やすことを前提に次々と打ち出される軍備増強プロジェクトをめぐってはこれまで以上に政治的論議が沸騰したのである。というのも、単に次のイノヴェーションは常に今のイノヴェーションよりコストが高くつくと判明しただけでなく、現実にはイノヴェーションの多くがその開発初期段階で純粋な損失としか計上し得ないものであるにも拘らず、開発のプロセスは制御しがたい執拗さで不断に前進しようとするからだった。その有様を見ると、軍拡競争でより重要なのは技術的・軍事的革新性自体ではなく、その産業化、具体化の速度だということが見て取れた。この現象は軍備増強競争の次なる新たな逆説として、二〇世紀末には顕在化した。そして、軍事力に対するその致命的な影響を排除する唯一効果的な方法と思われたのが、兵器設計の時間的目標を八～一二年後ではなく、四半世紀後とすることだった。だがそれは、どれほど優秀な専門家でも誰一人想像だにできないような新発見や発明の予見を必要としたために、純粋な不可能事として片付けられた。

二〇世紀末、一つの新しい兵器のコンセプトが現れた。核爆弾でもなくレーザー砲でもない、両者のハイブリッドのような兵器である。従来知られていたのは核分裂反応（ウラン、プルトニウム）と核融合反応（熱核融合、水素＝プルトニウム）を利用する爆弾だった。そうした「原始的爆弾」は、ガンマ線、X線から熱輻射まで、可能なありとあらゆる放射線の形で、なおかつかなり寿命の長い、従って特定の長期間殺人的な作用を及ぼしつづける核物質の粒子状残骸の雪崩《なだれ》を伴いつつ、質量欠損の全エネルギーを環境にぶちまけた。そうした爆弾は、摂氏数百万度になった炎の袋から、あらゆるレンジのエネルギーの波とあらゆる種類の素粒子を放出した。それは誰かがいみじくも言った通り「物質が吐き出せるものすべてを吐き出す」嘔吐のような爆発だった。それは軍事的立場からすれば、無駄遣いに外ならない。なぜなら、「ゼロ」地点にあったすべての物体は燃え上がるプラズマに、気体に、電子殻を剝ぎ取られた原子に変えられてしまうからだ。爆発の場所では岩石、樹木、建物、金属、橋梁、人間の肉体――すべてがセメントや砂のように舞い上がり、成層圏にまで達するキノコ雲によって吹き飛ばされるからだ。そうした状況を改善したのがトランスフォーマー爆弾、つまり〔エネルギー〕変換器爆弾（*Umformerbomben*）だった。この種の爆弾は、特定の状況で戦略家が必要とするものを選択的に放出した――硬放射線の場合はいわゆる「きれいな爆弾」として生命あるものを狙い撃ちして殺し、熱輻射の場合は熱波が、何百マイル四方もの範囲を炎の嵐となって襲った。

レーザー爆弾は実のところ爆弾ではなく、使い捨てのレーザー砲だった。その力の大部分を集中するビームは（例えば地球周回高軌道から）都会全体、ロケット基地、その他の重要なターゲットを（あるいは最終的には敵の衛星シールドを）焼き尽くすことができた。だがこの似非《えせ》爆弾が放出する破壊的ビームは、同時に自らをも炎上する残骸と化した。軍事的装備の進歩についてはこれ以上詳しく立ち入らないことにしよう。なぜなら、当時支配的だった論調とはうらはらに、その進歩は更なるエスカレーションの端緒とはならず、むしろ終わりの始まりとなってしまったからである。

それに対して、二〇世紀の地球の核兵器庫を歴史的な見地から眺める価値はある。すでに七〇年代、その兵器庫は全体として、惑星の全住人を何度も殺害するに充分な威力を有していた。*overkill*〔殺戮能力過剰〕と呼ばれたその状況は、専門家は当然のこととして、一般にもかなり知られた事実だった。兵器の破壊能力が過剰である以上、専門家たちは敵のリソースが先制攻撃や再攻撃の危険性に対して敏感であるよう仕向けること、と同時に自国のリソースを保護することに全力を傾注した。自国住民の保護は重要ではあるが、二次的な問題だった。五〇年代の早い時期に『原子科学者会報』（三八七頁既出）が議論を提唱し、〔ハンス・〕ベーテや〔レオ・〕シラードといった――「原爆の父たち」――物理学者も参加したが、そこで論じられたのは核紛争の際に市民をどう守るかということだった。そして出てきたままあ現実的な解決としては、都市の分散と巨大な地下シェルターの建設ということ位しかなかった。そうした事業の初期段階だけでもおよそ二〇〇〇億ドルかかるとベーテは試算したが、それに伴う社会的、心理的、文明上のコストは計り知れなかった。しかも、いよいよ強力な爆弾、いよいよ精度の高められたロケットの製造競争は刻一刻休むことなく続いていたから、今さらまた「新穴居時代」を始めても、市民が生き残れる保証はないということも、ほどなくわかった。当時のコンセプトから生まれたのは、焼き払われた都市の地下で、何層にも及ぶコンクリートのモグラ団地に棲息する、人類の変質した生き残りというような、サイエンス・フィクションの陰惨な悪夢のようなヴィジョン止まりだった。自称未来学者たちは（いつの時代にも未来学者は自称未来学者でしかない）、実在の核兵器を基に未来のさらに恐るべき兵器を競って予測、考案した。中でも有名になったのはハーマン・カーンである（『考えられないことを考える――現代文明と核戦争の可能性』参照）。彼が考案した「世界終末装置」*Weltuntergangs-*

maschine は、コバルトの殻に格納された巨大な水爆で、これをどこかの国が地中深くに埋め、「全地球規模の自殺」によって世界を脅迫するというものだった。それに対して、その後も依然として大国の政治的敵対関係が続いた場合、全世界的平和でもなく、全世界的破滅でもないような、核兵器時代の終焉が到来するとすれば、それはどのようにして到来するのかということを想像し得た者はいなかった。

二一世紀のかなり早い年代に、理論物理学は、今後の世界の「to be or not to be」問題を決すると思われた重要な問いについて考えた。すなわち、ウラン２３５あるいはプルトニウムのようなアクチノイドの臨界質量（つまり、核分裂の連鎖反応が核爆発を惹き起こす質量）は絶対的な定数なのかという問いである。というのも、もしも臨界量の大きさを——しかも相当な距離から——変えることができるのであれば、実在する核爆弾を無力化できるチャンスが生まれるからだ。やがて判明したのは——ちなみにこのことは前世紀の物理学者たちもほぼ知っていたことだが——臨界量は変化し得るということだった。つまりそれまで臨界に達していた核物質が臨界状態でなくなり、爆発しなくなるような物理的環境は存在するということだった。ただし、そうした環境を作り出すために必要なエネルギー量は、世界に存在する全核兵器を合わせた力よりもはるかに大きいのだった。結果として、そのような核兵器無力化の実験は失敗に終わった。

III

二〇世紀の八〇年代、俗にＦＩＦ（*Fire and Forget*〔撃ちっぱなし〕）と呼ばれる新型のミサイルが現れた。ミサイルは特別にプログラムされたマイクロコンピューターによって誘導され、発射後自分でターゲットを探す。文字通り、点火すれば後は忘れてよかった。この時期にはまた無人の偵察が、まずは水中で始まった。センサーを備えた賢い機雷は、自分の上を航行する船の動きを記録し、商船か軍艦かなどを識別、総トン数を決定し、それらの情報を暗号化して然るべきところへ送信した。この装置にもＬＯＤ（*Let Others Do it*〔それは他の連中にやらせておけ〕）という威勢のいいニックネームが付けられた。

豊かな国では、人々の戦闘的精神がまるで樟脳のように溶けていった。兵役に就く年頃の若者は「*dulce et decorum est pro patria mori*〔祖国のために死するは甘美にして栄誉〕（ホラティウス『抒情詩』第三巻二・一三）」というような大昔の立派な金言も、度し難く馬鹿げたこととみなした。同時に、兵器のコストはその世代ごとに、指数関数的に上がっていった。第一次世界大戦の頃の飛行機は主に布、木材、ピアノ線でできていて、それに機関銃を二、三挺、車輪を入れても、高級な自動車程度の金で買えた。それが第二次世界大戦になると、似たような飛行機でも自動車三〇台分の値段となり、世紀末の迎撃戦闘機や、レーダーで探知しにくい「ステルス」爆撃機となると数億ドルに達し、二〇〇〇年型のロケット式ジェット機などは一機で一〇億ドルもした。結果として、このようなテンポでコストの高騰が続くとすれば、どの超大国も八〇年後にはせいぜい二〇機か二五機の軍用機しか持てなくなるという試算がなされた。戦車とて安くはなかった。一方、優に何十億ドルもかかる原子空母はと言えば、ＦＩＦタイプのスーパー・ミサイルを一発命中させれば沈めることができた。ミサイルは、専門分化した多数の弾頭を一つにまとめた巨大な束として、ターゲットの頭上に降りかかり、弾頭の一つ一つは巨艦のそれぞれ別の神経節を狙う。この時空母は、まるで大洪水以前の時代のブロントサウルスが大砲の一斉砲火を浴びているように見えただろう。だが時を同じくして、薄いシリコンのウェハー上に加工したコンピューターの演算用電子部品、いわゆる*chips*〔チップ〕の生産が終わり、新しい遺伝工学の産物に取って代わられた。例えば*Silicobacter Wieneri*（サイバネティクスの創始者ノーバート・ウィーナーを記念しての命名）という菌は、シリコンと銀、そして秘密に保たれている添加物の特殊な溶液中で活動し、ハエの卵より小さな集積回路を作り出した。その回路は*corn*——穀物——と名付けられ、大量生産が始まって四年後には、部品一個の価格が何と黍《きび》一粒の値段と変わらなくなった。そのようにして——重兵器製造コストの上昇曲線と人工知能製造コストの下降曲線という二つの曲線が交叉して以後——軍事力の無人化というトレンドが生まれた。

軍隊は、生ける力の集合から命なき力の集合へと変わっていった。初めのうちその変貌はそれほど目立つものではなかった。自動車を発明した人間たちも初めからまったく新しい形態を考え出した訳ではない。色々な種類の車に、例えば馬に繋ぐ轅《ながえ》を取り払った馬車のようなものにエンジンを積んだ。飛行機を作った最初の大胆な人間たちも、鳥にならって翼の形を考えた。同様に（一般に軍事分野では特に強い）思考の慣性に従って、劇的に新しい飛行機＝弾丸も、無人装甲車も、当時誕生しつつあったマイクロ・シリコン「兵士」に完全対応した自走式大砲もいきなり本格的な生産が始まった訳ではなく、当初のうちは単に、部隊の中でそれまで人間のスタッフが占めていた空間を減らし、代わりにコンピューター操縦装置を導入するというような程度の改良で終わっていた。だがそれではいかにも時代遅れだった。新しく登場した命なきマイクロ兵士は、作戦上のあらゆる課題に対して、革命的に劇的な、新しいアプローチを求めた。と同時に、当然のことながら、マイクロ兵士であればどのような種類の武器を最大限有効に使用できるのかという問いに対する答も要求していた。

それは、世界が二度の経済危機から徐々に回復しつつあった時である。最初の危機はＯＰＥＣというカルテルを誕生させ、原油価格の高騰を招き、二度目の危機はＯＰＥＣの解体とそれに続く石油価格の暴落によって起こった。すでに核融合エネルギー・プラントはできていたが、軍用の車両や航空機の動力には使えなかった。結果として、兵員輸送車、火砲、ロケット、トラクター、陸上・水中戦車など、二〇世紀末に現れた軍用大型兵器の燃料費は増大する一方だった。ところがそうした輸送車が運ぶべき兵士自体がもはやいなくなり、火砲でさえ、撃ち込む相手がなくなる事態が訪れようとしていた。二一世紀も半ばになると、装甲を施したごつく大きい機械ばかりを造る軍事的巨大偏執狂《マニア》の最終段階も終焉を迎え、人工「低知能」を柱とする兵力微小化の段階が加速度的に到来した。不思議なことに、二〇四〇年頃までは、情報工学、デジタル工学その他の専門家たちの中で、自分たちの先輩たちがなぜあれほど盲目的に、*per fas et nefas*〔是が非でも〕、そして *brute force*〔強引〕に人工知能を創造しようと懸命だったのかと疑問に思う者はいなかった。そもそも、肉体労働にせよ精神労働にせよ、九七・八％の職務において、人が遂行する仕事のほとんどは知能を必要としていない。では何が必要なのか？　必要なのは正しい判断力、ルーティーン、器用さ、熟練、賢明さである。昆虫はこれらの特性をすべて備えている。ジガバチ科のハチは、バッタなどを探して捕まえ、その神経節に毒を注入するが、この毒は相手を麻痺させるだけで殺しはしない。ハチは次に砂地に適当な穴を掘り、穴の横に獲物を置くと、自ら穴に入ってそこが巣としてふさわしいかどうか、特に湿気がないか、アリがいないかどうか調べ、問題なければバッタを引きずり込み、自分の卵を産み付け、出て行き、同じプロセスをまた別の場所で続ける。卵から孵化《ふか》したハチの幼虫は、蛹《さなぎ》になるまでバッタの新鮮な肉を食べつづける。つまりこのハチは、獲物の選別における、またその獲物に対して施すべき麻酔学的・外科学的処置における見事な判断力、バッタのための部屋を拵えるルーティーンと器用さ、その部屋が自分の子孫の発育にふさわしいかどうか調べる上での熟練、そして、一連の活動を実践する上で欠かせない賢明さを発揮しているのである。もしかすると同じようにハチは要領よく、例えばトラックを港から目的の町までの長いルートを運転していったり、大陸間弾道弾を誘導したりするのに充分な量の神経組織を有しているかもしれないのに、現状ではそれがまったく別の目的のために働くよう、進化によってプログラムされているだけのことなのだ。情報科学者やコンピューター・サイエンスの教授たちは幾世代にもわたり、人間の脳の機能をコンピューターに学ばせようと、まったくもって不必要に、無駄な努力をしてきたが、その半面で、人間の頭脳より百万倍単純で、かつずば抜けて小さく、ずば抜けて高度な信頼性をもって作動する装置については、驚くほど頑固に無視しつづけてきたのだった。まず何より先にシミュレートし、プログラムすべきだったのは、*ARTIFICIAL INTELLIGENCE*〔人工知能〕ではなく*ARTIFICIAL INSTINCT*〔人工本能〕だったのだ。なぜならば、本能は知能よりほぼ十億年早く形成されたのであり、それはそれがより作りやすいことの何よりの証拠だからである。まったく脳を持たない昆虫の神経学および神経解剖学にとりかかった二一世紀中葉の学者たちは、さほど時間も経ぬうちに素晴らしい研究成果を収めた。ミツバチのような、極めて原始的な生物とされる昆虫が、自らの、しかも遺伝的に継承される言語を持ち、それを使って働き蜂は巣の中で互いに、新たに発見した蜜源の場所を教えると同時に、その記号的・ジェスチャー的・ダンス的言語によって方角、最小飛行時間、さらには蜜の量まで伝えることができるという事実を、一顧だにしなかった先人の学者たちはいかに盲目であったことか。もちろん、チップとかコーンといった命なき部品の中にハチやハエ、クモやミツバチを再現しろというようなことではなく、あくまで、与えられ、プログラムされた目的のための一連の最適な行動が予め組み込まれた彼らの神経がどのようになっているかの解明こそが重要だった。そうして科学的・技術的革命は起こった。そして地球上の戦争風景そのものを完全に、不可逆的に変えてしまった。それまでは軍備のあらゆる構成要素が人間の身の丈に合わせられていた。人間が他の人間を効果的に殺せるよう、人体のアナトミーに合わせて、人間が他の人間に効果的に殺されるよう、人体の生理学に合わせ、兵器は採寸、設計されていた。

歴史ではよくあることだが、この新しい複合的な潮流の端緒は、二〇世紀にすでに潜んでいたにも拘らず、誰一人としてそれらばらばらの事象をまとめて、来るべき新たな全体の像として提示できずにいたのである。というのも、*DEHUMANIZATION TREND IN NEW WEAPON SYSTEMS*〔新しい兵器システ

ムにおける非人間化の潮流〕を形作ることになった諸々の発見は、互いに遠く離れた学問分野でなされたからである。従来、軍事の専門家は昆虫などにはまったく関心を払わなかった（戦争中兵士を悩ます虱や蚤や寄生虫は例外だった）。インテレクトロニクス〔知能電子工学〕（intelektronika——早くレムの『未来学大全』に見える造語）の学者らは昆虫学者や神経学者と協力して昆虫の神経組織を調べてはいたが、軍事的な問題については疎かった。そして政治家はと言えば、当然のことながら、何についても疎かった。

　という訳でインテレクトロニクスは、大きさでは蚊やスズメバチの腹節と充分張り合えるほど小さなマイクロ計算機をすでに生み出していたにも拘らず、「人工知能」に夢中になっていた学者らの大部分は、お世辞にも頭脳明晰とは言えない人間たちとの浅薄な会話がコンピューターにもできるようにとプログラムを開発しつづけた。中でも演算速度で言えば最強の、いわば電算機界のマンモスかギガントサウルスかというようなコンピューターは、すでに人間のチェス名人を打ち負かしていたが、それはコンピューターが人間の名人より優れた知性を持っていたからではなく、単に、アインシュタインより十億倍速くデータ処理ができたからに過ぎなかった。誰一人として——そして長きにわたって——戦場にいる兵士には、ミツバチあるいはスズメバチの持つ賢さとルーティーン遂行能力さえあれば充分だということに思い至らなかったのである。軍事作戦の低次の段階では、知性と戦闘的有効性とはまったく別問題なのである。

　（ミツバチは巣を守るために敵を刺すが、それは自らの死を意味する。人間の兵士にはそんなミツバチとは比べ物にならないほどの自己保存本能があり、それは戦闘においては邪魔だということはさて措こう）。中生代、ジュラ紀の巨大な恐竜たちが君臨していた時代に遡る遠い昔のことではあるが、わが惑星の歴史に刻まれた驚くべきある秘密に、数点の著作が世論の注意を向けなかったとしたら、その後もまだどれほど長期にわたって、古過ぎる思考方法が軍事産業を支配し、螺旋状に激化する軍拡競争を指揮し、新たな通常兵器、非通常兵器を設計しつづけたか、誰にもわからない。

IV

六五〇〇万年前、地質学で言うところのK－T境界で、つまり白亜紀から第三紀に移行する時期、われわれの惑星に直径一〇キロメートルほどの隕石が落ちた。隕石には鉄からイリジウムにいたるまで、かなりの量の重金属が含まれていた。隕石の質量は三・五兆トン以上（三六〇〇〇〇〇〇〇〇〇〇トン）と推定されている。それが一様な塊で、地球と火星の間の空間で公転する小惑星の一つだったのか、それとも彗星の核を成すような天体の集合だったのかについては完全に解明されてはいない。この時代の地層からはいわゆるイリジウム異常密集層や、これだけの量と密度では地上のどこにも見られない種類の希土類元素が発見された。全地球規模のこの天災がどのような性質のものだったかということを特定するには、観察可能なクレーターの痕跡が不足していたが、後世の、数千倍小規模とは言え、やはり隕石起源のクレーターには、今日なおはっきりと目に見える痕跡を地殻に残したものもあった。小惑星か彗星かはわからないが、恐らくその巨大隕石は、大陸ではなく大洋に落ちたか、あるいは当時の陸地と海の境界線上に落下したが、その後陸地の形状が変化したために衝突による地殻の穴が見えなくなったと考えられている。

それだけの大きさと質量を持つ隕石であれば、大気による地球の保護層は簡単に貫通する。全世界の核物質保有量が持つエネルギーに匹敵する、あるいはもしかするとそれ以上のレヴェルの衝突エネルギーが解放され、その天体もしくは天体の集団は数兆トンにも及ぶ灰と化し、その灰は気流に乗って広がり、地球の全表面を覆った。大気汚染は高濃度、長期間にわたり、少なくとも四ヶ月間はすべての大陸で植物による通常の光合成が行われなかった。暗闇に覆われ、太陽光線によって温められることのない地表の温度は大幅に下がったのに対して、巨大な熱源をかかえた海洋の温度低下は緩慢だった。それでも、大気中酸素の主要な供給源の一つだった海藻類もまた光合成能力を失った。その結果、動植物の膨大な数の種が絶滅した。巨大隕石衝突というカタストロフィが惹き起こした最も劇的な帰結が、俗に恐竜と呼ばれる巨大な爬虫類の絶滅だが、当時は他にも少なくとも数百の種が絶滅した。カタストロフィは折から地球の気候がゆっくり冷涼化しつつある時代に起こったのだが、中生代の皮膚を露出した大きな爬虫類は、それでなくとも苦境に追い込まれていた。彼らの生命力は、件《くだん》の天災が発生する以前からすでに、百万年近くにわたって弱まりつつあったということは、彼らの化石が物語っている。特に彼らの卵の化石を数千、数万年のスパンで見てみると、その殻が次第に薄くなっていったことがわかっている。その遠因は次第に深刻化しつつあった食糧難と、大陸上の悪化しつつあった気候条件にあった。

まだ二〇世紀の八〇年代、隕石衝突のコンピューター・シミュレーションが行われ、この事件が地球の生物圏に致命的な影響を与えたということを証明していた。ところが、興味深いことに、われわれが霊長類の中から知性を持つ種として独立、誕生する契機となったこの現象は、学校教育のいかなる学習内容にも組み込まれていない。しかし白亜紀〜第三紀の恐竜死滅と人間誕生との間に因果関係があることは疑いの余地がないのだ。

二〇世紀末の古生物学研究が明らかにしたように、恐竜と呼ばれる大型の爬虫類は温血動物だったし、彼らの内でも空を飛ぶものは鳥類の羽毛に極めて似た被毛のあることが特徴だった。そうした爬虫類とともに生きる哺乳類には進化上発展する余地があまりなく、彼らのどの種も寸法はネズミやリスを超えず、非常に俊敏、活発で強大な爬虫類との競争では、陸上、水中、空中を問わず、あまりに不利だった。

従って当時の哺乳類は、肉食でも草食でも、脊椎動物界では進化上、末梢的存在でしかなかった。ところがそこに起こった地球規模のカタストロフィは、生物圏の食物連鎖を破壊もしくは寸断することによって、大型動物を直接にというよりは間接に、窮地に追い込んだ。光合成ができなくなった植物は枯れ、陸海空の巨大な草食爬虫類は充分な餌を得られなくなり、草食動物を食べる肉食動物も、結局同じ理由で滅んでいった。海中におけるいわゆる炭素循環は陸上におけるよりもはるかに速く、水の表層では深層より速く温度が下がったために、海洋動物も大量に死滅した。生き残ったのは比較的小さい爬虫類の数少ない種と、かなりの数の種の小型哺乳類だった。やがて粉砕した隕石の残滓が堕ち切り、大気が澄み、植物が再生を始めると、哺乳類の適応放散がしばしば起こって種を殖やし、四〇〇〇万年前ほど後には霊長類が、そしてその中からホモ・サピエンスが現れた。人間の発生の——疑いもないというよりは間接的な——原因をK-T境界期の大天災に求めるべきだとは言っても、文明の軍事的発展という問題を考えているわれわれにとって一番大事なことは、かつて一般的には無視されがちだった大天災の帰結——すなわち、白亜紀と第三紀の境界で最小の被害で生き残ったのは昆虫だったということなのである! カタストロフィ以前、昆虫はおよそ七五万種いたのが、その後しばらくしても少なくともまだ七〇万種はいたとされ、中でもアリ、シロアリ、ミツバチのような社会性を有する昆虫はほとんど無傷で生き残ったのだった。こうした事実から導き出せる結論は、小型で、あるいは非常に小型で、昆虫のような構造と生理を持った動物が最も容易に、最も高い確率で天災を生き残り得るということである。昆虫はまた、一般的に、放射能の致死的な作用に対して、脊椎動物のようないわゆる高等動物よりはるかに強いということも、単なる偶然として片付けるべきではない。古生物学の教えは明快だ。解放されたエネルギーの破壊力で見れば全地球規模の核戦争と同等のカタストロフィは、大型動物を死滅させ、昆虫にはほとんど害を及ぼさず、バクテリアに至っては手を触れもしなかった。つまり、何らかの自然力にせよ兵器にせよ、その破壊作用が大きければ大きいほど、より小さなシステムほどその破壊範囲から無事逃れられるということだ。という訳で、原子爆弾は、軍隊全体のみならず、兵士という個体の分散をも要請したのである。確かに昔も司令官は作戦として軍隊を散開させることがあった。だが兵士をアリやスズメバチの大きさにまで縮小するというような発想は、二〇世紀には、純粋な空想物語を除けばあり得なかった。兵士は人間だ、縮小も分散もあるものか！——という訳である。そこで人々は、人間の姿をしたロボットを念頭に置きながら、自動兵士を考えた。しかしすでに当時でさえ、それは無邪気な擬人主義に囚われた考えだった。もちろん当時すでに、大規模産業は無人化の道を歩んでいたが、ベルトコンベアーの脇に立つ人々の代わりに働くロボットは、まったく人間の姿をしていなかった。それらはあくまでも人体の特定の機能的部分の拡大でしかなかった。それは、自動車のシャーシを組み立てる一本の巨大な鋼鉄製の掌を持った、コンピューター「脳」であり、それはボディの板金を溶接する「レーザー・ハンド」や拳《フイスト》ハンマーを持つシステムであり、確かに人間の頭や手のように機能する装置ではあったが、実は人間の眼にも耳にも手にも似ても似つかなかった。そもそもそうした大きく重いロボットを戦場に連れて行くことなどできた相談ではなかった。そうしたとしても、瞬く間に、百発百中の賢い自立誘導式ミサイルの標的となるだけだった。

そういう次第で、新しいタイプの軍隊を構成したのは人間の形をしたロボットではなく、合成昆虫（いわゆるシンセクト）、セラミック製のマイクロ甲殻類、チタン製ミミズ、そしてヒ素化合物で作られた神経節と重い核分裂性元素からできた針を持つ、飛行可能な疑似昆虫であった。こうした「命なきマイクロ兵士」の大部分は、敵からの核攻撃の脅威を報せる警報に接すると同時に地中深く潜行し、爆撃後に地上に戻ったが、その際、最悪の放射能汚染環境においても戦闘能力をまったく失わなかった。彼らは単に寸法が微小なだけではなく、非生物だったからだ。空飛ぶシンセクトは、いわば飛行機と飛行士とミサイルが一つの微小な全体に融合したようなものだった。同時に、必要な戦闘上の力と価値を総体として発揮するマイクロ・アーミーが、作戦行動の単位となった（ミツバチの場合も、自立した生存能力を持っているのはあくまで一個の巣全体であって、孤独なミツバチ一匹は無に等しいのである）。

　戦争の舞台は核攻撃によって不断の脅威に曝されていた。核攻撃は兵力そのものばかりでなく、あらゆる種類の武器の相互連携、司令部との連絡体制をも破壊した。そのため、方向性の異なる二つの原則に基づいた、多種多様な命なきマイクロ・アーミーが誕生した。自律性という**第一原則**に基づき、極小部隊はアリが行軍するごとく、病原体が波となって広がるごとく、あるいは飛蝗《ひこう》現象を起こしたワタリバッタのように活動した。特に最後に挙げた例示は、彼らの特徴をわかりやすく示してくれる。周知のように、ワタリバッタは生物学的には要するに普通のバッタの一種なのだが、たとえ何千億匹（飛行機からはさらに大きな数が観測されている）の個体を擁する雲のような大群であっても、人間には直接の害をなさない。* しかしその巨大な量の群生行動によって列車が脱線したり、昼が夜になったり、さまざまな交通が麻痺したりする（戦車でさえ、ワタリバッタの大群に突っ込むと、潰した死骸と血液、体液が溜まって泥沼のようになり、キャタピラーが空転し、その場でスリップし始める）。そこへゆくと、正にそれが目的でそのように設計された合成「ワタリバッタ」たちは、天然の虫よりさらに、比較にならぬほど危険だった。すでに述べたように、彼らは自律的に、つまり予め定められたプログラム通りに活動し、いかなる司令塔との継続的な交信も必要としなかった。

　これら疑似ワタリバッタの軍隊は、当然ながら核攻撃によって滅ぼされ得たが、その効果たるや、空の雲に向かってミサイルを撃つようなものだった。雲に大きな穴は開くが、穴はあっという間に別の雲によって塞がれるからである。

＊――〔原注〕あらゆる植物や農業耕作物が食べ尽くされてしまうという彼らの主要な害、いわゆる蝗害を除けばである。

テロトピズム〔標的指向性／遠隔屈性〕と呼ばれる新しい軍事的第二原則に基づき設計された、〔海や川、あるいは空中を移動する〕オートモンタージュ・エレメントの巨大な集合体というマイクロ・アーミーも出現した。この部隊はさまざまな異なる方角から、高度に散開しながら、戦略・作戦上の必要に応じて目標に近づき、**標的自体の内部で**初めて予めプログラムされた全体として**構築される**。つまり、この兵器は、工場に引き込まれたレール上の貨物列車に戦車や大砲が積み込まれるように、自らの最終形態で、稼働準備の整った状態で工場から出て行くのではなく、すべてはあくまで微小規模で製造された部品として出動し、目的地に到達して初めて兵器として完成するものだった。このことからこの種の兵器は自己構築部隊と呼ばれた。その一番単純な例は、自己散開型原子爆弾だった。地上、海上、海中から発射された従来型のミサイル（ＩＣＢＭ、ＩＲＭ）は、宇宙空間から衛星レーザーで破壊することができた。しかしそうした方法では、このマイクロ粒子の巨大な雲を破壊はできなかった。飛行中は高度に分散しているので埃や霧と見分けも付かないこれらの粒は、それぞれウランやプルトニウムを運搬してはいるが、それらの物質が臨界質量として凝集するのは標的に到達してからなのだった。

新旧の兵器はしばらくの間共存していたが、重く、図体の大きな装甲装置はあっという間にそして最終的に、マイクロ・アーミーの攻撃に屈して姿を消した。

病原体がいつの間にか動物の体内に忍び込んで、その動物を内部から殺すごとく、命なき人工微生物は予め与えられた指向性に従って、大砲の砲身や薬室や戦車、飛行機のエンジンに侵入して触媒作用で金属を腐蝕し、あるいは燃料や火薬に紛れ込んで、敵の装置を吹き飛ばした。体中に手榴弾をぶら下げた、あるいは自動拳銃、ロケット・ランチャーその他の火器で武装した、人並み外れて勇敢な〔人間の〕兵士がいたとして、命なき、顕微鏡的大きさの敵を相手に何ができただろうか？　ペストやコレラの細菌を相手にハンマーやリボルバーで戦おうとする医者以上のことはできないに違いなかった。

標的に自立誘導で襲いかかる微小兵器の大軍に包囲されれば、軍服を着た人間は、剣と楯を構えて銃弾の雨の下に立つローマの軍団兵同様無力だった。また生命指向性を持つ特殊な種類の微小兵器は、生命のあるもの何でもすべてを秒殺した。およそ人間であれば、すべからく戦場を去らねばならなかったのも当然である。

二〇世紀にはすでに密集陣形での戦闘行動は廃《すた》れ、散開方式に代わっていたが、やがて機動的戦闘では軍隊のさらなる分散が進んだ。だがそれでも依然として敵と味方を分ける前線というものが存在した。今やそうした境界線も最終的に姿を消した。

マイクロ・アーミーはどんな防衛システムでもやすやす通過し、敵の陣中奥深くまで這入り込むことができた。彼らの侵攻は、雨や雪が降るという事象とさほど変わらない。一方で、大規模な核兵器は戦場でいよいよ無力だということが判明し、使用するだけの値打ちがなくなっていた。ウィルス性の感染病を水爆で退治しようというのと同じで、効果は皆無に等しい。もちろん、地中数百メートルまで焼き尽くし、広範な領域をガラス化した死の砂漠に一変させることはできるが、その一時間後にはそこへ武装した雨が降ってきて、「突撃・侵略部隊」がその中から結晶化するとしたら、水爆投下の意味はないし、そもそもコストが馬鹿にならない。ヒルやイワシを巡洋艦で捕まえようとするようなものだ。

軍事史における無人化段階の最も深刻な問題は、敵と味方の識別だった。昔はＦｏＦ（*Friend or Foe*〔敵か味方か〕）と略して呼ばれたこの問題は、二〇世紀には「合言葉」の原則に則って働く電子工学的システムが制御していた。パスワードを電波で問われた飛行機や無人ロケットは、自らの発信機で然るべく返答をし、さもなければ敵とみなされた。前世紀のこの方式はやがて役に立たなくなった。新しい兵器製作者たちは生命の王国に――植物やバクテリア、そしてここでも昆虫たちに――範を求めた。敵味方の判別には、生物のさまざまなＩＤ証明が応用された――免疫システム、抗原と抗体の闘争、屈性、そして保護色、カモフラージュ、擬態。命なき兵器はしばしば（そして見事に）宙を舞う植物の花粉や綿毛、本物の昆虫、水滴に仮装したが、その仮面の下には敵を侵蝕し、死に至らしめる実体が潜んでいた。ここでついでに説明しておけば、人工ワタリバッタやその他の昆虫が飛来するなどと語りながら、終始私が昆虫学にアナロジーを探すのは、ちょうど二〇世紀の人間がヴァスコ・ダ・ガマやコロンブスの時代の人間に、自動車行き交う自分の街の様子を伝えようとしてしただろうことと似ている。その人間は自動車を描写するのに必ずや馬を繋いでいない馬車を引き合いに出し、飛行機というものを説明するのに金属で作られた鳥のようなものだと言ったに違いなかった。その話を聞いた大航海時代の人間は、ある程度現実に近い何らかのイメージを描き得ただろうが、やはり両者は一致しない。大きく細い車輪に支えられ、背の高い扉、低いステップ、馭者のための馭者台、従僕のための室外席の付いた馬車は、どう見てもフィアットでもゴルフでもメルセデスでもない。だから二一世紀のシンセクト兵器も、われわれが昆虫図鑑で知っているような虫を金属で拵えたものが群がっているのとは訳が違う。これら疑似昆虫の中には、弾丸のように人体を貫通するものもあれば、また別の種類は、集団で巨大な光学的レンズを形成して太陽光線を収束し、広範囲にわたって気温の勾配を自在に操った。その結果、空気の塊が動き、生じる気流によって、例えば集中豪雨を惹き起こしたり、逆に素晴らしい晴天を演出して作戦を補助した。そういう「気象任務」に就く「昆虫」もいた訳だが、今日これに相当するようなものは何も見当たらない。例えば吸熱シンセクトは大量のエネルギーを吸収して特定地域の気温を急激に下げることで濃霧を作り出したり、逆転層と言われる現象を惹き起こした。また合体して使い捨てのレーザー発振器となり、前世紀の大砲の代役を果たすシンセクトもいた。もっとも代役という言葉は適当ではない。なぜなら、現代的な用法では、戦場における大砲というのは、投石器や投擲器くらいの意味合いしか持たないからである。新しい兵器は新しい戦闘の条件を規定し、結果として、完全なる無人化を公約数とするさまざまな新しい戦法、戦略が誕生していった。

この新しい戦争の時代は、軍服、軍旗、衛兵交代、栄誉礼、整列行進、教練、銃剣攻撃、そして軍功を労《ねぎら》うさまざまな勲章、表彰などを愛好する人間にとっては、自分たちの崇高な理想を汚《けが》す冒瀆、一大屈辱以外の何物でもなかった。同時代の専門家たちはこの新時代を「逆さまの進化」(*Upside-down Evolution*)と呼んだ。というのも、自然界においてはまず最初に単純で微小な体制の生物が発生し、それが何千万年もかかって次第に大きな生物に変化してきたからである。それに対してポスト・アトミック時代の軍事的進化においては、正に逆の傾向、微小化が主要な潮流となったのだった。微小軍隊は段階的に作られていった。初めの段階で無人の微小兵器を設計し製造したのはまだ人間だったが、次の段階では、命なきマイクロ工兵師団がそれらを考案し、試験をした後、大量生産に回した。

まず兵隊から、次いで軍事産業従事者から、人間を排除していったのは、社会統合的退化と呼ばれる現象だった。兵士は、大きな脳を持つ知性ある存在であることをやめ、体はいよいよ小型化し、いよいよ単純化され、「使い捨て兵士」へと退化した。(ちなみに昔も反戦主義者の中には、近代の戦争における死亡率の高さを引き合いに出して、高官を除けば、戦争参加者は誰しもが「使い捨て兵士」だと主張する者もいた)。最終的にマイクロ戦士の知能はアリかシロアリ程度にまで縮減した。それにつれてより大きな役割を果たすこととなったのは、ミニ兵士たちの巨大な、疑似社会的集合体である。命なきマイクロ軍はどれも、ハチの巣やアリ塚とは比較にならないほど複雑だった。内部構造と部分相互の関係から見ると、それらはむしろ、大きな生物ビオトープ群、すなわち競争、敵対、共生関係が進化的に平衡に達した、結果として相互関係の複雑なネットワークを構成する生活環境としての特定の空間に共存するさまざまな動植物の種のピラミッド群を思わせた。

そのような軍隊では、下士官身分がすべき仕事は何もないということは容易に理解できる。尤も、伍長や軍曹ばかりか、位の高い将校ですら、部隊を率いることはできなかった。生物自然界にも匹敵する複雑な全体を掌握するには——たとえそれが命なき集合であったとしても——大学評議員程度の知能では——査察程度の仕事ならともかく——現実の戦役では不充分だった筈だ。従って、二一世紀の転換期を迎えて、第三世界と並んで最も割を食ったのは将校団だった。ただ、彼らの追放はすでに二〇世紀にそのプロセスが始まっていた——素晴らしい羽飾り、二角帽、金モール、巨大な房飾り、色彩豊かな軍服といったものが次々と廃止されていったが、華やかな軍隊文化に最終的な一撃を加えたのは、二一世紀に起こった、軍事分野における疑似昆虫類への進化——すなわち「INWOLUCJA〔退化〕」であった。軍隊の無人化を進めるトレンドの容赦ない圧迫に押され、美しい演習の伝統、パレード（ワタリバッタの行進は、戦車やミサイルと違って美的ではあり得ない）、「捧げ銃《つつ》」の敬礼、消灯ラッパ、旗の掲揚降納、報告など、軍隊生活に特有な、数多くの風習が持つショー的華やかさは消えていった。しばらくの間はまだ司令官クラスの高級な文化が守られていたが、それもやがて、残念ながら姿を消した。コンピューター化した司令部の演算・戦略能力における優位性は結局、元帥らも含めて最強の司令官たちをも失業に追いやった。胸の上の夥しい勲章佩用帯やら綬やらも役に立たず、高名な司令官たちが次々と早期退職を迫られた。当時さまざまな国で、職業軍人の士官たちによる抵抗運動が始まった。彼らの中には、失職の危機と現実の中、地下に潜行してテロに手を染めた者さえいた。彼ら将校たちの反乱を無力化したのは、何とある種のゴキブリの原理に基づいて作られたマイクロ諜報員部隊とミニ警察隊であった。それは、誰も意図的に計画したのではない、正におぞましき歴史の仕打ちであった。アメリカの昆虫神経学者が一九八一年に初めて報告したそのゴキブリは、腹部の先端にごくごく細い触覚のようなものを持ち、空気の微小な振動にも反応するその触覚は末端部の特別な神経節と繋がっているので、完全な暗闇でも敵の近づく気配を感じて即座に逃げることができた。この触覚に対応するのがミニ警察官の持つ電子ピコセンサーだった。彼らは反乱グループの総司令部の古いカーペットに潜んで盗聴活動をした。

しかしこの新時代、豊かな国も順風満帆ではなくなった。昔と同じような政治の駆け引きは通用しなくなった。もう大分前から分明ではなくなっていた戦争と平和の境界は今や完全に見えなくなった。二〇世紀は公式な宣戦布告という儀礼的セレモニーを廃し、奇襲攻撃、「第五縦隊」、大量サボタージュ〔秘密裡の破壊工作〕、冷戦、代理戦争（*per procura*）といった概念を生んだが、それは戦時と平和時の差異消失がさらに進展する序章に過ぎなかった。戦争と平和という二つの互いに相容れない状態をかわるがわる経験してきた世界が今や、平時であるとも戦時であるとも言える、あるいは言えないのが常態の世界に変貌した。嘗て秘密破壊工作に従事できるのは人間だけだった時代には、その活動は往々にして高貴な、あるいは徳の高い仮面の下で遂行された。工作員は宗教運動や政治運動の内奥に、あるいはマッチ箱収集家協会であるとか高齢者合唱連盟といった善良な運動体の内部に這入りこんでいった。しかしやがて、壁の釘から硬水軟化剤にいたるまで、あらゆるものが秘密工作に従事できるようになり、その活動範囲や規模は一挙に広がった。人間にはもはや現実的な政治力も戦闘力も残っていない以上、プロパガンダによって転向させたり、敵との密通に引き込もうとして骨折るのは無駄だった。政治的変化については、必要なだけ詳しく書いている余地もないので、ここではごく手短に要約しておく。議会民主制の国々の政治家は、すでに前世紀中に、自らの国家がかかえるすべての案件も、ましてや国際政治の問題も、把握することが不能になり、アドヴァイザーを雇うようになった。そういう専門家集団としてのアドヴァイザーはどの政党にもいた。周知のとおり、異なる政党のアドヴァイザーは、まったく同一の事案についてもまったく異なる意見を述べた。やがて彼らは自らのためのアドヴァイザーとしてコンピューターを導入し、人間は自分のコンピューターのスポークスマンとなっていったが、事態に気づくのは少々遅すぎた。コンピューターが記憶し、提供するデータを基に自ら判断し、結論を出していると人間たちは思っていたが、実のところ、彼らが用いている情報はデータ処理センターで予め加工されたものであり、その情報が人間の決定を決定しているのだった。一時期の混乱を経た後、大きな政党はアドヴァイザーたちを単なる不要な仲介者として追放し、それ以後はどの政党もその本部に自らのメイン・コンピューターを導入した。二一世紀の半ばになると、政党が政権を掌握した際、そのメイン・コンピューターが無任所大臣の地位に就く国も現れ、この種の民主主義における基本的な役割はプログラマーたちが演じ始めた。プログラマーはもちろん国家に対する忠誠を宣誓はしたが、それもあまり有効ではなかった。民主主義はかつての〔フランス革命期の〕総裁政《ディレクトリアト》にも匹敵する、電算機政《コンプテリアト》に変質しつつあると多くの人間が考えるようになった。そのため諜報部隊も防諜部隊も、政治家や環境保護団体（もはや保護すべきものもあまりないので活動家も激減した）は相手にせず、決定機関であるデータ処理センターへの潜入工作にもっぱら腐心した。しかし事実が本当にそうだったのかと問われれば、疑問の余地のない形で答えられる者は誰一人いなかった。加えて、もし国家Aが国家Bの電算機政府を完全に乗っ取り、国家Bも国家Aの電算機政府を掌握すれば、完全な国際的均衡に達すると主張する政治学者もいない訳ではなかった。古き良き伝統的な政治学の範疇や、降雹のような自然現象と爆撃のような人為的現象とを区別し得る良識の範疇を用いていたのでは、ごく普通の現実でさえもはや記述できなくなっていった。形式上、選挙権者は相変わらず政党に投票はしていたが、どの政党も、自慢するのはより良い政治経済プログラムを持っているということではなく、あらゆる社会的問題に対処できるとする、より良いコンピューターを所有しているということだった。もしもコンピューター相互の間で食い違いが生じた場合は、形式的には政府が裁定したが、真の最終審判を下すのはやはり別のコンピューターだった。具体的な例で見てみよう。合衆国ではすでに数十年前、陸軍、空軍、海軍という三つの主要な軍事組織の間で軋轢が高まり、どの勢力も残りの二者より優位に立とうと競争を始めていた。どの勢力も、他は犠牲にしてでも、自らのために最大の国家軍事予算を獲得すべく努力した。どの勢力も自分の保有する最新兵器については他の勢力に対して秘密にした。大統領のアドヴァイザーに与えられた任務の一つは、陸海空軍それぞれが世界に対して何を秘密にしているかを探り出すことだった。どの軍も司令部はもとより、自前の機密保持システム、独自の暗号システム、そして——無論！——自前のコンピューターを保有していた。どの軍も他の軍との協力は最低限に、国家が解体しない程度最低限に抑えていた。従って、どんな政権になっても、その主要な課題は、国家の統治と経営、外交政策において何とかして国家としての一体性を保つことだった。すでに前世紀、合衆国の軍事力が現実にはどのようなものなのか、真実を知る者は誰一人なかった。なぜならば、それを語るのが政権代表者か、それとも野党の大統領候補者なのかによって、市民に提供されるデータはさまざまに違ったからである。今では悪魔でさえ本当のところはわからない。他方で、人間が行う自然な政治を部分的に肩代わりしたコンピューターによる人為的政治とも違う、新たな現象が登場した。それは——昔は「自然」現象と呼ばれたのだが——今となっては誰が操作しているのかわからない、それどころかそもそも誰も操作してはいないかも知れない現象だった。産業活動が原因の酸性雨はすでに二〇世紀にも知られていた。中には極めて強烈な酸性雨もあって、道路や高圧電線、工場の屋根までが蝕ばまれるということが起こったのだが、果たしてそれは、汚染された自然の惹き起こす現象なのか、それとも敵国による秘密破壊活動なのか、特定できなくなった。そういうことがあらゆる局面で起こった。家畜が大量に死んだ——しかしその感染病は自然なものなのか、人為的なものなのか？　沿岸地帯を壊滅状態にするサイクロン——果たしてそれは嘗てのように偶然発生した気象現象なのか、それとも一個一個はウィルスほどに微小なマイクロ気象破壊工作隊の不可視の雲が空気の塊を海の上に密かに押し出して生じたものなのか？　ありふれた、しかし極めて有害な日照り――これもまたひょっとして、水分を孕んだ雲を巧みに違う所へ誘導して惹き起こされた現象ではないのか？　そうした災いに見舞われたのは合衆国だけではない。全世界である。そしてここでもまた――ある者はそれは自然の現象だと言い、ある者は、今やすべての国がそうした無人の作戦を遠隔操作できる能力を持っていて、公式にはやっていないと言いながら、実はそうして互いに害し合っているのだと論じた。仮にそうした破壊活動の犯人を現行犯でとり押さえられたとしても、厳しい尋問はおろか、何一つ尋ねることさえできなかった。なぜなら犯人はシンセクトであれ人工微生物であれ、口が利けなかったからだ。気候・気象学的防諜隊、地震学的諜報隊、疫学、遺伝学、さらには水路学などの学問に基づく偵察活動隊は、どれも猫の手も借りたいほど多忙を極めた。世界の学者は、鑑別診断を行う軍事的任務に狩り出されることがますます増えた。ハリケーン、耕作植物の感染病、家畜の死亡率上昇、遂には隕石の落下までもが、敵国による秘密破壊工作を疑われるようになった。（ちなみに敵の領土に小惑星を誘導して落下させ、甚大な被害を与えるというアイディアは早く二〇世紀に生まれ、興味深いと評価された）。

軍総司令部のための講演会では、隠密攻撃及び隠密防衛戦略論、再防諜隠密学（すなわち第二段階の諜報員を誑《たぶら》かし欺く方法論）、野戦エニグマティクス、そして遂には、いかなる仕方によっても誰にも自然現象と識別できないような秘密兵器を秘密裡に活用する秘密の方法を紹介する隠密密学というようなものに至る新しい学問の講義が始まった。

戦争の前線や敵対関係の大小といった概念も消えていった。自国の世論が敵国に対する悪感情を抱くよう仕向けるため、自国領土内で偽の天災を惹き起こした上でその人為性を目立たせ、国民の誰もが、それが周辺の敵国陣営による破壊活動によるものだと信じて疑わないようにする、特別な秘密の産業が育成された。ある時などは、さる豊かな大国が、過剰な人口を抱える貧しい国に対する支援として（かなりの安価で）売ったサゴヤシ、麦、トウモロコシ、片栗粉に――添加物として――性的ポテンシャルを弱めるある種の化学物質を加えたことが明るみに出て、第三世界では大変な怒りの声が上がった。それは人口増加に対する秘密裡の戦争だった。そのようにして、平和が戦争となり、戦争が平和となった。この潮流がその後いかに破滅的な帰結――全世界の破滅と区別のつかない両勢力の勝利――をもたらすかは、誰の目にも明らかだったにも拘らず、世界は破滅的な方向への歩みを止めることはなかった。嘗てオーウェルが想像したように、全体主義者の陰謀によってではなく、人間世界とその周辺の――地球を取り巻く宇宙空間でも同じことは起きていた――あらゆる部分、あらゆる領域で起こる自然現象と人工現象との境界を消し去りつつあるテクノロジーの達成によって、平和は戦争となった。

　認識論の理論家たち、哲学者たちは主張した――人工の蛋白質と天然の蛋白質との違いがもはやないところでは、自然知能と人工知能の違いがないところでは、特定の下手人が意図的にもたらす不幸と、誰の罪も問うことができない不幸とを区別することはできない、と。

　抗い難い引力によって引き込まれ、ブラックホールの奥に飛び込んだ光がもはやその重力の罠から抜け出せないように、相互敵対という力によって物質の秘密の奥にまで這入り込んだ人類もまた、テクノロジーの罠から脱出することはできない。その穴を掘ったのは人類自身だと言っても、何の意味もない。新しい軍備革新にすべてを投資させたのは、もはや政府でもなければ、国家元首でもなく、総司令部でも、独占企業やその他のロビー団体の利益でもなかった。そうさせたのは、別の誰かが先に、究極の優位性を保証する発見あるいは技術に達しやしないかという恐怖だった。この恐怖こそが、伝統的な政治を最終的に麻痺させた。国際会議を開いても、交渉人はもはや何一つ交渉で勝ち取ることはできなくなった。なぜならば、自分たちは「新兵器」を諦めてもいいと言う一方の側の善意は、別の陣営からすれば、相手側が諦めるというのは、すでに別の、もっと新しい兵器を開発し終わっているからではないかいと見えたからだ……ちなみに当時、軍縮協議が合意に達し得ないということは数学的にも証明されていた。私はいわゆる紛争の一般理論という数式を見たことがある。その式は、なぜ交渉では良い結果が得られないかを示していた。国際軍縮会議で、平和に資する決定が下されるとしよう。だがその決定を下すのに必要な時間は、決定が想定する事態を劇的に変更してしまうような軍事的新技術が生まれる時間より長いので、どんな決定もそれが下される時点ですでに時代錯誤的なものとなっているのだ。

それは喩えて言えば、古代の人間たちが、有名なギリシア火薬の製造を禁止するかどうかについて延々と長時間議論を戦わせているうちに、ベルトルト・シュヴァルツが現れ、黒色火薬を発明してしまったようなものだ。「昨日」あったことについて「今日」決定するということになれば、決定は現在から過去を向いている訳で、単に為にする表面的なゲームで終わる。そうした状況が、最終的には二一世紀の終わり頃、人類史の新しい時代を切り拓く、大国間の合意成立を迫ったのだった。だがこれはもう二二世紀の歴史に属することで、私の考察の範囲を超える。もしも間に合えば、それについては別途論じよう。そこで述べる世界史の次章は、それなりに興味深い。地球は遂に相互敵対の時代を抜け出るからである。とは言え、地球はテクノロジーの罠からは脱出するものの、また別の罠に這入り込む。あたかも地球の宿命は、一難去ってまた一難を永遠に繰り返すことであるかのように。

一九八三年

訳者後記

関口時正

『主の変容病院』

原題は Szpital Przemienienia である。szpital は「病院」でよいとして、次の言葉をどうするかは悩んだ。「主の」という形容詞を付した Przemienienie Pańskie というポーランド語は、『新約聖書』に描かれ、言及され、「主の変容」として知られる、イエスが示した一つの奇蹟とこれに端を発する概念や行事を一意的に指す。これを記念する宗教的祝日もあり、奇蹟の場面はイコンや絵画、壁画にもなり、カトリックの作曲家オリヴィエ・メスィアンには《我らの主イエス・キリストの変容（La Transfiguration de Notre Seigneur Jésus-Christ）》という大曲もある。キリスト教徒にとってはそれなりになじみある言葉であり、概念だが、それ以外の人間にとっては、あるいは日本語では、そうとは言えないだろう。Transfiguration はラテン語から来ているが、そもそものギリシア語に遡ってしまえば「メタモルフォーシス」らしい。だが、メタモルフォーシスとなると病理学や生物学では「変態」であるし、オヴィディウスの作品名としては「変身」や「転身」とされ、一般的に「変形」と言ってもよくなる。レムの小説も『変身病院』とすべきだったろうか。

しかし、ポーランド語の przemienienie にも英語、仏語の transfiguration にも、メタモルフォーシスには戻れない、キリスト教のコノテイションがすでに強く定着していると私は考える。だから『変態病院』も『変身病院』も却下した。次に考えたのは『変容病院』だが、日本語の「変容」だけではこのコノテイションを僅かに示唆することすらできない。一方で、原題に「主の」という形容詞はない。ただ「変容」が大文字のPrzemienienie だということが、私の背中を押して、このような邦題になった。つまり、これが大文字で始まっているためにポーランド語では感じられる固有概念的性質、キリスト教的イメージを日本語でも暗示しようとすれば、やや乱暴ではあっても「主の」という語を冠せざるを得ないという判断だった。

この小説において「主の変容」に直接関る言葉は「空間の結節点」の章の冒頭で一度現れるだけである。それも、繁みの中に埋もれ、打ち棄てられ、風化しつつある石造りの門に彫られ、すでに判読し難い、もはや誰も注意を払わずに通り過ぎる碑銘、すべて大文字で書かれたラテン語 CHRISTO TRANSFIGURATO としてである。一九三九年のナチス・ドイツ侵攻時に精神病院だったこの建物が、サナトリウムになる以前は何だったのか、なぜこんな碑銘を刻んだ門があるのか、それは修道院ではなかったのか——といった疑問に、本文はほとんど説明を提供していない。唯一と思われる暗示は同じ章の第二段落にある——

〔……〕一階のがらんとした脇部屋で〔……〕ステファンは石のタイルを敷きつめた部屋を歩き回りながら、部分的に漆喰で覆い隠された壁画をぼんやり眺めた。そこには金色の光背らしきものが見てとれ、さらに、すでに青味がかった石灰の下になっていて判然とはしないが、今にも叫びだそうと、あるいは歌いださんとして開かれた口があった。

「光背(aureola)」は明らかに宗教用語であり、剝落し、すでにかすれて見えなくなりつつある壁画も宗教画、恐らくは「主の変容」を描いたものだったことをこの文章は物語っている。「今にも叫びだそうと、あるいは歌いださんとして開かれた口」は、恐らくイエスの変容を目撃した者の口だった。

レムがこの小説を Szpital Przemienienia Pańskiego と題さず、「主の」という限定修飾語を落としつつも、なおかつ大文字表記を残し、言葉の宗教的由来を完全には消去しなかったことは、剝落して消えゆく壁画、風化して判読できなくなりつつある碑銘と同様に、このテクスト全体もまた、いわば橋懸り、渡殿のような地点に、移りゆきの途上に置かれている、あるいは作者がそうした場所に位置して書いていることと通底しているというのが私の感想である。

キリスト教が自明の制度、確固とした文脈ではなくなり、かといって完全に消え去ったのでもないヨーロッパを体験し、その内部で書いていたレムもまた、ユダヤ・キリスト教的世界観の崩壊を人一倍深刻に生きていた知識人だった。その深刻さは、彼自身が思想家であったことや大戦とナチスの所業を目撃したことに加えて、医者あるいは科学者だったことにも由来していたと私は思う。

ポーランドで一般的には戦闘的無神論者として通っていたレムだが、彼ほど宗教的な事柄に敏感で、真摯に向かい合っていた作家も稀である。宗教という言葉では制度や組織の連想が強すぎるとすれば、超越とか形而上といった言葉に代えてもいい。超越ということに対する感受性が強いというのは、世界を常に「謎」として、「問い」として見つづけ、驚きつづける態度を保持するということであって、レムに見られる資質は、しばしば物理学など自然科学の最前線に立つ人々が宗教や哲学に対して見せる、「俗人」よりはるかに謙虚な姿勢、感受性にも似ている。

ナチスの所業だけが謎なのではない。この小説で一際目を惹く、いわゆる自然描写（特に各章の導入部）にも、単なる精緻な写実ではなく、描写の対象が——人物の行為や症状と同じく——すべては「謎」であることを懸命に伝えようとする努力に裏打ちされた真剣味がある。視覚、聴覚、触覚といった知覚のカテゴリーを意図的に交錯させる表現が頻出し、往々にして破格の語法にも遭遇するが、翻訳にはこれほど厄介な文章もない。それでも、日本や同時代のポーランドにも居た「新感覚派」にえてして見られるような、奇を衒って為にする技法、ただ詩的であろうとするだけの詩的意匠とは片付けられない、必然的なものがここには感じられるのである。

一方で、類型化された人物の造形や心理描写は、両大戦間期のポーランド語小説の延長だということを強く感じさせる。一九四八年九月に書き終えたという、レムのデビュー作だが、その意味ではナウコフスカやアンジェイェフスキが大戦前に書いていた小説とよく似ている。レムがその後書くいわゆるＳＦ作品とはあまりに文体が違うので、初めて読んだ時には私も驚かされた。自然描写について右に書いたようなことはあるとしても、全体としてとにかく写実主義的だということは誰しも感じるだろう。

しかしこの小説の出版が可能になるまでには、レムはもう二篇の写実主義小説を続篇として、それも体制当局が求める「社会主義リアリズム」に沿った作品を書かねばならなかった。一九四九年六月擱筆の第二巻『死者たちの中で』と翌年執筆の第三巻『帰還』がそれである。これらを合わせた三部作『失われざる時』が、全六六二頁の大部な書物として出たのはようやく一九五五年、「雪解け」の時代になってからだった。第一部『主の変容病院』が正味一八三頁、第二部が二一七頁、最終部が二六〇頁にわたる。チシニェツキもノシレフスカも引き続き登場するが、新しい人物群も加わった、叙事詩的な一種の大河小説だった（プルーストを意識した『失われざる時』という題名にもその性格は滲んでいる）。これはこの形態で一九五七年と一九六五年に増刷された。

しかし第二部第三部の続篇には、単に社会主義リアリズムという文体の実践にとどまらず、内容にも夥しいイデオロギー的、政治的介入があったので、それをよしとせぬレムは、やがてこれらを封印した。初めて『主の変容病院』だけが独立してチテルニク社から、袖珍本叢書《ヴァヴェルの面》の一冊として出版されたのは一九七五年、折りしも私の留学中だった。その本に寄せたレムの序文をここに全文引く。まだ社会主義政権下なので、奥歯にものの挟まったような表現をしている――

私は自分の最初の小説『主の変容病院』を一九四八年に書いた。ゲベトネル＆ヴォルフ社に預けた原稿は、この出版社が閉鎖された後、翌年「書物と知識社」に引き継がれた。編集者たちから、小説の「続き」を書くようにと説得され、続く二篇を私が書き終えたのは一九五一年〔ママ〕だったが、それらはその時点でも余りにも多くの問題があり過ぎると指摘され、結局全体がクラクフの「文学出版社」から出た時には、すでに一九五五年も終わろうとしていた。という訳で、私は七年も待たされ、しかも当初の目論見とは根本的に異なる姿で、デビューすることとなった。今回私はチテルニク社と協議をして、本書を完全に初期の形態に戻して、つまり三部作『失われざる時』の第一巻だけを独立の作品として増刷する決心をした。これこそ、作家見習いとして自分が考えていた姿だからである。かつてこの小説を論評しながら、「バランスを取る」必要があるとか、作品構成上こうしたらいいああしたらいいと奇妙奇天烈な案を繰り出してきた編集者たちの動機は一体何だったのか、今日では理解に苦しむし、「書物と知識社」で持たれた無数の会議の結果、何度も何度も修正しながら書かされた、続巻二篇のやはり無数のヴァリアントのことを思い出すのも気が重い。そうして積もり積もった地層の下から、二六年前に自分が書いた、自らの戦争・占領体験を盛り込んだ書物の本来の姿を掘り起こしたい――それが私の偽らざる気持ちだった。盛り込んだと言ってもそれは自伝的要素ではなく、あくまで、体験した世界に対して当時の自分がどのようにかかわっていたかをこの本によって表現したかったという意味に過ぎないが。（クラクフ、一九七四年八月）

翻訳の底本には、五五年の初版でも七五年版でもなく、八二年にレム自身が若干の訂正を施し、全集の第一五巻として出版された「文学出版社（Wydawnictwo Literackie）」版を採用した。

なお、当然のことながら、作中に用いられている医学や生物学の専門用語、あるいは薬品などの固有名詞の多くは、今では使われていない古いもので、中には一九世紀臭のきつい言葉さえあるが、それらを現在のポーランド語、日本語に置き換えることは――例えば、精神分裂病を統合失調症と言い換えることは――原則としてしなかった。ただその原則から大きく外れるのは頻出する idiota という語の訳で、これを機械的に「白痴」とするのは非常に難しく、しなかった。

この小説を訳しながら、東京外大でかつて同僚だった、友人のヤグナ・マレイカ（Jagna Malejka）博士と内容をめぐり、表現をめぐって、よく議論をした。決して楽しい読書ではないばかりか、次から次へと面倒な問題を提起する原書を読み込んで、辛抱強く私につきあってくれた博士に感謝したい。

『挑発』

ホルスト・アスペルニクス著『ジェノサイド』とJ・ジョンソン、S・ジョンソン共著『人類の一分間』という、二篇の架空書評を収めた本は『挑発』という総題で一九八四年、「文学出版社」から薄い単行本として出版された。目次を見ると、『ジェノサイド』の書評全体が「挑発」という名前の章となり、『最後の一分間』は「一分間」という名の章として並んでいる。この翻訳の底本はこの初版に基づいている。『ジェノサイド』は、ポーランド語で出版の場所がゲッティンゲンとあるだけで、出版社名はない。

すでに二一世紀に入ってからの世界を見てきた者からすれば、前世紀の八〇年代にこれを、とりわけ『ジェノサイド』評を書いたレムの先見の明にはあらためて驚かされる。

訳語に関して一つ大事なことを説明しておきたい。すなわち、文中で「燔祭」としたポーランド語の元の単語は całopalenie である。これは『旧約聖書』「創世記」二二章六節を始めとして聖書中に頻出する儀式の名称であり、新共同訳聖書などでは「焼き尽くす捧げ物」と訳されている通り、「すべて」と「焼く」の二つの成分からなる複合語である。ホロコースト（holocaust）の語もそもそも同じような成り立ちの言葉だったが、今やすっかり——大文字で始められた場合だが——ナチスによる大量虐殺を意味する固有名詞として人口に膾炙している。しかし、この作品で「燔祭」と訳した語は大文字で始める Holocaust ではない。強いて言えば小文字で書かれたホロコーストだが、日本語の片仮名には大文字も小文字もないので、誤解を避けるためにもすべて燔祭とした。

なお「一分間」はすでに長谷見一雄氏が訳しているが（岩波書店刊『世界文学のフロンティア・3・夢のかけら』所収）、今回はまったく新たに訳した。

『二一世紀叢書』

「創造的絶滅原理　燔祭《ホロコースト》としての世界」と「二一世紀の兵器システム、あるいは逆さまの進化」、そして既出の「一分間」(『人類の一分間』)という三篇を収めた単行本が『二一世紀叢書』の題でクラクフの「文学出版社」から刊行されたのは一九八六年であるが、この翻訳の底本としては、さまざまな書評・評論を集めて二〇〇九年に出版社アゴラ(Agora SA)が出した *Biblioteka XXI wieku/Golem XIV* を用いた。「叢書」という言葉を使ったが、「図書館」でもいいかもしれない。

興味深いのは、「創造的……」の題でレムは英語のホロコーストという語を用いているが、これをポーランド語に訳していないことである。このいたって曖昧な、だが示唆に富む状況を、私は燔祭にホロコーストというルビをふることで、示そうとしたが、果たしてよかっただろうか。

レムは一人でそのすべてである

沼野充義

1

全六巻からなる〈スタニスワフ・レム・コレクション〉はこの『主の変容病院・挑発』の巻をもってようやく完結の運びとなった。国書刊行会（当時）の島田和俊氏の熱意に押され、企画全体に最初から関わってきた立場としては、完結までにこれほど時間がかかったことについて責任を痛感しているのだが、感慨も深い。最初に新訳『ソラリス』が出たのが二〇〇四年九月。同年十二月には『高い城・文学エッセイ』、翌年十月には『天の声・枯草熱』と比較的順調に刊行が続いたが、その後諸般の事情から――決して訳者の熱意不足や怠慢によるものではない――長期にわたって滞ることになり、完結までに十三年がかりになってしまった。ここまでお待たせしたことについては熱心なレム読者の皆様には平謝りするしかないのだが、それと同時に、この六冊を通して、いままであまり知られていなかったレムの全体像が新たに見えてきたことを、読者とともに喜びたいと思う。

今回刊行される最終巻に収められたのは、日本の読者にはまだまったく知られていない初期の非ＳＦ小説と、晩年のメタフィクションの到達点という両極だが、ナチスドイツによるポーランド占領とホロコーストという歴史的問題が両方に現れることになり、レムという人間を一生捉えていた問題が浮かび上がってくる構成になっている。日本におけるポーランド文学研究の最高峰である関口時正氏による翻訳はポーランド語のニュアンス読解と時代背景解明に関して精緻を究め、知られざるレムの姿を実に鮮やかに浮かび上がらせている。特に『主の変容病院』という非SF・リアリズム小説は、日本の読者にとっては大きな新発見だろう。ただし、私は個人的には、このレムの初期作品が後のSFとは根本的に異なった文体で書かれた作品であることは認めつつも、むしろここにも既に後のSF作家としてのレムの萌芽が強く現れていることに興味を惹かれた。ある閉鎖的な空間を舞台に、主人公の「未知との遭遇」を、様々な登場人物の間のコンフリクトや濃密な哲学的・認識論的議論を通じて描いていくこの作品は、一方ではサナトリウムを舞台としたトーマス・マンの『魔の山』を想起させるのはもちろんだが、他方ではレムの最高傑作『ソラリス』を先取りするものでもある。レムは最初からレムだった。

このコレクション全体の進行について話を戻せば、刊行が始まったばかりの二〇〇六年三月にレムが亡くなり、それから数えても十年以上の月日が過ぎた。しかし、レムという不世出の作家・思想家の残したものは決して時とともに古びていったわけではない。『天の声・枯草熱』への解説で私は「『天の声』で正面から取り上げられている、人間の理性の普遍性や、宇宙における人間の位置といった哲学的問題は、宇宙旅行の可能性が現実のものとなった現代においてこそ、本当になまなましい現実の問題としてわれわれに迫ってくるはずだし、『枯草熱』で描かれる世界の混沌と偶然の悪夢は、まさに九・一一以後の世界像を描いているのではないか、とさえ思えるほどだ。レムはいまこそもっと読まれるべき作家である」と書いているが、この思いに変わりはないし、今回の最終巻も含めて、全六巻のコレクションの内容がそれを雄弁に語っているのではないかと思う。

思い返せば、レムがまだ存命だったころ、彼と直接相談しながら——今からだと、なんだか夢のようだが——〈コレクション〉の構成を考えたのだった。パソコンのハードディスクを検索したところ、二〇〇一年九月十一日（！）付けの——驚くべき符合ではないか——レム宛の手紙が出てきて、それを見ると、最初にレム自身に打診した案では全七巻、初期の詩や、後期の時事評論、そして対談集なども収めたいと私から伝えていた。それに対して、レムの助手を通じて、「若いころの詩はわざわざ紹介してほしいものではない」「評論や対談よりももっとフィクションを」といった要望が届き、詩の翻訳を入れることは涙を呑んで諦めたが、フィクションと評論に関しては当初思っていた以上に充実した内容の著作集になったものと思う。

コレクション刊行にあたっては、宣伝のためのリーフレットを作るので、そこにレム自身の言葉がどうしても欲しいと思って——しかし、レムはその種の宣伝惹句など、書きそうにないと思えたのでおそるおそる——打診すると、快諾を得られ、すぐに以下のような言葉が送られてきた（リーフレットに印刷された言葉だが、ここに再録する）。

幸いなことに、私の本は日本でも歓迎され、かなり好意的に受けとめられてきました。しかも、これまで日本で出版されてきた著作、そして今回コレクションに新たに収められる著作のタイトルをつくづく眺めその少なからぬ部数を考えあわせると、日本の読者は世界でも最も成熟した、意識の高い読者ではないかという印象を受けます。どうやら、文学の場合、超えがたい言語や文化の壁というものはないのでしょう。これは私自身にとっても思いがけない贈物です。

二〇〇三年三月　クラクフにて　スタニスワフ・レム

レム自身のありがたい言葉を受けて、私はリーフレットに次のような説明を書いた。ちょっと宣伝くさいとはいえ、これがコレクションの狙いであったことは間違いない。

レムの小説はこれまで数多く邦訳され、日本の読者にも愛読されてきたが、今回はそれらの著作の中でもとりわけ重要なものを現在の視点から選び直し、また未訳のままだった傑作の数々をすべてポーランド語の原典から新訳することになった。／ここではレムの原点というべき、戦後間もないポーランドで書かれた純文学大作（『主の変容病院』）も、幼年時代を回想したみずみずしい叙情的な自伝（『高い城』）も、そして鋭利このうえない文学評論の数々も、初めて紹介される。またＳＦ小説では、あの名作『ソラリス』を初めとするよく知られた長編が装いも新たに登場するとともに、未訳だった最新作も収められ、またポーランドの批評家・読者の人気投票にもとづくベスト短編集もシリーズの最後を飾る。作品の選定に際してはレム氏本人の助言を受け、構成には彼の意向を十分に盛り込むことができた。つまりこの著作集にぎゅっと凝縮されたのは、レム自身も納得ずみの「レムのエッセンス」なのだ。

2

とはいえ、この六巻でレムのすべてが見えてくるというものでもない。これまでポーランドで刊行されたレムの著作集で最大のものは、二〇〇五年に完結したクラクフの文学出版社版全三十三巻というもので、これがほぼ全集に近いが、ここに収録されていない時事評論などもまだかなり残っているようだ。いずれにせよレムの著作は膨大で、長年にわたって作風やジャンルを変化させながら、様々なジャンルにわたっている。ここでは、レムの膨大な著作をいくつかの傾向・ジャンルに分類しながら、わかりやすく代表的な作品の名前を挙げてみよう。なおこの分類はおそらく誰もが同意するごく常識的なもので、アントニ・シュムシュキエヴィチのレム論（ポズナニ、一九九五）で提唱されているものなどにもほぼ一致している。

リアリズム小説――非ＳＦ小説としては、本巻収録の『主の変容病院』（一九四八年執筆）およびレム自身がその後、価値を認めていないその続篇二作（一九五五年刊）がある。〈ＳＦ作家〉レムの全体からすればむしろ例外的な初期作品ではあるが、先ほど述べたように決して未熟な習作でもなければ、後のレムと無関係なものでもない。また小説ではなく、自伝的回想だが、郷里ルヴフ（現在ウクライナのリヴィウ）で過ごした少年時代を回想した『高い城』（一九六六）もこのカテゴリーに入れてもよいだろう。

ＳＦプロパーの長篇――レムが本領を発揮しＳＦ作家としての地位を史上不動のものにした長篇群。社会主義リアリズムの制約下で書かれた長篇『金星応答なし』（一九五一）、『マゼラン星雲』（一九五五）は今日高く評価されないが、それ以後、地球外の知性との遭遇を扱った三大長篇『エデン』（一九五九）、『ソラリス』（一九六一）、『無敵』（一九六四、邦題『砂漠の惑星』）によって作家としての頂点に立つ。その他『星からの帰還』（一九六一）、『浴槽で発見された手記』（一九六一）、『天の声』（一九六八）、『現場検証』（一九八二）、『大失敗』（一九八七）、『地には平和を』（一九八七、長篇のうちこれだけ未訳）などの長篇がある。

短篇――短篇（多くは連作形式をとる）において、レムはＳＦ長篇とは異なり、諧謔とグロテスクな風刺（社会風刺も含む）、ナンセンスな言葉遊びといった要素を盛り込みながら、より自由に遊んでいる。代表的なものに『航星日記（泰平ヨンの航星日記）』（一九五七）、『ロボット物語』（一九六四）、『ツィベリアダ（宇宙創世記ロボットの旅）』（一九六五）など。『宇宙飛行士ピルクス物語』（一九六八）も中・短篇連作だが、これはシリアスな雰囲気のＳＦプロパーに属すと考えていい作品群である。なお連作短篇集は長い時間をかけて増補されていった場合が多く、ここで挙げた刊行年は最初の単行本についてのものである。

存在論的ミステリー――『捜査』（一九五九）や、その発展形ともいうべき『枯草熱』（一九七六）の二つは、ＳＦというよりはむしろ推理小説の枠組みを使った奇妙な味の〈存在論的ミステリー〉である。

メタフィクション――実在しない架空の書物についての書評を集めた形式の『完全な真空』（一九七一）、架空の本の序文集『虚数』（一九七三）、そして本巻所収の『挑発』（一九八四）。こういった架空の本をめぐるメタフィクション的試みゆえに、レムは西側ではときおり〈ＳＦ界のボルヘス〉とも呼ばれるようになった。

研究・批評――レムは人文科学から自然科学の最先端に至るまで通暁する巨大な頭脳を持ち、該博な知識と鋭い文明批評精神を活かして、先駆的な批評的・理論的著作も精力的に執筆したが、残念ながらこの分野の著作は日本ではほとんど紹介されていない。この分野の代表作は、サイバネティックスを扱った先駆的な『対話』（一九五七）、科学技術の未来を論じた『技術大全』（一九六四）、自然科学の理論を適用しながら文学に関する経験論的理論を組み立てようとした『偶然の哲学』（一九六八）、現代ＳＦを理論的に広範に取り扱った全二巻の大著『ＳＦと未来学』（一九七〇）など。『論文とエッセイ』（一九七五）は十九篇の論文・エッセイを収めたもの（文学理論、作品論、文明論など）。この評論集は後に増補・再編集され『私の文学観』（二〇〇三）として刊行された。

時事評論——一九八七年以降、レムは事実上の「断筆」を宣言し、フィクションを書くのをやめ、もっぱら評論（多くは「フェリエトン」と呼ばれる時事的・風刺的批評）を新聞や雑誌に旺盛に寄稿した。このジャンルのものはまったく訳されていない。主なものに、『セックス戦争』（一九九六）、『メガビット爆弾』（一九九九）、『瞬間』（二〇〇〇）、『ジレンマ』（二〇〇三）、『短絡』（二〇〇四）、『猛禽族』（二〇〇六、没後出版）など。

もちろん、ここにやや形式的に分類した枠組みからはこぼれる注目すべき作品も少なくない。最近では著作集編纂にともなって、初期の習作時代の非ＳＦ短篇の数々や（その中には「ヒロシマの男」〈一九四七〉といった、我々の関心を惹くような歴史的短篇がある）、一九四〇年代後半に新聞に度々掲載されていた抒情詩もある。またＳＦ作家としてのレムのデビュー作は長いこと、一九五一年に刊行された『宇宙飛行士たち（金星応答なし）』だとされてきたが、戦後間もない一九四六年に雑誌に掲載された『火星から来た男』という中篇があり、レム自身が価値のない未熟な習作として否定していたのだが、一九九四年に再刊された。ＳＦ作家レムの原点として無視できない作品である（「ファースト・コンタクト」に関するレムの世界観が既によく出ている）。また、まったく毛色の変わった作品としては、二〇〇一年に単行本として出版された『ディクテーション、あるいは、いかにしてスタシェクおじさんは、当時のミハシャ——いまではミハウ——に間違いをしないで書くことを教えたか』という本もある。これは一九七〇年に、レムが当時まだ小さかった妻の甥にポーランド語の読み書きを正しく教えるために書いた書き取り文集という、大変ユニークなもの。

3

こういったレム関係の著作は、レムが亡くなった後も、膨張する宇宙のように際限なく増え続けているという印象がある。ここまでに言及した膨大なレム自身の著作の他に、まず単行本になった長篇連続インタビューとして『縁に立つ世界』（聞き手トマシュ・ファウコフスキ、二〇〇〇）と『レムかく語りき』（聞き手スタニスワフ・ベレシ、二〇〇二。一九八七年に出た『スタニスワフ・レムとの対話』の増補版。当時検閲のために収録できなかった章を含む）の二冊がある。さらに一人息子のトマシュ・レムによる父の伝記『万有引力を背景とした冒険《ごたごた》』（二〇〇九）も出版された。

その他、レムは膨大な書簡を残しており、ポーランドの劇作家スワヴォーミル・ムロージェクとの往復書簡集（二〇一一）とアメリカのレム翻訳家マイケル・カンデルへの書簡集（二〇一三）も出版された。どちらも非常に分厚いもので、小説の執筆以外にどうしてこれほど大量の手紙を書くことができたのかと、改めて驚異の念に打たれる。レムは小説も手紙も決して手書きはせず、原稿はタイプライターで打ったものをコピーして取っていたようなので、その他何人かの人たちに宛てた大量の手紙の原稿がまだ未刊のまま残っている模様である。

こういった伝記的資料が公刊されるにつれ、レムを小説家としてだけでなく、ポーランドのある具体的な時代を生きた知識人としてその全体像をとらえることが可能になり、歴史的・文化的コンテクストが立体的に見えてくる。そういったレム再発見のプロセスと並行して、レムに関する本格的な評論やアカデミックな研究の出版も、ポーランドを中心に、英語圏やロシア語圏でも、目覚ましい勢いで進展している。ポーランドではレム研究書や学位論文はもはや数えきれないほどになっていて、列挙することさえ難しい。数年前、私のところにも日本語を勉強しているあるポーランド人の留学生が来て、私が『ソラリス』における新造語をどのように訳したかについて、詳しくインタビューしていった。これもまた学位論文を書くためだった。

ここでは一冊だけ、最近入手したばかりの注目すべき研究書として、アグニェシカ・ガイェフスカの『ホロコーストと星――スタニスワフ・レムの小説における過去』（二〇一六）を挙げておこう。著者は気鋭の、フェミニストの立場に立つ文学研究者。スタニスワフ・レムの著作を、ホロコースト（レムの郷里ルヴフでも多くのユダヤ人がゲットーに収容され、後にホロコーストの犠牲となった）をはじめとする具体的な二十世紀の歴史的経験の文脈の中で論ずるという、まったく新しいレム論だが、これは期せずして今回出たレム・コレクションの最終巻の目指す方向と一致しているとも言えるだろう。

英語圏では現在、ピーター・スウィルスキが精力的にレム論を展開しており、『スタニスワフ・レム読本』（一九九七）、『スタニスワフ・レムの芸術と科学』（二〇〇六）、『スタニスワフ・レム――未来の哲学者』（二〇一五）などの単行本の編・著を手がけている。ロシア語圏では、ベラルーシの傑出したレム研究者ヴィクトル・ヤズネヴィッチによる『スタニスワフ・レム』（二〇一四）が〈二十世紀の思想家〉シリーズの一巻として刊行され、何よりも思想家・哲学者としてのレムの全容を描き出そうとしている。またモスクワの「若い親衛隊社」からは人気も高く権威ある〈偉人伝叢書〉の一巻として、レムの浩瀚な伝記が出版された（ゲンナジー・プラシュケヴィチ、ヴラジーミル・ボリソフ共著、二〇一五）。これは私の知る限り、レムの伝記としては最も詳しいものであり、レム研究は確実に新段階に入ったことを示している。

こういったレムをめぐる出版・研究の状況の中で、新しいレム像を求める動きはこれからいっそう活発になるだろう。いま必要なのは、ＳＦ小説の作者だけでない、著作家・思想家としてのレムの様々な面を捉え、なおかつそれを二十世紀ポーランドの歴史・文化の中に位置づけ、さらに彼の思索を二十世紀から二十一世紀にかけて人類が展開してきた科学と芸術のヴィジョンの中に解き放つことである。私たちのレム理解にむけての仕事は、まだ緒についたばかりなのだ。

4

レムが亡くなる一年前の二〇〇五年五月、ポーランド語版レム著作集全三十三巻の完結を記念して、版元であるクラクフの「文学出版社」主催の国際「レム学会議」なるものが開催され、私も招かれて参加した。「文学出版社」はさすがにポーランドきっての老舗出版社だけに、都心の古い建物に本社を構え、シックな(百名程度しか収容できない小ぢんまりとしたものだが)ホールまで持っている。シンポジウムはそのホールを埋め尽くす満場の聴衆の前で、レム夫妻の出席のもとに行われた。司会役は詩人のエヴァ・リプスカ。パネリストとしては、気鋭の文学研究者として高名な、レム著作集の編集に携わったアンジェイ・ヤジェンプスキ(ヤギェロン大学教授)のほか、ポーランドの科学者や評論家など、多彩な顔ぶれがそろった。

私は日本からの遠来のゲストとして、そのシンポジウムの開幕を飾って冒頭にポーランド語で十分ほどスピーチをした。わが人生の原点とも言える他ならぬレム氏とその夫人を目の前にして、ポーランド人の聴衆でぎっしり埋まったホールで拙いポーランド語を用いてスピーチするなど、われながらいい度胸である。どうしてそんな大胆なことができたのか、いまとなっては自分でも不思議なくらいだが、ともかくなんとか話し終えた瞬間、高齢のレム氏がわざわざ立ち上がってお辞儀をしてくれ、私は胸が熱くなった。その姿がいまだに目に焼きついている。それが私の見たレムの最後の姿になった。

いささか個人的な思い入れが過ぎるかもしれないが、ここではレム・コレクション完結という機会に、その時の私のスピーチを再録して、コレクション全体の結びともしたい。本コレクションに携わってきた私自身の立場を、これ以上はっきり表明しているものも他にないからである(ただしお断りしておくが、これはより正確に言えば、私が言いたかったことの日本語による再現であって、すでに失われてしまったポーランド語によるスピーチのテキストがはたしてこのようにポーランド人聴衆に理解されたという保証はない。なお、この文章はすでに『SFマガジン』二〇〇六年八月号に掲載されたレム追悼のための拙文「レムは一人でそのすべてである」に既に収録されていることをお断りしておく)。

少々長い話になります。なにしろ、私がレムの小説を初めて読んだのは十五歳くらいのことで、それ以来、もう三十五年以上の付き合いがあるのです。しかも、私はこの会議にやってくるために、飛行機をのりつぎ、はるかな東の国から十数時間をかけてこの町にやってきました。拙いポーランド語で皆様の忍耐を試すことになるかもしれませんが、十分ほど、どうかお許しください。

初めて手にとったレムの小説は『ソラリス』（邦訳タイトル『ソラリスの陽のもとに』飯田規和訳）でした。それは早川書房の世界SF全集の一巻に収められた日本語訳で、そのころすでに熱烈なSF少年であった私は、この全集のあれこれの巻を手当たりしだいに読み進むうち、たまたまレムの巻に出会ったのでした。だから出会いは偶然でした。ハインラインや、アシモフ、ブラッドベリといったアメリカのSF小説を主に読んでいた私にとって、〈レム〉も〈ソラリス〉も聞いたことのない耳慣れない名前でしたし、そもそもポーランドがどこにある国か、ポーランド語がどんな言葉かということさえ、わからなかったのではないかと思います。

しかし、『ソラリス』を読み始めて、私はすぐに理解しました。自分がいま手にしているものは、これまで読んできたSFのどれとも似ていない、何か根本的に違うものだということを。そもそも「ソラリス」というタイトルが不思議な響きを持っていて、何か特別なものを約束しているように思えたのですが、読み進むうちに、これは特別に強い力をもって読者を引き込む作品であることがわかり、私は単に面白いというよりは、むしろ、恐怖のような感覚を覚えたのです。まだ十代半ばの少年であった当時の私には、それを何と呼ぶべきかまだわかりませんでしたが、いまならば、「形而上的恐怖」とでも呼んでみたいと思います（ヴィトキェヴィチだったら「存在の奇妙さの形而上的感覚」、埴谷雄高だったら「自同律の不快」とでも言ったところでしょうが、もちろん、十五歳の少年がヴィトキェヴィチや埴谷などを知っているはずもありませんでした）。それは人間の認識能力の限界を試し、それを超えようとする状況から生ずる感覚です。『ソラリス』の登場人物たちは、読者とともに、「未知の他者」と向き合い、その前で自分の認識能力の限界を悟るとともに、他者に向って自らを開いていき、違和感そのものに身をひたすのですから。

その読書体験は「存在論的」「認識論的」なものだったと言ってもいい。私たちはこの世界に惰性的に生きていて、この世界がどんな仕組みになっているのか、そこを支配する普遍的な原理は何なのか、そしてこの世界とはいったい何なのか、どうして生まれたのか、といったことを正面から考えようとはあまりしません。しかし、人間にとっての究極の問いは、われわれは何者なのか、どこからやってきて、どこへ行くのか、ということでしょう。つまり、現在の実存だけでなく、われわれが自分の目で見ることは許されない起源（どこから?）と、終末（どこへ?）も視野に入れた壮大なヴィジョンが必要になるのですが、レムはまさにそういうヴィジョンを持った稀有の作家です。レムを読んだ後では、世界は決して読む以前と同じようには見えないでしょう。『ソラリス』を読んだ読者は、世界についての「認識論的転換」を迫られるからです。

結局、レムを翻訳で読んだことがきっかけとなり、私は後にポーランド語を勉強し、ポーランド文学の研究や翻訳の道に進むことになりました。ひとえにレムを原文で読みたいがために、この不思議な世界はいったい原文ではどうなっているのだろうか、という知的好奇心に突き動かされて、ポーランド語の勉強を始めたのだ、と言っても誇張ではありません。その後、ゴンブロヴィチ、ムロージェク、ミウォシュ、コワコフスキ、シンボルスカといったポーランドの作家や詩人を読むようになったのも、もとはといえばレムのおかげです。

もっとも、私にはその他にも強く心をひかれる作家が何人かいました。その一人はロシアのドストエフスキーで、私はやはりドストエフスキーを原文で読みたいがために、ロシア語の勉強を始め、結局は、ポーランド語よりはむしろロシア語のほうが私の仕事になりました。ただし勉強し始めたころは、ロシア語とポーランド語が同じスラヴ系の言語で、互いに近いということも、そして、近いがゆえに、その二つを同時に勉強するのはむしろ困難だということも、はっきりとは理解していなかったほどです。というわけで、レムとドストエフスキーが私の一生を決めたといっても過言ではありません。妙な組み合わせですが、どちらの読書体験にも、「存在論的」に読む者の存在を土台から揺さぶるような衝撃があったことは確かです。

レムの小説には、欧米の俗悪化したＳＦというジャンルを批判するヨーロッパ独自のスタンスもあれば、日本の読者にはほとんど理解されていないポーランド固有の社会的・歴史的コンテクストもあります。また翻訳家泣かせの、ポーランド語の特性を最大限活用した言葉遊びもある。その意味では、〈ポーランド性〉の刻印を深く押された作家であることは、疑問の余地がありません。しかし、その一方で、彼の作品には国境を越えて読者を魅了する普遍性があります。日本でレムの主要著作の多くが翻訳され、長いこと多くの読者に愛読され、また最近でも私が中心になって編集を進めた新しい翻訳著作集（国書刊行会版）が読者に歓迎されているということも、普遍性の証と言えるでしょう。普通の冒険小説や恋愛小説と違って、レムの小説が扱っているのは、究極的には個々の人間の運命を超えた何かです。そこを貫いているのはこの世界の、宇宙の、そして理性そのものの限界を見つめようとする透徹したまなざしに他ならない。ポーランドで私はよく、「レムとはいったい何者なのか？　哲学者、小説家、それとも未来学者？」といった質問を耳にします。私の答えは簡単です。レムは一人でそのすべてである。

最後にもう一つ付け加えれば、レムの後にレムなし。私にはそんな感じがしています。現代の世界文学の歴史は、明らかにレム以前とレム以後に分かれます。レムの出現によって小説というジャンルそのものの限界がぐっと押し広げられ、小説は新しい可能性を獲得しました。しかし、レム後の時代をわれわれはどう生き延びることができるのか？　それに対する答はまだありません。

二〇〇五年五月十四日　クラクフ、国際レム学会議にて

＊付記

この文章は二〇一七年五月から六月にかけて、サハリン、クラクフ、トビリシと、自分でも目が回るような勢いで世界各地を学会などで飛び回っているあいまに書き継がれた。年甲斐もなく移動の悪魔に取りつかれた私から、原稿をとりたてることがなかなかできなかった国書刊行会の清水範之さんにはなんとお詫びを申し上げたらいいかわからない。ただし、六月初旬に「世界ポーランド文学翻訳者会議」のためにクラクフを訪れた際には、レムの元秘書で、現在代理人を務めているヴォイチェフ・ゼメク氏と会って、ワイン・グ

ラスを傾けながら、レムをめぐって（仕事の話も少ししたが）四方山話を楽しくできたのは嬉しく、この解説を書くのに多少役立ったとは言えるだろう。レムのことなら何でも知っているベラルーシの「レム博士」で畏友のヴィクトル・ヤズネヴィッチや、アルゼンチンやブルガリアのレム翻訳家が入れ替わり立ち替わりテーブルにやってきて話に加わるのも、まさにレムならではの国際的雰囲気だった。私もそんな場で強い刺激を受け、もう少しレムをやらなければ（二〇二一年にはレム生誕百周年である）、と気持ちが快く奮い立つのを覚えて帰国し、その興奮がまだ冷めやらないうちに、この解説を書きあげることになった。（二〇一七年七月一日、トビリシからドーハを経由して日本にもどる飛行機の中で記す）

スタニスワフ・レム……1921年，旧ポーランド領ルヴフ（現在ウクライナ領）に生まれる。クラクフのヤギェウォ大学で医学を学び，在学中から雑誌に詩や小説を発表し始め，1950年に長篇『失われざる時』三部作を完成（第一部が『主の変容病院』)。地球外生命体とのコンタクトを描いた三大長篇『エデン』『ソラリス』『砂漠の惑星』のほか，『金星応答なし』『泰平ヨンの航星日記』『宇宙創世記ロボットの旅』など，多くのSF作品を発表し，SF作家として高い評価を得る。同時に，サイバネティクスをテーマとした『対話』や，人類の科学技術の未来を論じた『技術大全』，自然科学の理論を適用した経験論的文学論『偶然の哲学』といった理論的大著を発表し，70年には現代SFの全二冊の研究書『SFと未来学』を完成。70年代以降は『完全な真空』『虚数』『挑発』といったメタフィクショナルな作品や文学評論のほか，『泰平ヨンの未来学会議』『泰平ヨンの現場検証』『大失敗』などを発表。小説から離れた最晩年も，独自の視点から科学・文明を分析する批評で健筆をふるい，中欧の小都市からめったに外に出ることなく人類と宇宙の未来を考察し続ける「クラクフの賢人」として知られた。2006年に死去。

＊

関口時正（せきぐち　ときまさ）……1951年，東京生まれ。東京大学卒。1992年から2013年まで東京外国語大学でポーランド文化を講じた。現在，同大学名誉教授。著書に『ポーランドと他者』（みすず書房），訳書に『ショパン全書簡1816～1831年――ポーランド時代』（共訳，岩波書店），チェスワフ・ミウォシュ『ポーランド文学史』（共訳，未知谷），ヤロスワフ・イヴァシュキェヴィッチ『尼僧ヨアンナ』（岩波書店），『ヤン・コット　私の物語』（みすず書房）などがある。

沼野充義（ぬまの　みつよし）……1954年，東京生まれ。東京大学卒，ハーバード大学スラヴ語学文学科に学ぶ。ワルシャワ大学講師を経て，現在，東京大学教授。著書に『徹夜の塊　亡命文学論』（作品社），『徹夜の塊　ユートピア文学論』（作品社），『W文学の世紀へ』（五柳書院），『ユートピアへの手紙』（河出書房新社），『200X年文学の旅』（共著，作品社），編著書に『東欧怪談集』（河出文庫），『世界は文学でできている』（光文社）などがある。

スタニスワフ・レム　コレクション

主《しゆ》の変容病院《へんようびよういん》・挑発《ちようはつ》
Szpital Przemienienia
Prowokacja

2017年7月25日初版第1刷発行

著者　スタニスワフ・レム
訳者　関口時正

装訂　下田法晴（s.f.d.）
装画　Schuiten & Peeters © Casterman S.A.

発行者　佐藤今朝夫
発行所　株式会社 国書刊行会
東京都板橋区志村1-13-15　郵便番号＝174-0056
電話＝03-5970-7421　ファクシミリ＝03-5970-7427
http://www.kokusho.co.jp

印刷所　中央精版印刷株式会社
製本所　中央精版印刷株式会社
ISBN978-4-336-04504-1

スタニスワフ・レム コレクション　全6巻

幸いなことに私の本は日本でも歓迎され、かなり好意的に受けとめられてきました。しかも、これまで日本で出版されてきた著作、そして今回コレクションに新たに収められる著作のタイトルをつくづく眺めその少なからぬ部数を考えあわせると、日本の読者は世界でも最も成熟した、意識の高い読者ではないかという印象を受けます。どうやら、文学の場合、超えがたい言語や文化の壁というものはないのでしょう。これは私自身にとっても思いがけない贈物です
——スタニスワフ・レム

ソラリス

沼野充義訳

生きている海とのコンタクト。理解不能な知性体に対して人間はなにができるのか。21世紀の古典、原典からの新訳。　2400円

主の変容病院・挑発

関口時正訳

ナチス占領下の精神病院を舞台にした処女長篇の他、架空の歴史書の書評『挑発』などメタフィクショナルな中短篇を収録。　2800円

大失敗

久山宏一訳

不可避の大失敗を予感しつつ、コンタクトに向けて新たな出発をする人間を神話的に捉えたレム最後の長篇。　2800円

短篇ベスト10

沼野充義・芝田文乃ほか訳

2001年にポーランドで刊行されたベスト短篇集をもとに、人気の高い作品を集成した新訳アンソロジー。　2400円

天の声・枯草熱

沼野充義・深見弾・吉上昭三訳

偶然受信された宇宙からのメッセージ。人間認識の限界を問う『天の声』に、確率論的ミステリ『枯草熱』をカップリング。　2800円

高い城・文学エッセイ

沼野充義・巽孝之・芝田文乃ほか訳

ルヴフで暮した少年時代を情感豊かに綴った自伝『高い城』に、ウェルズ、ボルヘス等の作家論やSFの主要評論を収める。　2800円

（税別価格）